Ayla Dade

Haunted Love – Perfekt ist Jetzt

Ayla Dade

Haunted Love

Perfekt ist Jetzt

PIPER

Mehr über unsere Autoren und Bücher:
www.piper.de

ISBN 978-3-492-50195-8

Redaktion: Diana Napolitano
Covergestaltung: Emily Bähr, www.emilybaehr.de
Covermotiv: unter Verwendung von Bildmaterialien von Karuka
und ANEK SANGKAMANEE / Shutterstock.com
Printed in Germany

Für Jannik. Ich liebe dich so sehr.

Playlist

Better Place – Rachel Platten
Crazy – Daniela Andrade
Das Spiel – Kay One
Dear Maria, Count Me In – All Time Low
Demons – Imagine Dragons
Happier – Ed Sheeran
I Can't Fall In Love Without You – Zara Larsson
I Hate U, I Love You – Gnash
I Knew You Were Trouble – Madilyn Bailey
I Need Your Love – Madilyn Bailey
Jar Of Hearts – Christina Perri
Just Like A Pill – Pink
Let Her Go – Passenger
Let It Go – Madilyn Bailey
Little Things – One Direction
Love Me Harder – Ariana Grande
Love Me Like You Do – Ellie Goulding
Love The Way You Lie – Rihanna ft. Eminem
Nothing Like Us – Justin Bieber
Perfect For You – Rachel Platten
Praying – Kesha
Quit Playing Games With My Heart – Backstreet Boys
Say You Won't Let Go – James Arthur
Somewhere In Brooklyn – Bruno Mars
The Pretender – Foo Fighters
Tonight – FM Static
What Makes You Beautiful – One Direction
When I Was Your Man – Bruno Mars
Wiedersehen – Kay One

Die Playlist auf Spotify:
https://open.spotify.com/playlist/7uuOGvq91UkeNFrRHFroiD

Prolog

Ich werde wach, als Mommy die Haustür öffnet. Es ist Chad. Er muss es sein, weil er Mommy jeden Abend besucht, wenn Daddy einen Film drehen muss und nicht zu Hause ist. Mommy hat mir erklärt, dass Chad dieselbe Medizin nehmen muss wie Mommy und er sie deshalb besuchen kommt.

»Hast du alles bekommen?«, höre ich Mommy fragen und rolle mich auf die Seite, um mich an meinen Teddybären zu kuscheln. Daddy hat mir und Logan denselben gekauft, aus dem großen Kaufhaus in der Stadt, als wir unser letztes Fußballspiel gewonnen haben. Ich frage mich, ob Logan seinen Teddybären auch bei sich im Bett hat.

»Ja«, antwortet Chad. Seine Stimme ist mir unheimlich. Ganz hoch und schrill wenn er lacht, und ich bekomme Angst.

Meine kleinen Finger greifen nach der Superheldenflasche auf meinem Nachttisch, und ich will einen Schluck trinken, aber es ist kein Wasser mehr darin. Mit den Füßen schiebe ich meine Bettdecke ans Ende der Matratze und setze mich in den Schneidersitz, während ich mit dem Finger den Superman auf der Flasche nachfahre. Ich habe Durst, traue mich aber nicht, Mommy um Wasser zu fragen. Wenn Chad bei ihr ist, wird sie immer so komisch. Sie ist dann gemein und böse. Ich glaube, es liegt an ihrer Medizin, trotzdem mag ich nicht zu ihr gehen. Aber ich habe Durst. Also schlüpfe ich aus dem Bett, tappe auf nackten Füßen durch mein Zimmer und laufe den dunklen Flur zum Salon entlang.

Ich höre Mommy laut lachen, als Chad etwas sagt. Bevor ich zu ihnen gehe, öffne ich die große Tür einen Spaltbreit und sehe nach, was Chad und Mommy machen. Manchmal sind sie im Schlaf-

zimmer und geben ganz komische Laute von sich. Sie tun verbotene Dinge, das weiß ich. Aber als ich Mommy einmal gefragt habe, wieso sie das tut, hat sie mir mit ihrem Löffel, den sie für ihre Medizin braucht, ganz doll ins Gesicht geschlagen. Ich habe geweint, obwohl es mir peinlich war vor Chad. Aber es hat so sehr wehgetan. Dann hat Mommy gesagt, wenn ich Daddy etwas von Chad erzähle, habe ich keine Mommy mehr. Ich will nicht, dass ich keine Mommy mehr habe. Ich habe Mommy lieb, auch wenn sie böse ist, wenn Chad bei ihr ist und sie ihre Medizin nehmen.

Als ich die Tür ein Stück weiter öffne und in den Salon tappe, bemerken Mommy und Chad mich nicht. Sie legen gerade ihre Medizin auf ihre Löffel und pressen die Zitrone darüber aus. So ist die Medizin gesünder, sagt Mommy.

Meine Superheldenflasche rutscht mir aus der Hand, sie ist zu groß für meine kleinen Finger. Mommy und Chad sehen auf, als ich die Flasche vom Boden hebe und zu ihnen gehe.

»Du sollst schlafen!«, schreit Mommy mich an. Ihre laute Stimme erschreckt mich, und ich zucke zusammen. Schnell zeige ich ihr meine Flasche, damit sie nicht noch lauter wird oder mir wehtut.

»Ich habe Durst«, sage ich leise. Chad nimmt seinen Löffel mit der Medizin und hält sein Feuerzeug darunter, damit das Pulver flüssig wird. Er hat es mir schon oft erklärt, dabei wollte ich lieber mit Logan Fußball spielen gehen.

»Warte bis morgen«, sagt Mommy nur. Ihre blonden Locken fliegen durch die Luft, als sie ihren Kopf wendet und eine Spritze von Chad entgegennimmt. Die braucht sie, um ihre Medizin zu nehmen.

»Aber ich habe jetzt Durst«, quengle ich. Mein Mund ist ganz trocken, und ich will wieder ins Bett, deshalb soll Mommy mir schnell neues Wasser auffüllen.

Sie antwortet mir nicht, sondern zieht ihre Medizin auf die Spritze und tippt dann mit einem gelben, schmutzigen Fingernagel dagegen. Wenn Daddy nicht zu Hause ist, dann macht Mommy sich nicht mehr sauber. Chads Hand umfasst meinen Schlafanzug. Er tut mir weh, weil er so fest zieht, und plötzlich reißt der Stoff. Tränen sammeln sich in meinen Augen, als ich mit den Fingern über die kaputte Stelle an meinem Schlafanzug fahre. Es war mein Lieblingsschlafanzug, der mit den vielen Dinos.

Chad entschuldigt sich nicht. Daddy hat mir gesagt, wenn ich böse zu jemandem bin, muss ich mich entschuldigen. Aber Mommy und Chad tun das nie. Er hält mir die Spritze vor die Nase und lacht. Ich bekomme Angst.

»Hier, Kleiner. Wenn du Durst hast, musst du das trinken. Dann geht es dir besser.«

Ich spüre die Tränen über meine Wange laufen, weil sie ganz warm sind. Als ich zu Mommy herübersehe, will ich, dass sie mir hilft, aber sie lacht nur und spritzt sich ihre Medizin. Ich frage mich, warum sie nicht mit Chad schimpft. Mit mir schimpft sie immer, wenn ich etwas von ihr kaputtmache.

Schnell laufe ich aus dem Salon, zurück in mein Zimmer, wo ich die leere Superheldenflasche zurück auf meinen Nachtschrank stelle.

Es dauert nicht lange, bis es plötzlich ganz laut wird auf dem Flur vor meinem Zimmer. Ich öffne meine Tür wieder, weil ich nachsehen will, und da sehe ich Chad, der sich laut lachend über den Boden rollt. Die Arme und Beine hat er von sich gestreckt.

Mommy gackert, während sie mit Chads und ihrer Medizintasche in mein Zimmer kommt und den Wandschrank öffnet. Sie holt meinen großen Teddy heraus, den Logans Daddy mir einmal zum Geburtstag geschenkt hat. Eines Tages hat Mommy den Bauch aufgeschnitten und gesagt, sie muss ihre Medizin darin verstecken.

Manchmal kommen böse Männer in Uniformen zu uns. Sie wollen aus mir herausquetschen, wo Mommys Versteck ist, aber ich sage nie etwas. Einer von ihnen ist sehr gemein, und wenn Daddy nicht da ist, dann schüttelt er mich ganz doll. Trotzdem verrate ich ihm das Versteck nicht. Ich will nicht, dass ich keine Mommy mehr habe, auch wenn sie und Chad mir oft wehtun. Aber sie kann ja nichts dafür. Es ist ihre Medizin, die das aus ihr macht. Eigentlich will sie nicht so sein, das weiß ich.

Chad krabbelt über den Boden meines Zimmers auf mich zu, ein gruseliges Grinsen im Gesicht. Ich gehe rückwärts, bis ich mit den Kniekehlen gegen mein Bett stoße.

»Deine Mommy und ich gehen jetzt schlafen, Kumpel«, sagt er, und ich ekle mich vor ihm, weil er so stinkt. Chad nennt mich immer Kumpel, obwohl wir gar keine Freunde sind. Nur Logan ist mein Freund.

»Und da wirst du nicht stören, außer du willst sehen, was Erwachsenen Spaß macht.« Er vergräbt seine Hand in meinem Haar und reißt ganz doll daran, so lange, bis ich weine.

»Mommy«, rufe ich, aber sie tut nichts, lacht nur ganz laut. Sie schraubt meine Flasche auf und kippt die Flüssigkeit aus ihrer braunen Glasflasche hinein, und als sie mein Zimmer verlässt, lässt Chad endlich meine Haare los und geht mit ihr. Meine Kopfhaut brennt, und ich kann nicht aufhören zu weinen, zwinge mich aber dazu, leise zu sein. Ich will nicht, dass sie wiederkommen.

Als ich an meiner Flasche rieche, weiß ich, dass es kein Wasser ist. Die Flüssigkeit stinkt, und ich bekomme Bauchweh.

Leise laufe ich zur Tür, drehe den Schlüssel im Schloss herum und kuschle mich wieder im Bett ein. Ich kann nicht mehr schlafen, weil ich Angst vor Chad und Mommy habe. Als ich ihre lauten Schreie aus dem Schlafzimmer höre, drücke ich mir die Hände auf die Ohren und wünsche mir vom lieben Gott, dass Daddy ganz schnell wiederkommt.

1

Portugal hat ein Walross mit Elefantenschenkeln aus mir gemacht. Ohne Witz. Zwar hätte ich mich schon vor meinem Auslandsjahr nicht als »dünn« bezeichnet, aber jetzt sprenge ich jeden Rahmen. Na ja, zumindest meinen Rahmen. Den, der sich vor etlichen Jahren in meinem Kopf festgesetzt hat und mir meinen Körper seitdem ständig im Breitbildformat präsentiert, jedes Mal wenn ich mich im Spiegel ansehe.

Das menschliche Teenagerwesen von zwanzig Jahren, das mich gegenüber aus dem Spiegelbild heraus anblinzelt, kann unmöglich ich sein. Meine Jeans passt gerade noch so, der Knopf spannt jedoch schon gewaltig. Aber ich ertrage es, weil ich es einfach nicht über mich bringe, mir einzugestehen, dass ich wohl besser die Nummer größer aus dem Schrank holen sollte. Die Dreiviertel-Jeans von Burberry, die meine beste Freundin Grace mir vor meinem Auslandsjahr mit ein paar anderen aussortierten Kleidungsstücken geschenkt hat. Obwohl ich Grace wunderschön finde und ihre Figur stets bewundert habe, fühle ich mich schrecklich, dass mir ihre Hosengröße plötzlich passt. Verrückt, ich weiß. Es ist ein Gefühl wie bei einer optischen Täuschung: Dieselbe Hose, jedoch sieht Grace darin wunderschön und schlank aus, während ich … na ja, aus allen Nähten platze. Aber wie ich schon sagte: Mein Kopf spielt mir Streiche. Leider unschöne Streiche, die ich immer wieder glaube.

»So eine Scheiße«, murmle ich verzweifelt, kneife in meinen überquellenden Speck, der für andere vermutlich nicht einmal sichtbar wäre, und seufze, beinahe den Tränen nahe. Nach der Inquisition meines gesamten Kleiderschrankes und der Aussortierung einiger Teile, in denen ich als lebendige Presswurst durch New York watscheln würde, entscheide ich mich schließlich für ein Kleid.

Heute ist der erste Tag im neuen Semester, und ich würde meinem Kopf am liebsten ein Stoppschild vorsetzen, weil er mir unablässig eintrichtert, dass ich aussehe wie ein aufgehender Hefekloß im Speckmantel. Meine Schweinchennase ist dabei auch nicht gerade hilfreich, sie unterstreicht meine neu gewonnenen Pfunde eher noch in ironischer Weise. Fast so, als wolle mich das Schicksal ernsthaft auslachen. Am schlimmsten für mich ist jedoch der Gedanke an die ganzen Sprüche, die wahrscheinlich kommen werden. »Oh, Hazel, endlich bist du ja nicht mehr so spindeldürr!« oder »Na, wie schön, wenigstens ein wenig Fett über deinen Knochen sehen zu können.« Sie halten solche Sätze für Komplimente, wissen dabei aber gar nicht, was sie in meinem Inneren damit anrichten. Es ist ein schreckliches Gefühl.

Ein letztes Mal fahre ich mir seufzend durch meine hellblonde Mähne, ehe ich meinen Morgenmantel vom Boden hebe und über den Spiegel werfe.

Auf dem Nachttisch fängt mein Handy an zu vibrieren. Ich stolpere durchs Zimmer, bahne mir einen Weg durch die vielen Kleiderhäufchen auf dem Boden und falle schließlich über einen Stapel Schulbücher.

»Verdammt«, entfährt es mir, als ich mich gerade noch so mit den Händen an der Bettkante abstützen kann. Mein Handy landet in genau dem Moment in meiner Handfläche, als es sich, von der Vibration angetrieben, im perfekten Sturzflug mit Ziel Parkettboden befindet.

»Ja?« Oh Mann, ich höre mich an, als wäre ich gerade einen verdammten Marathon gelaufen.

»Du lebst! Um Gottes Willen, Hazel! Ein Jahr warst du verschollen, alle Welt sucht nach dir!«

Lachend verdrehe ich die Augen, den Nacken an die Matratze gelehnt. »Grace. Das ist jetzt das dritte Mal seit gestern, dass du mich begrüßt, als wäre ich die Hauptperson in einer Criminal-Minds-Folge.«

»Lass mir doch meinen Spaß.«

Seufzend hieve ich mich hoch, nur um mich wieder rücklings aufs Bett zu werfen. In einem perfekten Winkel lande ich natürlich auf meinem Rucksack, aus dessen geöffnetem Reißverschluss die fette Kante meiner Hardcover-Ausgabe von *Faust I* ragt und mir schmerzvoll in die Rippen sticht. Ja, ich habe mich für das Seminar deutsche Literatur eingetragen. Nein, ich bin keine Streberin. Okay, doch, vielleicht ein bisschen. Ein bisschen sehr, wenn es nach Grace ginge.

»Geht nicht«, entgegne ich abgehackt, während ich meine Tasche hinter mir wegziehe und auf den Boden schleudere. Schmerzhaft reibe ich mir den Rücken. Hätte ich mir doch bloß die dünne Softcover-Ausgabe von Reclam besorgt wie alle anderen auch. »Wir haben nämlich ein gewaltiges Problem.«

»Problem welchen Ausmaßes? Präziser bitte, beste Freundin.«

Geistesabwesend pule ich am Saum meines Quilts. »Sorry. Definitiv Stufe zehn. Notfall.«

Am anderen Ende der Leitung keucht Grace übertrieben schockiert auf. Ein Lächeln stiehlt sich auf mein Gesicht, als ich mir bildlich vorstelle, wie sie sich ans Herz fasst und theatralisch die Augen aufreißt. »Sag bitte, du hast dir da drüben kein Ebola oder so eingefangen.«

»Ebola ist Afrika, Grace. Ich war in Portugal.«

Grace schnalzt ungeduldig mit der Zunge. »Alles dasselbe. Nun sag schon.«

Mit einem dramatischen Seufzer, als müsste ich ihr davon berichten, dass mich eine schwere Krankheit erreicht hätte, kneife ich die Augen zusammen und verziehe das Gesicht. »Reis.«

Ein paar Sekunden herrscht Stille. Dann höre ich plötzlich etwas Scheppern.

»Pass doch auf! Ich hab dir tausendmal gesagt, dass ich das Mom erzähle!«, brüllt Grace.

»Was?« Verwirrt setze mich auf. Was hat ihre Mom damit zu tun, wenn ich wie eine Wahnsinnige Reis in mich reingeschaufelt habe? Klar, sie ist etepetete und achtet penibel auf das perfekteste Aussehen, aber … das ist irgendwie creepy.

»Sorry, war nicht an dich. Oliver, der Idiot. Er hat seine Müslischale im Auto fallen gelassen. Überall Milch auf den verdammten Ledersitzen.«

»Ach so.«

Oliver ist Graces kleiner Bruder. Vierzehn Jahre alt, übertrieben frech, verzogen und absolut unausstehlich. Gleichzusetzen mit diesem Teufelsbraten Dennis aus dem gleichnamigen Film.

Grace seufzt, und ich höre, wie Oliver im Hintergrund immer noch flucht und seiner Schwester wie verrückt Beleidigungen an den Kopf wirft. »Okay, Haze. Reis. Wie viel?«

Verzweifelt stöhne ich auf und kneife mir passenderweise in die Schenkel. »Viel zu viel! Die Portugiesen kennen scheinbar keine anderen Nahrungsmittel, kein Scherz! Jeden Tag Reis, stell dir das einfach mal vor! Die tun so, als wäre es himmlische und unverzichtbare Schokolade! Keine Mahlzeit geht da ohne Reis.«

»Verstanden, sie beten Reis an. Jetzt sag schon, wie viel hast du zugenommen?«

Anstatt zu antworten, grummle ich irgendwelche unpassenden Laute vor mich hin.

»Haze!«

»Na schön. Etwa acht Kilo oder so.«

Statt einer Antwort höre ich plötzlich ein ziemlich lautes Reifenquietschen, gefolgt von einer Hupe und mehreren unwirschen Fluchen von Grace.

»Alles okay?«, hake ich verwundert nach und hoffe, sie hat auf den unverhofften Schock nicht aus Versehen ein Auto angefahren.

»Elender … HIER IST RECHTS VOR LINKS, DU VERDAMMTER IDIOT! Kann ja wohl nicht … Bitte, was? Ich soll was? Na schön, du kleines Stinktier, dir werde ich … Haze? Sorry, muss auflegen. Sehen uns vor dem Business-Gebäude!«

Dann höre ich nur noch das monotone Tuten aus dem Lautsprecher. Ich schmunzle und werfe mein Handy in den Rucksack, bevor ich ihn mir auf den Rücken hieve.

Wie schön es doch ist, wieder zu Hause zu sein.

2

Die Sonne knallt mir gnadenlos ins Gesicht, als ich vor die Tür unseres Reihenhauses trete und mein Fahrrad aufschließe – ein rostiges altes Ding, das Mom mir vor ein paar Jahren beim Second-Hand-Shop um die Ecke kaufte, nicht ehe sie noch runtergehandelt hat und extrem stolz auf sich war. Irgendwann haben Grace und ich es zusammen babyblau lackiert (sie hatte vier Tage lang einen blauen Streifen auf der Wange, der sich nicht wegwaschen wollte, und ihre Mom ist total ausgeflippt). Jetzt sieht es eigentlich ganz süß aus.

»Hazel!«, ruft mir eine Stimme zu. Ich drehe mich um, während ich das Schloss in den Fahrradkorb werfe, und entdecke Tony, den coolsten und liebsten Nachbarn, den man sich wünschen kann. Gäbe es einen Bester-Nachbar-Award, dann würde er ihn jedes Jahr aufs Neue gewinnen. Ihm gehört die Kneipe direkt nebenan, »Tony's«, die gar nicht so eine Spelunke ist, wie sie auf den ersten Blick scheint. Na ja, vielleicht doch, wenn man überlegt, dass ich dort mit elf mein erstes Bier probieren durfte. Immerhin nur zwei Schlucke, bis Mom mich entdeckt und es mir mit dem »Mutter-Killerblick-des Todes« aus der Hand riss. Tony hat so gelacht. Mom nicht.

»Alles klar, Tony?«, rufe ich zurück, lehne mein Fahrrad gegen die Hauswand und laufe zu ihm rüber. Der Zaun, der unsere süßen Drei-Quadratmeter-Gärten voneinander trennt, ist gerade mal einen halben Meter hoch. Wenn überhaupt.

Als ich ihn umarme, wirbelt er mich halb durch die Luft, wie er es schon immer tut, seit ich klein bin. Früher habe ich es geliebt – heute schäme ich mich, weil ich so dick geworden bin. *Weil ich mich so dick fühle.*

Ich drücke meine Wange gegen seine alte braune Lederjacke, die er schon hat, seit ich denken kann. Ich weiß es, weil ich ihm mit acht mal meine Tintenfischringe draufgekotzt habe. Zu meiner Verteidigung: Ich dachte, es wären Curly Fries.

»Meine Güte«, sagt er und hält mich prüfend auf Armeslänge von sich weg, während er mich ansieht. »Du warst ein Jahr in Portugal, Hazel, und bist immer noch so weiß wie Ziegenkäse! Ich dachte eigentlich, du kommst ein bisschen brauner wieder. Zwar immer noch käsig, aber knackiger. Wie frittierter Camembert oder so.«

Belustigt verdrehe ich die Augen, ehe ich meinen bordeauxfarbenen Sonnenhut richte und die Arme verschränke. »Du trägst seit ich dich kenne dieselbe Frisur und den Anchor-Bart, also erzähl du mir mal nichts von Veränderungen.« Mit dem Finger wackle ich belehrend durch die Luft, muss aber lachen.

Tony streicht sein hellblaues T-Shirt gerade und schmunzelt belustigt. »Das ist ein Rap-Industry-Standard-Bart, und der ist *so was von* im Trend.«

»Klar«, sage ich, schneide ihm eine Grimasse und füge anschließend hinzu: »1950 vielleicht.«

Während ich zurück zu meinem Fahrrad gehe, höre ich Tony lautstark lachen. »Holt Grace dich nicht ab?«, fragt er noch, als er auf die Straße tritt und in Richtung seiner Kneipe geht.

»Nee«, rufe ich, »die hat Oliver an der Backe!«

Tony hebt bloß noch einmal die Hand, ohne sich umzudrehen und verschwindet um die Ecke. Ich höre noch, wie er im Sing-Sang das Wort »Teufelsbraten«, zu mir rüberträllert, dann ist er verschwunden.

Das breite Lächeln in meinem Gesicht will einfach nicht verschwinden, während ich meinen roten Rucksack in den Korb werfe. Ich höre schon jetzt die gehässigen Bemerkungen über meinen fehlenden Stil und der Bitte, mich doch endlich auf Farbenblindheit testen zu lassen – von Logan zum Beispiel, den wohl arrogantesten Kerl, den der Big Apple je bei sich begrüßen durfte. Aber selbst er kann mir den Tag nicht mehr vermiesen, egal, was er auch sagen sollte, wenn ich ihn in der Uni sehe.

Portugal ist schön, keine Frage. Die Mentalität und höflichen Leute dort, die Kultur, das Wetter und Meer … aber ich schätze, kein Ort der Welt kann den ersetzen, an dem man zu Hause ist.

∞

In Brooklyn hat sich nichts verändert, denke ich, während ich durch die Straßen fahre und schließlich die Brooklyn Bridge erreiche. Alles ist so, wie ich es seit jeher kenne: Dieselben eng aneinander gereihten Häuser, die vielen Appartements und die heruntergekommenen Bauten in den verlassenen Gegenden (durch die ich regelmäßig fahre, weil es die besten Abkürzungen sind, wie ich mit den Jahren herausgefunden habe).

Ich atme tief ein und nehme den Duft der warmen Luft in mir auf, gemischt mit dem Geruch der Sommerblumen, die ihre Blüten vom Park neben der Brücke zu mir herüberwehen. Ein älteres Pärchen lässt sich gerade auf einer ausgebreiteten Decke auf der Wiese nieder, und die Dame beginnt bereits, den Inhalt eines Picknickkorbs auszupacken.

Unwillkürlich stiehlt sich ein Lächeln auf mein Gesicht, doch ich muss schnell wegsehen, als ein kleiner Stich in meinem Herzen folgt. Mom hätte das auch verdient, denke ich. Sie sollte genauso an sonnigen Tagen mit einem Mann, der sie liebt und den sie verehrt, auf einer Wiese sitzen und picknicken. Sie sollte nach einem langen Spaziergang nach Hause kommen und sich aufs Sofa fläzen dürfen, wo ihr liebender Mann lächelnd ihre Füße massiert. Stattdessen arbeitet sie Tag für Tag von früh bis spät, während mein Dad sich noch vor meiner Geburt einfach aus dem Staub gemacht hat, als Mom ihm erzählte, dass sie schwanger sei. Er meinte, er würde sich wirklich freuen (Mom sagte, er schien tatsächlich vollkommen aus dem Häuschen), bis er dann um ein bisschen Zeit bat, alles sacken zu lassen. Tja, nach 20 Jahren – 21, wenn man die Schwangerschaft mitzählt –, hat er es wohl immer noch nicht »sacken lassen« können.

Nicht dass er mir fehlt, im Gegenteil. Er ist ein elendes Dreckschwein und soll sich zum Teufel scheren. Tony ist für mich all das, was mein richtiger Vater nie war. Auch wenn er nur mein Nachbar ist.

Meine Gedanken haben mich so eingenommen, dass ich kaum bemerkt habe, wie die letzten Minuten vergangen sind. Vor mir erscheint bereits die vertraute gläserne Halbkuppel – der Eingang der New York University Business School, wo ich Grace treffen soll.

»Home sweet Home«, murmle ich, schließe mein Fahrrad ab und hebe mir den schweren Rucksack auf den Rücken. Ich hätte wirklich lieber die Reclam-Ausgabe von Faust kaufen sollen. Ehe ich mich umdrehen kann, höre ich bereits ein hohes Kreischen.

»Hazel!«

Zwei Sekunden, dann verdeckt eine braune Haarmähne mein Gesicht, und ich rieche den Duft des teuren Apfelshampoos, das Grace seit Kindertagen benutzt.

»Oh mein Gott, du lebst!«, wiederholt sie zum gefühlt tausendsten Mal und kneift mir in jede Stelle Haut, die sie erwischen kann. »Tatsächlich, Haut und Knochen! Das gibt's ja nicht.«

Ich kichere. »Grace, hör endlich auf mit dem Scheiß.«

Meine beste Freundin strahlt heller als die Sonne, als sie sich endlich von mir löst und mir ins Gesicht sieht. Natürlich ist sie perfekt gestylt – niemals würde ihre Mom sie aus dem Haus gehen lassen, wenn nur die kleinste Bügelfalte in ihrem Kleid zu sehen wäre. Na ja, eigentlich eher ihr Hausmädchen Norma, ihre Mom ist ja so gut wie nie da. Die Sonnenstrahlen brechen sich auf ihrem rot lackierten Schleifchen-Haarreif und blenden mir in den Augen. Hätte ich bloß meine Sonnenbrille mitgenommen.

»Du hast mir gefehlt, Grace«, sage ich schließlich und zurre meinen Rucksack ein wenig höher auf den Rücken.

Sie richtet die Krawatte ihres blauen Marinekleides und seufzt erleichtert. »Und du mir erst.« Dann packt sie mich am Arm und fügt hinzu: »Komm mit. Ich hab dir so viel zu erzählen, das glaubst du nicht. Weißt du noch Leslie Cho?«

Ich stolpere beinahe über die Beine eines Mädchens, das vor mir auf dem Boden sitzt und wie verrückt Sätze in einem Buch markiert.

»Das Streber-Mädchen, das keine Jungs angucken durfte und deshalb immer auf den Boden gesehen hat?« Grace nickt und ein diabolisches Grinsen erscheint auf ihrem Gesicht.

Oh nein, das kenne ich nur zu gut. »Was hast du getan?«, entfährt es mir sofort, und ich bereite mich mental bereits auf einen Schock vor. Beinahe hätte ich vergessen, dass die Freundschaft mit Grace bedeutet, regelmäßig Teil ihrer unglaublichen Aktionen zu sein.

»Gar nichts«, entgegnet sie verschmitzt und spitzt amüsiert die Lippen.

Mit den Schultern drücke ich die schweren Türen der Uni auf und sehe sie vorwurfsvoll an.

Grace schnalzt mit der Zunge und hebt entwaffnend die Hände in die Höhe. »Diesmal habe ich echt gar nichts damit zu tun, Hazel, so null Komma null … eins, vielleicht.«

Wir laufen die Flure entlang zu dem Raum, wo gleich ihr Management-Seminar beginnt, und ich sehe ungeduldig auf die Uhr.

»Spuck's aus. Ich muss noch ganz rüber zum Schauspiel-Gebäude.«

Grace wirft mir einen skeptischen Blick zu, während sie zwei Jungs den Mittelfinger zeigt, die ihr gerade hinterhergepfiffen haben. »Schauspiel? Hast du in Portugal eine 180-Grad-Persönlichkeitswendung gemacht?« Sie klopft mir dreimal gegen die Stirn und sieht sich dann theatralisch im Gang um. »Hallo? Wer bist du, und was hast du mit meiner besten Freundin gemacht?« Lachend verdrehe ich die Augen. Gerade, als ich antworten will, hält sie mir einen Finger vor die Nase. »Halt. Nein. Du hast doch nicht …«

»Was?«

Ihre Gesichtszüge entgleisen, und sie verzieht angewidert den Mund. »Bitte sag mir, dass du nicht etwa einen seltsamen Traum über Logan hattest und nun der Meinung bist, du wärst in ihn verknallt? Denn ich versichere dir, das ist nur eine Illusion. Hatte ich auch mal, in der siebten. Mit Fred Miller. Gott, hatte ich Schiss, dass es nun auf ewig um mich geschehen ist. Aber als ich ihn dann nach meinem Traum sah, war alles wieder cool.«

Ich stöhne auf, packe Grace am Arm und ziehe sie weiter. »Ich bin nicht … warte, was? Fred Miller? War das nicht der Typ, der immer seine Popel gegessen hat?«

Entschuldigend verzieht sie den Mund und zuckt die Achseln. »Sag ich ja, nur eine Illusion. Keine Sorge, Schätzchen, wir biegen das wieder hin. Lass uns einfach ins Office gehen und sagen, das mit dem Schauspiel-Kurs war ein riesengroßes Missverständnis aufgrund eines irreführenden Illusion-Traumes eines arroganten, schleimigen Mistkerls und dann …«

»Grace!«, unterbreche ich sie lachend und lauter, als ich sonst mit irgendwem reden würde. »Ich muss dahin, weil ich dieses Semester das Drama-Writing-Seminar habe. Ich bin nicht in Logan verliebt, Mann, echt mal.«

»Wer ist in mich verliebt?«, ertönt plötzlich eine Stimme neben mir.

Ein genervtes Stöhnen entfährt mir, und ich verdrehe die Augen. »Das kann ja wohl jetzt echt nicht wahr sein«, murmle ich, genau in dem Moment, als Grace »… wenn man vom Teufel spricht …« sagt.

Ich funkle Logan an und sage mit dem kühlsten Ton, zu dem ich fähig bin: »Niemand.«

Seine Frisur sieht aus, als wäre er gerade erst aufgestanden, und dennoch weiß ich, dass er mindestens eine Ewigkeit daran gesessen hat, um es so hinzubekommen. Seit ich ihn kenne, frage ich mich, wieso er seine Haare nach dem Aufstehen nicht einfach so lässt, wenn er unbedingt diesen Sleepy-Look haben will.

Grace sieht von oben bis unten an ihm herab, eine Braue missbilligend hochgezogen. »Deine Krawatte ist unausstehlich. Und – ich bitte dich, Logan – rote Hosenträger zu einem blau-weiß gestreiften Hemd?«

Er lächelt sie an – ein kühles, abwertendes Lächeln. »Hallo, Grace.« Dann wendet er sich wieder mir zu. »Evans«, sagt er (mir ist schleierhaft, wieso er mich seit der Grundschule mit meinem

Nachnamen anspricht, und insgeheim frage ich mich, ob er überhaupt weiß, wie ich mit Vornamen heiße) mit diesem Blick, den er immer draufhat, kurz bevor er irgendeinen dummen gemeinen Spruch loslässt. »Wie ich sehe, hast du endlich einen Grund dafür gefunden, warum du diese grässlichen Kleider tragen kannst.«

Ich sehe an meinem breiten Kleid hinab, das kurz unter den Knien endet. Na ja, eigentlich ist es kein richtiges *Kleid.* Meine Mom hat ein gelbes T-Shirt, das mir zu kurz wurde, an einen langen Flatter-Jeansrock genäht. Eigentlich fand ich es ganz cool, aber jetzt, wo ich drüber nachdenke, sticht es sich vielleicht doch etwas. Meine Wangen werden heiß, als ich daran denke, dass ich auch noch meinen knallroten Rucksack dazu trage.

»Was meinst du?«, frage ich und hoffe, dass mein gleichgültiger Ton überzeugend klingt. Aus den Augenwinkeln erkenne ich Grace, die ihre Stirn in Falten legt und mitleidig zu mir herüberschielt. Meine Bestätigung, dass mein tapferer Versuch kläglich gescheitert ist.

Logan setzt einen gespielt mitfühlenden Blick auf, der jedoch stark im Kontrast mit seinen karamellfarbenen Augen steht, die schadenfroh funkeln. »Na, wie ich sehe, hast du wohl gut zugenommen, oder täuschen mich meine Augen?«

Mein Kopf wird noch heißer, und ich presse die Lippen fest aufeinander. Als ich nichts entgegne, schlägt er sich theatralisch die Hand vor den Mund.

»Oh nein, du hast dich doch im Land der Reisfresser nicht schwängern lassen, oder?«

»Halt die Klappe, Logan.« Grace tritt einen Schritt vor, die Arme vor der Brust verschränkt, und ich bin ihr unendlich dankbar, dass er sich nun ihr zuwendet. Hätte er mich noch länger angesehen, wäre mein Kopf vielleicht zu einer dampfenden Lokomotive mutiert, oder so.

»Und wenn nicht?« Am liebsten würde ich ihm sein belustigtes Grinsen aus dem Gesicht wischen.

Graces Stimme ist leise, aber bedrohlich, als sie ihm antwortet. »Dann kann ich dich ja mal daran erinnern, dass deine Mutter den größten Teil ihres Lebens in Japan verbringt und dich vermutlich auch dort gezeugt hat. Bevor du also noch einmal irgendwas übers Schwängern im Land von Reisfressern sagen willst, zück besser deinen hübschen Handspiegel raus, den du immer dabeihast, und guck dich selbst an.«

Gut gekontert, aber sie spricht hier mit Logan. Der lässt sich nicht so schnell kleinkriegen.

Mit einem letzten hochmütigen Blick auf mich und mein Kleid und einem knappen »wir sehen uns auf der Gala« an Grace, zischt er so anmutig ab, wie er gekommen ist.

»Gala?«, frage ich sie, als wir weiterlaufen und die Treppe zu ihrem Seminarraum nehmen.

Sie verdreht genervt die Augen. »Ja. Wieder mal. Es soll eine Spendengala für ein neues Kinderheim auf der achtunddreißigsten sein und das finde ich eigentlich gut, wenn ich nicht wüsste, dass meine Eltern das alles nur unter dem Vorwand organisieren, eine neue Party zu schmeißen. Und das alles nur wegen *ihm*.«

Die kurzen Absätze meiner schwarzen Riemchenpumps klackern auf dem gebohnerten Fußboden. »Wem?«

Graces Blick wandert verträumt in die Ferne, und ich muss sie am Arm zur Seite ziehen, weil sie sonst gegen ein vorbeihastendes Mädchen gelaufen wäre.

»Caleb West.«

Wir sind an ihrem Raum angekommen, und ich lehne mich gegen die Wand. »Aha. Kenne ich nicht.«

Meine Freundin blinzelt verwirrt, als wäre sie aus einer Art Trance erwacht, und sieht mich ungläubig an. »Wie jetzt? Hast du das gesamte letzte Jahr auf dem Mond gelebt oder was?«

Ich sage nichts dazu, sondern sehe sie einfach nur ausdruckslos an. Mein Zeichen für sie, dass sie gefälligst mit ihrer Neckerei aufhören und stattdessen Klartext reden soll. Klar, ich kenne sie seit dem Kindergarten, und ich bin wahnsinnig froh, dass ich Logan damals gegen das Schienbein getreten habe, als er ihr die Wachsmalkreide wegnehmen wollte. Seitdem sind wir beste Freundinnen, und ich würde es jederzeit wieder tun, jedoch geht es mir gewaltig gegen den Strich, wenn sie mich wie einen Idioten fühlen lässt, nur weil ich nicht auf dem neuesten Stand bin, was die höhere Gesellschaft betrifft. Sie macht es nicht mit Absicht, das weiß ich. Wenn man wie sie das gesamte Leben lang auf Galas, Debütantinnenbällen, sonntägliche High-Society-Brunches und etliche Partys geschleift wurde, jedes Mal mit der Devise »Sitz still, und sieh hübsch aus«, kommt einem der gesellschaftliche Klatsch wohl irgendwann wie selbstverständlich vor.

Als Grace meinen Blick sieht, fängt sie sich schnell wieder und wedelt in einer unbedeutenden Handgeste durch die Luft. »Nicht wichtig. So ein neuer Schauspieler, der letztes Jahr durch eine megageile Buchverfilmung international berühmt wurde. Jedes Mädchen steht auf ihn, alles dreht sich nur noch um diesen Kerl. Wann er einkaufen geht, wo er seine nächste Frisur schneiden lässt, wie lange er auf dem Klo saß …«

»Okay«, unterbreche ich sie schnell, bevor noch Einzelheiten kommen und wechsle das Thema. »Hey, ist dir aufgefallen, dass Logan irgendwie vollere Lippen hat? Ich wette mit dir, der hat da was machen lassen. Chirurgisch, meine ich.«

Grace legt sich mit einer anmutigen Handbewegung die braunen Haare über eine Schulterseite, sieht verschwörerisch nach links und rechts und beugt sich dann zu mir vor. Ich liebe diese geheimnisvollen Insidernews, von denen sie immer zu berichten beginnt, als würde sie mir verraten, wo sich Edward Snowden versteckt hält.

»Hat er tatsächlich. Letzte Woche, glaube ich. Mein Dad hat beim Abendessen davon berichtet, dass Logans Mom zu Besuch aus Japan da war und direkt gemeint hat, dort wäre es gerade der totale Trend, sich die Lippen ein bisschen voller machen zu lassen. Daraufhin sind alle drei, also Logan, Mr. und Mrs. Cunningham los und haben sich die Spritze geben lassen.«

Ich stupse sie gegen den Arm und lache. »Wenn du es erzählst, klingt es, als hätten sie sich Heroin gespritzt oder so.«

Belustigt zuckt sie die Achseln, und ich sehe auf meine Armbanduhr. »Oh Gott, ich muss los«, sage ich und stoße mich von der Wand ab. »Treffen wir uns später bei mir?«

»Da ist er wieder«, seufzt Grace mit einem versonnenen Augenaufschlag, »der panische Unterton in der Stimme meiner Streberbesten Freundin, wenn sie zu spät zum Seminar kommt. Wie hab ich das vermisst.«

»Ja, ja«, sage ich kichernd und will schon losgehen, da drehe ich mich noch einmal um. Grace will gerade in den Raum gehen. »Du hast mir noch nicht verraten, was mit Leslie Cho passiert ist.«

Sie grinst, eine Hand auf der Türklinke. »Sie kam auf eine Party ins Verbindungshaus, weil ein Kerl sie gefragt hat. Irgend so ein heißer Typ, soll wohl eine Wette gewesen sein. Ich hab sie dort abgefüllt, und irgendwann hat sie total betrunken auf dem Tisch getanzt, die Wodkaflasche als Mikro und nur noch in Unterwäsche. Es wurden Fotos gemacht und überall in den Gängen aufgehängt und verteilt, das war so krass.«

Ich verziehe das Gesicht und schüttle den Kopf. »Ich darf dich echt nicht allein lassen, Grace Bishop.«

Sie lächelt ihr süßes Grace-Lächeln und macht einen Luftkuss. »Ach, Hazel?«, ruft sie mir noch hinterher, als ich schon die Hälfte des Flurs hinter mir gelassen habe. Ich drehe mich um.

»Ja?«

Sie sieht mich mit einem Blick an, wie man einen kleinen Welpen anguckt, der gerade seine eigene Scheiße gefressen hat. Mitleidig und gleichzeitig nachsichtig, nach dem Motto: Das muss doch jetzt nicht sein, aber ich verzeihe dir, weil du ein kleiner unwissender Scheißer bist, der noch einiges von mir zu lernen hat. »Diese Riemchenpumps gehen gar nicht.«

Ich verdrehe die Augen und schneide ihr eine Grimasse, ehe ich mich umdrehe und mich auf dem Weg zum Schauspielhaus mache. Was sie nicht mehr sieht, ist, dass mein Lächeln verblasst, sobald ich ihr den Rücken zugekehrt habe.

3

Ich werfe meinen Rucksack durch den Flur und streife meine Pumps im Gehen ab. Dabei falle ich fast vornüber und muss mich an dem Palisander-Sideboard abfangen.

»Mom?«

»Oben!«, brüllt ihre klare Stimme zurück. »Oben« ist gut. Meine Mutter ist praktisch eine Zimmernomadin. Sie wandert bestimmt hundertmal täglich von Raum zu Raum, um »ein bisschen Abwechslung in den Alltag zu bringen«. Unser Geld reicht nicht aus für ein externes Büro, deshalb macht sie schon seit Ewigkeiten Homeoffice. Manchmal ist es nervig, weil täglich irgendwelche fremden Menschen ein- und ausgehen. Gelegentlich verirren sie sich in mein Zimmer, und ich fühle mich dann wie eine automatische Maschine, die auf Knopfdruck die Wörter: »Wieder raus, den Flur links, vier Türen weiter«, aufsagt.

»Marco?«, rufe ich, während ich die hölzerne Treppe unseres kleinen Reihenhauses hochrenne. Oder eher hochpoltere.

Ihre Antwort kommt aus dem Arbeitszimmer. »Polo!«

Ich laufe über den mit Babyfotos übersäten Flur, schlittere dabei mindestens einen Meter mit dem weißen Läufer, bei dem die Rutschmatte fehlt, über das Parkett und öffne schließlich die Tür. »Hey.«

Meine Mutter sitzt hinter ihrem wuchtigen Schreibtisch und hockt über einem Stapel Unterlagen, sich mit einem Kuli im steten Rhythmus gegen die Lippen tippend. Ich erkenne bereits unzählige blaue Punkte in ihrem Gesicht, das von ihrem blonden Haar umrahmt wird.

»Gewürztes Hackfleisch mit vier Buchstaben?«

Okay, doch keine Unterlagen. Ein Kreuzworträtsel. »Äh, keine Ahnung. Mett?«

Sie zeigt mit dem Kugelschreiber auf mich. »Du bist der Wahnsinn, Hazel Evans. Ein Wörterbuch auf zwei Beinen.«

Lächelnd lasse ich mich auf den Sessel vor ihr sinken und klaue mir einen Keks vom Tisch. Es ist immer noch schwierig für mich, und während ich kaue, gehe ich bereits die Kalorien und Kohlenhydrate in meinem Kopf durch, aber ich versuche, es zu ignorieren. Ich will unbedingt an mir selbst arbeiten.

»Wie immer stolz auf deine Brut, was?« Krümel fallen mir beim Reden auf den Jeansrock, und ich wische sie zur Seite, wo sie in die Rillen des Ledersessels fallen und dort wahrscheinlich von nun an jahrelang ihr Dasein fristen werden.

Meine Mutter schreibt das Wort in die Zeitschrift, klappt sie anschließend zu und sieht mich mit ihren großen grünen Augen an. Die habe ich von ihr geerbt, keine Frage.

»Wie war's zurück in der Anstalt für Bekloppte?«

So nennt meine Mutter die NYU seit jeher. Die Uni ist eine teure Privatschule, voll mit hochnäsigen, reichen Kindern, die alles in den Arsch gestopft bekommen. Ich bin wohl die Einzige von ihnen, die aus mittelständischen Verhältnissen kommt. Abgesehen von den Stipendien-Nerds natürlich.

Meine Mom ist Anwältin, aber nicht gerade eine von denen, die mit teuren Designeranzügen durch New York City laufen und sich an jedem zweiten Kaffeestand einen Bagel kaufen. Nein, sie reißt sich um jeden Auftrag, den sie kriegen kann. Und dann geht das meiste Geld dafür drauf, dass sie mir diese teure Uni finanziert und das Haus abzahlt. Wir leben in der teuersten Stadt der Welt und selbst die schlimmsten Bruchbuden Brooklyns kosten schon ein Vermögen.

Jeden Tag aufs Neue wünsche ich mir, mich irgendwie bei ihr revanchieren zu können. Alles, was sie tut, tut sie für mich. Eine Zeit lang war ich Zeitung austragen, aber da habe ich gekündigt, weil es einfach zu früh morgens und damit direkt vor der Schule war. Dann hat eine Freundin meiner Mom mich in ihrem Modegeschäft jobben lassen, aus dem sie mich nach einem halben Jahr aber leider wieder entlassen musste, weil die Kunden sich über meine »inadäquate Beratung« beschwert haben. Na ja, immerhin hat sie es nett ausgedrückt. Sie hätte ja auch »stillose und fürchterliche Beratung« oder so sagen können. Ich bin mir sicher, die Kunden haben sich schlimmer ausgedrückt. Eine Frau hat mich mal als maßlos unverschämt beschimpft und gesagt, ich gehöre eher in eine Nähfabrik nach Bangladesch als in ein Modegeschäft, nur weil ich ihr eine gelbe Strumpfhose mit einem geblümten Sackkleid von ROKEDISS empfohlen habe. Seitdem arbeite ich in einer kleinen Buchhandlung, die hauptsächlich Nerds und ältere Damen besuchen, aber immerhin bei denen scheine ich als kompetent genug für den Job durchzugehen. Halleluja.

Wie auch immer. Wenn es nach Mom ginge, müsste ich gar nicht arbeiten. Sie sagt immer, ich solle mich lieber auf die Uni konzentrieren, und ich gebe ihr schon alles, indem ich einfach da bin. Für mich sehr schwer vorstellbar.

»Logan hat seine Lippen aufspritzen lassen«, antworte ich mit einem verschmitzten Lächeln.

Auf dem Gesicht meiner Mom erscheint ein breites Grinsen, und sie runzelt amüsiert ihre Stupsnase. Sie liebt Klatsch. »Ist nicht wahr.«

Ich nicke belustigt. »Doch wahr. Soooolche …«, ich ziehe meine Hände weit auseinander. »Schlauchbootlippen. XXL.«

»Piek mal mit deinem Bleistift rein. Vielleicht platzen sie ja.«

Ich erhebe mich lachend. »Du bist unmöglich.«

Sie hält abwehrend die Hände in die Luft und schüttelt unschuldig den Kopf.

Vor der Tür drehe ich mich noch einmal zu ihr um. »Grace kommt gleich. Wenn was ist, wir sind im Zimmer.«

»Okay«, murmelt meine Mutter, die bereits wieder mit dem Kopf über ihre Unterlagen gebeugt ist. Arbeitsunterlagen, vermute ich dieses Mal. »Wenn ich Zeit finde, komme ich kurz und knutsche sie.«

Ich kichere, als ich den Raum verlasse. Meine Mom liebt Grace und findet sie »ganz fantastisch und herzallerliebst«. Sie sagt immer, es grenze an ein Wunder, dass sie nicht nach ihren Eltern schlage. Deshalb ist es für sie auch kein Problem, dass Grace fast täglich bei uns ist, meistens sogar bis nach dem Abendessen. Ich bin eher selten bei ihr. Die Wohnsuite von ihnen ist viel zu riesig und irgendwie so unpersönlich und kalt. Außerdem habe ich nicht das Gefühl, dass ihre Eltern mich sonderlich mögen. Sie tolerieren mich lediglich, weil sie meine Mom von der Uni damals kennen – sie alle drei waren ebenfalls auf der NYU. Mom hat mir erzählt, dass sie sogar gut mit Alice Bishop, also Graces Mom, befreundet war, bis sie mit Harold, also Graces Dad, zusammenkam, die beiden nach der Uni voll durch die Decke gingen und das Plaza Hotel plus das Four Seasons kauften. Seitdem beschränkte Mrs. Bishop die Kommunikation mit Mom, wenn sie früher Grace zu Besuch brachte, auf Küsschen links, Küsschen rechts, dabei etepetete die rechte Hand in einer scheinbar anmutigen Pose in der Luft (für mich sah es immer so aus, als hätte sie ihre Hand gebrochen) und einem »Norma holt sie dann um sieben wieder ab. Ciao, Ciao.«

Oh, und Grace hat ein Auto. Also ist sie schneller bei mir, als wenn ich mit dem Fahrrad eine Stunde bis in die siebenundfünfzigste fahre.

Als ich in mein Zimmer trete, kriege ich beinahe einen Herzinfarkt und springe erschrocken in die Luft. Ein Fremder steht vor mir und sieht so fehl am Platz vor meinem weißen Schnörkelbett aus, dass ich gelacht hätte, wenn mir das Herz nicht fast aus der Brust springen würde.

»Verzeihung«, sagt er höflich und hält beide Hände entschuldigend in die Höhe. »Ich suche …«

»Wieder raus, den Flur links, vier Türen weiter«, höre ich meine innere Aufnahmekassette sprechen, ehe der Herr auch schon freundlich nickt und mein Zimmer verlässt.

Seufzend lasse ich mich auf mein Bett fallen, während ich mich von dem Schock erhole. Man sollte meinen, nach so vielen Jahren hätte ich mich endlich daran gewöhnt. Fehlanzeige.

∞

»Der Kerl ist total gruselig«, sage ich und halte Grace die Chipstüte hin, nach der sie gerade geschnipst hat – Sour Cream and Onion. Ich muss mir Breakfast Club mit ihr ansehen, weil ich ihr das schon versprochen habe, als ich noch in Portugal war.

Sie steckt ihre Hand in die Tüte und krümelt das halbe Bett voll. »Finde ich nicht. Das liegt nur an seinem seltsamen Mantel.«

»Wenn du meinst.«

Grace seufzt, knüllt die leere Tüte zusammen und zieht die Schüssel Popcorn zu sich heran. Ich beneide sie so sehr dafür, dass sie scheinbar essen kann was sie will und nie zunimmt. Vielleicht liegt es auch an ihrem Personal Trainer daheim, könnte natürlich sein. Und obwohl ich trotz meiner neu gewonnenen Pfunde noch ein wenig dünner als sie bin, komme ich mir stattdessen wie eine gemästete Kuh neben einer filigranen und anmutigen Ballerina vor.

»Hast du in Portugal eigentlich jemanden kennengelernt?«, fragt sie, während meine Augen noch immer ihre Figur anstarren.

Nicht das schon wieder. Ihre ewige Leier, dass ich als elende Jungfrau sterben würde. Nachdenklich lege ich den Kopf schief. »Gewissermaßen.«

Grace wendet den Kopf ruckartig zu mir, und ich habe die Befürchtung, ihr heiß geliebter Haarreif könnte ihr vom Kopf fallen. »Wen?«

Achselzuckend strecke ich die Beine aus. »Keine Ahnung, wie der hieß. War auf so einer Party. Er meinte, ihm gefällt mein Lipgloss, der würde meine Lippen so betonen.«

Grace starrt mich fasziniert an und schaufelt das Popcorn in sich rein. Der Film scheint sie plötzlich nicht mehr zu interessieren. »Und?«, hakt sie aufgeregt nach. »Was hast du gesagt?«

»Ich meinte, der Glanz wäre das Chipsfett.«

Graces Hand erstarrt mitten in der Luft, auf dem Weg zum Mund.

»Oh, Hazel. Sag, dass das nicht wahr ist, bitte.«

Unbeirrt nehme ich die Platte mit dem Gemüse von der Fensterbank neben meinem Bett. »Ich fand ihn eh komisch und außerdem …«

»Nein«, unterbricht sie mich schlagartig.

Mit gerunzelter Stirn und einer Karotte in der Hand sehe ich sie an. »Nein?«

Grace schüttelt den Kopf. »Du musst endlich damit aufhören, alle Männer für die absoluten Vollidioten zu halten. Nur weil dein Vater ein Arschloch war und deine Mom vor der Geburt verlassen hat, ist nicht jeder so.«

Ich verdrehe genervt die Augen. »Lucas hat dich mit Thomas betrogen, Grace. Einem Kerl. Und du willst mir erzählen, die Männer sind nicht alle so?«

Grace öffnet betroffen den Mund und wendet betreten den Kopf ab. Sofort bekomme ich Schuldgefühle. Ich werfe die Karotte zurück auf den Teller und lege ihr eine Hand auf die Schulter.

»Grace, ich ...«

Sie lächelt aufgesetzt. »Schon gut. Du hast ja recht.«

In ihren Augen glitzern Tränen. Sie hat Lucas echt geliebt, immerhin waren sie fast sieben Jahre zusammen, bis sie ihn schließlich auf einer Benefiz-Veranstaltung im Plaza mit Thomas in einem Zimmer erwischte. In flagranti. Sie war monatelang vollkommen fertig. Fairerweise muss ich dazu sagen, dass es immerhin kein One-Night-Stand war. Die beiden Jungs sind seitdem ein Paar, und wirklich, wirklich süß zusammen, aber das könnte ich vor Grace niemals sagen. Betrügen bleibt betrügen, und was Lucas getan hat, war unter aller Sau.

»Nein«, sage ich und streiche ihr eine Strähne hinters Ohr. »Das hätte ich nicht sagen sollen. Es ist nur ... Keine Ahnung, ich glaube, ich war irgendwie wütend.«

Grace streicht sich die Chipskrümel von ihrem Kleid und sieht mich mit verwirrtem Gesichtsausdruck an. Feine Tränen glitzern an den Spitzen ihrer langen dunklen Wimpern. »Aber warum denn?«

Im Hintergrund brüllt der Typ mit dem Mantel aus Breakfast Club ziemlich übel, also schalte ich die Lautstärke etwas runter und seufze. »Weiß ich nicht«, entgegne ich wahrheitsgemäß. Mein Blick bleibt auf dem Bild an meiner grauen Wand hängen und verschwimmt vor meinen Augen. Ich erinnere mich noch genau an den Tag. Es entstand an meiner Einschulung, und ich stehe dort mit dicker Brille und Schultüte in der Hand, während mein breites Grinsen eine süße Zahnlücke offenbart. Auf meinem blonden Haarschopf trage ich ein pinkes Cap, das ich mir zur Feier des Tages am Abend zuvor aussuchen durfte, und ich fühlte mich so unendlich schön damit. Als wir dann in die Klassen aufgeteilt wurden, hat Logan sie mir vom Kopf gerissen und lachend gemeint, mein Gesicht sei hässlich, ich hätte abstehende Ohren und eine Schweinenase. Dann hat er mir die Mütze wieder aufgesetzt und gesagt, das Pink passe zu mir, weil ich ein dickes Schwein sei.

Ich habe das Cap nie wieder getragen.

Seufzend lehne ich mich gegen das Kopfteil meines Bettes. »In meinem Leben war Tony bisher der einzige Mann, dem ich wirklich vertrauen konnte. Ansonsten habe ich mir immer Beleidigungen von Jungs anhören müssen, oder sie haben mich gar nicht erst beachtet. Ich meine, mein Dad wollte nicht mal etwas von mir wissen, obwohl ich noch gar nicht auf der Welt war. Sie haben einfach kein Interesse an mir.«

Grace legt betrübt den Kopf schief, so, wie sie es immer tut, wenn sie betroffen ist. »Das stimmt nicht. Das mit deinem Vater ist verdammter Mist, Hazel, aber so sind sie nicht alle. Du kannst die Männer nicht verurteilen, nur weil einer von ihnen Scheiße gebaut hat. Und außerdem hast du doch gerade gesagt, dieser Portugiese fand dich gut.«

»Jaah«, antworte ich gedehnt und pule am Saum meines gelben T-Shirts herum. »Der war aber echt komisch, Grace. Ich meine, so richtig komisch. Kam mit einem Bauarbeiterhelm auf die Party und meinte, es wäre eine Vorsichtsmaßnahme, falls er zu betrunken wäre und hinfallen würde. Und dann trug er den ganzen Abend eine Orange bei sich und hat sie nicht aus der Hand gegeben, weil sie sein Glücksbringer war, um Mädchen kennenzulernen.«

»Oh«, sagt sie und sieht mich mit ausdruckslosem Blick an, den sie scheinbar krampfhaft halten muss. Ihre Mundwinkel zucken, ich stupse sie in den Bauch und verdrehe belustigt die Augen.

»Na los, lach schon.«

Dann prustet sie los, und ich stimme lauthals mit ein, bis uns der Bauch wehtut und der komische Mantel-Typ aus dem Film draußen auf einer Wiese die Faust in die Luft streckt, fast so, als wollte er sagen: »Na, geht doch!«

4

Mit dem Finger umkreise ich den oberen Rand meines Glases, aber scheinbar will meine Cola Light heute keinen coolen Sound von sich geben. Tony steht hinter dem Tresen und putzt Gläser, dabei kann ich ganz genau erkennen, wie er mich von der Seite her beäugt. Außer mir ist bloß ein weiterer Gast da, ein kleiner untersetzter Mann mit Glatze, der einem Miniatur-Troll gleicht und mit den Lippen stumm den Foo Fighters folgt, die im Hintergrund das Lied »Pretender« grölen.

»Okay«, sagt Tony schließlich seufzend, stellt das Glas beiseite und lehnt sich mit den Ellbogen vor mir auf die Marmorfläche. »Was ist los?«

»Wie kommst du darauf, dass was los sei?«, frage ich, ohne von meiner Cola Light aufzusehen. Mit den schwarzen Riemchenpumps tippe ich im steten Rhythmus gegen den Tresen (ich habe nicht auf Grace gehört und sie dennoch angezogen) und spüre weiterhin Tonys eindringlichen Blick auf mir.

»Erstens«, sagt er, legt mir den Zeigefinger ans Kinn und hebt meinen Kopf an, »bist du von deinem heiß geliebten Bananenweizen wieder auf diese zuckerfreie Chemie-Scheiße umgestiegen ...«

Ich will protestieren und eine Diskussion mit ihm anfangen, wie immer, wenn er mich wegen der »tödlichen Mörder-Chemie« in Cola Light aufzieht, aber er hebt den Finger und bedeutet mir zu schweigen. Der Typ am anderen Ende des Tresens schnipst mit den Fingern, um etwas zu bestellen, aber Tony beachtet ihn nicht. Manchmal frage ich mich, wie er es überhaupt schafft, dass der Laden abends immer so gut besucht ist.

»Und zweitens machst du ein Gesicht, als wenn ihr in eurem

Deutschseminar ins Jahr 1933 gereist wärt und alle eure Bücher verbrennen musstet.«

Einen Moment bin ich überrascht, wie immer, wenn Tony mich mit seiner belesenen Intelligenz völlig unvorbereitet trifft, aber ich fange mich schnell wieder. »Wenn jemand meine Bücher verbrennen würde, dann würde ich ihm mit derselben Fackel hinterherjagen und ihm den Arsch ankokeln.« Ein Kichern entfährt mir bei diesem Gedanken, und sofort hellt sich Tonys Miene wieder auf. Sofort überfällt mich ein schlechtes Gewissen, dass ich ihm Sorge bereitet habe. »Entschuldige«, nuschle ich, während im selben Moment der Miniatur-Troll brüllt: »He, Tony Makkaroni, noch ein Summer Ale!«

Tony verdreht die Augen, stellt ihm einen neuen Drink vor die Nase und wendet sich wieder mir zu. »Also, Fräulein. Raus mit der Sprache. Und hör auf, gegen den Tresen zu treten, du machst noch Löcher rein.«

»Ich habe keine Stahlfüße!«, protestiere ich, lächle dann aber. In meinem Kopf überschlagen sich gerade die Gedanken, ob ich Tony eine Antwort auf seine Frage geben oder es geschickt umgehen soll. »Okay«, sage ich schließlich seufzend und fühle mich ein wenig unbeholfen, weil ich so ein Thema noch nie mit ihm hatte. Gedankenlos nestle ich an dem Untersetzer meines Glases herum.

»Grace war heute bei mir«, fange ich an, während sich das Lied automatisch wiederholt und gerade »and so it all began« aus den Lautsprechern tönt.

Tony grunzt. »Wenn das alles war, bin ich schwer enttäuscht. Grace ist immer bei dir. Sie ist praktisch dein siamesischer Zwilling oder so.«

»Ich habe sie ziemlich verletzt, glaube ich.« Tony entgegnet nichts, also fahre ich einfach fort. »Wir haben … na ja … Gott, ist das komisch. Okay, also wir haben irgendwie über Jungs geredet und darüber, dass ich mich nie mit welchen treffe. Dann hat sie plötzlich von Dad angefangen und gemeint, ich solle aufhören, wegen ihm jeden anderen Kerl direkt als Mistkerl abzustempeln. Das hat mich wütend gemacht, verstehst du?«

Tony öffnet den Mund, um etwas zu sagen, aber ich lasse ihn nicht zu Wort kommen. Jetzt, wo ich erst so richtig in Fahrt bin, kann ich gar nicht mehr aufhören.

»Na ja, jedenfalls hab ich dann die Lucas-Thomas-Sache hochgeholt, du weißt schon. Das war ziemlich mies von mir.«

Mit gerunzelter Stirn zwirbelt er das Geschirrtuch an seinem Arm auf, nur um es wieder abzurollen. »Lucas-Thomas-Sache?«

»Tu nicht so. Ich hab's Mom erzählt, die quasi die Plapperkönigin im Klatschnest ist und sich regelmäßig mit dir austauscht. Du weißt es.«

Abwehrend hält er die Hände in die Höhe und gluckst belustigt. »Schon gut, schon gut. Ich weiß es. War 'ne ziemlich heftige Nummer, oder?«

Ich nicke betroffen, lege meinen Arm auf den Tresen und bette seufzend mein Kinn darauf. Der kleine Teufel in meinem Kopf flüstert mir zischend zu, wie viel Speck sich doch auf meinen Knochen gelegt hat, redet mir ins Gewissen, dass ich unbedingt wieder hungern sollte. Er wird lauter, immer lauter, schreit beinahe, und ich will ihm schon fast glauben aber … nein. Ich darf nicht. Darf nicht, darf nicht, darf nicht. Kurz kneife ich die Augen zu, schüttle den Kopf und sehe dann zu Tony auf. »Ausgerechnet ich muss meiner besten Freundin Salz in die Wunde streuen.«

Der Miniatur-Troll lässt einen sehr männlichen und absolut widerlichen Rülpser von sich hören, ehe er den New York Yankees im Bildschirm ihm gegenüber zubrüllt, sie sollen sich verdammt noch mal endlich in den Arsch treten, sonst würde er auf der Stelle ins Stadion rennen und es selbst tun. Ich bezweifle, dass er mit seinem dicken Bauch und den kurzen Beinen dort wäre, ehe das Spiel beendet ist.

»War sie denn sauer?«, fragt Tony und reißt mich damit vom Anblick des Trolls weg.

»Hm? Äh, nein. Glaube nicht. Erst war sie verletzt, aber dann haben wir geredet, und es ging.«

»Okay. Dann ist doch alles klar.«

»Schätze schon«, sage ich achselzuckend.

Tony deutet auf das Glas neben mir und bringt mich schließlich dazu, wieder den Kopf zu heben. »Und was hat es mit der Bananenweizen-Krise auf sich?«

Wieder brüllt der Troll neben mir den Yankees irgendwelche Beschimpfungen zu, und weil ich das Spiel deshalb jetzt selbst verfolgen will, krame ich mir meine Brille aus der Tasche. Ich mag es nicht gern, sie zu tragen, weil sie so nerdig mit ihren großen viereckigen Gläsern aussieht, aber hier bei Tony kennt mich eh keine Sau.

»Bananenweizen haben total viele Kalorien«, antworte ich schließlich, während ich mir die Brille auf die Nase schiebe, und rümpfe ein paar Mal die Nase, um mich an das Gestell zu gewöhnen. »Das kann ich mir momentan nicht erlauben, nachdem ich eine Reisbombe in meinem Körper deponiert und platzen lassen habe.«

Jetzt ist es an Tony, genervt die Augen zu verdrehen. Er geht zum Laptop, stellt endlich eine neue Playlist an, und sagt schließlich: »Darüber brauchen wir nicht sprechen, oder? Du weißt, weshalb deine Mom wollte, dass du das Auslandssemester in Portugal machst und wegkommst von diesen …«

Bevor er weiterreden kann, hebe ich eine Hand und bringe ihn mit einem bösen Funkeln sofort zum Schweigen. Er weiß, dass ich nicht darüber reden will, warum ich nach Portugal musste. Zum Glück akzeptiert er das und schüttelt bloß den Kopf.

»Wie auch immer. Ich bin froh, dass du wieder da bist, Hazel. Du hast hier echt gefehlt.«

»Ja?«, entgegne ich lächelnd, während ich beobachte, wie Gary Sanchéz einen perfekten Fang macht, der Troll in der Ecke rumbrüllt wie ein Bekloppter, seine Flasche in Siegerpose erhebt und dabei sein ganzes Bier verschüttet.

»Keine fröhliche Gesellschaft, die mich ersetzen konnte?«

Tony nimmt sich ein Glas aus dem Regal und füllt es mit Leitungswasser, ehe er einen Schluck trinkt.

»Nö«, entgegnet er schließlich. »Nur dieser seltsame neue Kerl, der hier plötzlich ständig auftaucht. Redet nie, sitzt einfach nur da und trinkt seinen Drink. Manchmal bleibt er sogar mehrere Stunden, bis es zu voll wird, dann geht er. Aber immerhin zahlt er gut, also von daher.«

Feixend hebe ich den Zeigefinger. »Dein Kerker hier könnte genauso gut ein Treffpunkt für Vampire und Werwölfe sein, so düster ist es hier. Da darfst du dich nicht über seltsame Kundschaft wundern. Vielleicht ist er ja Mitglied von Anonymous oder so.«

Lachend verdreht Tony die Augen und wirft mir eine frische Scheibe Zitrone in mein Glas. »Hazel, du liest zu viel Fantasy.«

»Und du zu viele Sachbücher.«

Er schmunzelt und eine Weile schweigen wir, während ich dem Troll bei seinen Beschimpfungen zuhöre und ab und zu im Takt der Musik mitpfeife, als plötzlich die Türglocke läutet.

Tonys Blick hebt sich, seine Brauen wandern die Stirn hoch. »Da ist er ja.«

∞

Der Kerl, der da gerade die Bar betritt, ist so was von kein Mitglied von Anonymous. Mir schleierhaft, weshalb gerade das mein erster Gedanke ist, aber Anonymous-Mitglieder tragen in meiner Vorstellung keine Lederjacke und Doc-Martens-Bikerstiefel. In Filmen wäre das jetzt so ein Moment, in dem der ganze Hintergrund plötzlich verschwimmt und unwichtig wird, während der Kerl aufsieht und sich nicht mehr von mir losreißen kann. Tja, das Leben ist aber kein Film. Und er sieht auch nicht auf, kein einziges Mal, bis er an seinem Platz am Tresen sitzt.

Aus irgendeinem Grund kann ich nicht aufhören, ihn anzustarren. Ich will, dass er den Kopf hebt, damit ich sein Gesicht sehen kann, aber er sieht stumm auf die Maserung im Marmor.

»Hast du heute schon gegessen?«

Tonys Stimme reißt mich von dem Typen weg, und einen Augenblick blinzle ich ihn zerstreut an. »Hä? Ach so … Nein. Ich meine, ja.« Ich war schon immer eine schreckliche Lügnerin, und ich tue es nicht gern, besonders nicht bei Tony, aber ich will nichts essen. Schließlich muss ich erst die festplatzierte Reisbombe in mir wieder loswerden. Und würde ich doch etwas essen, dann … na ja, würde es in etwas enden, das ich unbedingt vermeiden will. Gegen das ich seit einem verdammten Jahr ankämpfe und momentan heftig in mir kribbelt. Wie brodelnde Lava im Vulkan, die unbedingt rauswill, aber von einer imaginären Faust krampfhaft heruntergedrückt wird.

Tony stellt dem düsteren Kerl ein Summer Ale hin, ehe er sich mit der Hüfte an die Spüle hinterm Tresen lehnt und die Arme vor der Brust verschränkt. »Das heißt nein. Warum nicht?«

»Keine Zeit«, nuschle ich, nehme schnell einen Schluck meiner Cola Light und schütte mir aus Versehen einiges davon auf mein Shirt. Als ich seinem Blick begegne und er den Mund aufmacht, um etwas zu sagen, weiß ich schon, was jetzt kommt. Es ist immer dieselbe Leier. Abwehrend hebe ich die Hände. »Schon gut! Ich esse was.« Tief Luft holend drehe ich mich auf meinem Barhocker zur Seite und sage: »Würdest du mir vielleicht …«

»Nein!«, fährt der seltsame Typ mich an und wirft mir einen so bedrohlichen Blick zu, dass ich eine Gänsehaut bekomme.

Im ersten Augenblick bin ich zu perplex, um etwas zu sagen, und starre mit verwirrtem Blick in seine kristallblauen Augen. Mein Gott, sind die blau.

Als der Miniatur-Troll im Hintergrund den Fernseher anschreit, fange ich mich schließlich wieder und schüttle den Kopf. »Was hast du denn für ein Problem? Ich wollte doch nur die Salzstangen neben dir haben!«

Erst wandert sein Blick zu der Tasse mit den Salzstangen neben sich, dann wieder zu mir. Dabei starrt er mich an, als müsste er sich verhört haben. »Die Salzstangen?«

Gott, ist der Kerl schwer von Begriff. Entnervt verdrehe ich die Augen. »Ja. Du bist echt seltsam, weißt du das?«

Als er nichts erwidert und mich immer noch ansieht, als wäre ich ein genmanipulierter Alien mit Schweinekopf, füge ich stirnrunzelnd hinzu: »Hattest du einen schlechten Tag oder so?«

Er schüttelt stumm den Kopf, und mittlerweile wünsche ich,

mir die Salzstangen einfach selbst geholt zu haben. Mit den Fingern pule ich den Untersetzer meiner Cola Light auseinander, ohne den verwunderten Blick von ihm abzuwenden.

»Wie auch immer.« Die Salzstangen sind mir ehrlich gesagt inzwischen ziemlich egal. »Ich bin Hazel Evans, und du?«

Kurz wendet er seinen Blick wieder ab und starrt beinahe schockiert auf das Etikett seines Summer Ales, als hätte ich ihn gerade abgrundtief beleidigt. Seine Finger klammern sich an die Flasche, und er rutscht ein Stück auf seinem Hocker vor, sodass das Licht über ihn auf seine dunkelblonden Haare fällt. Ich denke schon, er bekommt gleich irgendeinen Anfall oder so, da wendet er sich urplötzlich wieder mir zu – diesmal ein amüsiertes Grinsen im Gesicht.

»Hazel?« Seine schockierte Miene scheint wie weggewischt. »Du hast blonde Haare, grüne Augen, und dein Name ist *Hazel?«*

Mir ist klar, was er meint. Hazel klingt nach brünetter Schönheit mit großen Rehaugen, und das trifft ja definitiv nicht auf mich zu. »Der Spruch ist lahm. Wurde mir schon gesagt, als ich dreizehn war. Du bist nicht sehr geistreich.«

Seine Mundwinkel zucken. Seine Augen analysieren mich von oben bis unten und wieder hoch, wo sie schließlich an meiner dicken Brille hängen bleiben. »Und du siehst nicht gerade aus wie ein Mädchen, das sich abends in einer Bar rumtreibt. Was machst du hier?«

Mit einem Kopfnicken deute ich zu Tony, der sich bereits wieder seiner Passion verschrieben hat, die Gläser zu trocknen, und nehme so unauffällig wie es geht meine Brille ab. Natürlich folgen die Augen des Fremden meiner Hand. Seine Mundwinkel zucken belustigt, als ich die Brille in meine Tasche gleiten lasse.

Ich tue so, als hätte ich seinen Blick nicht bemerkt, und räuspere mich. »Er ist mein Nachbar. Ich bin immer hier.«

»Bist du nicht«, entgegnet er barsch, fügt aber nach einer kurzen Pause trocken hinzu: »Ich komme fast jeden Tag her und habe dich noch nie gesehen.«

Ein lautes Brüllen reißt mich für einen Moment aus dem Konzept: Der Miniatur-Troll dreht vollkommen durch, sein Gesicht ist knallrot angelaufen, und an seiner Schläfe pocht eine Ader in bedrohlichem Tempo. Ein Blick auf den Bildschirm verrät mir, dass das gegnerische Team gerade einen Homerun hingelegt hat.

»Du hast recht«, sage ich schließlich und wende mich wieder dem Typen zu, »ich war das vergangene Jahr über in Portugal. Aber sonst ist die Bar praktisch mein zweites Zuhause, ich wohne direkt nebenan.«

Innerlich frage ich mich, wieso ich so viel plappere. Ich kenne den Kerl doch gar nicht, wieso erzähle ich ihm dann, wo ich wohne? Am besten überreiche ich ihm gleich noch einen ausgedruckten Plan von Google Maps, mein Zimmerfenster rot eingekreist und mit dicken Lettern daruntergeschrieben: »Hier wohne ich. Wenn du aus der Bar rauskommst nach links um die Ecke, dann der zweite Hauseingang. Bitte zweimal lang, dreimal kurz klingeln – das ist unser Zeichen.«

Mein unfreiwillig neu gewonnener Gesprächspartner zieht seine kragenlose Lederjacke aus, während er fragt: »In Portugal? Wo da?«

Die Östrogene in mir entscheiden sich ohne meine Zustimmung dafür, meinen Blick auf seine Arme festzunageln. Scheiße, sehen die trainiert aus. Es scheint Ironie des Schicksals zu sein, dass der Typ, mit dem ich es tatsächlich einmal geschafft habe mehr als zwei Wörter zu sprechen, meilenweit außerhalb meiner Liga ist. So einer hängt mit Mädchen rum die aussehen wie Cara Delevingne oder Miranda Kerr, aber mit Sicherheit nicht mit mir. Nach einer Sekunde weiteren Starrens erinnere ich mich, dass er mich ja etwas gefragt hat.

»Äh … für zwei Semester war ich an der Universität in Coimbra, und gelebt habe ich währenddessen in Mira. Das ist nicht weit entfernt von der Uni, aber die Leute da leben wie im achtzehnten Jahrhundert. Meine Gastfamilie hatte nicht mal einen Fernseher.«

Scheinbar geistesabwesend kratzt er sich über den Oberarm, rote Striemen ziehen sich vom Ellbogen bis zum Ärmel seines T-Shirts. »Okay. Finde ich cool.«

»Was? Dass die keinen Fernseher hatten?«

Er zuckt die Achseln. »Alles. Dass du in Portugal warst und da studierst hast und so.«

Einen Moment sehe ich ihn bloß an, ohne etwas zu entgegnen. Etwas verwundert hält er meinem Blick stand, und als meine Sicht verschleiert, weiß ich, dass ich aussehen muss wie eine Irre. Er will gerade etwas sagen, da sprudeln bereits Wörter aus meinem Mund hervor, von denen ich nicht einmal wusste, dass ich sie zuvor gedacht habe. Noch schlimmer, ich schreie sie beinahe monoton und in schnellem Tempo hinaus, als wäre ich taub.

»Hast du Bock, was mit mir zu essen?«

Bock? Gott, wie bescheuert klingt das denn? Ich sehe Grace förmlich neben mir stehen, wie sie verzweifelt die Brauen zusammenzieht und den Kopf schüttelt.

Seine Mundwinkel zucken amüsiert, und für einen Moment flammt in mir sogar die Hoffnung auf, er könnte tatsächlich ja sagen. Doch dann wendet er den Blick ab, starrt wieder das Etikett seiner Flasche an und wirkt plötzlich grimmiger als der böse Wolf aus Rotkäppchen.

Meine Wangen glühen, und ich bin außer Atem, obwohl ich mich kein Stück auf meinem Hocker bewegt habe. Ich spüre Tonys Blick auf mir, wage es aber nicht, ihn anzusehen. Das Ganze ist auch so schon peinlich genug.

Mit einem entschuldigenden Lächeln auf dem Gesicht wendet er sich wieder mir zu. »Eigentlich wollte ich hier nur mein Bier trinken und ein bisschen rumhängen. Keine Lust auf viele Leute um mich herum. Sorry.«

»El Dante ist gleich nebenan«, mischt sich Tony ins Gespräch ein. Scheinbar gleichgültig nippt er an seinem Wasserglas, dabei weiß ich ganz genau, dass er gerade die »Geh-schon-mit-ihr-essen-Tour« schiebt. »Gehört einem Mexikaner, die können nicht mal Englisch. Sind nie viele Leute da.«

Blondschopf, von dem ich immer noch nicht den Namen weiß, scheint hin- und hergerissen zu sein. Er hat den Kopf schiefgelegt, als würde er abwägen, ob das Risiko, mit mir gesehen zu werden, es tatsächlich wert sei. Im Hintergrund haben die Yankees gewonnen, dem Jubelgebrüll vom Miniatur-Troll nach zu schließen. Ich selbst sitze bloß da und reiße die Schnipsel meines Untersetzers in noch kleinere Schnipsel, die allesamt auf meinen Jeansrock fallen, und warte. Die Sekunden fühlen sich plötzlich endlos an, ziehen sich wie lang gezogener Kaugummi. Mein Kopf nimmt jeden nervösen Herzschlag doppelt und dreifach wahr, als wären meine Ohren furchtbar belegt. Und dann …

»Na gut.« Achselzuckend steht er auf. Mein Kopf will nicht glauben, was gerade passiert. Es fühlt sich an wie bei der Castingshow für Kinder im Plaza Hotel, als ich mit Grace »Quit Playing Games With My Heart« im Duett gesungen habe und die »Jury« meinte, wir hätten gewonnen. Die Wörter habe ich zwar gehört, genauso wie wir den Mini-Pokal und die Schokolade entgegengenommen haben, aber richtig aufnehmen konnte ich nichts davon. Genauso geht es mir gerade. Ein richtiger Flashback.

Mein Kopf schaltet sich erst wieder ein, als Blondschopf einen Zwanzig-Dollar-Schein auf den Tresen wirft (er hat nicht mal die Hälfte seines Summer Ales getrunken), zur Tür nickt und fragt: »Kommst du?«

Als bräuchte ich eine Bestätigung, dass das gerade wirklich passiert, drehe ich mich zu Tony um. Er grinst verschmitzt, und mir ist ein wenig schwindelig, als ich mir meine braune Ledertasche umhänge und dem Typen aus der Bar folge.

5

Ich trete kaum aus der Bar raus, da verschwindet er bereits im Diner nebenan, und ich verziehe unwillkürlich das Gesicht. Ein wahrer Gentleman. Ich muss ihm echt peinlich sein. Vor der rotweißen Markise hängen wie üblich die dreieckigen Partygirlanden in bunten Farben, die sogar im tiefsten Winter nicht abgenommen werden. Heute stechen sie mir besonders ins Auge, und ein genervter Seufzer entfährt mir bei dem Gedanken, dass sie ironischerweise mein erstes Treffen mit einem Typen ankündigen.

Im Laden weht mir die frische Luft des Ventilators entgegen, während ich mich im Zickzack an den Stühlen vorbeizwänge. Weiß der Himmel warum, aber mein Begleiter musste sich unbedingt an den letzten Tisch in der Ecke setzen. Bis ich bei ihm bin, stolpere ich beinahe dreimal, bleibe kurz mit meiner Tasche an einem Stuhl hängen und begrapsche dabei den ziemlich dicken Mexikaner, der darauf sitzt und nichts von alldem mitbekommt. Seine Frau ihm gegenüber hat mich entweder wüst beschimpft oder mit ihrem Mann diskutiert – auf Spanisch klingt ja alles so temperamentvoll.

Blondschopf begrüßt mich mit einer hochgezogenen Braue und einem süffisanten Grinsen. »Auch endlich da?«

»Ja«, murmle ich gereizt und hoffe, dass er meine roten Wangen als Zeichen für meinen Marathon sieht. Der Holzstuhl quietscht, als ich ihn über den Steinboden ziehe und mich setze. »Die sollten echt mal Platz schaffen. Die Gäste fühlen sich ja wie bei Maze Runner.«

Mein Gegenüber lacht leise – das erste Lachen, das ich von ihm höre, und wirft mir die zweite Karte zu.

Etwas nervös knabbere ich auf meiner Unterlippe herum und zapple mit den Füßen. »Ich will nicht aufdringlich sein oder so, aber … willst du mir vielleicht jetzt sagen, wie du heißt?«

Sein Blick huscht kurz zu mir und verschwindet dann wieder hinter der Karte. »Wenn du nicht aufdringlich sein willst, dann hör auf, danach zu fragen.«

Gott, so anstrengend habe ich mir mein erstes Date nicht vorgestellt. Ist das überhaupt ein Date? Ich habe ihn ja quasi zum Essen überredet … oder Tony. Egal. Date oder nicht, der Typ hat kein Recht, in so einem abwertenden Ton mit mir zu reden.

»Ich will nur wissen, mit wem ich hier überhaupt sitze. Ich kenne dich doch gar nicht, du bist praktisch ein Fremder. Was ist so schlimm daran, mir deinen Namen zu verraten?«

Er verdreht die Augen und unterstreicht diese Geste noch mit einem extrem genervten Seufzer. »Du hast mich gefragt, ob wir was essen, nicht ich dich. Also spiel dich nicht auf, und tu nicht so, als hätte ich dich auf der Straße angebaggert und gezwungen mitzukommen. Wie ich heiße, geht dich nichts an, das macht das Ganze nur persönlich.«

Im ersten Moment glaube ich, mich verhört zu haben. Dieser blonde Anabolika-Junkie tickt doch nicht mehr ganz sauber!

»Schön!«, sage ich laut, schiebe mit Wucht meinen Stuhl nach hinten und stehe auf. Wieder glüht mein Gesicht vor Hitze, dieses Mal jedoch vor Wut. Er sieht mich überrascht an, während ich meine Tasche vom Stuhl zerre und dieser daraufhin auf den Steinboden kippt. »Mit so einem Arsch wie dir will ich eh nichts essen!«

Im ganzen Laden ist es mucksmäuschenstill. Als ich mich umdrehe, sehe ich, wie uns das mexikanische Ehepaar neugierig anstarrt und die dicke Kellnerin mitten im Laden stehen bleibt.

»Warte!« Seine Stimme ist leise, doch in dem stillen Raum kommt es mir vor, als hätte er gebrüllt. Meine Nasenflügel beben, als ich mich umdrehe, die Arme vor der Brust verschränkt. Er verzieht das Gesicht, als täte ihm sein Verhalten leid, und zuckt die Achseln. »Setz dich wieder.« Als ich eine Braue hochziehe, seufzt er wieder, diesmal aber ergeben. »Ich heiße Logan, zufrieden?«

Oh nein. Ganz und gar nicht. Kaum hat er mir seinen Namen verraten, wünsche ich, er hätte ihn mir doch nicht gesagt oder ich ihn einfach gar nicht erst danach gefragt.

Er darf nicht Logan heißen! Mit diesem Namen verbinde ich nur Schlechtes, und das jeden Tag aufs Neue seit siebzehn Jahren. Er muss meine entgleisten Gesichtszüge bemerkt haben, denn er schenkt mir einen verwirrten Blick und fragt: »Was denn?«

Kopfschüttelnd reiße ich mich aus meiner Schockstarre und setze mich wieder. Ohne es wirklich zu merken, schiebe ich mit den Zeigefingerkuppen die Kerze auf dem Tisch hin und her. »Nichts. Es ist nur … ich kenne einen Logan von der Uni, und der ist nicht besonders … nett.«

»Ach so.« Seine Stimme klingt erleichtert. Er nimmt die Speisekarte wieder in die Hand, und ich frage mich, was er wohl gedacht hat. »Auf welche Uni gehst du denn?«

In der Hoffnung, dass er in die Speisekarte vertieft ist und es nicht merkt, krame ich meinen Geldbeutel aus der Tasche. Ich weiß gar nicht, ob ich noch genug Geld dabeihabe.

»Auf die NYU«, entgegne ich geistesabwesend, während ich versuche, im Kopf rasch das Kleingeld zusammenzuzählen.

»Was machst du da?«

Ein paar Münzen fallen mir in den Schoß, weil ich mich so erschrecke. Schnell werfe ich das Geld wieder in den Beutel und stopfe ihn in meine Tasche zurück. »Nichts.«

Sein Blick liegt noch immer auf meiner Tasche, als ich ihn ansehe, und erst nach einer gefühlten Ewigkeit sieht er wieder zu mir. »Hast du gerade dein Geld gezählt?«

Mir ist das Ganze oberpeinlich. Unwohl rutsche ich auf meinem Stuhl hin und her. »Nein. Ich meine, ja. Keine Ahnung, ob man hier mit Kreditkarte zahlen kann, ich hab nämlich selten Bargeld bei mir. Zumindest nicht viel. Man weiß ja nie, wer einen da draußen überfallen will.«

Ich weiß selbst nicht, was ich da sage. Ich besitze nicht mal eine Kreditkarte. Seinem amüsierten Grinsen nach zu urteilen glaubt er mir auch nicht wirklich.

»Keine Sorge. Ich habe genug Bargeld für uns beide dabei.«

Mir ist unwohl bei dem Gedanken, dass er für mich bezahlen will. Ich bin gern eigenständig und mag es nicht, von anderen abhängig zu sein. Andererseits ist es doch so üblich, dass der Mann bei einem Date zahlt, oder? Womit wir wieder beim Date wären und ob das hier überhaupt eins ist.

Mein Hals fühlt sich ganz trocken an. »Okay«, sage ich undeutlich, räuspere mich und wiederhole dann noch einmal lauter: »Okay.« Gott sei Dank kommt in diesem Moment endlich die dicke Kellnerin. Ich hab mich schon gefragt, wo sie bleibt.

»¿Que puedo traerte?«

Da Spanisch nicht weit entfernt von Portugiesisch ist, kann ich sie scheinbar besser verstehen als Logan, der mich verwirrt ansieht.

Ich kichere. »Sie fragt, was du haben willst.«

Schließlich bestellt er einen Burger mit Pommes (ich muss mir ein Lachen verkneifen, als er die spanischen Übersetzungen aus der Karte vorliest) und ich einen Burrito ohne Zwiebeln.

Unsere Unterhaltung läuft gar nicht mal schlecht, und nach ein paar Minuten fühle ich mich so unbeschwert, dass sogar endlich die Angst aus meiner Brust verschwindet, etwas Falsches zu sagen. Auch er wirkt plötzlich lockerer und erzählt mir einiges über sich selbst. Zum Beispiel, dass er beruflich viel unterwegs ist und deshalb schon gut was von der Welt gesehen hat. Ich möchte gern fragen, was er denn genau arbeitet, traue mich aber nicht. Sein Ausbruch von vorhin liegt noch nicht lange zurück, und ich will nicht dass er wieder denkt, unser Treffen würde »zu persönlich« werden. Also berichte ich ihm von meinen Ausflügen nach Martha's Vineyard mit Graces Familie jedes Jahr, woraufhin ich schließlich von Grace selbst erzähle. Niemals hätte ich gedacht, dass eine Unterhaltung mit einem Typen so einfach sein kann. Ich fliege von einem Thema zum nächsten, und der Übergang kommt ganz automatisch und ohne dieses peinliche Schweigen, das ich befürchtet hatte. Fünfzehn Minuten vergehen, bis schließlich unser Essen kommt, und sie fühlen sich gerade mal wie ein paar Sekunden an.

»Mein Cousin geht auch auf die NYU. Wie ist es dort? Gefällt dir das Studentenleben?«, fragt Logan mich und beißt in seinen Burger. Ich bin immer wieder erstaunt darüber, wie jemand einen so großen Bissen machen kann, dass der ganze Burgerinhalt nicht an der Seite rausquillt. Für mich praktisch ein Ding der Unmöglichkeit.

Ich schneide ein Stück von meinem Burrito ab und überlege kurz. »Eigentlich schon, die Seminare machen Spaß. Was mir nicht gefällt, sind oft die Wertvorstellungen und Leute dort. Obwohl, es ist nicht nur dort so, eigentlich war es schon immer so. Im Kindergarten warst du uncool, wenn du nicht die Brotdose von dem neuesten Superhelden hattest. In der Grundschule wurden diejenigen gehänselt, die ein Kleid zweimal hintereinander trugen. Je älter ich wurde, desto schlimmer entwickelte sich das. Vor allem, weil Grace meine beste Freundin ist und die High Society quasi ein drittes Auge für alles besitzt, was unter tausend Dollar gekostet hat oder so. Man muss sich immer so verhalten, wie die Gesellschaft es will, sonst wird man ausgegrenzt. Das finde ich zum Kotzen. An der NYU ist das nicht anders.«

Während meines Monologs hat er mir aufmerksam zugehört und irgendwann sogar aufgehört, seine Pommes zu essen. Er sitzt immer noch da, die Hand mit der Pommes knapp vor seinem Mund, als er fragt: »Verstellst du dich denn für die?«

Der Geschmack von Bohnen breitet sich auf meiner Zunge aus, und ich verziehe angewidert das Gesicht.

»Nein«, sage ich schlicht und rolle den Burrito auf, um die Bohnen rauszupicken und auf den Teller zu legen.

»Wieso nicht?«

Ich zucke die Achseln. »Weil ich mich nicht irgendwann fragen will, ob ich mich noch daran erinnere, wer ich war, bevor die Welt mir vorschrieb, wer ich sein soll.«

Inzwischen hat Logan die Pommes gegessen, aber jetzt erstarrt seine Hand erneut auf dem Weg zum Burger. Mit offenem Mund sieht er mich unverwandt an, als hätte er gerade Megan Fox höchstpersönlich getroffen. Sein eindringlicher Blick macht mich nervös.

Ein leises »Fuck«, kommt ihm über die Lippen, und nach einer kurzen Pause fügt er geistesabwesend hinzu: »Du gefällst mir, Hazel Evans.«

Irgendwo zwischen zwei Hüpfern scheint mein Herz plötzlich den Geist aufzugeben. Seine Wörter bringen mich so aus dem Konzept, dass ich mit der Gabel abrutsche und statt der Bohne den Teller treffe. Ein ekelhaftes Quietschen erfüllt den ganzen Raum und bringt Logan offenbar wieder in die Realität zurück, denn er schüttelt verwundert den Kopf und räuspert sich. Schließlich nickt er zu meinem Teller.

»Du magst keine Bohnen?«

Ich schüttle den Kopf, dankbar für seinen Themenwechsel. »Nein. Die schmecken genauso wie glibberige Würmer.«

Seine Bauchmuskeln spannen sich unter dem engen T-Shirt an, als er zu lachen anfängt. »Wann hast du diese Entscheidung getroffen? Als Kind?«

Mit trotziger Miene verbanne ich die letzte Bohne an den Rand meines Tellers. »Ja. Aber das heißt nicht, dass es heute anders wäre. Ich traue meinem Urteilsvermögen von damals.«

Logan lacht leise in sich hinein, sagt aber nichts mehr. Stumm widmet er sich seinem Burger, und bis die Kellnerin zum Abräumen kommt, erzähle ich ihm von meinen Seminaren und Lieblingszitaten aus den verschiedensten Werken, die wir in englischer Literatur hatten. Ganz im Gegensatz zu Grace verdreht er nicht die Augen und ruft lauthals »laaaangweilig« (das tut sie sogar auf offener Straße!), sondern wirkt echt interessiert und erzählt mir von den Büchern, die auf seiner »Top-Ten-Liste des Jahrhunderts« stehen. Als er mir erzählt, dass er gerade »City Of Bones« von Cassandra Clare liest, entfährt mir beinahe ein aufgeregtes Quieken. Ich empfehle ihm, auch unbedingt ihre Clockwork-Reihe zu lesen.

»Ich werde sie gleich morgen auf Amazon bestellen«, versichert er mir, doch ich schüttle energisch den Kopf und zeige mit meiner Gabel auf ihn, um meinen nächsten Worten mehr Nachdruck zu verleihen.

»Geh in die Buchhandlung, in der ich arbeite. ›Stories Bookshop‹ in der Bergen Street. Die Digitalisierung verhunzt die Buchhandlungen doch eh schon total.«

Logan schmunzelt. »Geht klar, Chef.«

Während er das Essen bezahlt, krame ich in meiner Geldbörse aus dem Kleingeld vier Dollar dreißig zusammen und halte es der Frau regelrecht vor die Nase.

»Eu quero pagar as bebidas«, sage ich in der Hoffnung, meine Portugiesisch-Kenntnisse reichen, damit sie eine Mexikanerin versteht.

Logan sieht erst sie fragend an, dann mich. Ich versuche, eine Schnute zu ziehen. »Lass mich wenigstens die Getränke zahlen. Bitte.«

Während er mich noch immer ansieht, als wüsste er nicht, ob er lachen oder wütend darüber sein sollte, weist die Kellnerin mich in gebrochenem Englisch darauf hin, dass ein Penny fehlt. Scheinbar kann sie doch nicht nur Spanisch. Fällt ihr ja früh auf. Ich wusste, dass der Penny fehlt, dachte aber, sie wäre so gütig, es dabei zu belassen. Blöde Trinkgeldgebühren.

Logan scheint plötzlich wieder aus seiner Gedankenwelt zu erwachen und beugt sich vor, nachdem ich mit dem Kopf geschüttelt habe.

»Klar hast du einen, siehst du?«

Gott, ist er blöd. Mein ganzes Gesicht glüht. »Ich … Hast du einen? Ich brauche den.«

Halb über den Tisch gebeugt, runzelt er die Stirn. »Wieso?«

Mann, ist das peinlich! »Weil ein Penny Glück bringt. Die kann ich nie weggeben.«

Wir starren uns an. Die Kellnerin scheint mitten in unserer Diskussion einfach auf den Penny verzichtet zu haben und ist gegangen. Wahrscheinlich war ihr Logans großzügiges Trinkgeld der verlorene Penny wert.

»Du bist echt bescheuert.«

Seine Worte würden mich verletzen, würde er dabei nicht so niedlich grinsen. Als er aufsteht und seine Lederjacke überzieht, werde ich wieder nervös, weil ich nicht weiß, wie ich mich jetzt verhalten soll. Gehe ich einfach nach Hause? Bringt er mich? Oder gehen wir zusammen in die Bar zurück? Mann, wieso hat Grace mich nie auf so etwas vorbereitet?

»Und jetzt?«, frage ich schließlich zögerlich und stehe ebenfalls auf.

Ein spitzbübisches Grinsen legt sich auf sein Gesicht. »Warte draußen. Ich komm gleich nach.«

Einen Augenblick sehe ich ihn stirnrunzelnd an und frage mich, wieso ich nicht auch hier drinnen warten kann, dann zucke ich jedoch die Achseln und gehe Richtung Ausgang.

»Hey, Hazel?«, ruft er mir noch hinterher. Ich drehe mich um. »Bist du spontan?«

Ich weiß nicht, ob mir dieser schelmische Ausdruck geheuer sein soll. »Ähm … ja?« Keine Ahnung, ob das als richtige Antwort durchgeht. Es war eher ein: »›Kommt drauf an, was du vorhast‹-Ja«. Ihm scheint es jedoch zu genügen, dem noch breiteren Grinsen nach zu urteilen.

»Sehr gut.«

6

»Das ist nicht ernsthaft dein Auto?«

Logan hat mich um die Ecke in eine schmale Straße geführt, und sein »Auto« sieht in dieser Gasse aus wie aus der Zukunft.

»Ja«, sagt er und drückt auf seinen Schlüssel, sodass die Lichter des Wagens einmal kurz leuchten. »Ein Audi R8.«

Weil ich noch immer so beeindruckt von dem Auto bin, nehme ich kaum war, dass er sogar zur Beifahrerseite tritt und mir die Tür aufhält. Vielleicht hat der Kerl ja doch etwas Anstand.

»Der sieht aus, als wäre er teuer.«

Logan lacht, als ich mich reinsetze und er die Tür zuknallt. Selbst von innen sieht das Ding aus wie eine Kapsel, um ins All zu fliegen, oder eine Zeitmaschine. Ich habe den Bereich hinter einem Lenkrad noch nie so extravagant leuchten sehen. Überhaupt wirkt das alles eher wie ein Cockpit im Flugzeug und nicht wie ein Auto.

Er steigt auf seiner Seite ein und startet den Motor. »Ist ein Firmenwagen.« Mehr sagt er nicht zu dem Thema, und sein Ton verrät mir, dass er auch nicht mehr dazu sagen will. Vielleicht ist es ihm unangenehm, dass es nicht sein eigener Wagen ist. Logan wirft mir einen kurzen Blick zu, ehe er über die Schulter sieht, aus der Parklücke und anschließend auf die Straße fährt.

»Schnall dich an.«

Mich überkommt das Gefühl zu fliegen, anstatt zu fahren. Ich fühle mich so unglaublich sicher in dieser futuristischen Mörderkarre, dass es mir sogar fast unsinnig vorkommt, als ich tatsächlich den Sicherheitsgurt einklinke.

»Wohin fahren wir?« Ein Blick auf meine Armbanduhr verrät

mir, dass es fast zehn Uhr ist. Es wird langsam dunkel, und ich frage mich echt, was Logan vorhat.

Seine Mundwinkel zucken, aber er wendet den Blick nicht von der Straße ab. »In die Zoohandlung.«

»Was?«

In dem Moment hält Logan den Wagen auch schon am Straßenrand an und stellt den Motor ab. Er sieht so aufgeregt und fröhlich aus, während ich mich frage, was um Gottes Willen eigentlich im Kopf dieses Jungen abgeht. Seine Augen funkeln, so, wie bei Kindern, kurz bevor sie sich in irgendein hirnrissiges Abenteuer stürzen.

»Wir kaufen jetzt Mehlwürmer.«

Jetzt bin ich mir definitiv sicher, dass ich mich entweder verhört haben oder aber er total verrückt sein muss. Ich sehe ihn unverwandt an, in der Hoffnung dass er jeden Moment laut auflacht und sagt, dass das nur ein Spaß war. Aber er tut es nicht, sondern fischt bereits seinen Geldbeutel aus der Hosentasche.

»Bitte was kaufen wir?«

»Mehlwürmer«, wiederholt Logan und hält mir ein paar Scheine vor die Nase. »Besser gesagt du. Ich geh da nicht rein.«

Das wird ja immer schlimmer. Ich kann nicht fassen, dass dieses Treffen sich so schnell von schön hin zu total abgedroschen verwandeln konnte. Mir entfährt ein trockenes Lachen. »Nur noch mal, damit ich es richtig verstanden habe. Du willst, dass ich da reingehe, um Mehlwürmer zu kaufen?«

»Genau.«

»Okaaay ...«, entgegne ich gedehnt. »Und warum?«

Wieder fangen seine Augen an zu funkeln, und er lächelt so breit, dass seine weißen Zähne zum Vorschein kommen. »Das ist eine Überraschung. Erzähl ich dir dann.«

Mir fällt jetzt in diesem schummrigen Autolicht erst auf, dass Logan leichte Locken hat. Mir ist das vorher gar nicht aufgefallen, weil er einen normalen Kurzhaarschnitt trägt. Komischerweise ist diese Erkenntnis der Grund, weshalb mein Inneres mir einen Stups gibt und mir zuflüstert: »Komm schon, er freut sich wie ein kleines Kind. Jetzt hol ihm die Mehlwürmer.« Seufzend lasse ich die Schultern sacken und gebe mich geschlagen. »Na gut. Aber du kommst mit.«

Sein Lächeln erlischt auf der Stelle. »Nein.«

»Warum nicht?«

Seine Hand, die mir noch immer die Dollarscheine vor die Nase hält, ballt sich zur Faust. »Weil ich nicht will.«

»Das ist kein Grund«, entgegne ich wütend und funkle ihn an. Wenn er schon will, dass ich diese bescheuerten Würmer besorge, soll er gefälligst ehrlich zu mir sein.

Einen kurzen Moment lang huscht ein gequälter Ausdruck über sein Gesicht, als würde er es nicht ertragen können, mir den Grund zu nennen. Aber genauso schnell wie er gekommen ist, verschwindet er auch wieder, und er zuckt stattdessen die Achseln. »Weil … Na ja, da arbeitet eine Ex von mir. Deshalb.«

»Aha.«

Der gleichgültige Ton, in der er »eine Ex von mir« gesagt hat, lässt mich vermuten, dass er so einige davon in seiner Vergangenheit hatte. Ich weiß nicht, was ich davon halten soll und fühle mich plötzlich seltsam eingeengt in meiner Brust. Ich muss dringend an die frische Luft, deshalb schnappe ich ihm das Geld aus der Hand und öffne die Tür.

»Bis gleich.«

∞

Die Zoohandlung wirkt wie ausgestorben, als die Schiebetüren zur Seite gleiten und ich in den Laden gehe. Das letzte Mal war ich zusammen mit Grace hier, in der fünften Klasse. Wir haben draußen auf dem Schulhof einen verletzten Vogel gefunden, ich habe ihre Bücher in meinen Rucksack getan, und wir haben das Tier in ihre Tasche gelegt. Mit dem Bus sind wir die ganze Strecke hergefahren, haben Futter gekauft und sind schließlich zu mir. Mom hat uns im Garten erwischt und ist ausgeflippt. Sie ist sofort mit uns losgefahren ins Plaza und musste Mrs. Bishop alles erzählen, weil Grace natürlich wie ich auch zum Arzt sollte, um ihn über den Vorfall zu informieren und auf Anzeichen wie Fieber zu untersuchen, weil die Gefahr bestand, dass wir uns an den Viren infiziert hatten. Ihre Mutter ist ausgerastet und hat Grace den Umgang mit mir verboten. Sie hat sich keine Sekunde lang daran gehalten.

Meine Riemchenpumps klackern auf dem Fliesenboden und locken damit sofort eine Mitarbeiterin an. Super. Meine Schuhe sind das Feuer in der Wildnis, das die Räuber anlockt. Grace hatte recht damit, dass ich sie entsorgen sollte.

»Guten Abend«, begrüßt die Frau mich höflich. Ihr grelles oranges PetShop-Shirt brennt mir in den Augen, während sie in schnellen Schritten auf mich zueilt. »Wie kann ich helfen?«

Zu ihr hätte der Name Hazel besser gepasst. Ihr Haar, das ihr in sanften Wellen über die Schultern fällt, ist schokobraun, genauso wie ihre Rehaugen. Mir kommt der Gedanke, dass sie vielleicht sogar Logans Ex sein könnte.

»Ähm … Ich brauche Mehlwürmer.«

Oh mein Gott. Niemals im Leben hätte ich gedacht, so etwas jemals sagen zu müssen. Die Frau runzelt kurz die Stirn, dann lächelt sie wieder und winkt mich mit.

»Klar, die sind in der Reptilien-Abteilung. Wie viele brauchen Sie?«

Das ist eine gute Frage, die mir Logan im Vorfeld natürlich nicht verraten hat. Mann, wieso mache ich das Ganze noch mal?

»Weiß ich nicht. Nur ein paar, denke ich.«

Wir bleiben in einem Gang neben einer Wand aus Terrarien stehen. Der Geruch von Algen und Kaninchenbau drängt sich mir in die Nase, und ich will gar nicht wissen, mit was die Tiere hier gefüttert werden.

»Wofür brauchen Sie die Würmer denn?«

Die Frau lächelt noch immer, aber ich kann ganz genau erkennen, dass sie genauso verwirrt ist wie ich. Scheinbar hat sich das Lächeln im Lauf ihrer Arbeitsjahre hier irgendwann festgetackert.

»Für einen … äh … Bekannten. Er sagte nur, ich solle ihm bitte Mehlwürmer mitbringen.«

Der Finger der brünetten Schönheit aka eventuellen Ex von Logan fährt über die Etikette einiger Dosen, während sie stumm mitliest.

»Dann angelt er sicher?«

»Keine Ahnung«, antworte ich mit abgewandtem Blick. Sie soll mir einfach die Mehlwürmer geben und dann verschwinden. Wieso ist sie so aufdringlich? Meine Güte.

»Hier«, sagt sie schließlich und hält mir eine kleine blaue Dose entgegen. »Die kleinste Packung. Falls Ihr Bekannter noch mehr braucht, kommen Sie einfach wieder vorbei.«

»Danke«, murmle ich, nehme die Mehlwürmer und mache mich so schnell es geht auf zur Kasse. Plötzlich bekomme ich Schiss, dass Logan sich vielleicht einen Spaß aus der ganzen Sache gemacht, mich die Mehlwürmer besorgen lassen und sich schnell aus dem Staub gemacht hat. Während ich bezahle, versuche ich, mir meine Nervosität nicht anmerken zu lassen und den missgelaunten Blicken der kaugummikauenden Kassiererin zu entgehen. Was soll ich mit den Würmern machen, wenn Logan tatsächlich abgehauen ist? Ich weiß ja nicht einmal, wie ich nach Hause kommen soll. Wahrscheinlich müsste ich Grace anrufen.

Doch als ich den leeren Laden verlasse, steht der R8 noch immer dort, wo ich vor zehn Minuten ausgestiegen bin.

»Wieso hat das so lange gedauert?«, fragt Logan mich, als ich einsteige.

Ich werfe ihm die blaue Dose auf seine graue Used-look-Jeans. »Weil deine bescheuerte Ex sich aufgeführt hat wie bei einer Inquisition.«

Er schmunzelt, wirft die Dose auf den Rücksitz und startet den Motor. »Du weißt doch gar nicht, wer meine Ex ist.«

»Mir doch egal. Wozu brauchst du die Würmer denn jetzt?«

»Wart's ab.«

Am liebsten würde ich vor Ungeduld mit den Füßen aufstampfen, begnüge mich aber damit, die Falten meines Rocks übereinanderzulegen. Eine Weile schweigen wir bloß, dann sagt er: »Wir fahren zu einem meiner Lieblingsorte in New York.«

Als ich nichts sage, drückt er einen Knopf am Armaturenbrett und erfüllt den ganzen Wagen mit Musik. Ich kenne die Band nicht, aber sie gefällt mir.

»All Time Low«, erklärt er schließlich, als er meinen verwunderten Blick aufs Armaturenbrett sieht. »Die sind nicht extrem bekannt, aber ich finde sie cool.«

Eigentlich höre ich überwiegend Popmusik. Ed Sheeran, Pink, The Fray und Rachel Platten sind die meistgespielten Interpreten auf meinem Handy und ganz anders als diese Rockmusik von Logans CD, aber dennoch gefällt es mir.

»Wir sind da«, sagt er schließlich und hält den Wagen erneut so leise und sanft an, dass ich gar nicht mitbekomme, wie wir schließlich vor dem City Hall Park stehen.

∞

Obwohl es spät ist, tummeln sich noch immer einige Besucher im Park und genießen den sommerlichen Abend. Logan führt mich auf den Parkplatz neben dem Rathaus, der von beiden Seiten von Bäumen umgeben ist.

»Das hier ist dein Lieblingsort?«

Er sieht sich links und rechts von sich um, als hätte er Angst, gesehen zu werden. »Nicht ganz. Warte einfach ab.«

»Und das ist wohl dein Lieblingssatz«, grummle ich.

Er erwidert nichts, sondern winkt mich mit sich in die Nähe der Bäume.

»Siehst du das?«, fragt er und deutet auf den Boden. Im immer dunkler werdenden Licht schimmern seine Augen trotzdem noch genauso hell wie zuvor und mit derselben Aufregung darin.

»Ich sehe einen verrosteten Lüftungsschacht, der mit Hartriegelsträuchern überwuchert ist.«

Seine Wangen glühen vor Freude, als er nickt, und ich frage mich inzwischen echt, ob mit dem Kerl irgendetwas nicht stimmt. Dann geht er in die Knie, nimmt mein Handgelenk und zieht mich zu sich herunter.

»Aber hier, diese Stelle, schau mal.«

Seine Finger wischen über ein Ende des Lüftungsschachts, der stärker mit den Sträuchern bedeckt ist als der restliche Teil, und mein Blick folgt seinen Bewegungen mit gerunzelter Stirn. Nach und nach streicht er die Hartriegelsträucher beiseite und bringt ein großes Loch im Lüftungsschacht zum Vorschein, in dem ich nur tiefe Schwärze erkennen kann.

»Okay«, sage ich, atme tief durch und starre noch immer ins Loch. »Das ist gruselig, Logan.«

Sein Blick wandert umher und sucht die Gegend ab. Er hat scheinbar echt Schiss, erwischt zu werden. »Ja, wenn ich darüber nachdenke, schon etwas. Aber du musst mir einfach vertrauen, dass es da unten richtig cool ist, okay? Ich will dir das unbedingt zeigen.«

Mein Verstand ist hin und hergerissen, diesem freudig-erregten, kindlichen Ausdruck in seinem Gesicht nachzugeben oder aber ihn einfach sitzen zu lassen und sofort abzuhauen. Wenn die Polizei uns erwischt, sind wir dran. Und das könnte sich sehr schlecht auf die Uni auswirken, wenn die davon Wind bekommen sollten.

»Logan, ich weiß nicht. Mir ist das nicht geheuer. Lass uns woanders hingehen.«

»Komm schon, Hazel.« Er fleht beinahe, und inzwischen hat er einen ziemlichen Hundeblick aufgesetzt. Verdammt. »Na gut. Wir gehen da runter. Aber lass uns schnell machen, bevor uns jemand sieht.«

Jetzt zieht sich wieder ein breites Lächeln über sein Gesicht und hinterlässt dicke Grübchen in den Wangen. »Alles klar. Du musst aufpassen, weil es echt dunkel ist. Am besten gehe ich vor, dann leuchte ich dir mit meinem Handy entgegen. Ich hab da vor längerer Zeit eine Strickleiter befestigt, damit ich runterklettern kann. Es ist tief.«

»Okay.«

Seine Rede ermutigt mich nicht gerade, und ich wünschte, er hätte sie einfach bleiben lassen. Mit einem letzten Lächeln hievt er sich durch den Lüftungsschacht und verschwindet anschließend in dem tiefen Loch. Mein Herz pocht wahnsinnig schnell in meiner Brust, und ich bin nervös. Trotzdem muss ich feststellen, dass mir das Ganze irgendwie Spaß macht. Es ist ein richtiger Adrenalinkick, wie bei einer Achterbahnfahrt. Erst hat man zwar Schiss, aber dann kann man nicht mehr aufhören und will mehr und mehr.

Bevor Logan unten ankommt entscheide ich mich dazu, mein Handy aus der Tasche zu kramen und Grace schnell eine SMS zu hinterlassen. Mein Smartphone ist schon ein paar Jahre alt und von einem günstigen Hersteller. Einige Risse und Kratzer zieren das Display, aber ich habe mich inzwischen daran gewöhnt. Hauptsache es funktioniert.

Grace, ich glaube ich habe ein Date. Wir haben Mehlwürmer gekauft und steigen jetzt in einen Gulli oder so. Melde mich später. xoxo

In dem Moment, als ich die SMS absende und das Smartphone wieder in meine Tasche stecke, leuchtet mir Logan von unten mit der Handy-Taschenlampe entgegen.

»Bereit?«, ruft er, und ich höre, dass es unten bei ihm hallt. Ich hole tief Luft, sehe mich noch einmal um und suche dann mit den Fingern die Strickleiter. Als ich sie gefunden habe, schließe ich einmal kurz die Augen und versuche, mich zu beruhigen. Ganz ruhig, Hazel. Alles ist gut. Wenn Logan es runtergeschafft hat, schaffst du es auch.

»Ja«, rufe ich schließlich mit zittriger Stimme zurück, gebe mir einen Ruck und hieve mich durch das Loch. Verdammt, ich bin so was von nicht bereit.

Meine Beine zittern. Bei jedem weiteren Schritt habe ich das Gefühl, das Strickband nicht zu erwischen und zu fallen. Seit Logan das Handylicht eingeschaltet hat, hat er kein Wort mehr gesagt, und eine unheimliche Stille hüllt mich mehr und mehr ein.

»Logan?«

»Ich bin hier. Nur noch ein kleines Stück, dann hast du es geschafft.«

Zitternd atme ich ein, dabei strömt mir der Geruch von Rost, Metall und Moder in die Nase. Nach zwei weiteren Schritten spüre ich plötzlich eine Hand auf meiner Hüfte, und ich fahre so erschrocken zusammen, dass ich beinahe die Strickleiter losgelassen hätte.

»Ganz ruhig, ich bin's«, sagt Logan, legt auch die andere Hand um mich und hebt mich mit einem kurzen Ruck von der Leiter auf den Boden. Als er mich loslässt, kribbeln die Stellen Haut, an denen er mich berührt hat. Ich versuche, es zu ignorieren. Für einen kurzen Augenblick schließe ich die Augen und versuche, mich zu sammeln, und als ich sie wieder öffne, ist mir nicht mehr so schwindlig wie noch zuvor. Logans Handylicht hüllt den Ort in ein gedämpftes Licht, aber selbst das reicht mir, um zu erkennen, wo wir sind.

»Oh, mein Gott«, hauche ich, und mir fällt die Kinnlade herunter. Als würde ich unbedingt noch eine offizielle Bestätigung brauchen, um das Ganze zu glauben, laufe ich ein paar Schritte den Gang hinunter und stehe schließlich vor der Treppe, die ich gesucht habe. Mein Blick wandert die Stufen entlang und bleibt bei den weißen Fliesen neben einem Deckenbogen hängen. Mit großen blauen Buchstaben steht dort der Name dieses wunderschönen Ortes: CITY HALL.

»Wir sind in der U-Bahn-Station«, flüstere ich, obwohl uns hier niemand hören kann.

Logans Schritte hallen von den gefliesten Wänden wider, als er zu mir kommt und nickt. »Gefällt es dir?«

Ich bin sprachlos. Die City Hall U-Bahn-Station gehörte immer zu den Orten, die ich unbedingt sehen wollte. Leider wurde sie 1945 geschlossen und seitdem nicht mehr geöffnet, lediglich Museumsmitglieder hatten die Chance auf eine Führung – und dann kostete das Ticket auch noch ein Schweinegeld.

»Ich wollte immer schon hierher«, sage ich, während mein Blick von den eleganten Deckenbögen mit den grünen Fliesen über die breiten Gewölbedecken schweift und bei den alten Kronleuchtern dazwischen hängenbleibt. »Einmal bin ich mit der Linie 6 gefahren und nicht bei der Endhaltestelle ausgestiegen. Ich habe mich versteckt, weil ich unbedingt die Haltestelle hier sehen wollte und wusste, dass sie als Wendegelegenheit genutzt wird. Die ganze Zeit über habe ich aus dem Fenster gestarrt, aber als es dann so weit war, ging es so schnell, dass ich kaum etwas sehen konnte.«

Aus dem Augenwinkel erkenne ich, dass Logan lächelt. »Mir ging es ähnlich. New York ist so laut, und egal wo ich war, ich hatte immer das Gefühl, nicht allein zu sein. Bis ich das erste Mal hier runterkam. Manchmal kann ich an diesem Ort so gut nachdenken, dass ich das Gefühl habe, die Stille hat mir mehr zu sagen als sonst jemand.«

Einen Augenblick denke ich über seine Worte nach und lausche der Stille. Mich überkommt ein überwältigendes Gefühl der Zufriedenheit, und obwohl ich viele Meter unter der Erde auf einer vergessenen U-Bahn-Station stehe, würde ich gerade nirgendwo anders sein wollen.

»Du hast recht. Es hat fast schon etwas Magisches an sich.«

Logan nimmt mein Handgelenk und führt mich ein Stück über den Bahnsteig. Das Klackern meiner Pumps hallt so laut von den Wänden wieder, dass ich das Gefühl habe, ich könnte mit ihnen Lawinen in Gang setzen. Wir kommen an einem Fenster in der Gewölbedecke vorbei, aus dem ein spärlicher Schimmer Licht vom Park darüber auf den Bahnsteig fällt. In dem hellen Streifen erkenne ich kleine Staubpartikel, die unentwegt in der Luft tanzen und scheinbar nie zu Boden fallen. Vier Fliesenreihen ziehen sich von der Lichtkuppel die Wand entlang und erinnern an einen Greifhaken.

»Wusstest du, dass die Station damals eigentlich wieder frei zugänglich sein sollte? Es war schon so gut wie beschlossene Sache, bis dann der elfte September kam und die Entscheidung sofort wieder über Bord geworfen wurde.«

Ich wende mich von den Staubpartikeln ab und sehe Logan an. Der schmale Lichtstreifen lässt Schatten über sein Gesicht tanzen, doch ich erkenne den grimmigen Ausdruck dahinter.

»Tatsächlich?«

Er nickt und wendet sich von der Kuppel ab. »Ja. Komm, wir setzen uns an den Bahnsteig.«

Während wir das kleine Stück zurückgehen, überkommt mich eine Gänsehaut. Es ist kalt hier unten, obwohl wir Hochsommer haben. Als wir uns setzen, streift Logans Hand meinen Arm, und er scheint mein Frösteln zu bemerken, denn er zieht urplötzlich seine Lederjacke aus. »Hier, du kannst sie nehmen.«

Dankbar lächle ich ihn an, als er sie mir über die Schultern legt, während wir uns an den Bahnsteig setzen. Unsere Beine baumeln über den Gleisen, und ich streiche mir eine Haarsträhne hinters Ohr, ehe ich mich zu ihm drehe und sage: »Verrätst du mir jetzt, was es mit den Würmern auf sich hat?«

Er lacht. »Ja. Jetzt, meine liebe Miss Evans, werden Sie von Ihrer Qual der Neugier erlöst.« Logan öffnet den Reißverschluss an der Lederjacke, dabei streifen seine Finger durch den Stoff meine Seite. Ein Kribbeln in meinem Magen breitet sich aus, und für einen kurzen Moment genieße ich es, bis es von der Dose Würmern im Keim erstickt wird, die er aus der Tasche holt. Dann greift er einmal um mich herum, öffnet auch den anderen Reißverschluss und zieht eine kleine Tüte mit Zipp-Verschluss daraus hervor. Darin befindet sich irgendeine grüne Matschpampe, die aussieht wie Algen.

Meine Augen verengen sich zu schmalen Schlitzen und beäugen ihn misstrauisch. »Was hast du vor?«

Ein schelmisches Grinsen ziert seine eleganten Gesichtszüge. »Ich will ein Experiment machen. Du hast mir gesagt, Bohnen schmecken wie glibberige Würmer, weißt du noch?« Ich nicke, ohne den Blick von seinen leuchtenden Augen zu wenden. »Aber da warst du noch ein Kind. Da schmeckt einem nichts, was gesund ist und Gemüse heißt.«

»Stimmt nicht«, widerspreche ich ihm. »Ich mochte Mais.«

Logan verdreht die Augen, lacht aber. »Wollen wir wetten, dass dir Bohnen heute genauso schmecken würden, wenn du sie probierst? Du musst nur wissen, dass sie nicht wie Würmer schmecken, und dann …«

»Nein«, unterbreche ich ihn sofort, als mir dämmert, was er vorhat. Mein Blick wandert von der Dose Würmern zu der Zipp-

Tüte mit dem grünen Matschinhalt, den ich für Algen gehalten habe. Jetzt, wo ich genauer hinsehe, erkenne ich es. »Du hast meine Bohnen vom Essen mitgenommen?«

Sein Grinsen wird immer breiter, wie ein Kind, das die Wände angemalt hat und mächtig stolz auf sich ist. »Ja.«

Ich weiß nicht, was ich seltsamer finden soll. Die Sache mit den Würmern, oder dass er die Kellnerin bat, meine Bohnen einzupacken. »Niemals«, sage ich schlicht und schüttle den Kopf. »Ich esse keinen Wurm.«

Logan scheint sich gar nicht um meine Worte zu kümmern, denn er schraubt bereits den Deckel der kleinen blauen Dose auf. Mich sträubt es am ganzen Körper, und ich sehe schnell weg, damit mir der Anblick erspart bleibt.

»Wir machen das zusammen, okay?«, entgegnet er, legt mir einen Finger ans Kinn und zwingt mich damit, ihn wieder anzusehen. »Ich esse auch einen.«

Der Typ ist total übergeschnappt. Wenn er solche Sachen auch mit seinen Ex-Freundinnen gemacht hat, frage ich mich, wie er überhaupt eine einzige abbekommen konnte.

»Nein«, wiederhole ich scharf. »Für kein Geld der Welt würde ich den Scheiß machen. Kommt nicht infrage.«

Sein rechter Mundwinkel zieht sich in die Höhe und hinterlässt ein dickes Grübchen in seiner Wange. »Es geht ja auch nicht um Geld, sondern darum, dass du über deine eigenen Grenzen gehst. Du sagst, du magst keine Bohnen, aber ich wette mit dir, dass du es doch tust. Gib dir einen Ruck und lerne dich selbst besser kennen, Hazel.«

Seine Worte bringen mich dazu, wenigstens einmal tief durchzuatmen und in die Dose mit den Würmern zu sehen. Vielleicht ist es gar nicht so schlimm, wie ich denke. Okay, doch, ist es. Angewidert verziehe ich das Gesicht. »Die leben ja noch!«

Logan legt den Deckel auf den Boden und schmunzelt. »Ja schon, aber gleich nicht mehr. Macht doch jetzt auch keinen Unterschied mehr.«

»Doch, natürlich!« Meine aufbrausende Stimme hallt laut von

den Wänden wider und ich nehme mich etwas zusammen, ehe ich weiterspreche. »Die krabbeln dann in meinem Mund rum!«

Jetzt ist es auch mit seiner Geduld zu Ende. Mit dem Fuß tritt er einmal fest gegen den Bahnsteig und seufzt entnervt. »Also, Evans. Einfache Frage: Bist du ein Feigling?«

Damit hat er mich unvorbereitet getroffen. »Was? Ich ... Nein, bin ich nicht, aber das hat ...«

Weiter komme ich nicht, denn schon hält er mir die Dose Würmer unter die Nase. Es stinkt bestialisch, und ich muss mir ein Würgen unterdrücken.

»Dann tu es.«

»Na gut«, höre ich mich plötzlich mit fester Stimme sagen und frage mich gleichzeitig, welcher verrückter Teil in mir dem Ganzen gerade zugestimmt hat. »Ich mach's. Aber du musst zuerst.«

Logans Gesichtszüge hellen sich auf, er strahlt beinahe. »Geht klar.«

Gott, ich glaube, mir wird schlecht. Ich kann nicht einmal tief durchatmen, weil mir dann wieder der widerliche Gestank in die Nase kommt und ich es mir höchstwahrscheinlich anders überlege. Aber ich will das jetzt durchziehen. Ich will kein Feigling sein. Also beobachte ich, wie Logan mit den Fingern einen kleinen Wurm rausfischt. Er hält ihn in die Luft, wo er sich windet, und ich bete nur, dass es nicht knackt, wenn er gleich draufbeißt. Theatralisch leckt er sich die Lippen, bevor er den Wurm tatsächlich in den Mund wirft.

»Mhm«, sagt er mit schiefgelegtem Kopf, während er kaut, als würde er abwägen, wie es schmeckt. Dann schluckt er und grinst mich an. »Ist gar nicht so schlimm. Echt. Jetzt du.«

Mir bleibt gar nichts anderes übrig, nicht jetzt, wo er seinen Teil der Abmachung gehalten hat. Ich streife mir mein Haarband vom Handgelenk und binde mir einen Pferdeschwanz, um Zeit zu schinden. Dann greife ich mit angehaltenem Atem in die Dose und fische den kleinsten Wurm heraus, den ich finden kann. Genau wie der von Logan windet er sich, als wüsste er von seinem bevorstehenden Tod.

»Gott«, keuche ich. »Ich kann nicht glauben, dass ich das tue.«

Logan entgegnet nichts, sondern sieht mich nur mit eindringlichem und gespanntem Blick an. Besser, ich bringe es schnell hinter mich. Also kneife ich mir die Nase zu und werfe mir mit der anderen Hand das Viech in den Mund. Es ist nicht so fest, wie ich gedacht habe, und schmeckt auch ganz anders. Irgendwie nach Erde und Popcorn. Trotzdem kaue ich schnell, schlucke den Wurm runter, und kaum als ich fertig bin, fischt Logan bereits die Bohnen aus dem Tütchen und hält mir zwei von ihnen vor die Nase.

»Los, jetzt die. Du hast es fast geschafft.«

Ich werfe ihm meinen Killerblick zu, dann nehme ich die Bohnen und esse auch sie. Es ist das erste Mal seit fast zehn Jahren, dass ich welche esse, und so ungern ich es auch zugebe: Logan hat recht. Sie schmecken nicht wie der Wurm, im Gegenteil. Sie sind weich, ein bisschen salzig und sogar lecker.

»Und?«, hakt Logan nach, schraubt die Dose Würmer zu und legt die Tüte Bohnen beiseite.

Jetzt bin ich es, die lächeln muss. »Es war gar nicht schlimm. Ich denke, ich mag Bohnen.«

Logan fängt an zu lachen, ein glückliches Lachen. Es ist so ansteckend, dass ich direkt mit einsteige und die ganze U-Bahn-Station von unseren Lauten erfüllt ist.

»Ich bin stolz auf dich, Hazel! High Five!« Er hebt die Hand, und ich schlage ein, noch immer geschüttelt vom Lachen.

»Oh mein Gott, ich auch! Kaum zu glauben, dass ich das tatsächlich gemacht habe! Es fühlt sich so gut an!«

Seine Hand ergreift wieder mein Handgelenk, er drückt es. »Ja, oder? Weil du über deine eigenen Grenzen gegangen bist! Das ist genau das, was ich meinte, als …« Logan kommt nicht weiter, denn mein vom Adrenalin gesteuerter Kopf hat scheinbar noch nicht genug vom »Über die Grenzen gehen«. Ohne zu wissen, was ich da überhaupt tue, beuge ich mich vor und drücke ihm meine Lippen auf seine.

Im ersten Moment spüre ich, wie Logan nach Luft schnappt,

aber trotzdem rückt er nicht von mir ab. Keine Ahnung, was der verrückte Teil in mir hier gerade tut, aber es macht süchtig. Unmöglich, das Ganze wieder abzubrechen. Seine Lippen streichen mit einer sanften Berührung meine, und ich höre mich auf dem stillen Bahnsteig leise seufzen. Als er das hört, hält Logan kurz inne, und ich denke schon, er will aufhören, doch dann schiebt er seine Hand in meinen Nacken und zieht mich näher an sich. Der Kuss wird eindringlicher und schneller, und ich fühle mich, als würde ein innerer Brand sich in meinem ganzen Körper ausbreiten. Nie hätte ich mir diesen Moment so intensiv und berauschend vorgestellt, und nie habe ich irgendetwas Ähnliches gefühlt. Logans Finger beben, als er meine glühende Wange streicht und die Hand schließlich an meine Hüfte legt. Ich kann nicht anders, als meine Hand ebenfalls zu heben, durch seine Haare zu streichen und sie in seinen Nacken zu legen. Seine Haut ist genauso erhitzt wie meine, und sein Brustkorb hebt und senkt sich schnell. Unsere Lippen werden langsamer, ehe Logan sich von mir löst. Eigentlich wäre jetzt der Moment gekommen, in dem ich die Augen öffnen müsste, aber ich kann nicht. Stattdessen öffnen sich meine Lippen einen Spaltbreit und lassen ein kleines Wimmern heraus, von dem ich nicht einmal wusste, dass es in mir steckt. Logan stößt ein leises, raues Lachen aus, und in der nächsten Sekunde spüre ich seine Lippen erneut auf meinen, diesmal jedoch nur kurz und hauchzart. Jetzt schaffe ich es auch, die Augen zu öffnen, und sehe, wie erhitzt seine Wangen sind. Er atmet schnell und hört nicht auf, mich anzusehen. Noch nie hat mein Herz so kräftig in meiner Brust geschlagen, und ich bin mir sicher, hier in der stillen U-Bahn-Station kann er es bestimmt hören. Ich weiß nicht, was ich sagen soll und will, dass er endlich wegsieht. Wieso sieht er nicht weg?

»Ich … Tut mir leid«, murmle ich schließlich, weil ich keine Ahnung habe, was man nach einem Kuss sagt. Meine innere Stimme, die verdächtig nach Grace klingt, zischt mir zu, dass es sicher nicht »Tut mir leid« ist.

»Was?«, fragt er, als hätte er mich gar nicht gehört, obwohl ich gerade mal zehn Zentimeter neben ihm sitze. Immer noch starrt er mich an.

Ich zucke die Achseln und pule am Saum meines T-Shirts rum. »Das gerade.«

»Oh«, entgegnet er. Seine Stimme klingt, als hätte er bereits vergessen, was gerade passiert ist. Logan räuspert sich und fährt sich mit der Hand durchs Haar. »Kein Problem.«

Die nächsten Sekunden schweigen wir, bis er irgendwann auf sein Handy sieht und sagt: »Wir sollten besser gehen. Die Linie 6 fährt hier gleich ihren Bogen.«

Ich nicke, und als er aufsteht, hält er mir die Hand hin, um mir hochzuhelfen.

»Danke.« Lächelnd gebe ich ihm die Lederjacke zurück. Er nimmt sie entgegen, ohne mich anzusehen. Die Luft um uns herum ist so geladen vor Spannung, dass ich das Gefühl habe, jeden Moment müsste ich gegen ein Kraftfeld laufen und die U-Bahn-Station zum Einsturz bringen.

»Geh du zuerst hoch, dann kann ich dir Licht machen.«

Anstatt was zu sagen, drehe ich mich einfach um und tue was er sagt. Obwohl die Strickleiter nicht weit von unserem Platz an den Gleisen entfernt ist, kommen mir die Sekunden dorthin wie Stunden vor. Die Stille um uns herum ist kaum auszuhalten, und der Hall unserer Schritte klingt unendlich laut in meinen Ohren wieder. Während ich hochklettere, kaue ich auf meiner Unterlippe herum und denke nach, wie schnell das alles gerade passiert ist. Vorher war er so unbeschwert und lustig, und jetzt klingt seine Stimme kühl und abweisend. Unwillkürlich frage ich mich, ob er den Kuss vielleicht nicht gut fand – immerhin war es mein erster. Mir schwirrt der Kopf, und ich kann keinen klaren Gedanken fassen, während ich oben im Park auf ihn warte. Logan klettert wortlos aus dem Loch und streicht die Hartriegelsträucher wieder über den Schacht, da ruft eine laute Stimme: »Hey! Was macht ihr da?«

Mein ganzer Körper fährt zusammen, und ich springe überrascht einen Schritt zurück.

»Scheiße«, sagt Logan bloß.

In der Ferne sehe ich einen untersetzen Polizisten, der uns mit seiner Taschenlampe entgegenleuchtet. Ein Gefühl völliger Taubheit überkommt meinen ganzen Körper, und ich kann mich nicht einen Schritt bewegen. Logan ergreift meine Hand, ruft: »Lauf!«, und zieht mich mit sich. Unsere Füße bewegen sich so schnell durch den Park zum Auto, wie ich noch nie gerannt bin. Und das in Pumps. Ich bekomme kaum etwas von der Gegend mit, so viel Adrenalin rauscht durch meinen Körper. Als wir beim Rathaus ankommen und ich beinahe gegen die Wand renne vor Schiss, zieht Logan mich mit Kraft zur Seite und weiter zum Parkplatz. Noch im Rennen kramt er seinen Autoschlüssel raus und lässt es aufblinken. Keuchend kommen wir an und warten keine Sekunde. Ich schmeiße mich förmlich auf den Beifahrersitz und verzichte aufs Anschnallen, während Logan das Pedal durchtritt und den Wagen auf die Straße fährt.

Schwer atmend sieht er in den Rückspiegel. »Nichts zu sehen. Schätze, wir haben ihn abgehängt.«

Ich kann nichts sagen. Mein Körper ist noch damit beschäftigt, genug Sauerstoff zurück in meine Lunge zu pumpen. Meine Beine zittern zum gefühlt tausendsten Mal diesen Abend. Logan sagt die ganze Fahrt zurück kein Wort mehr. Wortlos starrt er auf die Straße und umklammert das Lenkrad mit beiden Händen. Ich traue mich auch nicht, irgendetwas zu sagen, weil ich nicht weiß, in welcher Stimmung er ist.

Als er in meine Straße fährt, räuspere ich mich und zeige auf unser Haus. »Da vorn.«

Er nickt und hält genau vor der Haustür. Ich rutsche nervös auf dem Sitz herum, weil ich wieder mal nicht weiß, wie ich mich jetzt verhalten soll. Verdammt, ich muss dringend einen Männer-Crash-Kurs bei Grace machen.

»Okay. Tschüss dann. War echt cool.«

Cool? Oh Gott, nein. Noch so ein Wort, das ich in meinem Wörterbuch für Dates dringend streichen sollte.

Wieder nickt Logan und starrt immer noch auf die Straße, die Hände noch in derselben Position am Lenkrad.

Ich seufze, als ich meine Hand auf den Türgriff lege, weil ich weiß, dass es wohl jetzt vorbei sein wird. Das war das erste und letzte Treffen zwischen mir und Logan. Ich weiß es einfach. Frische Luft kommt mir entgegen, als ich die Tür öffne und aussteigen will.

»Warte!«

Gott sei Dank. Meine Schultern sacken erleichtert nach unten, und ich drehe mich zu ihm um. »Ja?«

Er lässt das Lenkrad los, fährt sich einmal mit beiden Händen durchs Haar und sieht mich schließlich an. »Willst du … Gibst du mir deine Handynummer?«

Das Schicksal ist auf meiner Seite. Oder aber mein Kuss war doch nicht so schlecht, wie ich dachte. Ich komme nicht umhin, wie blöde zu strahlen und entlocke damit sogar ihm ein kleines Lächeln.

»Klar.«

Zum Glück kann ich meine Nummer auswendig, denn, so dumm dieser Gedanke auch ist, will ich vor ihm nicht mein altes Smartphone rausholen. Es ist mir peinlich, und innerlich bin ich wütend auf mich, dass ich das denke.

Als er schließlich bei mir durchgeklingelt hat, damit ich auch seine Nummer habe, steige ich mit einem letzten Lächeln aus und fühle mich wie berauscht. Vielleicht fühlt es sich so an, wenn Leute Drogen nehmen. Dieses Gefühl ist nicht von dieser Welt. Das blöde Grinsen in meinem Gesicht will einfach nicht verschwinden, und als ich die Haustür aufschließe und in den Flur trete, muss ich unwillkürlich kichern wie ein Teenager.

7

»Hazel Victoria Evans!«

Zum x-ten Mal heute fahre ich vor Schreck zusammen, als meine Mom das Flurlicht einschaltet und mit ihrer pinken Häschen-Schlafanzughose und verschränkten Armen vor mir steht.

»Gott, hast du mich erschreckt.«

Sie lächelt nicht, wie sie es sonst tut, sondern schenkt mir einen eisernen Blick. »Küche«, sagt sie und zuckt mit dem Kopf den Flur entlang. Nur ein Wort, und ich weiß, dass es Ärger gibt. Am liebsten würde ich mich direkt ins Bett legen, aber ich weiß, dass ich an der Inquisition meiner Mutter jetzt nicht vorbeikomme. Also folge ich ihr seufzend und lasse mich auf den Küchenstuhl nieder. Sie setzt sich mir gegenüber mit einer Tasse Kaffee. Daneben steht eine fast leere Kanne, was mich vermuten lässt, dass sie schon länger hier sitzt.

»Kannst du mir vielleicht mal verraten, was das soll?« Schatten liegen unter ihren Augen; sie ist müde.

Ich versuche, eine unschuldige Miene aufzusetzen. »Mom, tut mir leid, dass ich so spät da bin. Aber ich bin zwanzig Jahre alt und kann theoretisch kommen und gehen, wann ich will.«

»Das weiß ich, Hazel!«, entgegnet sie so heftig, dass ich schon wieder zusammenzucke. »Es wäre nur nett, wenn du mir vielleicht eine Nachricht hinterlassen hättest, damit ich mir verdammt noch mal nicht solche Scheißsorgen hätte machen müssen!«

»Ja, ich weiß, aber ich …«

Mit einer bedeutenden Handbewegung schneidet sie mir das Wort ab. »Nein, weißt du nicht! Du hast keine Ahnung, was für Sorgen sich eine Mutter macht, wenn sie von der besten Freundin erfährt, dass du mit irgendeinem Typen bis in die Nacht unterwegs bist! Vor allem, wenn besagte Tochter so etwas nie zuvor getan hat!«

Wütend knirsche ich mit den Zähnen. »Du hast Grace angerufen?« Ich weiß, dass sie es getan haben muss. Egal, wie gut Grace sich mit meiner Mom versteht, sie würde sie niemals anrufen, um über mich zu tratschen. Mom jedoch schon.

»Ich wollte nur wissen, wann du nach Hause kommst, wegen dem Abendessen. Und sie hat mir gesagt, dass du mit einem Jungen unterwegs bist. Als ich dann rüber bin zu Tony, hat er mir doch tatsächlich erzählt, dass er dich mit irgendeinem Fremden gehen gelassen hat!« Sie ist immer noch aufbrausend, auch wenn sie versucht, sich zu beruhigen. Blonde Strähnen lösen sich aus ihrem Dutt, und sie nimmt nach jedem Satz einen Schluck Kaffee, als würde sie sich für die nächste Runde aufladen.

»Mom«, beruhige ich sie mit leiser Stimme. »Es tut mir leid, ich hätte dir Bescheid geben sollen. Vor allem weil du so etwas nicht von mir gewohnt bist und dir natürlich Sorgen machst. Aber es kam alles so plötzlich, und ich habe einfach nicht dran gedacht. Es tut mir leid.«

Meine Mom funkelt mich immer noch an und nimmt einen Schluck Kaffee nach dem anderen, scheint aber inzwischen etwas besänftigt zu sein. Wahrscheinlich hauptsächlich deshalb, weil ich jetzt hier vor ihr sitze. »Ich habe dir bestimmt hundert Anrufe auf deiner Mailbox hinterlassen«, sagt sie.

Sofort bekomme ich ein schlechtes Gewissen. »Entschuldige. Nächstes Mal sage ich Bescheid.«

Sie nickt mehrmals hintereinander, und als sie mir wieder in die Augen sieht, wirkt sie entspannter. »Dann erzähl mal von dem glücklichen Kerl, der meine Hazel dazu bewegen kann, bis nachts draußen zu bleiben.«

Ich kichere. Schon wieder. Gott, dieses Kichern muss echt aufhören. »Na ja, er heißt Logan und ist eigentlich echt süß. Verrückt und alles, aber gerade das gefällt mir an ihm. Anfangs dachte ich, er wäre so ein heißer Vollidiot der nichts in der Birne hat und sich täglich mit irgendeinem anderen Model trifft, aber so ist er gar nicht. Er ist toll.«

Ein leises Lächeln umspielt die Mundwinkel meiner Mom. »Wenn du so über ihn sprichst, muss er echt Eindruck geschunden haben.«

»Hat er«, bestätige ich mit einem Kopfnicken und nehme mir einen Apfel aus der Obstschüssel. »Er hat etwas geschafft, das du jahrelang erfolglos versucht hast.«

Mom nimmt noch einen Schluck Kaffee und verengt die Augen. »Dieses neckische Grinsen kenne ich. Du hast doch bestimmt etwas ausgefressen.«

Achselzuckend beiße ich in meinen Apfel. »Vielleicht.«

»Okay, sag schon. Was hat der Kerl denn so Großartiges geschafft?«

»Dass ich wieder Bohnen esse.«

Mom lässt den Kaffee sinken und reißt gespielt die Augen auf. »Ist nicht wahr! Wer ist er? Jamie Olivers Sohn oder so?«

Endlich lachen wir wieder zusammen. In meiner Tasche höre ich mein Handy vibrieren, und plötzlich überfällt mich der Drang, unbedingt nachzuschauen, wer geschrieben hat. Schnell werfe ich mir das restliche Stück Apfel in den Mund, schiebe den Stuhl zurück und stehe auf. An der Tür drehe ich mich noch einmal um und schenke meiner Mom ein weiteres neckisches Grinsen. »Sagen wir mal … Bohnen schmecken doch *ganz* anders als Würmer.«

Mom reißt schockiert den Mund auf, und ich strecke ihr die Zunge raus. Ehe sie etwas sagen kann, schlüpfe ich aus dem Raum, laufe die Treppe hoch in mein Zimmer und mache mich in Rekordzeit bettfertig. Dann endlich schaue ich auf mein Handy. Zuerst sehe ich eine Flut an SMS von Grace:

Was? – 10:35 pm

Hazel, kein Scheiß, was machst du? Soll ich dich irgendwo abholen? – 10:43 pm

Ich mach mir Sorgen, antworte bitte! – 11:04 pm

Deine Mom hat mich angerufen. – 11:36 pm

Haze, ich gehe jetzt schlafen. Wenn was ist, ruf mich an. – 12:56 pm

Morgen früh vor dem Businessgebäude? Gute Nacht. xoxo – 01:14 pm

Die letzte ist von einer unbekannten Nummer, und mein Herz macht einen Hüpfer. Logan.

Träum was Schönes. – 01:46 pm

Ich speichere ihn schnell ein und schicke ihm dann eine Nachricht zurück.

Du auch.

Nachdem ich den Wecker für morgen Früh gestellt habe, mache ich mein Handy auf laut, damit ich es höre, falls Logan noch antwortet. Gott, das ist so verrückt. An solche Dinge habe ich vorher nie auch nur einen Gedanken verschwendet, und jetzt liege ich hier bäuchlings auf dem Bett und das Gesicht zum Nachttisch gedreht und starre in der Dunkelheit mein Smartphone an. Kann doch echt nicht wahr sein.

Es kommt keine Nachricht mehr. Scheinbar ist er eingeschlafen. Noch ein paar Mal lasse ich den heutigen Tag in meinen Gedanken Revue passieren, bis auch mich der Schlaf einholt und ich von Würmern, Bohnen und blauen Augen träume.

∞

»Grace? Hast du verstanden, was ich gerade gesagt habe?«

Wir stehen am Kaffeestand vor dem Businessgebäude, wo mich Grace mit zwei Vanille-Cappuccinos erwartet hat. Während meinen Erzählungen des gestrigen Tages durchlief ihr Gesicht mehrere Stufen; von überrascht zu erstaunt, dann ungläubig, und schließlich blieben ihre Züge irgendwo zwischen entsetzt und fassungslos hängen. Auch jetzt, nachdem ich geendet habe, starrt sie mich noch mit großen Augen und verschleiertem Blick an, der dampfende Cappuccino unangerührt in ihrer Hand. Ein Fingerschnipsen vor ihrer Nase holt sie schließlich wieder auf den Boden der Tatsachen zurück.

Grace schüttelt den Kopf, wobei ihre braunen Korkenzieherlocken ihre freien Schultern streifen. »Sorry, aber ich glaube, ich falle gleich aus allen Wolken. Mein Kopf hängt noch bei dem Teil, wo du den Kerl geküsst hast. Das ist für mich etwa so vorstellbar wie Leslie Cho auf dem Laufsteg der Fashion Week. Also gar nicht.«

Der Cappuccino ist heiß und brennt mir förmlich die halbe Kehle weg, als ich einen Schluck nehme. Blinzelnd vertreibe ich die Tränen, die das heiße Getränk mir in die Augen getrieben hat, und versuche, meinen Hustenanfall unter Kontrolle zu kriegen. Die Kaffeefrau wirft mir stirnrunzelnde Blicke zu, doch ich ignoriere sie.

»Ist aber wahr«, entgegne ich nach einer gefühlten Ewigkeit mit trockenem Hals. »Keine Ahnung, was in mich gefahren ist. Das war das restliche Adrenalin in mir.«

Grace zupft die Schleife ihrer weißen Puffärmelbluse zurecht und mustert mich nachdenklich. Im nächsten Moment scheint sie jedoch all ihre Bedenken über Bord zu werfen, denn sie lächelt verschwörerisch und beugt sich zu mir. »Glaubst du, das kann was werden? Gefällt er dir?«

Aus irgendeinem Grund macht mich die Frage nervös. Wahrscheinlich, weil ich so wenig Erfahrung mit dieser Art von Gesprächen habe. Normalerweise befand sich Grace immer in meiner Situation, und ich war diejenige, die sich alles angehört hat. Der Gedanke an den gestrigen Abend kehrt zurück in mein Gedächtnis, und mir treibt es augenblicklich die Röte ins Gesicht, als ich an den Kuss in der City Hall Station und das Kribbeln in meinem Magen denke.

»Ich glaube schon«, entgegne ich schließlich und nehme schnell noch einen Schluck vom Cappuccino, nur um etwas zu tun.

Grace schenkt mir ein zwiegespaltenes Lächeln. Einerseits wirkt es glücklich, andererseits besorgt. »Dann hoffe ich für ihn, dass er kein Scheißkerl ist. Ansonsten reiße ich ihm die Eier raus und schleudere sie ihm ins Gesicht!«

»Grace!«

Auf meinen vorwurfsvollen Blick zuckt sie nur amüsiert die Achseln, und ich muss lachen. Auf unserem Weg zum Gebäude über die Straße sehe ich in der Ferne Leslie Cho, die mit gesenktem Blick und einem Stapel Büchern in der Hand Richtung Uni läuft. Unwillkürlich frage ich mich, wie sie es schafft, der ganzen Menge an Studenten so geschickt auszuweichen. Wahrscheinlich jahrelange Übung.

»Kommst du eigentlich mit heute Abend?«

»Wohin?«, frage ich, zupfe meinen karierten Rock etwas tiefer und ziehe die Bluse aus dem Bund.

»Logan hat gestern Einladungen zu seiner Party heute Abend verschickt. Du müsstest eine SMS bekommen haben.« Sie schenkt mir einen fragenden Blick, die Brauen hochgezogen. »Er lädt dich doch immer ein, obwohl ihr euch nicht abkönnt.«

Ich antworte nicht sofort, sondern bin noch dabei, mein Herz wieder zu beruhigen. Als sie »Logan« sagte, meinte mein Körper wohl, ein spontanes Feuerwerk veranstalten zu müssen. Grace scheint meinen Blick bemerkt zu haben, denn sie verdreht genervt die Augen und fügt hinzu: »Nicht *der* Logan! Arschloch-Logan.«

»Ja ja, hab's kapiert!« Seufzend nehme ich mein Handy aus der Tasche und gehe die Nachrichten von gestern Abend durch. Tatsächlich ist die Einladung von ihm dabei, scheinbar habe ich sie zwischen der Flut von Graces übersehen. Ich versuche zu ignorieren, dass ich heute noch keine neuen Nachrichten bekommen habe. Seufzend setze ich mich auf die oberste Stufe vor dem Kuppeleingang der Uni. Grace setzt sich neben mich, und einen kurzen Augenblick schließe ich die Augen, genieße die hellen Sonnenstrahlen auf meiner Haut. Dann wende ich mich ihr mit einem entschuldigenden Lächeln auf dem Gesicht zu.

»Nein, schätze nicht.«

»Wieso?«

Meine Augen huschen zu dem Becher in meiner Hand, und ich fange an, am Plastikbecher zu pulen. »Du weißt, warum. Oder hast du etwa vergessen, was letztes …«

»Nein, habe ich nicht, Hazel!« Graces Ton ist scharf, und ihre braunen Augen funkeln mich wütend an. »Und ich werde es wahrscheinlich auch niemals vergessen, damit du es weißt.«

Eine Welle des Schweigens hüllt uns ein, in der ich auf meiner Unterlippe herumkaue und Grace auf ihre weinroten Peeptoes starrt. Natürlich hat sie es nicht vergessen, das habe ich auch nicht geglaubt. Aber ich bin es leid, sie überhaupt daran erinnern zu müssen, weshalb ich nie wieder auch nur einen Fuß auf Logans bescheuerte Partys setzen will. Theoretisch hätte ich es nie tun sollen, so, wie er mich immer behandelt hat. Aber na ja … Mit Grace als bester Freundin bleiben solche Partys nicht aus, und außerdem wollte ich, tief in meinem Unterbewusstsein, wohl doch irgendwie dazugehören. Anders kann ich mir nicht erklären, weshalb ich Logan im Laufe der Jahre nicht einfach den Rücken zugekehrt und seine ständigen Hänseleien ignoriert habe.

Schließlich seufzt Grace und sieht mit einem traurigen Blick wieder zu mir auf. »Aber es ist doch vorbei, oder? Ich meine, du …«

Sie kommt nicht weiter, will die Wörter nicht aussprechen, die meine Vergangenheit vor Portugal wieder präsent machen würden. Gefühlt tausend Bilder tauchen vor meinem inneren Auge auf, die ich längst verdrängt haben wollte. Ich, wie ich zwei Wollpullis übereinander trage und frierend auf meinem Bett sitze, obwohl draußen Hochsommer herrschte. Wie der Hunger an mir nagte, aber ich einfach nicht nachgeben wollte – es aber schließlich doch nicht schaffte und alles in mich hineinschaufelte, was unsere Küche an Essen hergab. Wie ich kaum noch etwas schmeckte, sondern einfach fraß wie ein verhungertes Wildschwein. Egal was, Hauptsache Essen. Und wie ich dann alles wieder auskotzte, so lange, bis auf der Waage wieder dieselbe Zahl stand, die sie auch vor meiner Fressattacke anzeigte.

Ich schüttle den Kopf und seufze laut, so sehr, dass ich meine zwei blonden Strähnen in die Luft puste und sie mir an der Nase kitzeln. »Das ist vorbei, Grace.«

Keine Ahnung, ob es das wirklich ist, aber ich will nicht weiter darüber reden. Ich bin erschöpft und müde, so unendlich müde. Nicht physisch, sondern psychisch. Die letzten Jahre haben mich ausgelaugt, und ich habe so viel kämpfen müssen, dass ich einfach nicht mehr daran denken will. Ich habe einen Schlussstrich für mich gezogen, und zwar mit Edding und nicht mit Bleistift. Das soll auch so bleiben.

Warme, zarte Finger legen sich um mein Handgelenk. »Dann komm bitte mit, Hazel.« Graces Stimme ist leise und sanft, und der Schimmer in ihren braunen Augen wird mit jeder Sekunde trauriger. »Ich verspreche dir, dass es anders wird. Du kannst dich jetzt nicht verkriechen.«

Ich nehme den letzten Schluck Cappuccino, stelle den Becher auf die Stufe und nehme mein Handy aus der Tasche. Immer noch keine Nachricht. »Na gut«, seufze ich und lege es wieder weg. »Ich überleg's mir. Wenn Mom später nichts machen will, dann vielleicht.«

Grace schnalzt mit der Zunge und steht auf. Mit einem belustigten Lächeln hält sie mir die Hand hin und hilft mir hoch. »Als ob deine Mom irgendetwas anderes macht als arbeiten. Sie lebt förmlich in ihrem Arbeitszimmer. Würde mich nicht wundern, wenn sie eines Tages mit ihren Dokumenten verschmilzt.«

Ich öffne den Mund, um ihr zu widersprechen, aber Grace hält eine Hand hoch. »Weißt du, was ich glaube?«

Innerlich stöhne ich auf. Jetzt kommt's. »Nein, aber du wirst es mir sicher gleich verraten.«

Wir sind beim Businessgebäude angekommen und stellen uns an den Rand der Glastüren, um die hetzenden Studenten nicht aufzuhalten – oder ihr Frischfutter zu werden, ihren Mienen nach zu urteilen. »Du hast das Lucas-Syndrom.«

Jetzt muss ich tatsächlich genervt aufstöhnen. Das »Lucas-Syndrom« ist der von mir erfundene Begriff für die Sucht, die Grace damals in der Anfangszeit ihrer Beziehung befallen hat. Es fing damit an, dass sie ständig bloß noch auf ihr Blackberry gestarrt hat, als würde sie komplett den Verstand verlieren und vom Display hypnotisiert werden. Dann ging es weiter, dass sie unentwegt von ihrer neuen Schwärmerei geredet hat. »Lucas hat sich ja sooo süß die Schnürsenkel zugebunden, Hazel, das hättest du sehen müssen!« und »Lucas hat gestern aus Versehen vor mir gepupst, das war so niedlich!«. Lucas hier, Lucas da – es war ein Albtraum. Das letzte Stadium des Syndroms endete schließlich damit, dass Grace mich tausendmal versetzt hat und kaum noch Zeit für mich fand. Nach einer gewissen Zeit wurde es besser, klar, aber der Anfang war das Schlimmste. Das Lucas-Syndrom.

»Hab ich nicht!«, fahre ich sie an und verschränke die Arme vor der Brust. »Bilde dir jetzt bloß nicht ein, dass mich der Scheiß kriegen könnte. Ich bin immun dagegen!«

Das verschmitzte Grinsen auf dem Gesicht meiner besten Freundin verschwindet nicht, im Gegenteil. Sie verstärkt es noch, indem sie provozierend eine Braue in die Höhe zieht. »Das dachte ich auch immer. Na ja, bis heute. Dinge ändern sich, Hazel.«

Und bevor ich überhaupt ein Wort sagen kann, ist sie an mir vorbeigerauscht und im Gebäude verschwunden. Ein genervter Laut entfährt mir, und ich mache auf dem Absatz kehrt in Richtung Literaturgebäude. Dass ich schon wieder mein Smartphone aus der Tasche hole und die Nachrichten durchscrolle wird mir erst bewusst, als ich ein vorbeihastendes Mädchen unsanft mit der Schulter anrempele. Sie stolpert, geht beinahe zu Boden und ruft genervt: »Pass doch auf!«, ehe sie weiterläuft.

So eine Scheiße. Ich habe das Lucas-Syndrom.

∞

Das schwerste am Joggen ist, überhaupt anzufangen und einfach loszulaufen. Sobald ich einmal dabei bin, liebe ich das befreiende Gefühl, das mich durchströmt. Die klaren Gedanken, der freie Geist, das gute Gewissen, etwas für den Körper zu tun. Mein Fahrrad habe ich am Haupteingang angeschlossen, und jetzt laufe ich den kompletten Sechs-Meilen-Joggerpfad. Der Kennedy Reservoir neben mir glitzert unter der Sonne und sieht aus, als würden die hellen Punkte auf dem Wasser einen Tanz aufführen. Schweiß läuft meinen Nacken herunter und kitzelt mir auf der Nase. Der Ausgang ist nur noch ein paar Meter entfernt, vor dem Tor flimmert die Hitze durch die heiße Luft. Ich kann mein Fahrrad erkennen, wie es am Baum lehnt und aussieht, als würde es sich dort sonnen.

Mein Blick wandert über eine Parkbank, auf der ein junger Mann mit einem Buch in der Hand sitzt und in schnellem Tempo den Stift über das Papier fliegen lässt. Mit schweißnassem Gesicht und schwerem Atem schüttle ich meine Arme und Beine aus und will mich gerade am Gelände neben mir dehnen, als meine Augen meinem Gehirn weiterleiten, wen sie da gerade gesehen haben.

Das auf der Parkbank ist Logan. Nicht meiner, sondern Arschloch-Logan aus der Uni. Mein Herz macht einen Satz, weil ich das Gefühl habe, ich darf ihn bei so einem persönlichen Moment gar nicht sehen. Während ich fest wie eine Salzsäule stehe und ihn anstarre, als könnte das nicht mehr als ein Trugbild sein, weht ein seichter, warmer Windzug vorbei und blättert ein paar Seiten seines Buches zurück. Logan schnalzt mit der Zunge und blättert schnell wieder vor, doch der Moment war lang genug, um zu erkennen, dass all diese Seiten vollgeschrieben sind.

Schreibt Logan hier etwa in einem Tagebuch? Weiß der Himmel, wieso ich das tue, aber ich kann einfach nicht anders, als blinzelnd ein paar Schritte vorzugehen und mich zu vergewissern, dass es wirklich er ist.

»Logan?«

Sein Kopf schnellt hoch. Er ist es tatsächlich.

»Was machst du hier?«, frage ich verwundert.

Seine Augen verengen sich zu Schlitzen, mit einer schnellen Handbewegung klappt er sein Buch zu. Er steht auf. »Das ist der Central Park, Evans. Korrigiere mich, wenn ich mich irre, aber soweit ich weiß, steht das Privileg, ihn zu betreten, nicht nur vollgeschwitzten, halb nackten Mädchen aus der Mittelschicht zu.«

Meine Augen huschen von meinem Sport-BH über die kurze Hose und zu den ASICS-Turnschuhen, ehe ich ihn wieder ansehe. »Ich bin nicht halb nackt. Und würde es dir zur Abwechslung mal etwas ausmachen, dich einfach normal zu verhalten?«

Logan steckt das Buch und den Stift zurück in seine Umhängetasche und rollt die Ärmel seines Hemds hoch. »Würde es tatsächlich, Evans. Mehr als du ahnst.«

Die Sekunden verstreichen, in denen wir uns einfach nur ansehen, und ich mich frage, wieso er kein hämisches Grinsen auf dem Gesicht hat wie sonst auch. Doch gerade als ich das denke, scheint ihm dasselbe einzufallen, und binnen Sekunden legen sich die überheblichen Züge erneut auf sein Gesicht. Er neigt den Kopf schief.

»Wie auch immer. Kommst du zu meiner Party heute Abend?«

»Weiß ich noch nicht. Grace will, dass ich mitkomme.« Meine Haut fängt an zu jucken, wie immer, wenn der Schweiß anfängt zu trocknen. Auch auf Logans Nase bilden sich feine Tröpfchen von der Hitze.

»Schön. Dann sei doch so anständig und benutz dieses Mal die Gästetoilette, in Ordnung?«

Die Schamesröte schießt mir ins Gesicht, und mein Herz klopft in doppeltem Tempo vor Wut. »Warum bist du so?« Meine Stimme ist kaum mehr als ein Flüstern, denn ansonsten würde ich schreien, und das will ich nicht. Niemals könnte ich in der Öffentlichkeit eine Szene machen.

»Das ist das Schöne an dem Ganzen, nicht wahr?« Seine Stimme ist leise, und er ist einen Schritt nähergekommen. Unwillkürlich halte ich die Luft an. »Niemand hat eine verdammte Scheißahnung, warum ich so bin.« Seine Augen sind weit geöffnet, und ich habe das Gefühl, dass er versucht, mir wortlos etwas mitzuteilen. Ich habe keine Ahnung, was mit ihm los ist. So kenne ich ihn nicht und habe ihn noch nie erlebt.

»Weißt du«, entgegne ich, ohne den Blick von ihm abzuwenden, »dem Menschen, der sich unter einer Maske versteckt, fällt es leicht, einen anderen zu erkennen.«

Logan hebt seinen Arm, und als seine Finger meine Schulter streichen, muss ich mich zwingen, nicht zurückzuschrecken. Was passiert hier gerade? Und ist das wirklich der Logan, der mich mein Leben lang aufgezogen und runtergemacht hat? Ein Schatten huscht über seine Augen, als ihm klar wird, was er tut. Blitzschnell zieht er seine Finger zurück und setzt das herablassende Lächeln wieder auf, das ich von ihm gewohnt bin. »Bis heute Abend, Evans.«

8

Mein Magen kribbelt, als würde eine Ameisenfarm darin Samba tanzen, als ich mein Fahrrad am Zaun vor unserem Haus anschließe. Endlich kann ich das Smartphone aus der Kletttasche am Arm nehmen und meine Nachrichten durchsehen.

Während des Joggens war das mein Motivationsschub, der mich immer weitergetrieben hat. »Wenn du die sechs Meilen schaffst, guckst du auf dein Handy. Wenn du die sechs Meilen gelaufen bist, hat Logan dir geschrieben.«

Er hat nicht geschrieben.

Mit einem frustrierten Seufzer mache ich »Just Like Fire« von Pink aus, schließe die Haustür auf und drücke gleichzeitig die Kurzwahltaste für Grace. Sie geht nach dem ersten Klingeln ran.

»Hey, Hazel.«

Mit der Schulter drücke ich die Tür auf und laufe in die Küche. »Ich komme mit.«

Ihr fröhliches Jauchzen zerreißt mir fast das Trommelfell. »Perfekt! Komm dann gleich zu mir, ja?«

»Mach ich. Bis dann.«

Mit einem Zug leere ich das Wasserglas und gieße mir gerade ein neues ein, als meine Mom in die Küche kommt.

»Du warst laufen?« Sie öffnet den Kühlschrank und nimmt sich die Packung Hershey Crackers raus.

»Ja. Mom, ich bin heute Abend nicht da.«

Sie nickt und wirft sich einen Cracker in den Mund. »Okay. Wohin gehst du?«

Ich nehme einen Schluck Wasser und wende den Blick ab, um

sie nicht ansehen zu müssen. Stattdessen starre ich auf eine Kerbe in unserem Holztisch. »Auf die Party von Logan Cunningham.«

Meine Mutter stoppt mitten im Kauen. »Was?«

Jetzt sehe ich sie doch an. Ihr Gesicht hat an Farbe verloren, die Packung Cracker hängt locker in ihrer Hand.

»Es wird anders sein, Mom. Vertrau mir.«

Sie ist immer noch fahl und sieht mich starr an. »Hazel … Ich weiß nicht, ob das so eine gute Idee ist.«

»Es ist meine Entscheidung, und ich möchte gehen«, beharre ich.

Das ist nicht ganz die Wahrheit, denn eigentlich will ich überhaupt nicht auf diese Party. Aber wenn ich schon zwischen den Alternativen wählen muss, entweder zu Hause zu hocken, Trübsal zu blasen und mit grimmiger Miene mein Smartphone anzustarren oder aber mich abzulenken und unter Leute zu gehen, wähle ich lieber Letzteres.

Mom nickt. »Gut. Ich vertraue dir. Ich denke, das vergangene Jahr in Portugal hat einiges verändert.«

Keine Ahnung, ob ich ihr da zustimmen kann, aber ich widerspreche auch nicht. Mom wirkt zerstreut, als sie die Küche verlässt und direkt zweimal wieder zurückkommt. Einmal, weil sie die Hersheys vergessen hat und das andere Mal, um mir einen Kuss auf die Stirn zu drücken.

Seufzend lehne ich mich gegen die Anrichte. Ich weiß immer noch nicht, ob die Party eine gute Idee ist, aber auf keinen Fall will ich verzweifelt auf eine Nachricht von einem Typen warten. Also gehe ich duschen und mache mich dann auf den Weg zu Grace.

∞

In meinen sommerlichen Vans laufe ich den roten Teppich auf den Stufen des Plaza-Hotels empor und fühle mich wie jedes Mal so fehl am Platz wie ein Bauer im Weißen Haus.

»Hi, Sean.«

Der dunkelhaarige Concierge nickt mir unscheinbar zu, ohne den Blick von der Straße vor sich abzuwenden. Sean steht vor dieser Tür, seit ich zurückdenken kann. Eine Zeit lang dachte ich, er würde den Posten niemals verlassen und wäre dort festgewachsen.

Klassische Töne und Geklapper der Kaffeetassen der Gäste tönen mir entgegen, als ich den imposanten Salon betrete. Als Kinder haben Grace und ich manchmal hier unten gespielt und so getan, als wären wir Gäste auf einer Party der Queen. Die riesigen Kristallleuchter hängen elegant über dem Saal und tauchen den verzierten Steinboden und die Marmorsäulen in luxuriöses Licht.

Ich seufze, gehe schnurstracks am Empfang vorbei und in den Fahrstuhl. Die Bishops leben in einem der obersten Stockwerke, ihre Wohnung ist ungefähr so groß wie ein ganzer Flur voller Suites. Ganz automatisch drücke ich die Fünfzehn, gebe den fünfstelligen Zugangscode ein und warte, während der Lift losfährt. Mein Spiegelbild blinzelt mir entgegen, und ich sehe schnell auf den Boden. Ich mag es nicht, mich im Spiegel zu sehen.

Endlich gleiten die Türen zum Loft der Bishops auf, und fast sofort dackelt Norma mir entgegen, die übliche grüne Schürze um die Hüfte gebunden. Sie ist Französin, und ich konnte noch nie mehr mit ihr sprechen als »Bonjour« und »Croissant, s'il vous plait.«

Mit freudig gestikulierenden Armen kommt sie zu mir und winkt mich die Treppe hoch. »Ah, bonjour, Mademoiselle Hazel.« Bei ihr bekommt mein Name jedes Mal ein ganz neues Flair, so, wie sie »Hahsäll« sagt. Ich glaube, sie denkt immer noch, dass ich nicht sprechen aber alles verstehen kann, denn seit jeher plappert sie unaufhörlich französische Sätze auf mich ein, ohne dass ich etwas entgegne.

Im oberen Stock reißt Grace bereits die Tür auf, strahlt uns entgegen und winkt uns in ihr Zimmer. Na ja, Palast würde es eher treffen.

»Hazel, gib mir dein Handy.«

Ich hüpfe auf ihr Himmelbett und federe mich auf der teuren Matratze auf und ab, während ich über ihren wunderschönen Seidenquilt streiche. »Was?«

Sie steht vor mir, eine Hand ausgestreckt und mit dem Fuß

ungeduldig auf den Boden tippend. »Du hast schon gehört. Ich weiß ganz genau, wieso du plötzlich doch mit auf die Party kommst.«

Norma steht mitten im Raum, beide Hände ineinander verschränkt und sieht aus wie eine Statue.

»Ach ja?«

»Ja, das Lucas-Syndrom«, entgegnet Grace trocken und hebt die andere Hand, um an den Fingern abzuzählen. »Den ganzen Tag schon hast du wie eine Besessene auf dein Display gestarrt, gehofft, dass er sich meldet und den Abend mit dir verbringt und schließlich resigniert auf das Angebot der Party zurückgegriffen, als keine Nachricht kam.«

Verzweifelt stöhne ich auf und lasse mich rücklings auf die Seidendecke nieder. »Grace, was soll ich tun? Der Kerl hat sich in meine Gedanken eingenistet, ohne dass ich es wollte!«

Scheinbar pfeift Grace inzwischen auf mein Handy, denn sie hat sich abgewendet und ist in ihr Ankleidezimmer gegangen.

»Tja, Schätzchen«, ruft sie mir von dort zu, »ich weiß, was du durchmachst. Das kommt langsam und schleicht sich ein wie ein Virus. Dann nimmt er Besitz von dir und bringt dich dazu, unmögliche Sachen zu tun, wie zum Beispiel dein Kuss mit Logan.«

»Und jetzt?«, frage ich, rolle mich auf den Bauch und stütze das Gesicht auf die Hände. »Soll ich ihm schreiben?«

Polternde Schritte auf dem Fußboden. Dann steht Grace plötzlich wieder vor mir, eine Skinny-Jeans und eine schwarze Bluse in der Hand. »Auf gar keinen Fall, Hazel! Mach es ihm nicht so leicht, sonst verliert er das Interesse.«

Ich setze mich auf. »Echt? So schnell?«

Grace wirft die Teile neben mich aufs Bett und nickt mitfühlend. »Ja, leider. Männer sind Jäger, die wollen keine leichte Beute. Zieh das da an. Die Bluse ist schon älter, trage ich nicht mehr. Du kannst sie behalten, wenn du willst. Ist von Chanel.«

Während Grace wieder in den anderen Raum verschwindet und sich umzieht, schlüpfe ich in die neuen Sachen von ihr. So lief das schon immer, wenn wir ausgehen. Grace sucht mir Sachen raus, die ich tragen soll, und ich vertraue ihrem Stil. Und eigentlich finde ich es sogar ganz gut, mich ab und zu wie ein Upper-East-Side-Girlie zu fühlen. Die Jeans ist an den Knöcheln auf dreiviertel geschnitten und mit Fransen verziert, und die Bluse hat einen offenen Rücken, halblange Ärmel und freie Schultern.

»Schuhe?«, rufe ich, und es dauert keine zwei Sekunden, da kommt Grace in einem schwarzen Minikleid aus Chiffon ins Zimmer gelaufen und hält mir schlichte schwarze Ballerina vors Gesicht. Gott sei Dank hat sie es aufgegeben, mich in diese unerträglichen High Heels mit mörderischen Absätzen zu stecken, auf denen ich regelmäßig umgeknickt bin.

Grace richtet ein paar Worte auf Französisch an Norma, drückt mich auf den Stuhl vor ihrem Frisiertisch und sagt: »Norma flechtet dir das Haar ein und steckt es seitlich hoch, okay? Das betont deine Augen mehr. Schmink dich solange.«

Meine Gedanken schweifen immer wieder ab, während sie sich die Haare eindreht und mir von verschiedenen Partys erzählt, die ich verpasst habe, als ich in Portugal war. Die ganze Zeit juckt es mir in den Fingern, auf mein Handy zu sehen, und ich frage mich, wieso Logan mir nicht mehr schreibt. Warum wollte er dann erst meine Handynummer, wenn er es scheinbar doch bei dem einen Treffen belassen will? Gott, das macht mich noch wahnsinnig.

»Hazel, hast du mich gehört?«

Norma zieht unangenehm doll an meinem Haar, um die Zöpfe direkt an die Kopfhaut zu flechten. Ich verziehe das Gesicht.

»Nein, entschuldige. Was hast du gesagt?«

Grace stellt sich neben mich und beugt sich vor, um ihr schwarzes Haarband im Spiegel zu richten. »Ich habe unten angerufen, damit Sean sich bereit macht. Er fährt uns.«

»Okay.«

Ein lautes Hämmern an der Tür lässt mich zusammenzucken, und beinahe hätte ich mir den Nude-Lippenstift von Mac quer über das Gesicht gezogen.

»Graaaaace!«

Ein so lautes Brüllen habe ich in meinem Leben nur von Oliver gehört, und ich könnte schwören, dass man so was jahrelang trainieren muss. »Du hast mein verdammtes Tablet geklaut! Gib mir das, oder ich lasse deine neue bescheuerte Unterwäsche von Victorias Secret durch Dads Schredder laufen!«

Norma will zur Tür eilen, um Oliver reinzulassen, aber Grace hält sie mit einem energischen Händewedeln auf. »Verschwinde, Oliver! Ich habe dein Scheißteil nicht! Vielleicht solltest du deinen Kram nicht immer überall rumliegen lassen, denn falls du es immer noch nicht gemerkt haben solltest: Wir wohnen in einem Hotel!«

Oliver schreit wütend auf und tritt mehrmals gegen die Tür, ehe er laut fluchend auf dem Flur davon poltert.

Grace schnappt sich ihre Clutch und verdreht genervt die Augen. »Gehen wir.«

∞

Sean lässt uns vor der Villa der Cunninghams raus, und bereits auf dem bogenförmigen Vorplatz tummeln sich Gäste mit Champagnergläsern am Brunnen. Die komplette Straße wird mit lauter Musik erfüllt, und meine Brust krampft sich schmerzhaft zusammen, als ich an meine letzte Party hier zurückdenke. Grace bemerkt meine Nervosität, legt mir besänftigend eine Hand auf den Arm und sieht mich eindringlich an.

»Es wird nicht wieder passieren, Hazel.«

Ein letztes Mal hole ich tief Luft, dann nicke ich. »Okay. Gehen wir.«

Im Haus ist es stickig, und alles ist voller Leute. Viele kenne ich vom Sehen, aber mit den meisten habe ich noch nie gesprochen. Wir zwängen uns durch die Menge, wobei es schwer ist, nicht von irgendjemandem mit einem Drink bekleckert zu werden. Im Salon sind die üblichen Gruppierungen; das riesige U-Sofa ist besetzt von der »First-Class-Elite«, da wäre Grace praktisch auch willkommen. Natürlich erkenne ich Logan unter ihnen. Am Fenster stehen immer die Neuen, weil sie sich nicht auskennen und nirgendwo rumstehen wollen, wo sie angerempelt werden oder im Weg sein könnten. Bei den Bildern halten sich die Kunstfreaks auf, meistens sitzen sie dort im Schneidersitz und haben rote Becher vor sich stehen – so, wie jetzt auch. Die Küche ist den bereits total Betrunkenen vorbehalten, die damit automatisch den Titel zum »Best-Party-Mixer« innehaben, und alle anderen füllen die Räume und tummeln sich zwischen den Gruppen umher. So, wie ich. Hauptthema dieser Partys ist immer der neueste Skandal, und jedes Mal wird gehofft, dass etwas Neues passiert, über das sich die Leute hier das Maul zerreißen können. Wir bahnen uns einen Weg zur Küche, um einen Drink zu holen, und Paranoia überkommt mich. Das Gefühl, dass mich alle anstarren und hinter vorgehaltener Hand tuscheln, will mich einfach nicht loslassen.

»Hazel«, raunt Grace mir zu und sieht mich mit besorgtem Blick an. »Ist alles okay?«

Statt zu antworten, nehme ich mein Handy aus der Hosentasche. Immer noch keine Nachricht. Ich stöhne auf. »Ja. Lass uns was trinken.«

Grace zieht eine Braue in die Höhe. »Du trinkst? Wow. Das Syndrom breitet sich aus.«

»Nur einen Sour Wodka. Mehr nicht.«

Lächelnd zieht Grace mich mit in die Küche. »Sour Wodka, Freunde! Zweimal.«

Die Kerle am Küchentresen grölen laut auf wie bei jeder Bestellung und benehmen sich wie die absoluten Volltrottel. Beim Anblick der verklebten Anrichte und Unmengen von Zitronen- und Limettenreste verzieht sich mein ganzes Gesicht. Den bekleckerten Klamotten der Besoffenen nach zu urteilen scheint ihnen das Chaos nichts auszumachen. Ich bezweifle, dass sie es überhaupt noch richtig wahrnehmen. Der Kleinste von ihnen drückt uns mit einem dümmlichen Grinsen und einem schielenden Blick zwei rote Becher in die Hand, und wir machen uns auf den Weg zur »First-Class-Elite«-Area. Ich find's bescheuert, dass wir da jedes Mal hinmüssen, aber Graces Gene scheinen sie wohl dahinzuziehen. Sie nimmt es auch bei Weitem nicht so schlimm auf wie ich.

»Hey«, begrüßt sie die Leute fröhlich, setzt sich ans eine Ende des Sofas und zieht mich mit.

Mein Blick huscht zu Logan, und ich erwische ihn dabei, wie er mir direkt in die Augen sieht. Schnell wende ich mich ab.

»Hazel«, sagt eine Brünette, die ich nicht kenne, und sieht mich mit gekünstelt höflichem Blick an. »Du bist zurück?«

»Ja«, entgegne ich zähneknirschend und frage mich, weshalb eine für mich Fremde weiß, dass ich überhaupt weg war. »Seit einer Woche.«

Sie wirft ihr geglättetes, schwarzes Haar über die Schulter und setzt sich aufrechter. »Und? Hast du dein … *Problem* jetzt unter Kontrolle?«

Mir wird heiß. Schnell nehme ich einen Schluck von meinem Sour Wodka, um ihr nicht zu antworten. Sie lächelt amüsiert über meinen Wink mit dem Zaunpfahl. Grace legt mir kurz ihre Hand an den Rücken, um mir zu zeigen, dass sie da ist. Das hilft ein wenig.

»Lass gut sein, Janet«, säuselt Logan, natürlich nicht ohne sein hämisches Grinsen. »Wir werden einfach auf ihren nächsten Skandal warten.«

Warum bin ich noch mal hergekommen? Das war eine Scheißidee, ich hätte es wissen müssen. Um die anderen zu ignorieren, hole ich schon wieder mein Handy aus der Tasche. Diesmal ist es nur Mittel zum Zweck, sage ich mir, glaube mir aber selbst nicht. Im nächsten Moment ist es mir aber auch scheißegal, denn eine neue Nachricht auf meinem Display blinkt auf. Sie ist von Logan. Ich spüre, wie mein Herz einen dreifachen Salto hinlegt und anschließend einen Marathon rennt.

Was machst du? Bin gleich in der Bar. Kommst du auch?

Die First Class um mich herum unterhält sich angeregt miteinander und hat mich scheinbar ausgeblendet, nur Grace wirft immer wieder besorgte Blicke zu mir herüber. Ich ärgere mich gerade so sehr, dass ich auf diese bescheuerte Party gegangen bin und nicht einfach zu Hause gewartet habe.

Jetzt verpasse ich ein Treffen mit ihm. Schnell tippe ich eine Antwort.

Bin auf einer Party. Sorry.

Kaum habe ich sie abgeschickt, bereue ich es wieder und wünschte, ich könnte sie zurücknehmen. Hätte ich doch bloß geschrieben, dass ich gleich da bin und sofort das nächste Taxi genommen. Mein Handy vibriert, kaum dass ich es auf den Schoß gelegt habe.

Bei deiner Freundin?

Der Sour Wodka weckt verschmitzte Ideen in mir, und plötzlich erscheint es mir als ganz hervorragend, zu versuchen, ob ich ihn eifersüchtig machen kann. Mein Verstand flüstert mir zu, dass es eine ganz blöde Idee ist und ich es morgen mit hoher Wahrscheinlichkeit bereuen werde, aber scheiß drauf.

Bei Logan. Dem Typen von der Uni.

Daraufhin kommt bestimmt zwanzig Minuten keine Nachricht mehr, und mein Verstand ruft in höhnischem Ton: »Hab ich doch gesaahaaagt!«. Meine Laune verschlechtert sich zunehmend, und ich merke, dass ich schon tiefer im Lucas-Syndrom drinstecke, als ich gedacht hätte. Gerade als ich ihm eine weitere Nachricht schicken will, vibriert es wieder.

Warum bist du da, wenn er so scheiße zu dir ist?

Berechtigte Frage. Natürlich hab ich absolut keine Ahnung, was ich darauf schreiben soll. Kann ja schlecht sagen: »Weil du mir nicht geschrieben hast und ich verzweifelt nach irgendetwas gesucht habe, das mich davon ablenkt, mein Handy mit dem Blick á la Medusa zu attackieren«. Die Entscheidung einer Antwort wird mir jedoch abgenommen, als Arschloch-Logan plötzlich neben mir steht und mir das Handy aus der Hand reißt.

»Oh«, sagt er mit belustigter Miene. »Du hast einen Lover?«

Ich strecke die Hand aus und funkle ihn an. »Gib mir mein Handy, Logan.«

Er lacht bloß. Und dann lässt er mein Smartphone tatsächlich auf den harten Marmorboden fallen. Es zerspringt in mehrere Teile, und ich habe das Gefühl, mein Herz bleibt stehen. Das kann er nicht ernsthaft getan haben. Selbst für ihn ist das unter aller Sau.

Statt ihn anzuschreien springe ich vom Sofa auf den Boden, um die Teile aufzusammeln, während die anderen um mich herum lachen. Alle außer Grace, die aufsteht und Logan an der Brust nach hinten schubst. Irgendwo neben mir pfeift ein Kerl und grölt: »Gib's ihm, Bishop!«

Obwohl ich weiß, dass es sinnlos ist, sammle ich jedes einzelne Teil auf und versuche angestrengt, nicht zu heulen. Ich hasse diese ständigen Demütigungen auf diesen Partys. Niemals hätte ich herkommen sollen.

Irgendein Typ drängt sich plötzlich an mir vorbei, und als ein lautes Krachen ertönt, sehe ich auf. Der breitgebaute Kerl packt Logan grob am Arm und zieht ihn durch den Salon in Richtung der anderen Zimmer, die für die Partyleute tabu sind. Ich kann das Gesicht von ihm nicht erkennen, weil er die Kapuze seiner Sweatjacke tief darüber gezogen hat. Mit den aufgesammelten Teilen in der Hand sehe ich mich um und stelle fest, dass kaum einer außer der First-Class-Elite das hier gerade mitbekommen hat. Alle sind vollauf mit Feiern und Tanzen beschäftigt.

»Wer war das?«, fragt Janet Grace, die nur einen abwertenden Blick für sie übrig hat und die Schultern zuckt.

»Bist du okay?«, fragt sie und legt den Arm um mich.

Ich nicke zerstreut. »Ja. Ich muss nur schnell mal auf die Toilette.«

Grace Augen weiten sich, und als mir klar wird, was los ist, schüttle ich den Kopf. »Ich komme gleich wieder.«

Sie kaut nachdenklich auf der Unterlippe und wiegt scheinbar ab, ob sie mich gehen lassen kann. Dann nickt sie. »Okay. Beeil dich.«

Schnell laufe ich den Flur hinunter und versuche, laute Stimmen in dem Lärm der Musik auszumachen. Ich hatte keine Sekunde vor, zur Toilette zu gehen. An der letzten Tür im Flur höre ich schließlich Gebrüll. Mir ist klar, dass ich das nicht tun sollte, aber ich kann nicht anders. Ich drücke das Ohr an das dunkle Holz und lausche.

∞

»Du bist ein verdammter Wichser, Logan!«

Es hört sich an, als würde eine Lampe zerbrechen, aber ich nehme es kaum wahr. All mein Blut rauscht aus meinem Kopf nach unten, und ich muss mich an dem Türknauf festhalten, um das Gleichgewicht zu halten.

Ich kenne diese Stimme. Es ist die von *meinem* Logan.

Von dem Arschloch-Logan kommt lediglich ein freudloses Lachen. »Ich? Und was ist mit dir? Als du mir von ihr erzählt hast, hast du mir nicht gesagt, dass es um Hazel geht!«

»Weil es dich nichts angeht, verdammte Scheiße!« Ich muss meine Aussage zurückziehen, dass ich noch nie jemanden so brüllen gehört habe wie Oliver. Das hier ist schlimmer.

Irgendetwas – oder jemand – kracht gegen die Wand.

»Oh doch, es geht mich was an! Sie hat verdammt noch mal kaum was im Leben und hat es nicht verdient, für deine Zwecke ausgenutzt zu werden!«

Jetzt lacht mein Logan, scheinbar fassungslos über diese Aussage. »Das sagst *du* mir? Obwohl du gerade ihr verdammtes Handy geschrottet hast?«

Wieder ein Krachen, dann das Geräusch eines Schlags.

»Das habe ich nur getan, damit du ihr das nicht antun kannst!«

Schwere Atmung ist zu hören, wahrscheinlich prügeln die beiden sich. Ich kann kaum fassen, dass das gerade passiert. Aber statt zu gehen, presse ich das Ohr noch etwas fester gegen die Tür.

»Bist du jetzt komplett bescheuert, Logan? Sie hasst dich, verdammt noch mal! Du hast ihr seit jeher das Leben schwer gemacht und tust jetzt so, als würde sie dir etwas bedeuten?«

Schweigen. Dann wieder ein fassungsloses Lachen von meinem Logan. »Ach du scheiße«, sagt er. »Sie bedeutet dir tatsächlich was, und du gestörter Wichser tust alles, um es nicht zu zeigen.«

»Um es nicht wahr werden zu lassen«, erwidert Arschloch-Logan leise.

Wieder Schweigen. Lediglich die schwere Atmung der beiden ist zu hören, ehe mein Logan sagt: »Ich werde jetzt gehen. Nicht weil das hier vorbei ist, sondern weil du erst mal allein mit deinen

Gedanken klarkommen solltest. Denk mal nach, was du da tust, Logan.«

Die Schritte nähern sich der Tür, und ich bin nicht schnell genug, um zu kapieren, dass er jetzt hier rauskommt. Gerade als mir das klar wird und ich einen hastigen Schritt zurücksetze, wird die Tür aufgerissen, und er steht vor mir. Meine Augen sind riesig, in der Hand halte ich immer noch die einzelnen Teile meines Smartphones. Mein Logan starrt mich einfach nur schockiert an, und ich kann die Umrisse von Arschloch-Logan erkennen, der auf dem Bett sitzt und auf den Boden starrt.

Nach einer weiteren Sekunde des Starrens hat mein Gegenüber sich scheinbar wieder gefangen, denn er lässt die Tür laut ins Schloss fallen und nickt den Flur entlang.

»Komm mit. Lauf du vor.«

Eigentlich will ich fragen, wohin wir denn gehen wollen, aber da zieht er schon wieder die Kapuze über den Kopf und nickt ein weiteres Mal den Flur entlang. Wenn er sich schon vor den anderen versteckt, will er wohl bestimmt nicht auf der Party bleiben, also gehe ich vor und steuere den Ausgang an. Die ganze Zeit über bleibt er dicht hinter mir, ich spüre seinen heißen Atem auf meinem freien Rücken und bekomme eine Gänsehaut, obwohl es unglaublich stickig im Haus ist. Erleichtert atme ich auf, als wir endlich an der frischen Luft sind und ich den R8 neben dem Brunnen parken sehe.

Logan läuft von hinten um seinen Wagen herum und öffnet das Auto. Ohne noch ein Wort zu sagen, steigen wir ein, und er fährt in viel zu schnellem Tempo von dem Gelände und auf die Straße.

9

Logan fährt wie ein Irrer durch die Straßen Manhattans.

»Pass auf!«, rufe ich, als er beinahe eine rote Ampel mitgenommen hätte.

Er sieht starr geradeaus. »Sorry.«

Wir schweigen weiter, und er stellt »Dear Maria« von All Time Low lauter, bis es mir schon in den Ohren dröhnt. Nach ein paar Sekunden merke ich, dass die Teile meines kaputten Handys noch immer in meiner Hand liegen, also öffne ich seufzend meine Tasche und lasse sie dort hineinfallen.

Logans Augen huschen kurz zu mir herüber, ehe er sich wieder der Straße widmet. Wir fahren auf die Brooklyn Bridge, und mir wird klar, dass er mich wahrscheinlich zu Hause abliefern will.

»Tut mir leid mit deinem Handy.«

Mein Blick geht zum Fenster raus auf das immer dunkler werdende Wasser und beobachtet ein Boot, das in der Ferne schon fast winzig aussieht. »Schon okay.«

»Nein, ist es nicht!« Er schlägt mit der Faust aufs Lenkrad, und ich zucke zusammen.

Stirnrunzelnd sehe ich ihn an. Eine Ader pulsiert an seiner Schläfe.

»Was ist denn los, verdammt?«

Mit einer Hand fährt er sich durchs Haar, atmet zitternd aus. »Nichts. Ich … Es ist meine Schuld. Mit dem Handy.«

Ich rufe mir die Unterhaltung von den beiden Jungs wieder ins Gedächtnis und denke daran, was Arschloch-Logan gesagt hat. »Weil du mir geschrieben hast?«

Der R8 biegt in meine Straße ein und hält vor meinem Haus.

Logan schnallt sich ab und nickt, ohne mich anzusehen. Stattdessen spielt er mit den Fingern an einer kleinen Figur an seinem Schlüsselanhänger.

»Kennt ihr euch? Du und er?«

Erneutes Nicken. »Er ist mein Cousin.«

Oh mein Gott. Ein unwillkürliches Keuchen entfährt mir, und ich merke kaum, wie der seidige Ärmel meiner Bluse weiter den Arm herunterrutscht.

»*Logan* ist der Cousin, von dem du mir bei El Dante erzählt hast?«

»Ja. Ich wollte es dir nicht sagen, weil ich dachte, du würdest mich dann mit ihm in dieselbe Schublade stecken.«

»Gott«, hauche ich kopfschüttelnd. Und dann, nach einer kurzen Pause, füge ich hinzu: »Wie kamen eure Eltern denn auf die bescheuerte Idee, euch beide Logan zu nennen?« Eigentlich wollte ich damit die Stimmung auflockern und ihm ein Lächeln entlocken, aber er zuckt nur grimmig die Achseln und starrt dann zum Fenster raus. »Na ja … Dann mal danke fürs Fahren. Wir sehen uns.«

Auch wenn ich nicht wirklich daran glaube, dass wir uns wiedersehen. Mein Handy ist kaputt, also kann er mir nicht mehr schreiben, und nach der komischen Nummer heute bezweifle ich, dass er noch mal in die Bar kommt und mich sehen will. Vielleicht ist es auch besser so. Das Lucas-Syndrom kann sich zwar schön anfühlen, aber irgendwann auch sehr hart und schmerzhaft werden, wie ich bei Grace hautnah miterlebt habe.

Trotzdem hängt mir ein verdammt dicker Kloß im Hals, als ich mich abschnalle und die Tür öffne.

»Hazel, warte.«

Mit einem Fuß draußen und dem anderen noch im Auto wende ich mich wieder ihm zu. »Ja?«

Seine Augen hängen an meinem heruntergerutschten Ärmel. Als er die Hand ausstreckt und mit den Fingerspitzen die Seide hoch auf die Schulter schiebt, schimmern seine Augen in einem tiefen Blau. Eine Gänsehaut kriecht über meinen ganzen Körper. Ein paar weitere Sekunden starrt er auf ein Muttermal an meinem

Arm, dann hebt er die Augen, und unsere Blicke treffen sich. Mein Herz pumpt so laut in meiner Brust, dass ich froh bin über den lauten Sound von All Time Low.

»Kann ich noch mit reinkommen?«

∞

»Das ist dein Zimmer?«

Begeisterung füllt seine Stimme, und ich kann sie kein bisschen nachvollziehen. Mein Zimmer ist klein und enthält nicht mehr als Bett, Schrank, Schreibtisch und einen Fernseher.

»Nein, ich wollte dich nur zum Spaß hier reinführen. Eigentlich gehört es Justin Bieber, weißt du.«

Ich schneide ihm eine Grimasse und endlich lacht er wieder. Geschickt steigt er über einen Stapel Bücher am Boden und erreicht schließlich das Foto an meiner Wand, auf dem ich das pinke Cap trage.

»Süß. Wie alt warst du da?«

Mit einem lauten Seufzer setze ich mich aufs Bett und sehe mir das Bild ebenfalls an. Ein trauriges Lächeln umspielt meine Mundwinkel. »Fünf. Das war die Einschulung.«

Logan zieht seine Schuhe aus und setzt sich neben mich. Er trägt graue Socken, auf denen »Sporty« steht, und ich muss mir ein Schmunzeln verkneifen.

»Hast du das Cap noch?«

Sofort erlischt mein Lächeln. An die Erinnerung denke ich nicht gern zurück. Mit dem Zeigefinger pule ich an der Nagelhaut meines Daumens herum. »Irgendwo auf dem Dachboden, schätze ich. Nach dem Tag habe ich sie nicht mehr getragen.«

»Wieso nicht?« Als er spricht, merke ich, wie nah er neben mir sitzt.

Bei dem Gedanken an den Tag reiße ich mir den Hautfetzen am Nagel komplett ab und bereue es sofort. Das wird wieder tagelang brennen.

»Weil dein Cousin damals meinte, dass ich damit aussehe wie ein Schwein.«

Logan schnaubt verächtlich. »Er ist hier das Dreckschwein.«

»Lass uns nicht über ihn reden, bitte.« Jetzt, wo ich mit ihm hier bin, will ich nicht über andere reden. Es soll um uns gehen, um ihn und mich.

Logan nickt. Er sieht sich im Zimmer um, sein Blick bleibt bei meinen Sportsachen von vorhin hängen. Scheiße. Ich hab sie vor dem Duschen nur schnell über meinen Stuhl geworfen, weil ich keine Zeit hatte.

Scheinbar weiß keiner von uns, was er sagen soll, denn wir schweigen uns an. Es ist so leise, dass man die berüchtigte Nadel fallen hören könnte. Na super. Klasse machst du das, Hazel. Es kommt noch schlimmer, als mein Magen sich plötzlich dazu entscheidet, aus Leibeskräften zu knurren.

»Hast du Hunger?«

»Etwas«, lüge ich. Ich könnte Moms ganzen Süßigkeitenschrank plündern und anschließend noch einen Elefanten verputzen.

Logan verschränkt die Hände ineinander und fängt an, sie zu kneten. Er wirkt nervös. »Darf ich dich mal was fragen?«

»Nur, wenn du nicht wieder willst, dass ich Mehlwürmer esse.«

Er setzt sich weiter aufs Bett und lehnt sich mit dem Rücken gegen die Wand. Mir fällt auf, dass er sich die Haare geschnitten hat; an den Seiten sind sie kürzer als das letzte Mal. Er lacht leise. »Nein, heute nicht. Ich frage mich nur … na ja, das eine Mal in der Bar, bevor wir essen waren, da habe ich die Diskussion zwischen dir und Tony mitbekommen. Du wolltest nichts essen.«

Oh nein, bitte nicht. Meine Hände werden schwitzig, ich muss sie an meiner Jeans abreiben. Sie zittern leicht.

»Und?«

Logan zuckt die Achseln und sieht mich mit einem mitfühlenden Blick an. »Bist du unzufrieden mit dir?«

Mehrmals atme ich ein und setze zum Sprechen an, breche aber jedes Mal wieder ab. Dann sage ich, beinahe flüsternd: »Jedes Mal, wenn ich ein anderes Mädchen sehe, vergleiche ich mich sofort mit ihr. Und jedes Mal …« Ich schlucke. »Jedes Mal verliere ich.«

Es ist das erste Mal, dass ich das gegenüber jemand anderem als Grace ausspreche, und ich wundere mich selbst über meine Offenheit.

Logan sagt nichts. Stattdessen steht er auf und reicht mir die Hand. »Komm.«

Ich wundere mich, was er vorhat, erhebe mich aber trotzdem. Mit einer sanften Bewegung führt er mich vor den Spiegel. Instinktiv senke ich den Blick und starre auf meine Füße, doch Logan legt mir einen Finger ans Kinn und hebt meinen Kopf wieder an.

»Schau dich an.«

Wie immer sehe ich mich zu dick, mit einem unförmigen Gesicht und der Schweinenase.

»Was gefällt dir nicht?«, fragt er, und ich antworte sofort: »Meine Nase.«

»Warum?« Er steht direkt hinter mir, nur ein paar Zentimeter trennen uns voneinander.

»Weil sie an ein Schwein erinnert.«

»Hazel«, sagt er leise, dreht mich ein Stück seitlich und fährt mit dem Finger über meine Nase. »Ist diese Linie gerade?«

»Nein.«

»Was dann?« Sein Finger liegt noch immer auf ihr, mit der Kuppe fährt er stetig auf und ab.

»Es ist eine Himmelfahrtslinie.«

Ein leises Lachen entfährt Logan, seine Lippen streifen dabei mein Ohr, und augenblicklich stellen sich die feinen Härchen auf meinem Arm auf. Als er spricht, klingt seine Stimme heiser. »Der Ausdruck gefällt mir schon besser. Und weißt du, wie viele Frauen auf dieser Welt sich unters Messer legen würden, um deine Nase zu bekommen?«

Ich entgegne nichts, sondern kaue mir stattdessen auf der Unterlippe herum. Logans Finger gibt mir einen letzten Stups auf die Nasenspitze, dann wandert er weiter herunter und legt ihn mir auf die Lippe. Sofort höre ich auf mit dem Kauen. Ganz seicht fährt er mir erst über die Unter-, dann über die Oberlippe.

»Und weißt du, wie viele Frauen auf dieser Welt sich ihre Lippen aufspritzen, um solch volle wie deine zu bekommen?«

Ein Keuchen entfährt mir, als sich mein Unterleib bei seinen Worten zusammenzieht. So ein prickelndes, intensives Gefühl habe ich noch nie erlebt.

»Was magst du noch nicht an dir, Hazel?«

Mein Atem geht flach. »Meinen …« Ich räuspere mich. »Meinen Körper.«

Ein rauer Seufzer dringt aus Logans Kehle, den ich nicht einordnen kann. Trotzdem entfacht er die Hitze in mir und steckt meinen Körper von innen in Brand. Seine Berührungen sind quälend langsam, als er die schwarze Chanel-Bluse ein Stück hochschiebt und mit den Fingerknöcheln über meinen nackten Bauch fährt. Ich habe das Gefühl, jeden Augenblick in Flammen aufzugehen. Sein Daumen streicht über meinen Bauchnabel bis zu meinen Hüften und wandert die leichten Rundungen hinab.

»Hazel«, raunt er, dieses Mal streicht sein Atem direkt über mein Ohr. Ich werde fast wahnsinnig. »Du bist schlank und dennoch weiblich. Kein Mann auf dieser Welt findet knochig schön. Du bist perfekt.«

Ohne es zu merken packe ich seine Hand und drücke sie fest. »Sag das noch mal«, flüstere ich, weil ich sichergehen muss, mich nicht verhört zu haben. Diese drei Wörter hat noch kein Mann auf dieser Welt zu mir gesagt.

Logan lächelt, dreht mich zu sich herum und streicht mir eine Strähne hinters Ohr, die sich aus Normas Flechtfrisur gelöst hat.

Er tippt auf meine Nase. »Du hast eine zuckersüße, niedliche Nase.« Ein kurzes Streichen über meinen Mund. »Wundervolle Lippen.« Ein begehrender Blick über meinen Körper. »Und eine extrem heiße Figur.« Er kommt näher, zwischen uns ist kaum noch Platz. »Du bist perfekt, Hazel. Vollkommen.«

Ich kann nichts sagen, so überwältigt bin ich von diesem Moment und schließe einfach die Augen, in der Hoffnung, er wird mich küssen. Und das tut er. Erst sanft, dann immer schneller und leidenschaftlicher. Ich hatte gar nicht gemerkt, wie sehr ich es vermisst habe, diese Lippen wieder zu berühren. Wir gehen rückwärts und lösen uns erst dann, als er mich mit glühendem Blick und erhitzten Wangen aufs Bett wirft.

Kaum zu glauben, dass das gerade passiert. Meine Hände fahren durch seine Haare, streicheln ihm den Nacken, wandern an seinem Körper hinab. Ich spüre die angespannten Muskelstränge und kann einen Seufzer nicht unterdrücken.

Mein ganzer Körper steht in Flammen und gerade, als meine Gedanken benebelt und ich höchstwahrscheinlich für alles offen gewesen wäre, löst Logan sich von mir. Wir sehen uns in die Augen, er streicht mir mit der Daumenspitze über meine Wangenknochen.

»Du bist wunderschön, Hazel.«

Ein schüchternes Lächeln legt sich auf meine Lippen.

Logan küsst mich noch einmal auf den Mundwinkel, dann legt er sich auf den Rücken und streckt sich. Vielleicht ist es der restliche Sour Wodka in mir, der sich das traut, aber ich zögere keine Sekunde und lege mich mit dem Kopf auf seine Brust. Meine Lider werden schwer. Jetzt, nachdem das Adrenalin langsam nachlässt, merke ich, wie müde ich bin.

Er legt den Arm um mich. »Hazel?«

Mein Verstand ist halb da und halb in der Traumwelt. Ich nuschle, als ich antworte. »Ja?«

»Irgendwann wirst du an diesen Moment zurückdenken, und dann ist es wichtig, dass du dich an dieses Gefühl erinnerst und daran denkst, wie stark es ist. Okay?«

Mein Kopf kann nicht mehr unterscheiden, ob er das gerade wirklich gesagt hat oder ob es in meinem Traum geschieht. Ich höre mich nur noch »das werde ich« sagen, ehe die Welle der Dunkelheit über mich hereinrollt und in den Schlaf zieht.

10.

Die Hitze reißt mich aus dem Schlaf. Meine Beine scheuern unerträglich, weil sie noch immer in der engen Jeans stecken, und die Seidenbluse klebt mir am Oberkörper. Gott, nie wieder darf ich vergessen, mir Schlafkleidung anzuziehen – egal wie müde ich bin. Blinzelnd öffne ich die verklebten Augen und brauche ein paar Sekunden um festzustellen, dass Logan nicht mehr da ist. Sofort bin ich hellwach und sitze kerzengerade im Bett.

Wann ist er gegangen? Und wieso habe ich es nicht mitbekommen? Habe ich etwa geschnarcht? Oder ist er schon abgehauen, als ich gerade erst eingeschlafen bin? Automatisch will ich auf mein Handy schauen, bis mir einfällt, dass ich keins mehr habe.

Mit schlurfenden Schritten gehe ich nach unten und reibe mir den Nacken. Er ist total verspannt von letzter Nacht.

»Guten Morgen«, grummle ich, als ich in die Küche komme.

Mom sitzt in ihrer pinken Häschenhose am Tisch und schlürft Kaffee. Als sie aufsieht, wirft sie mir ein verschmitztes Lächeln zu.

»Morgen, Schatz.«

Einen Moment bleibe ich stehen und mustere sie mit gerunzelter Stirn, dann gieße ich mir ebenfalls eine Tasse Kaffee ein und setze mich ihr gegenüber. Die Augen meiner Mutter wandern von meiner gelösten Flechtfrisur, die mich zur Schwester des Struwwelpeters qualifiziert, über die Bluse und meine Jeans.

»Hast du so geschlafen?«

»Ne«, lüge ich, weil ich sowieso weiß, dass ihre Frage rhetorisch ist.

Sie verschränkt die Beine und wippt mit ihrem flauschigen Puschen auf und ab. »Dieser Logan ist ganz schön heiß.«

Oh mein Gott. Alle Alarmglocken fangen an zu schrillen, und in meinem Kopf rennen kleine Männchen mit Werkzeug umher, die laut brüllen: »Weg hier, weg hier!«

Schnell nehme ich einen Schluck von meinem Kaffee, verschlucke mich aber und verbrenne mir die ganze Kehle. Hustend und mit Tränen in den Augen sehe ich sie an. »Bitte was?«

Ihr Blick ruht noch immer in dieser verschwörerischen Pose auf mir, und das schelmische Lächeln wird breiter. »Ich habe ihn heute Morgen kennengelernt, als der kleine Schlawiner sich aus dem Haus schleichen wollte.«

Das kann doch echt nicht wahr sein. Alles, nur das nicht. Mein Gesicht glüht. »Bitte versichere mir, dass du nichts Peinliches gesagt hast.«

Mit einem dumpfen Geräusch stellt sie die Kaffeetasse auf den Holztisch und will gerade etwas sagen, da stöhne ich schon auf und lehne meine Stirn auf die Holzplatte. »Du hast ihm die Babyfotos gezeigt, nicht wahr?« Mein Kopf schnellt wieder hoch, und ich reiße meine Augen auf. »Bitte nicht das, was du so süß findest. Das, wo ich auf den Boden kacke!«

Mom verdreht die Augen, grinst aber. »Ganz ruhig, Hazel. Er kam die Treppe runter und ich gerade aus dem Bad. Ein paar Sekunden hat er mich nur angestarrt, dann hat er mir ganz schüchtern die Hand gegeben und schon ist er mit seiner Superkarre wieder abgezischt.«

Unruhig knabbere ich an meinen Fingernägeln und zapple mit den Beinen. Wieso haut er ab, ohne mir wenigstens Bescheid zu sagen? Ich meine, er hätte mich doch wecken können …

»Weißt du, ich kapier die Männer einfach nicht«, sage ich schließlich, als ich es nicht mehr zurückhalten kann. »Erst kommt der hier an, macht einen auf Traummann des Jahres und faselt diesen ganzen Mist von wegen Frauen legen sich unters Messer, um so auszusehen wie ich, und dann zischt er einfach so ab!«

Mom prustet ihren Kaffee aus, wirft den Kopf in den Nacken und lacht schallend. Ihre pinke Hose ist voller brauner Kaffeesprenkel. »Was? Frauen legen sich unters Messer?«

»Na ja, nein, für meine Nase meinte er. Und meine Lippen. Irgendwie so. Ist ja auch egal, der Idiot ist einfach abgehauen!«

Die Mundwinkel meiner Mom zucken immer noch, und ich weiß, dass sie sich gerade extrem anstrengen muss, das Lachen zu verkneifen. »Wenn es dich beruhigt, er kam noch mal wieder.«

Ich wende mich von der braunen Suppe in meiner Tasse ab und sehe auf. »Was?«

Ihre Augen beäugen eine Banane in der Schüssel, ehe sie zugreift und anfängt, sie in aller Ruhe abzuschälen. Mir reißt beinahe der Geduldsfaden.

»Mom!«

Wieder grinst sie. »Er hat was vorbeigebracht.«

Ich habe gar nicht bemerkt, wie mein Oberkörper sich über den Tisch gebeugt hat. Inzwischen liege ich beinahe auf der Holzfläche. »Was hat er gebracht?«

Mom beißt in ihre Banane und nickt zum Küchentresen. »Das Päckchen da für dich. Dann ist er wieder abgezischt.«

Mit einem entnervten Laut springe ich vom Stuhl auf, als hätte mich eine Tarantel gestochen. »Wieso sagst du das denn jetzt erst, verdammt!«

Manchmal verstehe ich meine Mutter nicht. Während ich jedem sofort alles mitteile, was wichtig ist, genießt sie es, alle so lange wie möglich auf die Folter zu spannen.

Das Päckchen ist klein und in Geschenkpapier gewickelt, das mit Fußbällen verziert ist. Die Klebestreifen bedecken fast jeden Zentimeter des Papiers und wurden in zehnfacher Menge draufgeklebt, als dürfte das Papier niemals mehr aufgehen. Mit einem Lächeln auf dem Gesicht streiche ich über den gelben Post-It, auf dem in unordentlichem Gekrakel etwas geschrieben wurde. Ich muss die Augen zu Schlitzen verengen und mich vorbeugen, um es lesen zu können.

Du musst es annehmen. Ich habe den Kassenbon weggeworfen.

»Los, mach auf!«, drängt meine Mom, während ich gedankenverloren zum Tisch zurückschlendere.

Keine Ahnung, was Logan mir schenken könnte und warum.

Mühevoll rackere ich mich mit dem Kleber ab und schaffe es nach einer Minute, geschlagene zwei Streifen abzuziehen.

»Hier«, sagt Mom und hält mir die Küchenschere hin. Sie wirkt noch nervöser als ich. Was Geschenke angeht, ist sie ungefähr so geduldig wie ein Hund, dem man Pansen unter die Nase hält.

Endlich schaffe ich es, diese idiotensichere Verpackung abzureißen, und augenblicklich stellt sich meine Atmung ein. Das kann nicht wahr sein. Der Typ ist doch absolut größenwahnsinnig!

Meine Mutter starrt mit großen Augen auf den Karton in meinen Händen. »Oh mein Gott.«

»Mom«, sage ich mit zitternder Stimme, das Ding so vorsichtig in meinen Händen, als würde es sich um einen zerbrechlichen Säugling handeln. »Bitte sag mir, dass du dasselbe wie ich siehst.«

»Also, ich sehe ein iPhone X in Roségold. Und du?«

»Scheiße. Ich auch.«

Es vergehen einige Sekunden, in denen wir nichts sagen und einfach nur auf die Verpackung des Smartphones starren. Dann hebe ich den Blick und schüttle den Kopf.

»Das kann ich nicht annehmen. Der ist ja übergeschnappt!«

Mom zuckt die Achseln und nippt an ihrem Kaffee. »Musst du. Er hat doch den Kassenbon weggeworfen.«

»Dann gebe ich es ihm einfach so zurück.«

Sie schüttelt ihre blonde Mähne und nickt zu der Verpackung. »Mach's erst mal an. Ich will sehen, ob wir damit ›Zurück in die Zukunft‹ nachspielen können. Wenn du willst überrede ich Tony, dann kann er Marty in alt sein.«

Sie plappert unentwegt weiter, aber ich höre schon gar nicht mehr hin. Mit der Schere will ich die Kleber an der Seite der Verpackung öffnen, bis mir auffällt, dass sie bereits abgemacht wurden. Stirnrunzelnd hebe ich den Deckel ab und brauche erst mal eine Sekunde, um die funkelnde Miss Universe der Smartphones anzuhimmeln.

Von Mom kommt ein anerkennendes Pfeifen. »Damit könntest du jetzt sogar im Plaza auftauchen und würdest unter diesen schrecklichen Kronleuchtern aussehen, als würdest du zu den ganzen Proleten gehören.«

Von Graces Handy weiß ich, dass man den kleinen Knopf oben drücken muss, um es einzuschalten. Als ich jedoch meinen Finger drauflege, leuchtet der Bildschirm bereits mit halb voll geladenem Akku auf.

Meine Augen weiten sich, und ich starre das Ding an, als würde es mir gerade tatsächlich den Eintritt in die Zukunft anbieten.

»Was hast du denn?«, drängt meine Mutter und kommt um den Küchentisch herumgerannt, um über meine Schulter zu sehen.

»Okay«, sagt sie, »der Kerl hat gerade definitiv die Top Ten der Schwiegersöhne erreicht. Hazel, wenn du den nicht behältst, verlängere ich dein Netflix-Abo nicht mehr.«

Logan hat mir ein Hintergrundbild eingestellt, das er wahrscheinlich mit seinem eigenen Handy gemacht und auf dieses übertragen hat. Es ist von mir, wie ich seelenruhig im Bett liege und schlafe, die Lippen leicht geöffnet und ein angedeutetes Lächeln um die Mundwinkel. Meine Wange liegt auf seinem Shirt, doch er ist nicht mehr mit drauf – an der Schulter endet das Bild. Dann hat er mit rotem Handypinsel Pfeile gemalt und in krakeliger Schrift unterschiedliche Dinge geschrieben. Über dem Pfeil bei meiner Nase steht zum Beispiel »so süß«, und über meiner Wange steht »Babypopo-Haut«. Neben meinen zerzausten Haaren steht »Rapunzel, Rapunzel« und bei meinen Lippen »so schön, wie die von Schneewittchen«. Ganz viele kleine Pfeile zeigen auf die Decke, unter der ich liege, und darüber hat er geschrieben »Americas next topmodel braucht seinen Schönheitsschlaf«.

Bevor ich es merke, laufen mir bereits heiße Tränen die Wangen hinab. Das iPhone zittert in meiner Hand, und das Bild von mir im Hintergrund verschwimmt vor meinen Augen. Mom drückt mir die Schulter.

»Das ist dieser Moment«, sagt sie.

Mit dem Handrücken wische ich mir die Tränen aus dem Gesicht und sehe sie fragend an. »Welcher Moment?«

Sie lächelt und streicht mir eine lose Strähne hinters Ohr, ehe sie die Hand wieder auf meine Schulter legt. »Der, in dem jemand in dein Leben tritt und du plötzlich weißt, warum es nie mit einem anderen geklappt hat.«

∞

Seit geschlagenen acht Minuten starre ich auf das riesige Display meines neuen iPhones und überlege, was ich Logan schreiben kann. Das laute Ticken der Uhr neben der Kasse macht mich beinahe wahnsinnig, mit jeder weiteren verstrichenen Sekunde scheint sie mich verhöhnen zu wollen.

Ich bin auf der Arbeit. In dem kleinen Buchladen regt sich kein einziges Staubkorn, und die Stille legt sich heute erdrückend schwer auf mich. Vor dem Schaufenster rasen die Autos vorbei, unzählige Menschen hetzen mit gestresstem Gesichtsausdruck über die Ampel. Seufzend streiche ich mir das Haar zurück und lege das Handy weg, nur um es in der nächsten Sekunde wieder anzustarren.

Meine Güte, was ist bloß los mit mir? Am liebsten würde ich rausgehen, an die frische Luft und tief durchatmen, um einen klaren Kopf zu bekommen. Noch nie hatte ich weniger Lust zu arbeiten, ich erkenne mich selbst kaum wieder.

Gerade überlege ich, die Bücher auf dem Haupttisch im Laden neu zu sortieren, um die Zeit vergehen zu lassen, da piept das iPhone und leuchtet hell auf.

Eine Nachricht von Logan.

Wach? ;)

Der Kerl hat vielleicht Nerven, mit seinem blöden Zwinker-Smiley. Meine Finger fliegen über die Tastatur, und ich muss den Text viermal ändern, weil die Buchstaben so klein sind und mein Daumen aus jedem Wort undefinierbaren Müll macht.

Ja. Du bist verrückt. Ich gebe dir das Handy zurück.

Seine Antwort kommt binnen Sekunden.

Geht nicht mehr. Du behältst es. Keine Widerrede.

Ein genervtes Räuspern reißt mich in die Gegenwart zurück, und als ich aufsehe, bekomme ich den Medusa-Blick einer älteren

Dame zu spüren. Tiefe Furchen zieren ihre Stirn, und ein aufgebrachtes Schnalzen mit der Zunge macht mir klar, dass sie mein Verhalten nicht gutheißt.

»Verzeihen Sie«, entschuldige ich mich schnell und lege das Handy beiseite. »Ich habe Sie gar nicht gesehen.«

Das hätte ich wohl nicht sagen sollen, denn die Frau zieht eine noch grimmigere Miene. Sie legt ein Buch auf den Tresen und schiebt es mit dem Zeigefinger ein Stück vor, als hätte ich eine ansteckende Krankheit und sie wollte mir bloß nicht zu nahe treten. Mein Blick fällt auf ihren giftgrünen Fingernagel, und innerlich verziehe ich das Gesicht.

»Das habe ich gemerkt«, entgegnet sie in kühlem Ton, streicht ihren Trenchcoat glatt und hört nicht auf, mich mit Todesblicken zu attackieren.

»Verzeihung«, wiederhole ich kleinlaut, kassiere das Buch ab und bin erleichtert, als sie ohne ein weiteres Wort den Laden verlässt.

Meine Gedanken sprudeln zurück zu dem Lack ihrer Fingernägel, und ich muss sofort daran denken, wie Grace wohl abschätzig mit der Nase gerümpft und den Kopf geschüttelt hätte. Das macht sie immer, wenn … Oh mein Gott, Grace!

Mir entfährt ein spitzes Quieken vor Aufregung, als mir einfällt, dass ich sie gestern einfach auf der Party bei der First-Class-Elite sitzen gelassen habe! Ich habe ihr gesagt, ich würde nur zur Toilette gehen und sofort wiederkommen – und dann haue ich einfach ohne ein weiteres Wort mit Logan ab! Himmel noch mal, was ist bloß los mit mir, verdammt? Erst überkommt mich urplötzlich und aus heiterem Himmel die Handysucht, dann lasse ich meine beste Freundin sitzen, und jetzt merke ich es nicht einmal, wenn ein Kunde den Laden betritt! Verdammte Scheiße, das verfluchte Lucas-Syndrom breitet sich aus.

Mein Glück, dass ich Graces Nummer auswendig kenne, so oft habe ich sie schon gewählt. Es tutet lang, und zuerst denke ich, sie nimmt nicht ab, da höre ich endlich ihre Stimme.

»Hallo?«

»Grace«, sprudelt es aus mir heraus, »ich bin's. Hazel.«

Stille. Dann …

»Ich dachte, dein Handy sei kaputt?«

Nette Begrüßung. Wenn ich keinen Mist gebaut hätte, würde mich das ärgern.

»Ist es auch. Ich habe ein neues. Grace, ich muss mich entschuldigen. Es tut mir so wahnsinnig leid!«

Wieder diese Stille. Als ich schon glaube, es kommt keine Antwort mehr, sagt sie schließlich in trockenem Ton: »Aha.«

Meine Brust zieht sich zusammen. Ich hasse es, wenn Grace sauer auf mich ist. Das war schon immer so.

Ein Kloß setzt sich in meinem Hals fest, während ich seufze und versuche zu ignorieren, dass dieses riesige Handy mein halbes Gesicht verdeckt.

»Ehrlich. Es ist … Ich war gar nicht auf der Toilette gestern. Tut mir leid, dass ich dich angelogen habe. Ich wollte lauschen, mit wem Logan da Stress hatte, und dann war das *mein* Logan. Er wollte mit mir raus, und ich wusste nicht, dass er mich nach Hause bringt. Als es dann so war, konnte ich dir nicht mehr Bescheid geben.«

Sie schnaubt. »Und du hast es sowieso vergessen.«

Mit einem unwohlen Gefühl in der Magengegend kaue ich auf meiner Unterlippe herum. »Jaah, schon. Aber es ist wegen diesem scheiß Lucas-Syndrom, ich schwör's!«

Eine kurze Pause, dann: »Du gibst also zu, dass es dich befallen hat?«

»Ja«, grummle ich.

Ein lautes Seufzen dringt durchs Handy zu mir. »Okay. Entschuldigung akzeptiert.«

Diese Worte reichen aus, um den Stein in Größe eines Felsens in mir zu zertrümmern. Meine Schultern sacken erleichtert nach unten. »Er ist gestern noch mit zu mir gekommen, Grace. Es ist nichts passiert, er hat nur bei mir übernachtet. Weißt du, was ich herausgefunden habe? Er ist Arschloch-Logans Cousin!«

Ein lautes Rascheln ertönt. Vermutlich hat sie sich aufs Bett geworfen. »Welche Eltern sind denn so blöde, ihr Kind wie den eigenen Neffen zu nennen?«

Lachend lehne ich mich in dem Stuhl zurück, drehe mich darauf im Kreis und sehe zur Decke. »Das habe ich ihn auch gefragt! Fand er aber nicht so witzig wie wir.«

Sie fängt an, Chips zu essen. Das Geräusch ist unangenehm laut in meiner Ohrmuschel.

»Komischer Kerl. Wie lief das heute Morgen zwischen euch ab? Du weißt schon, dieser seltsame Morgen nach der magischen Nacht … war's merkwürdig?«

Ich lege meine Füße auf den Tresen und höre auf mich zu drehen. »Nein. Er war nicht mehr da, als ich aufgewacht bin.«

Grace zieht schockiert die Luft ein. »Bitte was? Der Typ ist einfach abgehauen? Was ist er denn für ein Arsch?«

»Dachte ich auch! Aber dann sagte mir Mom, dass er nur gegangen ist, um mir das Handy zu bringen.«

Für einen Moment stoppt sie mit den Chips. Ich kann förmlich sehen, wie ihre Hand genau vor ihrem Mund erstarrt ist. »Welches Handy?«

Meine Finger zupfen an den Rüschen meines karierten Kleides. »Okay. Halt dich fest, ich lasse jetzt die Bombe des Jahres platzen, Grace Bishop. Er hat mir ein iPhone X gekauft.«

Ein lautes Scheppern. Dann: »Sorry. Hab die Schüssel fallen gelassen. Ich glaube, ich habe mich verhört.«

Gedankenverloren strecke ich mich und ziehe meine dunkelroten Spitzen-Overknees höher. »Hast du nicht. Er hat mir echt eins geschenkt.«

»Aber … *wieso*? Die Dinger sind schweineteuer!«

»Keine Ahnung«, entgegne ich seufzend. »Ich darf es ihm nicht wiedergeben. Und er hat …«

Ein lautes Räuspern. Meine Augen wandern von meinen Socken hoch, das Handy zwischen Schulter und Ohr eingeklemmt, und ich sehe einer weiteren Dame in die Augen. Sie hat unglaubliche Ähnlichkeit mit einem Adler. Auslöser dafür ist wahrscheinlich ihre lange Hakennase.

Als hätte mich eine Reißzwecknadel gepiekt, ziehe ich die Beine vom Tresen und setze mich kerzengerade auf. »Grace, ich muss auflegen. Kundschaft.«

»Verzeihen Sie«, sage ich, schon zum zweiten Mal heute. Mein Gesicht ist binnen Sekunden heiß angelaufen, als hätte ich es in den Toaster gesteckt.

Die Dame schüttelt entrüstet den Kopf. »Also wirklich.«

Als ich schließlich kassiert und sie den Laden verlassen hat, bin ich so sauer auf mich selbst, dass ich das Handy nehme und in meine Tasche werfe. Das wird nicht mehr vorkommen. Mein Kopf ist stärker als dieses blöde Lucas-Syndrom, also wirke ich einfach dagegen. So einfach ist das.

Mit einem zufriedenen Lächeln auf dem Gesicht schlage ich mein *Faust I* auf und fange an zu lesen. Das Handy vibriert in meiner Tasche und kündigt eine Nachricht an, aber ich versuche, es einfach auszublenden. Jetzt zählt nur Faust, so, wie es sonst immer war, wenn ich etwas für die Uni gemacht habe. Ich lasse mich nicht ablenken, damit ist Schluss. Das zufriedene Lächeln erlischt jedoch mehr und mehr und wandelt sich zu einer frustrierten Schnute, je weiter ich lese.

Beinahe automatisch markiere ich wahllos irgendwelche Textpassagen, wie: »Mein armer Kopf ist mir verrückt, mein armer Sinn ist mir zerstückt«, oder »nach ihm nur schau' ich zum Fenster hinaus, nach ihm nur geh' ich aus dem Haus.« Noch nie hatte ich das Gefühl, mich so mit einer Buchperson zu identifizieren, wie in diesem Moment mit Gretchen.

»Wie recht du hast«, murmle ich, während ich mit viel zu dollem Druck die nächste Textstelle gelb färbe: »Sein' edle Gestalt, Sein Mundes Lächeln, Seiner Augen Gewalt, und seiner Rede Zauberfluss, sein Händedruck, und ach! Sein Kuss.«

Als ich schließlich bei »und seine Gegenwart schnürt mir die Seele zu, du ahnungsvoller Engel du!«, ankomme und die dünne Seite an der Stelle mit dem Marker durchweiche, klappe ich unbeherrscht das Buch zu und werfe es in meine Tasche, so genervt bin ich von mir selbst. Natürlich halte ich es wieder mal nicht aus und greife nach meinem Handy. Es macht einen Satz, als ich Logans Namen lese – wie immer.

Bin heute Abend in der Bar. Wir sehen uns dort.

Ein Lächeln stiehlt sich auf mein Gesicht, ehe es sofort wieder verfliegt, als das dritte Räuspern des Tages mir die Hitze in den Kopf schießen lässt.

»Verzeihen Sie«, wiederhole ich meinen Satz, der scheinbar eine neue Dauerkarte in meinem Kopf gebucht hat. Diesmal ist es ein Mann, der verärgert mit der Zunge schnalzt und mir das Buch vor die Nase legt.

Ich seufze, als ich kassiere, und denke bloß daran, dass ich ganz genau weiß, wie Gretchen sich mit Faust gefühlt haben muss.

11.

Im Tony's ist die Hölle los. Als ich mich nach der Arbeit zwischen den rumgrölenden, schwitzenden Leuten am Eingang durchzwänge, erkenne ich Logan sofort – und das, obwohl er mit dem Rücken zu mir an der Bar sitzt.

»Hey«, sage ich atemlos und setze mich neben ihn auf den Barhocker. Fast zeitgleich stellt Tony mir eine Cola Light vor die Nase, zieht einmal kurz an meiner Haarsträhne und rauscht dann mit entschuldigender Miene sofort wieder zu den anderen Gästen ab.

Logan lächelt breit. »Hey.« Dann beugt er sich plötzlich vor und tut etwas, womit ich im Leben nicht gerechnet hätte: Er küsst mich auf den Mund. Einfach so. Mitten in dieser Bar, vor allen anderen!

Automatisch reiße ich die Augen auf, so überfordert bin ich mit der Situation. »Okaay«, sage ich gedehnt, einen Finger an die Lippen gelegt. »Daran muss ich mich erst noch gewöhnen.«

Auf Logans Gesicht erscheinen wieder die tiefen Grübchen, als er leise lacht. Heute sieht er noch lässiger aus als sonst, mit einer schwarzen Cap auf dem Kopf und einem engen, schwarzen Shirt. Er nimmt einen Schluck seines Summer Ales, während er mit der anderen Hand eine meiner Strähnen um seinen Zeigefinger auf- und abwickelt.

»Wie ist dein neues Handy?«

Ihm eine Grimasse schneidend, löse ich seine Finger von meinem Haar und verschränke sie mit meinen. »Neu.«

Was ist eigentlich los mit mir? Seit wann traue ich mich, einfach so die Hand von einem verdammt heißen Typen zu nehmen, mit dem ich nicht einmal zusammen bin?

Obwohl, er hat mich eben zur Begrüßung geküsst. Und er protestiert nicht, dass wir quasi Händchen halten, sondern streicht stattdessen mit dem Daumen kleine Kreise über meine Haut.

Um mich von dem Kribbeln in meinem Magen abzulenken, füge ich noch hinzu: »Hattest du einen schönen Tag?«

Logan reibt sich erschöpft über das Gesicht und winkt mit der Hand durch die Luft, als würde er eine Fliege verscheuchen. »Frag nicht. Es war eine Katastrophe.«

Ich zucke die Achseln. »Okay.«

»Du nimmst das tatsächlich einfach so hin?« Seine Miene ist verwundert, doch das Funkeln in seinen Augen wirkt belustigt.

Er verwirrt mich, und ich nehme schnell einen Schluck Cola Light, um nicht wieder rot zu werden. »Ja. Du hast doch gesagt, ich soll nicht fragen.«

Einen Augenblick sieht er mich einfach nur an, und ich will ihm schon sagen, dass er mir Angst einjagt, da nimmt er sich plötzlich die Cap ab, fährt sich durchs Haar und setzt sie mir anschließend verkehrt herum auf den Kopf.

»Du bist der Wahnsinn. Komm, wir spielen Pool.«

»Oh«, entgegne ich verwundert und stehe auf, ohne seine Hand loszulassen, »okay.«

Ich will an ihm vorbei zum Billardtisch in der Ecke, aber er steht vor mir und hört nicht auf, mich mit diesem eindringlichen, feurigen Blick anzusehen. Schließlich blinzelt er und schüttelt den Kopf, als wäre er fassungslos.

»Du siehst so heiß aus mit meinem Cap. So verdammt heiß.«

Mir schießt das Blut in den Kopf. »Okay«, wiederhole ich automatisch und merke gleichzeitig, dass ich keine bescheuertere Antwort hätte geben können. Meine Güte, Hazel, reiß dich zusammen!

Logan fasst sich kurz an den Kopf, als wäre ihm schwindelig, und zieht mich dann hinter sich her zum Billardtisch. »Wir spielen jetzt. Schnell.« Wie jemand, der endlich Feierabend haben will, aber vor Ladenschluss noch den Tisch wieder aufbauen muss, schiebt er das Plastikdreieck in die Mitte und wirft die Kugeln förmlich hinein.

»Wieso denn schnell? Was ist eigentlich heute los mit dir?«

Ein kurzer Blick zu mir, dann wieder zu den Kugeln. »Weil ich dich ansonsten direkt auf den Tisch werfe und mit dir mache, was du definitiv nicht hier tun willst.«

Oh mein Gott. Heilige Maria Gottes. Ich weiß nicht, was ich sagen soll, deshalb stehe ich einfach nur da, die zwei Spielstäbe in der Hand, und bewege mich nicht vom Fleck. Könnte sein, dass meine Beine wegknicken, wenn ich einen Schritt mache. Zumindest fühlen sie sich wie Wackelpudding an.

»So«, sagt Logan, nachdem alle Kugeln im Dreieck sind, und kommt mit der Spielkreide zu mir. »Hier, reib den damit ein. Du fängst an.«

Wieso klingen plötzlich alle seine Wörter extrem anzüglich auf mich? Mein ganzer Körper fühlt sich an, als stünde jede einzelne Nervenbahn unter Starkstrom. Unwillkürlich bekomme ich eine Wut auf Grace, weil sie mich nicht vorgewarnt hat, wie stark das Lucas-Syndrom sein kann – vielleicht wäre ich dann besser vorbereitet auf solche Momente gewesen.

Logan lehnt sich in lockerer Pose an die Wand hinter ihm, steckt die Hände in die Taschen seiner Ripped-Jeans und nippt an seinem Bier.

Ich atme einmal tief durch und versuche, mich an die wenigen Übungsstunden hier zu erinnern, als Tony aus mir eine Billardkönigin machen wollte. Sie waren alle erfolglos, und ich bin nicht sehr positiv gestimmt, dass das hier anders werden könnte.

Ganz automatisch ziehen sich meine Augenbrauen zusammen, als ich mit dem Stab auf die weiße Kugel ziele. Konzentriert stecke ich die Zunge zwischen die Zähne, stütze eine Hand auf dem Tisch ab und bewege den Queue zum Anvisieren in meiner anderen hin und her, so wie Tony es mir gezeigt hat. Als ich mich einigermaßen sicher fühle, stoße ich die Kugel an … Wollte ich zumindest. Ich habe komplett daneben gestoßen.

Neben mir höre ich Logan lachen, was mich nur noch unruhiger werden lässt.

»Ich hab's gleich, Moment. Ich muss mich kurz einspielen.«

Meine Augen huschen kurz zu ihm. Er schmunzelt. »Ja, ja. Lass dir Zeit.«

Beim nächsten Versuch treffe ich Gott sei Dank die weiße Kugel, aber nur so leicht, dass sie keine der anderen aus dem Dreieck berührt. Fluchend drehe ich mich um und reiche Logan den Queue. Als ich sehe, wie er sich mühevoll das Lachen verkneift, würde ich ihm den Stab am liebsten über den Kopf hauen. Betend, dass Logan nicht viel besser sein würde, lasse ich mich auf dem Hocker an der Wand nieder und reibe die Spitze meines Queues ein.

Er beugt sich vor, kneift ein Auge zu und stößt die weiße Kugel an. Natürlich trifft sie so perfekt auf eine blaue, als hätte er jahrelang auf Meisterschaften gespielt. Die Kugel fällt direkt ins Loch.

Zähneknirschend beobachte ich die rollende Weiße, die, wie sollte es auch anders sein, in perfekter Position vor einer anderen farbigen Kugel liegen bleibt. Na klar. Logan trifft auch sie, und ein empörtes Aufstöhnen entfährt mir. »Kann ja wohl nicht sein! Du hast einen besseren Stock!«

Lachend dreht Logan sich zu mir um, eine Braue höher gezogen als die andere. »Stock? Das heißt Queue.«

Statt einer Antwort hebe ich meinen »Queue« und pieke ihm damit in die Seite. Abwehrend hebt er die Hände und macht einen Satz zur Seite, damit ich ihn nicht mehr treffen kann.

»Schon gut, schon gut. Es heißt Stock. Von heute an heißt es nur noch *Stock*.«

Obwohl Logan noch einen weiteren Zug hätte, verzichtet er und bittet mich mit einer theatralisch einladenden Geste zum Billardtisch. »Mylady.«

Ich entscheide mich, auf seinen altertümlichen Spaß einzugehen, und mache einen kleinen Knicks. »Verzeihen Sie, werter Herr, aber ich muss Sie darauf aufmerksam machen, dass Ihr Begehen wahrlich noch nicht vorüber ist. Ein weiterer Zug gilt Ihnen.«

Logan zieht einen unsichtbaren Hut vom Kopf und verbeugt sich. »Gestatten, ich gewähre der feinen Dame den Vorzug.«

Ein Kichern entfährt mir, und Logan beugt sich lächelnd vor, um mir einen Kuss auf die Wange zu geben.

Diesmal schaffe ich es, denke ich, während ich mich über den Tisch beuge und ziele. Ich treffe wieder daneben.

»Ich zeige es dir.« Logan lehnt seinen Stock an die Wand, kommt zu mir und schnappt sich meinen. Dann legt er ihn sich zwischen die Finger. »Siehst du, wie ich den Queue … ich meine, *den Stock*, halte?« Sein Lächeln ist verschmitzt, als er seine Wortwahl absichtlich verbessert. »Bei dir liegt er einfach nur auf der Hand, aber du musst ihn zwischen Daumen und Zeigefinger legen, und dann auch nur den vorderen Ansatz.«

Ich schnappe ihm den Stock wieder aus der Hand. »Jetzt kann ich es.«

Zielsicher lege ich die Spitze an, stoße, und verfehle wieder. Das kann doch nicht wahr sein. Wenigstens einen Zufallstreffer hätte ich doch inzwischen landen müssen!

»Du stehst zu steif.«

Kopfschüttelnd protestiere ich. »Gar nicht wahr! Ich liege ja schon halb auf diesem riesigen Tisch.«

Logan lacht bloß, umschließt mein Handgelenk und zieht mich zu sich. Mit einem Mal steht er hinter mir, drückt meine eine Hand auf den Tisch und ergreift die andere. Dann fasst er, seine Finger um meinem Handgelenk, um mich herum und legt den Stock in meiner Hand in der richtigen Position in meine andere.

Mein Verstand ist so benebelt, dass ich gar nichts mehr von dem Spiel oder dem Rest der Kneipe wahrnehme. Logan steht so nah hinter mir, dass wir komplett aneinandergeschmiegt sind. Und mein Po hat noch nie … na ja … *so* nah an einem Kerl geklebt. Zitternd atme ich ein. Meine Augen huschen zur Seite, und ich erkenne, dass sich wenigstens auch auf seinen Wangen rote Flecken ausgebreitet haben.

»Und jetzt?« Meine Stimme ist kaum mehr als ein Krächzen, doch es scheint Logan dennoch aus seiner Starre zu reißen. Ich spüre, wie er neben mir schluckt, dann erklärt er mir jeden weiteren Schritt. Zusammen treffen wir die weiße Kugel, und als er einen Schritt zurücktritt und ich es allein noch einmal probiere, schaffe ich es wieder und bringe sogar eine Kugel ins Loch. Zwar eine von seinen, aber wen kümmert das schon.

»Ich habe getroffen!« Freudestrahlend drehe ich mich um. Logan lehnt bereits wieder lässig an der Wand und nimmt einen Schluck aus seinem Summer Ale, ehe er es prostend in meine Richtung hält.

»Sag ich ja. Hör einfach öfter auf mich, Hazel Evans.«

∞

Logan gewinnt das Spiel. Meiner Meinung nach hat er geschummelt, anders kann ich mir nicht erklären, wie er vier Kugeln mit nur einem Zug versenken konnte.

Tony hetzt an uns vorbei, ein Tablett mit leeren Gläsern im Arm. Freundschaftlich boxt er Logan gegen die Schulter und zwinkert. »Durch dich wird Hazel doch noch die Billardkönigin, die ich immer aus ihr machen wollte.«

Als Antwort bekommt er ein ungläubiges Lachen. »Ich bezweifle es.«

»Hey«, protestiere ich und knuffe ihn amüsiert in den Arm.

Wir stehen mitten in der Kneipe, und allmählich wird es mir hier zu voll, also zeige ich auf einen Tisch ganz hinten. »Wollen wir dahin?«

Logan nickt, und Tony will gerade weiter, als ein Typ, der mindestens doppelt so alt ist wie ich, sich an mir vorbeizwängen will. Seine Fahne weht mir entgegen, und der widerliche Geruch von Schweiß, Whiskey und Mundgeruch drängt sich mir in die Nase.

Unwillkürlich rücke ich ein Stück näher an Logan ran, der mich anschließend fragend ansieht. Ohne es zu sehen spüre ich, wie der eklige Typ sich trotzdem wieder nähert, und als er zu sprechen anfängt, lallt seine Stimme leicht.

»Du musst mir schon Platz machen, Püppchen. Aber ich merke schon, du brauchst diese Nähe, nicht wahr?«

Seine Hand trifft auf meinen Po, er kneift zu. Die nächste Sekunde passiert so schnell, dass ich es kaum richtig mitbekomme.

Mit einem Arm schiebt Logan mich hinter sich und funkelt den Mann so animalisch an, dass sich mir die Nackenhaare aufstellen. Tony steht immer noch neben mir, das Tablett in der Hand, und sieht wie gebannt zu Logan.

»Wenn du sie noch einmal anfasst, schneid ich dir die Eier ab, Wichser!«

Statt das Weite zu suchen, wie jeder normale Mensch es bei Logans Blick getan hätte, ist der andere Typ so besoffen, dass er einfach nur anfängt zu lachen. Er macht einen Schritt auf Logan zu, als wollte er ihm etwas sagen, doch stattdessen hebt er die Hände und schubst ihn.

Und dann explodiert Logan.

Es geht so schnell, dass ich Mühe habe, alles mitzubekommen. Seine Faust trifft den Mann hart im Gesicht, und er knallt mit voller Wucht gegen die Jukebox, bevor er taumelnd wieder ein paar Schritte vormacht. Die Menge um uns herum teilt sich aufgeregt und weicht den beiden aus, ein Kreis bildet sich um sie.

Logan schlägt weiter auf den Typen ein. Er ist entweder zu schwach oder zu betrunken, um sich zu wehren und landet schließlich auf dem Boden. Doch anstatt dass Logan aufhört, setzt er sich auf seinen Bauch, hält ihn mit einer Hand am Kragen und schlägt ihm mit der anderen Faust unentwegt ins Gesicht. Blut spritzt auf die dunklen Fliesen, und ich drehe mich panisch zu Tony um. »Tu doch was!«

Endlich scheint er aus seiner Starre zu erwachen, wirft sein Tablett zu Boden und stürzt sich auf Logan, um ihn von dem anderen Kerl wegzuziehen. Sein Gesichtsausdruck, während er auf ihn einschlägt, ist mir unheimlich. Fast so, als würde er nichts mehr mitbekommen und nicht wissen, was er da gerade tut. Die Augen hat er weit aufgerissen, und seine Adern am Hals und an der Schläfe treten deutlich hervor, während er unablässig auf den Mann einprügelt.

»Logan!« Tony brüllt und schüttelt ihn, doch Logan drückt ihn leichtfertig mit der Schulter weg.

Mit einem wütenden Aufschrei zerrt Tony sich zwischen die

beiden und drängt Logan von seinem Gegner weg. »Hey, Kumpel, er hat genug!«

Erst jetzt scheint Logan Tony wirklich wahrzunehmen, er blinzelt verwirrt und aufgebracht zugleich. Sein Blick wandert von ihm zu dem Typen am Boden, der eine blutige Nase, ein geschwollenes Auge und aufgeplatzte Lippen hat – aber immerhin nichts Schlimmeres. Logans Augen verengen sich zu Schlitzen, und er beugt sich ein weiteres Mal vor. Als er spricht, klingt seine Stimme bedrohlich, fast wie ein Knurren. »Du rührst sie nie wieder an!«

Tony will ihn hochdrücken, doch Logan steht bereits schwer atmend auf. Seine Knöchel sind blutverschmiert, der Unterarm mit dunkelroten Sprenkeln überzogen.

Seine Augen wandern zu mir, und einen Moment sehen wir uns starr an. Ich weiß nicht, was ich denken soll. Einerseits wollte er mich vor diesem Kerl beschützen, andererseits hätte er ihn vielleicht totgeprügelt, wäre Tony nicht dazwischengegangen. Der Mund steht mir offen, und meine Augen sind riesig. Ich will irgendetwas sagen, schaffe es aber nicht, auch nur einen Ton herauszubringen.

Mit der sauberen Hand wischt Logan sich in einer intuitiven Bewegung übers Gesicht, wahrscheinlich um die Situation in sich aufzunehmen und wieder einigermaßen klarzukommen. Sein Blick wandert von mir zu Tony, der dem Typen gerade ein Geschirrhandtuch mit Eis aufs Auge drückt, und wieder zu mir. In der Nähe ertönt die Sirene der Polizei, scheinbar hat jemand aus der Bar sie gerufen. Logans Augen weiten sich, huschen kurz zur Tür und dann wieder zurück.

»Ich muss gehen«, sagt er bloß, wirft Tony noch einen entschuldigenden Blick mit flehentlichem Ausdruck im Gesicht zu und haut schließlich ohne ein weiteres Wort an mich ab.

Eine Sekunde überlege ich, ihm hinterherzurennen, doch diese eine Sekunde war zu lang. Die Reifen seines R8 quietschen, als er so schnell um die Ecke rast und wegfährt, dass beim Hinsehen nur noch kurz die roten Rücklichter aufblitzen.

Dann ist er verschwunden.

∞

Es kommt mir wie Stunden vor, dass ich zu Hause angekommen bin und mich seither im Bett wälze. Schon fünfmal habe ich meine Nachrichten geöffnet und wollte Logan schreiben, es dann aber doch gelassen. Wenn er mit mir sprechen will, würde er sich melden. Oder?

Möglicherweise geht es ihm ja wie mir. Wahrscheinlich liegt er in diesem Moment im Bett, atmet schwer in sein Kissen und wartet darauf, dass ich mich melde. Bestimmt weiß er nicht, was ich jetzt denke oder von ihm halte, nachdem er diese Nummer abgezogen hat. Komischerweise weiß ich es selbst nicht einmal. Seufzend drehe ich mich auf die Seite und ziehe die Knie an die Brust.

Klar, die Prügelei und seine unkontrollierten Schläge haben mich überrascht und mir eine neue Seite von ihm gezeigt, aber trotzdem muss ich mir eingestehen, dass es mich nicht von ihm abschreckt. Noch immer spüre ich dieses Flattern in der Brust, wenn ich an ihn denke, und noch immer zieht sich mein Magen krampfhaft zusammen, wenn keine SMS von ihm kommt.

Mich nervt dieses Warten auf Nachrichten. Welches bescheuerte Naturgesetz hat eigentlich festgelegt, dass der Mann zuerst ankommen muss? Niemals hätte ich es für möglich gehalten, ein so quälendes Gefühl der Leere in mir zu spüren, nur weil irgendein Kerl es nicht für nötig hält, ein Lebenszeichen von sich zu geben.

Nach ein paar Mal Hin- und Herwälzen reicht es mir. Ich schnappe mir mein iPhone, (das es inzwischen schon vom Nachttisch neben das Kissen geschafft hat, so besessen bin ich) und schreibe ihm.

Alles okay?

Kaum ist die Nachricht abgeschickt, fühle ich mich schwach. Grace hat mir zehntausendmal klargemacht, dass Männer einen Jagdinstinkt haben und wenn sie den bei einer Frau nicht spüren, sind sie unten durch. Ich will nicht unten durch bei Logan sein, aber ich will auch nicht tagelang auf eine SMS von ihm hoffen müssen.

In mein Kissen grummelnd kugele ich mich ein und warte auf

eine Antwort. Als nach einer halben Stunde noch immer nichts gekommen ist, trete ich wütend meine Decke ans Bettende und wälze mich aus den Laken. Dieser Schlaf- und Nerventee von Mom sollte helfen, um mir die vielen Gedanken aus dem Kopf zu treiben und endlich einschlafen zu können.

Barfuß tapse ich die gebohnerte Holztreppe herunter und laufe zur Küche. Davor angekommen bleibe ich jedoch abrupt stehen, anstatt reinzugehen. Mom und Tonys Stimmen dringen zu mir durch, und an Moms Tonfall kann ich hören, dass es um die Sache eben in der Kneipe geht. Ich trete einen Schritt näher heran und drücke mein Ohr gegen die Tür.

»... gefällt mir nicht, Tony. Ich meine, das was du mir erzählt hast, schien mir nicht gerade wie eine harmlose Prügelei unter Männern.«

»Es war etwas heftiger, stimmt. Aber ich denke nicht, dass deshalb Grund zur Sorge besteht, was Hazel angeht. Du hättest die beiden zusammen sehen müssen.«

Mom seufzt schwer. »Ich weiß nicht. Natürlich freut es mich, dass Hazel so glücklich ist in letzter Zeit, und ich denke auch, dass er ihr guttut. Aber irgendetwas scheint mit ihm nicht zu stimmen, Tony. Ich meine, welcher Typ schenkt einem Mädchen, das er gerade mal ein paar Tage kennt, ein iPhone X? Und hast du sein Auto gesehen? Ein R8.«

Etwas schabt über den Tisch, ich vermute eine Kaffeetasse. Eine Sekunde vergeht, dann wird sie mit einem dumpfen Geräusch zurückgestellt.

»Vermutlich hat er einen guten Job und mag Hazel einfach gern. Du solltest nicht so viel da hineininterpretieren, Julia. Das tut dir nicht gut.«

»Aber was, wenn er irgendwelche kriminellen Machenschaften abzieht? Ich will nicht, dass Hazel in so eine Gang reingezogen wird und plötzlich total abrutscht.«

Von Tony kommt ein ungläubiges Lachen. »Hazel und abrutschen? Das glaubst du doch wohl selbst nicht, Julia. Sie ist intelligent, anständig und gut erzogen. Wenn ihr etwas nicht ganz koscher vorkommt, wird sie die Kurve kratzen. Da bin ich mir sicher.«

Meine Mutter schnalzt genervt mit der Zunge. »Du hast gut reden. Du hast ja keine Tochter.«

Autsch. Das war ein Schlag unter die Gürtellinie. Vermutlich sieht Tony das genauso, denn als er spricht, ist sein Tonfall kühl. »Nein, Julia, habe ich nicht. Aber Hazel kommt für mich verdammt nah an diese Position heran. Ich kenne sie seit der Geburt, falls du das vergessen haben solltest. Und ich war immer da.«

Wieder seufzt Mom, diesmal erschöpft. »Ich weiß, Tony. Es tut mir leid. Ich bin nur so besorgt. Er ist der erste Mann, den sie wirklich gut findet, und ich will nicht, dass sie vom Schein geblendet wird.«

Stuhlbeine kratzen über die Fliesen. Vermutlich ist Tony näher an Mom herangerutscht.

»Was denn für ein Schein, Julia? Logan mag Hazel wirklich, das sieht jeder Blinde. Und es ist ja nicht so, dass er mir nichts dir nichts, rein aus Laune, eine Prügelei angezettelt hat! Dieser widerliche Kerl hat Hazel begrapscht, und Logan hat sie beschützt. Er hat ihn sogar vorerst nur gewarnt, aber als der Typ ihn geschubst hat, ist wohl eine Sicherung bei ihm durchgebrannt.«

Stille. Als Mom nichts sagt, fügt Tony hinzu: »Außerdem willst du doch, dass Hazel jemanden an ihrer Seite hat, der sie beschützen kann. Oder nicht?«

Als Mom antwortet, wird die Diskussion hitziger. »Natürlich will ich das! Aber beschützen heißt für mich nicht gleich jemand anderen halb tot zu prügeln!«

»Ach, komm schon, Julia! Der Typ hat ein paar blaue Flecken und eine blutige Lippe, mehr nicht. Und das verdient, denke ich. Wenn es dir darum geht, meine Meinung zu hören, kann ich sie dir sagen: Ich stehe hinter Logan, was den Umgang mit Hazel betrifft. Außerdem kannst du es den beiden nicht verbieten, sie sind volljährig.«

Wieder wird ein Stuhl zurückgeschoben und ich höre Schritte.

»Ich hoffe, du hast recht«, antwortet Mom. »Ich will nur, dass sie glücklich ist.«

Die Schritte kommen näher zur Tür. Schnell reiße ich mich los, laufe den Flur entlang und die Treppe hoch. Als ich im Zimmer ankomme, höre ich, wie Mom und Tony sich an der Haustür verabschieden.

Der Knoten in meiner Brust hat sich noch vergrößert, und ich verfluche mich innerlich dafür, dass ich mir diesen blöden Tee holen wollte. Ich will nicht, dass Mom sich Sorgen um mich macht. Und genauso wenig will ich, dass sie etwas gegen Logan hat. Wieso muss alles so kompliziert sein? Hätte ich mich nicht einfach in einen schicken Typen von der Uni verlieben können, mit Pullunder und Slipper, der den ganzen Tag über in der Bibliothek sitzt und keine Schwierigkeiten macht? Der würde mit Sicherheit keine Prügelei anzetteln, geschweige denn mich zum Einbruch in eine U-Bahn-Station und zum Würmeressen verleiten.

Mit einem unterdrückten Aufschrei werfe ich mich aufs Bett und trample mit den Füßen auf der Matratze herum, um meine Wut abzulassen. Nachdem ich mich etwas beruhigt und vernünftig hingelegt habe, wage ich einen Blick auf das Display meines Handys. Keine Nachricht.

Jetzt reicht's mir. Ich habe es satt. Dieses scheiß Lucas-Syndrom macht mich fuchsteufelswild, und ich habe die Schnauze gestrichen voll, so kontrolliert außer Kontrolle zu geraten. Mir ist bewusst, dass ich förmlich durchs Zimmer trample und meine Mutter mich mit Sicherheit hört, aber das ist mir egal. Ich lege das iPhone in meine Spardose, schließe den Kasten in Form eines Schweinchens ab und bringe den Schlüssel nach unten in die Küche.

Jetzt besteht keine Chance mehr, auf das Scheißding zu sehen.

Fluchend vor mich hinmurmelnd lege ich mich zurück ins Bett und ziehe die Decke bis ans Kinn.

»Und mit ziemlicher Sicherheit«, grummle ich zornig ins Kissen, während ich mich auf die Seite rolle und frustriert die Augen schließe, »würde ein anderer, anständiger Kerl aus der Uni auch auf meine verdammten Nachrichten antworten.«

12.

Die Idee mit dem Handy in der Spardose war scheiße. Das merke ich aber erst dann, als mein Wecker morgens in voller Lautstärke losgeht und ich mit geschlossenen Augen auf dem Nachttisch herumtaste.

»Sei leise!«, grummle ich in mein Kissen.

Mit verklebten Lidern zwinge ich mich aus dem Bett und wandle noch halb im Schlaf herunter in die Küche, um den Schlüssel für die Spardose zu holen.

»Gott«, begrüßt mich meine Mom mit einem Kaffee in der Hand. Sie trägt diesen schrecklichen Schlafanzugpulli mit Katzen darauf. »Du siehst ja aus wie diese Mumie aus Gizeh.«

»Mir doch egal«, fahre ich sie an, klaube mir den Schlüssel von der Küchenanrichte und stapfe wieder hinaus. Ich bin immer noch sauer, weil meine Mom schlecht über Logan geredet hat. Auch wenn sie sich nur Sorgen macht und das nach der Nummer gestern wohl berechtigt.

Während ich die Spardose aufschließe klopft mein Herz, nur um danach gepackt und in die nächste Pfütze geworfen zu werden.

Er hat nicht geschrieben.

Natürlich nicht. Ich versuche, mich nicht darüber zu ärgern, packe meine Tasche und ziehe wahllos irgendwelche Kleidungsstücke aus dem Schrank.

Es klopft an der Tür, während ich den Knopf der kurzen Jeans-Shorts schließe. Mom steckt den Kopf ins Zimmer, die blonden Fransen wie immer aus ihrem Zopf gelöst.

»Hazel, Schatz. Grace ist unten. Sie will dich abholen.«

Statt zu antworten, greife ich mir das weiße Schlabbershirt

neben mir, ziehe es über den Knopf und knote es zusammen, sodass es locker über meinem Bauchnabel sitzt.

Meine Mutter öffnet die Tür ein Stückchen weiter. »Hast du mich gehört?«

»Ja«, gebe ich trocken zurück, schnappe mir meine Tasche und rausche an ihr vorbei. Aus den Augenwinkeln erkenne ich ihren verwirrten Blick, aber ich bin noch zu sauer auf sie, um einzulenken.

Draußen drückt mir die Hitze entgegen, und ich muss die Augen zusammenkneifen, als ich zu Graces Mercedes laufe. Sie hat beide Fenster heruntergekurbelt und die Klimaanlage an, aber meine Beine verbrennen förmlich, als ich mich auf ihre Ledersitze setze.

»Morgen.«

Sie trägt ein geschäftsmäßiges Jeanskleid, die Kurven an der Taille mit einem dünnen Ledergürtel hervorgehoben, und eine riesige braune Sonnenbrille. Ihr Kopf wirbelt zu mir herum, und ich habe unweigerlich das Gefühl, neben einem mutierten Insekt zu sitzen. Ihre Augenbrauen ziehen sich enttäuscht zusammen.

»Er hat sich nicht gemeldet?«

Wie macht sie das nur? Sofort wende ich den Blick ab und starre in ihren Fußraum. Ihre Füße stecken in braunen, sehr hohen Sandaletten.

»Wie kannst du in diesen Dingern bloß fahren?«, entgegne ich statt einer Antwort auf ihre Frage.

Grace seufzt, fährt aus der Parklücke und schließlich auf die Straße. Ihre braunen Strähnen wehen sanft im Fahrtwind. »Hazel, was ist passiert?«

Mit den Fingern pule ich am Henkel meines Rucksacks und zupfe einen abstehenden Faden heraus.

»Nichts. Wie kommst du drauf?«

Ich wundere mich gar nicht erst darüber, dass Grace ohne zu zögern eine rote Ampel mitnimmt. Sie hat noch nie viel auf die Straßenverkehrsordnung gegeben, und ich schätze, das wird sich auch niemals ändern. Wahrscheinlich hat sie das von Sean, ihrem Fahrer.

»Hast du heute Morgen überhaupt in den Spiegel gesehen, als du dich fertiggemacht hast? Deine Haare sehen schrecklich aus.«

»Na danke.« Ganz automatisch fährt meine Hand hoch zu meinem Zopf und betastet die einzelnen Hügel. Ich habe tatsächlich noch nicht in den Spiegel gesehen, und die Haare habe ich mir zwischen Tür und Angel gemacht.

»Er ist so ein Arschloch!« Mir platzt der Geduldsfaden. Wieso sollte ich ihn auch in Schutz nehmen, wenn er es nicht einmal nötig hat, sich bei mir zu melden oder zu antworten? »Was denkt der Kerl sich eigentlich? Dass er kommen und gehen kann, wie er will und ich immer abrufbar bin, wann er gerade Lust hat? Ich meine, vielleicht war ich auch müde nach der Arbeit und wollte mich lieber ausruhen, aber trotzdem habe ich mir die Zeit für ihn genommen!«

Das ist eine Lüge. Erstens war ich gestern viel zu aufgeregt, um erschöpft zu sein, und zweitens würde ich ihn sogar sehen wollen, wenn ich drei Tage nicht geschlafen und die Wahl zwischen meinem Bett oder ein Treffen mit ihm hätte. Grace sieht kurz zu mir rüber, ehe sie auf die Brooklyn Bridge fährt und in einem riskanten Manöver einen Beetle überholt. Der Typ hinter dem Steuer haut wie ein Verrückter auf die Hupe und brüllt wüste Beschimpfungen aus dem Fenster heraus. Grace kümmert es natürlich nicht die Bohne – wie immer.

»Habt ihr euch denn gestern getroffen?«

Ich nicke.

»Und? Ist irgendetwas passiert? Wenn ich dir meine professionelle Analyse geben soll, Schätzchen, dann musst du mir mehr Details liefern.«

Also erzähle ich ihr vom gestrigen Abend, ohne auch nur eine Kleinigkeit auszulassen. Als ich geendet habe und wir hinter dem Kaffeestand neben dem Businessgebäude halten, ist das Einzige, was Grace mit fassungsloser Stimme sagt: »Dein Arsch hat bei ihm an seinem Ding geklebt?«

Genervt rolle ich mit den Augen und steige endlich aus dem Auto. Meine Beine haben furchtbar gescheuert an diesen Ledersitzen.

»Du hast gerade von mir erfahren, dass er jemanden verprügelt und anschließend ohne ein weiteres Wort abgehauen ist, und alles, was dich davon interessiert ist mein Po?«

»Na ja«, entgegnet sie achselzuckend und klickt auf ihren Autoschlüssel, um den Wagen abzuschließen. »Das kann ich mir von dir einfach nicht vorstellen.«

Wütend zurre ich die Träger meines Rucksacks fester. »Ach nein? Und was kannst du dir vorstellen? Die liebe kleine Hazel im Kloster, oder was?«

Ich mache auf dem Absatz kehrt und will in die andere Richtung verschwinden. Im ersten Moment klappt es, weil Grace zu überrascht ist. Keine Sekunde später rennt sie mir jedoch bereits hinterher, die dünnen Absätze ihrer Sandaletten auf dem Asphalt klackernd.

Ihre Finger umschließen mein Handgelenk, und atemlos dreht sie mich zu sich herum. Ein verwirrter Ausdruck liegt in ihrem Blick. »Das habe ich doch gar nicht gesagt! Du hast dich bloß vorher nie wirklich für Jungs interessiert, meintest du doch selbst! Was ist denn los mit dir, Hazel?«

Eigentlich will ich noch sauer sein, aber der verletzte Schimmer in ihren Augen bringt mich sofort wieder auf den Boden zurück. Ihr brauner Haarreif ist viel zu weit nach hinten gerutscht, doch sie scheint es noch nicht bemerkt zu haben – für Grace praktisch ein Ding der Unmöglichkeit. Diese Tatsache vertreibt auch noch die letzte Wut aus meinem Körper, und ich seufze ergeben.

»Meine Mom. Ich habe sie und Tony gestern Abend über Logan reden hören, und sie meinte dasselbe wie du gerade. Die immer liebe und anständige Hazel, von der man sich nichts aus der Reihe tanzende vorstellen kann. Das kotzt mich an.«

Ein sanftes Lächeln legt sich um Graces Mundwinkel. »Nur weil ich dich so noch nicht kenne, heißt das nicht, dass ich nicht an das Verruchte in dir glaube. Im Gegenteil.« Sie grinst verschmitzt. »Jahrelang habe ich gehofft, das Bitch-Girl in Hazel Victoria Evans zu entdecken.«

Ihre Worte locken ein Schmunzeln in meinem Gesicht hervor, und ich knuffe ihr in den Arm. »Du bist bescheuert.«

»Aaalso«, lenkt sie das Thema wieder um, »er hat noch nicht geantwortet?«

Frustriert lehne ich mich gegen das Geländer und beobachte ein Pärchen aus der Ferne, das sich gegenseitig liebevoll kabbelt. Schnell wende ich den Blick wieder ab. »Nein. Was soll ich jetzt machen?«

Grace rückt die Henkel ihrer Valentino-Handtasche höher auf die Schulter und hebt beide Hände, ganz in ihrem Analysemodus. »Okay, hör zu. Du wirst ihm nicht schreiben, verstanden? Keine einzige Nachricht. Wenn er sich dann meldet, wartest du so lange mit deiner Antwort wie er.«

Meine Gesichtszüge verziehen sich gequält, ich vergrabe das Gesicht in den Händen und stöhne auf. »Das ist Folter, Grace, weißt du das?«

Sie nickt mitfühlend. »Ja. Und da sagt man, Frauen wären kompliziert, wobei es doch die Männer sind, die uns zu diesen Taten verleiten. Unglaublich, oder?«

Wir schweigen eine Weile, in der ich überlege, zu dem Pärchen rüberzugehen und dem Typen eine zu knallen, einfach nur, weil er seine Freundin zum Lachen bringt. Verdammt, wieso kann es bei mir nicht auch so sein?

Grace ist schließlich diejenige, die die Stille unterbricht und mich von meinen Pärchen-attackierenden Gedanken wegholt. »Meine Mutter hat ein Kleid für dich gekauft.«

Stirnrunzelnd wende ich mich ihr zu, mit den Fingern spiele ich am Knoten meines Shirts herum. »Wieso?«

Ihre Augen weiten sich schlagartig, als hätte ich ihr gerade von meinem bevorstehenden Tod erzählt. »Die Gala heute Abend, Hazel! Bitte sag mir, dass du es nicht verplant hast! Ich kann da nicht ohne dich hin. Das halte ich nicht aus.«

Ach, verdammt. Diese blöden Benefizveranstaltungen hätte ich beinahe vergessen, so schön war es in Portugal ein Jahr ohne. Seit ich Grace kenne, begleite ich sie zu diesen Feierlichkeiten, weil sie ohne mich vor Langeweile umkommt. Ihre Mutter nutzt jede Gelegenheit, sie in ein teures Kleid zu stecken und herumzuzeigen wie das neueste Produkt auf dem Markt. Wenn ich dabei bin, belässt sie es dabei, den Leuten aus der Ferne von Grace vorzuschwärmen und mit dem Finger auf sie zu zeigen.

Ich schüttle den Kopf. »Nein, ich bin dabei. Weißt du doch.«

Graces Schultern sacken erleichtert nach unten, und die Furchen in ihrer Stirn lösen sich.

»Warum hat sie mir ein Kleid gekauft?«, füge ich schließlich verwundert hinzu. »Ich meine, sonst hat es doch immer gereicht, eines von dir zu nehmen.«

»Weil Caleb West da sein wird, habe ich dir doch erzählt.«

Als ich sie weiterhin verständnislos ansehe, verlagert sie das Gewicht von einem Bein aufs andere und seufzt schwer, als hätte sie gerade erfahren, dass sie eine Zwölf-Stunden-Schicht im Restaurant des Plazas übernehmen soll. »Dieser Schauspieler aus der neuen Buchverfilmung, der schlagartig so dermaßen berühmt geworden ist. Seit dem letzten Dreivierteljahr fahren einfach alle auf ihn ab! Mom will nicht, dass du ihr die Gala verhunzt.«

»Oh Mensch. Wie nett.« Meine Stimme trieft vor Sarkasmus, und Grace entfährt ein freudloses Lachen.

»Tja, Mom eben. Königin des Egoismus. Wie auch immer, ich muss los. Bis später!«

Grace haucht mir ein Küsschen rechts, Küsschen links auf die Wange und läuft mit elegant aufrechter Haltung, Henkel ihres Täschchens in der Ellenbeuge baumelnd und klackernden Schritten zum Kuppeleingang der Businessschool.

∞

Der Vanille-Cappuccino, den ich mir noch schnell vom Kaffeestand geholt habe, schmeckt himmlisch und beruhigt meine Nerven. Meine Augen huschen über die vielen Menschen, die sich auf dem Washington Square Park tummeln und sich im Wasser des riesigen Brunnens abkühlen. Vom Stern-Business-Gebäude sind es nur wenige Minuten bis zum Literaturtrakt, und für gewöhnlich genieße ich den kurzen Spaziergang durch den Park auf die andere Seite. Heute jedoch gehe ich bloß einen Schritt nach dem anderen und fühle mich schrecklich bedrückt. Als wäre ich abgeschieden von den fröhlichen Menschen hier im Park und hinter einem nebligen Schleier ganz allein auf dieser Welt.

»Hazel.«

Der Cappuccino schwappt mir über die Hand, als ich abrupt stehen bleibe und mich umdrehe. Vor mir steht Arschloch-Logan, in einer braunen Designerbermuda, teuren Segelschuhen und weißem Poloshirt. Durch die helle Farbe wird seine gebräunte Haut stark hervorgehoben und unterstreicht seine attraktiven Züge noch. Ich konnte schon immer verstehen, was die ganzen Mädchen an ihm finden, die er verarscht. Ich bin mir sicher, hätte er nicht so einen scheiß Charakter, wäre er meine erste Schwärmerei gewesen. Wahrscheinlich hätte ich mich sogar volle Kanne in ihn verknallt.

Mein Tonfall ist kühl. »Was willst du?«

Er kommt einen Schritt näher. Sein behutsamer Ausdruck im Gesicht verunsichert mich, denn außer hämische und spöttische Blicke kenne ich keine anderen Züge von ihm.

»Triff dich nicht mehr mit ihm.« Ohne etwas zu entgegnen, starre ich ihn bloß an, weil ich vermute, dass es ein schlechter Scherz von ihm sein muss. Nach einer Weile verlagert er unruhig das Gewicht aufs andere Bein und fügt hinzu: »Bitte. Er verarscht dich nur.«

Mir entfährt ein unglaubwürdiges Lachen. »Logan, seit siebzehn Jahren machst du mir das Leben so schwer es nur geht. Und jetzt denkst du ernsthaft, ich sei so dumm, dir diesen Scheiß abzukaufen?«

»Ich weiß, ich habe mich nicht immer richtig verhalten, aber dieses Mal musst du mir glauben. Triff dich nicht mehr mit ihm!«

Fassungslos schüttle ich den Kopf und mache einen Schritt auf ihn zu. Die Sonne knallt mir erbarmungslos ins Gesicht, aber ich merke es kaum, so entgeistert bin ich von seinen Worten. »Wie armselig bist du eigentlich, dass du mir nicht einmal das kleinste Glück gönnst?«

Meine Stimme klingt bedrohlich, und ich bin selbst überrascht von mir. Nie zuvor hätte ich gewagt, auf diese Weise mit Logan Cunningham zu sprechen.

Er entgegnet nichts, sondern sieht mich nur an. Mit Schreck nehme ich wahr, dass wir kaum einen halben Meter voneinander entfernt stehen. Seine braunen Augen waren mir noch nie so nah, ich erkenne die dunklen Sprenkel darin.

»Du hast mir neulich gesagt, dem Menschen, der sich unter einer Maske versteckt, fällt es leicht, einen anderen zu erkennen.« Seine Stimme ist viel zu leise und angespannt, und die Brauen sind betroffen zusammengezogen. Ich erkenne ihn nicht wieder. Er schüttelt den Kopf und wirkt enttäuscht. Fast so, als wäre er sauer auf mich. »Warum erkennst du ihn dann unter seiner nicht?«

∞

Die verschnörkelten Türen des Fahrstuhls gleiten zu. Grace dreht sich sofort zum Spiegel und versucht ein paar einzelne Härchen zurück in ihre Hochsteckfrisur zu schieben. Mir hingegen ist völlig egal, wie ich aussehe. Ich würde sogar in einem Kartoffelsack zu dieser Gala gehen, obwohl das Kleid, welches mir Mrs. Bishop gekauft hat, wirklich schön ist. Ein beiger Seidenpuffrock legt sich über all meine Kurven, indem er durch den Babydoll-Schnitt direkt an meinem Dekolleté anschließt.

Vorsichtig fahre ich mit meinen Fingern über die Spitze, während der Fahrstuhl sich in Bewegung setzt. Meine Begegnung mit Arschloch-Logan heute im Washington Square Park hat mich so verwirrt, dass ich mir das Seminar danach hätte sparen können. Als der Professor mich aufrief, um meine Meinung zu der Gretchen-Frage aus Faust zu hören, konnte ich lediglich ein paar zusammenhangslose Sätze sagen.

»Hazel? Hast du mir überhaupt zugehört?«

Gedankenlos wende ich mich um und sehe Grace an, die sich inzwischen neuen Lipgloss aufträgt. Ich werde nie verstehen, weshalb sie dabei die Augenbrauen so hoch in die Stirn zieht.

»Entschuldige, nein. Was hast du gesagt?«

Sie reibt die Lippen aneinander, spitzt sie und legt den Lipgloss anschließend mit zufriedenem Ausdruck zurück in ihre Clutch. Dann nimmt sie meine Handgelenke und drückt sanft zu. »Wir werden jetzt auf diese Gala gehen, uns zwei ordentliche Männer suchen und einen lustigen Abend haben. Verstanden?«

Ein Lächeln legt sich um meine Mundwinkel. Zwar ein sehr kleines, aber immerhin. »Wenn du ordentlich sagst, meinst du also einen, der dich nicht mit einem Mann betrügt?«

Sie nickt, und die Türen des Lifts gehen auf. »Genau. Und für dich keinen Rocky Balboa mit Verschwindekomplex. Komm.«

Kaum betreten wir den prachtvoll ausgestatteten Saal, drückt mir ein schicker Kellner im Frack bereits ein Champagnerglas in die Hand. Das warme, glitzernde Licht der Kristallkronleuchter legt sich über die elegant gekleideten Menschen, die sich überall fröhlich unterhalten und lachen. Ich kenne diesen Raum von etlichen Veranstaltungen aus der Vergangenheit, und seit mindestens zehn Jahren hängt dasselbe verstörende Porträt eines Mannes mit Froschkopf in Anzug und Spitzenkrawatte zwischen den bodenhohen Fenstern mir gegenüber. Graces Blick schweift im Saal umher. Wie immer will sie natürlich zuerst ausmachen, wo ihre Mutter steckt, um dann in entgegengesetzte Richtung zu steuern.

»Ich habe das hier echt nicht vermisst«, raune ich ihr zu, als das schallende Lachen ihrer Mutter ganz aus der Nähe zu uns herüberweht und Grace große Augen bekommt. Sie zieht mich weiter in den Saal und steuert einen Stehtisch neben den Fenstern an.

Obwohl ich weiß, dass ich es mir einbilde, habe ich das Gefühl, die Blicke aller anderen auf mir zu spüren. Als würden sie mich entlarven, dass ich nicht hierhergehöre. Auf die NYU zu gehen heißt noch lange nicht, dass ich zu der High Society ins Plaza Hotel gehöre. Insgeheim verfluche ich mich selbst, dass ich Grace so liebe und sie bei diesen Veranstaltungen nicht allein lassen will. Ich nehme einen großen Schluck Champagner und bete, dass diese perlende Flüssigkeit hält, was sie verspricht.

Unser Aufenthalt am Stehtisch dauert ungefähr zwanzig Sekunden, in denen Grace sich hektisch im Saal umsieht, anschließend ihre von Norma tadellos manikürten Fingernägel in meinen Arm bohrt und mich zu einer Gruppe Männer bugsiert.

»Wenn ihr erlaubt, würden wir euch gern mit unserer Anwesenheit beehren.«

Gott, ich hasse Graces hochtrabendes Geschwafel auf diesen Partys. Sie selbst auch, das weiß ich, aber wenn sie unter ihresgleichen ist, bemerkt sie es nicht. Vielleicht hat es irgendetwas mit diesem morphischen Feld zu tun, in dem Lebewesen automatisch das Verhalten der anderen annehmen, wenn sie sich lange genug bei ihnen aufhalten – keine Ahnung.

Einer von den Männern schlägt die Beine aneinander, als befänden wir uns im achtzehnten Jahrhundert, ergreift Graces Fingerspitzen und haucht ihr einen Kuss darauf. Sie tut, als wäre sie ganz entzückt, aber ich weiß, dass es sie tierisch anwidert. Der Kerl ist ganz und gar nicht ihr Typ mit seinem zurückgehenden Haaransatz und vor Talgüberschuss glänzendem Gesicht. Der neben ihm ist schon eher ihr Beuteschema, und ich vermute, dass er ihr eigentliches Ziel war. Hohe Wangenknochen, gebräunte Haut, dunkles Haar – nur leider will sein zusammengewürfeltes Outfit so gar nicht zu seinen attraktiven Zügen passen.

»Mein Name ist Grace Bishop«, stellt sie sich vor und zieht mich gleichzeitig neben sich, sodass ich zwischen ihr und dem Schmiertypen stehe.

»Und das ist meine beste Freundin Hazel Evans.«

Mit zusammengebissenen Zähnen schenke ich der Runde ein verkniffenes Lächeln, werfe Grace einen vernichtenden Blick von der Seite zu und winke schließlich einen Kellner heran, nur um mich der Unterhaltung nicht anschließen zu müssen.

»Meinen Eltern gehört der ABC-Channel«, höre ich den Kerl mit dem zusammengewürfelten Outfit gerade sagen, als der Kellner mit dem Tablett bei mir ankommt. Dankbar drehe ich mich zu ihm um, verdrehe die Augen und stelle meine leere Champagnerflöte auf das Tablett.

Der Kellner schenkt mir ein verständnisvolles Lächeln und hält mir direkt ein zweites Glas hin. »Der Abend ist noch jung. Das werden Sie brauchen, Miss.«

Unglücklicherweise verschütte ich das meiste, als Grace mir mit dem Ellbogen in die Rippen sticht.

»Was ist?«, fahre ich sie an und reibe mir die Seite.

Sie nickt zu dem dritten Mann in der Runde, ein rothaariger, pummeliger und kleiner Typ, der mich sofort an das rote Sams aus Kindheitstagen erinnert. Vor allem mit seinem blauen Anzug. Himmel, und so kommt der auf einer Gala an – wenn Mrs. Bishop das sieht, bekommt sie sicherlich einen Nervenzusammenbruch.

Er räuspert sich. »Verzeihen Sie bitte, ich wollte nur anmerken, dass Ihnen dieses Kleid ganz bezaubernd steht!«

Er greift nach meiner Hand und ist offenbar unentschlossen, ob er sich traut, sie zu küssen. Scheinbar nicht, denn folglich entscheidet er sich für ein verschwitztes Zusammenquetschen meiner Finger, und ich muss mir auf die Unterlippe beißen, um nicht das Gesicht zu verziehen.

So höflich, wie es mir gelingt, ziehe ich meine Hand zurück und wische sie unauffällig an meinem Seidenkleid ab.

»Vielen Dank. Sie sehen auch … äh … nett aus.«

Graces Schultern sacken neben mir ein, und ich weiß, dass sie mich jetzt am liebsten schütteln würde. Das Sams scheint sich jedoch über meine Bemerkung zu freuen und strahlt mich mit seinen roten Bäckchen an.

»Oh, ich danke herzlichst! Erst diesen Frühling habe ich das zweite Anwaltsexamen bestanden. Summa Cum Laude.«

Mein Blick schweift ab und wandert in den hinteren Teil des Saals.

»Interessant«, murmle ich geistesabwesend. Ein blonder Haarschopf blitzt in der Ferne auf einem erhöhten Podest inmitten einer Gruppe anderer auf. Meine Augen verengen sich, und ich mache einen Schritt zur Seite, da sehe ich sein Profil.

Instinktiv springe ich einen Schritt zurück und ziehe scharf die Luft ein. Mein Herz rast.

»Was ist denn?«, fragt Grace verwundert, während das Sams

und der Rest der Männer meinem Blick folgen und in die hintere Ecke starren.

Der Schmierbolzen legt den Kopf in den Nacken und fängt schallend an zu lachen. »Du hast keine Chance mehr, Harold. Ein Blick zu ihm und …«, er schnipst einmal schnell und wippt mit den Füßen auf und ab, »… schon hat sie vergessen, dass du überhaupt existierst.«

Ich habe keine Ahnung, was der Typ meint, aber es ist mir ehrlich gesagt auch scheißegal. Da hinten sitzt Logan. Besser gesagt, Logan im Doppelpack. Beide sitzen in einem eleganten Anzug auf einem roten Samtsofa zwischen einer Menge anderer, die allesamt arrogant und reich aussehen.

Grace legt mir einen Arm auf die Schulter und zieht fragend die Brauen zusammen. »Hazel?«

Endlich erwache ich aus meiner Starre. In der ersten Sekunde hat mich Logans Anblick auf dieser Gala einem Herzinfarkt nahegebracht, doch jetzt brodelt lediglich Wut in mir. In einem Zug leere ich das Champagnerglas und drücke es dem Kerl mit den zusammengewürfelten Kleidern in die Hand.

»Entschuldigt mich bitte, aber ich muss kurz …«

Meine Beine fühlen sich taub an, als ich mich zwischen das Sams und dem Schmierbolzen durchzwänge und mit wild klopfendem Herzen auf das Podest zugehe. Mir schwirrt der Kopf, aber diesem Gefühl werde ich nun ein für alle Mal ein Ende setzen. Ich werde zu ihm gehen und ihn verdammt noch mal fragen, was zum Teufel er hier macht und wieso er es nicht für nötig hält, meine scheiß Nachricht zu beantworten.

Hinter mir höre ich Graces Absätze auf den edlen Marmorfliesen zu mir eilen.

»Hazel«, zischt sie und ergreift immer wieder meinen Ellbogen. Gedankenverloren schüttle ich sie ab. »Hazel, warte! Was hast du vor?«

Eine Handvoll Damen trennt uns, und sie fällt zurück. Ich höre die Stimme ihrer Mom zu mir herüberwehen, so hoch und schneidend wie immer.

»Grace, Schätzchen, wo hast du denn gesteckt?«

Mein angetrunkener Mut kommt mir zugute, als ich mit den hohen Schuhen die kleine Treppe zur Empore hochsteige. Erst jetzt sehe ich, dass sie mit einem goldenen Kettchen abgesperrt ist, und strecke meine Finger aus, um sie zu lösen.

»Hey, Fräulein! Sie haben keinen Zutritt.«

Eine massige Hand schließt sich um mein Handgelenk und zieht mich grob zurück. Im ersten Moment will ich ihn anfahren und fragen, was er sich erlaubt, bis mein Blick von seinen schwarzen Schuhen über seinen massiven Körper und schließlich zu seinem bulligen Kopf wandert. Er ist ganz in Schwarz gekleidet, ein spiralförmiges Kabel liegt hinter seinem Ohr und verschwindet unter seinem Hemd.

Ich schlucke und trete kleinlaut einen Schritt zurück. »Entschuldigen Sie bitte. Ich gehöre zu Logan.«

Der Security zieht die buschigen Brauen zusammen und sieht über die Schulter.

»Mr. Cunningham, gehört diese Dame zu Ihnen?«

Arschloch-Logan sieht zu mir herüber, genauso wie *mein* Logan. Mir rutscht das Herz in die Hose. Schnell wedle ich mit beiden Händen. »Oh – nein, nein. Ich meine nicht ihn, ich meinte …«

»Schicken Sie sie weg.«

Die Zeit bleibt stehen. Niemand scheint sich mehr zu bewegen, alles um mich herum dreht sich. Ich muss mich verhört haben. Eine andere Möglichkeit gibt es nicht.

Ganz langsam wandert mein Blick erst zu Arschloch-Logan, der mich mit einem undefinierbaren Ausdruck im Gesicht ansieht, zu *meinem* Logan. Seine Augen sind auf den Security gerichtet, sein Blick ist kühl. Mit der Hand macht mein Logan eine verscheuchende Bewegung, als würde ihn eine Fliege belästigen. »Weg mit ihr.«

Der Bodyguard nickt, streckt seinen massigen Arm aus und will mich wegschieben, aber ich stehe stocksteif da und bewege mich nicht. Mein Logan sieht mich immer noch nicht an, sondern starrt mit harten Gesichtszügen und malmendem Kiefer auf den Boden.

»Logan?« Meine Stimme zittert, und ich bringe kaum mehr als ein Flüstern heraus, doch ich bin mir sicher, dass er mich gehört hat. Keine Reaktion.

»Miss, ich muss Sie bitten, den Bereich zu verlassen.«

Mit tauben Schritten taumle ich die Treppe hinunter, ohne wirklich zu merken, dass ich mich bewege. Ein paar Meter habe ich es so geschafft, da sehe ich Grace, die sich zwischen zwei Grüppchen hindurchzwängt und mit schnellen Schritten auf mich zukommt.

»Hazel!« Atemlos legt sie ihre Hände an meine Oberarme und mustert mich besorgt. »Was ist los? Was hast du denn?«

Ich schüttle bloß den Kopf und nicke zur Empore. »Logan. Er … Er hat mich weggeschickt. Und so getan, als würde er mich nicht kennen.«

Grace folgt meinem Blick und legt die Stirn in Falten. »Logan Cunningham? Was willst du von ihm?«

»Nicht er«, entgegne ich und merke plötzlich, wie mich blinde Wut erfüllt. »*Mein* Logan. Der blonde in dem grauen Anzug. Er hat mich weggeschickt!«

Ganz automatisch wandern meine Augen wieder zu ihm, und mein Herz setzt einen Moment aus, als unsere Blicke sich treffen.

Graces Atem stockt für eine Sekunde, und es fühlt sich an, als würden ihre Hände an meinen Armen plötzlich nach Halt suchen.

»Hazel …« Sie versucht mich wieder zu sich zu drehen, aber ich kann mich nicht von Logan abwenden. Er sieht einfach nicht weg. Aus den Augenwinkeln bemerke ich, wie Graces Blick von mir zu ihm und wieder zurückwandert. Ihr Griff verstärkt sich.

»Hazel, das ist nicht Logan.«

Endlich schaffe ich es, mich von ihm abzuwenden, und sehe sie überrascht an. An ihrem verzweifelten Gesichtsausdruck erkenne ich sofort, dass das, was jetzt kommt, nichts Gutes verheißt. Und ich behalte recht.

»Das ist Caleb. Caleb West.«

13.

Eine Sekunde.

Ich kriege keine Luft.

Zwei Sekunden.

Alles verschwimmt vor meinen Augen.

Drei Sekunden.

Die Geräusche im Hintergrund schwellen zu einem einheitlichen Dröhnen an.

Vier Sekunden.

Der Boden unter meinen Füßen beginnt zu schaukeln.

Fünf Sekunden.

Ich verliere den Halt.

Meine Hand macht sich selbstständig und klammert sich an den Stehtisch neben mir. Ich spüre Graces Hände an meinen Seiten, die mich auffangen und stützen.

»Hazel?«

Ihre Stimme klingt wie ein weit entferntes Echo, und ich bekomme das Gefühl, meine Brust schnürt sich mit jeder Sekunde enger zu.

»Komm. Ich bringe dich hier raus.«

In meinen Ohren rauscht das Blut, und ich merke kaum, wie Grace den Arm um meine Taille legt und mich in Bewegung setzt, merke kaum, wie meine Füße einen Schritt nach dem anderen gehen.

Instinktiv wendet mein Kopf sich zur Seite. Caleb sieht noch immer zu mir herüber, dieses Mal mit Panik in den Augen. Er springt auf und will die Empore herunterstürmen, aber Logan stellt sich ihm in den Weg. Die beiden gestikulieren wild mit den Armen, und es sieht aus, als würden sie sich anschreien.

Ich will stehen bleiben, aber Grace zieht mich weiter, fort von diesem Anblick, fort von ihm.

Erst als wir in ihrem Zimmer ankommen, bekomme ich wieder Gefühl in meinen Beinen. Ein stechender Schmerz breitet sich in mir aus, als ich auf die Knie falle und meine Hände in dem Seidenquilt auf dem Bett kralle.

Noch nie habe ich mich so schrecklich gefühlt. Ausgelaugt und vollkommen leer, eine leblose Hülle.

Grace beugt sich zu mir herunter und schlingt die Arme um mich. Sie sagt nichts, weil sie ganz genau weiß, dass keine Worte dieser Welt mir jetzt helfen könnten.

»Es tut weh«, wimmere ich, während meine Tränen den weißen Seidenstoff meines Kleides durchweichen. »Es tut so verdammt weh.«

Grace drückt mich fester an sich. »Ich weiß.«

Mein Heulen wird immer lauter. Am liebsten würde ich schreien, vergrabe stattdessen aber die Finger in Graces Kleid.

»Er hat nie mir gehört. Aber ihn zu verlieren, bricht mir gerade das Herz. Warum, Grace? *Warum?*«

Das letzte Wort schreie ich tatsächlich. Grace zuckt nicht einmal zusammen und hört nicht auf, mir durchs Haar zu streichen.

»Weil du ihn liebst.«

Als sie diese Worte ausspricht, sinke ich noch weiter zu Boden und haue mit verzweifelten Schluchzern die Stirn gegen ihr Bein.

Meine Lippen zittern. »Aber damit ist jetzt Schluss.«

Über Graces Lippen huscht ein trauriges, freudloses Lachen. »Oh, Schätzchen. Er ist deine erste Liebe. Du wirst niemals aufhören, ihn zu lieben.«

Ich weiß, dass sie an Lucas denkt, als sie das sagt. In ihrer Stimme schwingt ein verbitterter und gleichzeitig schmerzlicher Ton mit.

Eine Weile schweigen wir, jeder in seine eigenen Gedanken versunken, dann sagt sie: »Du kannst hier schlafen.«

Mein Kopf dröhnt, als ich mit verschleiertem Blick den Kopf hebe und mich aufsetze. »Nein. Ich muss nach Hause. Mom … Sie wusste es.«

»Wusste was?«

Statt mir ein Taschentuch aus Graces Schublade zu nehmen, wische ich mir die laufende Nase mit dem Handrücken ab. »Das mit Lo… ich meine, Caleb. Sie liest jeden Tag diese scheiß Klatschmagazine. Auf irgendeinem Titelbild muss er gewesen sein.«

Grace entgegnet nichts, was mir bestätigt, dass sie mir innerlich recht gibt. Ein weiterer Schluchzer entfährt mir.

»Sie hat es mir nicht gesagt. Ich … Ich muss nach Hause.«

∞

Sean fährt uns. Grace und ich sitzen gemeinsam auf der Rückbank, sie hat eine Hand beruhigend auf mein Bein gelegt und sieht aus dem Fenster.

Ich frage mich, was Caleb gerade macht oder denkt. Ist ihm alles egal?

Es ist immer noch seltsam für mich, ihn mit diesem Namen in Verbindung zu bringen. Als wäre er plötzlich ein anderer Mensch. Na ja, wahrscheinlich ist er das auch. Er hat mich von vorn bis hinten belogen, und plötzlich ergibt alles einen Sinn.

Er hat immer nur im Tony's rumgehangen, weil tagsüber kaum jemand dort ist und die Kundschaft am Abend überwiegend aus einer älteren Generation besteht. Er wollte nicht mit mir essen gehen, weil er dachte, er könnte erkannt werden. Er ging nicht mit mir in die Zoohandlung, weil man dort wohl gewusst hätte, wer er ist. Er braucht das ruhige Versteck in der U-Bahn-Station, um seine Ruhe vor den ganzen Fans zu haben. Er lief mit heruntergezogener Kapuze durch Logans Party, weil ihn keiner erkennen sollte. Er fährt einen R8 und hat mir ein verdammtes iPhone geschenkt, weil er steinreich ist. Ich war vom Schein geblendet, hatte die sprichwörtliche rosarote Brille auf der Nase. Wie konnte ich bloß so dumm sein?

»Es gibt einen Grund, warum ich immer gesagt habe, dass ich allein glücklich bin.«

Grace wendet sich vom Fenster ab und sieht mich traurig an.

Ich hole tief Luft, schlucke den Schmerz herunter, der sich wie heiße Lava erneut in mir aufbaut. »Nicht etwa, weil ich wirklich *dachte*, ich würde allein glücklich sein. Ich dachte, wenn ich mich in jemanden verliebe und es dann auseinanderbricht wie bei Mom und Dad, dann … ich dachte, ich könnte es nicht schaffen, verstehst du? Dass ich es nicht ertragen könnte, weil ich ohnehin schon so labil bin. Mich nicht einmal selbst akzeptieren kann. Wie könnte ich es dann ertragen, von jemand anderem die Bestätigung zu bekommen, dass ich nicht genug bin?« Ich schließe kurz die Augen, atme tief ein und aus, verdränge die Tränen. Meine Stimme zittert, als ich weiterspreche. »Es ist einfacher allein. Ich meine, was, wenn du merkst, dass du die Liebe brauchst und sie dann nicht hast? Was, wenn du richtig süchtig danach geworden bist? Wenn du dein ganzes beschissenes Leben nach dieser einen Sache ausrichtest und es dann verdammt noch mal einfach auseinanderbricht?« Ich kann die Tränen nicht mehr halten. Wütend und verzweifelt zugleich heule ich auf und schlage mehrfach gegen den Sitz vor mir. »Kann man diese Art von Schmerz überhaupt überstehen?« Meine Schläge werden kräftiger. Ich will, dass mich echte körperliche Schmerzen durchzucken und den in meinem Herzen überlagern, aber nichts dergleichen kommt an diese Art von Qualen heran.

Grace ergreift meine Handgelenke, ehe meine Fäuste wieder auf den Sitz treffen. Sie hält mich ganz sanft, und doch so bestimmt, dass ich in mich zusammensinke und stumm die Tränen über mein Gesicht rinnen lasse. Sie legt den Kopf an meinen und lässt mich nicht los. Als sie spricht, bebt ihre Stimme ebenfalls.

»Jeder von uns ist süchtig nach irgendetwas, das uns ruiniert. So ist das Leben, Hazel.«

∞

Meine Mom ist noch wach. Aus den Küchenfenstern scheint Licht, und meine Hände zittern so sehr, dass ich die Haustür kaum aufschließen kann.

»Komm, ich mach das.« Grace nimmt mir den Schlüssel aus

der Hand und übernimmt es für mich. Kaum klickt das Schloss und die Tür schwingt auf, stürme ich durchs Haus. Ich reiße die Küchentür mit solchem Schwung auf, dass sie gegen die Wand kracht und ich den Putz leise auf den Boden bröckeln höre.

Mom springt erschrocken von ihrem Stuhl auf, einen Schokoriegel in der Hand. Tony sitzt ihr gegenüber und sieht genauso überrascht zu mir.

»Hazel!«

Mit zitterndem Finger zeige ich auf meine Mom und gehe auf sie zu. »Du hast mich angelogen!«

Sie steht einfach nur da und sieht mich vollkommen verwirrt an. »Was?«

Grace betritt hinter mir die Küche und stellt sich neben Tony. Die Augen meiner Mom wandern fragend zu ihr, doch Grace sieht ausdruckslos zurück. Sie wird kein Wort sagen. Das hier ist mein Kampf, und das weiß sie. Grace steht zu mir.

In mir kocht die Wut. Mein Gesicht glüht, und ich weiß, dass mein Kopf hochrot sein muss. »Du wusstest, dass Logan Caleb ist!«

Mom schüttelt nur den Kopf und weiß scheinbar nicht, was sie sagen soll. Sie wiederholt sich. »Was?«

»Tu nicht so!« Ich brülle so laut, dass meine Kehle protestiert und ein lautes Krächzen mitschickt. »Du liest deine scheiß Klatschmagazine! Du wusstest, dass Logan in Wahrheit Caleb ist und hast mir nichts erzählt!«

Tony und Mom tauschen einen perplexen Blick, bis die Augen meiner Mutter plötzlich einen verschleierten Ausdruck annehmen und sie sich mit einer Hand an der Stuhllehne festklammert.

»Caleb West«, flüstert sie in einem Ton, als wäre es ihr gerade wie Schuppen von den Augen gefallen. »Deshalb kam er mir so bekannt vor.«

Ein wütender Aufschrei entfährt mir. Nicht weil ich ihr nicht glaube, sondern weil ich weiß, dass sie die Wahrheit sagt. Ich kenne meine Mutter. Sie wusste nichts von alledem. Mein Körper schüttelt sich vor einer erneuten Welle an Schluchzern. Ich lehne mich mit den Ellbogen auf die Küchenanrichte und sehe zu, wie eine Pfütze aus Tränen sich auf dem braunen Holz sammelt.

»Hazel«, versucht Tony mit ruhiger Stimme, mich zu beruhigen, »es macht doch keinen Unterschied.«

»Doch«, krächze ich leise. »Tut es.«

Hinter mir macht Mom einen Schritt auf mich zu. »Und welchen?«

Ich wirble herum. »Es verändert einfach alles!«, brülle ich. Einige Strähnen lösen sich aus meiner Frisur, doch es ist mir egal. Alles ist mir egal. »Er wird sich niemals mit einer wie mir der ganzen Welt zeigen! Sieh mich doch an!«

»Das tue ich!« Jetzt brüllt meine Mom. Und zwar richtig. Sie schlägt mit der flachen Hand auf den Esstisch und rauft sich die Haare. Tränen füllen ihre Augen. »Das tue ich seit zwanzig Jahren, verdammte Scheiße! Und ich sehe ein Mädchen, das selbst nicht sehen kann, wie wunderschön sie ist!« Heftige Schluchzer schütteln den Körper meiner Mutter. Sie sackt auf dem Küchentisch zusammen und vergräbt den Kopf in den Händen, ehe sie es wieder anhebt und mich mit tränennassem Gesicht ansieht. »Weißt du, was das für ein Gefühl ist, wenn die eigene Tochter sich selbst hasst?«

Zum zweiten Mal an diesem Abend bekomme ich keine Luft mehr. Ihre Worte stechen einen Dolch in mein Herz und zerreißen es. Ich will sie so nicht sehen. Es macht mich fertig.

»Mom, ich …« Meine Stimme bricht, und ich komme nicht weiter. Meine Mutter sieht mich einfach nur an, ein quälender Ausdruck in ihren Augen, bevor sie plötzlich aufspringt und aus der Küche stürmt. Tony läuft ihr nach, und einen Moment später höre ich die Haustür ins Schloss fallen.

Sie ist weg.

Meine Hände krallen sich Halt suchend an der Küchenanrichte fest, und ich sehe starr geradeaus. Wieder ist das Bild vor meinen Augen verschleiert, und der Kloß in meinem Hals drückt mir die Kehle zu.

Grace tritt leise an mich heran und berührt mich sanft am Arm. »Komm, Hazel. Du solltest schlafen.«

Geistesabwesend nicke ich und folge ihr beinahe mechanisch in mein Schlafzimmer. Ich bekomme kaum mit, wie sie mir beim Umziehen hilft und sich gemeinsam mit mir ins Bett legt. Als ich mein Handy aus der Tasche hole, nimmt sie es mir weg und will es beiseitelegen. Das Display leuchtet auf, und sie verzieht grimmig das Gesicht. Der Grund dafür liegt auf der Hand.

»Gib es mir«, fordere ich und strecke die Hand aus. Grace schüttelt den Kopf und will es weglegen, da explodiert etwas in mir, vor dem ich mich selbst erschrecke. Ich schreie meine beste Freundin an. »Gib mir mein verdammtes Handy, Grace!«

Ihre Augen weiten sich. Sie sieht mich mit einem Blick an, als würde sie mich nicht erkennen und sich fragen, ob sie tatsächlich neben Hazel Evans sitzt. Mit verdatterter Miene reicht sie mir das iPhone. »Ich wollte nur helfen, Hazel.«

Erschöpft vom ganzen Weinen streiche ich mir übers Gesicht und schüttle entschuldigend den Kopf. »Es tut mir leid. Ich … Ich bin nicht ich selbst.«

Das bin ich wirklich nicht. Und ich erkenne mich kaum wieder, aber in der letzten Stunde habe ich gemerkt, dass ich wirklich ein starkes Problem habe. Es kann nicht normal sein, dass ich mich so heftig an Caleb gebunden fühle, dass ich mir ohne ihn plötzlich so wertlos vorkomme. Ich weiß, dass es zum Teil auch an meiner starken Unzufriedenheit mit mir selbst liegt. Meinem fehlenden Selbstbewusstsein. Ich schätze, ich will nicht, dass mir das Einzige genommen wird, was mir selbst Bestätigung gibt: Das Gefühl, für jemand anderen tatsächlich schön zu sein. Vollkommen. Einfach *genug*.

Grace nickt verständnisvoll, während ich meine Nachrichten öffne. Caleb hat mir drei SMS gesendet.

Können wir persönlich reden? Ich muss dir alles erklären. – 10:24 pm

Mann, verdammt. Hazel! – 10:46 pm

Es tut mir leid, dass du es so erfahren musstest. Ich passe nicht in deinen Weg. – 11:24 pm

Schnaubend drücke ich Grace das Handy wieder in die Hand

und lege mich hin. Sie löscht das Licht, kuschelt sich neben mich und nimmt mich in den Arm.

»Es tut mir so leid, Hazel«, flüstert sie.

»Ist schon okay«, flüstere ich leise, während mir schon wieder Tränen die Wangen herunterrollen und lautlos aufs Laken tropfen. »Ich würde mich auch nicht wollen.«

14.

Die bedrückende Leere scheint ein dauerhafter Begleiter von mir zu werden. Den ganzen Tag über schnürt sie meine Brust quälend eng zusammen wie ein viel zu enges Mieder und nimmt mir jeglichen Antrieb. Das erste Mal, seit ich denken kann, habe ich meine Seminare geschwänzt und stattdessen stundenlang und bewegungslos im Bett gelegen, den Blick starr an die Decke gerichtet.

Von Caleb kamen noch zwei Nachrichten, in denen er fragte, ob wir uns sehen könnten, und als ich nicht antwortete, rief er an. Ich habe ihn weggedrückt.

Nach einer weiteren Stunde mit Blick an die Decke drehe ich mich erstmals auf die Seite, weil mein Rücken anfängt zu schmerzen. Noch immer trage ich das beige Seidenkleid von gestern Abend, doch es ist mir egal.

Während ich meinen Blick auf die gegenüberliegende Wand hefte, schiebt sich das schwarze Cap auf der Kommode in mein Sichtfeld. Calebs Cap.

Mit einer fast schon geisterhaften Bewegung setze ich mich auf und laufe mit schwachen Beinen durchs Zimmer. Meine Hände greifen nach dem Cap, ganz sanft fahre ich mit den Fingern über den Stoff. Ein schwarzes Zeichen der Yankees ist auf der Vorderseite eingenäht, und unwillkürlich verkrampft sich mein Magen.

Was gibt es noch, das ich nicht über ihn weiß? Kenne ich ihn überhaupt? Und wieso tut es so verdammt weh, ihn zu verlieren, wenn er mir doch quasi fremd ist?

Die Tür öffnet sich mit einem leisen Knarzen, und meine Mom kommt ins Zimmer. Auch sie hat rote, geschwollene Augen und sieht aus, als hätte sie die ganze Nacht geweint. Sie trägt noch ihren Schlafanzug, und ihr Zopf ist ganz zerzaust.

»Wie geht es dir?« Ihre Stimme klingt verschnupft, und eine furchtbare Welle des schlechten Gewissens überfällt mich.

»Mom«, sage ich und gehe auf sie zu, »es tut mir so leid. Ich hätte dich nicht anbrüllen sollen. Du kannst ja nichts dafür.«

Ein schwaches Lächeln legt sich auf ihre Lippen, mit ihrem Zeigefinger streicht sie mir liebevoll eine Strähne aus der Stirn. »Ist schon gut. Ich denke, es hat mir so furchtbar zugesetzt, weil ich deinen Schmerz gut verstehen kann. Mir ging es damals mit deinem Dad genauso.«

Statt etwas zu entgegnen, schlucke ich nur schwer und versuche, nicht wieder zu weinen. Ich will nicht über Dad reden. Mein Blick wandert wieder zu der Cap in meiner Hand. »Ich bin hoffnungslos verliebt in jemanden, bei dem ich niemals eine Chance habe.«

Die Augen meiner Mom huschen kurz zu der Mütze in meiner Hand, dann wieder zu mir. »Hazel, Schatz. Wenn du etwas wirklich willst, dann hör nicht auf, dafür zu kämpfen, bis du es hast.«

Mit einem schwachen Seufzen lege ich das Cap zurück auf die weiße Kommode und sehe meine Mutter mit traurigem Gesichtsausdruck an. »Aber wie, Mom? Wie soll ich um jemanden kämpfen, bei dem ich niemals eine Chance haben kann?«

»Das weißt du doch gar nicht, Schatz.« Ihre Stimme ist leise, als sie einen Schritt auf mich zumacht und mich in die Arme nimmt. »Vielleicht bist du genauso oft in seinen Gedanken, wie er auch in deinen. Lass dich nicht von der Maske täuschen, die er von der Welt aufgesetzt bekommt.«

Meine Augen weiten sich und starren verschwommen ins Leere. »Maske …«, flüstere ich gedankenversunken, ehe ich auch schon hektisch meinen Kleiderschrank aufreiße und wahllos ein schwarzes Oversize-Shirt und einen roten Faltenrock herauskrame.

Meine Mom steht im Türrahmen und beäugt mich verwirrt. »Was hast du vor?«

Ohne mir die Haare zu kämmen, schnappe ich mir meinen Fahrradschlüssel und rausche an meiner Mom vorbei. »Ich muss etwas klären!«

∞

Noch nie bin ich mit dem Rad so schnell durch Brooklyn bis nach Manhattan gefahren. Meine Waden schmerzen vor Anstrengung, und Schweißtropfen perlen mir vom Nacken den Rücken hinab. Mit dem Arm wische ich mir übers Gesicht, als ich vom Rad steige und es gedankenlos vor der imposanten Tür der Villa auf den Boden fallenlasse.

Atemlos stolpere ich die Stufen hoch und drücke meinen Finger ununterbrochen auf die goldene Klingel.

Eine rothaarige Dame in Dienstkleidung öffnet die Tür, aber ich bin zu ungeduldig für ein Gespräch mit ihr.

»Ich muss zu Mr. Cunningham«, sage ich lediglich, schlüpfe an ihr vorbei ins Haus und laufe direkt in den Salon.

Logan liegt auf dem goldenen Diwan und liest ein Buch. Shakespeare, »Ein Sommernachtstraum«, wie ich auf den zweiten Blick erkenne.

Als er die Schritte meiner Chucks auf den Fliesen hört, sieht er auf. Seine Augen weiten sich für einen kurzen Moment vor Überraschung, dann legt er das Buch beiseite und kommt mir entgegen.

»Hazel.«

Ich spare mir den Small Talk. »Warum hast du es mir nicht gesagt?«

Seine Schultern sacken herab, und er zieht betroffen die Brauen zusammen. »Ich konnte es nicht. Er ist mein Cousin.«

»Warum wolltest du mich schützen? Du hasst mich.«

Logan will etwas sagen und öffnet den Mund, nur um ihn dann wieder zu schließen. Mit der Hand weist er auf den Diwan. »Setzen wir uns.«

Als ich keine Anstalten mache, mich zu bewegen, und lediglich eine Braue in die Höhe ziehe, seufzt er und fügt hinzu: »Bitte.«

Schließlich setze ich mich, hauptsächlich deshalb, weil ich

noch immer außer Atem von der Fahrt hierher bin. Im Hintergrund ertönen klassische Klänge, die absolut nicht zu dem Logan passen wollen, den ich kenne.

»Möchtest du etwas trinken?«

Ungeduldig tippe ich mit dem Zeigefinger auf meinem Oberschenkel herum. »Nein. Ich will, dass du meine Frage beantwortest.«

Für einen kurzen Moment sieht Logan mich an und zieht nachdenklich die Unterlippe ein, dann nimmt er sein Buch und fährt mit dem Finger über den geknickten Rücken. »Ich wollte nicht, dass er dir wehtut. Das hast du nicht verdient.«

Ein verächtliches Schnauben entfährt mir. »Nicht verdient? Das sagst gerade du, Logan? Unser ganzes Leben hast du versucht, es mir schwer zu machen, und jetzt kommst du mit so etwas?«

Es tut gut, alles an ihm auszulassen. Endlich kann ich den angestauten Zorn platzen und meiner Wut freien Lauf lassen.

Er kneift die Augen zusammen, als müsste er einen kurzen aber heftigen Schmerz ertragen. »Denkst du etwa, ich wollte so sein?«

Als würde ein Windzug mich erfassen, beginnen meine Herzklappen nervös zu flattern. »Was meinst du damit?«

Unruhig rutscht Logan auf dem Diwan vor, schlägt wahllos sein Buch auf und wieder zu. »Ich … das tut nichts zur Sache.«

»Doch. Sag es mir.«

Sein Blick wandert mit zitterndem Atem zur Decke, der Adamsapfel an seinem Hals hüpft auf und ab, als er heftig schluckt. Dann schüttelt er den Kopf. »Ich kann nicht, Hazel. Nimm es bitte einfach so …«

»Nein!« Mit funkelndem Blick verschränke ich die Arme vor der Brust und knirsche mit den Zähnen. »Sag mir, was du meinst!«

Er reibt sich mit den Handflächen über den Jeans-Bermudas, seine Atmung wird schneller. »Hazel … Ich meine … Es ist, weil …«

»Logan«, mahne ich mit drohender Stimme.

Plötzlich springt er auf. »Verdammte Scheiße!«, brüllt er. Seine Stimme hallt durch den großen Salon. »Denkst du denn, es hat mir Spaß gemacht? Denkst du, ich fand es schön, dich jedes Mal aufs Neue zu verletzen und über dich herzuziehen? Dein trauriges Gesicht zu sehen und auch noch so zu tun, als würde mir der Scheiß gefallen?«

Mir fällt die Kinnlade herunter. Stocksteif sitze ich auf dem Diwan und sehe ihn mit großen Augen an. »Was? Du … du *wolltest* mich gar nicht so behandeln? Aber … warum …«

»Weil ich mich in dich verliebt habe, verdammt noch mal!«

Mein Herz bleibt stehen. Als hätte er mir einen Dolch mitten durch die Brust gejagt. Das kann nicht sein. Auf keinen Fall. Nicht Logan Cunningham.

»Das kann nicht sein«, spreche ich meine Gedanken flüsternd aus.

Logan fährt sich mehrmals aufgebracht durchs Haar und setzt sich aufs Sofa, nur um dann wieder wie von der Tarantel gestochen aufzuspringen und im Salon auf und ab zu gehen. »Denkst du etwa, ich finde das *gut*? Ich habe *alles* versucht, um dich von mir fernzuhalten, Hazel! Jede Beleidigung, alle miesen Sachen, die ich dir angetan habe … Ich dachte, wenn ich vorgebe, dich zu hassen, verschwinden vielleicht auch meine Gefühle!«

Meine Hände liegen zitternd auf meinen Schenkeln. Ich will sie nicht bewegen, weil ich befürchte, kein Gefühl mehr in ihnen zu spüren. Langsam schüttle ich den Kopf, meine Augen starren auf die Fliesen vor mir. Doch eigentlich sehe ich sie gar nicht. »Warum …« Ich muss mich räuspern, so trocken ist meine Kehle in den letzten Sekunden geworden. »Warum hast du es nicht einfach zugelassen?«

Kaum zu glauben, dass ich diese Worte tatsächlich ausspreche. Dass ich überhaupt eine solche Unterhaltung mit Logan führe. *Logan Cunningham.*

Er versucht, langsam zu atmen, aber ich sehe, wie aufgebracht er ist. Völlig außer sich packt er die goldene Stehlampe neben mir, reißt sie mitsamt Stecker vom Beistelltisch und wirft sie mit einem wütenden Aufschrei zu Boden. Erschrocken zucke ich zusammen, während er sich abwendet, sich mit den Unterarmen gegen die

Wand stützt und die Stirn daran lehnt. »Ich konnte es nicht. Vertrauen liegt mir nicht, Hazel.«

Der Grund dafür ist mir klar, auch ohne dass er es mir sagen muss. Logans Mutter war nie für ihn da. Ständig reißt sie geschäftlich durch die Welt, führt Unternehmen in mehreren verschiedenen Ländern und kommt vielleicht dreimal im Jahr nach Hause. Zu Weihnachten, seinem Geburtstag und dem Hochzeitstag mit Mr. Cunningham. Obwohl ich in all den Jahren keine einzige positive Erinnerung mit ihm in Verbindung bringen kann, tut es mir in der Seele weh, Logan so zu sehen. Niemals hätte ich auch nur im Entferntesten geahnt, dass er Gefühle für mich haben könnte. Das ist wirklich das Letzte, was mir jemals in den Sinn gekommen wäre. Mein vollkommen perplexer Verstand flüstert mir zu, dass ich irgendetwas sagen, ihm nach diesem Geständnis entgegenkommen muss. Doch in meinem Kopf herrscht völlige Leere.

Schließlich schüttle ich ratlos den Kopf. »Ich … Ich weiß nicht, was ich sagen soll.«

»Du musst nichts sagen.« Langsam dreht er sich um, die Arme hängen schlaff an ihm hinab, und ich kann erkennen, dass seine Finger zittern.

Mit eindringlichem Blick sieht er mich an. »Versprich mir nur, dass es nicht er sein wird. Nicht Caleb. Ich will keinen Grund haben, den einzigen Menschen zu hassen, der mich wirklich liebt.«

Sein verzweifelter Anblick macht mich fertig. Niemals habe ich Logan so gesehen, und immer wieder muss ich mir einreden, dass es tatsächlich er ist. Dass Logan Cunningham mir gerade gestanden hat, in mich verliebt zu sein. Die Situation nimmt mich so mit, dass mir heiße Tränen in die Augen schießen.

»Das kann ich nicht.« Meine Stimme ist brüchig, und ich hasse mich dafür, dass ich ihm diese Worte sagen muss. Aber es ist die Wahrheit.

Selbst wenn Caleb mich angelogen und verarscht hat, sind meine Gefühle zu stark, um sie einfach auszublenden. Und ich weiß nicht, was in der Zukunft passieren wird, so, wie er sich in meinem Herzen eingenistet hat.

Ein schwerer Schatten legt sich über Logans dunkle Augen, und für eine Sekunde meine ich, seine verletzten Züge zu erkennen, ehe er ruckartig den Kopf abwendet und zum Fenster heraussieht.

»Nach allem, was ich dir angetan habe, verstehe ich, dass du mich verachtest. Aber mit ihm wirst du in dein eigenes Unglück rennen.«

Ich halte es nicht länger auf dem Sofa aus, deshalb erhebe ich mich ungehalten und laufe auf ihn zu. »Logan, ich …«

Er hebt eine Hand. Abrupt bleibe ich stehen. »Komm nicht näher.«

Ein schreckliches Gefühl überkommt mich, ohne zu wissen, was genau mich so fertigmacht. Obwohl er mir das Leben stets schwer gemacht hat, will ich nicht, dass er wegen mir leidet. »Logan …«

»Bitte geh, Hazel.«

Er wendet sich von mir ab, dreht mir den Rücken zu. Wortlos sieht er aus dem Fenster heraus, während eine drückende Stille sich über uns legt und meine Nerven zu zerreißen droht. Die Sekunden verstreichen, sie kommen mir wie Stunden vor. Schließlich drehe ich mich um und gehe. Es gibt nichts, was ich ihm noch sagen könnte. An der Tür sehe ich noch einmal über die Schulter, doch er steht noch immer mit angespannten Schultern zum Fenster und bewegt sich keinen Millimeter.

Leise schließe ich die Tür und schlucke schwer. Das Klicken des Schlosses kommt mir beinahe symbolisch vor, als würde es mich nicht nur räumlich von Logan trennen, sondern auch in unserer Verbindung.

Die Verbindung, die wir niemals hatten und auch nie haben werden.

15.

Ein dermaßen intensives Gefühl von Wut überkommt mich, so stark, dass ich am liebsten alles kreuz und quer um mich werfen würde.

»Fuck!«, brülle ich, als ich aus dem Haus der Cunninghams komme, und trete unkontrolliert gegen das Hinterrad meines Fahrrads.

Logan hat in mir nie mehr hervorgerufen als Verachtung, aber ihn jetzt so zu sehen – und das auch noch wegen mir – macht mich fertig.

Mein Handy klingelt. Vor Stress zittert meine Hand, als ich mir damit durchs Haar fahre und einmal tief durchatme, ehe ich es aus der Tasche hole.

Es ist Caleb. Schon wieder.

In der ersten Sekunde will ich ihn wieder wegdrücken, doch kurz vor dem roten Hörer stoppt mein Daumen.

Ich bin so aufgebracht, dass meine Nerven in diesem Moment am Rande des Wahnsinns taumeln, und das alles nur wegen ihm. Wegen eines bescheuerten Typen, der mich unbedingt verarschen musste und jetzt tatsächlich noch die Dreistigkeit besitzt, mich anzurufen.

Das soll er wissen. Er soll zu hören bekommen, was für ein scheiß Arschloch er ist und dass ich, Hazel Victoria Evans, das nicht einfach so hinnehme. Also nehme ich den Anruf mit dem kühlsten Ton, zu dem ich fähig bin, an.

»Was?«

»Oh. Du gehst ja ran.« Er wirkt überrascht, geradezu überrumpelt, dass ich ihn nicht weggedrückt habe.

Das Handy zwischen Schulter und Kopf eingeklemmt, hebe ich mein Fahrrad vom Boden und schiebe das quietschende Ding den Vorhof der Cunninghams entlang.

»So was kommt vor, wenn man angerufen wird, *Caleb.*« Ich achte darauf, seinen richtigen Namen mit so viel Vorwurf und Wut in der Stimme auszusprechen, wie ich nur kann.

»Stimmt wohl.«

Mein Schienbein tritt gegen die Pedale meines Rads, und Schmerz durchzuckt mich. Ähnlich dem, wenn man mit dem großen Zeh gegen ein Tischbein rennt.

Ich bleibe stehen, atme zischend die Luft ein und schließe für einen kurzen Augenblick die Augen. Glücklicherweise verleiht der Schmerz mir eine genervte Stimme, die klingt, als müsste ich mich zurückhalten, nicht auf der Stelle loszuschreien. »Was willst du?«

»Ich will mit dir reden. Wegen allem, was passiert ist.«

Im Hintergrund hallt es bei ihm, und ich frage mich unwillkürlich, wo er wohl steckt. Dann schüttle ich jedoch schnell den Kopf und ermahne mich innerlich, dass es mich nichts angeht.

»Gut«, entgegne ich, überrasche mich damit selbst und bleibe schließlich vor dem geschmiedeten Eisentor zum Anwesen der Cunninghams stehen. »Dann hol mich ab.«

»Wo?«

Sein perplexer Ton verrät mir, dass er meine autoritären Ansagen nicht erwartet hätte. Aus irgendeinem Grund freut mich das, und ein stolzes Gefühl durchströmt mich. Meine nächsten Worte sage ich mit einem schadenfrohen Grinsen im Gesicht, weil ich genau weiß, dass er nicht damit rechnet.

»Bei Logan.«

∞

Sein silberner R8 fährt aufs Gelände, und mein Herz führt sich auf wie in einer verdammten Achterbahn. Ich habe mich extra auf die Stufen vor das Haus der Cunninghams gesetzt, um dem Ganzen noch einen draufzuhauen und Caleb so richtig zu verärgern.

Obwohl ich nicht einmal weiß, ob es ihn überhaupt interessiert. Keine Ahnung.

Als er hält und ich auf ihn zugehe, sehe ich bereits durch das Autofenster, dass Caleb telefoniert. Kann doch echt nicht wahr sein. Er will mich abholen, um mit mir zu reden, und meiner Meinung nach ist diese Sache ziemlich ernst, aber er bringt es fertig, tatsächlich noch nebenher zu telefonieren. So wichtig kann ihm das alles wohl dann nicht sein.

Wortlos steige ich ein und schnalle mich an, den Blick halte ich stur geradeaus durch die Windschutzscheibe.

Hoffentlich sieht Logan nicht aus dem Fenster und beobachtet uns, das würde dem Ganzen noch die Krone aufsetzen und aussehen, als trete ich seine Gefühle zusätzlich mit Bikerstiefeln. Dabei hatte ich bis eben nicht einmal geglaubt, dass Logan Cunningham überhaupt Gefühle hat.

Caleb fährt aus der Einfahrt, das Handy immer noch am Ohr. Gott, macht der Kerl mich wütend.

»Ja. Ich weiß, das brauchst du mir nicht zu sagen. Nein, schon klar, ich hätte das vorher abklären müssen. Gut. Alles klar, bis dann.«

Schwer ausatmend wirft er das Handy in die Mittelkonsole und fährt sich durch sein blondes Haar. Es steht wirr in alle Richtungen ab und sieht ungemacht aus. Allgemein wirkt Caleb, als wäre er gerade erst aufgestanden; er trägt eine graue Jogginghose und ein weißes T-Shirt.

»Wie geht's dir?«

Statt auf seine dämliche Frage zu antworten, schüttle ich fassungslos den Kopf und starre weiterhin geradeaus.

Ungeduldig tippt er mit dem Zeigefinger immer wieder aufs Lenkrad, während er den Wagen durch die Straßen der Upper East Side lenkt. Als ihm schließlich klar wird, dass er keine Antwort von mir bekommt, fragt er: »Wo wollen wir hin?«

Gleichgültig zucke ich die Achseln und stecke den Saum meines schwarzen Schlabbershirts in den Rock, damit er nicht so kurz aussieht. »Jetzt weiß ich ja, wer du bist, also ist es nicht mehr nötig, sich mit mir in verbotenen U-Bahn-Stationen zu verstecken.«

Er seufzt schwer und öffnet den Mund, um noch etwas zu sagen, aber ich habe gerade echt keine Lust auf seinen bescheuerten Small Talk. Nicht jetzt, nach Logans heftiger Offenbarung, mit der ich niemals gerechnet hätte und die mich ziemlich aus der Bahn geworfen hat.

Also drücke ich den Knopf seiner Anlage und drehe die Lautstärke auf, um ihm das Wort abzuschneiden.

Es läuft »Tonight« von FM Static. Diese Band kenne ich, und es wundert mich, dass es nach all der Scheiße, die er abgezogen hat, tatsächlich doch noch Gemeinsamkeiten zwischen uns gibt.

∞

Caleb fährt ins Parkhaus eines riesigen, gläsernen Wolkenkratzers. Vor einer Wand, die ich für eine betonierte Mauer gehalten habe, hält er an, beugt sich zu mir rüber und öffnet das Handschuhfach. Ich erleide beinahe einen Herzinfarkt, weil er mir so nahekommt und wünschte bloß, er würde nicht so gut riechen.

Eine kleine Fernbedienung kommt zum Vorschein, und er drückt einen Knopf, woraufhin sich die Mauer in Bewegung nach oben setzt und ich mir vorkomme wie bei Harry Potter, wenn Hagrid die Winkelgasse mit seinem Regenschirm öffnet.

Zwei weitere Autos kommen in dem Raum dahinter zum Vorschein: Ein Porsche und ein Range Rover. In meinem Kopf leuchtet plötzlich eine Glühbirne auf und mir wird klar, dass er hier sein eigenes kleines Parkhaus hat. Natürlich.

Wir steigen aus, und als ich die Tür des Wagens zuwerfe, hallt das Geräusch laut von den Wänden wider.

»Komm.« Ohne mich anzusehen winkt er mich hinter sich her, bis wir an einen Fahrstuhl kommen, der aussieht, als würde er uns geradewegs in die Zukunft befördern. Seine schwarzen Stahltüren schimmern und geben dem Aufzug einen luxuriösen Touch, wie ich es niemals bei ... na ja ... *Fahrstühlen* für möglich gehalten hätte. Aber im Leben von Caleb West muss scheinbar alles von hohem Wert sein, sonst hat es keinen Platz.

Der Gedanke versetzt mir einen Stich, und ich bekomme kaum mit, wie wir in den Aufzug steigen und er einen Sicherheitscode eingibt. Das pompöse Ding setzt sich in Bewegung, ehe sich nach einem weiteren Code auch schon die Türen öffnen und ich mir vorkomme, als wäre ich geradewegs in eine Besichtigung der reichsten Immobilienfirma New Yorks geplatzt.

Wir sind in seiner Wohnung, wie mir schlagartig klar wird. Von der Decke des Empfangsbereichs werfen runde, in der Decke befestigte LED-Lampen ein warmes Licht auf den hellen Marmorboden. Als ich den Blick hebe, erkenne ich meinen erstaunten Ausdruck im Gesicht in einem riesigen Spiegel, der die komplette Wand einnimmt. Für einen kurzen Moment begegnen Calebs und meine Blicke sich darin, bis ich schnell woanders hinsehe und in die Wohnung hineingehe.

Caleb läuft vor und öffnet mir eine große, geschwungene weiße Tür – immer noch, ohne mich anzusehen. Ich bin mir plötzlich unsicher, ob ich meine Chucks anlassen oder lieber ausziehen soll, weil mir alles in diesem Loft so unendlich sauber vorkommt. Fast so, als würde hier niemand leben, und das Ganze diene lediglich dazu, einfach nur bewundert zu werden. Schließlich lasse ich sie jedoch an, hauptsächlich deshalb, weil ich Socken mit Ferkeln trage, und betrete den nächsten Raum.

Es ist das Wohnzimmer. Ein riesiges, graues Sofa nimmt die rechte Seite des Raumes ein, direkt darunter liegt ein flauschiger Teppich in derselben Farbe. In der Wand daneben befindet sich ein imposanter Kamin in einer Backsteinmauer, und ich muss zugeben, dass die gekonnte Mischung zwischen Alt- und Neubau überragend aussieht. Die Backsteinmauer grenzt an die mir gegenüberliegende Glaswand, vor der ein weißer Flügel und ein riesiger Mahagoni-Esstisch stehen.

Ich komme nicht umhin, an die Fenster heranzutreten und über die Dächer New Yorks zu blicken. Es ist der Wahnsinn. Mein Atem beschlägt das Glas, und ich weiß, dass ich es total verschmiere, indem ich vor Staunen meine Hände an die Fensterscheiben lege, doch es ist mir egal. Wahrscheinlich hat Caleb sowieso hundert Putzfrauen, die täglich hier auftauchen, so, wie es hier aussieht.

Das Geräusch des Autoschlüssels reißt mich aus meinen Gedanken, als er ihn auf den quadratischen Holztisch vor dem Sofa wirft.

»Es ist schön hier«, sage ich schließlich und knete nervös meine Hände, während ich zu ihm gehe. Der Mut von gerade eben hat mich bereits verlassen, und ich frage mich, was zur Hölle ich mir eigentlich dabei gedacht habe, mich mit ihm zu treffen. Das war eine bescheuerte Idee. Es wird ja sowieso nichts bringen.

Er räuspert sich, lässt einen Blick durch das Wohnzimmer schweifen und nickt schließlich. »Ja. Willst du was trinken?«

»Nein, danke.«

Wieder nickt er, und für ein paar Sekunden stehen wir beide ziemlich hilflos im Raum, ehe ich es nicht mehr aushalte und mich aufs Sofa setze.

»Also«, fange ich an und streiche mit den Handflächen über den rauen Sofastoff, um mich zu beruhigen. »Du wolltest reden?«

Er kommt auf mich zu, bleibt aber vor dem Sofa stehen. »Ja. Ich wollte, dass du weißt, wie leid mir das alles tut. Es hätte nicht so laufen dürfen.«

»Okay.« Mehr habe ich nicht zu sagen, weil ich wissen will, ob es das jetzt war oder noch mehr von ihm kommt. Mir wird heiß, und ich spüre, wie sich feine Schweißtropfen auf meinem Nacken bilden.

»Es ist verrückt«, spricht er schließlich weiter, fährt sich durchs Haar und sieht für einen kurzen Moment an die Decke, ehe sein Blick wieder zu mir wandert. »Die ganze Zeit über wollte ich zwar unbedingt, dass du es weißt, aber ich wollte nicht derjenige sein, der es dir sagt.«

Bei seiner Ehrlichkeit zieht sich mir der Magen zusammen. Ich weiß nicht, was ich schlimmer finde: Die Lügen anfangs oder die Wahrheit jetzt. Beides tut mir weh. Ich muss die Lippen fest aufeinanderpressen, um ihm keinen dummen Kommentar an den Kopf zu werfen, und als er meine verbissene Miene sieht, schüttelt er mit traurigem Ausdruck im Gesicht den Kopf.

»Ich wollte dich nicht verarschen, Hazel. Das musst du mir glauben.«

»Und dann?«, höre ich mich plötzlich sagen. Caleb sieht mich fragend an, deshalb rutsche ich ein Stück auf dem Sofa vor und fahre so ruhig fort, wie es mir meine bebende Stimme erlaubt. »Was soll jetzt passieren, wenn ich dir glaube? Ich meine, geht dann alles so weiter wie bisher, nur mit dem kleinen Unterschied, dass du weltberühmt bist?«

Sein Blick wandert zum Boden. Mit der Hand streicht er sich über den Nacken, als wäre ihm unwohl zumute, und schon wieder verkrampft sich mein Magen.

»Ich habe das Gefühl, dass ich dir im Weg stehen werde, und das hört einfach nicht auf.«

Ich blinzle perplex. Das habe ich nicht erwartet. »Was?«

Seine Augen huschen zurück zu mir, und er macht noch einen Schritt auf mich zu. »Hazel, du bist so ein toller Mensch, aber ich werde den Gedanken einfach nicht los, dass ich dich ausbremse.«

»Das kann jetzt echt nicht wahr sein, oder?«

Mit einem wütenden Laut, der halb Schnauben, halb unterdrückter Aufschrei ist, tritt er gegen den Couchtisch. »Weißt du eigentlich, was für ein scheiß Gefühl das ist? Denkst du denn, ich will das?«

Seine Worte erinnern mich an die von Logan, und zum zweiten Mal an diesem Tag fühle ich mich schuldig für etwas, für das ich nichts kann. Nein, dieses Mal nicht. Ich werde mich nicht schlecht fühlen, nachdem der Kerl mich verarscht und mich jetzt auch noch zu ihm nach Hause zitiert hat, um mich ein zweites Mal abzuservieren.

Ich atme tief durch. Laut zu werden bringt jetzt nichts. Ich will die Sache ein für alle Mal klären. »Okay«, sage ich langsam und versuche, ruhig zu bleiben. Meine Stimme zittert. »Und was heißt das jetzt? Möchtest du nicht mehr?«

Caleb antwortet nicht. Stattdessen geht er mit langsamen Schritten zur Backsteinwand und streicht mit dem Finger darüber, als würde er die Konsistenz inspizieren wollen.

Ungeduld überkommt mich. »Caleb, ich brauche einfach eine klare Antwort, damit ich damit abschließen kann oder nicht.«

Mein Ton klingt kühner, als ich mich fühle. Ich bin stolz auf mich, dass ich die Sache hier so wacker durchhalte und mich besser schlage, als ich jemals angenommen hätte.

Eine Weile scheint Caleb sich darauf zu konzentrieren, mit dem Fingernagel an einer Stelle auf dem Backstein herumzukratzen, dann lässt er seufzend den Arm sinken und sieht mich mit entschuldigendem Blick an.

»Hazel, es tut mir so leid, dass ich dir das alles mit mir angetan habe. Du bist wohl einer der liebsten Menschen, den ich je getroffen habe, aber ich habe einfach dieses beschissene Gefühl, dass ich dir im Weg stehe und … verdammt, dass ich in deine Welt nicht reinpasse!«

Seine Worte verätzen auch noch den Rest von mir, der so dumm war, sich irgendwelche Hoffnungen zu machen. Mein Atem stockt, und ich schüttle den Kopf, den Mund fassungslos geöffnet.

»Wow«, ist schließlich das Einzige, das mir über die Lippen kommen will. »Wirklich … wow.«

Caleb macht einen Schritt auf mich zu und will sich neben mich setzen, da bekomme ich plötzlich Panik, dass er mich berühren könnte.

»Stopp!«

Eine Hand abwehrend in die Luft gehalten mache ich ihm klar, nicht näher zu kommen. Er gehorcht auf der Stelle und bleibt abrupt stehen. Mir kommt es so vor, als ob sich die Rollen von der Situation mit Logan vorhin getauscht haben. Jetzt bin ich diejenige, die auf Abstand geht, und ich weiß plötzlich ganz genau, was Logan in dem Moment empfunden hat.

Es ist die reinste Qual.

Calebs Blick ruht auf mir, und er sieht aus, als würde er mit ansehen müssen, wie ein Hundewelpe gequält wird. Seine Brauen sind verzweifelt zusammengezogen.

»Aber wenn ich ehrlich bin«, sagt er, »ist das letzte, was ich will, dich zu verlieren.«

»Tust du aber gerade«, flüstere ich, und ich merke schon wieder, wie meine Lippen zu beben anfangen.

Ein Schatten huscht über Calebs Gesicht, und das erste Mal habe ich das Gefühl, seine stechenden blauen Augen nicht strahlen zu sehen. Er wendet sich ab. »Ich weiß. Und das kann ich voll und ganz verstehen.«

Ohne zu wissen, was ich tue und wie verzweifelt ich wirken muss, rutsche ich auf dem Sofa zu ihm und ergreife sein Handgelenk. Er schluckt schwer, zieht es aber nicht weg. »Und was, wenn ich es nicht will?«

Seine Augen huschen zu mir. Er wirkt überrascht. »Was?«

»Wenn ich es nicht will, dass du mich verlierst«, wiederhole ich leise. »Wenn es mir egal ist, ob du nicht in meinen oder ich nicht in deinen Weg passe?«

Für einen kurzen Moment weiten sich seine Augen, und ich glaube schon, er wird sich mir entziehen und mich fortschicken, da beugt er sich plötzlich vor und drückt seine Lippen auf meine.

Ich schnappe nach Luft, während er immer stürmischer wird und seine Hand in meinen Haaren vergräbt. Damit habe ich nicht gerechnet, und ich bin vollkommen außer Atem, als ihm plötzlich ein rauer Laut aus seiner Kehle entfährt und sich mein Unterleib heftig zusammenzieht.

Die Berührung seiner Lippen hat mir so sehr gefehlt, dass ich den Kuss aufnehme wie eine Droge zur Stillung meiner Sucht. Hitze steigt in mir auf, kriecht mir den Hals hinauf und rötet mein Gesicht vor Lust, doch gerade als ich ihn näher zu mir ziehen will, löst Caleb sich von mir. Sein Haar sieht noch zerzauster aus als schon zuvor, und seine Wangen glühen.

Atemlos hebt er einen Finger. »Es gibt drei Regeln, wenn das mit uns funktionieren soll, Hazel.«

Mein Verstand ist benebelt, und ich spüre, wie ich nicke, ohne weiter nachzudenken. Mir ist egal, was er von mir verlangt. Wenn ich ihn dafür an meiner Seite haben kann, mache ich alles.

Caleb zeigt drei bebende Finger und zählt sie langsam ab. »Regel Nummer eins: Das mit uns bleibt ein Geheimnis.«

Ich schlucke. Das gefällt mir nicht. Für meinen Geschmack hatten er und ich in unserer kurzen Zeit schon genug Geheimnisse, aber weil ich genauso gut weiß, dass ich nicht ohne ihn kann, nicke ich wieder.

»Regel Nummer zwei: In dieser Wohnung will ich niemals die Klingel hören. Du wirst unter keinen Umständen die Türklingel auf Laut schalten.«

»Okay«, entgegne ich, noch immer atemlos und mit heißen Wangen. Die scheiß Türklingel ist mir egal, das bekomme ich hin. »Und die dritte Regel?«

Calebs Ausdruck wird düster, als er den letzten Finger abzählt und mir dabei starr in die Augen sieht. »Meine Vergangenheit ist tabu. Wir sprechen nicht darüber. Niemals.«

Zitternder Atem entweicht meiner Lunge, während ich ihn ansehe und mir plötzlich bewusst wird, dass seine Identität als Schauspieler nur das kleinste Geheimnis zwischen uns gewesen zu sein schien. Caleb ist ein wandelndes Mysterium auf zwei Beinen, und er verschweigt mir wahrscheinlich weiß Gott wie viele Dinge. Keine Ahnung, ob ich ihn jemals richtig kennenlernen werde, wenn das zwischen uns ab sofort so laufen soll.

Er hat Geheimnisse. Aber die habe ich auch.

Meine Finger greifen nach dem Saum seines Shirts, ehe ich ihn zu mir herunterziehe.

»Abgemacht«, flüstere ich.

16.

»Ich kann nicht glauben, dass dieses Zeug schmeckt.«

Grinsend verschließe ich die Milch und reiche sie an Caleb, damit er sie zurück in den Kühlschrank stellt.

Ich habe meinen Magen verflucht, als er gerade dann zu schreien anfangen musste, als Caleb mich wieder küssen wollte. Daraufhin hat er natürlich sofort darauf bestanden, etwas zu essen, und wollte auf direktem Wege zu El Dante fahren. Leider bringe ich den Laden aber seit dem Abend mit Caleb dort immer wieder in Verbindung mit Würmern, deshalb habe ich dankend verzichtet und vorgeschlagen, einfach selbst etwas zu kochen.

»Tut es aber«, entgegne ich und beginne, das Gemisch aus Eiern und Milch in der Schüssel mit der Gabel zu verrühren. Mit der anderen Hand streiche ich mir eine Strähne hinters Ohr, die mich in der Stirn kitzelt. »Unmöglich, dass du noch nie French Toast gegessen hast. Nicht zu fassen.«

Caleb stellt sich neben mich, legt die Tüte mit dem Toast auf die Kücheninsel und starrt mit zusammengezogenen Brauen in die Schüssel. »Na ja … Es sieht auch nicht gerade lecker aus, wenn ich ehrlich bin.«

Ich kichere. Mit dem Zeigefinger tauche ich in die Eimischung und gebe Caleb anschließend einen Klecks auf die Nase.

»Mach das noch einmal, und ich versohle dir den Hintern, Evans.« Mit einem amüsierten Grinsen nimmt er sich ein Stück Küchenpapier und wischt sich die Reste von der Nase.

Um vorzutäuschen, dass ich gelassen bin und mein Magen innerlich nicht gerade nervöse Freudensprünge macht, lasse ich die Mischung von der Gabel fließen und tue, so als würde ich die Konsistenz prüfen.

»Wer weiß, vielleicht will ich das ja.«

Caleb lehnt sich mit dem Rücken gegen die Kücheninsel und mustert mich von der Seite. Ein anzügliches Grinsen legt sich um seine Mundwinkel. »So so«, sagt er langsam. Er überkreuzt die Beine und befeuchtet seine Lippen. »Das könnten wir auf der Stelle einrichten.«

Himmel. Mein Unterleib flattert und zieht sich zusammen, und ich muss mir Mühe geben, nicht wieder rot zu werden. Viel zu schnell schlage ich das Ei-Milch-Gemisch, obwohl es schon nach den ersten zehn Sekunden fertig war.

»Geht nicht. Wir kochen.« Ohne ihn anzusehen, strecke ich eine Hand aus. »Den Zucker.«

Caleb regt sich nicht. Wahrscheinlich wägt er ab, ob die French Toast es wirklich wert sind oder ob er stattdessen lieber mich vernaschen soll. Schließlich kommt von ihm ein leises Lachen, ehe er sich von der Kücheninsel abstößt und zum Hängeschrank geht.

»Wie viel kommt denn da rein? Alles?«, fragt er, die Packung Zucker stirnrunzelnd vorm Gesicht haltend, als würde er so etwas gerade zum ersten Mal sehen. »Mach hundert Gramm in einen Messbecher. Ehrlich, hast du früher nie mit deiner Mom gekocht?«

Das sollte eine witzige Neckerei sein, doch scheinbar habe ich etwas Falsches gesagt. Ein Schatten legt sich auf Calebs Gesicht, und er wendet sich mit düsterem Ausdruck ab.

»Nein«, sagt er, holt einen Messbecher aus einem der Schränke und knallt die Türen viel zu laut zu.

Erschrocken zucke ich zusammen, sage aber nichts. Scheinbar ist er nicht gut auf seine Mutter zu sprechen, doch ich werde den Teufel tun, weiter nachzubohren. Das Thema gehört seiner Vergangenheit an, und wir haben eine Vereinbarung getroffen, an die ich mich halten will. Ich versuche, mit unbekümmertem Ton weiterzusprechen, damit er sich nicht in Grübeleien verliert und weiterhin so unbeschwert ist wie zuvor. Hoffentlich habe ich es jetzt nicht versaut.

»Okay. Kipp das einfach in die Schüssel, und dann gib mir eine Scheibe Brot.«

Ich komme mir vor, als würde ich mit einem Kind backen. Caleb wirkt so süß und hilflos, als er die erste Scheibe Toast im Ei tränkt und dabei angestrengt versucht, seine Finger nicht dreckig zu machen. Seiner konzentrierten Miene nach zu urteilen, merkt er gar nicht, wie ich ihn beobachte, und er gibt sich Mühe, das Brot ohne herunterfallende Tropfen in die Pfanne zu manövrieren.

Das laute Zischen reißt mich schließlich ins Hier und Jetzt zurück. Schnell stoße ich mich von der Kücheninsel ab, reibe mir die Hände und helfe ihm mit dem Rest.

»Das riecht nicht so schlecht, wie ich dachte«, sagt er, die Brauen anerkennend in die Stirn gezogen, während ich die fertigen Scheiben auf zwei Teller aufteile. »Kann man die auch mit Nutella essen?«

Lachend bringe ich die Teller zum Tisch und schenke uns Wasser in die Gläser. »Klar.«

Calebs Augen strahlen, als er den klebrigen Schokoladenaufstrich aus dem Schrank holt und schließlich mit einer so fröhlichen Miene zum Tisch kommt, als würde gleich der Weihnachtsmann Geschenke bringen.

»Willst du auch?«, fragt er, während er sich sein Toast schmiert, und hält mir den Nutella-Aufstrich über den Tisch entgegen. Ich schüttle den Kopf und reiße mir ein Stück vom Brot ab.

»Nein, danke.«

Erst zuckt er gleichgültig die Achseln, doch schon in der nächsten Sekunde mustert er mich argwöhnisch und zieht die Brauen zusammen. »Jetzt komm mir nicht mit dem Scheiß, dass du zu fett bist, Hazel.«

»Habe ich doch gar nicht gesagt«, protestiere ich, beiße demonstrativ von meinem French Toast ab und halte seinem Blick stand.

Ein paar Sekunden schweigt er und kratzt sich mit dem Finger über die Wange, als würde er überlegen, ob er mir glauben kann. Dann schmiert er eine weitere Ladung Nutella auf das nächste

Brot. Schon beim Anblick verzieht sich mein Magen und erleidet einen imaginären Zuckerschock.

»Gut«, sagt er, ohne mich anzusehen. »Du hast nämlich eine verdammt geile Figur. Wenn überhaupt, könntest du noch ein paar Kilo mehr vertragen.«

Ich verschlucke mich. Beinahe huste ich das Stück Toast wieder aus meiner Kehle heraus, schaffe es aber gerade noch, es hinunterzukriegen. Man hört die Fassungslosigkeit ganz deutlich aus meiner Stimme, als ich ihm protestiere. »Ganz bestimmt nicht! In Portugal habe ich acht Kilo zugenommen.«

Caleb verzieht angeekelt das Gesicht. »Dann warst du vorher bloß ein Klappergerüst. Das würde mir nicht gefallen.«

Beschämt lasse ich den Blick auf meinen Teller sinken. Ich konnte mich noch nie damit abfinden, dass andere nicht dieselben Idealvorstellungen haben wie ich, was die Figur angeht. Dabei wünschte ich einfach, dass dieses ganze Thema mir egal wäre.

Caleb nimmt einen Schluck Wasser, und als er das Glas zurück auf den Tisch stellt und sein Brot wieder in die Hand nimmt, zeigt er mit dem labbrigen French-Toast auf mich.

»Regel Nummer vier: Du wirst nicht wieder abnehmen.«

Automatisch hebe ich den Blick und sehe ihm in die Augen. Eigentlich wollte ich empört wirken, aber als ich sehe, wie sein Stück Toast einreißt und die Hälfte mit einem Klatschen zurück auf seinen Teller fällt, muss ich lachen.

Seine blauen Augen ruhen noch immer mit einem stechenden Blick auf mir. Er wartet auf eine Antwort. Schließlich konzentriere ich mich darauf, mein Brot in vier Teile zu schneiden, und seufze. »Werde ich nicht, Caleb. Ich meine, wenn ich bei dir bin, dann … ist es anders.«

»Wieso anders?«

Über dieses Thema mit ihm zu sprechen, bereitet mir Unbehagen. Ich wünschte, ich wäre in seiner Position gewesen und hätte auch ein paar Regeln aufstellen können. Am besten gleich einen ganzen Vertrag, wie bei Shades of Grey. Schließlich lege ich Messer und Gabel weg und sehe ihn an. Blonde Strähnen hängen ihm zerzaust in die Stirn, was seiner Attraktivität jedoch keinen Abbruch tut. Gott, er sieht so gut aus.

»Weil du mir das Gefühl gibst, schön zu sein. Ich fühle mich wohl in deiner Nähe, einfach … genau richtig. Verstehst du?« Er antwortet nicht, deshalb füge ich zögernd hinzu: »Nur bei dir habe ich nach dem Essen keine Gewissensbisse. Ich fühle mich danach nicht schlecht und eklig. Seit Jahren wusste ich nicht mehr, wie sich das eigentlich anfühlt.«

Caleb sagt immer noch nichts, er sieht mich einfach nur mit starrem Blick an. Mich überkommt die Befürchtung, dass ich ihn womöglich verschreckt haben könnte. Dass er jetzt denkt, ich sei psychisch instabil und er einen Plan braucht, um mich loszuwerden.

Schließlich legt er seinen Toast auf den Teller, beugt sich über den Tisch vor und ergreift meine Hände. Sie fühlen sich sanft und warm an, und ich will nie wieder loslassen, weil meine Finger so eiskalt vor Nervosität sind. Und vor Hunger, schätze ich.

»Wenn du hungerst, fütterst du damit deine Dämonen, Hazel.«

Ich schlucke. Jahrelang haben sie alle auf mich eingeredet, was das Hungern betrifft. Mir ganze Bücher gegeben, mich zum Psychologen geschleppt, eine Wahrnehmungstherapie versucht und von morgens bis abends auf mich eingeredet. Aber nie drang auch nur ein Wort von ihnen zu mir durch, das mich hätte wachrütteln können. In all den Jahren ist jeder Versuch von ihnen an mir abgeprallt und gescheitert. Und Caleb schafft es mit einem Satz, mich zu erreichen. Ein Satz, der so viel in mir bewirkt.

Er drückt meine Hände. »Du bist wunderschön, Hazel. Und das werde ich dir jeden Tag aufs Neue sagen, jeden Tag aufs Neue spüren lassen. So lange, bis du dir selbst endlich erlaubst, es zu glauben. Hast du verstanden?«

Ein leises Lächeln umspielt meine Mundwinkel, als ich nicke.

»Gut.« Caleb beugt sich zurück und macht sich wieder über seinen inzwischen fünften French Toast her, als mir etwas einfällt.

»Als ich dich damals nach deinem Namen gefragt habe …«, fange ich langsam an und verschränke unter dem Tisch die Finger ineinander. Er zieht kaum merklich die Schultern zusammen, aber ich lasse mich nicht entmutigen. »Warum hast du ausgerechnet Logan gewählt? Ich meine, es gibt doch zigtausend andere Namen.«

Er zuckt lediglich die Schultern und zieht eine Miene, die überdeutlich macht, dass er keine Lust auf dieses Thema hat. »Ist mir am schnellsten eingefallen. Ich wusste ja nicht, dass er der Kerl von deiner Uni ist.«

Sein Tonfall ist scharf, und ich entscheide mich dafür, nicht mehr weiter darüber zu reden. Ich will unsere schöne Stimmung nicht kaputtmachen.

»Warte mal …« Mitten im Kauen halte ich inne und sehe Caleb mit gerunzelter Stirn an. Er schenkt mir einen fragenden Blick, und ich kratze mir nachdenklich das Kinn. »Wenn du Logans Cousin bist, wie kommt es dann, dass ich dich nie gesehen habe? Ich war mit Grace so oft auf seinen Geburtstagsfeiern und allen möglichen Partys von ihm, da hätte ich dich doch mal sehen müssen, oder?«

Caleb lässt sich Zeit mit seiner Antwort. Er nimmt einen großen Bissen von seinem French Toast; sein Adamsapfel hüpft auf und ab, als er das Stück herunterschluckt. »Du glaubst es mir jetzt wahrscheinlich nicht, aber ich war ab einem bestimmten Alter ziemlich … menschenscheu. Wollte für mich sein. Deshalb hatte ich nie wirklich großes Interesse an Logans Partys, und seine Geburtstage habe ich mit ihm im Rahmen der Familie gefeiert.« Er senkt kurz den Blick, ehe er mich wieder ansieht. Seine Lider flattern. »Viele Menschen um mich herum und lautes Durcheinander liegen mir nicht. Ich bin lieber für mich allein, mit einem guten Buch, einer Serie oder so …«

Plötzlich legt er den Kopf schief und sieht mich mit zusammengekniffenen Augen an, als würde ihm jetzt erst etwas klar werden. Er lässt seinen Toast fallen und verschränkt die Arme vor der Brust. Sein Shirt spannt an seinen Armen. »Was hattest du eigentlich bei ihm zu suchen?«

Mein Herz stolpert. »Was?«

»Was du bei ihm wolltest«, wiederholt er, dieses Mal etwas lauter. »Warum du bei ihm zu Hause warst.«

Binnen Sekunden rast mein Puls im Tempo eines Rennfahrers, und meine Handflächen werden feucht. Ich wische sie am Stoff meines Rocks ab, während ich überlege, was ich sagen kann. Caleb darf die Wahrheit nicht wissen. Auf keinen Fall. Selbst wenn Logan bisher in meinem Leben die Rolle des beschissenen Arschlochs gespielt hat, hat nicht mal er diese Demütigung verdient.

Calebs Augen weiten sich. »Hazel«, sagt er langsam und ruhig, viel zu ruhig. Die Ruhe vor dem Sturm. Er atmet tief ein. »Lief da was bei euch?«

Schockiert hole ich Luft. »Was? Nein, um Gottes willen! Was denkst du denn?«

Ein quietschendes Geräusch ertönt, als Caleb den Stuhl ruckartig über die Marmorfliesen schiebt und aufspringt. »Keine Ahnung, was ich denken soll! Du warst bei ihm zu Hause, willst meine Frage nicht beantworten und benimmst dich, als hättest du etwas zu verheimlichen!«

Jetzt erhebe auch ich mich. Wütend haue ich die Handflächen auf den Esstisch und beuge mich vor. »Gerade du hast kein Recht dazu, mir irgendwelche Vorwürfe zu machen, wenn es ums Verheimlichen geht! Merk dir das, Caleb!«

Meine Stimme überschlägt sich, so laut schreie ich ihn an. Er wirkt atemlos vor Zorn. Hektische Flecken kriechen unter seinem T-Shirt hervor und wandern seinen Hals hinauf. »Ich habe mich bereits dafür entschuldigt.« Seine Stimme zittert im Versuch, sie ruhig zu halten. »Ich habe gesagt, dass es mir leidtut, und du hast es akzeptiert. Es war deine Entscheidung.« Mit einem wütenden Aufschrei wirft er den Stuhl zur Seite; er knallt gegen eine große Keramikvase und stößt sie beinahe um. »Die Sache ist vom Tisch, Hazel, und du kannst sie nicht mehr als Druckmittel gegen mich verwenden!«

Überrascht blinzle ich ihn an. »Druckmittel? Was denn für ein bescheuertes Druckmittel, Caleb? Denkst du, ich will dich zwingen, dich mit mir zu treffen?« Ein trockenes, freudloses Lachen entfährt mir. Fassungslos lege ich mir die Hand an die Stirn und schüttle den Kopf. Ein paar Sekunden vergehen, dann sehe ich ihn mit traurigem Ausdruck in meinem Gesicht an. »Die Sache wird niemals vom Tisch sein, damit dir das klar ist. Das hättest du dir vorher überlegen müssen.« Ich schlucke schwer, ehe ich um den Tisch herumgehe, an ihm vorbei zum Aufzug.

»Wo willst du hin?« Er kommt mir hinterher, seine Schritte trampeln förmlich über den edlen Fußboden.

»Keine Sorge«, entgegne ich und drücke mit der Handfläche mehrmals gegen den Knopf des Fahrstuhls. »Ich hab's kapiert. Du triffst dich mit mir, weil du denkst, dass du es musst. Dass du es mir schuldig wärst. Aber weißt du was, Caleb?« Ich drehe mich um und sehe ihm direkt in die Augen. Diese Geste kostet mich viel Mut und früher hätte ich diese Kraft niemals fertiggebracht, aber Caleb zu kennen, hat mich verändert. Es hat mich stark gemacht.

»Ich brauche deine vorgeheuchelte Zuneigung nicht. Steck sie deinen ganzen Bitches in den Arsch, und werde glücklich.«

Der Aufzug gibt ein kurzes »Ping« von sich, und die Türen gleiten auf. Gerade will ich reingehen, da ergreift Caleb mein Handgelenk und wirbelt mich zu sich herum. »Hazel, verdammt noch mal!« Er schreit. So laut, dass ich erschrocken zusammenzucke und instinktiv einen Schritt zurückgehen will. Caleb scheint meinen Schrecken zu bemerken, denn sein Griff lockert sich eine Spur, und die Züge in seinem Gesicht werden sanfter. Mit der freien Hand fährt er sich aufgebracht durchs Haar. »Ich weiß, dass du recht hast. Dass ich mir diese Scheiße selbst eingebrockt habe und du mir wahrscheinlich nie wieder etwas glauben kannst. Gerade weil ich das weiß, drehe ich bei diesem Thema so durch. Ich will nur, dass du mir vertraust, wenn ich dir sage, dass …« Für einen Moment stockt er, sieht mir mit einem verzweifelten Blick in die Augen und atmet schwer aus. »Dass ich mich mit dir treffe, weil ich es wirklich will. Sonst hätte ich dich schon längst rausgeworfen und dir eine Ansage gemacht, glaub mir. Ich weiß, dass ich ein egoistisches Arschloch bin und dich nach meiner beschissenen Aktion eigentlich in Frieden lassen sollte, aber das will ich nicht. Kann ich nicht.«

Wieder einmal schreit mir mein Verstand zu, dass ich in diesen blöden Aufzug steigen und ihn stehen lassen sollte, während mein Herz hingegen fröhliche Sprünge vollbringt und sich aufführt wie ein Hula tanzender Hawaiianer.

»Okay«, sage ich schlicht, den Blick regungslos auf ihn gerichtet. Ohne mich von seinen Augen abzuwenden, strecke ich die Hand aus und drücke erneut auf den Schalter, sodass die Türen in den nächsten Sekunden hinter mir zugleiten.

Caleb bewegt sich keinen Millimeter. Er steht da, als wäre er zur Salzsäule erstarrt, und atmet schnell. »Bitte sag mir, was du bei Logan gemacht hast. Ich komm gerade nicht klar, wenn ich nicht weiß, was da bei euch läuft.«

»Es läuft nichts«, versichere ich ihm, mache einen Schritt auf ihn zu und streiche ihm eine Strähne aus der Stirn. Ich seufze, weil ich weiß, dass ich es nicht länger für mich behalten kann. Nicht, wenn Caleb mich mit diesem niedergeschlagenen Schimmer in den Augen ansieht. »Logan hat mir gesagt, dass er in mich verliebt ist.«

Für einen Bruchteil einer Sekunde sehen Calebs Augen ins Leere, und sein Blick verschwimmt. Dann reißt er sich plötzlich so abrupt von mir los, dass ich überrumpelt ein paar Schritte nach hinten strauchle. Mit der Faust holt er aus, und ich schnappe schockiert nach Luft, als er mit einem wütenden Schnauben gegen die Wand schlägt. Seine Fingerknöchel platzen auf und hinterlassen blutige Striemen auf dem weißen Putz.

»Caleb!«

Er wirbelt herum. Sein aggressiver Ausdruck im Gesicht jagt mir eine Scheißangst ein, und mir stellen sich die Nackenhaare auf. Unwillkürlich kommen die Erinnerungen an den Abend in der Bar wieder hoch, und ich habe plötzlich Angst davor, was er als Nächstes tun wird.

»Er … Er ist wie ein Bruder für mich, verdammt! Die ganze Zeit behandelt er dich wie Scheiße, und jetzt, wo er merkt, dass ich dich mag, kommt auf einmal so was? Er kann einfach nicht ertragen, dass er hinter mir zurückstecken muss. Ich … Ich mach ihn fertig.«

Jetzt ist es seine Hand, die wie ein Verrückter auf den Schalter für den Aufzug hämmert. Ich reiße seinen Arm weg und versuche, meine Finger mit seinen zu verschränken, doch es klappt nicht. Er ist zu aufgebracht und entreißt sie mir wieder.

»Caleb, das hat doch keinen Sinn! Denkst du denn, er will das? Glaubst du echt, er möchte diese Gefühle für mich haben? Er fühlt sich scheiße genug, auch ohne deine Hilfe!«

Die Türen des Aufzugs gleiten auf. Zu schnell, als dass ich ihn beruhigen konnte. Ohne auf mich zu achten, stolpert er in den Fahrstuhl, und ohne dass ich darüber nachdenke, was ich tue, gehe ich ihm hinterher.

Wieder haut er auf den Schalter und gibt einen Code im Nummernfeld ein. »Ich mach ihn fertig«, wiederholt er, fährt sich erneut durchs Haar und schlägt ein zweites Mal gegen die Wand – dieses Mal im Aufzug.

Panik steigt in mir auf. »Hörst du mir überhaupt zu?«, versuche ich ihn zu beruhigen und rüttle an seinen Arm. Als würde er gar nicht mitbekommen, dass ich noch da bin, schüttelt er mich bloß ab wie eine nervige Fliege. Dann wirbelt er plötzlich zu mir herum, schlägt die Arme rechts und links von mir gegen die Fahrstuhlwand und beugt sich zu meinem Gesicht vor.

»Dein ganzes Leben hat er dich fertiggemacht, und jetzt meint der Bastard plötzlich, in dich verliebt zu sein? Nur weil er nicht ertragen kann, dass du mir gehörst!«

Wut flammt in mir auf, und ich schlage seine Arme weg, die mich einkesseln. »Ich gehöre niemandem, Caleb! Ich bin doch kein Objekt! Hörst du dir eigentlich mal selbst zu?«

Bevor er antworten kann, gleiten die Türen auf, und Caleb läuft schnaubend aus dem Aufzug. Nur vage registriere ich, dass wir uns in der Eingangshalle des Gebäudes befinden und der Raum voller Leute ist. Das Blut von Calebs Knöcheln tropft auf die hellen Fliesen, während er zum Eingang stürmt.

»Caleb!« Dieses Mal brülle ich so laut ich kann, in der Hoffnung, zu ihm durchzuringen.

Und es klappt tatsächlich. Als wäre er gegen eine Wand gelaufen, bleibt er abrupt stehen, den Blick zum Boden gerichtet. An seinen angespannten Schultern, die sich rasch heben und senken, erkenne ich, wie schnell er atmet. Er scheint vollkommen außer Kontrolle zu sein.

Ich nutze meine Chance, schließe zu ihm auf und stelle mich vor ihn. So ruhig ich es mit meinen zitternden Händen kann, verschränke ich meine Finger mit seinen und achte gar nicht auf sein warmes Blut, das mir dabei über die Handfläche läuft.

Ein dunkler Schatten liegt über seinen sonst so funkelnden Augen, und ich frage mich unwillkürlich, was für Dämonen sich über die Jahre in Calebs Körper eingenistet haben. »Es ist doch nicht wichtig«, sage ich schließlich leise und höre dabei nicht auf, ihn anzusehen. »Ganz egal, was er für mich fühlt, es spielt keine Rolle. Weil ich es niemals erwidern werde, hörst du? Ich bin hier bei dir, und nicht bei ihm, weil … na ja, ich mag dich ein bisschen mehr als … ursprünglich geplant. Also diese Schmetterlinge …« Ich ringe mit Worten, weil ich weiß, wie kitschig meine Rede gerade klingt. Aber ich merke auch, dass sie ihn beruhigt und er wieder langsamer atmet, deshalb höre ich nicht auf. Es ist, als würde er mich noch bestärken, ohne es zu merken. Ein nervöses Lachen entfährt mir. »Fuck, was soll's. Vergiss die scheiß Schmetterlinge im Bauch. Wenn ich bei dir bin, fühle ich den ganzen verrückten Zoo in mir.«

Die Wut in seinen Zügen verschwindet und weicht stattdessen schmerzlichen Zügen. »Wieso?« Als ich nicht antworte und er meinen verletzten Blick sieht, fügt er hinzu: »Ich meine, warum verdiene ich das? Ich habe alles mit uns abgefuckt. Von Anfang an.«

Noch immer halte ich seine Hände und lasse ihn nicht los. »Du kannst zwar nicht zurückgehen und unseren Anfang ändern«, antworte ich langsam, »aber du kannst neu starten, hier und jetzt, und das Ende ändern.«

Calebs Augen weiten sich überrascht, als könnte er nicht glauben, dass ich noch immer hier stehe und mich nicht von ihm entferne. Dann macht er einen Schritt auf mich zu. Seine Augen sind mir so nah, dass ich die dunkelblauen Sprenkel darin erkennen kann. »Ich bin nicht gut für dich, Hazel«, flüstert er.

Ich weiß, dass er das sagt, um die Worte endlich loszuwerden. Wahrscheinlich haben ihm diese Dinge, diese fürchterlichen Dämonen in ihm, schon seit wir uns kennen zugeflüstert, wie schlecht er für mich ist. Haben ihm das Leben schwer gemacht. Und trotzdem hat er sich über sie hinweggesetzt und gekämpft, weil er mich sehen wollte. Er war stark genug, weil ich ihm etwas bedeute.

Ich löse die Verschränkung einer Hand und ziehe ihn stattdessen am Kragen seines Shirts zu mir herunter. Unsere Gesichter sind sich nun so nah, dass unsere Nasenspitzen sich fast berühren. Seine Pupillen huschen hin und her, fokussieren meinen Mund, meine Wangen, meine Augen. Schließlich hält er meinem Blick stand, und als ich spreche, meine ich, das vertraute Funkeln hinter dem düsteren Schimmer in seinen Augen wahrzunehmen.

»Jeder will die Sonne, Caleb. Das Licht ist einfach zu lieben. Zeig mir die Dunkelheit in dir.«

17.

Ein stechender Schmerz durchzuckt mein Gesicht, und ich reiße schlagartig die Augen auf.

Es ist stockdunkel. Ich brauche ein paar Sekunden, um zu realisieren, dass ich noch bei Caleb bin. Ich muss auf dem Sofa eingeschlafen sein, als wir Serien auf Netflix geschaut haben, und er muss mich anschließend ins Bett getragen haben. Etwas Schweres rutscht von meinem Gesicht und fällt mit einem dumpfen Geräusch auf die Matratze. Calebs Hand. Kein Wunder, dass sie in meinem Gesicht landet: Er wühlt wie ein Wahnsinniger.

Mühsam öffne ich die verklebten Lider und stemme mich ein wenig auf, um ihn besser zu sehen. Das Mondlicht fällt durch die Vorhänge ins Zimmer und wirft einen schwachen Schein auf sein Gesicht, doch ich erkenne sofort, dass er glüht. Rote Flecken laufen über seine Wangen, und seine Züge sind alles andere als entspannt. Die fest zugekniffenen Augen rufen tiefe Furchen in seiner Stirn hervor, Schweißperlen laufen ihm von der Schläfe.

»Caleb?« Meine Stimme ist heiser vom Schlaf.

Er reagiert nicht. Stattdessen wühlt er weiter, seine Lippen beginnen zu beben. »Nein«, flüstert er. Es ist beinahe ein Wimmern. »Bitte. Nein.«

Er hat einen Albtraum.

»Caleb«, wiederhole ich, dieses Mal etwas lauter. Mein Herz fängt an zu trommeln, weil ich will, dass er aufwacht. Mir gefällt der Gedanke nicht, dass er leidet. »Caleb, wach auf.«

Er wühlt weiter, dreht sich hin und her, haut mit den Armen um sich. »Nein. Ich werde nichts sagen, Mommy.« Seine Züge verkrampfen, und er quiekt auf, als hätte er Schmerzen. »Geh nicht, Mommy.«

Mein Magen zieht sich zusammen. Unsanft rüttle ich ihn an der Schulter, weil nun langsam Panik in mir aufsteigt, ihn so zu sehen. »Caleb, wach auf!«

Schlagartig reißt er die Augen auf. Seine Atmung geht schnell, und sein Kopf wirbelt verwirrt von links nach rechts.

»Du hast geträumt«, sage ich leise. Ich will ihm eine nasse Haarsträhne aus der Stirn streichen, da reißt er mich plötzlich so impulsiv an sich, dass mir die Luft wegbleibt. »Bleib bei mir.« Seine Stimme ist brüchig. Ich höre sein Herz in seiner Brust rasen, deshalb lege ich schnell meine Arme um ihn und streiche über seinen Rücken.

»Ich bin hier. Alles ist gut.«

Er schluckt schwer, ich spüre seinen Adamsapfel an meinem Kopf hoch- und runterhüpfen. Sein ganzer Körper zittert und ist schweißnass.

»Bleib bei mir«, sagt er immer und immer wieder. »Bleib bei mir.«

»Caleb«, flüstere ich und versuche, ihn zu beruhigen. »Es war nur ein Traum. Ich bleibe bei dir.«

Eine ganze Weile verharren wir so in der Position, bis Calebs Herz und seine Atmung endlich ruhiger werden. Er gibt mir einen schwachen Kuss auf die Stirn, ehe er sich das T-Shirt über den Kopf zieht und sich aus der Jogginghose schält.

Ich versuche zu ignorieren, dass er nur in Boxershorts neben mir liegt und bin dem schwachen Mondlicht gerade unendlich dankbar. In einer solchen Situation wäre es nicht gerade hilfreich, wenn ich mich nicht vom Anblick seines Körpers losreißen könnte.

Wir legen uns wieder hin. Caleb zieht mich so nah an sich, dass ich schon jetzt weiß, wie sehr ich schwitzen werde. Er legt einen Arm um mich und verschränkt seine Beine mit meinen, dann kuschelt er seinen Kopf an meinen Nacken.

Es dauert keine Minute, bis seine Atmung gleichmäßig und

ruhig gegen meinen Nacken weht, und ich weiß, dass er wieder eingeschlafen ist.

Dieses Mal hoffentlich mit friedlicheren Gedanken.

∞

Am nächsten Morgen lässt Caleb mich vor der Uni raus. Na ja, nicht wirklich vor der Uni, sondern in der Seitenstraße vom Coffeeshop, an dem Grace und ich uns treffen wollten. Ganz heimlich und inoffiziell. Mit meinen Anonymous-Gedanken lag ich also gar nicht mal so falsch.

Er beugt sich zu mir rüber und küsst mich flüchtig. »Bis dann. Und zieh deinen Rock weiter runter. Die Kerle gucken dir doch alle auf den Arsch!«

Kopfschüttelnd steige ich aus, nicht ohne ihm vorher eine Grimasse zu schneiden. »Bis dann.«

Als ich den Coffeeshop betrete, sehe ich Grace sofort. Sie sitzt an unserem Stammtisch in der Ecke, die Beine übereinandergeschlagen, und tippelt nervös mit dem Fuß in der Luft. Zwei Kaffeebecher stehen bereits vor ihr und warten.

Bevor sie zu Wort kommen kann, hebe ich schon beschwichtigend die Hände. Noch immer trage ich das schwarze Schlabbershirt und den roten Faltenrock, darunter lediglich eine Boxershorts von Caleb, weil ich keine frische Unterwäsche dabeihatte. Und nach dem Duschen habe ich in seinem Badezimmer nicht einmal eine Bürste gefunden, weshalb ich mir die nassen Haare mit den Fingern kämmen musste.

»Ich weiß, ich sehe fürchterlich aus. Keinen blöden Kommentar, bitte.«

Mit einem erschöpften Seufzer plumpse ich auf die Bank vor ihr und schnappe mir den Kaffee.

Grace sieht heute wieder mal extravagant schön aus. Als hätte Norma gewusst, dass ich heute als buchstäbliches Chaos zur Uni kommen würde und sie von Mrs. Bishop den Auftrag bekam, ihre Tochter besonders hervorzuheben.

Ihre Haare liegen geglättet unter einer sommerlichen, grauen

Beanie-Mütze, und sie trägt ein ärmelloses Kleid mit kurzem Raffrock. Obwohl die vielen riesigen Kirschen und Äpfel auf dem Stoff es niedlich wirken lassen, weiß ich, dass es ein Designerkleid ist und ein Schweinegeld gekostet hat.

Grace wirkt hibbelig. Sie nimmt einen Schluck Kaffee, wobei ihre Augen immer wieder zu mir herüberschielen. »Hast du ein schlechtes Gewissen?«, fragt sie schließlich mit großen Augen. Ich kenne Grace mein ganzes Leben lang und weiß, dass es bloß ihre besondere Art der Vorbereitung ist, um irgendein anderes Thema einzuleiten.

Trotzdem frage ich mich, was sie meint. Sie kann unmöglich von Caleb und mir erfahren haben. Kurz macht mein Herz einen Satz, weil ich denke, sie weiß von Logans Gefühlen, aber das kann nicht sein.

Ich versuche, gleichgültig zu wirken, und nehme noch einen Schluck Kaffee. »Warum?«

Aus den Augenwinkeln sehe ich, wie die Kassiererin einen abschätzigen Blick auf mich wirft. Wahrscheinlich wegen meiner schrecklichen Frisur. Anstatt wegzusehen und es zu ignorieren, wie ich es früher immer getan habe, verteidige ich mich mit einer kühlen Musterung ihrer bekleckerten Arbeitskleidung, ehe ich mich wieder Grace zuwende.

»Na, wegen der ganzen nächtlichen Überstunden, die halb New York wegen dir machen musste.«

Okay, jetzt verwirrt sie mich. Ich stütze die Ellbogen auf den Tisch und sehe sie fragend an. »Was?«

Grace kramt bereits in ihrer Louis Vuitton. Dann wirft sie plötzlich mehrere Magazine auf die Tischfläche zwischen uns.

»Vogue. Harper's Bazaar. Vanity Fair. Elle. Cosmopolitan.« Jede Zeitschrift landet mit einem aufklatschenden Geräusch auf dem Tisch und wird mit perplexem Blinzeln meinerseits quittiert. Grace beugt sich vor, ihre Wangen glühen vor Aufregung. »Dass du dich wieder mit dem Arsch getroffen hast, sei mal dahingestellt. Aber verdammt noch mal, Hazel! Du bist in jeder Zeitschrift mit ihm zu sehen! Ist dir eigentlich klar, wie unnormal berühmt Caleb West auf der Welt ist?«

Meine Hände zittern, als ich eine Zeitschrift nach der anderen in die Hand nehme. Ich muss sie gar nicht durchblättern, unsere Fotos zieren die Titelblätter.

Meine Kehle schnürt sich zu, und ich starre unverwandt und mit großen Augen auf die Magazine. Es sind verschwommene Fotos von mir und Caleb aus der Lobby gestern, sehr unscharf durch ein Fenster geschossen oder in seltsamem Winkel von unten, als hätte man heimlich das Handy gezückt. Wie er aus dem Fahrstuhl steigt, ich direkt hinter ihm. Wie ich vor ihm stehe, seine Hände in meinen. Wie wir uns so nah sind, dass die Fotografen es so hinstellen konnten, als würden wir uns küssen. Die Fotos müssen auf jeden Fall heimlich gemacht worden sein, denn ich habe absolut nichts von allem mitbekommen. Aber auch kein Wunder, so sehr, wie ich auf Caleb fixiert war. Und er auf mich.

»Oh mein Gott.« Meine Stimme bebt. Genauso wie die Magazine in meinen Händen. Schlagartig wird mir klar, weshalb die Kassiererin mich so abwertend angesehen hat. Nicht wegen meiner Frisur, sondern wegen Caleb.

Grace sieht an mir vorbei und fixiert mit leerem Blick einen Punkt an der Wand. »Weißt du, Hazel … Das Leben ist nicht immer romantisch. Manchmal ist es realistisch.«

»Oh mein Gott«, wiederhole ich, dieses Mal kopfschüttelnd. Die Magazine rutschen mir aus der Hand auf den Tisch, und mein Blick wandert zurück zu Grace. Mir steht der Mund offen. »Was soll ich tun?«

Sie schenkt mir einen mitfühlenden Blick und lässt die Zeitschriften zurück in ihrer Tasche verschwinden. »Ich glaube nicht, dass du da was tun kannst, Hazel. Wenn, dann versucht sich Calebs Management bereits darum zu kümmern, aber na ja … ich würde behaupten, deine Unscheinbarkeit ist von heute an vorbei.«

»Das kann doch alles nicht wahr sein.« Frustriert lasse ich den Kopf auf meine Arme sinken und atme mehrmals tief ein und aus.

»Und vielleicht solltest du mal deine Mutter anrufen«, fügt Grace hinzu. »Sie hat mich gestern schon wieder panisch angerufen und gemeint, du wärst nicht zu Hause.«

Ruckartig schießt mein Kopf wieder hoch, und ich reiße die Augen auf. »Fuck! Ich habe Mom vergessen! Dabei hatte ich doch versprochen, dass es nicht noch einmal passiert!«

Grace wedelt mit der Hand durch die Luft, als würde sie eine Mücke verscheuchen. »Schon gut, ich habe für dich gelogen. Hab gesagt, du schläfst bei mir und kannst sie nicht sprechen, weil du unter der Dusche warst.«

Erleichtert atme ich aus. Mir fällt ein Stein vom Herzen. Mit beiden Händen ergreife ich ihren Unterarm und drücke sanft zu. »Du bist die Beste.«

Sie zuckt lässig mit den Achseln, rückt ihre Beanie zurecht und nimmt einen Schluck Kaffee, ehe sie aufsteht. »Ich weiß. Dafür musst du mir jetzt aber verraten, wieso du dich mit ihm getroffen hast. Wahrscheinlich auch noch übernachtet, so, wie du aussiehst.«

Sie erntet einen zornigen Blick von mir, ehe ich ihr folge und wir aus dem Coffeeshop treten. Wieder einmal blendet mich die Sonne so sehr, dass ich kaum die anderen Passanten erkennen kann. Heute bin ich jedoch ziemlich froh darüber.

»Es kam alles so plötzlich, ehrlich. Ich war bei Logan, und dann war ich so aufgewühlt, dass ich meine Wut an Caleb auslassen wollte. Irgendwie kam dann aber doch alles anders als geplant, und wir haben uns vertragen und diese drei Regeln ausgehandelt.«

Grace hebt eine Hand in die Höhe, um mich zu stoppen. »Whowhowho, Moment. Informationsüberschuss. Erstens, wieso warst du bei Logan? Zweitens, wie kam es, dass ihr euch vertragen habt? Und drittens, verflucht, was für drei Regeln?«

Wir gehen über die Straße zum Stern-Business-Gebäude. Ein Typ kommt uns entgegen, und noch bevor er mich ansieht, fassen meine Hände automatisch an den Saum meines Rocks und ich ziehe ihn weiter runter.

Klasse. Caleb hat mehr Einfluss auf mich, als ich dachte.

Ich seufze. »Na ja, eigentlich sind es vier Regeln.«

Grace wirft mir einen fragenden Blick zu, der so viel Ungeduld beinhaltet, dass ich schließlich einlenke und ihr die komplette Geschichte erzähle. Von Anfang bis Ende. Nur Calebs Albträume lasse ich raus.

Als ich schließlich fertig bin, steht ihr der Mund noch immer offen. »Bitte, was? *Logan Cunningham* ist in dich verliebt? Habe ich den zweiten Urknall überlebt und befinde mich in einem Paralleluniversum, oder was geht hier ab?«

»Psst!«, zische ich und sehe mich hastig um, ob jemand es gehört hat. Dann funkle ich meine beste Freundin böse an. »Erzähl's doch gleich jedem in ganz New York.«

Entschuldigend verzieht sie den Mund. »Tut mir leid. Ich bin nur überrascht. Und was hast du jetzt vor?«

Mit den Händen reibe ich mir über das Gesicht. Das ist eine gute Frage, die ich selbst nicht beantworten kann. Ehrlich gesagt habe ich keine Ahnung, was ich jetzt tun soll. Caleb wollte, dass das zwischen uns ein Geheimnis bleibt, und jetzt weiß es die ganze Welt. Und ich habe plötzlich zum ersten Mal in meinem Leben keine Ahnung, wie meine Zukunft aussehen wird.

Eigentlich wollte ich bloß Literatur studieren und anschließend irgendwo im Verlagsbereich arbeiten. Und jetzt? Was soll ich jetzt tun, wo jeder mein Gesicht kennt und mich mit Caleb West in Verbindung bringt?

»Fuck«, sage ich schließlich zwischen vorgehaltener Hand und stoße zischend die Luft aus. »Caleb. Ich muss mit ihm reden. Die erste Regel ist vom Tisch, und ich habe keine Ahnung, was jetzt zwischen uns ist.« Mir schwirrt der Kopf, als ich mein Handy aus der Tasche hole und seine Nummer suche.

Grace sieht bestürzt aus. »Jetzt? Hazel, du hast gleich ein Seminar!«

Gleichgültig zucke ich die Achseln. »Ich habe eh keine Sachen dabei. Ist doch halb so wild.« Ich will schon auf den Anrufbutton drücken, da ergreift Grace meinen Arm und hält mich zurück.

»Hazel, was ist los mit dir? Ich meine, du und schwänzen? Der Typ verändert dich!«

Ihre Worte nerven mich. Wenn sie wüsste, dass ich gestern bereits den kompletten Tag geschwänzt habe, würde sie mir wahrscheinlich den Kopf abreißen. Ich habe es satt, immer und überall perfekt zu sein, mir nie einen Fehltritt erlauben zu dürfen, nur weil Grace Bishop meine beste Freundin ist und ich neben ihr nicht schlecht dastehen will. Ich kann machen, was ich will und bin trotzdem mindestens noch genauso gut.

Schließlich lenke ich aber doch ein, hauptsächlich deshalb, weil ich mich daran erinnere, dass Caleb sowieso keine Zeit hat. Er ist heute Morgen am Set und muss drehen. Also schreibe ich ihm eine SMS, dass wir dringend reden müssen und lege das Handy seufzend zurück in die Tasche.

»Na schön. Wir sehen uns dann.« Und ohne Grace noch einen Blick zuzuwerfen, drehe ich mich um und laufe in Richtung Washington Square Park zum Schauspiel-Gebäude.

»Was ist bloß los mit dir, Hazel?«, ruft sie mir hinterher.

Ich drehe mich um und werfe ihr ein provozierendes Grinsen zu. »Noch nicht gelesen? Schau doch mal in deiner hübschen Tasche nach, Grace. Oder an jedem verdammten Zeitungsstand New Yorks. Wie sagtest du neulich noch? Du wolltest schon immer das Bitchgirl in Hazel Victoria Evans hervorrufen? Herzlichen Glückwunsch. Jetzt ist sie da.«

∞

Ich hätte schwänzen sollen. Diese Erkenntnis trifft mich, kaum dass ich den Raum zum Seminar dramatisches Schreiben betreten habe und alle Blicke auf mir spüre. Hitze schießt durch meinen Körper, als wäre ich durch eine lasergeschützte Tür gegangen, dessen Strahlen mich nun von unten bis oben verbrennen.

Im ersten Moment überlege ich, einfach umzudrehen und wieder zu verschwinden. Gerade leiste ich meinen Gedanken folge und mache einen Schritt aus dem Raum raus, da beendet Professor Grand seine Schreiberei an der Tafel und entdeckt mich.

»Miss Evans, guten Tag. Seien Sie so freundlich und schließen die Tür, wenn Sie reinkommen, ja?«

Etwa eine Millisekunde erlaube ich mir, tief Luft zu holen und zu schlucken, ehe ich zurück in den Raum gehe.

Während ich die Stufen zur zweiten Reihe trotte, spüre ich die giftigen Blicke der Mädchen und die neugierigen Musterungen der Jungen, versuche aber, sie zu ignorieren. Gott sei Dank sind wir nicht allzu viele im Kurs, und Gott sei Dank halten sich die meisten von ihnen prinzipiell in den hintersten Reihen auf.

Neben mir sitzt bloß ein einziges Mädchen fünf Plätze weiter, die eine lange pinke Perücke und ein Cosplay-Kostüm trägt und sich scheinbar nicht für mich interessiert. Sie ist mir auf Anhieb sympathisch wegen ihres Desinteresses.

Professor Grand beginnt über die letzte Stunde zu sprechen, und meine Gedanken schweifen ab.

Gerade jetzt, in dieser Sekunde und während ich hier sitze, starren was weiß ich wie viele Menschen von überall auf der Welt mein Gesicht in irgendwelchen Zeitschriften an. Unwillkürlich muss ich mir die Frage stellen, ob ich mich anders entschieden hätte, wenn ich von Anfang an die Wahrheit gekannt hätte. Wenn Caleb einfach mit der Sprache rausgerückt wäre, würde ich dann in diesem Schlamassel sitzen? Wäre ich trotzdem diesen Weg gegangen?

Während ich auf meinem gelbschwarzen Bleistift herumkaue und mit verschwommenem Blick die Tafel vor mir anstarre, verstehe ich Calebs Versteckspiel und seine Lügen plötzlich etwas besser. Er wusste, wie heftig diese Konfrontation mit der Öffentlichkeit ist. Wahrscheinlich wollte er es nur dieses eine Mal genießen, dass er gesehen wurde wie eine bodenständige, einfache Person. Und wahrscheinlich wusste er auch, dass ich mich nicht auf ihn eingelassen hätte, wenn ich die Wahrheit gekannt hätte. Mag sein, dass viele Mädchen alles darum geben würden, im Rampenlicht und an seiner Seite zu stehen, aber ich bin wohl eine der seltenen ein Prozent, die das nicht so sehen.

Ich war gern unscheinbar und einfach … *normal.* Und tief im Innern weiß ich, dass ich Caleb keine Chance gegeben hätte, wäre er ehrlich zu mir gewesen. Zumindest nicht *so* – sich mit

Haut und Haar und vollkommen bedingungslos in die Sache reinzustürzen.

»Miss Evans? Haben Sie meine Frage verstanden?«

Ich schrecke hoch und reiße mich aus meinen Gedanken. Im Raum ist es mucksmäuschenstill, und ich kann die Blicke der anderen aus den hinteren Reihen überdeutlich auf mir spüren.

Schweißperlen bilden sich in meinem Nacken. »Was? Entschuldigen Sie bitte, ich war nur …«

Professor Grand ordnet seine Unterlagen vorn auf dem Pult und bedenkt mich mit einem stirnrunzelnden Blick. Bisher war ich seine Musterschülerin und in jeder Stunde perfekt vorbereitet; alle Bücher hatte ich vor den Deadlines bereits durchgelesen und mit kleinen Post-Its versehen. Natürlich strukturiert und in verschiedenen Farben, versteht sich.

Und jetzt sitze ich hier, ohne Sachen und unvorbereiteter denn je, und starre meinen Professor verständnislos stammelnd an.

»Ich fragte, ob Sie mir bitte Ihren Aufsatz vorlesen könnten, den Sie über das Kapitel der Charakterentwicklung schreiben sollten.« Als ich ihn immer noch verständnislos ansehe, fügt er hinzu: »Aus Ihrem Lehrbuch. Dramatisches Schreiben.«

Diese Worte bringen mich wieder zur Besinnung. Schnell räuspere ich mich und setze mich aufrechter. »Verzeihen Sie, Professor. Ich habe meine Unterlagen nicht dabei.«

Die stirnrunzelnde Miene von gerade ist nichts im Gegensatz zu den tiefen, enttäuschten Furchen, die sich jetzt in seiner Stirn bilden. »Schade«, sagt er und macht mir mit seiner kopfschüttelnden Geste überdeutlich klar, dass er mehr von mir erwartet hat. »Ich habe mich darauf gefreut, ihn zu lesen.«

»Natürlich werde ich ihn nachreichen, Professor«, füge ich schnell hinzu und schäme mich in Grund und Boden. Mein Gesicht glüht.

Professor Grand nickt noch einmal knapp, ohne mich anzusehen, und nimmt dann das Mädchen mit der pinken Perücke und dem Cosplay-Kostüm an die Reihe.

Über ihren Aufsatz kann ich nur den Kopf schütteln, so

schlecht ist er. Aber na ja, was will ich schon sagen? Immerhin hatte sie ihn dabei.

Die restlichen Seminare vergehen ähnlich, und ich bin erleichtert und froh gleichermaßen, als ich bei Logan Cunningham ankomme, um mein Fahrrad von hier mitzunehmen. Ich habe es gestern an einem Pfeiler vor dem Tor abgeschlossen, als Caleb mich abholen kam.

Es gibt Momente, in denen der Körper einfach weiß, wann jemand hinter einem steht. Man spürt es einfach. Da ist dieses undefinierbare Kribbeln im Nacken und der siebte Sinn flüstert einem zu, beobachtet zu werden.

In der Sekunde, in der ich mich umdrehe, blitzt helles Licht vor meinem Auge auf. Bunte Flecken tanzen vor meinem Sichtfeld, ich muss wie verrückt blinzeln und merke benommen, dass es nicht aufhört. Immer wieder und wieder blitzt es, gefolgt von einem stetigen Klicken.

Ich reiße mir schützend einen Arm vors Gesicht und will mich wegdrehen, aber das Licht ist überall.

Dann dringt die erste Stimme zu mir durch. »Hazel, seit wann sind Sie und Caleb ein Paar?«

Mit zitternden Fingern nehme ich mein Fahrrad und stoße mit dem Fuß den Ständer hoch. »Könnte ich bitte …«, fange ich an und versuche, mir einen Weg zu bahnen, aber es sind so viele. Sie rücken immer näher, kesseln mich ein. Und das verdammte Blitzlichtgewitter hört einfach nicht auf.

»Hazel, wollten Sie, dass es öffentlich wird?«

»Miss Evans, woher kennen Sie und Caleb sich?«

»Hazel, wie lange treffen Sie sich schon mit Caleb?«

Am liebsten will ich mir die Ohren zuhalten, aber dafür muss ich mein Fahrrad loslassen. Die Stimmen schwellen an, dröhnen nahezu in meinen Ohren. Unwillkürlich frage ich mich, woher diese ganzen Leute überhaupt meinen Namen kennen. Ich vermute, die Journalisten haben mich observiert und bereits volle Arbeit geleistet, indem sie sich an der Uni bei anderen über mich und meinen Namen informiert haben.

»Lassen Sie mich bitte …«

»Hazel …«

Die Kameras klicken, das Licht wird immer greller. Ich wende mein Fahrrad, versuche es durch eine andere Öffnung. »Ich muss da einmal …«

»Miss Evans, sagen Sie mir …«

Noch mehr Kameras. Noch lauteres Klicken. Noch helleres Licht.

»Gehen Sie mir aus dem … Lassen Sie mich …«

»Hazel, haben Sie …«

»Hazel, könnten Sie einmal …«

»Hazel, verraten Sie mir, warum …«

»Verpisst euch!« Meine Stimme ist ein lautes Brüllen, während ich hektisch ein- und ausatme und das Gefühl habe, keine Luft mehr zu bekommen. Meine Lunge verengt sich.

»Was ist hier los?«

Diese Stimme kenne ich, und ich war noch nie so sehr erfreut, sie zu hören, wie in diesem Moment.

Logan.

Sein brauner Haarschopf taucht zwischen dem Blitzlichtgewitter auf, und als er mich sieht, kann ich förmlich erkennen, wie eine Glühbirne in seinem Kopf aufgeht.

»Verschwindet!«, brüllt er all die Menschen um mich herum an.

Natürlich tut keiner, was er sagt. Sie hören nicht auf mit ihrem wilden Geknipse und dem grellen Licht.

»Hazel, haben Sie und Caleb vor, sich zu verloben?«

Klatsch.

Erschrocken ziehe ich die Luft ein, als die Kamera des Mannes zu Boden fällt und zersplittert. Logan hat ihm einen Kinnhaken verpasst, so heftig, dass der Typ ins Gebüsch gefallen ist.

Die anderen lassen es sich nicht nehmen, sogar davon Fotos zu schießen.

Einer ruft: »Das ist Körperverletzung!«, aber Logan beachtet ihn nicht. Er kommt auf mich zu, wirft mir seine Jacke über den Kopf und schirmt mich von den anderen ab.

»Komm, schnell«, sagt er und führt mich in raschen Schritten seinen Hof herunter.

Erst als wir vor seiner Tür stehen, nimmt er mir die Jacke wieder vom Kopf und sieht mich besorgt an. Es ist immer noch ungewöhnlich für mich, Logan mit einer empathischen Seite und Gefühlen zu sehen.

»Geht's dir gut?«

Ich nicke benommen. »Ja. Ich meine, das war heftig. Aber es geht schon.«

Er mustert mich argwöhnisch und mit einem Blick, der mir sofort sagt, dass er so etwas hat kommen sehen. Innerlich bin ich ihm unendlich dankbar, dass er es mir nicht vorhält. Nach dem Motto: »Was habe ich dir gesagt?«

Seine braunen Augen huschen zu meinem Rad, dann wieder zu mir. »Soll ich dich nach Hause bringen? Ich halte es nicht für klug, dich jetzt durch ganz New York bis nach Brooklyn fahren zu lassen.«

In mir verkrampft sich alles. Soll das jetzt für immer so weitergehen? Dass ich nicht einmal einen Schritt aus dem Haus machen kann, ohne attackiert und fotografiert zu werden? Ich schlucke, ehe ich schließlich den Kopf schüttle und mir mit zitternden Fingern durch mein zerzaustes Haar fahre. Es strotzt nur so vor dicken Kletten. »Nein, danke. Ich rufe meine Mom an, sie kann mich abholen.«

Im Leben gibt es Situationen, in denen einem einfach alles zu viel wird. Und ganz egal, wie alt man ist, in solchen Momenten wünscht man sich nichts sehnlicher als die eigene Mutter an der Seite.

Logan nickt, während ich mit fahrigem Gesichtsausdruck mein Handy aus der Tasche krame.

Meine Mutter geht nach dem ersten Klingeln ran. Ihre Stimme klingt panisch. »Hazel?«

»Mom«, beginne ich mit zitternder Stimme und merke, wie sich bereits ein Kloß in meinem Hals festsetzt. »Mom, kannst du mich bitte abholen? Bei Logan?«

Mütter haben übernatürliche Fähigkeiten. Sie spüren sofort, wenn es ihrem Kind schlecht geht oder wenn etwas im Busch ist. Zumindest ist es bei meiner so. Jegliche Panik verschwindet aus ihrer Stimme. Als sie antwortet, klingt sie entschlossen. Wie ein Assassine, der gerade einen Auftrag von seinem Boss bekommen hat.

»Natürlich. Bleib, wo du bist. Ich bin in zehn Minuten da.«

Die Leitung klickt. Als ich mein Handy zurück in die Tasche gleiten lasse, merke ich langsam, wie mein Herz sich wieder beruhigt. Mit betretener Miene wende ich mich an Logan. »Danke. Für eben, meine ich.«

Logans kratzt sich mit beklommener Miene am Hinterkopf, während er den Stamm eines blühenden Kirschbaumes fixiert. »Irgendwann muss ich ja anfangen, siebzehn Jahre scheiß Verhalten wieder gut zu machen, oder?«

Ich schenke ihm ein schwaches Lächeln, ehe ich mich mit einem schweren Seufzer auf die Stufen vor seiner Haustür setze. Erschöpft lasse ich den Kopf in die Hände sinken. »Wie soll ich das bloß aushalten? Wenn das erst der Anfang ist, will ich nicht wissen wie es weitergeht, Logan.«

Er setzt sich neben mich und streckt die Beine aus, überkreuzt die Knöchel. Die grellen Sonnenstrahlen knallen auf seine offenliegende Haut, die nicht von den Bermudas bedeckt wird. Eine Weile sieht er ausdruckslos geradeaus, den Kopf schiefgelegt und die Hände in den Hosentaschen. »Weißt du, Hazel. Die Leute werden starren. Überall werden sie das. Sie werden ungeniert und manchmal auch unverschämt sein, selten freundlich. Sie werden alles von dir wissen wollen und so tun, als würden sie dich bereits seit Jahren kennen. Fakt ist, dass sie starren werden. Immer. Und für dich gilt nun, das Beste draus zu machen.«

Mit Daumen und Zeigefinger drücke ich mir aufs Nasenbein und atme einmal tief ein, um das Ganze sacken zu lassen. Ich weiß nicht, ob ich das alles schaffe. Aber noch bevor ich Logan eine Antwort geben kann, fährt Moms blauer Peugeot auf Logans Hof.

Schnell stehe ich auf und streiche meinen Rock glatt. »Danke. Zum zweiten Mal heute.«

Logan erhebt sich ebenfalls, den Blick auf Moms Auto gerichtet und nickt mit leicht geöffneten Lippen. Die Hände hat er immer noch in den Hosentaschen.

Mit einem letzten Blick auf ihn gehe ich zum Auto und öffne die Tür, doch bevor ich einsteige, drehe ich mich noch einmal um.

»Logan?«

Er steht schon halb in der Eingangshalle seines Hauses, als er den Kopf noch einmal zu mir wendet und mich ansieht. »Ja?«

Ein leichtes Lächeln legt sich um meine Mundwinkel. »Ich schätze, das ist der Zeitpunkt, um die Vergangenheit zwischen uns ruhen zu lassen und neu anzufangen.«

Einen Moment sieht er mit leerem Blick und leisem Lächeln auf den Lippen zu Boden, dann schaut er zurück zu mir und nickt.

»Ja, Hazel. Das denke ich auch.«

18.

Der alte Peugeot ruckelt wie immer, und als ich einsteige, spüre ich den brummenden Motor im wackelnden Sitz. Mom trägt ihren seriösen Hosenanzug und einen strengen Dutt.

Schuldgefühle überkommen mich. »Tut mir leid, dass ich dich von der Arbeit aufhalte«, sage ich kleinlaut und starre auf meine Hände.

Mom zuckt bloß die Achseln, während sie vom Hof fährt und regungslos geradeaus sieht. Ich kann ihre Miene nicht deuten und weiß deshalb nicht, in welcher Stimmung sie ist.

»Tut mir auch leid, dass ich mich gestern nicht mehr gemeldet habe.«

Noch immer sagt sie nichts, und es sieht aus, als müsste sie sich krampfhaft zurückhalten. Schließlich platzen die Worte doch aus ihr heraus, und sie haut aufgebracht aufs Lenkrad.

»Verdammt noch mal, Hazel! Was ist bloß los mit dir?«

Ich schlucke. »Du hast die Bilder also gesehen? In den Zeitschriften?«

Natürlich hat sie sie gesehen. Mom ist morgens die erste am Zeitungsstand, um sich die neueste Ausgabe der Vanity Fair oder vom People Magazine zu kaufen.

Sie schnaubt, wobei eine gelöste Haarsträhne vor ihrem Gesicht in der Luft flattert. »Mir geht es nicht um diese scheiß Magazine!«

»Nicht?«, frage ich verwirrt. Ich hätte jetzt gedacht, sie würde vollkommen ausflippen deswegen.

»Doch. Auch.« Aufgebracht schnalzt sie mit der Zunge, während sie um den Washington Square Park herumfährt. »Aber das ist jetzt nicht das Thema. Du hast versprochen, dass es nicht wieder vorkommt, unangemeldet wegzubleiben. Na klar, du bist zwanzig und kannst machen, was du willst, das weiß ich. Aber verdammt, hast du auch nur eine Sekunde darüber nachgedacht, was ich mir für Sorgen gemacht habe? Und dann noch die Lüge von Grace, das hat alles nur noch schlimmer gemacht. Ich war krank vor Sorge!«

»Tut mir leid«, murre ich leise. »Ich bin eingeschlafen. Sonst hätte ich dir Bescheid gesagt.«

Mom holt tief Luft, reibt sich die Stirn und fährt schließlich zum dritten Mal um den Park. »Was ist passiert?«, fragt sie und seufzt anschließend schwer.

Bei den Gedanken an die Paparazzi eben und dem ganzen Blitzlicht wird mir schlecht. Mir graust es davor, so einen Moment wieder zu erleben, und am liebsten würde ich dieses Auto nie wieder verlassen.

»Es kam alles so plötzlich«, entgegne ich und registriere vage, wie meine Stimme viel zu hoch ist und meine Lippen beben. Ratlos hebe ich die Hände, nur um sie wieder konfus fallen zu lassen. »Caleb und ich wollten bloß reden, und plötzlich rennt er wie ein Irrer in die Lobby. Da waren überall Leute und haben uns gesehen, aber in dem Moment war mir irgendwie nicht bewusst, dass sie heimlich Fotos machen könnten. Ich sehe ihn einfach nicht als einen Prominenten, den alle Welt kennt, sondern eben einfach als … na ja, Caleb.«

Mom nickt mit mitfühlendem Ausdruck, was mir den Mut zum Weitersprechen gibt.

»Alles war gut, bis Grace mir auf einmal diese Zeitschriften vor die Nase warf und die ganzen Menschen mit ihren Kameras auftauchten und mich fotografierten.« Mit verzweifeltem Blick wende ich mich meiner Mutter zu, meine Stimme bricht. »Ich will das nicht, Mom.«

Ihr quälender Ausdruck in den Augen ist herzzerreißend. Sie sieht genauso aus, wie ich mich fühle. »Hast du mit ihm darüber geredet?«, fragt sie und hält den Wagen schließlich in einer Seitenstraße an. Mein Blick ist auf das Loch im Armaturenbrett gerichtet, in dem es von losen Kabeln nur so wimmelt und eigentlich das Autoradio stecken sollte, das wir nicht besitzen.

»Nicht wirklich. Also, ich habe ihm geschrieben.« Als ich mich daran erinnere, krame ich mein Handy aus der Tasche und sehe nach, ob er geantwortet hat. Es kam keine neue Nachricht. Ich hätte es mir denken können. Wütend werfe ich es zurück in die Tasche. »Aber er antwortet mir mal wieder nicht! Jetzt geht der ganze Scheiß von vorn los!«

Mom kratzt sich nachdenklich die Wange und schraubt die Klimaanlage hoch. »Vielleicht hat er sie noch nicht gelesen?«

Mir entfährt ein ungläubiges Schnauben. »Du kannst mir nicht erzählen, dass er bis nachmittags nicht einmal fünf Minuten Pause hat. Und wer sieht da nicht auf sein verdammtes Handy?«

Mom legt den Kopf schief und lehnt ihn gegen die Scheibe. Eine Weile sagt sie nichts, sondern zwirbelt lediglich eine Strähne ihres Haars auf einen Finger, bis sie sich plötzlich aufrichtet und den Motor startet. Sie wirkt entschlossen.

»Was hast du vor?«, frage ich.

Mit einem Blick über die Schulter fährt sie aus der Parklücke heraus, während sie sagt: »Wir fahren zu Tony. Hier ist männlicher Rat gefragt.«

∞

Tony steht hinter dem Tresen seiner Bar und wischt Gläser – wie immer. Als wir reinkommen, stoppt er in seinen Bewegungen und zieht fragend eine Braue hoch.

»Wir brauchen deine Männerlogik«, sagt Mom, während sie sich auf den schwarzen Hocker an den Tresen setzt. In ihrem seriösen Hosenanzug sieht sie hier so fehl am Platz aus wie ein Footballspieler in einem Ballettsaal.

Tony stellt das Glas zurück ins Regal, wirft das Handtuch auf die Spüle und schnappt sich Stift und Kellnerblock.

Als ich mich setze, knallt er mir beides auf den Tresen und schiebt es zu mir. »Wenn der verschollene Star schon in meiner Bar auftaucht, hätte ich gern ein Autogramm.«

Ich verdrehe die Augen und schnipse den Block wieder auf seine Seite. »Hör mir bloß mit dem Scheiß auf.«

Mit gespielt entrüsteter Miene verschränkt er die Arme vor der Brust und zieht einen Schmollmund. »Wieso denn? Ich könnte es verkaufen und mächtig Kohle machen!«

Mom streckt die Hand aus, legt ihm die Spitzen zweier Finger an die Stirn und schiebt ihn leicht rückwärts. »Tony. Es ist ernst.«

Lachend wedelt er mit der Hand durch die Luft, ehe er sich bückt und den Kühlschrank öffnet. »Schon gut. Was wollt ihr trinken?«

Ich nehme mir tatsächlich ein Bananenweizen mit extra Schuss. Meine Nerven sind so strapaziert, dass ich dringend etwas runterkommen muss – ansonsten gehe ich jede Sekunde an die Decke.

»Dann erzähl mal«, sagt Tony schließlich, und ich nehme schnell einen Schluck meines Getränks, damit Mom das Reden für mich übernimmt.

»Hazel hat Caleb gesagt, dass sie mit ihm reden will«, erklärt sie. »Daraufhin antwortet er nicht. Wieso?«

Eine Sekunde sieht Tony meine Mom an, als würde er warten, dass sie weiterspricht, dann lacht er schließlich auf. »Ich bin doch nicht sein Seelenverwandter. Was erwartest du von mir?«

Stöhnend reibe ich mir die Stirn. Das Ganze bereitet mir Kopfschmerzen.

Mom schnalzt genervt mit der Zunge. »Das ist mir klar, Spinner. Aber versetz dich in seine Lage. Was könnte Hazel tun?«

Tony stützt die Ellbogen auf den Tresen und legt das Kinn auf die Handrücken. Sein Blick huscht nachdenklich von mir zu Mom, ehe er antwortet.

»Wahrscheinlich ist Caleb genauso überfordert mit der Situation und weiß nicht, was er tun oder sagen könnte. Ihm ist das zu viel Stress.«

»Bitte?«, frage ich fassungslos und blinzle vor Unglauben. »Ihm und zu viel Stress? Was soll ich denn sagen?«

Tony wirft mir einen entschuldigenden Blick zu. »Ja, aber so ticken Männer. Wahrscheinlich fühlt er sich jetzt bedrängt, weil du mit ihm reden willst, er aber keine Lösung weiß.«

Meine Güte, ist das unfassbar. Ständig tun die Männer ja so dermaßen stark, als wären sie Bruce Allmächtig, und kaum werden sie mit etwas konfrontiert, das ihnen nicht in den Kragen passt, ziehen sie den Schwanz ein. Und da soll man noch mal meinen, Männer wären das stärkere Geschlecht.

Um mich zu beruhigen, trinke ich beinahe mein ganzes Bananenweizen auf einmal aus. Ein leichtes Brennen entwickelt sich bereits in meiner Brust und weht den Stress mit leichten Böen beiseite.

»Gut«, sage ich schließlich, nehme den letzten Schluck und setze das Glas stärker als beabsichtigt wieder auf den Tresen. »Ist er halt ein verdammter Feigling. Was kann ich tun?«

In nachdenklicher Pose legt Tony zwei Finger an den Mund und drückt die Lippen in der Mitte zusammen. »Du willst das also klären?«, fragt er.

Ich sehe ihn an als wäre er komplett bescheuert. »Natürlich will ich das! Mir rennen verrückte Leute mit Kameras hinterher, verdammt noch mal.«

Er zuckt die Achseln und wechselt einen Blick mit Mom. »Dann geh zu ihm. Fang ihn ab. Eine SMS kann er ignorieren, dich persönlich nicht.«

Ein Stich macht sich in meinem Herzen breit, als ich an den Abend der Benefizveranstaltung zurückdenke. Und ob Caleb mich ignorieren kann, wenn er will. Unschlüssig rutsche ich auf meinem Hocker herum. »Aber er ist am Set und arbeitet. Da kann ich doch nicht einfach so aufkreuzen.«

Mom zieht eine Braue in die Höhe. »Natürlich kannst du das. Wie du so schön sagtest, verfolgen dich Menschen mit Kameras und machen Fotos von dir. Also hast du verdammt noch mal das Recht, bei ihm auf der Arbeit aufzukreuzen, wenn der Kerl dir nicht auf deine Nachricht antwortet.«

Ich beiße mir auf die Unterlippe. »Und was, wenn die mich da nicht reinlassen?«

Tony schnaubt belustigt und klatscht mir sein schmutziges Geschirrhandtuch gegen den Kopf. »Dein Gesicht steckt in jeder Zeitschrift, Hazel. Neben Caleb West höchstpersönlich. Und ob die dich da reinlassen.«

Mein skeptischer Blick wandert zu Mom, in der Hoffnung, sie würde diese wahnwitzige Idee sofort verwerfen. Tut sie aber nicht, stattdessen untermauert sie das Ganze noch. In ihren Augen glitzert dieses schelmische Funkeln, das mir verrät, wie aufregend sie die Idee findet. Entschlossen nickt sie.

»Selbst ist die Frau, Hazel. Stell ihn zur Rede.«

∞

Mein Blick ist starr geradeaus gerichtet, als ich mit dem Peugeot durch die Straßen New Yorks fahre. An jeder Ampel steigt wie immer die vertraute Angst in mir hoch, dass die alte Schrottkarre den Geist aufgibt und ich den gesamten Verkehr aufhalte. Das wäre in meiner jetzigen Situation natürlich das Nonplusultra.

Meine Gedanken kreisen nur noch um das gleich anstehende Treffen, und ich versuche angestrengt, die perfekten Worte zurechtzulegen. Es darf nicht zu vorwurfsvoll, gleichzeitig aber auch nicht zu weich klingen.

Ich weiß, dass Caleb in den Kaufman-Astoria-Studios in der vierunddreißigsten ist, weil er irgendwelche Stuntaufnahmen für einen neuen Actionfilm drehen muss.

Als ich endlich ankomme, kribbelt mein ganzer Körper – aus zweierlei Gründen. Erstens, weil ich mit Alkohol im Blut gefahren bin und nicht erwischt wurde, und zweitens, weil ich jetzt verdammt viel Mut aufbringen und in dieses Gebäude spazieren muss, was sicherlich so gut bewacht ist wie ein Sicherheitsverlies.

In riesigen, blauen Lettern prangt der Name »Kaufman« auf einer Empore aus Eisenstangen mitten in der Luft und verbindet zwei Gebäude miteinander. Eine Wendeltreppe führt daran hinauf, die direkt von der Zentrale des Pförtners abgeht, dem ich mich jetzt stellen muss.

»Also gut, Hazel«, murmle ich und gehe erhobenen Hauptes auf den kleinen quadratischen Kasten zu. »Du schaffst das. Selbst ist die Frau.«

Als ich jedoch dort ankomme, sehe ich niemanden hinter dem Fenster sitzen. Verwirrt sehe ich mich um und muss gegen die grellen Sonnenstrahlen anblinzeln, bis sich plötzlich die komplett in schwarz gekleidete Gestalt rechts von mir in mein Sichtfeld stiehlt.

Oh Gott. Der Security von der Benefizveranstaltung!

»Verzeihung«, spreche ich ihn an und mache einen Schritt auf ihn zu, wobei ich mir mit der Hand das Gesicht vor der Sonne abschirme. »Wahrscheinlich erinnern Sie sich nicht an mich, aber ich habe Sie schon einmal getroffen. Auf der Gala im Plaza.«

Der bullige Security stiert mich mit ausdruckslosem Gesichtsausdruck an, sagt aber kein Wort. Ich presse die Lippe aufeinander und versuche, nicht nervös zu wirken.

»Wie auch immer. Ich muss zu Caleb.«

Noch immer sagt er nichts, dafür regt er sich aber wenigstens und verschränkt die Arme vor der Brust. Mir wäre lieber gewesen, er hätte einfach weiter seine Rolle als Salzsäule gespielt, denn so sieht er noch angsteinflößender aus. Das schwarze Hemd spannt an seinen breiten Oberarmen, und von der Hitze perlen ihm überall Schweißperlen auf Gesicht und Hals.

Unwillkürlich flammt in mir Mitleid für ihn auf. Der Kerl muss wahnsinnig schwitzen in seinem James-Bond-Kostüm. Ich stelle mich aufrechter, sehe ihm mit mutigem Blick in die dunklen Augen und sage mit der selbstsichersten Stimme, die ich in diesem Moment aufbringen kann: »Mein Name ist Hazel Victoria Evans, und ich verlange auf der Stelle, zu Caleb West gebracht zu werden!«

Einige Sekunden verstreichen, und ich will schon resigniert die Schultern sinken lassen mit dem Gedanken, ihm einfach in die Weichteile zu treten und ins Gebäude zu rennen, da räuspert er sich plötzlich. Seine Hand fährt zu seinem Ohr, mit dem Zeigefinger drückt er dagegen.

»Sir? Miss Hazel Evans ist hier. Sie will zu Caleb. Ja. Ich denke schon. Verstanden.«

Er lässt die bullige Hand wieder sinken und sieht mich an. »Warten Sie hier. Sie werden abgeholt.«

Unendliche Erleichterung überkommt mich. Die Vorstellung, mir einen Kampf mit diesem Tier zu liefern, gefiel mir nicht besonders.

Seufzend lehne ich mich gegen die Zentrale und genieße das Gefühl der Sonne auf meiner Haut. Unauffällig schiele ich zu Man in black neben mir, aber er rührt sich nicht vom Fleck. Nicht eine Bewegung, wie die Guards vor dem Buckingham Palace in London.

»Sagen Sie mal«, fange ich schließlich an und wische mir eine feuchte Haarsträhne aus der Stirn, »wie halten Sie das in diesen Klamotten aus? Sie müssen doch schwitzen wie ein Bär!«

Keine Antwort. Keine Regung. Ich beiße mir auf die Unterlippe und sehe mich in der Umgebung um, ehe ich mich wieder an ihn wende.

»Wie heißen Sie eigentlich? Ich meine, wir scheinen uns ja öfter über den Weg zu laufen. Dann könnte man sich doch auch grüßen.«

Wieder keine Antwort. Ich lehne den Kopf an die Scheibe der Zentrale und mustere ihn prüfend.

»Okay, dann rate ich. Sie haben einen russischen Touch, finde ich. Mal überlegen …« Mit den Fingern kratze ich mir nachdenklich das Kinn. »Igor? Nein, das klingt nicht so nach Bodyguard. Hm. Ich hab's, Wladimir? Würde zur Masse passen, finde ich.«

Ein starrer Blick geradeaus, die Hände hinter dem Rücken verschränkt – mehr nicht.

Zwinkernd hebe ich einen Finger. »Sie können meinetwegen einen auf ernst machen, wie Sie wollen. Aber ich habe ganz genau gesehen, wie Ihre Mundwinkel gezuckt haben, Wladi.«

Stille. Seufzend wende ich mich ab und tipple mit dem Fuß auf dem trockenen Asphalt herum.

»Sie können ruhig mit mir reden, wissen Sie? Ich habe keine

ansteckende Krankheit oder so. Mein Blutbild wird regelmäßig untersucht.«

»Miss Evans?«

Mein Kopf schreckt hoch, und ich sehe zum Eingang. Dort steht ein großer, gut gebauter Mann, den ich nicht kenne. Seine Haut ist von der Sonne gebräunt, und er trägt schicke graue Chino-Hosen, Slipper und ein weißes Polo-T-Shirt.

Als ich nicke, schenkt er mir ein warmes Lächeln und winkt mich hinter sich her.

»Kommen Sie.«

Zum Abschied winke ich Wladimir noch einmal zu und rede mir ein, er hätte bestimmt noch etwas gesagt, wenn Mister Ich-Bin-Brad-Pitt nicht aufgetaucht und ihn verschreckt hätte.

In den Fluren ist es angenehm kühl. Unsere Schritte hallen von den Wänden wider und eine ganze Weile laufen wir, ohne ein Wort zu sagen.

Schließlich hält der Mann mir eine Tür auf und winkt mich hinein. »Nach Ihnen.«

Als ich eintrete, wird mir bewusst, dass das hier sicher nicht der Raum ist, den ich gesucht habe. Es ist eine Küche. Mit verwirrter Miene stehe ich mitten im Raum, während Mister Schickimicki mir eine Flasche Wasser öffnet, auf den Tisch stellt und mir schließlich einen Stuhl zurückschiebt. »Wenn Sie so freundlich wären?«

Mit misstrauischem Blick mustere ich ihn, während ich mich langsam setze. Er wirkt zufrieden, reibt sich die Hände und lässt sich schließlich mir gegenüber nieder.

»Schön. Miss Evans …« Er legt den Kopf schief. »Darf ich Hazel sagen?«

Ich zucke die Achseln. Kennt ja scheinbar eh schon jeder meinen Namen. »Wenn Sie mir Ihren verraten?«

Der Mann lächelt breit und offenbart damit seine strahlend weißen Zähne. »Natürlich. Ich bin Thomas.«

Ich nicke bloß und nehme einen Schluck Wasser, weil mein Mund plötzlich schrecklich ausgetrocknet ist. Was will der Kerl von mir?

Er schlägt die Beine übereinander und lehnt sich in seinem Stuhl zurück. »Ich dachte mir, nachdem du bereits auf der Benefizveranstaltung Aufsehen erregt hast und jetzt auch noch in jeder Zeitschrift neben Caleb abgedruckt wirst, würde ich dich gern einmal kennenlernen.«

»Und wieso?«, gebe ich trocken zurück.

Thomas holt tief Luft, als würde er etwas sagen wollen, dann lächelt er jedoch und legt sich in nachdenklicher Pose den Zeigefinger an die Lippen. »Hazel, eine Frage«, sagt er schließlich und legt den Kopf schief. »Willst du dieses Leben?«

Dieser abrupte Themenwechsel überrascht mich. Mein Blick wandert zu den grauen Fliesen auf dem Boden, während ich eine Weile über seine Frage nachdenke.

»Nein«, entgegne ich schließlich. »Will ich nicht.«

Thomas nickt, als hätte er die Antwort bereits im Vorfeld gewusst und ich sie nur noch einmal bestätigt. »Und dennoch bist du hier.«

»Ja«, antworte ich. Ich frage mich, worauf er hinauswill.

»Warum?«

Stirnrunzelnd hebe ich den Blick und sehe in seine grauen Augen. »Wegen Caleb«, entgegne ich schließlich. »Ich will mit ihm reden.«

Wieder nickt er. »Weil du das Ganze beenden willst?«

»Nein!«, protestiere ich schnell. Viel zu schnell. Ein weiteres Lächeln erscheint auf seinem gebräunten Gesicht, und er streicht sich geistesabwesend durch sein angegrautes Haar.

»Warum denn dann, wenn du das öffentliche Leben doch gar nicht willst?«

Unwohl winde ich mich unter seinem eindringlichen Blick und rutsche auf dem Stuhl hin und her. »Weil … Ich meine, nur weil ich dieses Leben nicht will, heißt das doch lange nicht, dass ich mich von ihm abwende.«

Thomas kneift leicht die Augen zusammen, den Kopf schiefgelegt, und streicht sich mit Daumen und Zeigefinger übers Kinn. »Interessant.«

»Was meinen Sie?«

Thomas richtet sich auf und rückt den Stuhl näher an den Tisch. »Weißt du, Hazel … Gerade seine Berühmtheit ist das, was die ganzen Mädchen so heiß auf ihn macht. Du jedoch dachtest, er wäre ein ganz normaler Junge und mochtest ihn um seiner selbst willen. Und obwohl dir diese Öffentlichkeit Angst macht, bist du bereit, es für ihn in Kauf zu nehmen.«

Der Typ ist mir unheimlich. Woher weiß er so viel über mich? Und wer zum Teufel ist er überhaupt.

»Jaah«, sage ich gedehnt, immer noch mit der Frage im Kopf, was er von mir will. »Und?«

Thomas seufzt. »Hazel.«

»Thomas.«

Er lächelt und schenkt mir ein amüsiertes Zwinkern. Dann verschränkt er die Finger ineinander und senkt den Blick auf die Tischplatte. »Caleb ist ein schwieriger junger Mann.«

Meine Antwort kommt schnell, ohne dass ich darüber nachdenke. »Ich weiß.«

Ein quälender Ausdruck huscht ihm über das Gesicht. »Seine Wut wird oft missverstanden.«

»Ich weiß.«

Jetzt huschen seine grauen Augen wieder hoch und sehen mich mit sanftem Funkeln an. »Ich weiß, dass du das weißt. Nur deshalb spreche ich überhaupt mit dir.«

Oh. Wie höflich, diese Ehrlichkeit. »Was genau wollen Sie überhaupt von mir?«, frage ich schließlich und binde meine zerzausten Haare zum Zopf, weil mein Nacken anfängt zu schwitzen.

Thomas räuspert sich. »Weißt du, Hazel. Inoffiziell war Caleb seit jeher für seine vielen Frauengeschichten bekannt.« Mir rutscht das Herz in die Hose, aber ich lasse ihn weitersprechen. »Obwohl es jeder wusste, achtete er stets darauf, dass keine dieser Geschichten in die Öffentlichkeit gelangten. Niemals wurde er mit irgendeiner dieser Frauen abgelichtet, so vorsichtig war er. Plötzlich trittst du jedoch in sein Leben und erscheinst mir nichts dir nichts mit ihm in jedem Magazin.«

Plötzlich flammt Panik in mir auf. Was, wenn der Kerl mich verklagen will? Das könnte ich nie bezahlen. Meine Mom ist zwar Anwältin, aber ich würde alles wetten, dass Caleb eine ganze Horde von ihnen zur Verfügung hat.

Wieder lächelt Thomas mich an. »Ich mag dich, Hazel. Und zwar mag ich dich deshalb, weil ich denke, dass Caleb dich auch mag. Ehrlich und aufrichtig. Das kam bisher noch nicht bei ihm vor.«

Das Ganze wird mir entschieden zu mysteriös, und die Frage, was der Kerl mit Caleb zu tun hat, treibt mich in den Wahnsinn. Stirnrunzelnd schüttle ich den Kopf. »Entschuldigen Sie bitte, aber wer sind Sie eigentlich?«

Thomas zeigt sein breites Zahnpastalächeln. »Wie gesagt, Hazel, ich bin Thomas. Thomas West. Calebs Vater.«

19.

Das kann doch echt nicht wahr sein. In der letzten Zeit hat mein Herz so viele Schocks erleiden müssen, dass ich das Gefühl habe, dringend einmal beim Kardiologen vorbeizuschauen. Diese dramatischen Sätze wie am Ende einer Seifenoper machen mich fertig. Erst Grace auf der Gala mit ihrem tragischen Tonfall »Das ist Caleb. Caleb West.« und jetzt auch noch Thomas mit der Darth-Vader-ich-bin-dein-Vater-Nummer.

Seine Offenbarung überrumpelt mich so sehr, dass ich nicht imstande bin, irgendetwas zu sagen. Stattdessen sitze ich einfach stumm auf meinem Platz und schäme mich plötzlich unglaublich für meine schlotterige Erscheinung.

»Hazel«, sagt Thomas schließlich und tippt mit dem Zeigefinger langsam auf den Tisch. »Ich würde mich freuen, wenn du morgen zu meiner Dinnerparty kommen würdest.«

Meine Augen weiten sich und ich schüttle perplex den Kopf. »Das ist sehr nett, Mr. West, aber ich denke nicht, dass Caleb das möchte.«

Ich muss an unsere erste Regel denken. Nur weil plötzlich alle Welt von uns weiß, bin ich mir sicher, dass wir nicht von jetzt auf gleich eine fröhliche Beziehung mit allem Drum und Dran haben.

»Nenn mich doch weiterhin Thomas.« Calebs Vater lächelt mich an. Seltsamerweise ist er mir unglaublich sympathisch und wirkt viel einfühlsamer als sein Sohn. »Und natürlich wird es das nicht wollen«, fährt er so unbekümmert fort, als wäre diese Tatsache das Normalste auf der Welt. »Er wollte ja nicht einmal, dass das mit euch bekannt wird.«

Wow. Wieder diese erschreckend harte Ehrlichkeit. Ich schlucke.

Eine Weile mustert Thomas mich, dann fügt er hinzu: »Nicht weil er sich für dich schämt, sondern weil er dich schützen wollte. Caleb lebt das öffentliche Leben so intensiv zwar erst seit einem Dreivierteljahr, aber das reicht schon, um zu wissen, wie hart es sein kann. Vor allem auch, weil er mit mir als Producer in dieser Gesellschaft aufgewachsen ist. Wenn er dich so sehr mag, wie ich es vermute, wäre er dumm und skrupellos gewesen, dich ihnen einfach so auszuliefern. Quasi den Löwen zum Fraß vorzuwerfen.«

So habe ich es noch gar nicht gesehen. Als er meinte, er will, dass das mit uns geheim bleibt, dachte ich, er würde sich mit mir nicht zeigen wollen. Weil ich nicht in sein Beuteschema passe oder was weiß ich. Aber dass er mich bloß schützen wollte, wäre mir nie in den Sinn gekommen.

»Ich wiederum denke anders«, sagt Thomas und lehnt sich wieder in seinem Stuhl zurück. »Jetzt ist es sowieso raus. Und da du meinem Sohn allem Anschein nach guttust und ihn versteht, würde ich das gern unterstützen. Du willst dieses Leben nicht, das ist verständlich. Und Caleb wird den Teufel tun, dich da weiter hineinzuzerren. Aber, Fakt ist, Hazel …« Er beugt sich vor und sieht mir eindringlich in die Augen. »Dass es zu spät ist. Du bist bereits Teil unserer Welt. Da kann auch er nichts mehr dran ändern.«

Eine Weile schweige ich, während Tomas mich mit seinem stahlharten Blick förmlich durchbohrt. Die Situation ist mir unangenehm, und ich fühle mich nicht wohl. Erst nippe ich an meinem Wasser und zeichne die Ränder der Fliesen mit meinem Schuh nach, dann fange ich irgendwann an, sie zu zählen.

Mir kommt es wie eine Ewigkeit vor, in der ich darauf warte, dass Tomas wieder etwas sagt. Unwillkürlich fühle ich mich in die Zeit meiner Therapiestunden beim Psychologen zurückversetzt, als ich ständig darauf wartete, dass Doctor Sherman das Wort erhob und anfing darüber zu faseln, wie krank ich ja wäre oder sonst was. Aber das tat er nie. Er sah mich immer nur mit seinem stechenden Blick an und wartete, dass ich zu sprechen anfing.

Und genauso ist es gerade. Thomas wendet die Augen einfach

nicht von mir ab, und als ich diese intensive Musterung nicht mehr aushalte, seufze ich schließlich.

»Ich möchte zu Caleb. Bitte.«

Thomas lächelt. »Gern. Wenn du mir sagst, dass du zu meiner Dinnerparty morgen kommst, bringe ich dich zu ihm.«

Einen kurzen Moment überlege ich, ihn wütend anzufunkeln, bis mir wieder einfällt, dass er Calebs Vater ist. Ich will es mir nicht mit ihm verscherzen.

Grace hätte mir an dieser Stelle wahrscheinlich einen Vogel gezeigt und gesagt, dass es scheißegal ist, wer er ist – aber ich bin nicht Grace. Und ich muss aufhören, ständig auf ihre innere Moralpredigt in meinem Kopf zu hören.

Ich bin Hazel. Hazel Evans.

»Gut«, entgegne ich schließlich. »Ich werde da sein.«

Auf seinem gebräunten Gesicht erscheint ein strahlendes Lächeln, während er sich erhebt. Er winkt mich mit sich. »Komm. Ich bringe dich zu meinem Sohn.«

Erleichtert erhebe ich mich und gehe ihm nach. Wir schaffen jedoch nur ein paar Schritte den Gang entlang, als er sich urplötzlich zu mir umdreht, den Finger erhoben, und ich beinahe in ihn reingelaufen wäre.

»Aber Hazel, ich muss dich warnen. Mach ihm keine Szene in der Halle.«

Ich runzle die Stirn. »Warum sollte ich ihm denn eine Szene machen?«

Thomas schürzt die Lippen und sagt: »Das wirst du gleich selbst merken«, ehe er sich umdreht und weiter den Gang hinunterläuft.

Den Bruchteil einer Sekunde überlege ich, ob ich ihm wirklich folgen soll, dann zucke ich die Achseln und gehe ihm mit schnellen Schritten nach. So schlimm wie mit den Paparazzi kann es nicht sein.

Schweigend laufen wir die düsteren, kühlen Gänge entlang, und ich frage mich schon, ob dieses Labyrinth nie endet, da bleibt Thomas plötzlich vor einer großen Tür stehen. Mit einem letzten abwägenden Blick auf mich, ob er mich auch wirklich einlassen soll, zuckt er schließlich die Achseln und drückt sich mit den Schultern gegen die Tür.

Schweigend trete ich ein. Als ich den Blick durch die riesige Halle schweifen lasse und meine Augen plötzlich und vollautomatisch in der Mitte stehen bleiben, überfällt mich das Gefühl, jemand würde mir die Kehle rausreißen.

Ich habe mich geirrt. Es *ist* schlimmer als mit den Paparazzi.

∞

In einem schmutzigen, zerrissenen Tanktop steht Caleb im Zentrum der Halle. Er ist nicht zu übersehen, so heftig wird er beleuchtet. Aber er steht dort nicht allein. In seinen Armen, eng umschlungen, befindet sich ein dunkelhaariges Mädchen. Caleb streicht ihr in einer so zarten Geste, die mir eine Gänsehaut über den Nacken treibt, eine Strähne hinters Ohr, ehe er sich zu ihr herunterbeugt und sie küsst.

Eine stahlharte Faust schließt sich um mein Herz und drückt zu. Noch immer stehe ich im Eingang dieser Halle, während Thomas sich bereits wieder auf einen schwarzen Klappstuhl setzt, auf dem in dicken weißen Lettern das Wort »Producer« steht.

Es ist, als hätte sich eine unsichtbare Wand vor mir breitgemacht, die mich daran hindert, auch nur einen Schritt vorwärtszumachen.

Das Mädchen ist bildschön. Als Caleb sich von ihr löst, sieht sie ihn mit leicht schiefstehenden, eisblauen Augen an, und er streicht ihr mit einem Finger über ihre makellose, gebräunte Haut.

»Okay!« Ein Mann mit leicht angegrauten Strähnen im Haar neben Thomas erhebt sich von seinem Stuhl und klatscht einmal in die Hände. »Das können wir so lassen, super gemacht. Kurze Pause.«

Der Regisseur.

Fieberhaft schüttle ich den Kopf und rufe mir in Erinnerung, dass Caleb Schauspieler ist. Er dreht einen verdammten Film, und das, was er gerade getan hat, ist sein Job. Meine Schultern entspannen leicht, als ich beobachte, wie er das Mädchen loslässt, sich durch das blonde Haar fährt und von einem schlaksigen Typen eine Wasserflasche entgegennimmt. Er leert sie in einem Zug, und als er den Verschluss wieder aufschraubt und den Blick hebt, treffen seine Augen genau auf meine.

Seine Gesichtszüge entgleisen. Mitten in der Bewegung stoppt seine Hand am Verschluss, und er starrt mich regungslos an.

Gerade als ich meine tauben Beine dazu zwingen will, sich in Bewegung zu setzen, wirft er plötzlich die Plastikflasche auf den Boden und kommt in großen Schritten auf mich zu. Sein Blick sieht alles andere als sanft aus, und ich bekomme tatsächlich Panik.

Mein Kopf rattert, so schnell versuche ich, mir irgendwelche guten Ausreden für mein Erscheinen auszudenken. Irgendetwas, das mich nicht vollkommen wie eine klammernde Idiotin wirken lässt. Er ist schon fast bei mir, da wird mir plötzlich klar, dass ich bereits einen guten Grund habe, hier zu sein.

Die Paparazzi. Gott, ich darf mich nicht so schrecklich von ihm verunsichern lassen.

Schlitternd kommt er vor mir zum Stehen. Ohne auch nur ein Wort zu sagen, umschließt er mein Handgelenk und zieht mich in die andere Richtung der Halle. Erst nach einem kurzen Marsch bis in die hintere Ecke scheint er es für ungefährlich zu halten, stehen zu bleiben und mich anzusehen. Seine feinen Gesichtszüge nehmen einen animalischen Ausdruck an. Er faucht.

»Was zum Teufel machst du hier?«

Mein Mut sinkt in den Keller, aber ich darf mich einfach nicht unterkriegen lassen. Nicht jetzt, wo ich schon so weit über meinen Schatten gegangen bin. »Ich muss mit dir reden.«

Calebs Druck an meinem Handgelenk verstärkt sich. Als es schmerzhaft wird und ich unwillkürlich den Mund verziehe, weicht sein eiserner Ausdruck Erschrockenheit, und er lässt mich los. »Das hast du bereits in deiner SMS geschrieben.«

Also hat er sie tatsächlich gelesen. Wie blöde ist er eigentlich, dass er es mir auch noch auf die Nase bindet und nicht einfach so tut, als hätte er die Nachricht nicht gesehen? Das macht es für ihn doch nur viel schlimmer. Männer denken manchmal echt nicht nach, verdammt noch mal.

»Ja«, gebe ich zähneknirschend zurück. »Und du hast nicht geantwortet.«

Fassungslos schüttelt Caleb den Kopf und verschränkt die Arme vor der Brust. Dass er dieses Tanktop trägt ist wirklich ein Nachteil, ich kann mich kaum auf meine wütende Miene konzentrieren. Das tanzende Muskelspiel auf seinen schmutzig geschminkten Armen fasziniert mich, und am liebsten würde ich die Hand ausstrecken, um die einzelnen Stränge nachzufahren.

»Und da dachtest du einfach, du spazierst fröhlich hier rein und besuchst mich?«

Sein aufgebrachter Ton reißt mich schließlich vom Anblick seiner Arme. Wenn er doch bloß ein wenig ruhiger werden könnte, das würde mich nicht so einschüchtern.

»Ja«, entgegne ich schließlich nicht sehr selbstbewusst. Aber immerhin gehe ich gegen seine aufbrausenden Worte an. »Tut mir leid, Caleb, aber so geht das nicht. Du kannst mich nicht einfach jedes Mal in dieser Ungewissheit zurücklassen und diese Psychospielchen mit mir treiben. Das ist geistige Brandstiftung.«

»Geistige …« Er blinzelt mich mit schnellen Aufschlägen an, als würde er einen Geist vor sich sehen. Dann zwickt er sich in die Nasenwurzel und seufzt schwer. »Ich hätte mich bei dir gemeldet, Hazel. Aber ich arbeite.«

Am liebsten würde ich aufstampfen wie eine Dreijährige, die ihren Lolli nicht bekommt. Aber ich zwinge mich zur Vernunft, denn ich will das Ganze erwachsen klären. Also zähle ich langsam in meinem Kopf bis drei, ehe ich antworte. »Das weiß ich. Aber du kannst mir nicht erzählen, dass du nicht auf dein Handy siehst und in der Pause keine Minute Zeit findest, um zu antworten.« Er will etwas sagen und öffnet schon den Mund, aber ich halte einen Finger in die Höhe und bedeute ihm, zu schweigen. »Vor allem dann, wenn du verdammt noch mal weißt, dass ich von Menschen verfolgt werde!«

So. Jetzt ist es raus. Caleb schließt den Mund wieder, wirft einen schnellen Blick zu der Crew auf der anderen Seite der Halle, dann macht er einen Schritt auf mich zu. Mit bedrohlich zitterndem Finger drückt er mir gegen das Brustbein.

»Du wusstest, worauf du dich einlässt, als du herausgefunden hast, wer ich bin. Ich habe dich zu nichts gezwungen, Hazel. Jetzt gib mir nicht die Schuld daran!«

Perplex blinzle ich ihn an. »Ich gebe dir nicht die Schuld daran«, sage ich schlicht und in seinem überraschten Gesichtsausdruck erkenne ich, dass er diese Antwort nicht erwartet hätte.

»Nicht?«

Mein blonder Pferdeschwanz peitscht durch die Luft, als ich den Kopf schüttle. »Natürlich nicht. Klar, du bist wie ein Irrer in die Lobby gerannt, aber das war nicht deine Absicht. Du standest völlig neben dir und hast den falschen Code eingegeben.«

Caleb sieht verwirrt aus. Ich kann förmlich die Rädchen in seinem Kopf hören, während er überlegt. »Was ist es dann?«, fragt er schließlich, und ich nehme erleichtert wahr, dass seine Stimme ruhiger geworden ist. Nicht mehr aufbrausend, sondern lediglich verwundert.

»Caleb«, beginne ich kopfschüttelnd und frage mich, wie zum Teufel er das vergessen konnte. Immerhin war es seine verdammte Forderung – nicht meine. »Die Regeln. Durch die Bilder ist die erste vom Tisch, und ich weiß nicht, was jetzt ist. Das macht mich wahnsinnig.«

Die kleinen Fältchen zwischen seinen zusammengezogenen Brauen glätten sich, als seine Züge entspannen. Im ersten Moment sieht er so überrascht aus, als hätte ich gerade ein Bündel Drogen vor ihm ausgepackt, doch schon in der nächsten Sekunde dringt ein leises Lachen aus ihm hervor. »Das ist mir doch scheißegal«, sagt er und wedelt locker mit einer Hand durch die Luft.

Ich verstehe die Welt nicht mehr. Am liebsten würde ich Wladimir von draußen zu mir rufen und ihn bitten, mir ein Handbuch über Caleb fertigzumachen. *100 Verhaltensweisen und Fakten über Caleb West, die du unbedingt wissen musst, wenn du dich mit ihm triffst.*

»Aber …«, beginne ich verwirrt, »es war dir doch so wichtig.«

Caleb hebt eine Hand und bittet den Regisseur, noch zu warten, als der ihn zu sich ruft. Dann wendet er sich wieder mir zu, immer noch ein Lächeln auf dem Gesicht. »Ja. Aber jetzt haben wir es verkackt und müssen das Beste daraus machen.«

Soll das heißen, er steht zu mir? Am liebsten würde ich ihn einfach offen und ehrlich fragen, traue mich aber nicht. Stattdessen beiße ich mir auf die Unterlippe und sehe ihn mit zusammengezogenen Brauen an. »Ich habe Angst, Caleb.«

»Wovor?«

Mit den Händen wedele ich wild gestikulierend durch die Luft, ohne dabei auf jemanden bestimmten zu zeigen. »Die Paparazzi! Sie sind mir hinterhergerannt und haben mich so extrem belästigt. Das Licht ihrer Kameras wollte einfach nicht mehr aufhören. Gott, ich habe das Gefühl, immer noch diese bunten Punkte vor meinen Augen zu sehen.«

Caleb schluckt schwer. Seine Züge wirken seltsam verzerrt, als würde er Schmerzen haben. »Ich weiß.«

In Gedanken versunken schüttle ich den Kopf, während die Erinnerungen an diese ganzen Menschen von vorhin auf mich einströmen. »Du hast sie nicht erlebt, Caleb«, sage ich leise. »Sie waren so aufdringlich. Du weißt nicht, wie …«

Caleb schnaubt und sieht mit düsterem Blick zu Boden. »Hör auf! Ich will jetzt nicht durchdrehen oder wütend auf dich sein, also sprich nicht weiter. Zufälligerweise weiß ich nämlich ganz genau, wie das ist, Hazel.«

Scham überkommt mich, als mir bewusst wird, was ich gesagt habe. So habe ich es nicht gemeint.

Der Regisseur bricht unser bedrücktes Schweigen, als seine Stimme zu uns herüberbrüllt. »Caleb! Komm, wir müssen dich anschnallen!«

Sein Haar steht bereits in alle Himmelsrichtungen ab, so oft fährt er sich mit den Fingern hindurch. Ehe er mich ansieht, tut er es schon wieder. »Ich muss jetzt weiterarbeiten«, sagt er entschuldigend, streckt die Hand aus und streicht scheinbar geistesabwesend über den runden Ausschnitt meines Schlabbershirts. »Jetzt kommt der Stunt.«

Er nickt zu dem riesigen Turm mitten in der Halle, den ich für einen extrem gewaltigen Stützpfeiler gehalten habe. Meine Augen huschen an die Spitze, an der ich einen Mann in schwarzer Kleidung sehe. Seinem konzentrierten Blick nach zu urteilen, ist er scheinbar intensiv damit beschäftigt, irgendwelche Bänder miteinander zu verbinden und zu prüfen.

Mein Blick wandert am Turm runter zum Boden, wo mehrere Männer gerade dicke blaue Matten aufbauen. Jetzt dämmert es mir. Ruckartig wirbelt mein Kopf zu Caleb.

»Du willst da runterspringen?« Meine Stimme überschlägt sich beinahe vor Panik. Das kann er doch nicht ernsthaft machen! Ich meine, dafür gibt es doch Stuntmänner und erfahrene Experten!

Caleb lacht. In seinen Augen schimmert die Vorfreude, und das Adrenalin scheint ihn lockerer werden zu lassen. Munter lockert er die Arme, wie ein Kind, das kurz davor ist, auf einen hohen Baum zu klettern. »Doch, klar! Auf diese Szene habe ich mich am meisten gefreut.«

Mir wird schlecht, wenn ich zu dem Turm aufsehe. Stockend atme ich die Luft aus. »Das würde ich mich niemals trauen.«

Caleb sieht vom Turm zu mir, und plötzlich blitzt dieses schelmische Funkeln in seinen Augen auf, das ich schon öfter bei ihm gesehen habe. Es ist dasselbe spitzbübische Lächeln wie vor dem Einbruch in die U-Bahn-Station oder dem Essen der Würmer. »Ich muss jetzt arbeiten, Hazel. Aber halte dir für später frei. Ich hole dich hiernach ab.«

Mir ist unklar, ob ich mich freuen soll. Mein Herz hüpft im stürmischen Hip-Hop auf und ab, während mein Kopf mir panisch zubrüllt und schrille Sirenen in Gang setzt.

In einer seltsamen, unbeholfenen Bewegung macht Caleb einen Schritt auf mich zu und beugt sich vor. Gerade entwickelt sich der Hip-Hop meines Herzens zu feurigem Samba, weil ich denke, dass er mich küssen will – hier, am Set seiner Arbeit, vor allen anderen –, da wendet er plötzlich den Kopf ab und richtet sich wieder auf. Mit leerem Blick kratzt er sich am Nacken, dann lächelt er mich freundlich an und winkt mir zu, ehe er sich umdreht und zum Turm geht.

Damit hätte ich dann auch definitiv den Höhepunkt der Scham erreicht.

Ich kam damit klar, einen seltsamen Kerl in Portugal mit einer Orange in der Hand und einem Helm auf dem Kopf auf einer Party zu treffen. Ich kam auch damit klar, dass er ausgerechnet auf mich ein Auge geworfen hatte. Genauso kann ich inzwischen mehr oder weniger verdauen, dass Logan Cunningham meinte, in mich verliebt zu sein.

Aber womit ich, verdammt noch mal, nicht klarkomme, ist, dass ein international bekannter Schauspieler, der zufälligerweise irgendwie vielleicht mein Freund ist, mir zum Abschied *winkt.*

Während ich zum Ausgang gehe und durch die leeren Gänge schlendere, würde ich mir gern einreden, dass es eine süße und nervöse Geste war. Aber manchmal weiß man einfach, wenn etwas nicht so ist, wie man es gern hätte. Man weiß einfach, wann sich der Kopf etwas schönreden will, obwohl es eigentlich ganz anders ist.

So ist es bei mir. Ich weiß, dass Caleb mich trotz der öffentlichen Bilder von uns nicht vor anderen küssen wollte. Und das kann nur bedeuten, dass er sich für mich schämt. Dass er nicht zu mir steht. Nicht zu mir stehen will. Die ganze Zeit über dachte ich, dass es die Geheimnisse waren, die so schrecklich wehgetan und mich zerrissen haben.

Jetzt wird mir klar, dass es nicht die Geheimnisse sind. Es ist die Wahrheit, die einen zerstören kann.

20.

Die imposanten Säulen im Eingang des Plaza-Hotels ragen vor mir auf. Ich bleibe stehen, fahre mit dem Finger das goldene Geländer empor und überlege, was ich eigentlich hier zu suchen habe.

Als ich aus dem Kaufman-Studio kam, bin ich quasi automatisch in mein Auto gestiegen und zum Plaza gefahren. Die meiste Zeit meines Lebens waren Grace und ich praktisch eine Person. Tony hat uns seit jeher als siamesische Zwillinge bezeichnet, weil uns nichts gesagt werden konnte, ohne dass wir es einander nicht sofort erzählt hätten. Noch nie habe ich irgendetwas erlebt, ohne es anschließend mit Grace zu teilen und mich stundenlang mit ihr darüber zu unterhalten.

Aber jetzt fühlt sich alles so anders an. Als wenn eine Mauer sich abrupt zwischen uns aufgebaut und voneinander getrennt hätte. Mir ist klar, dass sie eigentlich nichts verbrochen hat. Trotzdem kommt es mir so vor, als würde sie jeden meiner Schritte innerlich bewerten und wäre nun so enttäuscht von meinem Verhalten, dass sie mir nicht einmal mehr einen Stern geben könnte. Und genau das macht mich so unheimlich wütend auf sie. Wenn ich zurückdenke, hat sie mich seit jeher zurechtgewiesen und mir naserümpfend verkündet, dass meine Kleiderwahl scheußlich oder meine Wimperntusche zu klumpig ist.

Nie habe ich irgendetwas davon Grace böse genommen, weil ich wusste, dass sie es nicht so meinte. Für sie war es einfach nur ein gut gemeinter Stups, um mich in die »richtige« Richtung zu weisen – nur leider war das immer *ihre* Richtung. Eigentlich spielt es keine Rolle, wie sehr sie sich über ihre Mutter beschwert oder wie selten sie Mrs. Bishop sieht – sie ist trotzdem ihre Mutter, und ich schätze, gewisse Dinge färben immer auf das Verhalten ab.

Ich habe keine Ahnung, was ich hier mache. Die reine Gewohnheit muss mich zu ihr gebracht haben, doch ich habe das Gefühl, in letzter Zeit einen großen Schritt in eine andere Richtung gemacht zu haben. Eine Richtung, in der ich nicht zu jedem Geschehen einen ausgiebigen Kommentar von Grace brauche und mir ihre Meinung anhören muss, was ich schon wieder alles falsch gemacht habe.

Seufzend drehe ich mich um und will zurück zu meinem Auto gehen, als ich plötzlich erschrocken drei Schritte rückwärtsspringe.

»Gott«, sage ich und drücke mir die Hand aufs Herz. »Musst du mir so nahekommen?«

Oliver steht vor mir. Graces kleiner Bruder. Für seine vierzehn Jahre ist er verdammt klein, und ich muss mir immer wieder ins Gedächtnis rufen, dass er nicht mehr der süße Siebenjährige von damals ist.

Auch er besitzt die typischen Rehaugen der Bishops – und den herablassenden, arroganten Blick seiner Mutter.

»Das ist mein Zuhause«, entgegnet er tonlos und zieht eine Braue in die Stirn. »Ich kann mich hier aufhalten, wo ich will.«

Mit dem Zeigefinger streicht er sich eine rotblonde Strähne aus dem Gesicht und schiebt dann mit der Manier eines Professors seine Hornbrille von Chanel die Nase hoch.

Entnervt hebe ich die Hände. Oliver ist wirklich ein extrem verzogenes Kind. »Schon gut, Kleiner. Ich wollte sowieso gerade gehen. Mach dir nicht gleich ins Hemd.«

Er schürzt die Lippen und lässt seine Augen mit einem empörten Lacher zur Seite huschen. »Das ist kein *Hemd,* Evans, sondern ein Cotton-Shirt von Burberry.«

Mein Blick wandert an ihm herunter, und ich mustere ihn mit gerunzelter Stirn. »Also, es hat Knöpfe und einen Kragen. Hemd ist Hemd.«

Oliver gibt ein leises Seufzen von sich, als wäre er ein sechzigjähriger Politiker und mit den Nerven am Ende, und zwickt sich anschließend in die Nasenwurzel. Ich verstehe beim besten Willen nicht, was der Junge für Probleme hat und wieso er nicht einfach mit seinen Freunden auf irgendwelche Bäume klettern geht. Gerade will ich an ihm vorbei zurück zu meinem Auto gehen, da sagt er in höhnischem Ton: »Und jemanden wie dich lassen sie in die Vogue. Ich fasse es nicht.«

Ich bleibe stehen und schließe kurz die Augen, während ich tief durchatme. Ganz langsam drehe ich mich zu ihm um und schenke ihm den mitfühlendsten Blick, zu dem ich fähig bin. »Weißt du, Oliver«, beginne ich mit einem leisen Lächeln auf den Lippen, »je älter du wirst, desto mehr solltest du lernen, dass es im Leben nicht um materielle Dinge geht oder deinen Stolz oder dein Ego. Es geht einzig und allein um unsere Herzen und darum, wofür sie schlagen.«

Oliver sagt nichts, er lacht bloß höhnisch auf und schüttelt den Kopf.

Mitleidig ziehe ich die Brauen zusammen und lege den Kopf schief. »Aber ich glaube leider, dein Herz hat schon die falsche Richtung gewählt.«

In Olivers haselnussbraunen Augen blitzt etwas auf, doch ich kann es nicht deuten. Es ist zu kurz, und kaum dass ich noch einmal hinsehe, liegt bereits der übliche herablassende Ausdruck auf seinem Gesicht.

Ich seufze schwer. »Keine Sorge«, sage ich noch, während ich mich umdrehe und auf mein Auto zusteuere, »es ist nicht deine Schuld.«

∞

Caleb hat mir geschrieben, dass ich meinen Rock unbedingt gegen eine Hose tauschen soll, bevor er mich abholt. Also sitze ich nun in dreiviertel High-waist-Jeans, meinen abgetragenen Chucks und einem schlichten weißen T-Shirt im Tony's und warte.

»Meinst du, er fand den Rock schrecklich, oder wieso hat er das geschrieben?«

Tony antwortet nicht sofort, sein Gesicht ist hinter den fünf

Uno-Karten in seiner Hand versteckt. Nur seine dichten Brauen tauchen darüber auf, und ich erinnere mich daran, dass ich sie ihm dringend wieder zupfen muss.

Seine Lippen sind zu einem verschmitzten Lächeln verzogen, als er die »Zwei aufnehmen«-Karte zwischen uns wirft. »Denke nicht. Vielleicht geht ihr Klettern oder so.«

Bei dem Gedanken daran stöhne ich auf und verdrehe die Augen.

Klettern.

Das wäre die reinste Katastrophe. Erstens habe ich extreme Höhenangst, und zweitens bin ich nicht sehr … na ja, sportlich veranlagt. Joggen ist leicht, aber alles, was darüber hinausgeht, kann mir gern gestohlen bleiben.

Ich kontere seinen Zug und werfe ebenfalls eine »Zwei aufnehmen«-Karte auf den Stapel, woraufhin Tony genervt mit den Augen rollt und vier neue Karten aufnimmt.

»Und du hängst heute nur in der Bar rum?«, frage ich nebensächlich, während ich einen Schluck von meiner Cola-Light nehme. »Im Ernst, du solltest dir mal etwas anderes ansehen als diese dunklen Wände. Kein Wunder, dass du seit jeher denselben Anchor-Bart trägst, die Zeit muss hier irgendwann in den Achtzigern stehen geblieben sein.«

Tony schürzt die Lippen, legt eine Aussetzkarte und gleich hinterher einen »Wünsch-dir-was-Joker«.

»Blau«, entgegnet er schlicht und wackelt mit dem Zeigefinger. Ich tue ihm den Gefallen, und als er fröhlich eine weitere Karte legt, sagt er: »Das ist immer noch ein Rap-Industry-Standard-Bart, meine liebe Hazel. Den hat mein Friseur mir empfohlen, und der ist ein Hipper. Er weiß, was zurzeit angesagt ist.«

Ich muss mir auf die Wange beißen, um mir ein Kichern zu unterdrücken. Stattdessen räuspere ich mich belustigt und lege endlich die blöde Sieben, die ich schon die ganze Zeit loswerden wollte.

»Du meinst ein Hipster?«

Mit dem Zeigefinger kratzt Tony sich am Bart und zuckt die

Achseln. »Kann sein. Auf jeden Fall trägt er diese langen Shirts, die bis über den Arsch gehen, und Leggins.«

Frustriert stöhne ich auf, als er eine Aussetzkarte und gleich darauf einen Richtungswechsel legt. »Du schummelst! Die beiden darf man nicht hintereinanderlegen.«

Ein amüsiertes Grinsen legt sich über seine Mundwinkel, als er seine letzte Karte wirft und anschließend siegessicher die Faust in die Luft streckt. »Niemand schlägt mich im Uno! Seit einem viertel Jahrhundert verteidige ich meinen Titel.«

Ich nuschle mir etwas ins Glas, von wegen »weil du einen auf Lance Armstrong machst«.

Tony wirft den Kopf in den Nacken und fängt schallend an zu lachen. Die wenigen Gäste drehen sich neugierig zu uns herum, während die hellen Töne von den Wänden wiederklingen und selbst ich mir ein Schmunzeln nicht mehr unterdrücken kann.

»Du vergleichst mich beim Uno mit einem Doping-Betrüger der Tour de France?«

Belustigt schüttle ich den Kopf und stopfe die Karten zurück in die Hülle. Während ich mir überlege, was Caleb wohl heute vorhat, und gedankenverloren das goldene Uno-Symbol auf der Packung nachzeichne, stellt Tony mir ein neues Glas mit Salzstangen vor die Nase.

»Um auf deine Frage zurückzukommen: Nein, ich werde heute nicht den ganzen Abend in der Bar hängen. Claudia kommt gleich und übernimmt die Schicht.«

Überrascht blinzle ich ihn an. Claudia ist seine einzige Angestellte, die so gut wie nie hier ist. Tony ruft sie bloß in äußersten Notfällen an, wenn er jemanden braucht, der für kurze Zeit den Laden schmeißt.

»Was ist denn bei dir nicht richtig?«, frage ich perplex, beuge mich instinktiv vor und drücke ihm meine Handfläche gegen die Stirn. »Hast du Fieber?«

Lachend dreht Tony sich weg und kratzt sich beschämt den Nasenrücken. »Nein. Ich habe heute Abend einfach etwas Schönes vor. Nichts weiter.«

»Oh mein Gott!«, rufe ich aus und zeige mit dem Finger auf ihn, als hätte ich ihn dabei ertappt, ein Auto zu knacken. »Du hast ein Date!«

Automatisch wirbelt Tony den Kopf herum, um sich zu vergewissern, dass keiner herübersieht. Leider erfolglos, denn schon wieder starrt uns jeder an. »Schrei doch noch lauter«, zischt er, und ich beobachte, wie rote Flecken seinen Hals hinaufkriechen.

Freude macht sich in mir breit, und ich bin ganz aufgeregt. Seit ich denken kann, will ich Tony mit allen möglichen Frauen verkuppeln, aber nie hat es geklappt. Zugegeben, die eine mit Papageienhut und Badeanzug war nicht gerade das Wahre. Aber woher sollte ich denn wissen, dass sie so zum Date erscheint? Sie hatte ja nicht einmal ein Profilbild bei Tinder.

Tony öffnet zögernd den Mund und legt sich verlegen die Hand in den Nacken, als die Tür der Bar aufgeht und seine angespannten Schultern vor Erleichterung weit nach unten sacken.

Ich drehe mich um, wobei mein lockerer Pferdeschwanz durch die Luft schwingt, und sehe Caleb zu uns kommen. Mein Herz macht einen kleinen Hüpfer, als hätte ich beim Treppabgehen eine Stufe verpasst – wie immer, wenn ich ihn sehe. Und – verdammte Scheiße –, er sieht dermaßen heiß aus. Mir bleibt die Spucke weg, und mein Mund schaltet auf hundert Grad Trockenmodus-Spezial.

Auch er trägt kurze Chucks, dazu eine Used-look-Jeans-Shorts und ein weißes Muskelshirt. Ich überlege, ob er nach dem Dreh heute noch im Fitnessstudio war, oder ob seine Arme von dem Stunt so aufgepumpt und fest sind.

Als er bei uns ankommt, lächelt er breit und schiebt seine schwarze Pilotensonnenbrille auf den Kopf.

»Hey.« Tony und er geben sich einen Handschlag. Nicht diesen förmlichen, sondern schon dieses Kumpel-High-Five. Dann beugt er sich zu mir herunter und küsst mich flüchtig. Für eine Sekunde nehme ich die berauschende Note seines frischen Atems wahr, die mich so süchtig macht. Sommerlich und gleichzeitig exotisch, als würde er den ganzen Tag fruchtige Multivitamin-Bonbons lutschen.

»Bereit?«, fragt er mit einem aufgeregten Leuchten in den Augen und strahlendem Lächeln. Caleb scheint ausgesprochen guter Laune zu sein, worüber ich mich freue. Ich hatte schon die Befürchtung, er würde vielleicht doch noch angepisst wegen der Bilder von mir sein und mit säuerlicher Miene hier aufkreuzen.

»Ja. Gehen wir.«

Mit der Hand greife ich meine Tasche vom Tresen, während ich vom Barhocker rutsche und noch schnell einen letzten Schluck meiner Cola Light nehme. Die Kohlensäure prickelt auf meiner Zunge nach, als ich Tony die Daumen entgegenrecke und mit meinen Brauen wackle.

»Viel Glück später!«, rufe ich ihm noch zu, und Caleb hebt die Hand zum Abschied, dann treten wir aus der Bar heraus in die abendliche Sommerluft.

Die Frage, was Caleb für heute geplant hat, schwirrt unablässig in meinem Kopf herum, und ich bete, dass es nichts mit Würmern zu tun hat. Oder U-Bahn-Stationen. Oder irgendwelchen anderen verbotenen Dingen, bei denen uns im Anschluss die Polizei hinterherrennen könnte.

Aber bei Caleb kann man sich nie sicher sein, und als ich in den R8 steige und dabei sein schelmisches Grinsen beobachte, flattert mein Herz vor Nervosität und Panik vor dem, was mir bevorsteht.

∞

Wir fahren bereits über eine Stunde, und meine Nerven sind zum Zerreißen gespannt. Caleb will mir partout nicht erzählen, was wir vorhaben, und die Sonne wird schon bald untergehen.

»Caleb!«, jammere ich, als »New Jersey« auf dem nächsten Ortsschild erscheint, und bemühe mich, die laute Musik von FM Static aus dem Radio zu übertönen.

Er lacht leise und dreht die Lautstärke runter. »Keine Sorge«, sagt er, während er eine Hand auf meinen Schenkel legt und mit seinem Daumen beruhigende Kreise darüberfährt, »wir sind da.«

Tatsächlich stoppt er den Motor ein paar Minuten später, und als ich den Blick von seiner Hand auf meinem Bein abwende und aus dem Fenster sehe, krampft sich mein Magen nur noch mehr zusammen.

Wir sind mitten im Nirgendwo. Als ich aussteige, höre ich die Grillen zirpen, das Geräusch erfüllt die komplette Umgebung. Ansonsten ist es still. Kein einziges Auto ist zu hören, und der Gegensatz zu New York City ist so krass, dass die Stille mich beinahe erdrückt.

»Ich kenne diesen Ort nicht«, sage ich langsam, während ich die Tür des R8 hinter mir ins Schloss fallenlasse und mich zu Caleb umdrehe. Meine Augen weiten sich.

Hinter ihm erstreckt sich eine gigantische Brücke über einen wunderschönen Fluss – der Hudson River, wie ich vermute. Die Wasseroberfläche schimmert und funkelt wegen der Sonnenstrahlen, als hätte Tinkerbell höchstpersönlich eine volle Ladung Glitzerstaub darüber verteilt.

»Der Bear Mountain State Park«, entgegnet Caleb und kramt zwei Wasserflaschen von der Rückbank seines Wagens, ehe er ihn verschließt und mich zu sich winkt.

Gott sei Dank habe ich mir eine längere Hose angezogen; hier wimmelt es sicher von Zecken.

»Wir gehen tatsächlich klettern?«, frage ich mit quengelndem Unterton und werfe die Arme in die Luft, als ich zu ihm aufschließe. »Für dich ist das vielleicht eine Leichtigkeit mit deinen trainierten Armen, Caleb, aber ich bin echt so gar nicht trainiert. Wirklich null. Ich kann dir versichern, dass ich abrutschten und fallen werde, sobald ich ein paar Meter hinter mir habe und dann …«

»Atmest du auch mal?«, lacht Caleb und streicht einen Strauch gelber und roter Blüten aus dem Weg. Wir kommen an einer amerikanischen Flagge vorbei, die im Boden steckt, und Caleb streicht mit dem Finger fröhlich summend über die Eisenstange.

Mir ist alles andere als ausgelassen zumute. Meine Hände beginnen schon zu schwitzen, und ich würde alles dafür geben, jetzt wieder ins Auto zu steigen und einfach umzukehren. Ich werde mich so dermaßen vor Caleb blamieren, das ist sicher. Weder kann ich klettern noch die Höhe ertragen, und dann wird er mich am Ende langweilig und uninteressant finden.

»Wer war eigentlich die Brünette heute Mittag?«, frage ich schließlich, um mich von meinen Ängsten abzulenken. Die trockene Erde knirscht unter meinen Schritten.

Caleb runzelt die Stirn. »Du meinst Penelopé?«

»Woher soll ich denn wissen, wie sie heißt«, gebe ich schnippisch zurück und merke erst im Nachhinein, wie kindisch das klang.

Calebs Blick huscht kurz zu mir herüber, ehe er einen kleinen Stein aus dem Weg kickt und sich mit dem Armrücken die feinen Schweißperlen von der Stirn wischt. »Wenn du das Mädchen meinst, mit der ich gedreht habe, dann ist es Penelopé.«

Ich warte, ob er noch etwas hinzufügt, aber es kommt nichts. Frustriert trete ich auf einen trockenen Stock, der sofort entzweibricht und die Stille über uns mit einem knackenden Geräusch erfüllt.

»Und?«, hake ich schließlich nach, ohne ihn anzusehen. Gott, wieso müssen Männer bloß immer nur das Nötigste antworten? Wenn ich frage, wer dieses Mädchen war, will ich nicht nur ihren gottverdammten Namen, sondern alles wissen. Eine komplette Analyse. Am besten direkt ihren vollständigen Lebenslauf mit NSA-Bericht auf einem USB-Stick.

»Was und?« Caleb klingt verwirrt und zieht fragend die Brauen zusammen, als wir das Waldstück endlich hinter uns lassen und die Sonne uns auf einer Lichtung heftig ins Gesicht knallt.

Ich blinzle gegen das Licht an, und wegen der grellen Sonne kann Caleb nicht sehen, wie ich das Gesicht verziehe und die Augen verdrehe. »Geht da was bei euch?« Kaum habe ich es ausgesprochen, wird mir klar, wie bescheuert das klingt. Ich habe Mühe, das Bild von Grace vor meinem inneren Auge zu vertreiben, die in der Luft schwebt und missbilligend den Kopf schüttelt.

»Nein«, sagt er knapp, ohne weiter auf die Frage einzugehen. »Ich kenne sie schon ewig. Von der Schauspielschule.«

Ich komme nicht mehr zu einer Antwort, denn kaum hebe ich den Blick und sehe vom Boden auf, streckt Caleb den Arm aus, um mich zu stoppen. »Wir sind da«, sagt er, und auf seinem Gesicht breitet sich wieder dieses spitzbübische, kindische Grinsen aus, das ich so schön finde.

Wir stehen am Anfang der Brücke. Mein Herz rutscht mir in die Hose, als mein Blick an dem Geländer vorbei zu dem Fluss wandert. Scheiße, ist das hoch. Unwillkürlich schießt mein Puls in die Höhe, und mir wird schwindelig. Ich gehe ein paar Schritte und halte mich dann taumelnd an dem Stahlstützpfosten fest.

»Alles okay?« Calebs Miene ist besorgt, als er neben mich tritt und mir eine Hand aufs Kreuz legt. »Du bist ja ganz blass.«

Mein Körper bringt bloß ein knappes Nicken zustande, gemeinsam mit einem schwachen Lächeln. »Ja«, sage ich zittrig und wische mir den Schweiß von der Stirn. »Geht schon wieder. Es … war nur die plötzliche Höhe. Damit habe ich nicht gerechnet.«

In der ersten Sekunde sieht Caleb nicht besonders überzeugt aus und mustert mich argwöhnisch, doch als ich mich vom Pfosten abwende und seine Hand nehme, stiehlt sich wieder sein geliebtes Lächeln auf seine eleganten Gesichtszüge. »Komm. Es wird dir gefallen.«

Unsere Schritte hallen dumpf auf dem Stahlgitterboden, während er mich weiter über die Brücke führt und ich unruhig auf meiner Unterlippe herumkaue. Meine Nerven beruhigen sich etwas, weil Caleb meine Hand hält und er mir das Gefühl von Sicherheit gibt. Sogar der ruhige Fluss mit seinem seichten Plätschern gegen das Festland kommt mir plötzlich schön und nicht mehr beängstigend vor.

Ich bin so von der endlosen Weite über das Wasser gefesselt, dass ich gar nicht mitbekomme, wie Caleb stehen bleibt und plötzlich ein Mann mit schulterlangem blondem Haar vor uns steht.

»Caleb«, sagt er und salutiert ihm theatralisch, indem er die Hand an die Stirn legt.

Caleb breitet die Arme aus und gibt dem Mann einen freundschaftlichen Klaps auf den Rücken seiner schlammgrünen Uniform.

»Ich heiße Frank«, wendet er sich schließlich mir zu. »Und du bist Hazel, richtig?« Mit einem freundlichen Lächeln streckt er mir die Hand hin, und ich schüttle schnell den Kopf, um mich aus meinen Gedanken zu reißen.

»Ja, genau. Freut mich.«

Der Typ sieht aus wie ein Zoowärter, und Caleb und er gehen so vertraut miteinander um, als würden sie sich bereits ihr Leben lang kennen. Ich wiederum habe keine Ahnung, was er hier tut oder was Caleb vorhat. Das macht mich wahnsinnig.

»Also Hazel, bereit?«

Frank ist kaum größer als ich, aber als er die Arme in die Hüften stemmt und die stämmigen Beine zu einem festeren Stand auseinanderrückt, mache ich unwillkürlich einen Schritt zurück.

Mein Blick huscht zu Caleb, der jedoch mit einer amüsierten Miene auf den Fluss hinaussieht und sich verlegen am Hinterkopf kratzt.

Franks Augen wandern von mir zu Caleb, dann lacht er schallend auf. »Du hast es ihr nicht einmal gesagt? Scheiße, Kumpel!«

Caleb stimmt leise in sein Gelächter ein und fährt sich mit der einen Hand durchs blonde Haar. Fast so, als wäre er nervös mir zu sagen, um was es hier geht.

Langsam werde ich wütend. »Was nicht gesagt?«, entgegne ich zähneknirschend, sehe dabei aber Caleb an.

Meiner Meinung nach viel zu langsam dreht er sich zu mir herum. Hinter ihm bereitet sich die Sonne für den heutigen Untergang vor und strahlt ihr letztes helles Licht aus. Calebs Haare glänzen fast schon golden, und seine blauen Augen schimmern wie helle Saphire.

Ich sehe zwar, wie seine vollen, rosigen Lippen sich bewegen, höre auch, was für Worte daraus hervorkommen, doch mein Verstand kann seine Antwort nicht in sich aufnehmen. Erst als mein

Blick von ihm zu Frank wandert und ich die Sachen sehe, die er aus seiner riesigen Tasche kramt, trifft es mich wie ein Schlag.

Mit einem Mal bleibt mir die Luft weg, und ich taumele rückwärts.

Niemals. Das werde ich nicht tun. Nicht einmal für Caleb.

21.

»Nein«, sage ich entschieden und strecke abwehrend die Arme hoch, um meine Antwort noch zu untermauern.

Caleb macht einen Schritt vorwärts. »Komm schon, Hazel. Es ist doch nur ein Bungeesprung.«

»Nur ein Bungeesprung?«, wiederhole ich mit viel zu schriller Stimme und sehe ihn fassungslos an. »Würmer essen ist die eine Sache, Cal. Genauso wie in verbotene U-Bahn-Stationen einzubrechen und anschließend von einem Cop gejagt zu werden. Aber das hier?« Ich schlucke kurz, um mich zu sammeln, und für einen Augenblick huschen meine Augen auf den Hudson River unter uns. Dann wende ich mich kopfschüttelnd wieder an Caleb. »Nein«, wiederhole ich entschieden. »Niemals.«

Frank scheint unsere Diskussion nicht im Geringsten zu interessieren. Im Gegenteil, er hört nicht einmal zu. Fröhlich vor sich hin summend kramt er seine todesbringenden, dicken Seile aus der Tasche und fängt an, irgendetwas zusammenzuschnallen. Gott, mir wird schlecht.

»Hazel«, entgegnet Caleb erneut, dieses Mal in einem Ton, als müsste er mich zur Vernunft bringen. »Mach dich doch endlich mal ein bisschen locker. Du bist viel zu verkrampft.«

Das bringt das Fass zum Überlaufen. »Ich bin nicht verkrampft!«, brülle ich beinahe. Wütend raufe ich mir die Haare und will mich beruhigen, aber sein blödes Grinsen macht mich nur noch rasender. Schließlich trete ich gegen das Stahlgeländer und füge mit schriller Stimme hinzu: »Weißt du was? Ich bin die Normale von uns beiden! Du bist doch der verrückte Irre, der immer diesen verdammten Adrenalinkick braucht und alles Mögliche anstellt!«

Caleb öffnet den Mund, doch bevor er antworten und mich wahrscheinlich wieder einlullen kann, wie er es immer schafft, mache ich auf dem Absatz kehrt und laufe zurück in Richtung Festland. Dabei weiß ich nicht einmal, was ich vorhabe. Ich kann wohl kaum in den R8 steigen und in einem dramatischen U-Turn die Düse machen. Weglaufen fällt auch weg, weil wir umgeben sind von einem verdammten Wald, und ich schließe nicht aus, dass es hier Bären und was weiß ich nicht alles gibt.

»Du kannst eh nicht weg!«, ruft Caleb mir zur Bestätigung meiner Gedanken noch hinterher, gefolgt von einem rauen aber sanften Lachen. Frustriert bleibe ich stehen, die Fäuste geballt und den Blick auf dem Stahlgitterboden, und atme tief durch. »Jetzt komm zurück, Baby.«

Mir gefriert das Blut in den Adern. *Baby.* Das hat er noch nie zu mir gesagt.

Verdammt. Das hat er geschickt eingefädelt.

Ganz langsam drehe ich mich um, meine Augen sind ganz groß vor Überraschung.

»Was hast du gesagt?«, frage ich, hauptsächlich deshalb, weil ich es noch einmal aus seinem Mund hören will.

Caleb ist bereits dabei, sich das Sicherheitszeug von Frank umschnallen zu lassen. Er sitzt auf dem Boden, die Beine ausgestreckt, während Frank Fußschnallen an seinen Knöcheln befestigt. Die Hände stützt er rücklings auf dem Boden ab, und als er mir einen raschen Blick schenkt und ein ganz unbeschwertes, süßes Lachen hervorbringt, fühlt es sich an, als würden meine Herzklappen wie eine Fahne im Wind flattern.

»Ich habe gesagt, dass du herkommen sollst, *Baby.«*

Seine Gesichtszüge liegen so offen, glücklich und einfach … *unbesorgt* da, dass ich nicht anders kann, als auch zu grinsen.

»Du bist verrückt«, sage ich, dieses Mal aber mit einem so breiten Lächeln, dass ich meine Grübchen spüre.

Caleb zuckt die Achseln, während er jeden meiner Schritte beobachtet, die ich wieder auf ihn zugehe. »Normal ist doch langweilig, oder?«

Irgendwie versetzt mir sein Satz einen Stich. Wahrscheinlich weil er eben noch gesagt hat, dass ich »nicht so verklemmt« sein soll und damit genau das trifft, was er nicht mag. »Du findest mich also langweilig?«, sage ich mit zusammengezogenen Brauen. Eher eine Aussage als eine Frage.

Calebs Finger schließen sich um mein Handgelenk, und er zieht mich sanft neben sich auf den Boden, wo er mir eine gelöste Strähne aus meinem Zopf wieder hinters Ohr streicht. »Nein, weil du eigentlich gar nicht so eintönig bist, wie du dich gern gibst.«

»Wie meinst du das?«

Frank widmet sich inzwischen meinen Knöcheln, aber ich bin zu sehr von Caleb gefesselt, als dass ich es merken könnte.

Er hebt einen Finger und streicht mir langsam über meine Unterlippe, wobei seine Pupillen ganz groß werden. »Na ja«, beginnt er mit heiserer Stimme, »ich denke, du gibst dir verdammt viel Mühe, so zu sein, wie alle dich gern hätten. Aber in Wirklichkeit bist du eine verrückte kleine Speedy Gonzales. Ich muss die wilde Maus nur manchmal ein bisschen aus dir herauskitzeln.«

Ich muss lachen. Ein so helles, glockenklares Geräusch, das ich nicht von mir kenne. Es erfüllt die komplette Luft um uns herum, und als ich wieder zu Caleb sehe, strahlt er förmlich. Auf seinen Armen hat sich eine Gänsehaut gebildet, obwohl es verdammt warm ist. Mein Herz blüht auf bei dieser Entdeckung.

»Also machst du mit?«, fragt er schließlich, und ich sehe die freudige Erwartung in seinem glühenden Blick, spüre die aufgeregte Spannung auf den Adrenalinkick.

Tief durchatmend sehe ich noch einmal aufs Wasser hinaus, dann streiche ich mir seufzend über das Gesicht. »Ja. Ich bin dabei.«, sage ich schließlich, beiße mir auf die Unterlippe und kann kaum fassen, dass ich das gerade gesagt habe.

Caleb strahlt, und obwohl Frank mir gerade einen Gurt am Oberkörper befestigt, zieht er meinen Kopf zu sich und drückt mir seine Lippen auf meine. Seine Freude lässt sich so überdeutlich spüren, dass ich das Gefühl habe, er würde mir geradewegs seine

Gefühle übertragen. »Du wirst es nicht bereuen«, sagt er, und ich bete inständig, dass er recht hat.

»Ist das denn sicher?«, frage ich zögernd an Frank gewandt und merke, dass ich mich jetzt, wo ich das komplette Geschirr trage, nicht mehr ganz so euphorisch fühle.

Frank lacht. »Nee. Kann sein, dass du dir das Rückgrat brichst. Mal sehen.«

Mir entfährt ein quietschender Laut, und ich will mir panisch das Geschirr abreißen, doch Caleb nimmt lachend meine zitternden Hände in seine.

»Immer mit der Ruhe, Baby. Er macht doch nur Spaß.«

Gott. Ich heule gleich.

»Er soll keinen Spaß machen!« Meine Stimme ist kaum mehr als ein Wimmern, und Frank gibt mir einen aufmunternden Klaps auf die Schulter.

»Ganz locker, Kleine. Das hier ist absolut sicher. Ich führe meinen Xtrem'-Park seit knapp zwanzig Jahren, und noch nie ist etwas passiert. Caleb ist sogar schon als kleiner Junge gesprungen.«

Mein Kopf wirbelt herum zu ihm. »Im Ernst?«

Sag ich ja. Adrenalinfreak.

Er nickt, steht mit spitzbübischem Grinsen im Gesicht auf, und hält mir anschließend die Hand entgegen, um mir aufzuhelfen.

»Ja. Keine Angst. Ich bin bei dir.«

Seine hellen Augen ruhen auf mir, und sein Blick ist so sicher und ruhig, dass er mir unwillkürlich ein bisschen meiner Anspannung nimmt.

»So«, unterbricht Frank unseren Moment und reibt sich die Hände. »Dann mal los. Über's Geländer mit euch.«

Mir wird schwindelig. Ich kann das nicht. Mein Herz rast in einem übermenschlichen Tempo, und meine Hände sind schweißnass.

»Cal«, sage ich mit bebender Stimme, und habe das Gefühl, jeden Augenblick in Tränen auszubrechen.

Caleb grinst immer noch, und ich frage mich, wie er solch eine Ruhe bei der Sache behalten kann. Verdammt, noch nie in meinem Leben hatte ich so heftige Angst vor irgendetwas.

Er wartet keine Sekunde. Ohne zu zögern legt er seine Arme unter meine Kniekehlen und meinen Rücken und hebt mich hoch.

»Wirf mich nicht da runter!«, schreie ich wie eine panische Irre, winde mich aber auch nicht, weil ich Schiss habe, ansonsten ins Wasser zu fliegen. »Caleb! Fuck, was tust du?«

Wieder lacht er, dabei streichen seine Lippen meine Wange, und jetzt, wo er mir so nahe ist, kann ich nicht anders, als gebannt zu sein von seinem perfekten Gesicht.

»Alles gut. Beruhige dich. Ich hebe dich nur über das Geländer. Halt dich fest, wenn du stehst.«

Fuck. Alles dreht sich. Ein verdammter Strudel aus Caleb, Brücke und Wasser vor meinen Augen. Ich bin mir nicht sicher, ob ich ihm gleich auf die Schuhe kotze.

Als meine Füße den kleinen Stahlvorsprung erreichen, sind meine Beine Wackelpudding. Schlimmer noch, ich spüre sie kaum. Sie sind taub, als hätte ich sie zwanzig Jahre lang noch nie bewegt. Mit einem leisen Wimmern klammere ich meine zitternden Hände am Geländer fest, bis die Knöchel sich weiß färben, und zwinge mich, nicht auf das Wasser unten zu sehen.

Ich muss aussehen wie eine Irre.

Caleb hüpft so locker auf das Geländer und schwingt sich darüber, als würde es sich um einen kleinen Backsteinzaun handeln.

Als er neben mir auf dem Stahlgitterboden landet, bin ich etwas beruhigter, aber nur Null-komma-ein Prozent.

Mit dem Rücken lehnt er sich lässig gegen das Geländer, die Ellbogen darauf abgestützt, und sieht hinunter aufs Wasser.

So, wie ich mit dem Rücken zum Abgrund stehe, das Gesicht panisch verzerrt und kurz vor einer Heulorgie, und er in seiner entspannten Ist-doch-ganz-easy-Pose, könnten unsere Gegensätze nicht deutlicher sein.

Frank streicht sich sein langes Haar hinter die Ohren und beugt sich in fachmännischer Pose zu uns herüber. Er verbindet Calebs und mein Geschirr miteinander, sodass wir zusammengebunden sind, und ich habe plötzlich das Gefühl, Caleb kann mein laut klopfendes Herz in seiner Brust spüren.

Wärme durchströmt meinen Körper und legt sich über die panische Kälte, die sich in mir ausgebreitet hat. Es fühlt sich schön an, so mit ihm verbunden zu sein. Fast so, als könnte uns keiner mehr trennen.

Frank klatscht in die Hände und kramt anschließend Calebs Handy vom Boden. Wahrscheinlich will er auch noch, dass er das Ganze filmt. Himmel.

»Ihr seid sicher. Springt, wann immer ihr bereit seid.«

Caleb sieht mich an, die Hände an meine Wangen gelegt. »Wir machen das zusammen, Hazel. Das ist *unser* Ding. Unser Moment.«

Er hat recht. Und auch, wenn ich eine verdammte Scheißangst vor dem Sprung habe, will ich es unbedingt tun.

Ich streiche über das Muttermal unter seinem Auge, und ein Lächeln stiehlt sich auf mein Gesicht, weil er so wunderschön ist. Die Sonne geht gerade unter und strahlt ihre letzten kräftigen orangenen Strahlen aus, tauchen seine Züge in warmes Licht.

»Ich kann mich nicht erinnern, jemals eine Person so schön gefunden zu haben«, sage ich leise, ohne kaum zu merken, dass die Worte gerade tatsächlich meinen Mund verlassen. »Nicht auf diese Weise schön, wie dich alle anderen sehen, weil du berühmt bist. Sondern weil dein Herz so rein ist und dich einfach … strahlen lässt.«

Für einen Moment stockt seine Atmung, und er sieht mich beinahe geschockt an.

Es stimmt – als ich Caleb das erste Mal in der Bar gesehen habe, fand ich ihn heiß. Jetzt ist es so viel mehr als das.

»Du bist ein Engel, Hazel Evans. Mein Engel.«

Jetzt will ich wirklich heulen. Ich muss lachen vor Glück, und er küsst mich. Der Moment ist so vollkommen, dass ich beinahe vergessen habe, wo wir uns befinden.

Zitternd atme ich aus, als ich einen Blick nach unten wage und es sofort wieder bereue.

»Wir fallen gleich, habe ich recht?«

Ein Lächeln legt sich um Calebs Mundwinkel, und er streicht

mir sanft über die Nase. »Nicht fallen. Wir werden fliegen, Baby. Zusammen.«

Bei seinen Worten fällt mir ein Songtext ein. »Fallen ist fliegen, weil du mir Flügel gibst«, flüstere ich.

Meine Worte entlocken ihm ein breites Lächeln, und ich will über die tiefen Grübchen in seinen Wangen streichen, entscheide mich dann aber doch lieber fürs Festhalten. »Bereit?«

Eigentlich nicht. So gar nicht. Aber ich will es tun – unbedingt. Also schätze mal, ich bin bereit. So bereit, wie es eben geht.

»Ich werde so die Hamsterbacken haben, wenn wir jetzt springen.«

Vor meinem inneren Auge flackern die Bilder auf von Leuten, die ich im Fernseher einen Bungeesprung habe machen sehen, und ihre Haut im Gesicht hat immer so seltsam gewackelt als hätten sie Vielsaft-Trank genommen.

Caleb grinst. »Das ist mir so egal mit deinen Hamsterbacken. Du bist immer schön.«

Und dann fliegen wir.

Ohne Vorwarnung, einfach so, von jetzt auf gleich.

Ich schreie, und Caleb lacht. Er lacht so laut und voller Glück, dass ich vollkommen irre werde und schreie, weine, lache – alles gleichzeitig.

Kein Gefühl dieser Welt beschreibt das, was gerade mit mir passiert. Ein komplett elektrisierendes Kribbeln zieht sich durch jede einzelne Nervenbahn, und ich fühle mich komplett frei. Keine Sorgen, keine Angst, keine hundert Gedanken gleichzeitig in meinem Kopf.

Nur Caleb und ich.

Nur sein wahnsinnig glückliches Lachen, unsere Arme, die sich wie fliegende Vögel in die Luft ausstrecken – nur wir.

Das hier ist unser Ding.

Das hier ist unser Moment.

Er ist perfekt, wir sind perfekt, alles ist perfekt.

Perfekt ist jetzt.

22.

»Wie oft willst du dir das denn noch ansehen?« Caleb stöhnt, drückt sich mein Rüschenkissen auf den Kopf und vergräbt sein Gesicht in meine Bettdecke.

Ich sitze neben ihm, die Beine angezogen, und spiele zum gefühlt hundertsten Mal das Video von unserem Sprung ab. »Es ist so der Wahnsinn! Ich kann nicht glauben, dass ich das wirklich getan habe.«

»Ich schon«, grummelt Caleb. »Nachdem du das nun Millionen Mal wiederholt hast.«

Wir sind bei mir. Caleb wollte unbedingt, dass ich die Nacht über bei ihm bleibe, aber ich wollte Mom nicht schon wieder allein lassen. Also hat Caleb schließlich nach mehreren Minuten meiner Überredungskünste eingelenkt, und jetzt liegt er hier – in Jogginghose, blauem T-Shirt und mit verstrubbeltem Haar.

Seufzend lege ich sein Handy beiseite, klemme meine Füße zwischen seine Beine und beiße mir auf die Unterlippe. »Da gibt es noch etwas, das ich dir sagen muss.«

»Erzähl es mir.«

Meine innere Stimme flüstert mir zu, dass er durchdrehen wird, aber ich vertraue darauf, dass die Gedanken an den schönen Tag heute ihn vielleicht ein wenig besänftigen werden.

»Ich habe heute Mittag deinen Dad kennengelernt. Er hat mich von der Pforte abgeholt.«

Caleb streicht das Rüschenkissen von seinem Kopf, liegt jedoch weiterhin mit seiner Wange auf der Bettdecke. Seine Augen huschen in meine Richtung.

»Und?«

Das ist schwerer, als ich dachte. Vor Nervosität wackle ich mit den Zehen an seiner Jogginghose und pule einen Augenblick mit den Fingern an meiner Unterlippe herum, ehe ich schließlich sage: »Er hat mich zu seiner Dinnerparty morgen eingeladen.«

Ruckartig fährt Calebs Kopf hoch, und er setzt sich aufrecht. »Nein.«

Ich seufze schwer. Mir war klar, dass er so antworten würde. Verbissen rede ich mir ein, seine Reaktion rührt nur daher, dass er mich schützen will – so, wie Thomas es mir versichert hat. Aber dennoch kann ich die andere Stimme nicht ignorieren, die mir zubrüllt, dass er sich für mich schämt.

»Wieso nicht?«, frage ich schließlich und werfe frustriert die Hände auf meine Decke. »Ich meine, uns hat doch sowieso schon alle Welt zusammen gesehen.«

Caleb verschränkt die Arme vor der Brust und malmt mit seinem Kiefer. »In dieser Sache diskutiere ich nicht. Du gehst nicht auf die Party und Schluss.«

»Caleb!«, protestiere ich wütend. »Du kannst nicht immer erwarten, dass deine Entscheidungen beschlossenes Gesetz sind. Dein Vater hat mich eingeladen, also gehe ich hin.«

An seiner Schläfe pulsiert eine Ader in bedrohlichem Tempo, und sein müder, erschöpfter Ausdruck von eben ist einem autoritären und kühlen Blick gewichen. »Nicht, wenn ich es nicht will. Nur weil du nicht weißt, wer dein Vater ist, brauchst du jetzt nicht ständig bei meinem antanzen.«

Ich ziehe scharf die Luft an und zucke zurück, als hätte er mich geschlagen. Meine Augen sind weit aufgerissen, weil ich nicht glauben kann, dass er das gerade gesagt hat. »Das hast du nicht ernst gemeint. Sag, dass das nicht ernst gemeint war.«

Einen Moment sieht Caleb mich weiterhin mit diesem eiskalten, herablassenden Ausdruck an, und ich wappne mich schon auf den nächsten Schlag, da entgleisen ihm plötzlich alle Gesichtszüge und weichen einem resignierten, müden Ausdruck. »Nein«, sagt er schließlich leise und reibt sich mit verzweifelter Miene das Gesicht. »Habe ich nicht. Es tut mir leid.«

Das reicht mir nicht. Klar, ich bin erleichtert, dass er noch einmal zurückgerudert ist und sich entschuldigt hat, aber seine Aussage von gerade sitzt tief. Als hätte er ein Messer gezückt, es mir ins Herz gerammt und dann schnell wieder rausgezogen – trotzdem blutet es noch.

»Sag doch was!« Er beugt sich vor und will meine Hände nehmen, doch ich entziehe sie ihm. Sie sind eiskalt.

»Was soll ich denn sagen?«

Mit einem unterdrückten Fluchen erhebt er sich und sieht aus, als würde er in dem Zimmer auf und ab gehen wollen, bis ihm jedoch klar wird, dass es viel zu klein dafür ist. Schließlich fährt er sich aufgebracht durchs Haar, sodass seine blonden Strähnen in der Mitte wild abstehen, ehe er sich vor mir aufbäumt. »Hazel.« Seine Stimme ist brüchig und so eindringlich, dass ich nicht anders kann, als den Kopf zu heben und ihn anzusehen. Mit den Fingern nestele ich unbeholfen am Saum meines Quilts herum. Er schluckt, dann sagt er: »Das öffentliche Leben ist einfach nichts für dich, okay?«

»Aber du führst dieses Leben«, entgegne ich scharf. »Und da ist es unvermeidlich, dass ich mich daran gewöhnen muss, wenn das mit uns funktionieren soll.«

Er drückt die Lippen fest aufeinander, bis sie nur noch eine harte Linie ergeben, und sieht aus als müsste er sich zurückhalten, mich nicht anzubrüllen. Als er nicht antwortet, verunsichert mich sein Verhalten.

»Schämst du dich für mich?«, frage ich schließlich, wobei mein Herz laut zu klopfen anfängt. Ich habe Angst vor seiner Antwort.

»Was?« Calebs Kopf wirbelt vom Fenster weg, zurück zu mir. In seinem Blick liegt absolute Verwunderung. Er macht einen Schritt auf mich zu. »Wie kommst du denn auf so etwas?«

Ein trockenes, freudloses Lachen entfährt mir. »Na ja … Erst wolltest du nicht, dass das mit uns bekannt wird. Und jetzt willst du dich nicht mit mir auf einer Party zeigen. Also ganz so abwegig ist der Gedanke meiner Meinung nach nicht.«

Caleb atmet ein paar Mal tief durch, wobei er das Bild von

mir aus der Grundschule ansieht, das mit dem pinken Cap. »Ich schäme mich nicht für dich«, entgegnet er schließlich, wendet sich von dem Bild ab und setzt sich wieder neben mich aufs Bett. Seine Augen sind groß und rund, fast vollkommen ausgefüllt mit seinem strahlenden Blau. An dem Ausdruck darin kann ich immer erkennen, wann er die Wahrheit sagt – so, wie jetzt.

»Es ist nur …« Mit einem Finger zwirbelt er eine meiner Haarsträhnen auf und lässt den Blick auch nicht davon ab, als er weiterspricht. »Ich will nicht, dass diese Leute dort dich verändern. Das ganze öffentliche Leben. Es ist ein verfluchtes Leben, Hazel, und es kann einem Menschen so viel Schlechtes antun. Das will ich nicht für dich.«

Bei seinen Worten schnürt sich eine eiserne Faust um mein Herz. Nicht wegen der Sorge um mich selbst, sondern wegen ihm. Ich frage mich, ob er vielleicht schon Schreckliches erleben musste, nur weil die ganze Welt ihn und sein Leben verfolgt. Eine überwältigende Menge an Mitgefühl übermannt mich, und am liebsten will ich ihn in den Arm nehmen, doch ich weiß, dass er kein Mitleid will. Stattdessen verschränke ich meine Hand mit seiner und lächle.

»Das werden sie nicht, ich verspreche es dir. Außerdem haben sie mich doch sowieso schon im Visier, nach unserem Auftritt in der Lobby.«

Caleb sieht nicht überzeugt aus. Er beißt sich auf die Unterlippe, kaut darauf herum und sieht nachdenklich zur Seite. »So etwas kannst du nicht versprechen. Glaub mir, du wirst es nicht kontrollieren können. Du wirst dich einfach verändern, ich weiß es.«

»Hast du dich denn verändert?«

Er schüttelt den Kopf, sein Ausdruck ist düster. »Nein. Aber das ist etwas anderes. Ich habe …«

Ich warte, ob er noch weiterspricht, doch er schüttelt nur den Kopf und verstummt dann.

»Sie werden mich nicht verändern«, wiederhole ich. »Versprochen.«

Plötzlich springt Caleb so abrupt auf, dass ich erschrocken zur Tür sehe, weil ich schon denke, es ist jemand hereingekommen. Doch es ist keiner da. Mein Blick wandert wieder zu Caleb, der sich die Fäuste auf die Augen drückt und einen unterdrückten Aufschrei von sich gibt.

»Und was, wenn doch, Hazel?« Er nimmt die Hände wieder von den Augen und sieht mich mit einem so wahnsinnigen Blick an, dass sich mir die Nackenhaare aufstellen. Diese Sache macht Caleb fertig. Schlimmer, als ich geahnt hätte.

Ich rutsche vom Bett und nehme seine Hände, um ihn zu beruhigen. »Dann will ich sogar, dass du dich von mir abwendest. Sollte das passieren, würde ich mich nämlich selbst nicht mehr kennen.«

Seine Atmung geht schnell, und ich weiß, dass er immer noch auf der Kippe steht, komplett auszurasten. Caleb hat extreme Aggressionsprobleme – aber es ist mir egal.

»Ich will nur dich, Caleb«, sage ich sanft und streiche über seine schwielige Haut. »Nur dich. Und wenn du mich an deiner Seite willst, dann musst du auch zulassen, dich ganz kennenzulernen.«

Seine Lider flackern, als er mit trägem Blick wieder zu mir sieht. »Du kennst mich«, sagt er mit rauer Stimme.

»Nur deine Seite außerhalb des öffentlichen Lebens. Ich will aber auch die andere kennen. Alles von dir.«

»Brauchst du nicht«, entgegnet er schlicht. »Alles, was ich bin, bin ich in deiner Gegenwart.«

Seine Worte berühren mich, aber es ist mir wichtig, dass er versteht, was ich meine. Also seufze ich und schüttle mit einem verständnisvollen Lächeln den Kopf. »Es ist, als wären wir an einem Abgrund, und oben stehst du und wirfst mir ein Seil zu. In dem Moment, als ich es ergreife, bist du glücklich, weil es uns verbindet. Aber dann, wenn ich weiter raufklettern will und dir näherkomme, lässt du abrupt los, und ich verliere dich wieder. Das ist frustrierend, Caleb.«

Seine Augen huschen in meinem Gesicht umher, die rosigen Lippen leicht geöffnet. Seine Züge wirken überrascht, als würde er mich gerade zum ersten Mal sehen. Ganz langsam hebt er seine Hand und streicht mir mit dem Daumen über meine Wangenknochen. »Dann versprich mir, dass du dich nicht von mir abwendest. Dass du mich nicht verlässt, wenn du die andere Seite kennenlernst.«

Ich muss nicht einmal eine Sekunde darüber nachdenken. »Ich verspreche es.«

In seinen Augen schimmert noch immer die Angst und Panik davor, mich »den Löwen zum Fraß vorzuwerfen«, wie Thomas West es formuliert hat.

»Vertrau mir, Caleb«, flüstere ich, ohne mich von ihm abzuwenden. Sein Blick geht nachdenklich ins Leere, während er sich mit den Fingern geistesabwesend immer wieder über die vollen Lippen streicht.

»Gut«, sagt er schließlich und mir fällt ein riesengroßer Stein vom Herzen. »Wir gehen auf die Party.«

Ich schenke ihm ein breites Lächeln, damit er weiß, wie viel mir dieser große Schritt bedeutet. »Danke.«

Caleb schluckt und fängt an, mit dem Zeigefinger den runden Ausschnitt meines weißen Shirts nachzufahren. Von jetzt auf gleich wechselt sein ernster Ausdruck zu einem erregten, verschmitzten Lächeln.

»Kommen wir noch einmal darauf zurück, als du meintest, du willst nur mich.«

∞

Meine Atmung geht stockend. »Was willst du denn wissen?«, keuche ich.

Calebs Finger fährt inzwischen über meine Brust entlang zur Taille, ich bekomme eine Gänsehaut. Sein Gesicht ist ganz nahe, und als er spricht, streift sein Atem mein Ohr. »Wie sehr du mich willst.«

Bei seinen Berührungen zieht sich mein kompletter Unterleib zusammen. Mit einer Hand kippt er meinen Kopf sanft zur Seite, ehe er meinen Hals mit langsamen Küssen bedeckt. Jeder einzelne von ihnen hinterlässt eine Feuerspur, und habe das Gefühl, als ob in mir jede einzelne Nervenbahn glühen würde. Ich schlucke, bin nicht in der Lage dazu, irgendetwas zu sagen.

»Was willst du, Hazel?«, fragt er mit rauer, leiser Stimme. »Sag es mir.«

Mir entfährt ein helles Stöhnen, als er mit den Fingern über meine Brust streicht. Seine Lippen verziehen sich zu einem zufriedenen Lächeln an meinem Hals.

»D… dich«, keuche ich atemlos.

Seine Hand fährt zu meinem Haar und zieht an meinem Pferdeschwanz. Wieder stöhne ich, kann kaum noch an mich halten.

Caleb beugt sein Gesicht nah über mich, sieht mir mit flatternden Lidern tief in die Augen. »Und was willst du von mir, Hazel?«

»Alles.«

Als wäre das seine Bestätigung gewesen, drückt er mich an die Wand und küsst mich. Nicht sanft, sondern wild und heftig. Er beißt in meine Unterlippe, und ein rauer Laut entfährt ihm. »Du machst mich so geil«, raunt er mir ins Ohr, und keine Sekunde später spüre ich seine Erregung, die sich gegen mich drückt.

Meine Sinne sind benebelt. Ich fühle mich berauscht und will immer mehr, kann nicht aufhören, ihn zu küssen.

In einer blitzschnellen Bewegung zieht er mir das Shirt über den Kopf, wirft mich aufs Bett und nestelt gleichzeitig an meinem BH herum.

Ich schreie beinahe vor Lust, als er ihn auf den Boden wirft und mit seiner Handfläche über meine Brust fährt.

»Das gefällt dir, habe ich recht?«

»J… Ja«, stammle ich, während ich mich unkontrolliert unter ihm winde und kaum noch klar denken kann.

Unbeholfen nestele ich an dem Knopf seiner Jeans herum.

»Caleb, bitte«, flehe ich. »Mehr.«

Wieder bringt er ein raues Lachen zustande, während er mir die Hose auszieht und meine Haut gleichzeitig mit hitzigen Küssen bedeckt.

Ich bäume mich unter ihm auf, recke ihm die Hüften entgegen, doch er drückt mich nur sanft wieder auf die Matratze und zieht sich das T-Shirt über den Kopf. Eine feuchte Spur seiner Küsse legt sich auf meinen Körper, als er die Lippen über meinen Hals hinunter zu meinen Brüsten wandern lässt. Er arbeitet sich weiter zu meinem Bauch, und meine Atmung entwickelt sich zu einem stockenden Keuchen, während ich ihm an seinem Haar ziehe.

Caleb vergräbt sanft die Zähne in der Haut meiner Hüfte, während er mit den Fingern über meinen Slip streicht, den Zeigefinger schließlich einhakt und meine Unterwäsche herunterzieht. Blitzschnell landet sie auf dem Boden bei den anderen Sachen.

»Calebbb«, flehe ich und hoffe, ihn dadurch antreiben zu können.

Im nächsten Moment legt er die Lippen auf meine empfindlichste Stelle und lässt seine Zunge in sanften Bewegungen kreisen.

Mir entfährt ein lustvoller Schrei. Ich kann einfach nicht anders. Noch nie in meinem ganzen Leben habe ich etwas Ähnliches gespürt, und unwillkürlich frage ich mich, warum ich so lange gewartet habe.

»Himmel«, keuche ich, vergrabe meine Hand noch fester in seinen blonden Haaren und ziehe daran.

Ohne zu merken, was ich genau tue, drücke ich mich ihm heftiger entgegen, spüre den sanften Druck seiner Zunge. Mir entfährt ein weiterer Schrei, als er plötzlich einen Finger in mich schiebt und ihn auf und abgleiten lässt. Ich vergrabe die Finger in seine Schulter und beuge den Rücken durch, denn mich überkommt das plötzliche Gefühl, mich festhalten zu müssen.

Als Caleb sich von mir löst, wimmere ich.

Er lacht leise, während er sich aus Hose und Boxershorts schält und plötzlich komplett nackt vor mir sitzt. Seine Hände stützt er auf meinen Knien ab, ehe er sich vorbeugt, die Lippen befeuchtet und anschließend an meinen Brustwarzen saugt.

Ich ziehe scharf die Luft ein und reiße die Augen auf, so heftig überfällt mich dieses Gefühl. Ich will nicht unbeholfen wirken, deshalb umschließe ich ihn mit einer Hand und reibe langsam auf und ab.

Er schließt die Augen und stöhnt auf. »Fuck«, sagt er leise, und dann keucht er: »Bist du dir sicher, Hazel?«

»Ja«, entgegne ich schnell und atemlos, und wiederhole es dann noch einmal, bloß um meinen Worten Nachdruck zu verleihen. »Ja.«

Mit der Hand reibe ich ihn noch schneller, und Caleb entfährt ein raues Stöhnen. Seine Lider flackern.

»Das … Das ist dein erstes Mal, oder?«

Sofort höre ich auf mit dem, was ich tue, und sehe ihn mit großen Augen an. »Habe ich etwas falsch gemacht?«

Calebs Augen weiten sich, und er schüttelt heftig den Kopf. »Nein, Baby. Nein.«

Ich entscheide mich dafür, dass es mir egal sein soll, warum er das gefragt hat. Zumindest in diesem Moment. Meine Hand vergräbt sich in seinem Haar und zieht ihn zu mir herunter. Meine Lippen pressen sich auf seine, während er gleichzeitig seine Finger in mich hineingleiten lässt.

»Wie fühlt sich das an?«, murmelt Caleb an meine Lippen, und mir entweichen lediglich ein paar erstickte Laute.

Meine Beine zittern, und ich merke, wie sich ein heftiger Druck in mir aufbaut.

»Caleb, es … ich …«

Gott sei Dank versteht er. Quälend langsam zieht er seine Finger aus mir heraus und legt sie mir plötzlich an die Lippen. »Ich will, dass du dich schmeckst.«

Eine Sekunde bin ich überrumpelt, doch dann gleiten seine Finger schon in meinen Mund, und ein merkwürdiger Geschmack breitet sich auf meiner Zunge aus. Salzig, aber nicht unbedingt schlecht.

»Oh, Baby«, stöhnt er. »Du machst mich so an.«

Meine Brust hebt und senkt sich rasch, so sehr stehe ich unter Strom. Wieder küsst er mich, stürmisch und feurig. Meine Fingernägel vergraben sich in seinem Rücken und hinterlassen brennende Striemen, als ich daran herunterfahre. Er zieht scharf die Luft ein.

Ich will das hier unbedingt. Jetzt. Ich kann nicht mehr warten.

Mit der Hand greife ich nach seiner Erektion und reibe wieder auf und ab, spüre das stetige Pulsieren an meiner Handfläche. Hätte ich gewusst, dass ich heute mein erstes Mal haben würde, dann hätte ich mich besser vorbereitet. Bücher darüber gelesen, wie man es angeht, oder sonst was. Aber jetzt liege ich hier, und es passiert wirklich. Mit einem berühmten Schauspieler, den alle Welt kennt.

Eigentlich wäre jetzt der Moment, in dem Angst und Panik mich durchströmen sollten, doch nichts davon spüre ich. Lediglich das ziehende Kribbeln und die Vorfreude auf mehr füllen mich aus.

Caleb verlagert sein Gewicht, sodass er für kurze Zeit nur auf seine Arme gestützt ist und über mir schwebt. Dann drückt er meine Beine mit seinem Knie sanft auseinander, spreizt sie, und wieder entfährt ihm ein raues Stöhnen, als seine Hand über meine empfindlichste Stell reibt.

»Du bist so bereit für mich, Baby.«

Dann beugt er sich herunter, legt seine Lippen auf meine, küsst mich erst langsam, dann stürmischer und spielt mit meiner Zunge.

Keine Sekunde später stößt er in mich hinein. Das Gefühl ist merkwürdig, nicht von dieser Welt, und ich höre mich stockend aufkeuchen.

Caleb verharrt mitten in der Bewegung. »Soll ich aufhören?«

Ich schüttle den Kopf, vergrabe meine Fingernägel in seinem Rücken. »Nein«, keuche ich. »Mehr.«

Und er gibt mir mehr. Ein stechender Schmerz durchzuckt mich, doch er wird sofort überlagert von meiner unbändigen Lust.

»Fuck«, stöhnt er, während er mich mit schnellen Stößen komplett ausfüllt. Schweiß perlt ihm von der Stirn. »Fuck, Hazel, du bist so eng.«

»Gott«, keuche ich, lege den Kopf weiter in den Nacken. Mit den Fingern streicht er über meine Wangenknochen, sein Gesicht ist angestrengt verzerrt, von der Mühe, sich mit dem Höhepunkt zurückzuhalten.

»Du machst mich so geil«, keucht er mit gepresster Stimme, streift dabei mit seinen Lippen meinen Hals, und der komplette Strom in meinem Körper zieht sich in meinem Unterleib zusammen. Immer schneller und mit keuchenden Atemzügen stößt er in mich hinein, eine Hand in meinem Haar vergraben, die andere in meiner Schulter, und als er mich küsst, breitet sich vom Schweiß ein salziger Geschmack auf meinen Lippen aus.

»Hazel.« Wie er meinen Namen sagt, ist es eine Mischung aus zitternder Stimme und Seufzen.

Ich beuge mich etwas vor und küsse seinen Hals, versuche so daran zu saugen, wie er es bei mir gemacht hat.

Seine Finger reißen fest an meinem Haar und kratzen über meine Kopfhaut, als er mehrmals laut aufstöhnt und seine heiße Flüssigkeit in mich ergießt. In dem Moment explodiert jede einzelne Nervenbahn in mir, und es brechen so heftige Laute aus mir hervor, von denen ich nie geahnt hätte, dass sie in mir stecken.

Es ist ein wahnsinniges Gefühl, nicht von dieser Welt. Alles in mir zieht sich zusammen, und ich bin vollkommen benebelt, stecke im Delirium und fühle mich besinnungslos.

Atemlos legt er den Kopf auf meine Schulter, ich spüre seine Brust sich senken und heben. Erschöpft hebt er eine Hand und streicht mir über die Wange.

»Wie fühlst du dich?«, nuschelt er träge. »War es so, wie du es dir vorgestellt hast?«

»Nein«, entgegne ich, noch immer vollkommen benebelt. »Es war besser.«

23.

»Bitte … Nein … Hört auf!«

Schlagartig reiße ich die Augen auf. Caleb wälzt sich neben mir hin und her, schlägt mit den Armen um sich.

»Mommy!«

Binnen Sekunden sitze ich kerzengerade im Bett und rüttle an seiner Schulter.

»Cal«, sage ich laut, um ihn zu wecken. Er hört mich nicht, schlägt weiter um sich. Sein Gesicht sieht schrecklich verzerrt aus, als würde er höllische Schmerzen erleiden.

»Mommy, schick sie weg! Bitte, Mommy!«

Fuck. Ich schüttle ihn beinahe, doch er wird einfach nicht wach. Seine Hand landet in meinem Gesicht, als er ausholt und um sich schlägt.

Mühevoll blinzle ich die Tränen weg, die sein Schlag auf meine Nase hervorgerufen haben, und rufe laut: »Caleb!«

Heftig atmend schlägt er die Augen auf. Er sieht aus, als hätte er gerade miterlebt, wie jemand vor seinen Augen ermordet wurde. Schweiß perlt ihm von der Stirn, während er sich hektisch im Zimmer umsieht.

»Schick sie weg!«, sagt er panisch, den Blick starr auf die Tür gerichtet.

Meine Augen folgen seiner Richtung und sehen ans Zimmerende, doch da ist niemand.

»Caleb«, sage ich leise, lege meinen Zeigefinger an sein Kinn und drehe sein Gesicht sanft zu mir herum, damit er mich ansieht. Seine Pupillen sind riesig; die schwarze Farbe verdrängt beinahe den kompletten blauen Ring.

»Es ist keiner hier. Alles ist gut. Du bist bei mir.«

Noch immer atmet er viel zu heftig, kann sich nicht beruhigen.

»Sind sie weg?«, fragt er, seine Stimme zittert vor Angst. Wieder sieht er zur Tür.

Mir zieht sich das Herz zusammen, und ich weiß nicht, wie ich mit seiner Panik umgehen soll. Ich entscheide mich schließlich dafür, auf seine düsteren Gedanken einzugehen.

»Ja«, sage ich leise. »Sie sind weg. Du bist in Sicherheit. Es ist alles gut.«

Ganz langsam wandert sein Gesicht wieder zu mir, er stützt sich mit den Ellbogen auf die Matratze. »Hazel«, flüstert er mit heiserer Stimme, während er mich an sich zieht. »Du darfst mich nie verlassen. Bitte.«

Caleb drückt meine Wange an seine Brust; sie ist ganz nass und klebt vom vielen Schweiß, aber ich wende mich nicht ab. Sein Herz schlägt viel zu schnell, rast förmlich in seiner Brust.

»Werde ich nicht«, versichere ich ihm, woraufhin er mich noch fester drückt.

Meine Haare kleben an seinem Körper, und ich lausche seiner Atmung, bis sie wieder ruhiger wird und ich weiß, dass Caleb wieder eingeschlafen ist.

Ich wiederum bekomme kein Auge mehr zu. Mir gefällt unsere dritte Regel nicht, dass wir nicht über seine Vergangenheit reden. Ich will wissen, womit er zu kämpfen hat, will ihn endlich komplett kennenlernen können. Jede Seite von ihm. Einhundert Prozent Caleb West.

Stattdessen habe ich immer mehr das Gefühl, ihn kaum zu kennen. Und ich weiß nicht, wie lange das noch gut gehen soll.

∞

»Lass endlich mein T-Shirt los! Du leierst es total aus.«

Caleb sitzt auf der Kante meines Betts, bloß in Boxershorts und die nackten Füße überkreuzt, und hält mich am Saum meines Shirts zurück.

»Erst wenn du zusammen mit mir duschen gehst«, wiederholt er zum gefühlt hundertsten Mal mit seinem spitzbübischen Lächeln und den tiefen Grübchen im Gesicht. Von dem düsteren Schatten in seinen Augen von letzter Nacht ist nichts mehr zu sehen, und ich glaube langsam, dass er sich nicht einmal mehr daran erinnern kann, dass er mit mir gesprochen hat.

»Zum tausendsten Mal: Nein!«, protestiere ich und versuche vergebens, seine Finger von meinem Shirt zu lösen.

Calebs Haare sind süß zerzaust. Die oberen Haare stehen wild nach rechts ab; die Strähnen werfen einen leichten Schatten auf seinen sauber geschnittenen Undercut.

»Wieso denn nicht? Wir gehen doch eh beide duschen, und das würde einiges an Wasser sparen.«

Ich verdrehe die Augen, jedoch ohne meinen Blick von ihm abzuwenden. Nicht mal im Sitzen hat er Speckröllchen, sein Waschbrettbauch ist komplett straff und gebräunt. Unwillkürlich frage ich mich, ob er ins Solarium geht oder ständig die Zeit dazu hat, sich zu sonnen.

»Ich will aber nicht, dass meine Mom uns hört«, zische ich zwischen zusammengepressten Zähnen hervor, wobei meine Augen zur Tür huschen, um sich zu vergewissern, dass sie nicht plötzlich dort steht.

Calebs Augen funkeln. »Ist doch egal. Das macht es nur noch aufregender.«

»Du bist so verdorben«, entgegne ich, muss aber grinsen.

Caleb strahlt, als wäre das ein Kompliment gewesen, und fragt: »Also gehen wir?«

Ich weiß, dass er nicht lockerlassen wird, bevor ich nicht zugesagt habe. Aber ich will wirklich nicht mit ihm duschen gehen.

Einerseits wegen Mom, andererseits weil ich schrecklich wund bin und jeder Schritt sich anfühlt, als würde ich in Flammen aufgehen. Und außerdem bin ich noch nicht bereit, einfach locker flockig nackt vor ihm zu stehen. Im Liegen ist das die eine Sache, aber im Stehen fühle ich mich nicht wohl. Meine Brüste hängen zwar nicht, aber sie sind auch nicht gerade pralle, feste Ballons.

»Also gut«, lüge ich ihn an, und kriege beinahe ein schlechtes Gewissen, als ich sehe, wie seine Augen fröhlich aufleuchten. »Warte eben hier, ich hole die Handtücher.«

Caleb nickt und schnappt sich irgendein Buch von meinem Nachtschrank.

Schnell tappe ich aus dem Zimmer, laufe ins Bad und schließe mich ein. Der Gedanke, ihn reingelegt zu haben, lässt mich schmunzeln. Hazel Evans schafft es tatsächlich, einem Schauspieler etwas vorzumachen. Wahnsinn.

Ich genieße das heiße Wasser auf meiner verschwitzten Haut, und als ich wie ein eingewickelter Wrap im Handtuch mit Turban auf dem Kopf zurück ins Zimmer komme, sitzt Caleb schmollend wie ein Kind auf dem Bett, die Arme vor der Brust verschränkt.

»Du hast mich verarscht«, mault er, zieht das Gesicht lang und lässt die Schultern hängen.

Ich kann nicht anders, als bei seinem Anblick laut loszulachen.

»Sorry«, entgegne ich kichernd, »aber du hast mir keine andere Wahl gelassen. Jetzt geh duschen.«

Noch immer zieht er einen Schmollmund, legt mit einer übertrieben trotzigen Geste das kleine Buch zurück auf meinen Nachtschrank und sammelt seine Klamotten vom Boden auf.

»Caleb«, lache ich. »Jetzt krieg dich mal wieder ein.«

Er wirft mir einen letzten beleidigten Blick zu und schließt dann die Zimmertür hinter sich, ehe er rausgeht.

Belustigt schüttle ich den Kopf, während meine Augen von ganz allein zu dem Buch auf dem Nachttisch huschen.

Mein Herz macht einen Hüpfer. Faust I. Er hat sich Faust angesehen – das heißt, er muss meine markierten Sätze gelesen haben. Sie sind nämlich die einzigen Phrasen, unter denen ich mit Bleistift die englische Übersetzung geschrieben habe, weil ich sie mir in mein Notizbuch übertragen wollte.

Gedankenverloren schlage ich das Buch auf und lese mir die Stellen durch. Meine Augen bleiben bei dem Satz »Sein' edle Gestalt, Sein Mundes Lächeln, Seiner Augen Gewalt, und seiner Rede Zauberfluss, sein Händedruck, und ach! Sein Kuss.« hängen, und ich kann nicht anders, als beschämt den Kopf zu schütteln.

Hitze steigt in mir auf, und ich lege das Buch schnell zurück und mache mich fertig, um nicht mehr daran zu denken.

Ich höre meine Mom in der Küche reden, als ich die Treppe heruntergehe. Wahrscheinlich telefoniert sie mit jemandem.

Als sie anfängt, laut loszulachen, blüht mein Herz auf und unwillkürlich stiehlt sich ein Lächeln auf mein Gesicht. Ich liebe es, sie glücklich zu erleben.

Mit federnden Schritten laufe ich den Flur entlang. Tatsächlich fühle ich mich nach gestern Nacht ganz anders als sonst. Ich kann nicht wirklich einordnen, was genau anders ist, aber es fühlt sich schön an.

»Guten Morgen«, sage ich fröhlich, als ich die Tür zur Küche öffne. Eine Sekunde später bleibe ich abrupt stehen, meine Kinnlade sackt herunter, und ich fühle mich wie der lebendig gewordene, erschrockene Emoji, der mit den beiden Händen an den Wangen und den Mund weit aufgerissen.

Mom sitzt am Küchentisch, wie ich vermutet habe. Aber sie telefoniert nicht. Stattdessen sitzt Tony ihr gegenüber, der ihre Hand hält. Als sie mich sehen, schrecken sie wie zwei erwischte Teenager auseinander und sehen mich schockiert an.

»Hazel«, sagt meine Mutter überrascht. »Was machst du denn hier?«

»Ich wohne hier«, antworte ich beinahe mechanisch, während ich immer noch dastehe wie eine Salzsäule.

Mom lacht nervös auf. »Ja. Aber ich dachte, du wärst nicht da.«

Meine Stimme ist monoton, als ich spreche. »Wo sollte ich denn sonst sein?«

»Bei Caleb. Da warst du doch die letzten Tage auch ständig.«

Ich fasse es nicht. Erst jammert sie rum, dass ich nie zu Hause bin oder Bescheid sage, dass ich wegbleibe, und jetzt ist sie schockiert darüber, dass ich hier bin.

Tony scheint sich plötzlich wahnsinnig für die Untersetzer mit den kleinen Hundebildern zu interessieren, die auf dem Tisch liegen.

Gerade will ich etwas sagen, da poltern Schritte auf der Treppe hinter uns.

»Hazel?«, ruft Caleb laut.

Tonys Kopf ruckt in Lichtgeschwindigkeit hoch, während Mom interessiert über meine Schulter lugt.

In Zeitlupe drehe ich mich um, und sehe Caleb auf uns zukommen, lediglich eine komplett nasse Boxershorts an. Sein ganzer Körper und die Haare sind klitschnass, eine Wasserspur folgt ihm über den ganzen Flur wie die Brotkrumen von Hänsel und Gretel.

»Ihr habt keine Handtücher!« Sein Ton ist vorwurfsvoll, als wäre ich daran schuld, dass er nun als nasser Fisch durchs Haus watscheln muss. »Welcher Mensch besitzt denn keine Handtücher? Ich meine, ist das so ein Naturding von euch, von dem …«

Er bricht abrupt ab, als er Mom und Tony vor uns am Küchentisch sieht, die ihn ungeniert anstarren.

»Oh«, sagt er bloß und sieht dann tatsächlich mich an, ein Ausdruck im Gesicht, als wolle er sagen: »Jetzt übernimmst du aber bitte.«

Ein beschämtes Seufzen entfährt mir, ich schüttle den Kopf und vergrabe das Gesicht in den Händen. Das ist wirklich peinlich. Jetzt wissen Mom und Tony sofort, dass gestern Nacht etwas bei uns lief – zumindest können sie es sich denken, wenn er halb nackt vor uns im Flur auftaucht und sich benimmt, als wäre es das Normalste auf der Welt und wir bereits seit fünfzig Jahren verheiratet.

Peinlich berührt lasse ich die Hand ein kleines Stück sinken, sodass lediglich meine Augen hervorlugen und schuldbewusst zu Mom und Tony sehen.

»Schätze, ich kann euch jetzt nichts mehr vorwerfen«, sage ich kleinlaut.

Mom sieht immer noch so schockiert aus, als hätte sie gerade von einem Todesfall gehört, während Tony den Kopf in den Nacken legt, schallend zu lachen anfängt und in die Hände klatscht.

Ich mache auf dem Absatz kehrt, gehe zurück über den Flur und die Treppe hoch – besser gesagt watschele ich durch Calebs hervorgerufenen Fluss.

»Hast du jetzt ein Handtuch für mich?«, fragt er so unbekümmert, als wäre gerade nichts passiert. Aus den Augenwinkeln erkenne ich, dass er sich im Vorbeigehen interessiert die Bilder an den Wänden ansieht und dabei scheinbar geistesabwesend am Saum seiner Boxershorts herumfummelt.

Die Hitze in mir verstärkt sich noch und kriecht inzwischen meinen Hals hinauf.

Wortlos ziehe ich die Schublade der Kommode im Flur auf, drücke ihm wahllos zwei Handtücher in die Hand und verschwinde anschließend mit steifen Bewegungen in mein Zimmer.

Gott sei Dank kommt er mir nicht nach, sondern geht ins Bad. Nicht auszuschließen, dass ich mich ihm an den Hals geworfen hätte, wenn er das mit seinen Boxershorts noch einmal vor meinen Augen gemacht hätte. Und das scheint mir im Moment wirklich unpassend, wo ich mich doch sowieso noch wie eine lebendige Fackel untenrum fühle und gerade erfahren habe, dass Mom und Tony etwas miteinander haben.

Nicht zu fassen, dass sie sich seit über zwanzig Jahren kennen und es jetzt erst zwischen ihnen knallt. Aber ich schätze, so ist das Leben. Es hält Überraschungen für jeden bereit, die so unerwartet kommen, dass man nie damit gerechnet hätte – ansonsten wären es keine Überraschungen.

Caleb und ich sind das beste Beispiel dafür.

∞

Eine halbe Stunde später sitzen wir in Calebs R8, während er durch Brooklyn fährt und die Brücke ansteuert.

»Verrätst du mir jetzt, wo wir hinfahren?«, frage ich mit jammerndem Ton in der Stimme, in der Hoffnung, dass er endlich mit der Sprache rausrückt. Die ganze Zeit hat er einen auf geheimnisvoll getan, und wenn ich gefragt habe, meinte er andauernd: »Du wolltest auch nicht mit mir duschen, also warte ab.«

Caleb kratzt sich an der Stirn und fährt sich anschließend mit der Hand durchs Haar. Es ist noch immer leicht feucht und wirft nasse Tröpfchen auf mein kurzärmliges Karo-Hemd. »Wir kaufen dir ein Kleid.«

Abrupt wende ich mich von den Menschen im Park neben der Brücke ab und sehe ihn perplex an. »Was? Warum?« Ich sehe auf meinen kurzen, beigen Rock hinunter, in den ich den Saum meines Hemds gesteckt habe. »Gefällt dir nicht, was ich trage? Du hättest es einfach sagen können, ich habe auch noch andere Sachen, weißt du …«

Caleb lacht, nimmt eine Hand vom Lenkrad und streckt sie zu mir aus, um mir den Mund zuzuhalten. Er steckt den Kopf aus dem Fenster, ohne den Blick von der Straße abzuwenden, und ruft laut: »Mein Mädchen hier hat ihr Selbstbewusstsein verloren! Gibt es ihr zurück oder ich komm und hoooole es!«

Sofort schlage ich seine Hand weg. »Caleb!«, sage ich mit puterrotem Kopf und sehe ihn entrüstet an. Er lacht immer noch, während er »Selbstbewusstseeeein, wo bist duuuu?« ruft. Ich beobachte, wie die anderen Autofahrer mit zusammengezogenen Brauen zu ihm herübersehen, und versinke in den Erdboden.

»Caleb, hör sofort auf damit! Du spinnst ja total!«

Seine Wangen sind vom Lachen gerötet, als er schließlich den Kopf wieder zurückzieht und sich lässig in seinen Sitz lehnt. »Das hast du davon, wenn du immer an dir zweifelst.«

Ich antworte nicht, sondern ziehe beleidigt die Beine an, verschränke die Arme vor der Brust und sehe aus dem Fenster. Meine Wangen glühen. Ich kann nicht fassen, wie peinlich er ist. Trotzig schalte ich seine Soundanlage ein, schenke ihm einen vernichtenden Blick und bin unsagbar erstaunt, als »When I Was Your Man« von Bruno Mars durch den Wagen tönt.

Mein perplexer Blick sagt scheinbar mehr als tausend Worte, denn Caleb beugt sich schneller vor als ein Löwe auf Futterjagd und schaltet die Musik wieder aus.

»Wir kaufen dir ein Kleid, weil du eins für die Party brauchst«, sagt er zähneknirschend. Von seiner guten Laune von gerade ist nichts mehr übrig, und obwohl ich mich eben noch über sein Verhalten geärgert habe, vermisse ich seine kindliche Unbeschwertheit jetzt. »Ich will nicht, dass die Weiber dich dort zerfleischen.«

Oh. Wie nett, dass er so von mir denkt.

»Ich kann mich durchaus selbst behaupten, Cal«, sage ich nachdrücklich. »Außerdem habe ich durchaus ein paar schöne Kleider.«

Caleb presst die Lippen fest aufeinander, während er langsam durch Manhattan fährt und bei jeder roten Ampel die Augen verdreht. »Die reichen nicht. Du brauchst ein neues.«

Ich seufze schwer und schüttle den Kopf, ärgere mich über seine Engstirnigkeit. Es ist diesen Monat nicht mehr viel von meinem Gehalt aus dem Bücherladen übrig und eigentlich wollte ich es sparen, um Mom ein bisschen für ein neues Autoradio dazuzugeben.

»Gut«, grummle ich, ziehe meinen Geldbeutel aus meiner Tasche und zähle die letzten Scheine darin.

»Dann lass uns zu Zara. Die Kleider sind ganz okay dort und nicht allzu teuer.« Scham überkommt mich, weil ich nicht will, dass er über meinen mickrigen Finanzstatus Bescheid weiß.

Caleb wendet den Kopf und sieht mich an, als würden mir Schlangen aus dem Gesicht wachsen. »Du kannst da nicht mit einem Kleid von Zara aufkreuzen, Hazel. Da lieferst du dich den Aasgeiern ja förmlich selbst aus.«

Mir sinkt der Mut. Was ist so schlimm an einem Kleid von Zara? Mom und ich gehen immer dort shoppen und sind jedes Mal recht zufrieden. Nachdenklich beiße ich mir auf der Unterlippe herum, ehe ich den Geldbeutel resigniert wieder in die Tasche zurücklege.

»Dann komme ich eben nicht mit auf diese Party«, sage ich leise, und frage mich unwillkürlich, ob Caleb genau das bezwecken wollte. Die ganze Zeit über war er nicht angetan von der Idee, mich mitzunehmen. Wahrscheinlich hat er den Plan schon gestern Abend ausgetüftelt.

Caleb parkt den R8 in der fünften, dieselbe Straße, in der Mom und ich auch immer zu Zara gehen. Ganz automatisch wandert mein Blick über die Straße zu dem Eckhaus beim Zebrastreifen, auf dem in eisernen Lettern »Zara« prangt.

»Rede keinen Scheiß«, sagt Caleb und reißt damit meinen Blick von dem Laden weg. Mit dem Kopf nickt er zu meinem Fenster heraus und sagt: »Wir gehen zu Versace, suchen dir ein Kleid aus, und ich kaufe es dir.«

Meine Augen huschen zu dem edlen Gebäude mit der goldenen »Versace«-Aufschrift. Eine amerikanische und italienische Flagge sind daran befestigt, und direkt nebenan sind die roten Markisen von Cartier ausgefahren, unter dem ein Wachmann in schwarzer Uniform steht.

»Nein«, sage ich schlicht, als seine Worte zu mir durchdringen. Entschieden schüttle ich den Kopf. »Das nehme ich nicht an.«

»Doch.« Caleb steigt einfach aus, ohne mehr dazu zu sagen. Mir bleibt nichts anderes übrig, als ihm zu folgen, aber vor dem Laden bleibe ich mit verschränkten Armen stehen und bewege mich keinen Schritt weiter.

»Caleb, das lasse ich nicht zu. Die Sachen sind verdammt teuer!«

Er ist bereits an der Tür, als er sich mit einem entnervten Seufzer zu mir herumdreht. Als wäre ich ein Kind, das beim Eisladen stehen geblieben ist und aus Trotz nicht weitergehen will, bis es sein Eis hat.

»Hazel«, sagt er in einem Ton, als wäre ich eine besonders begriffsstutzige Fünfjährige. »Ich tue das, weil ich es möchte, okay? Bitte nimm es einfach an.«

Mein eiserner Blick wechselt zu einem verzweifelten. »Aber wieso?«, jammere ich, und am liebsten würde ich mit dem Fuß laut aufstampfen.

Caleb sieht nach links und rechts, ehe er einen Schritt auf mich zumacht und seine Lippen mein Ohrläppchen streichen. Eine Gänsehaut rast über meine Arme, obwohl die Sonne uns heftig entgegenknallt. »Weil es mich anmacht, wenn ich dir heiße Kleider kaufe und dich anschließend darin sehe«, flüstert er in rauem Ton, und sofort zieht sich mein Unterleib zusammen.

»Okay, okay«, sage ich schnell und drücke ihn von mir weg, weil der Wachmann uns mit einem seltsamen Ausdruck im Gesicht beobachtet und ich für heute wirklich schon genügend peinliche Momente hatte. »Du darfst mir eins kaufen.«

Caleb strahlt, als wäre Weihnachten vorverlegt, und ich gehe ihm hinterher in die Boutique, nicht ohne den Wachmann aus den Augen zu lassen, der mich von oben bis unten mustert.

Kaum sind wir drin, weht mir der sanfte Luftzug der Klimaanlage entgegen und drei edle Schaufensterpuppen sehen mich mit leeren Blicken an. Sie wurden direkt in der Mitte aufgestellt, und jede von ihnen trägt ein extravagantes, ungewöhnliches Kleid.

Eine Frau mit langem schwarzen Haar und teurem Hosenanzug kommt uns entgegen. Ich erkenne auf den ersten Blick, dass ihre Lippen aufgespritzt sind und ihr Busen gemacht ist.

»Mr. West«, sagt sie mit so viel Schleim in der Stimme, dass ich befürchte, auf der Spur auszurutschen und ihr anschließend auf die Füße zu kotzen. Mich würdigt sie keines Blickes. »Wie kann ich Ihnen behilflich sein?«

Caleb weist auf mich. »Sie braucht ein Kleid für eine Dinnerparty. Am besten nicht zu auffällig, aber dennoch soll es Aufmerksamkeit erregen.«

Die Verkäuferin hat nur einen knappen Blick für mich übrig und nickt anschließend fachmännisch, ehe sie mit ihren dünnen Absätzen über das edle Mosaikmuster auf dem Marmorboden klackert. »Das hier ist aus der neuen Sommer-Kollektion«, sagt sie mit einem Blick über die Schulter und weist auf ein schlichtes schwarzes Kleid mit diagonalen Rüschen in einer Vitrine. Sie bleibt davor stehen und wirbelt elegant wieder zu uns herum, nicht ohne vorher einen abschätzenden Blick auf meine schmutzigen Chucks zu werfen. »Ein ärmelloses Fil-Coupé-Minikleid mit Rundhalsausschnitt. Durch die schwarze Farbe ist es alles andere als auffällig, aber der asymmetrische Fransenbesatz sorgt dennoch für Aufmerksamkeit.«

Caleb sieht nickend zum Kleid, während ich noch mit »Fil-Coupé« und »asymmetrischer Fransenbesatz« zu kämpfen habe. Für mich sieht es aus wie ein schwarzes Kleid mit Rüschen. Mir gefällt der Schnitt; er liegt nicht eng an, sondern hat eine lässige Passform und ist zudem noch ärmellos.

Die Verkäuferin sieht zwischen der Vitrine und Caleb hin und her, sie wirkt ungeduldig. »Es kostet 475 Dollar und ist damit wirklich …«

»450 Dollar?«, wiederholen Caleb und ich unisono. Unsere Stimmen vermischen sich und hallen von den Wänden wider; während ich vollkommen entsetzt klinge, wirkt er geradezu wütend.

»Das ist zu billig«, sagt er schließlich, und mir fallen beinahe die Augen heraus. Bei Zara hätte ich mit Sicherheit ein Ähnliches für 40 Dollar gefunden, da bin ich mir sicher.

Caleb schenkt der Dame einen vernichtenden Blick. »Haben Sie mit Absicht etwas Günstiges für sie ausgesucht?«

Und wieder versinke ich vor Scham im Boden. Calebs Stimme ist herausfordernd und sein Ton laut, er nimmt keine Rücksicht darauf, dass sie eine Frau ist. Seine Wut ist ihm deutlich anzusehen.

Die Verkäuferin sieht peinlich berührt aus. »Entschuldigen Sie bitte, das war nicht meine Absicht. Das Kleid passt wunderbar zu Ihren Beschreibungen, Mr. West, deshalb habe ich es ausgewählt.«

Caleb sieht noch immer nicht besänftigt aus. Scheinbar merkt sie es auch, denn sie fügt hastig hinzu: »Nebenan gibt es atemberaubende, schwarze Jimmy Choos. Die Schuhe passen ganze hervorragend zu dem Kleid, und sie spielen in der höheren Preisklasse.«

Oh nein. Ich will keine Jimmy Choos. Zu Hause warten super bequeme Ballerinas auf mich, die ich jederzeit allen anderen teuren Marken vorziehe.

Caleb sieht sich in der Boutique um, scheinbar um abzuschätzen, ob es ähnliche Kleider gibt, die jedoch teurer sind.

Ich räuspere mich leise, was in diesem Laden immer noch zu laut klingt. »Caleb«, sage ich schließlich, von einem Bein aufs andere tretend. Die Verkäuferin versucht scheinbar, mir einen freundlichen Blick zuzuwerfen, doch schweift schon in der nächsten Sekunde ab, indem sie mit einer hochgezogenen Braue meine Kleidung mustert. Ich konzentriere mich auf Caleb und ignoriere sie. »Lass uns das Kleid kaufen, bitte. Ich finde es schön.« Auf keinen Fall will ich, dass er noch mehr Geld als diese knappen 500 Dollar für ein so einfaches Kleid ausgibt.

Caleb sieht hin- und hergerissen aus. Einerseits will er mir meine Wünsche erfüllen, andererseits denkt er, ich habe noch etwas Besseres verdient. Nachdenklich streicht er sich mit der Handfläche über die Lippen, bis sich seine Gesichtszüge schließlich entspannen und er entschieden seufzt. »Na gut. Aber dann nehmen wir die Jimmy Choos dazu.«

Innerlich stöhne ich frustriert auf, sage aber keinen Ton. Ich will nicht mit Caleb streiten, und weiß ganz genau, dass er auf diese Schuhe besteht.

∞

Eine halbe Stunde später ist mir klar, dass ich gegen die Schuhe hätte protestieren sollen. Wir kommen aus dem Laden, und meine Laune ist dermaßen im Keller, proportional zu Calebs strahlender Miene.

Meine neue Freundin »Lucy 85« hat schlappe 2.150 Dollar gekostet. Und das für ganz klassische spitze Pumps, aber wenn man dem metrosexuellen Verkäufer Glauben schenkt, »lässt Lucy 85 die Füße eleganter erscheinen, als man es sich je erträumt hätte«. Auch er hat irgendetwas von asymmetrischen Ausschnitten gefaselt, und ich frage mich, ob man diese Begriffe im Verkaufstraining lernt, bevor man eingestellt wird.

Zugegeben, sein »sehen Sie diesen beinverlängernden Stiletto-Heel und das Knöchelriemchen? Und dazu diese *asymmetrischen Ausschnitte!«* klang schon sehr überzeugend, und hätte mich dieser Höllenpreis nicht so abgeschreckt, würde wahrscheinlich auch ich jetzt mit Calebs Funkeln in den Augen herumlaufen.

Er trägt meine Tüten, die schwarze Pilotenbrille auf den Augen, und ich habe Schwierigkeiten, mich von seinem Seitenprofil abzuwenden. Grelles Licht blendet mich, und plötzlich tauchen bunte Punkte vor meinen Augen auf. Unwillkürlich reiße ich mir die Hand vors Gesicht, und Caleb legt einen Arm um mich, drängt mich eilig weiter.

»Achte nicht auf sie«, sagt er schlicht, den Blick geradeaus gerichtet. »Geh einfach weiter und beantworte keine Fragen.«

Es ist schwer, nicht den Kopf zu wenden und mir die Leute mit den Kameras anzusehen. Aber ich tue, was Caleb sagt, gehe einfach weiter, sehe nur geradeaus, und irgendwann werden die Paparazzi von der Masse an Menschen verschluckt, die die Straßen füllen.

Caleb wirft mir einen besorgten Seitenblick zu. »Alles in Ordnung?«

Ich nicke bloß. Es war nicht so schlimm wie das eine Mal, als Logan mich gerettet hat, aber angenehm war es auch nicht. Ehrlich gesagt bezweifle ich, dass ich mich jemals daran gewöhnen werde, aber davon möchte ich Caleb nichts sagen. Ich will nicht, dass er sich Gedanken macht.

»Lass uns weiter«, sage ich, und bin schon ein paar Meter gelaufen, bis mir auffällt, dass er nicht mitgekommen ist. Mit gerunzelter Stirn drehe ich mich um.

Caleb steht noch immer an Ort und Stelle, die Tüten in beiden Händen, und starrt mit großen Augen und geöffnetem Mund einen Zeitungshändler an.

Mir wird mulmig zumute, als ich seinem Blick folge, und ich gehe schnell zu ihm zurück.

»Was ist denn?«, frage ich nervös, meine Augen huschen von ihm zum Zeitungshändler und wieder zurück.

Caleb lässt die Tüten fallen und steht so schnell vor den vielen Zeitschriften, dass ich dem Ganzen kaum folgen kann. Verwirrt nehme ich die Tüten an mich und folge ihm. Mein Blick fällt auf das Titelbild der Cosmopolitan, die er in der Hand hält, und mir rutscht das Herz in die Hose.

Abgedruckt sind mehrere Bilder von Logan und mir, wie wir vor dem Haus der Cunninghams stehen und er mir seine Hände auf die Schulter legt. Sein Gesicht ist nah zu mir heruntergebeugt, und es sieht aus, als würde er mich küssen wollen.

»Caleb«, sage ich schnell, doch er ist bereits hochrot angelaufen vor Zorn. Mit wutentbranntem Gesichtsausdruck läuft er los, und als der Verkäufer ihm nachbrüllt, er müsse noch bezahlen, reißt er seinen Geldbeutel aus der Tasche und wirft ihm das Kleingeld vor die Füße.

Ich entschuldige mich eilig für ihn, sammle die einzelnen Geldstücke vom Asphalt und lege sie dem Zeitungshändler auf den Tisch, ehe ich ihm hinterherrenne.

»Caleb«, sage ich atemlos, als ich ihn endlich eingeholt habe. »Ich weiß, was das für einen Eindruck macht. Aber die Bilder sind von dem Tag, als die Paparazzi mich verfolgt haben. Logan hat mich bloß vor ihnen geschützt und …«

»Sei still!«, faucht er und schneidet mir mit einer abrupten Handbewegung das Wort ab.

Wir kommen an seinem Auto an, und er reißt die Tür so heftig auf, dass ich schon befürchte, sie würde kaputtgehen.

Ich steige so schnell ein, wie ich kann, weil ich befürchte, dass Caleb mich ansonsten hier stehenlassen würde. Er ist außer sich vor Zorn, und ich bekomme Angst bei dem Gedanken, was er als Nächstes vorhat.

24.

Wir reden kein einziges Wort miteinander, und die Spannung über unseren Köpfen ist bis zum Zerreißen gespannt, als Caleb durch die Straßen rast und dabei mehrere rote Ampeln mitnimmt.

Die Cosmopolitan liegt auf seinen Schenkeln und rutscht ihm bei jeder scharfen Kurve fast von den Beinen. Sein Gesichtsausdruck beunruhigt mich. Die Augen hat er weit aufgerissen, und seine Pupillen sind wieder so extrem groß, wie immer, wenn die aggressive Seite in ihm die Macht über seinen Verstand übernimmt. Wie er beide Hände fest um das Lenkrad klammert ist unüblich für ihn, die Knöchel färben sich bereits weiß.

»Cal«, versuche ich es mit zitternder Stimme, als er auf den Hof der Cunninghams fährt und so abrupt vor der Tür bremst, dass Staub vom sandigen Boden aufwirbelt und sich wie ein brauner Nebel vor die Windschutzscheibe legt.

Ich muss husten, als ich schnell aus dem Auto steige und ihm hinterherrenne, direkt durch den Staub.

Caleb hämmert wie ein Verrückter mit der Faust gegen die Tür, und als die rothaarige Bedienstete ihm öffnet, läuft er einfach an ihr vorbei und schubst sie mit der Schulter zur Seite.

»Verzeihung«, murmle ich ihr zu, ehe ich ihm hinterherhechte und sehnlichst hoffe, dass Logan nicht zu Hause ist.

Fehlanzeige. Er sitzt auf dem Diwan im Salon, den Kopf tief über sein Tagebuch gebeugt. Als Caleb hereinstürmt, hebt er überrascht den Kopf. Mir zieht sich das Herz zusammen, als ich ihn so unschuldig über dieses schwarze Büchlein sitzen sehe, den Kugelschreiber noch in der Hand und blaue Tintenflecke auf der Haut.

Nie hätte ich gedacht, dass ich jemals ein so starkes Mitgefühl für Logan empfinden könnte wie in diesem Moment.

»Caleb!«, rufe ich und laufe in schnellen Schritten durch den Salon, doch er ist schneller.

»Du Bastard«, faucht er, umschließt Logans Kragen und zieht ihn auf die Beine. Logans Augen huschen kurz zu mir, und sehen dann wieder zu seinem Cousin.

»Cal«, krächzt er aufgrund des festen Griffs an seinem Kragen. »Bleib ruhig.«

Fast hätte ich den Kopf geschüttelt über Logans Worte. Als ob das helfen und Caleb sofort loslassen würde, mit den Worten: »Okay, alles super. Lass uns gehen und auf Glücksbärchis reiten.«

Wie ich vermutet habe, scheinen Caleb Logans Worte noch wütender zu machen. Er stürzt sich auf ihn und reißt ihn zu Boden; Logans Kopf knallt unsanft auf die harten Fliesen. Er zieht scharf die Luft ein, wobei er offenbar Schwierigkeiten hat, weil ihm Caleb die Hand auf den Hals drückt.

Schiere Panik steigt in mir auf. Hilflos drehe ich mich um und sehe die rothaarige Frau leichenblass vor der imposanten Treppe im Eingangsbereich stehen.

»Tun Sie doch was!«, brülle ich, obwohl ich ganz genau weiß, dass sie genauso wenig gegen Caleb ankommt wie ich. Meine Kehle schnürt sich zusammen, und Zornestränen sammeln sich in meinen Augenwinkeln. Unbeholfen fahre ich mir durchs Haar und ziehe verzweifelt daran, während Caleb Logan umdreht und sich mit dem Gesichtsausdruck eines Wahnsinnigen auf ihn setzt.

Ich erkenne ihn nicht wieder. Es ist, als hätte der Teufel Besitz von ihm ergriffen. Immer wieder schlägt er seinem Cousin mit der Faust ins Gesicht, rotes Blut läuft auf die hellen Fliesen.

»Ihr Leben lang machst du sie fertig.« Noch zwei Schläge, links und rechts. »… und jetzt, wo ich mich mit ihr treffe und du nicht, willst du sie plötzlich haben?«

Wieder schlägt er zu, noch heftiger als zuvor. Übelkeit steigt in mir auf, teils vom Geruch des Blutes, teils wegen seiner Worte, die mich darstellen, als wäre ich ein Objekt, eine Sache.

Caleb schnauft vor Anstrengung, während aus Logan bloß noch ein ersticktes Ächzen hervorkommt.

Mir rinnt bereits ein heftiger Schwall an Tränen das Gesicht herunter, weil ich mich so schrecklich hilflos fühle.

»Weil du noch nie ertragen konntest, wenn ich etwas hatte, was du nicht bekommen konntest!«, schreit Caleb ihm ins Gesicht.

Es reicht mir. Ich stürme durch den Salon, wobei ich fast falle, als meine Chucks durch die Blutstropfen am Boden rutschen.

»Caleb!«, brülle ich so laut, dass meine Stimme bricht, lege meine Arme um seine Brust und zerre kräftig an ihm.

Keine Chance. Calebs Oberkörper bewegt sich nicht einen Millimeter, er tickt vollkommen aus und brüllt Logan wie ein Wahnsinniger Beleidigungen zu. Ohne nachzudenken werfe ich mich zwischen die beiden und schütze Logans Gesicht mit meinem Rücken.

Calebs Gesicht ist dunkelrot vor Zorn, ich sehe kaum noch etwas von der blauen Farbe in seinen Augen. Seine Faust saust ein weiteres Mal herunter, und eine Millisekunde blitzt schiere Panik in mir auf, weil ich denke, er wird auch mich schlagen, doch dann hält er abrupt inne. Er blinzelt verwirrt, als er mein Gesicht erkennt, seine Augen huschen von mir zu Logan. Dann wird ihm klar, dass ich ihn schütze.

»Verpiss dich hier, Hazel«, zischt er mit angsteinflößender Stimme und will mich von Logan runterschieben, aber ich bewege mich keinen Zentimeter. Sein Ausdruck wechselt von wutschäumend zu entsetzt. »Du schützt ihn also? Du entscheidest dich für ihn?«

Caleb hat vollkommen die Kontrolle verloren. Er weiß nicht einmal, was er sagt, sein Kopf redet ihm verbissen zu, dass ich etwas mit Logan habe.

»Nein!«, protestiere ich laut und schüttle den Kopf. Meine blonden Strähnen fahren über Logans blutverschmiertes Gesicht und färben sich dunkelrot. Unbeirrt fahre ich fort. Nichts anderes ist gerade wichtig, außer Caleb zur Ruhe zu bringen. »Ich habe mich schon längst für dich entschieden, Caleb, und das weißt du. Denk doch mal nach! Verdammt, Logan hat nichts getan!« Ich bin atemlos, obwohl ich mich kaum bewegt habe. »Er ist dein Cousin!«

Reglos sitzt Caleb vor mir, noch immer rittlings auf Logan, die Fäuste zu beiden Seiten seines Körpers geballt. Seine Knöchel sind blutverschmiert, und er schnaubt wie ein Marathonläufer, doch ich meine, seine Züge sich langsam entspannen zu sehen.

Seine Augen huschen in dem riesigen Salon umher, als würde ihm jetzt erst klar, wo er sich befindet. Ich folge seinem Blick und beobachte, wie er an einem großen Bild an der Wand hängenbleibt. Zwei kleine Jungs lächeln breit in die Kamera, beide mit einer großen Zahnlücke. Sie haben sich die Arme über die Schultern geschlungen und tragen beide ein schmutziges Fußballtrikot.

Caleb und Logan. Es tut mir in der Seele weh, wie rein und unbeschwert er auf dem Bild aussieht, und ich frage mich, welche Dämonen ihm das Leben schwermachen und wer sie hervorgerufen hat.

Fluchend schüttelt er den Kopf, rauft sich das blonde Haar. Blut färbt seine Strähnen wie meine eben zuvor. In einer groben Bewegung umschließen seine Finger den Saum von Logans Poloshirt. »Dieses eine Mal«, warnt er in bedrohlichem Ton, erhebt sich gefährlich langsam und wischt sich über die Bermudas. Dunkelrote Striemen ziehen sich über den Stoff, sein Gesichtsausdruck jagt mir noch immer einen Schauer über den Körper.

Wortlos schreitet er aus dem Salon, läuft in steifen Bewegungen an der Bediensteten vorbei, die auf der untersten Treppenstufe sitzt und sich die Hand aufs Herz drückt, und verlässt das Haus. Die Sonne scheint ihm heftig entgegen und lässt ihn strahlen. Mit seinen angespannten Schultern, den mechanischen, steifen Bewegungen und vor allem dem Blut an den Händen wirkt er wie ein heller Todesengel.

Logan hustet laut und reißt mich aus meinem Bann. Schnell wende ich mich von Caleb ab, rutsche auf die Knie neben Logan und lege ihm eine Hand auf die Brust.

»Was kann ich tun?«, frage ich verzweifelt. Logan sieht schrecklich aus. Sein Gesicht ist blutverschmiert, und der Bereich unter seinem rechten Auge schwillt bereits an.

Wieder hustet er und spuckt einen Klumpen Blut auf die Fliesen. »Mir geht es gut«, sagt er, doch verzieht leicht das Gesicht, als er sich aufsetzt.

»Es tut mir alles so leid. Das ist alles meine Schuld.«, sage ich, und das meine ich ernst. Calebs ganzes Verhalten ist meine Schuld, weil er diese bescheuerten Bilder von mir und Logan gesehen hat.

Logan schüttelt den Kopf. »Nein«, entgegnet er mit heiserer Stimme und wischt sich mit dem Handrücken über die geschwollenen Lippen. Eine Blutspur zieht sich über seine Haut. »Nein, ist es nicht. Glaub mir, ich kenne Caleb. Mich wundert sein Verhalten nicht.«

Ich ziehe die Brauen zusammen, streiche Logan eine verklebte Haarsträhne aus der Stirn. »Aber … wieso hat er das getan?«, frage ich verzweifelt. »Ich meine, ich habe ihm erklärt, dass du mich nur schützen wolltest.«

Wieder hustet Logan. Die Bedienstete scheint sich wieder halbwegs beruhigt zu haben, denn sie kommt mit einem nassen Lappen und Verbandskasten auf uns zugeeilt.

»Gerade das ist es ja, was ihn so wütend macht.«

Ich sehe Logan verwirrt an, während die rothaarige Frau ihm das Gesicht abtupft und er zischend einatmet.

»Was meinst du?«

Die Bedienstete taucht das Handtuch in eine Schale mit heißem Wasser, und Logan presst die Lippen zusammen, als sie die Stelle unter seinem Auge abtupft.

»Caleb braucht die Kontrolle«, presst er zwischen zusammengebissenen Zähnen hervor. »Und wenn er das Gefühl hat, sie entgleitet ihm, dreht er durch. Bekommt eine scheiß Panik.«

Ich beiße mir auf die Unterlippe, während ich über seine Worte nachdenke. »Brauchst du noch etwas?«, frage ich schließlich an Logan gewandt. »Soll ich deinen Dad anrufen?«

Logan schüttelt den Kopf. »Brenda kümmert sich um mich. Geh bitte zu Caleb, Hazel. Er braucht dich. Ich mache mir Sorgen um ihn und glaube, du bist momentan die Einzige, die zu ihm durchdringt.«

Schluckend sehe ich abwechselnd von Logan zur Tür und wieder zurück. Mir ist nicht wohl dabei, ihn hier allein zu lassen, andererseits ist Brenda bei ihm, und ich will wirklich nach Caleb sehen. Ich habe Angst. Nicht *vor* Caleb, sondern *um* ihn. Ich selbst weiß genau, wie schlimm und eindringlich die Dämonen in einem selbst sein können, wenn sie einem unablässig Dinge zuflüstern und man kurz davor ist durchzudrehen.

»Na gut«, sage ich schließlich widerwillig, streiche ihm noch einmal über den blauen Stoff seines Poloshirts und stehe auf. Zögernd sehe ich zu Brenda, die mir mit einem Nicken bedeutet, dass es okay ist. »Ruf mich an, wenn du etwas brauchst«, sage ich an Logan gewandt, und er bringt ein schwaches Lächeln zustande.

Caleb wartet in seinem Auto auf mich. Ich rechne es ihm hoch an, dass er nicht einfach weggefahren und mich zurückgelassen hat. Andererseits tat er es wahrscheinlich nur wegen seinem Ego und übertriebenen Besitzansprüchen.

Wortlos steige ich ein, und auch Caleb sagt nichts, als er den Motor startet und vom Grundstück fährt.

»Willst du reden?«, frage ich schließlich nach einer Weile, als er bereits zum vierten Mal um den Central Park fährt.

Er schüttelt nur den Kopf, also seufze ich, nehme eine Strähne zwischen die Finger und kratze das trockene Blut ab.

»Ich wollte das nicht«, sagt er plötzlich. Sein Adamsapfel hüpft einmal schwer auf und ab, als er heftig schluckt, und ich sehe ihn mit traurigem Blick an.

»Ich weiß«, sage ich leise.

Caleb öffnet den Mund, als wollte er etwas sagen, atmet jedoch bloß tief durch und schließt ihn dann wieder kopfschüttelnd.

Wir halten vor einer riesigen Villa, die fast noch imposanter wirkt als die der Cunninghams. Das eiserne Tor glänzt, und die Verschnörkelungen sehen unfassbar elegant und luxuriös aus.

Calebs Griff ums Lenkrad ist fest, das getrocknete Blut auf seinen Knöcheln bröckelt und fällt ihm auf die Jeans. Der Ausdruck in seinem Gesicht ist verzweifelt, als er die Augen schließt und die Stirn gegen das Lenkrad lehnt. Zitternd atmet er aus.

»Ich habe es getan, weil …« Er stockt. Ich lege ihm eine Hand aufs Bein und drücke leicht zu, um ihn zu ermutigen, weiterzusprechen. »… weil ich den Gedanken nicht ertragen kann, die Person in meinem Leben nicht beschützen zu können, die mir am meisten bedeutet.«

Sein Geständnis wärmt mir das Herz, aber macht mich gleichzeitig unglaublich traurig. Es tut mir höllisch weh, ihn so fertig zu sehen. »Aber du beschützt mich doch«, sage ich leise. »Caleb, du kannst nicht jede Sekunde meines Lebens neben mir stehen und mich vor jeder Kleinigkeit bewahren. Das kann keiner. Aber dafür bist du an meiner Seite und tust das Beste, was dir eben möglich ist.«

Caleb hebt den Kopf vom Lenkrad und sieht mich mit einem so offenen Gesichtsausdruck an, dass es mir das Herz zerreißt. So sieht er also aus, wenn er alle Mauern um sich herum einreißt und einfach er selbst ist. Wenn er es zulässt, seine wahren Gefühle zu offenbaren und die Dämonen in ihm zu zeigen.

»Ich würde mir mein eigenes Herz brechen, um deines schützen zu können, Hazel.«

Der Kloß in meinem Hals löst sich auf und wandelt sich zu heftigen Tränen, die sich in meinen Augenwinkeln sammeln. »Das weiß ich doch«, flüstere ich und ergreife seine Hände. »Das weiß ich alles, Caleb. Und wenn du eben nicht in der Sonne sitzen kannst, werde ich gemeinsam mit dir im Dunkeln bleiben. Du brauchst keine Angst davor zu haben, mich nicht beschützen zu können. Ich bin bei dir und bleibe es auch.«

Ein trauriges Lächeln legt sich um Calebs Mundwinkel. Er hebt den Daumen und streicht mir über meinen Wangenknochen, wobei mir der bleierne Geruch des Blutes in die Nase steigt. »Ich weiß nicht, womit ich dich verdient habe. Ich wünschte, du könntest dieses blöde Lächeln auf meinem Gesicht sehen, wenn ich eine Nachricht von dir bekomme. Und jedes Mal, wenn du über diese Kleinigkeiten sprichst, die dich so faszinieren … Fuck, ich meine, du erzählst mir, warum du Pennys sammelst und weshalb du an das Glück in ihnen glaubst, und dabei hast du dieses … keine Ahnung, wie ich das sagen soll, aber du hast dieses Funkeln in den Augen, wenn du über solche Dinge redest. Und ich ertappe mich plötzlich jeden Tag aufs Neue dabei, wie ich mich über alle möglichen Kleinigkeiten freue und merke, dass es alles wegen dir ist. Du machst einen besseren Menschen aus mir, Hazel. Ich habe bloß diese verdammte Scheißangst, dass …«

Caleb schüttelt den Kopf und fährt sich durchs Haar, ehe er weiterspricht. »Dass meine Vergangenheit dich verschreckt. Dass du vielleicht enttäuscht bist von mir und dich abwendest.«

Ich streiche mir mein blondes Haar aus dem Gesicht, bevor ich ihm meine Finger an die Wange lege und ihn eindringlich ansehe. Ich will, dass er es endlich kapiert. »Caleb. Das Schlimmste, was du je getan hast, der schlimmste Gedanke, der je in dir gelebt hat – ich will das mit dir zusammen durchstehen, hörst du?«

Caleb schluckt. Ein quälender Ausdruck huscht über sein Gesicht, und ein Schatten legt sich über seine Augen. »Ich habe so viel Scheiße erlebt«, sagt er langsam und sieht mich mit bebender Unterlippe an. »Das hat sich alles hier angesammelt«, er legt sich eine Hand auf die Brust, »und mich zu jemandem gemacht, der ich nie sein wollte. Mich verändert, in eine Person, die ich nicht wiedererkenne. Aber ich weiß einfach nicht, wie ich loslasse.«

Meine Fingernägel vergraben sich in seinen Wangen, so heftig schnüren mir seine Worte die Kehle zu. »Wir schaffen das«, sage ich mit krächzender Stimme, meine volle Konzentration darauf, die Tränen zurückzuhalten, die sich in meinen Augen gesammelt haben. »Wir schaffen das zusammen, Caleb. Du bist nicht allein.«

25.

»Was ist mit deinen Knöcheln?«, frage ich, als wir den bogenförmigen Sandweg auf das riesige Herrenhaus zugehen. »Ich meine, willst du sie nicht erst waschen und verbinden?«

Caleb sieht starr geradeaus. »Nein.«

Seine Bräune weicht ihm mehr und mehr aus dem Gesicht, je näher wir der Villa kommen.

»Aber dein Vater …«, fange ich an, doch er unterbricht mich.

»Der hat schon viel Schlimmeres mit mir erlebt.«

Ich beiße mir auf die Innenseite meiner Wange, um nicht nachzubohren. Mir gefällt es nicht, mit blutverkrusteten Strähnen und fleckiger Jeans bei Thomas West aufzutauchen, und ich will nichts lieber, als mich einfach umzudrehen, nach Hause zu fahren und dort frisch zu machen. Außerdem nagt Calebs Antwort an mir, auf die ich nicht einmal etwas entgegnen darf, weil ich sonst unsere bescheuerte Regel brechen würde. Wie abgedroschen ist das zwischen ihm und mir eigentlich?

Eine bullige, in schwarz gekleidete Gestalt vor der Doppelflügeltür reißt mich schließlich aus meinen Gedanken. Ich zupfe Caleb am Saum seines Shirts und zeige mit dem Finger zur Tür.

»Da ist Wladi!«

Caleb runzelt die Brauen und sieht mich verwirrt an. »Wer?«

Wir laufen am Backsteinbrunnen in der Mitte des Vorgartens vorbei, und ich lache. »Der Bodyguard von der Gala und vom Studio neulich.« Mit einem breiten Lächeln sehe ich zu Caleb. »Ich wusste nicht, dass Wladimir zu deinem Vater gehört. Ich mag ihn.«

Mit gerunzelter Stirn sieht er von mir zu Wladimir an der Tür, als sich plötzlich ein amüsiertes Schmunzeln um seine Mundwinkel legt.

»Das ist Tobi, Hazel. Nicht Wladimir.«

Empört bleibe ich stehen, mit einem Ausdruck im Gesicht, als hätte er mir einen Stein gegen den Kopf geschlagen.

»Auf keinen Fall!«, protestiere ich heftig. Fassungslos werfe ich die Arme in die Luft, während Caleb mich einfach stehenlässt und lachend weitergeht. Die hellen Töne erfüllen den kompletten Vorhof und lassen die vielen Tulpen und Gerbera um uns herum plötzlich viel bunter strahlen.

Mit großen Schritten laufe ich ihm hinterher. »Der sieht nicht aus wie ein Tobi. Ich meine, sieh ihn dir doch mal an!«

Calebs Hand schnellt zur Seite, packt mich um die Hüfte und zieht mich zu sich. Seine Finger pieken mir in die Taille und in den Bauch, er kitzelt mich, und ich lache unkontrolliert los.

»Für dich dürfen Leute also keinen Namen haben, der nicht zu ihrem Aussehen passt, ja?«, sagt er belustigt, während er die Finger unablässig in die weichsten Stellen in meinen Bauch drückt.

Inzwischen liege ich auf dem Boden, wälze mich durch den Sandboden und lache Tränen. »Richtig«, keuche ich zwischen dem Lachanfall hervor und versuche, seine Hände abzuwehren – jedoch erfolglos. Caleb ist zu groß, zu stark und zu schnell.

»Wladi! Hilf mir!«, schreie ich lachend und quieke bei jeder weiteren Kitzelattacke auf. »Wladi!«

Caleb lacht auch. Ich habe es geschafft, eine Lücke zwischen seinen Armen zu finden und meine Finger direkt in seine Taille gebohrt.

»Hör auf«, ruft er gackernd, und mir blüht das Herz auf, wie er die Luft mit seinem glockenklaren Lachen erfüllt und nicht mehr aufhören kann.

»Du zuerst!« Prustend rolle ich über den Sandboden, um seinen folternden Kitzelfingern zu entkommen, Hände und Arme von mir gestreckt.

Calebs Lachen erstickt auf der Stelle, als hätte ihm jemand ein Messer in den Rücken gerammt. Sein Gesichtsausdruck hat sich binnen Sekunden von glückselig und fröhlich zu angsterfüllt und panisch entsetzt verändert. Noch immer verharrt er in derselben Position wie zuvor, in der Hocke sitzend und die Hände nach mir ausgestreckt.

Mein Herz beginnt zu rasen. »Caleb?«, frage ich, von plötzlichem Schrecken gepackt, und setze mich auf. »Alles in Ordnung?«

Seine Lippen sind leicht geöffnet, und er sieht mich angsterfüllt und mit riesigen Augen an, als würde er mir jetzt sagen wollen, dass er eine tödliche Krankheit hätte.

Ein Räuspern hinter uns lässt mich herumfahren. Aus den Augenwinkeln erkenne ich, wie Calebs Blick noch immer auf der Stelle verharrt, wo ich gerade noch lag, bis er ihn langsam hebt und zu seinem Vater aufsieht.

Thomas West steht neben Wladimir und sieht mit zusammengezogenen Brauen Caleb an, ehe er sich mir zuwendet, jetzt mit einem Lächeln im Gesicht, und die Arme ausbreitet.

»Hazel, es freut mich so sehr, dich zu sehen.«

Ich bin überrumpelt von seiner Umarmung. Sein Duft ist angenehm frisch und erinnert mich an Minze.

»Danke noch einmal für die Einladung, Mr. West«, sage ich höflich, während ich mich von ihm löse. Neben mir richtet Caleb sich langsam auf und sieht nervös über seine Schultern, als müsste er sich vergewissern, dass hier keiner außer uns ist.

Thomas wedelt mit der Hand durch die Luft. »Bitte nenn mich doch Thomas, Hazel.«

Er sieht zu seinem Sohn, der jedoch nur starr auf den Boden blickt. Ein mitfühlender Ausdruck legt sich in Thomas' graue Augen, während er Caleb mustert. Es ist überdeutlich, wie sein Blick an den blutverkrusteten Knöcheln hängenbleibt und er dann mit gerunzelter Stirn die dunkelroten Streifen auf seiner Jeans betrachtet. Binnen Sekunden verschwimmt dieser Ausdruck jedoch und macht einem aufgesetzten Lächeln Platz, als hätte er nichts von Calebs blutigem Erscheinungsbild bemerkt.

»Kommt doch mit ins Haus, ihr beiden.«

Calebs Augen huschen zur Villa, und für eine Sekunde versteift er sich und spannt die Schultern an. Ich befürchte schon, dass er sich keinen Schritt bewegen und hier stehen bleiben wird, da gibt er sich plötzlich einen Ruck und läuft los, als wäre nichts gewesen.

Neben Thomas schicken beigen Chino-Hosen und dem perlweißen Buttondown-Hemd fühle ich mich unbehaglich. Besonders, als ich aus dem Augenwinkel bemerke, wie sein Blick immer wieder über meine rotgefärbten Strähnen huscht. Absichtlich lasse ich mich ein paar Schritte zurückfallen, um dann wieder aufzuholen und neben Wladimir aka Tobi zu gehen.

Er sieht starr geradeaus. Wie immer.

»Alles schick?«, frage ich und knuffe ihm in die Seite. Eigentlich hatte ich vermutet, mein Ellbogen würde in Speck eintauchen, und bin überrascht, als seine Seite nicht aus Pudding, sondern aus Stahl zu bestehen scheint.

Auch im Hause West wird die dunkelbraune Doppelflügeltür von einer Bediensteten geöffnet – natürlich. Aber im Gegensatz zu Norma oder Brenda ist sie unglaublich klein, sie geht mir kaum bis zum Bauchnabel. Ihr glänzendes dunkles Haar hingegen reicht fast zum Boden, obwohl sie es zu einem Pferdeschwanz gebunden hat.

Mein Blick huscht zu Caleb, der mich direkt ansieht, stumm nickt und meine Vermutung damit bestätigt. Sie ist kleinwüchsig.

Ich höre, wie er tief durchatmet, bevor er neben mir über die Schwelle tritt und ins Haus geht.

Es ist viel dunkler, als ich erwartet hätte. Der weiße Außenputz hat die Villa so modern und elegant wirken lassen, doch die Eingangshalle ist unwahrscheinlich düster. Die Wände sind bis zur Hälfte mit dunklem Holz vertäfelt und münden dann in eine dunkelrote Tapete mit goldenem Barockmuster, das sich bis zur Decke erstreckt.

Nur am Rande nehme ich wahr, wie die kleine Bedienstete sich meinen Chucks widmet und mühevoll versucht, den unlösbaren Knoten der Schnürsenkel zu öffnen. Für eine Sekunde lenkt mich das riesige Bild, das sich mir gegenüber über die Tapete erstreckt, vollkommen ab, aber schon im nächsten Augenblick erspare ich ihr die Arbeit und schlüpfe einfach aus meinen Schuhen heraus. Den König der Knoten würde sie ohnehin nicht lösen können.

Aber die dicken Frauen mit den noch dickeren Kindern erwecken irgendwie einen verstörenden Eindruck auf mich, wie sie da in ihren roten Umhängen über den pastellfarbenen Hintergrund schweben.

»Schön, nicht wahr?«, unterbricht Thomas mein Starren. Als ich ihn ansehe, wird mir klar, dass er meinem Blick gefolgt ist.

»Ja«, lüge ich. Ich finde es scheußlich. Caleb scheinbar auch, denn ich höre ihn neben mir laut schnauben, was er im Anschluss geschickt als Hustenanfall tarnt.

Während sein Vater mir erklärt, dass es von Hans Rottenhammer ist und von irgendeiner tiefgründigen Bedeutung erzählt, lasse ich den Blick über die imposante Betontreppe rechts von mir schweifen, auf der ein dicker roter Teppich liegt. Beim Gedanken daran, diesen täglich zu staubsaugen, empfinde ich eine Woge des Mitgefühls für die kleinwüchsige Bedienstete.

Thomas setzt sich in Bewegung, und ich folge ihm schnell. Das dunkle, gebohnerte Parkett knarrt leise, als die Sohlen seiner teuren Prada-Brogues aus weinrotem Leder darüber gehen. Mit einer Hand streicht er über den gewaltigen Betonlöwen, der auf einer verschnörkelten Säule am Anfang des breiten Geländers thront.

»Dieses schöne Stück ist noch aus dem sechzehnten Jahrhundert erhalten geblieben, dem guten alten Barockzeitalter«, erklärt er und streicht mit stolzen Bewegungen über die einzelnen Betonkerben. Ich habe Schwierigkeiten damit, Thomas West, den Producer aus den Kaufman-Studios von gestern, mit dem Thomas West in Verbindung zu bringen, der hier vor mir steht. Er wirkt eher wie ein begeisterter Geschichts-Professor mit einer Liebe zur Antike.

»Schön«, lüge ich wieder, während ich mich schon längst von dem gruseligen Löwen abgewendet habe und nun zu dem riesigen kristallenen Glaslüster über mir aufsehe.

Die kleine Bedienstete huscht in mein Sichtfeld und läuft über den roten Perserteppich zu der gewaltigen Schiebetür uns gegenüber.

»Genau«, sagt Thomas plötzlich schnell, wendet sich von seinem Löwen ab und läuft ihr hinterher.

Als er an der Tür steht, huschen seine Augen kurz zu Caleb. Es ist ein seltsamer Blick, fast so, als würde er ihn um Erlaubnis bitten, die Türen zu öffnen.

Caleb sagt nichts, sieht seinen Vater nur mit düsterem Ausdruck an, was für Thomas scheinbar Erlaubnis genug ist.

»Das ist der Salon.«

Die Bedienstete schiebt die Türen auseinander, und ich fühle mich plötzlich, als hätte ich einen Zeitsprung vom sechzehnten Jahrhundert ins luxuriöse einundzwanzigste gemacht.

»Oh«, entfährt es mir überrascht, meine Lippen formen ein perfektes kleines *O*. Ich sammle mich schnell, schüttle den Kopf und sehe mit einem Lächeln auf den Lippen zu Thomas.

»Das ist ein kleiner Unterschied zu dem Rest des Hauses«, witzele ich. Hinter mir spüre ich, wie Calebs Muskeln sich anspannen.

Der Salon ist wirklich der komplette Kontrast zur Eingangshalle. Alles strahlt in hellem Weiß, und meine Augen sind beinahe geblendet nach der Dunkelheit von eben. Von der Decke baumeln unterschiedlich große, leuchtende Bälle, während eine weiße Wendeltreppe mit gläsernem Geländer in eine Galerie nach oben führt.

Die Schiebetür, die den Salon in der Mitte teilt und einen kleinen Grünstreifen mit Blüten umrahmt, ist ebenfalls aus Glas. Ich wundere mich, warum diese Tür dort überhaupt angebracht wurde, denn die andere Seite des Salons ist ein exaktes Spiegelbild von der, auf der wir stehen. Dieselben weißen Sofas mit blauen Kissen, dieselben Designer-Knicksessel, derselbe riesige Glastisch.

Thomas kratzt sich den Nacken, während er sich hier umsieht, und wirft Caleb erneut einen besorgten Blick zu.

»Ja«, murmelt er schließlich und deutet wieder auf die Schiebetür, während die Bedienstete eilig vorauseilt.

»Ich habe dieses Zimmer vor einigen Jahren komplett sanieren und renovieren lassen.«

»Ach so?«, frage ich, weil mich interessiert, weshalb ein Fanatiker der Antike freiwillig seinen geschichtsträchtigen Salon erneuern lassen würde.

»Ich geh hoch«, sagt Caleb plötzlich, ehe Thomas mir antworten kann. Ohne sich an mich zu wenden, macht er auf dem Absatz kehrt und geht mit steifen Bewegungen die Treppe rauf. Er verschwindet, als sie links weiterläuft und die obere Etage ihn schließlich verschluckt.

Als ich mich verwundert wieder umdrehe, ist Thomas bleich geworden. Seine Augen liegen noch immer auf der Salontür.

»Soll ich …«, beginne ich zögerlich und zeige mit einem Finger die Treppe rauf, um zu symbolisieren, ob ich Caleb folgen soll.

»Was?« Thomas wendet sich von der Schiebetür ab und sieht mich verwirrt an, als hätte er mich längst vergessen. »Oh … ja, das wäre gut«, fügt er dann hinzu, streicht sich in einer erschöpften Geste über das Gesicht und sieht schließlich wieder zu meinen dunkelrot gefärbten Strähnen. »Ihr solltet euch ein wenig … na ja, macht euch noch einmal frisch, bevor die Gäste für heute Abend kommen. Calebs Zimmer ist die Tür direkt gegenüber der Treppe.«

Ich nicke, und als ich die gewaltige Betontreppe hochgehe, werde ich das Gefühl nicht los, dass einige der Dämonen in Caleb ihren Ursprung in diesem Haus gefunden haben.

∞

Als ich den Knauf zu Calebs Zimmer drehe und die Tür öffne, mache ich direkt den nächsten Zeitsprung.

Auf einem kleinen, dunkelbraunen Holzbett mit Star-Wars-Bettwäsche sitzt ein viel zu großer Caleb im Schneidersitz. Unwillkürlich frage ich mich, ob das vielleicht eine Angewohnheit ist, die er aus seiner Kindheit in diesem Zimmer mitgenommen hat und nicht ablegen kann.

»Hey«, sage ich leise, schließe die Tür und mache ein paar Schritte auf ihn zu. Die blauen Wände sind bemalt mit Raketen, Superhelden und Lego-Sturmtrupplern, und auf seinem Kopfkissen neben ihm sitzt ein kleiner Teddybär.

»Hey«, antwortet er, ohne mich anzusehen. Sein Blick ist auf den weißen Wandschrank neben mir gerichtet, und er starrt ihn so finster an, als hätte er darin einen Banditen eingesperrt.

»Ist … alles okay?«, frage ich zögerlich, weil ich seine Stimmung nicht einordnen kann. Ich weiß, dass seine düstere Laune nichts mit Logan zu tun hat, sondern mit diesem Haus hier. Das spüre ich einfach.

»Ja.«

Seufzend setze ich mich auf den Boden und überkreuze die Füße. Das kann ja ein heiterer Abend werden, wenn das so weitergeht. »Hast du, bis du ausgezogen bist, in diesem kleinen Bett geschlafen?« Eigentlich will ich bloß unbeschwerten Small Talk halten, doch ich habe das Gefühl, jeder Satz, den ich loslasse, verschlechtert seine Laune bloß noch.

»Ja«, entgegnet er wieder. Mit den Augen rollend lege ich mir den Arm auf die Knie und bette meine Wange darauf, als er hinzufügt: »Ich bin mit zwölf ausgezogen.«

Mein Kopf schnellt wieder hoch. »Was? Wohin?«

Caleb zuckt die Achseln und spielt mit den Fingern an seinem Teddybären herum. Irgendwie wirkt er wie ein hilfloser Fünfjähriger und mich überfällt das starke Bedürfnis, ihn in die Arme zu nehmen und auf den Kopf zu küssen.

»Zu Logan.«

»Warum?«, bohre ich nach, die Augen starr auf ihn geheftet. Es interessiert mich brennend, weshalb ein zwölfjähriger Caleb das Elternhaus verlässt.

Seine Antwort ist knapp. »Darum.«

Natürlich. Seine Vergangenheit ist tabu – fast vergessen. Trotzdem bin ich nicht dumm und kann mir ein wenig zusammenreimen. Ich denke, es hat etwas mit seiner Mutter zu tun, auch wenn ich nicht weiß, was es ist. Immerhin lebt Thomas in diesem riesigen Haus scheinbar allein, und jedes Mal wenn ich bisher etwas über Calebs Mom gefragt habe, wurde sein Ausdruck düster, und er hat das Gesprächsthema gewechselt. Es ist frustrierend, dass wir nicht einfach wie alle anderen darüber sprechen können, doch Caleb ist eben nicht wie alle anderen. Und wenn er mir etwas bedeutet, dann muss ich das akzeptieren. Mit jedem Fehler, den er hat, und mit jeder Regel, die er aufstellen will.

»Dein Dad meinte, wir sollten uns ein wenig frisch machen«, sage ich schließlich, und endlich wendet Caleb den Blick von diesem Wandschrank ab und sieht mich an. Ich nehme eine blutverkrustete Strähne zwischen Zeige- und Mittelfinger und rümpfe die Nase. »Und ich würde mich auch wirklich gern duschen und umziehen.«

Caleb erhebt sich so plötzlich von seinem kleinen Kinderbett, dass ich nicht einmal die Hand sinken lassen kann, so schnell ist er bei mir. Seine Finger umschließen mein Handgelenk, und sein Gesicht ist mir plötzlich ganz nah. Der düstere Ausdruck von eben ist verschwunden, stattdessen glühen seine Augen förmlich, als er seine Lippen befeuchtet und sie langsam über meinen Hals streicht. Die Berührungen entlocken mir einen leisen Ton, und als er anfängt, mein Schlüsselbein zu küssen, schleicht mir eine Gänsehaut über den Körper.

»Eigentlich macht mich dieser Anblick sogar verdammt heiß«, murmelt Caleb. Mit den Fingern drückt er in meine Hüften und führt mich mit der Berührung wortlos rückwärts, bis ich mit dem Rücken gegen die Wand stoße.

»W… Was?«, stammle ich, während mir die Hitze den Körper aufsteigt und der Schwindel vor meinen Augen wieder loslegt.

Calebs Zunge streicht meinen Hals hinauf, bis zu der feinen Stelle hinter meinem Ohrläppchen, und in meinem Unterleib beginnt es bereits heftig zu kribbeln.

»Ich habe eine Idee«, sagt er plötzlich in diesem Ton, den ich ganz genau kenne. Es ist sein liebster, verschmitzter Ton, dieses Mal jedoch einen Hauch anrüchiger.

Ein leises Wimmern entfährt mir, als er die Lippen von meinem Hals löst, und stattdessen meine Hand nimmt.

»Komm«, sagt er nur und führt mich aus seinem kleinen Kinderzimmer heraus. Mein Kopf ist noch vollkommen benebelt, untenrum pocht es stark vor Verlangen, und meine Beine fühlen sich an wie Wackelpudding.

Caleb führt mich den Flur entlang, und ich kann nicht anders, als mich zu fragen, wie er so schnell von düster auf lüstern umschalten kann.

»Cal«, sage ich leise, weil ich Angst habe, dass die kleinwüchsige Bedienstete sich hier irgendwo unter einer Kommode aufhält und ich sie nicht sehen kann. »Was hast du denn vor?«

»Warte«, murmelt Caleb, zieht vor freudiger Erwartung die Unterlippe zwischen die Zähne und öffnet eine große Terrassentür hinter sehr schweren, sehr alten und sehr unmodischen weinroten Vorhängen.

»Mylady«, sagt er schließlich mit einem breiten Lächeln und weist mit der Hand nach draußen, um mir den Vortritt zu lassen. Unwillkürlich muss ich kichern, als mich sein Verhalten an den Abend im Tony's erinnert. Das Lächeln erlischt jedoch auf der Stelle, als mir die Bilder in den Kopf kommen, wie der Abend geendet hat.

»Was ist denn?«, fragt er und runzelt die Stirn, als er meinen Ausdruck bemerkt.

»Nichts.« Ich werde den Teufel tun und ihn an dieses Erlebnis erinnern, vor allem jetzt, wo seine Laune sich gerade wieder bessert. Also gehe ich durch die Terrassentür, bloß dass ich nicht auf eine Terrasse trete, wie ich es vermutet hatte, sondern auf einer breiten Steintreppe stehe. Sie führt in ein Paradies von Garten mit einem Pool, der mindestens genauso groß ist wie das Grundstück unseres Reihenhauses in Brooklyn – wenn nicht sogar größer.

Helle Lichterkugeln umgeben den dunklen Marmorrand, während ein kleiner Wasserfall von einer erhöhten Mauer ins Becken plätschert. Eine gemütliche Sitzecke wurde neben dem Pool aufgebaut, und bei den perfekt zueinanderpassenden Sesseln mit den warmen Elektrofackeln vermute ich eine Handvoll teurer Designer hinter dem Werk.

»Wow«, sage ich leise, während mein Blick über die vielen bunten Blumen wandert, die akkurat in verschiedenen Reihen und

Bögen wachsen und somit ein wunderschönes Muster von hier oben ergeben. »Das ist der Wahnsinn, Cal.«

Caleb erscheint hinter mir, als er die Terrassentür wieder schließt. Mit der Nase streift er über meine Wange. »Wir gehen schwimmen«, raunt er mir ins Ohr, und es klingt mehr als ein Stöhnen, als ein vernünftiger Satz.

Ich runzle die Brauen, folge ihm aber, als er erneut meine Hand nimmt und mich die Steintreppe hinunterführt.

»Ich habe kein Badezeug dabei, Cal.«

Er lacht und sieht mich über seiner Schulter mit einem Blick an, als würde er ein süßes Hundebaby sehen, das seine ersten Schritte macht. »Du denkst tatsächlich, ich steige bloß in Badezeug mit dir ins Wasser, oder? Das ist so verdammt süß.«

Meine Wangen glühen, und ein fürchterliches Kratzen breitet sich plötzlich in meinem Hals aus. Wir erreichen das Ende der Treppe, und ich ziehe meine Socken aus, um barfuß durchs Gras zu gehen.

»Wie denn sonst?«, frage ich, meine aber, seine Antwort schon zu kennen. Und tatsächlich: Als er redet, spricht er genau das aus, was ich befürchtet habe.

»Nackt. Ist doch klar.«

Genau. So was von klar. So null-komma-null-null. Niemals.

Abrupt bleibe ich stehen, die feinen Spitzen des frisch gemähten Rasens kitzeln mir an der Fußsohle.

»Spinnst du?«, frage ich ihn, die Augen weit aufgerissen. Wild gestikulierend deute ich zum Haus. »Dein Dad und die gruselige Liliputanerin sind da drin! Ich ziehe mich doch nicht nackt aus, während die jede Sekunde in den Garten spazieren und uns sehen könnten!«

Caleb dreht sich zu mir um, er steht unter einem langen Ast eines großen Apfelbaums, und ein breites Grinsen ziert seine feinen Züge, verbindet die zwei Grübchen in seinen Wangen miteinander.

»Hallo?«, sagt er theatralisch und sieht mich an, als würde er mich nicht kennen. Es ist verdammt schwer zu deuten, wann ein Schauspieler etwas theatralisch meint und wann nicht – das beweist mir Caleb gerade in hohem Maße. Er kommt zurück zu mir, den Kopf verwundert schief gelegt. Als er nur noch ein paar Schritte von mir entfernt steht, mustert er mich mit argwöhnischer Miene von oben bis unten, streckt dann die Hand aus und klopft mir ernsthaft dreimal gegen die Stirn. »Ist Hazel da?«

»Caleb«, zische ich, schlage seine Hand weg und sehe mich schnell um, ob sein Dad oder die Bedienstete hier irgendwo sind und uns beobachten. »Hör auf damit.« Trotzdem gewinnt die Belustigung gegen meinen Verstand, und meine Mundwinkel zucken.

Caleb legt sich die Hand an die Stirn, als würde er in weite Ferne sehen, und sagt: »Ihr Freibeuter habt meine Maid gestohlen!«

Ich sehe ihn an, als wäre er vollkommen verrückt geworden, doch er achtet gar nicht auf meinen Blick, kneift ein Auge zu und spielt seine Show weiter mit diesem fürchterlich süßen Piratenakzent.

»Beim Klabauterrrrmann! Die Halunken haben meine holde Maid getauscht mit diesem verklemmten Weibsstück! Arr, bringt sie mir sofort wieder, ihr räudigen Korsaren, oder ihr sollt verdammt sein und über die Planke gehen!«

Ich gebe ihm einen leichten Klaps mit meiner Hand auf den Kopf, kann meinen Lachanfall aber nicht unterdrücken. Mir blüht das Herz auf, wenn ich ihn so unbeschwert und glücklich sehe. Diese kindliche Verspieltheit in ihm macht einen großen Teil darüber aus, wieso ich ihm so dermaßen verfallen bin.

Er grinst. »Also, kommst du nun?«

Nervös befeuchte ich meine Lippen und sehe mich noch einmal um, weil ich Angst habe, dass jemand hier draußen ist. Obwohl ich weiß, was für ein Adrenalinjunkie Caleb ist, kann ich einfach nicht glauben, dass er ganz locker flockig im Garten seines Vaters Nacktbaden gehen will!

»Aber es sind überall Fenster, und …«

»Nicht hier!«, unterbricht Caleb mich schnell und sieht mich wieder mit diesem Blick an, als würden mir Schlangen aus den Augen wachsen. »Bist du irre? Ich will doch nicht, dass mein Dad dich nackt sieht! Bei der Liliputanerin bin ich mir sowieso nicht sicher, ob sie nicht doch lesbisch ist …« Sein Blick geht einen Moment ins Leere, dann schüttelt er mit verzogenem Mund den Kopf und fügt hinzu: »Gott, nein. Niemals. Ich meine dort drin.«

Caleb weist auf ein großes viereckiges Holzhaus, das am Rand des Gartens hinter ein paar Kirschbäumen steht.

»Eine Sauna?«, vermute ich stirnrunzelnd, und Caleb nickt ganz aufgeregt. Er macht einen Schritt auf mich zu, legt mir eine Hand in den Nacken und lässt seinen heißen Atem über mein Ohr streichen. Wieder zieht mein Unterleib sich zusammen, und meine Atmung geht stockend.

»Ich will sehen, wie der Schweiß durch die Hitze an deiner nackten Haut herunterläuft«, sagt er mit rauer Stimme, und mir entfährt ein leises Stöhnen bei seinen Worten. Mit dem Finger streicht er über meinen Hals und dann an meinem Schlüsselbein entlang. »Ich will die Hitze in dir noch antreiben, indem ich das hier tue …« – ein hauchzarter Kuss an die empfindliche Stelle unter meinem Ohr – »… und das hier.« Seine Hand wandert in meine Jeans, und ich ziehe scharf die Luft ein, als er einen Finger in mich schiebt. Er stößt einen rauen Laut an meinem Ohr aus, lässt den Finger hinaus- und noch einmal hineingleiten.

»Wie fühlt sich das an?«

Meine Stimme ist kaum mehr als ein Krächzen, als ich antworte. »G… Gut.«

Caleb lässt den Finger in mir kreisen. »Willst du mehr, Hazel?«

Ich habe das Gefühl, von meinem Kopf müssen inzwischen Rauchschwaden aufsteigen, so heiß ist mir. Ich will nicht, dass er aufhört. Zwischen meinen Schenkeln kribbelt es heftig, und ich merke bereits, wie sich die komplette Anspannung in meinem Rückgrat sammelt. In Calebs Augen funkelt dunkle Lust, als er mich leise stöhnen hört.

»Ja«, wimmere ich vor Verlangen, und Calebs Mund verzieht sich zu einem anzüglichen Grinsen.

»Ich werde dich mit dem Finger zum Kommen bringen, Hazel«, sagt er und lässt ihn immer schneller in mich hineingleiten. Ich bin so berauscht, dass es mir vollkommen egal ist, ob irgendwer aus dem Fenster sieht. In diesem Moment will ich nichts anderes als Caleb, nur Caleb.

Und dann zieht er den Finger wieder aus mir heraus.

»… unter einer Bedingung«, sagt er.

Ich kann nicht anders, als laut zu wimmern, als ich die Leere untenrum spüre. »Alles«, hauche ich.

Caleb streicht sich den Finger, der gerade noch in mir war, in langsamen Bewegungen über seine Unterlippe. Seine Lider flackern, als er mit der Zunge darüber leckt und ihm ein raues Stöhnen entfährt. »Fuck. Du schmeckst so gut, Baby.«

»Caleb«, flehe ich und erinnere ihn an seine Worte. »Deine Bedingung.«

Er lässt den Finger unter dem Saum meines T-Shirts verschwinden und zieht eine feuchte Spur über meine Haut. Über meinem Hosenbund stoppt er. »Du wirst mit mir in die Sauna gehen.«

Fassungslos, dass er mich das überhaupt fragen muss, recke ich ihm meine Hüfte entgegen und fordere ihn wortlos auf, weiterzumachen. »Ich gehe mit dir in die Sauna«, bestätige ich, und mein Wimmern verebbt auf der Stelle, als er seinen Finger binnen Sekunden wieder in mich hineinschiebt. Nicht einen; dieses Mal sind es zwei, fühle ich. Ich kann nicht mehr. Das fühlt sich so verdammt gut an.

»Ich will dich hören, Baby«, haucht Caleb an meine Mundwinkel. Mein Lächeln ist glasig vor Besinnungslosigkeit, während ich den Höhepunkt ansteuere. Mit einer Hand kralle ich mich in seinen Nacken, die andere vergrabe ich in seinem Haar. Ich stöhne laut an seinem Ohr, so, wie er es will, und spüre seine Erektion an meinem Schenkel. »Schrei meinen Namen«, befiehlt er, und das tue ich.

Binnen weniger Sekunden ist die Luft erfüllt von meinem Stöhnen, und als sein Rhythmus immer heftiger und schneller wird, spüre ich, wie alles in mir explodiert.

»Caleb!«, schreie ich, halte mich an ihm fest, während meine Beine nachgeben und ich mich um seine Finger zusammenkrampfe.

»So will ich das hören«, flüstert er an meinem Ohr, während er die Finger aus mir herauszieht. Meine Flüssigkeit klebt an ihnen, und erneut streicht Caleb sich damit über die Lippen. »Und jetzt«, sagt er, als er sich von mir löst und ich Schwierigkeiten habe, auf meinen wackligen Beinen zu stehen, »gehen wir in die Sauna.«

Mir war nicht klar, weshalb Caleb vom Schwimmen geredet hat, im Endeffekt aber in die Sauna wollte. Zumindest so lange, bis ich hinter ihm in die heiße Hütte gehe und das Schwimmbecken vor uns sehe, das von den Bänken an den Wänden umrahmt wird.

»Ein Schwimmbad reicht wohl nicht, was?«, witzle ich, während ich die Arme vor der Brust verschränke und mich noch an die sengende Hitze hier drin gewöhnen muss.

Unsere Kleidung haben wir im Vorraum abgelegt. Es war mir dermaßen peinlich, mich vor Cal zu entblößen, obwohl er mich ja nicht das erste Mal komplett nackt sieht. Sein eindringlicher, stechender Blick, der jede meiner Bewegungen gefolgt ist, während ich mir die Klamotten abgestreift habe, war auch nicht sonderlich hilfreich.

Caleb scheint unsere Nacktheit nichts auszumachen – im Gegenteil. Er läuft mit so munterer, fröhlicher Miene auf eine der oberen Bänke, als wäre er ein Ureinwohner des Regenwaldes, den man jahrelang in Klamotten verfrachtet hätte, und der nun seinen ersten Tag in Freiheit zurückerlangt hat.

»Der Pool draußen ist gut zum Schwimmen«, entgegnet er und positioniert sein Handtuch aus dem Vorraum hinter seinem Rücken, um sich anlehnen zu können. Seine Augen schimmern verschmitzt, als er wieder zu mir sieht. »Der hier drin ist für andere Dinge.«

Noch immer stehe ich an der Tür, die Arme vor der Brust verschränkt, und spüre langsam, wie mir erste Schweißtropfen von der Stirn laufen. Ungläubig ziehe ich eine Braue in die Höhe. »Du kannst mir nicht erzählen, dass dein Dad dieses Schwimmbecken hier einzig und allein dafür bauen lassen hat, um schmutzige Dinge zu tun.«

Statt zu antworten grinst Caleb bloß und klopft mit der Hand neben sich. »Mein rechter, rechter Platz ist leer, ich wünsche mir die Hazel her.«

Ich verdrehe amüsiert die Augen, gehe aber schließlich um das Becken herum und auf ihn zu.

»Halt!« Er hebt eine Hand, und ich bleibe abrupt stehen.

»Was ist?«

Caleb legt sich die Finger an den Mund und schiebt nachdenklich die Lippen zusammen. Schließlich deutet er wieder auf mich. »Das gefällt mir nicht.«

Seine Worte verpassen mir einen heftigen Stich, und ich sehe an mir herunter. Meine Brüste sind durch meine Arme verdeckt, aber mein Bauch liegt frei. Wahrscheinlich steht meine Periode bald an, denn ich habe einen kleinen Blähbauch. Scham überkommt mich, und ich verlagere das Gewicht unwohl von einem Bein aufs andere. »Was meinst du?«, frage ich leise, in der Hoffnung, er treibt nicht noch einen weiteren Dolch in mich hinein.

»Deine Arme«, entgegnet er schlicht. »Nimm sie runter.«

Oh. Das meinte er.

Ich winde mich unter seinem Blick, will seinen Worten nicht Folge leisten. Es ist mir unangenehm, mich ihm zu zeigen. Ich konnte noch nie verstehen, was Männer so sehr an Brüsten finden – meiner Meinung nach sind es einfach unproportionierte Fettansammlungen oder so. Zumindest bei mir.

»Caleb …«, bitte ich ihn verlegen, den Blick starr auf das durchsichtige Wasser im Becken neben mir gerichtet. Er seufzt, und als ich wieder zu ihm sehe, wischt er sich gerade mit dem Unterarm über den Schweißfilm auf seinem Gesicht, dann steht er plötzlich auf und kommt zu mir herunter.

Sein … *Ding* steht aufrecht und, verdammt, mir ist gestern Nacht gar nicht aufgefallen, wie groß *er* eigentlich ist.

Mir ist klar, dass ihm auffällt, wie ich ihn anstarre, aber ich kann meinen Blick einfach nicht abwenden. Bis auf dieses seltsame

Sommercamp mit acht, in dem manche der Jungen einfach nackt im Planschbecken waren, habe ich das männliche Geschlechtsteil noch nie in echt gesehen. Hitze steigt in mir auf, die nichts mit der Sauna zu tun hat. Ich versuche mich abzulenken, indem ich mir die lustigsten Synonyme in Erinnerung rufe, um das Ganze so locker wie Caleb zu sehen.

Fleischpeitsche, Glied, Lümmel…

Er kommt auf mich zu. Gott, sieht er gut aus mit seinem muskulösen, gebräunten Körper und diesen stechend blauen Augen. Ich schlucke schwer.

Pimmelmann, Stängel, Willi…

Caleb legt seine Hände auf meine Oberarme und löst die Verschränkung sanft. Er befeuchtet seine Lippen, und seine Pupillen werden wieder groß, als er den Blick über meine Brüste und anschließend über den Rest des Körpers wandern lässt.

Zauberstab, Schwengel, Dödel… Hm. Zauberstab klingt witzig.

Caleb sieht auf mich hinunter; er ist mindestens zwei Köpfe größer als ich. Die nassen Strähnen seines blonden Haares kleben ihm in der Stirn, und Schweiß tropft ihm von der Nase. Er legt mir den Zeigefinger unters Kinn und hebt meinen Kopf an, damit ich zu ihm aufsehe. Mit begierigem Blick huschen seine Augen über mein Gesicht, als würde er es gerade zum ersten Mal sehen und müsse ein Gewinnspiel gewinnen, innerhalb von Sekunden jedes Detail in sich aufzunehmen und hinterher wiedergeben zu können.

»Du musst dich nicht verstecken, Hazel«, sagt er schließlich mit entschiedenem Tonfall. Er lässt mein Kinn los und streicht mit dem Zeigefinger über meinen Hals, dann über mein Schlüsselbein und wandert hinunter über die Wölbung meiner Brust bis zur Taille. »Wunderschön«, flüstert er, als würde er es zu sich selbst sagen und nicht zu mir.

Meine Kehle fühlt sich staubtrocken an. Fieberhaft versuche ich, die Berührung seiner Erektion an meinem nackten Schenkel zu ignorieren und mir weitere Synonyme einfallen zu lassen, aber ich glaube, ich habe alle durch.

»Schniedelwutz«, entfährt es mir plötzlich, und als Calebs Augen zurück zu meinen huschen und seine Mundwinkel zucken, wird mir bewusst, dass ich es tatsächlich laut ausgesprochen habe.

»Hast du gerade Schniedelwutz gesagt?«, fragt Caleb zwischen erstickten Lachern, bis er nicht mehr an sich halten kann und laut losprustet.

Die Scham in mir verursacht große Lust, ihm eine runterzuhauen. Es ist mir so dermaßen peinlich, dass ich ihm meine Hände an die Hüfte lege ihn und mit aller Kraft, die ich aufbringen kann, zur Seite schubse.

Caleb hat nicht damit gerechnet, so abgelenkt war er damit, sich krankzulachen. Ich jedoch habe genauso wenig damit gerechnet, dass er in Sekundenschnelle mein Handgelenk packt und mich mit sich zieht.

Wir fallen ins Wasser. Überall um mich herum spritzt es, und die Sauna ist erfüllt von meinem Kreischen und Calebs Gackern, bis das Wasser meine Ohren bedeckt. Ich bin so überrascht von der plötzlichen kühlen Nässe auf meinem Körper, dass ich nicht einmal die Augen schließe. Meine Netzhaut brennt, und meine Sicht ist verschwommen; ich erkenne meine hellblonde Mähne, dessen Strähnen sich über mir im Wasser schlängeln wie ein Schwarm kleiner Aale.

Calebs Augen sind ebenfalls geöffnet. Er ist mir ganz nah, und sein Gesicht sieht so unbeschwert und glücklich aus, dass ich mir wünsche, die Zeit würde in diesem Augenblick stillstehen. Es dauert nur Sekunden, in denen wir wie zwei kleine Kinder mit den Armen und Beinen strampeln und uns mit glühenden Augen ansehen, und doch kommt es mir vor wie eine Ewigkeit. Aus Calebs Mund steigen Blasen auf, als er anfängt zu lachen, und ich würde alles dafür geben, ein Bild dieser paar Sekunden zu haben.

Doch wie es eben so ist mit den schönsten Momenten im Leben, geht auch dieser viel zu schnell vorbei, und ehe ich es mich versehe, strömt mir wieder Sauerstoff in die Lunge, und Calebs Kopf taucht neben mir aus dem Wasser auf. Er wischt sich mit der Hand übers Gesicht und sieht mich mit einem ungläubigen Kopfschütteln an. Seine Wimpern glänzen feucht; minikleine Wassertropfen perlen ab und rollen ihm über die Wange.

»Ich muss dir den Hintern versohlen, Hazel Evans.«

Ich kreische und lache aus vollem Halse, als Caleb die Hand um meinen Bauch legt, mich zu sich zieht und mir einen Klaps auf den Po gibt.

»Caleb«, kichere ich und strampele mit den Beinen, um mich zu befreien.

»Du hast mich ins Wasser gestoßen«, sagt er, teils belustigt, teils überrascht.

»Weil du mich aufgezogen hast!«, entgegne ich, greife an den Beckenrand und wirble zu ihm herum. Neckend spritze ich ihm Wasser ins Gesicht, und er hält den Arm hoch, um sich zu schützen. In den letzten paar Minuten scheinen sich die Grübchen tief in seine Wangen gebohrt zu haben.

»Weil du Schniedelwutz gesagt hast!«

Wieder kichere ich, lege meinen Arm auf den Beckenrand und bette meine Wange darauf. Mir ist leicht schwindelig wegen des berauschenden Cocktails aus Hitze, Nässe und Calebs Strahlen.

Eine Weile schweigen wir, nur unterbrochen vom leisen Plätschern des Wassers gegen das Becken, das von den Wellen unserer Bewegungen rührt.

Calebs Augen huschen ein paar Mal zu mir herüber, und er beißt sich auf die Unterlippe, als wäre ihm etwas unangenehm. Diesen Ausdruck auf seinem Gesicht zu sehen überrascht mich, denn seit ich Caleb kenne, war ihm nie irgendetwas peinlich. Er ist quasi der Inbegriff des Selbstbewusstseins.

»Hazel«, sagt er schließlich, den Blick auf die gegenüberliegende Wand gerichtet. Mir wird plötzlich mulmig zumute, und ich spüre, wie mein Magen sich verkrampft.

»Ja?«

Caleb wischt sich über das Gesicht und sieht einen Moment lang auf seine aufgeweichten Fingerspitzen. »Gestern, als … Ich meine, nimmst du eigentlich … na ja …«

Eine Glühbirne knipst sich in meinem Oberstübchen an und

augenblicklich entspannt mein Magen wieder. Ich weiß, worauf er hinauswill. Caleb will wissen, ob ich die Pille nehme. Ehrlich gesagt habe ich mich schon gefragt, wann er damit anfängt. Sogar gestern Abend in meinem berauschten Zustand habe ich mich darüber gewundert, dass Caleb ohne Kondom mit mir geschlafen hat.

Natürlich nehme ich die Pille. Auch wenn ich meine Akne mit sechzehn verflucht habe, bin ich jetzt dankbar dafür – nur ihretwegen habe ich mich zum Frauenarzt geschleppt und mir die Pille verschreiben lassen.

Niemals würde ich verantworten wollen, dass irgendetwas passiert. Ich meine, ich bin zwanzig und stecke mitten im Studium. Trotzdem will ich ihn zappeln lassen, dafür, dass er gestern so unverantwortlich gehandelt hat. Unwillkürlich frage ich mich, ob er in seiner Vergangenheit auch so unvorsichtig war, und wenn ja, bete ich inständig, dass die Frauen das nicht ausgenutzt haben.

»Du meinst, ob ich die Pille nehme?«, frage ich ihn mit einem leichten Lächeln auf den Lippen, und Calebs Schultern sacken vor Erleichterung herunter, weil ich es verstanden habe und er es nicht laut aussprechen muss. Mit ängstlichem Schimmern in den Augen sieht er mich an und nickt.

Ich ziehe die Unterlippe zwischen die Zähne und sehe stirnrunzelnd auf den Beckenrand. Mir ist klar, wie schuldbewusst meine Miene gerade aussehen muss, und Caleb schnappt erschrocken nach Luft.

Kichernd wackle ich mit den Zehen im Wasser und sehe ihn mit schiefgelegtem Kopf an. »Du denkst doch nicht ernsthaft, dass ich so unverantwortlich bin, oder?«

Erleichtert atmet Caleb aus; scheinbar hat er die Luft angehalten. Mit den Fingern fährt er sich durchs nasse Haar und blinzelt die Wassertropfen auf seinen Wimpern weg. »Ich weiß auch nicht, was gestern in mich gefahren ist. Normalerweise passe ich immer auf, das ist mir noch nie passiert. Du hast mich einfach so … Ich meine …« Er öffnet den Mund mehrmals, schließt ihn jedoch wieder, ohne etwas zu sagen. Wortlos schüttelt er den Kopf.

»Alles gut«, beruhige ich ihn und kann einfach nicht anders, als die Wassertropfen auf seinen Wangenknochen mit den Fingerspitzen wegzustreichen.

Caleb packt mein Handgelenk, bevor ich es zurückziehen kann. In einer schnellen Bewegung drückt er mich gegen den Beckenrand und presst seine vollen Lippen auf meine. Vor Überraschung entfährt mir ein ersticktes Quieken, bevor ich meine Lippen einen spaltbreit öffne und seine Zunge meine umspielt. Er löst sich von mir, um mir den Schweiß von der Wange zu küssen, und wandert langsam weiter zum Hals.

»Seit ich dich kenne, habe ich mir vorgestellt, dich hier zu nehmen«, flüstert er mir mit rauer Stimme ins Ohr. Es ist unbeschreiblich, wie berauschend der Mix aus Lust, unbändigem Verlangen, Wasser und Hitze ist. All meine Sinne werden betört, und ich fühle mich seltsam schwummrig.

Gierig wandern meine Augen von seinem wunderschönen Gesicht, den vor Lust geweiteten Pupillen herunter über seinen trainierten Körper. Seine Lippen ziehen eine feurige Spur über meinen Hals und gleiten zu meiner Brust. Immer wieder schwappt der Rand des Wassers über meine Brustwarzen, und als Caleb zusätzlich daran saugt, hallt mein lautes Stöhnen in der Saune von den Wänden wieder.

»So rein«, sagt Caleb voller Ehrfurcht in der Stimme, während seine Hände über meinen Körper wandern.

Stöhnend lege ich den Kopf in den Nacken. Ich weiß nicht, wann ich mich jemals so fiebrig und geladen gefühlt habe. Das hier übertrifft das Gefühl von gestern Nacht sogar noch in hohem Maße.

Caleb stößt ein animalisches Knurren aus, als er meine Brüste in seine Hände nimmt und weiter mit der Zunge daran herumspielt.

»Himmel«, keuche ich, vergrabe meine Nägel in der Haut auf seinem Rücken, und Caleb stöhnt laut auf.

Sofort recken sich ihm meine Hüften entgegen. Ich halte es kaum noch aus, brauche ihn jetzt. Die Spiegelung des Wassers lässt seinen Körper und seine heißen Berührungen auf meiner Haut noch verführerischer aussehen.

»Caleb«, rufe ich laut aus, als er seinen Körper gegen meinen presst und das stete Pochen an meiner empfindlichsten Stelle immer heftiger wird.

»Was willst du, Hazel?«, fragt Caleb und neckt mich, indem er mein Ohrläppchen zwischen die Zähne nimmt und sanft daran zieht.

»Dich«, sage ich, doch Caleb gibt bloß ein leises, raues Lachen von sich, ehe der den Kopf schüttelt.

»Du musst mir sagen, *was genau* du willst.«

»Ich …«, wimmere ich, weil ich unbedingt mehr von ihm brauche, mich aber schäme, es auszusprechen.

»Sag es, Hazel«, stöhnt er, verstärkt den Druck seiner Erektion an meiner pulsierenden Knospe noch.

»Ich will dich spüren«, sage ich schließlich, kaum mehr als ein leises Wimmern, in der Hoffnung, dass es ihm reicht.

Caleb lässt von meinem Ohrläppchen ab, streicht stattdessen in einer quälend langsamen Bewegung über den feinen Schweißfilm auf meinen Lippen.

»Bitte«, flehe ich, recke ihm meine Hüften noch weiter entgegen. Er fühlt sich so verdammt hart an, und ich halte es kaum noch aus.

Und dann endlich dringt er in mich ein, füllt mich komplett aus. Meine Lider flackern, als er erst langsam in mich hineingleitet, und schließlich überwältigt mich die Lust, als er immer schneller und härter zustößt, gefolgt vom Ächzen und Stöhnen unserer Stimmen. Unsere Hüften bewegen sich im Rhythmus, und Caleb beißt mir leicht in die weiche Haut zwischen Hals und Schulter.

Stöhnend lege ich den Kopf in den Nacken, während sich untenrum bereits alles zusammenzieht. Calebs Hände wandern über meinen Körper, mit der einen massiert er meine Klitoris, die andere vergräbt sich in mein Haar; seine Stöße werden immer härter. Das Wasser um uns herum schwappt über den Boden und mir ins Gesicht, aber ich nehme nichts mehr wahr außer dieses berauschende Gefühl und Caleb, der immer und immer wieder meinen Namen ruft.

Ich muss meine Finger in sein Kreuz drücken, als meine Beine sich versteifen und meine Lider unkontrolliert zu Flackern anfangen.

»Komm für mich, Baby«, stöhnt Caleb, und als er weiter meinen Namen schreit und ich seine heiße Flüssigkeit in mir spüre, halte auch ich es nicht mehr aus.

Die komplette Spannung in meinem Rückgrat löst sich auf, als ich meine Hände in sein Haar vergrabe und daran ziehe.

»Caleb«, stöhne ich laut, immer wieder, während ich meine Beine um seine Taille schlinge und sich in mir alles zusammenzieht, als ich komme.

26.

Caleb und ich waren gemeinsam duschen. Zwar zählt es nicht richtig, weil es der Duschraum der Sauna war und ich zwei Plätze zwischen uns freigelassen habe (ich fühle mich immer noch furchtbar wacklig auf den Beinen). Aber trotzdem – wir waren gemeinsam duschen. Ich weiß jetzt, dass er sich das Haar mit Apfelshampoo wäscht und pH-neutrales Duschgel benutzt. Ich weiß, dass er das Wasser viel zu heiß stellt – so heiß, dass er ganz rot nach der Dusche war und es gequalmt hat (zugegebenermaßen hat mir das ein wenig Sorge bereitet). Und ich weiß, dass er die seltsame Angewohnheit hat, unter dem Duschstrahl mit den Lippen zu blubbern, weil er es witzig findet, wie das Wasser in die Luft spritzt.

Schließlich sind wir, bloß in Handtücher gewickelt, auf nackten Füßen durch den Garten und zurück ins Haus getappt. Gott sei Dank besitzt gibt es im Hause West diese riesige Steintreppe, die direkt in die obere Etage führt.

»Du kannst dich hier fertigmachen«, sagt Caleb, als wir zurück in seinem Kinderzimmer sind, und deutet auf die beiden Tüten mit meinen neuen Sachen. Seltsamerweise sticht mir das Bild in die Augen, das auch schon bei Logan hing. Die beiden Jungs als Kinder in ihren Fußballtrikots und mit breitem Grinsen. Ich nicke mit dem Kopf zum Bild.

»Weißt du, an wen dein jüngeres Ich mich erinnert?«

Er folgt meinem Blick, die Hand bereits am Türknauf. »An wen?«, fragt er schließlich mit gerunzelter Stirn.

»Der kleine Junge in diesem alten Film. Big Daddy. Kennst du?«

Caleb sieht mich einen Augenblick mit nachdenklicher Miene an, dann nickt er schließlich. »Ja«, sagt er bloß, ohne jegliche Regung. Ein paar Sekunden ruhen seine Augen noch auf mir. Er sieht mich an, als hätte er nicht bereits den ganzen Tag mit mir verbracht, sondern würde mich plötzlich erst jetzt hier entdecken. Schließlich reißt er sich aus seinen Gedanken, indem er den Kopf schüttelt, und nickt zum Flur. »Ich gehe und besorge mir einen Anzug von meinem Vater, den ich anziehen kann.«

Ich nicke, und als er die Tür hinter mir ins Schloss zieht und seine Schritte sich auf dem Flur entfernen, fühle ich mich plötzlich äußerst seltsam. Ich meine, ich stehe nackt in Calebs kleinem Kinderzimmer, bloß ein Handtuch um mich herumgewickelt, und irgendwie kommt mir das verboten vor. Auch wenn hier seit Jahren keiner mehr gelebt hat und Caleb inzwischen erwachsen ist – in diesem Raum kommt es mir vor, als wäre die Zeit stehen geblieben. Seufzend drehe ich mich um die eigene Achse, wobei ich mit den nackten Zehen über den weichen, hellblauen Teppich streiche.

Über der Kommode gegenüber von seinem Bett hängt ein kleiner runder Spiegel, der Rahmen stellt einen fliegenden Superman dar. Ein großer Riss zieht sich von der unteren bis zur oberen Ecke, quer über die Fläche. Gedankenverloren ziehe ich die Unterlippe zwischen die Zähne und gehe auf den Spiegel zu, das Handtuch immer noch fest umklammert, als hätte ich Angst, dass mich jemand beobachtet. Mit dem Finger fahre ich über den feinen Riss und frage mich unwillkürlich, was wohl damit passiert ist.

Mein eigenes Gesicht blinzelt mir entgegen, seltsam verzerrt durch das kaputte Glas. Meine Lippen sind noch leicht geschwollen von dem, was Caleb und ich in der Sauna getan haben, und ich kann einfach nicht anders, als zerstreut mit meinem Finger darüberzustreichen. Dieselben runden, grünen Augen wie schon immer blinzeln mich an, doch ich bekomme das Gefühl nicht los, dass nun etwas anders an mir ist. Oder vielleicht spüre ich es auch bloß in mir, wegen der ganzen Veränderungen in der letzten Zeit.

Als ich schließlich seufzend das Handtuch fallenlasse und mich nach meinen Tüten mit den teuren Designermarken-Schriftzügen bücke, muss ich an Grace denken.

Ein heftiger Stich durchzuckt mich, weil sie mir so sehr fehlt. Klar, sie hat einige Dinge gesagt, die mir nicht gefallen haben, aber dennoch vermisse ich sie. Noch nie in meinem ganzen Leben war ich so lange getrennt von ihr, und ich frage mich, ob es ihr genauso schwerfällt, mich nicht anzurufen.

Ich stutze, als ich die Tüte von Versace öffne. Nicht nur das Kleid liegt dort drin, sauber zusammengefaltet, sondern auch ein Dessous-Set aus schwarzer Spitze. Caleb muss es noch zusätzlich gekauft haben, als er an der Kasse war und bezahlt hat, während ich mir eine kleine Tasche angesehen und über den stolzen Preis gestaunt habe.

Vorsichtig lasse ich die Spitze über meine Finger gleiten und kann nicht anders, als bewundernd die Lippen zu öffnen. Es fühlt sich ganz anders an als die Unterwäsche, die ich immer im Walmart kaufe. Nicht kratzig und klobig, sondern einfach … edel.

Es sieht gut auf meiner Haut aus, obwohl ich so blass bin. Der Kontrast gefällt mir, und aus irgendeinem Grund will ich mich nicht wie sonst sofort wegdrehen, als ich mein Spiegelbild betrachte, sondern finde mich einfach … schön. Ich kann mich nicht daran erinnern, wann ich diesen Gedanken oder dieses Gefühl das letzte Mal in meinem Leben hatte. Vermutlich als Kind – bevor ich Logan kannte, der mir sämtliches Selbstbewusstsein genommen hat.

Meine Haare sind inzwischen luftgetrocknet, und ich flechte sie schnell zu einem französischen Zopf, ehe ich mir das Kleid über den Kopf ziehe und mich mit dem bisschen an Schminke zurechtmache, das ich in meiner Tasche dabeihabe. Etwas Wimperntusche, kirschroten Lippenstift und hellbraunes Rouge. Gott sei Dank bin ich mit dichten, dunklen Brauen gesegnet, sodass mir die Mühe mit ihnen wenigstens erspart bleibt. Grace war immer neidisch deshalb, aber ich habe ihr stets versichert, dass sie perfekt ist, so, wie sie ist. Wieder muss ich an sie denken, doch ich schüttle den Gedanken schnell beiseite und nehme die teuren Schuhe aus der zweiten Tüte. Ehrfürchtig halte ich sie hoch, mit dem Bewusstsein, dass ich gerade unser Auto in den Händen halte – vierfach.

Mit den Fingern streiche ich über die funkelnden Steinchen am Leder, und plötzlich bekomme ich Angst, ich könnte sie kaputtmachen. Klar, das sind Designerschuhe und keine aus dem DNA-Footwear-Store bei uns in Brooklyn – aber wahrscheinlich gerade deshalb habe ich so Schiss, sie anzufassen. Von unten höre ich bereits laute Musik herauftönen und plaudernde Stimmen – scheinbar sind die meisten Gäste schon angekommen.

Mein Magen krampft sich unangenehm zusammen, und ich will mir aufgebracht durch meine Strähnen fahren, bis mir wieder einfällt, dass ich ja einen Flechtzopf trage. Mein Blick huscht zurück zu den Schuhen in meinen Händen, und ich verziehe das Gesicht; sie jagen mir eine Heidenangst ein. Es ist, als ob ich mein altes Leben abstreife und in ein neues trete, wenn ich sie anziehe.

»Schuhanzieher«, murmle ich nervös, lege die Heels auf Calebs Star-Wars-Bettwäsche und sehe mich ungeduldig in dem kleinen Raum um.

Mein Blick fällt auf den Wandschrank, den Caleb vorhin so eindringlich angestarrt hat. Darin muss sich einfach ein Schuhanzieher finden, denke ich verzweifelt, als ich die Hand auf den Knauf lege. Fehlanzeige. Der Schrank ist klein und hauptsächlich mit Regalen ausgefüllt, auf denen sich bergeweise Kinderkleidung stapelt. Auf den Brettern liegt nicht ein Staubkorn, und ich vermute die kleinwüchsige Bedienstete dahinter.

Ein Schmunzeln legt sich um meine Mundwinkel, als ich über ein kleines T-Shirt mit Batman-Motiv streiche. Das Fußballtrikot, das er auf dem Bild trägt, liegt ebenfalls hier, und aus irgendeinem Grund fühle ich mich nostalgisch, als ich die süßen kleinen Shorts sehe und mir den Mini-Caleb darin vorstelle.

Neben den Regalen hängen, fein säuberlich auf die Bügel gehängt, teure Kinderanzüge, einer schicker als der andere. Mein Blick wandert zum Boden, auf dem eine Superheldentrinkflasche, ein Schlafanzug mit Dino-Motiv und ein großer flauschiger Bär liegen. Ich gehe in die Hocke, weil ich über den weichen Stoff streichen will, als mir eine Naht auf dem Bauch des Teddys auffällt. Mit gerunzelter Stirn streiche ich über die groben Stiche, die den Bären zusammenhalten.

Plötzlich schließt sich eine raue Hand um meinen Arm und zieht mich grob zurück. Ich falle auf den Boden und sehe erschrocken auf, als ich Calebs Gesicht vor mir erblicke. Er schäumt vor Wut, seine Augen sind weit aufgerissen, und seine Krawatte ist bloß halb gebunden. Wahrscheinlich war er noch nicht ganz fertig, als er mich gefunden hat.

»Du hast nichts in meinen Sachen zu suchen!«, brüllt er. Ich erkenne keinen Hauch Wärme mehr in seinen Augen. Der Caleb, mit dem ich noch kurz zuvor in der Sauna war, ist verschwunden.

»Es tut mir leid«, sage ich schnell und rapple mich vom Boden auf, doch Caleb kommt mir plötzlich so nah, dass ich bereits wieder nach hinten taumle. Mit bebendem Zeigefinger deutet er auf mich.

»Wir haben eine Regel, Hazel. Ich hätte guten Grund, das mit uns auf der Stelle zu beenden.«

»Caleb!«, entgegne ich aufgebracht. Ich kann nicht fassen, dass er wegen dieser Kleinigkeit in Betracht zieht, mich nie wieder sehen zu wollen. »Du übertreibst!«

Seine Augen werden noch größer. Er bäumt sich vor mir auf, und plötzlich bekomme ich Angst.

»Ich übertreibe?«

»Ja«, sage ich kleinlaut, verschränke die Finger ineinander, nur um sie anschließend wieder zu lösen. »Ich habe nur nach einem Schuhanzieher gesucht.«

Caleb sieht aus, als müsste er sich heftig zurückhalten, mir keine zu knallen. Auch wenn ich so etwas niemals von ihm erwarten würde, kann ich meine Angst nicht verbergen. Aufgebracht fährt er sich durchs Haar, zweimal hintereinander, ehe er ungehalten mit der Faust gegen die Wand schlägt. Das Bild von ihm und Logan fällt klappernd zu Boden.

»Du schnüffelst nie wieder in meinen Sachen herum, verstanden?«, brüllt er. Sein Gesicht ist dunkelrot vor Wut.

»J… Ja«, stammle ich. Hätte ich gewusst, dass ihn das so wütend machen würde, hätte ich diesen scheiß Schrank niemals geöffnet. Ich mache einen Schritt auf ihn zu und strecke die Hände nach ihm aus. »Caleb, es tut mir wirklich leid. Ich wusste nicht, dass es dich so ärgert.«

Er schluckt schwer, seine Lippen beben, und ich weiß, dass er sich heftig zurückhält, nicht laut loszuschreien.

Tief durchatmend nehme ich all meinen Mut zusammen und lege ihm meine Hände ans Kinn. »Aber vielleicht wäre es … na ja, *befreiend,* wenn du mit mir …«

Ruckartig reißt er meine Hände von seinem Gesicht. »Meine Vergangenheit geht dich einen Scheißdreck an, Hazel.« Seine Stimme ist bedrohlich ruhig, und plötzlich wäre es mir lieber, wenn er doch wieder zu schreien anfangen würde. Der Druck auf meinen Handgelenken ist fest und tut weh, doch ich beiße die Zähne zusammen. Er holt tief Luft und setzt zu weiteren Worten an. Dieses Mal klingen sie kühl, sogar herablassend. Ein boshaftes Grinsen liegt auf seinem Gesicht und mir kriecht eine Gänsehaut über den ganzen Körper.

»Hör endlich auf, die heilige Samariterin zu spielen, und kümmere dich um dein eigenes Scheißleben. Geh arbeiten oder so, verdiene endlich mal Geld für dich und deine Mutter. Ich meine, das habt ihr doch bitter nötig, oder nicht? Mir ist echt scheißegal, was du machst, aber halte dich aus meiner Vergangenheit raus.«

Und damit stürmt er aus dem Zimmer. Die Tür fliegt voller Wucht ins Schloss, und ich zucke zusammen, die Hände noch immer ausgestreckt und in der Position, wie Caleb sie eben festgehalten hat.

Seine Worte tun höllisch weh. Es fühlt sich an, als würde man mir die Brust aufschneiden, und mein Mund ist staubtrocken. Vor mir fangen die blauen Wände und der helle Teppich an, sich unaufhörlich zu drehen und in einem Strudel aus Farben zu verschwimmen. Ich weiß, dass Caleb die Beleidigungen, die er mir an den Kopf geworfen hat, nicht so meint, aber das ist ja gerade das, was mir so verdammt wehtut. Denn jedes Mal, wenn es um Tiefgründigeres aus seinem Leben geht, schaltet er auf scheußlichen Tyrann und geht komplett auf Distanz. Mich fertigzumachen ist seine Art und Weise, den Schutzschild auszufahren und sich dahinter zu verstecken, um nicht verletzlich zu werden. Angreifbar, weil ich ihn vielleicht besser kennenlernen könnte, als er es zulassen will.

Und genau das ist es, was mir so scheiße wehtut. Wenn Caleb nicht bereit ist, mich in seine Vergangenheit einzuweihen, werde ich ihn niemals wirklich kennen. Dann wird es immer so zwischen uns weiterlaufen, bloß auf dieser beschissenen oberflächlichen Art und Weise. Wir werden lachen, gemeinsam Zeit zusammen verbringen, miteinander schlafen – aber niemals so, dass ich sagen könnte, ihn zu kennen.

Reicht mir das? Will ich ihn so sehr, dass ich über den geheimnisvollen Teil, der in ihm schlummert, ihm Schmerzen bereitet und Albträume beschert, hinwegsehen kann? Wieso sieht er denn bloß nicht, dass ich für ihn da sein möchte? Dass er seine Bürde auch auf meine Schultern legen kann und wir den Scheiß gemeinsam durchstehen? Warum um alles in der Welt hält Caleb West so verbissen daran fest, seine Maske aufrechtzuerhalten?

Ich weiß nicht, ob ich ihn jemals richtig kennenlernen werde. Aber ich weiß, dass er sich bereits in meinem Herzen eingenistet hat und ich nicht mehr zurückkann. Und ganz egal, was er eben gesagt hat, um mich von sich zu stoßen – ich muss zu ihm. Ich werde verrückt in diesem Zimmer, wenn ich nicht weiß, wie es ihm geht. Auch wenn er nicht mit mir reden, geschweige denn mich nicht einmal ansehen wird. Ich muss mich vergewissern, dass das Leuchten in seinen Augen zurückkommt und den dunklen Schatten vertreibt, denn ansonsten wird sich meine Brust immer enger zuschnüren, bis ich keine Luft mehr bekomme.

∞

Ich würde meinen Hintern darauf verwetten, dass sogar Mrs. Bishop sich mit mir zeigen würde – so, wie ich in diesen teuren Designersachen die Treppe im Haus des bekannten Producers Thomas West heruntergehe.

Es ist seltsam angenehm, auf den Jimmy Choos zu laufen. Ich hätte es mir wesentlich schlimmer vorgestellt, aber sie übertreffen alle anderen High Heels, die ich jemals getragen habe.

Als ich die vielen Menschen im düsteren Eingangsbereich stehen sehe, von denen nicht wenige mit einer Champagnerflöte in der Hand tanzen, wird mir plötzlich bewusst, wie sehr ich mich verändert habe. Bevor ich Caleb kannte, hätte ich nicht einmal gewagt, auf eine der Galas, zu denen Grace mich regelmäßig geschleppt hat, auch nur einen Fuß allein zu setzen. Und jetzt gehe ich diese riesige Treppe im Versace-Kleid und Jimmy Choos herunter, als wäre diese Party mein ganz eigener Debütantinnenball.

Ich kann Caleb nirgendwo entdecken, als ich den Blick über die vielen Köpfe schweifen lasse. Dafür begegne ich dem Blick der brünetten Schönheit, die Caleb im Studio geküsst hat. Sie sieht mich direkt an, und mich überkommt ein Schauder, als sie mit herablassendem Gesichtsausdruck eine Braue in die Stirn zieht und sich schließlich wieder ihrer kleineren Freundin zuwendet.

Ein Bediensteter mit Tablett auf der Hand kommt an mir vorbei und bietet mir ebenfalls ein Glas mit perlender Flüssigkeit an, das ich dankbar entgegennehme. Bei Calebs Laune könnte der Abend interessant werden, und ich weiß nicht, ob ich das ohne ein bisschen Alkohol im Blut aushalten würde.

Das Haus ist voller, als ich es mir für eine »einfache Dinnerparty« vorgestellt hätte. Als ich den Salon betrete, kann ich mich kaum zwischen die anderen Gäste schlängeln. Ich entdecke Thomas am riesigen Buffet an der Wand, er unterhält sich mit dem Mann, den ich als Regisseur aus dem Studio in Erinnerung habe. Den gestikulierenden Handbewegungen nach zu schließen fachsimpeln sie über irgendetwas.

Ich stehe inmitten einer Masse von fröhlich plaudernden Menschen und habe mich noch nie in meinem Leben so allein gefühlt wie in diesem Moment. Außer Thomas und Caleb kenne ich niemanden hier, wobei Letzterer wie vom Erdboden verschluckt ist.

»Hazel?«

Mein Kopf wirbelt herum, und ich reiße die Augen auf, als ich Logan neben mir entdecke.

»Logan!«, sage ich erschrocken und zeige auf sein Gesicht. »Das sieht übel aus.«

Scheiße, Caleb hat ihn ordentlich zugerichtet. Die Stelle unter seinem rechten Auge ist geschwollen und beginnt bereits, sich bläulich zu färben, und seine Lippe ist ziemlich dick.

Logan wedelt unbekümmert mit der Hand durch die Luft. »Wir hatten schon schlimmere Auseinandersetzungen.«

Ehrlich gesagt bin ich erleichtert, ihn zu sehen. Noch immer verwirren mich diese neuen Empfindungen, wo ich doch damals nichts als Abneigung gefühlt habe, wenn er in meiner Nähe war.

»Hast du Caleb gesehen?«, frage ich, und lasse den Blick erneut durch den überfüllten Salon schweifen. Logan tut es mir nach, während er den Kopf schüttelt und an seinem Champagner nippt.

»Noch nicht.«

Ich gebe einen frustrierten Laut von mir, woraufhin Logan mich stirnrunzelnd ansieht. »Seid ihr nicht zusammen hergekommen?«

»Doch. Aber er ist abgehauen.«

Logan nimmt meinen Arm und führt mich an den anderen Gästen vorbei zum Buffet. »Wie, er ist abgehauen?«, fragt er stirnrunzelnd, drückt mir einen Teller in die Hand und häuft sich Grillkäse auf seinen.

Seufzend nehme ich mir Tomate-Mozzarella-Scheiben und ignoriere meinen knurrenden Magen, der nach mehr verlangt und mit imaginären Leuchtschildern auf die fettigen Kroketten zeigt.

»Keine Ahnung, es war total seltsam. Ich habe mich in seinem alten Kinderzimmer fertig gemacht und in seinem Wandschrank nach einem Schuhanzieher gesucht, da ist er ausgeflippt.«

Logan erstarrt mitten auf dem Weg zum Beef Jerkey. Ohne mich anzusehen wiederholt er: »Du warst an seinem Wandschrank?«

Allmählich macht mir dieser verdammte Schrank Angst. Wieso reagiert jeder so heftig darauf, als würde sich darin eine Leiche befinden?

»Ja. Wieso? Was ist denn damit?«

Logan starrt noch eine Weile ins Leere, seine Augenbrauen gewölbt, bis er sich schließlich räuspernd das Beef Jerkey nimmt und mich ernst ansieht.

»Da solltest du nicht rangehen. Er reagiert ziemlich heftig darauf.«

Unwillkürlich rolle ich mit den Augen. »Das habe ich auch schon gemerkt.«

Logan seufzt, und einen Moment sieht er mich an, als wolle er mir etwas sagen, doch dann schüttelt er den Kopf und isst seinen Teller leer. Die ganze Zeit über bekomme ich kaum etwas von der Party mit und bin in meinen eigenen Gedanken versunken, bis Logan seinen Teller weglegt und schließlich zu den großen Terrassentüren nickt. Hinter ihnen erstreckt sich der riesige Garten und Bilder flackern vor meinem inneren Auge, wie Caleb mir dort seine Hand in die Hose geschoben hat.

»Lass uns raus«, sagt er schließlich, »die spielen da Flunkyball. Du brauchst Ablenkung.«

»Was ist Flunkyball?«, frage ich, lasse meinen unberührten Teller einfach stehen und folge ihm nach draußen. Thomas nickt mir im Vorbeigehen höflich zu und schenkt mir ein breites Lächeln. Ich wünschte, sein Sohn würde genauso oft lächeln wie er. Und nicht ständig so austicken. Oder abhauen.

Logan sieht mich mit belustigtem Blick an. »Du kennst Flunkyball nicht? Das haben wir verdammt oft auf meinen Partys gespielt.«

»Ach. Das mit den vielen Bierflaschen und dem Ball?«

Logan nickt, während er mich zu der Gruppe Spielern auf dem Rasen führt. Sie stehen sich in zwei Reihen gegenüber, jeder eine

Bierflasche vor sich, während einer gerade versucht, die einzelne Flasche in der Mitte mit einem Tennisball zu treffen. Er schafft es, seine Leute grölen und alle greifen wie die Verrückten nach ihrer Flasche.

»Gewonnen!«, brüllt ein Mädchen in einem beigen Cocktailkleid. Ihr folgendes Rülpsen ist sehr undamenhaft und will so gar nicht zu ihren feinen gewellten Strähnen passen.

»Wir spielen mit«, sagt Logan bloß. Ein breitschultriger Kerl in grauem Anzug wirft uns zwei Flaschen zu, während die anderen wie die Tiere bei der Fütterung auf die Kasten zustürzen, um sich ebenfalls welche zu holen.

Gott, niemals hätte ich gedacht, dass es auf dieser Dinnerparty zugeht wie auf einer Studentenfeier. Obwohl … die meisten von den Spielern sind wahrscheinlich noch Studenten. Ich lasse den Blick über sie schweifen und stelle fest, dass sie alle noch recht jung sind.

Logan ist meinem Blick gefolgt und scheint meine Gedanken zu lesen. Er lacht. »Thomas' Dinnerpartys folgen einer inoffiziellen Ordnung. Drinnen wird sich benommen und hochtrabender Müll gefaselt, und draußen darf die Post abgehen.«

»Ah«, sage ich und stelle mich zwischen ihm und dem Mädchen in dem beigen Kleid. Sie sieht zu mir und pfeift anerkennend, während sie den Blick von oben bis unten an mir herabwandern lässt.

»Hazel Evans wird eine von uns, hm?«

Vollkommen perplex starre ich sie an. »Was?«

Sie wirft ihr honigblondes Haar über die Schulter und blinzelt mich mit ihren haselnussbraunen Augen lachend an. »Keine Sorge, war ein Kompliment«, sagt sie und legt mir kumpelhaft einen Arm um die Schulter. Ich vermute, dass sie schon einige Runden Flunkyball hinter sich hatte. Ihr Gesicht kommt mir auf jeden Fall bekannt vor. Ich meine, schon einmal eine Serie gesehen zu haben, in der sie mitspielt, und bin mir ebenfalls ziemlich sicher, dass sie schon einige Titelbilder der Zeitschriften geziert hat, die bei Mom immer auf dem Schreibtisch herumliegen.

»Woher kennst du meinen Namen?«, frage ich sie, als sie sich gerade mein Bier schnappt und es mit einem Feuerzeug aus ihrer Tasche öffnet.

»Hier«, sagt sie und reicht es mir zurück. Beinahe hätte sie mir versehentlich Bier über mein Kleid geschüttet, wenn ich nicht ausgewichen wäre. Entschuldigend verzieht sie den Mund. »Sorry«, nuschelt sie und hebt einen Finger. »Aaaalso, ist ja wohl offensichtlich, wer du bist. Ich habe die Bilder von dir und Caleb gesehen.«

»Oh«, sage ich bloß. Der breitschultrige Kerl auf der anderen Seite, der uns auch das Bier gegeben hat, brüllt irgendetwas, und ich fummle unbehaglich an dem Etikett meiner Flasche herum. Das Mädchen stupst mir einen Ellbogen in die Rippen.

»Jetzt aber nicht griesgrämig gucken. Komm, es geht los. Wir müssen gewinnen, hörst du? Ich muss meinen Titel als Flunky-Queen verteidigen!«

Neben mir verdreht Logan die Augen, lacht aber. »Du hast letztes Jahr gegen mich verloren, Charly.«

Besagte Charly schüttelt heftig mit dem Kopf, ihre Strähnen fliegen durch die Luft, und die Spitzen berühren meine Wange. »Hör nicht auf ihn«, sagt sie, den Finger schon wieder vor meiner Nase schwebend. »Der setzt dir nur Flausen in den Kopf.«

Ich muss lachen. Charly ist mir sympathisch, und ich bin plötzlich doch ganz froh, mich diesem Flunkyball verschrieben zu haben.

»Die Queen zuerst!«, brüllt Charly durch den kompletten Garten, schnappt sich den gelben Tennisball vom Boden und reibt ihn sich an ihrem beigen Cocktailkleid, als würde das Glück bringen. Dann holt sie aus wie der Pitcher beim Baseball und trifft die Flasche in der Mitte natürlich auf Anhieb.

»Trinkeeeeeen!«, ruft sie laut gackernd, und ich kann nicht anders, als mitzulachen. Das Bier schmeckt ziemlich herb im Gegensatz zu dem feinen Champagner von eben, und Logan zieht die Nase kraus, als der breitschultrige Typ von gegenüber die Flasche in der Mitte trifft und wir unsere wieder absetzen.

»Ich hasse Bier«, sagt er mit angeekeltem Gesichtsausdruck.

»Du wolltest doch spielen!«, kichere ich.

Charly drückt mir den Ball in die Hand. »Hier, Cinderella. Du bist dran.«

Ihr Spitzname lässt mich schmunzeln, und als ich werfe, treffe ich tatsächlich.

Charly grölt wieder wie ein Kerl beim Verfolgen des Superballs, und mir tut schon der Kiefer weh vom vielen Lachen. Das Bier und der Champagner tun bereits ihre Arbeit, und in mir spüre ich die prickelnde Wärme, die langsam aufsteigt und sich in meinem Kopf ausbreitet.

»Und das, obwohl du auf meinen Partys nie mitspielen wolltest«, sagt Logan neben mir. Ich gebe ihm einen Klaps auf den Arm.

»Ich wusste ja nicht, dass es Spaß macht.«

Das Spiel war eine gute Idee von Logan. Die vielen Gedanken über Caleb haben sich verflüchtigt, und ich fühle mich jung und unbefangen. Wie eine ganz normale Studentin auf einer ganz normalen Party in einem ganz normalen Verbindungshaus. Zumindest versuche ich gerade, mir das so vorzustellen.

Die Stimmung ist ansteckend, und als Logan die Flasche in der Mitte ebenfalls auf Anhieb trifft, quietsche ich laut auf und hüpfe vor Freude über den Rasen. Charly grölt ebenfalls und wirft sich mir in die Arme. Wir drehen uns mehrmals, und als sie mich loslässt, ist mir leicht schwindelig.

»Alle mal herhören!« Charly hält ihre Bierflasche verkehrt herum in die Luft, und die letzten Tropfen fallen auf den Rasen. Sie gackert jetzt schon über ihre Ankündigung. »Ich, die Flunky-Queen, verkünde feierlich, Hazel Evans zum Flunky-Ritter zu schlagen!«

Die Gruppe um uns herum grölt anerkennend und klatscht, und Logan vergräbt neben mir lachend das Gesicht in den Händen.

Ich kann nicht anders, als laut loszuprusten, als Charly mir mit der Bierflasche leicht auf den Kopf tippt, und mache einen spielerischen Knicks.

Wir spielen noch zwei weiteren Runden, die Charly und ich im Team beide gewinnen, und Logan wickelt uns nach seinen drei Bieren in eine rege Unterhaltung, in der er versucht, sich als unseren Manager zu verkaufen.

»Ihr seid total bescheuert«, kichere ich nach einer Weile, und Charly fängt zur Bestätigung an zu schielen und streckt die Zunge heraus.

Plötzlich übermannen mich schreckliche Schuldgefühle, weil ich hier draußen bin und Spaß habe, während Caleb vielleicht mit seinen Dämonen zu kämpfen hat und irgendwo allein rumsitzt. Mit entschuldigendem Blick sehe ich zu Logan.

»Ich muss Caleb suchen.«

Er nickt und will zurück mit mir ins Haus, doch ich schüttle den Kopf und deute auf seine Schwellungen im Gesicht.

»Besser, er sieht uns nicht zusammen.«

Logan will gerade widersprechen, da hat Charly bereits meinen Arm gepackt und zieht mich mit sich über den Rasen.

»Ich erledige das. Spiel noch eine Runde, Cunningham.«

»Danke«, sage ich ihr, während wir zurück in den stickigen Salon schlüpfen, doch sie zuckt nur unbekümmert die Achseln.

»Wir sind nicht alle so scheiße, wie die meisten denken. Solange du dich an die richtigen hältst, musst du nichts befürchten.«

»Kannst du mir Tipps geben, von wem ich mich fernhalten sollte?«

Charly weicht einem dickbäuchigen Mann in dunklem Anzug aus, der gewaltig um seinen Bauch spannt. Ihre Augen huschen zu mir, zwischen ihren feinen Braunen hat sich eine Falte gebildet. »Penelopé. Mit ihr solltest du dich auf keinen Fall anlegen.«

Charly zieht mich weiter durch die Schiebetür, die den schmalen Grünstreifen zwischen den beiden Seiten der Salons umrahmt.

»Ist sie hier?«, frage ich, als sie abrupt stehen bleibt und sich ihr Griff um mein Handgelenk verstärkt. Ihre Augen sind geweitet, und als sie spricht, ist nichts mehr von der Unbeschwertheit von draußen übrig.

»Ganz offensichtlich schon.«

Ich folge ihrem Blick und erstarre. Das bildschöne Mädchen mit dem dunklen Haar und den schiefstehenden, eisblauen Augen sitzt auf Calebs Schoß. Und er hat den Arm um sie gelegt.

Seine Augen bohren sich direkt in meine. Es ist unmöglich, darin einen Ausdruck zu erkennen, sein Blick ist eisern und stahlhart.

Penelopé sieht mich nicht. Sie lässt den Finger über Calebs Arm streichen und beugt sich zu ihm herunter, um ihm etwas ins Ohr zu flüstern.

Noch immer ruhen seine Augen auf mir. Und während er hört, was sie ihm sagt, breitet sich ein kaltes, höhnisches Grinsen auf seinem Gesicht aus.

Charly hält mich, bevor meine Beine wegknicken und die Welt vor meinen Augen auseinanderbricht.

27.

Penelopés Augen finden meine, als sie Calebs Blick folgt. Binnen Sekunden breitet sich ein selbstgefälliges Lächeln auf ihrem Gesicht aus, und sie schmiegt sich noch dichter an Caleb.

Ich taumle rückwärts. Charly sieht mich mit besorgt zusammengekniffenen Brauen an. »Willst du wieder raus?«

Nein. Ich will nicht raus. Ich werde nicht gedemütigt wegrennen, wie ich es auf der Gala im Plaza getan habe. Dieses Mal nicht.

»Nein«, wiederhole ich, plötzlich seltsam klar im Kopf. Ganz langsam entziehe ich mich ihrem Griff, alles in diesem Raum kommt mir auf einmal wie in Zeitlupe vor. Es ist, als wären die Gäste gar nicht mehr da, nur noch Caleb und Penelopé befinden sich in meinem Sichtfeld.

»Hazel«, höre ich Charly leise hinter mir sagen, eine Mischung aus Warnung und Unsicherheit. Sie kennt Penelopé vermutlich besser als ich und weiß wie sie tickt, aber das ist mir in diesem Moment egal. Am liebsten würde ich ihr perlenverziertes Kleid zerfetzen und es Caleb ins Gesicht schmeißen wollen.

»Komm mit«, sage ich mit zitternder Stimme an Caleb gewandt. Nicht vor Angst, sondern weil ich Mühe habe, meinen Zorn zu unterdrücken.

Penelopé wirft sich das lange dunkle Haar zurück und lacht überheblich. Mit einem ihrer spitzen, blutrot lackierten Finger bedeutet sie mir, zu verschwinden. »Schätzchen, du dachtest doch nicht wirklich, Caleb würde sich ernsthaft für dich interessieren?«

Ich sehe sie nicht an, versuche sie zu ignorieren. »Komm mit«, wiederhole ich und merke, wie ich mich kaum noch zurückhalten kann.

Er sieht mich bloß an, sein Gesichtsausdruck ist unergründlich, und er hat eine Hand an die Lippen gelegt und pult daran herum. Ich habe keine Ahnung, was in ihm vorgeht, aber zumindest streichelt seine andere Hand ihre Taille nicht mehr.

Plötzlich schnellt Penelopés Hand vor und schließt sich um meinen Oberarm. Sie fühlt sich seltsam kalt an auf meiner erhitzten Haut, als sie mich grob zu sich herumdreht. Sie beugt sich vor, ihre langen Haare fallen ihr über die Schultern und hängen an beiden Seiten ihres Gesichts herab.

»Du hast nichts zu melden.« Ihr Zischen erinnert mich an eine Schlange, und als sie sich mit ihrer Zunge die Lippen befeuchtet, bevor sie weiterspricht, verstärkt das meine Ansicht noch. »Nur weil du einmal mit ihm fotografiert wurdest, dachtest du doch nicht ernsthaft, er würde dir gehören?«

»Penelopé«, warnt Caleb in leisem aber autoritärem Tonfall, sieht dabei aber immer noch mich an.

Sie wedelt bloß mit der Hand durch die Luft, als würde sie eine Fliege verscheuchen wollen. Ihr boshaftes Grinsen beschert mir eine Gänsehaut auf dem ganzen Körper. »Wusstest du, dass Caleb die ganze Zeit über, als er sich mit dir getroffen hat, mit mir geschlafen hat? Du warst nichts weiter als eine langweilige kleine …«

»Penelopé!« Caleb ist aufgesprungen, sie rutscht von seinem Schoß und landet unbeholfen auf dem Sofa. Schnell rückt sie ihr kurzes Kleid zurecht, doch sie hat bekommen, was sie wollte.

Wieder habe ich das Gefühl, nicht genügend Luft in meine Lunge pumpen zu können. Wie in Zeitlupe wandern meine Augen zu Caleb, der schnaubend vor mir steht, als wäre er gerade einen Marathon gerannt.

»Ist das wahr?« Meine Stimme ist kaum mehr als ein Flüstern, doch trotz der Musik scheint Caleb mich zu verstehen.

Sein Ausdruck ist unergründlich, als er mit dem Kinn aus dem Salon nickt. Ich folge ihm mit tauben Schritten, ich muss mich einfach davon überzeugen, dass dieses Mädchen gelogen hat. Dass es nicht wahr ist. Er muss es mir einfach sagen, und dann ist wieder alles gut. Das kann einfach nicht sein.

An der großen Schiebetür werfe ich noch einmal einen Blick zurück zu ihr. So schadenfroh, wie sie mich angrinst, beschleicht mich das ungute Gefühl, dass sie die Wahrheit gesagt hat.

Der Gedanke zerreißt mich.

∞

»Ist das wahr?«, wiederhole ich sofort, kaum dass Caleb die Tür zu seinem Kinderzimmer hinter uns geschlossen hat.

Er sieht zur Seite. »Hazel, ich …«

»Ja oder nein, Caleb!«, schreie ich. Ich verliere vollkommen die Fassung. Er soll mir doch einfach bloß widersprechen. »Ist es wahr?«

Sein Blick wandert zurück zu mir. Er beißt sich auf die Innenseite seiner Wange, und ich sehe, wie er schluckt. »Ja.«

Betroffen wende ich meinen Kopf zur Seite. Ich kann ihn nicht ansehen. Nie wieder. Der hellblaue Teppich verschwimmt vor meinen Augen, während mir seine Antwort im Kopf nachhallt.

»Du solltest es nicht so erfahren«, beeilt er sich zu sagen.

Als er einen Schritt auf mich zumacht, hebe ich abwehrend die Hände und weiche vor ihm zurück.

»Komm mir nicht zu nahe«, zische ich.

Ein Schatten huscht über sein Gesicht, als er abrupt stehen bleibt, doch genauso schnell wie er gekommen ist, verschwindet er auch wieder.

Das Ganze will mir nicht in den Kopf. Es kann nicht sein. Caleb hat mich bloß benutzt. Die ganze Zeit, die wir miteinander verbracht haben, hat ihm einen Dreck bedeutet. Verschwommene Bilder tauchen vor meinem inneren Auge auf, wie wir in die U-Bahn-Station einbrechen, Würmer essen. Wie er mir seine Lederjacke überlegt und wir von einem Cop verfolgt werden. Der Bungeesprung und anschließend mein erstes Mal mit ihm. Und alle weiteren Male.

Bei dem Gedanken schlage ich mir die Faust vor den Mund und beiße mir in die Knöchel, um mein aufkommendes Schluchzen zu unterdrücken.

Ich hatte tatsächlich mein erstes Mal mit ihm, und es war für Caleb nichts weiter als ein Zeitvertreib. Wahrscheinlich hat er noch kurz zuvor mit Penelopé geschlafen. Vielleicht sogar in den Kaufman Studios, nachdem ich gegangen bin.

Mir wird übel. Ich habe das Gefühl, jeden Moment auf den Boden zu kotzen.

»Wieso?« Ich mache mir nicht mehr die Mühe, meine Tränen zurückzuhalten. Der Kloß in meinem Hals ist geplatzt, und die Tränen rinnen mir warm übers Gesicht. Ich sehe ihn an und hole stockend Luft. »Wieso hast du das getan?«

Aufgebracht fährt Caleb sich durchs Haar, den Blick auf den Superman-Spiegel an seiner Wand gerichtet. »Keine Ahnung«, sagt er leise. »Ich schätze, ich bin einfach so. Ich habe dich vor mir gewarnt.«

»Komm mir nicht damit!«, schreie ich, und als er mich mit seinen beschissenen hellen Augen ansieht, werde ich auch noch darüber wütend, dass sie so wunderschön sind. Ruckartig hole ich aus und schubse ihm mit beiden Händen gegen die Brust.

»Du bist nicht ›einfach so‹!« Schluchzend hole ich Luft. »Wenn du so ein Scheißkerl wärst, wie du es vorgibst zu sein, hätte ich mich niemals in dich verliebt!«

Sofort schlage ich mir die Hand vor den Mund. Als könnte ich damit noch zurücknehmen, was ich gerade gesagt habe. Caleb wird schneeweiß im Gesicht. Er sieht mich an, Mund und Augen weit aufgerissen, als wäre ich ein schauriges Monster, das gerade unter dem Bett hervorkrabbelt und ihn auffressen will.

»Das hast du nicht gesagt«, sagt er kopfschüttelnd und weicht dabei vor mir zurück. »Du hast dich nicht in mich verliebt.«

Seine Reaktion tut fast noch mehr weh als das Wissen, dass er die ganze Zeit über mit Penelopé geschlafen hat. Für einen kurzen Moment spiele ich mit dem Gedanken, alles zurückzunehmen, aber leugnen hat keinen Zweck mehr. Mein Verhalten verrät mich in vollem Maße.

»Doch, Caleb«, sage ich langsam und wische mir mit dem Handballen die Tränen aus dem Augenwinkel. »Habe ich. Aber ich wünschte, es wäre nicht so. Ich wünschte, ich hätte dich niemals getroffen, denn dann würde ich heute Nacht nicht wach liegen mit dem Wissen, dass es so einen Scheißkerl wie dich gibt!«

Graces Worte kommen mir in den Sinn, als sie sagte, das Leben sei nicht immer romantisch, sondern manchmal eben auch realistisch. Noch nie habe ich mich mit einem Satz so identifizieren können wie in diesem Moment.

»Das hättest du nicht tun dürfen«, entgegnet Caleb mit düsterer Stimme, als wäre ich diejenige gewesen, die ihn betrogen hätte. Eine Hälfte seines Gesichts liegt im Schatten, Himmel und Hölle in einem. »Du wusstest doch, wie das mit uns enden würde.«

Ich lache hysterisch auf und will mir durch die Strähnen fahren, bis mir wieder auffällt, dass ich einen Flechtzopf trage. »Nein, Cal, das wusste ich zufälligerweise nicht. Tatsächlich hatte ich sogar Hoffnung in uns. Ganz im Gegensatz zu dir, der unsere Beziehung als Freifahrtschein dafür gesehen hat, seine Arbeitskollegin zu vögeln, wann immer er Lust hat.«

Einen Moment sieht Caleb mich verwundert an, bis er plötzlich vollkommen perplex die Brauen in die Stirn zieht. »Du dachtest, wir wären zusammen?«

Oh mein Gott. Es kann nicht schlimmer werden. Das hier ist mein ganz persönlicher, wahr gewordener Albtraum. Ich antworte nicht, aber mein überraschter und zugleich verletzter Gesichtsausdruck scheint Caleb Antwort genug zu sein. Ein freudloses Lachen entfährt ihm, als er sich abwendet und sich so fassungslos und mit panischem Blick über die Stirn streicht, als hätte ich ihm gerade offenbart, dass ich schwanger von ihm wäre.

»Ich bin nicht gemacht für Beziehungen und Liebe, Hazel«, sagt er plötzlich. Seine Stimme ist so emotionslos, dass mir die Luft aus der Lunge weicht. Mit harten Gesichtszügen wendet er sich zu mir um. »Ich bin eher derjenige, warum sie kaputtgehen.«

»Du irrst dich«, sage ich undeutlich, weil mein Schluchzen den Satz fast komplett verschluckt. Trotz allem, was Caleb mir an diesem Abend angetan hat, trotz der Sache mit Penelopé, will ich einfach nicht aufhören, an ihn zu glauben. Es ist nicht er, der gerade mit mir spricht. Es sind seine Dämonen, die in dazu zwingen, diese Worte zu sagen.

»Cal«, flüstere ich, schließe meine Finger um seine Handgelenke und zwinge ihn, mich anzusehen. »Bitte, hör mir zu. Ich werde dir das, was jetzt kommt, bloß dieses eine Mal sagen, und ich will sicher sein, dass du mich verstehst.«

Caleb antwortet nicht, sieht mich bloß ausdruckslos an. Ich nehme es als stillschweigende Bestätigung, dass er mir zuhört.

»Manchmal erreicht man im Leben einen Punkt, an dem es kein nächstes Mal gibt. Keine zweite Chance, keine Auszeit – manchmal muss man sich entscheiden, ob jetzt oder nie. Und dieser Moment passiert gerade, Caleb.«

Seine Augen huschen ruhelos umher, doch außer diesem Zeichen lässt nichts darauf schließen, dass er aufgewühlt ist oder er meinen Worten Beachtung schenkt. Trotzdem weiß ich, dass er es tut. Als ich weiterspreche, zittert meine Stimme, und meine Unterlippe bebt.

»Geh das Risiko ein, oder verliere diese letzte Chance. Entscheide dich für mich, oder verliere mich. Ich bin kein verdammter Back-up-Plan und definitiv keine zweite Wahl.«

Caleb sieht zu Boden, und die unerträglichsten fünf Sekunden meines Lebens verstreichen. Und dann schüttelt er den Kopf. Quälend langsam, wieder wie in Zeitlupe, und die Erkenntnis trifft mich wie ein Schlag.

Caleb will mich nicht. Er liebt mich nicht. Für ihn war ich nichts weiter als ein Zeitvertreib.

Seit jeher hat Grace immer wieder beteuert, dass ich mich irgendwann daran verletzen werde, immer das Positive in jedem Menschen zu sehen. All die Jahre hat sie gesagt, während ich das Gute in den Menschen sehe, zöge sie es vor, die Wahrheit in ihnen zu sehen. Und jetzt gerade, in diesem Moment, wünsche ich mir nichts sehnlicher, als mir ihre Worte früher zu Herzen genommen zu haben.

Caleb wendet sich ab. »Ich hoffe für dich, dass du glücklich wirst, Hazel.«

Meine Hände sind eiskalt, und ich habe das Gefühl, komplett leer zu sein. Da ist nichts mehr in mir übrig außer Leere.

Ich nehme meine Tasche vom Bett und sehe noch einmal zu Caleb, doch er steht noch immer mit dem Rücken zu mir.

»Glücklich zu sein bedeutet nicht immer, dass alles perfekt ist«, sage ich leise. Seine Schultern spannen sich an. »Es heißt, dass du dich dazu entschieden hast, über die Fehler hinauszusehen.«

Caleb sagt nichts, und die letzten Schritte zur Zimmertür kommen mir vor wie der Gang aus dem Leben von Caleb West. Die ganze Zeit über hoffe ich, dass er mich zurückhält, mich küsst, mich anschreit, durchdreht … irgendetwas. Doch er tut nichts davon. Wortlos steht er vor dem Fenster, sein kompletter Körper ist angespannt.

Ich lege die Hand auf den Knauf und öffne die Tür. Bevor ich gehe, drehe ich mich noch einmal zu ihm um.

»Du bist der erste Mensch, der mir das Herz gebrochen hat. Für den Rest meines Lebens wirst du immer derjenige sein, der mich am schlimmsten verletzt hat. Vergiss das nicht.«

Und dann gehe ich. Raus aus Calebs Sichtfeld, raus aus seinem Zimmer. Raus aus Calebs Leben.

28.

Mom sagte immer, ich solle auf den Mann warten, der immer darauf achten wird, dass es mir gut geht. Nicht materialistisch gesehen. Sie meinte damit meine Seele, mein eigenes Wohlergehen, mein Herz und alles, was mich ausmacht. Denn wenn ein Mann es schafft, dass es mir in all diesen Dingen gut geht, oder es zumindest versucht, dann liebt er mich.

Caleb tut es nicht. Nicht eine einzige Sache von Moms Worten erfüllt er, denn mein Herz ist nichts weiter als ein zu Matsch getretener Haufen am Boden.

Ich habe Caleb alles gegeben. Alles, was ich geben konnte. Ich habe ihm vertraut, und niemals hätte ich daran gezweifelt, dass er dasselbe empfindet wie ich für ihn.

Aber das war ein Fehler. Ich war nichts als Zeitverschwendung für ihn, ein kleiner Spaß für zwischendurch. Jetzt wird mir auch klar, weshalb ich nichts über seine Vergangenheit wissen durfte – weil er mich nicht in seinem Leben haben wollte. Nicht so.

Dieser Gedanke lässt meine Beine endgültig wegknicken. Ich spüre kaum, wie zwei zarte Hände mich halten, ehe meine Knie auf dem festen Stein der Treppe aufschlagen.

»Alles okay. Ich hab dich.«

Durch den Tränenschleier kann ich gerade so das honigblonde Haar und die Sommersprossen von Charly erkennen.

»Ich muss hier weg«, sage ich, während ich einen Blick über die Schulter riskiere. Auf keinen Fall will ich Caleb noch einmal sehen müssen. Nie wieder. Ich muss auf der Stelle dieses verfluchte Haus verlassen.

»Schon okay«, beruhigt mich Charly, legt einen Arm um mich

und wedelt mit der anderen irgendjemanden heran. Als ich den Kopf hebe, sehe ich, dass es Logan ist.

»Was ist passiert?«, fragt er. Sein Blick wandert die Treppe rauf und verdüstert sich, als er es sich selbst zusammenreimt. »Caleb?«

»Ich muss hier weg«, wiederhole ich bloß, taumle durch die anderen Gäste hindurch zur Haustür. Logan stützt mich, während Charly ein Taschentuch aus ihrer Clutch zieht und mir damit unter den Augen langfährt. Ich wünschte, sie würde es bleiben lassen, denn momentan ist mir scheißegal, wie ich aussehe. Alles, was ich will, ist, dieses verdammte Haus zu verlassen.

»Tobi«, höre ich Logan schließlich an der Tür sagen. »Kannst du uns fahren?«

Der bullige Bodyguard nickt bloß, führt die Hand an sein gekringeltes Kabel hinter dem Ohr und sagt: »Tausch an Haustür. Ich muss fahren.«

Dann öffnet er uns die Tür, und ich atme tief ein, als mir die frische Abendluft in die Lunge strömt. Ich hatte gehofft, sie erfüllt mich und weitet meine zusammengekrampfte Lunge, doch nichts dergleichen passiert. Die Leere in mir bleibt.

Tobi führt uns zu einem schwarzen Jeep mit getönten Scheiben. Er sagt keinen Ton, als er uns die Türen aufhält. Charly rutscht mit mir auf die Rückbank, während Tobi und Logan vorn einsteigen.

»Wohin?«, brummt er monoton und startet den Motor. Seine Hand ist so massig, dass der Autoschlüssel vollends in seiner Faust verschwindet.

Mit fragender Miene dreht Logan sich zu mir um. »Willst du zu dir, Hazel?«

»Nein«, entgegne ich sofort. Mom wird mit Tony dort sein und das letzte, was ich will, ist, sie in ihrem Glück zu stören. Sie musste Jahre lang auf Zweisamkeit verzichten, und jetzt, wo sie jemanden gefunden hat, will ich ihr das mit meinem eigenen Scheißleben nicht kaputt machen. »Zu dir«, krächze ich. Logan widerspricht nicht, sondern nickt Tobi zur Bestätigung einmal knapp zu.

Die ganze Fahrt über sieht er aus dem Fenster, und Charly streichelt ununterbrochen meinen Rücken. Von ihrer Unbeschwertheit während des Flunkyball-Spiels ist nichts mehr übrig, stattdessen wirkt sie besorgt. Ständig huschen ihre haselnussbraunen Augen zu mir, wenn eine neue Träne auf das Leder der Sitze tropft. Jedes Mal beeilt sie sich, meine Augenwinkel mit dem Taschentuch abzutupfen. Wahrscheinlich hat sie es so beigebracht bekommen, wie es auch bei Grace der Fall war.

Sitz still, und sieh hübsch aus.

Beim Anwesen der Cunninghams angekommen lässt Brenda uns herein. Sie mustert mich eingehend, stellt jedoch keine Fragen. Vermutlich Voraussetzung in einem solchen Job.

Es ist das erste Mal, dass ich in Logans Schlafzimmer bin. Und das, obwohl ich ihn mein Leben lang schon kenne. Der Raum ist unglaublich ordentlich. Ein schwarzes Boxspringbett steht auf der linken Seite, über dem ein gemaltes Porträt einer blonden Frau mit Sonnenbrille hängt. Gleich daneben verdecken bodenlange, rotgraue Vorhänge die Fensterfront.

Charly setzt mich auf der weißen Bettwäsche ab und spaziert dann mit so federnden Schritten zum orangen Sofa in der Mitte des Raumes, als wenn sie hier jeden Tag abhängen würde.

»Diese Schuhe bringen mich um«, stöhnt sie augenrollend, streift sich die cremefarbenen Heels von den Füßen und wirft sich anschließend rücklings aufs Sofa.

»Also«, sagt sie an mich gewandt und überkreuzt im Liegen die Beine, »was hat der beschissene West getan? Soll ich ihn verprügeln lassen? Ich kenne da ein paar Männer, die mit dem Paten zu tun haben, und …«

»Entweder du hältst den Rand, oder ich werfe dich raus«, unterbricht Logan sie, als er die Tür hinter uns schließt und mir ein Glas Wasser reicht.

»Danke«, sage ich leise. Er nickt.

Eine Weile schweigen wir, bis Charly die Stille nicht mehr aushält und munter zu summen anfängt. Biene Maja, wie ich heraushöre.

»Charly«, warnt Logan zwischen zusammengebissenen Zähnen, doch sie zuckt nur die Achseln und steht auf.

»Ich brauche einen Drink.« Barfuß geht sie zur Bar hinter dem Sofa und holt sich einen Scotch.

Wortlos sitze ich auf dem Bett, das kühle Wasserglas in meinen zitternden Händen, und weiß nicht, wie ich mich fühle. Alles in mir ist so leer. Da ist nichts, wonach ich greifen könnte. Keine Wut, keine Trauer, kein Hass. Nichts, außer dieser tiefen, schwarzen Leere.

Am liebsten würde ich weiterweinen, aber nicht einmal dazu bin ich in der Lage. Inzwischen glaube ich, dass dieses Gefühl des absoluten Nichts in mir das höhere Level der Trauer ist. Wenn der Körper zu ausgelaugt, zu schwach ist, um noch etwas empfinden zu können, dann ist einfach alles schwarz. Ein gebrochenes Herz kann nicht mehr fühlen.

Es muss einfach so sein.

»Was hast du jetzt vor?«, fragt Logan. Sein Ton ist nebensächlich, während auch er nun hinter der Bar steht und sich einen Scotch eingießt.

Meine Augen werden glasig, und ich starre auf das durchsichtige Wasser in meinem Glas. »Keine Ahnung«, entgegne ich wahrheitsgemäß und mit schwacher Stimme. »Ich wünschte, ich könnte Grace anrufen.«

Charly leert ihren Drink in einem Zug, wischt sich mit dem Handrücken über die Lippen und fragt dann mit gerunzelter Stirn: »Wer ist Grace?«

Logan antwortet, bevor ich es kann. »Ihr siamesischer Zwilling.«

Mein Magen knurrt. Mir fällt ein, dass ich den ganzen Tag noch nichts gegessen habe, doch ich ignoriere es. Im Moment ist mir ganz und gar nicht nach Essen zumute, und ich bin mir sicher, es würde in hohem Bogen wieder aus mir herausfliegen.

»Meine beste Freundin«, verbessere ich ihn schließlich, stelle das Glas auf dem Nachtschrank ab und ziehe ein Bein aufs Bett. Die Seidenbettwäsche fühlt sich kühl auf meiner Haut an.

Charly reißt Logan die Flasche Scotch aus der Hand, die er gerade wieder verschließen wollte, und wirft ihm einen vernichtenden Blick zu, ehe sie sich wieder an mich wendet. »Wieso rufst du sie dann nicht an?«

»Weil …« Mit den Fingern zupfe ich an der Bettdecke herum. »Weil die Sache mit mir und Caleb irgendwie einen Keil zwischen uns getrieben hat.«

Charly gießt sich einen weiteren Drink ein und zuckt die Achseln. »Ja und? Dann zieh den Keil doch einfach wieder raus.« Sie macht eine Geste, als würde sie einen Baum aus dem Boden reißen. »Ich meine, wenn sie deine beste Freundin ist, dann kann so ein blöder Keil zwischen euch nicht bestehen.«

Mein Blick wandert zu Logan, weil ich seine Bestätigung sehen will, doch er hat sich bereits abgewendet und tippt auf seinem Handy herum.

Ich seufze. Charly hat recht. Warum lasse ich mir alles, was mir lieb und wichtig ist, von Caleb nehmen? Ich darf nicht mehr zulassen, dass er einen so großen Einfluss auf mich hat. Das tut mir nicht gut.

»Ich ruf sie an«, stimme ich ihr zu und Charly reckt mir triumphierend ihr Glas entgegen.

Als ich mein Handy entsperre, leuchtet mir das Hintergrundbild von Caleb entgegen, das er von mir gemacht hat. Sofort verkrampft sich mein Magen und mir wird wieder schwindelig. Übelkeit überkommt mich, und ich verspüre den Drang, das Handy gegen die Wand zu werfen, halte mich aber zurück. Immerhin muss ich die Ruhe bewahren und über solche Dinge hinwegsehen können, wenn ich sage, er soll keinen Einfluss mehr auf mich haben können.

»Ich stelle auf laut«, murmle ich, drücke die Kurzwahltaste für Grace und warte, als es tutet.

Einmal. Zweimal. Dann …

»Ja?«

Überrascht ziehe ich die Brauen zusammen. »Oliver?«

Pause. Schließlich sagt er: »Hörst du doch.«

Ich verdrehe die Augen. Typisch Oliver. Wieso ist er überhaupt an ihrem Handy?

»Kannst du mir Grace geben?«

Charly stützt die Hände auf die Theke der Bar und hebt sich darauf, während ihre Hand in einer Schüssel mit Erdnüssen verschwindet. Als wäre das Ganze hier pures Kino für sie.

»Nein«, entgegnet Oliver kühl. »Sie will nicht mit dir sprechen. Ruf sie nicht wieder an.«

Und bevor ich etwas erwidern kann, legt er auf. Perplex öffne ich den Mund und sehe zu den anderen.

»Wer war das?«, fragt Charly schließlich. Ich kann ihre Worte kaum verstehen, weil ihr Mund voller Nüsse ist.

»Graces Bruder«, entgegnet Logan, legt sein Handy endlich beiseite und kratzt sich nachdenklich an der Stirn. »Komisch.«

Charly spült sich die Nüsse mit einem Schluck ihres Getränks herunter, ehe sie sagt: »Er klang heiß.«

Logan verdreht die Augen. »Er ist vierzehn. Behalt deine Hände bei dir.«

Ich höre kaum zu, wie die beiden eine Diskussion darüber anfangen, ob man mit Vierzehnjährigen etwas anfangen darf oder nicht. Die Leere in mir wurde überschüttet mit einem Kübel Eiswasser, der mein Inneres ausfüllt.

Grace will nichts mehr mit mir zu tun haben. Ich habe meine beste Freundin verloren – und das alles nur wegen Caleb. Das Handy gleitet mir aus den Fingern und rutscht auf die Seidenbettdecke.

Wie konnte das alles passieren? Warum musste ich ihn unbedingt kennenlernen, oder besser, weshalb hat er bloß zugestimmt, als ich mit ihm essen wollte? In diesem Moment wünschte ich mir nichts mehr, als Caleb West niemals kennengelernt zu haben.

»Fuck!«, schreie ich, reiße das Wasserglas vom Nachttisch und schmettere es mit voller Wucht gegen die Wand. Es zerspringt, das Wasser rinnt den Putz herunter, und die Scherben fallen klirrend aufs Parkett.

Logan und Charly hören abrupt auf zu diskutieren und sehen mich mit großen Augen an.

Aufgewühlt rutsche ich vom Bett und fange an, im Raum auf

und ab zu gehen. Zorn baut sich in mir auf und sprudelt aus mir heraus, als ich daran denke, wie sehr Caleb mich die ganze Zeit verarscht hat. Erst trete ich gegen das Sofa und dann gegen das Tischbein, bereue es aber sofort, als ein Schmerz durch meinen großen Zeh zuckt. Auch dafür schiebe ich Caleb die Schuld zu. »Ich hasse ihn!«

Charly stellt ihr Glas ab, hüpft vom Tresen und kommt zu mir. Indem sie ihre Hände auf meine Schultern legt, zwingt sie mich, stehenzubleiben.

»Jetzt mal ganz langsam, Cinderella. Was ist überhaupt passiert?«

Eigentlich will ich es nicht wiederholen. Es ist zu schmerzhaft, zu demütigend und zu entwürdigend. Aber weil ich fürchte, jeden Augenblick zu platzen, wenn ich meiner Wut nicht freien Lauf lasse, tue ich es doch. Angefangen bei der Sache mit Penelopé bis hin zu seiner Entscheidung, nichts mehr mit mir zu tun haben zu wollen.

»Das ist nicht dein Ernst«, sagt Charly schließlich, ihre braunen Augen sind geweitet vor Fassungslosigkeit.

Logan seufzt. »Das war vorauszusehen. Caleb ist nicht für diesen Scheiß gemacht.«

Ich funkle ihn wütend an. »Was für einen Scheiß?«

Rücklings lehnt er sich gegen die Fensterbank und fängt an, die braune Flüssigkeit in seinem Glas hin- und herzuschwenken. »Das alles eben. Zuneigung, Beziehung, treu sein … Er kann niemanden an sich heranlassen.«

Charly hebt einen Finger und dreht sich zu ihm herum. »Das habe ich sowieso noch nie verstanden. Was stimmt nicht mit ihm? Ich meine, wieso ist er immer so mürrisch und überhaupt so scheiße zu jedem?«

Logan antwortet nicht. Ich hätte mich auch stark gewundert, wenn er es getan hätte. Er weiß Bescheid – davon bin ich überzeugt. Immerhin ist Caleb mit zwölf Jahren zu ihm gezogen, da muss er einfach wissen, was bei ihm los war.

Plötzlich übermannt mich eine heftige Müdigkeit. Von jetzt

auf gleich, als hätte ich zehn Jahre nicht geschlafen. Erschöpft reibe ich mir die trägen Lider und sehe mit verschleiertem Blick zu Logan. »Kann ich hier schlafen?«

Seine Augen huschen zu mir. Überraschung blitzt darin auf, doch auch Unsicherheit. Er schluckt. »Ich weiß nicht. Vielleicht sollte ich dich besser nach Hause bringen.«

»Bitte Logan«, flehe ich und mache einen Schritt auf ihn zu. »Ich kann nicht nach Hause. Das alles heute war einfach zu viel, und ich will nur noch schlafen. Ich bin müde. So furchtbar müde. Nur diese eine Nacht.«

Unschlüssig sieht Logan zu Charly, als könnte sie ihm die Entscheidung abnehmen. Sie zuckt nur die Achseln und trinkt einen weiteren Schluck. Die Eiswürfel klimpern gegen das Glas. »Ich bleibe sowieso hier. Du denkst doch nicht ernsthaft, dass ich jetzt noch nach Hause gehe.«

Wieder seufzt Logan, dieses Mal jedoch ergeben. Seine Augen fixieren mich, als er zu einer Tür am anderen Ende seines Zimmers geht.

»Ich hole dir ein Shirt zum Schlafen.«

Charly legt sich die Hände an den Mund und formt sie wie Lautsprecher. »Ich brauche auch eins!«

»Vergiss es. Du kannst in deinem Fummel schlafen.«

»Logan«, bitte ich leise, weil ich für heute einfach keinen Streit mehr ertragen kann. Ich bin völlig ausgelaugt.

»Schön«, entgegnet er augenrollend, ehe er im Zimmer nebenan verschwindet und uns fünf Sekunden später zwei Poloshirts entgegenschleudert.

»Ich will kein stundenlanges Frauengeläster. Damit das klar ist.«

Charly zieht eine Grimasse und streckt ihm hinter seinem Rücken die Zunge heraus. Ein Schmunzeln legt sich um meine Mundwinkel, während ich mich neben das Bett hocke, mich in versteckter Pose aus meinem Kleid schäle und das Shirt über den Kopf ziehe. Es geht mir fast bis zu den Knien.

»Cinderella versteckt ihren Astralkörper vor uns«, höre ich

Charly in schmollendem Ton zu Logan sagen, und tatsächlich entfährt mir ein leises Kichern. Zwar heiser und mit traurigem Unterton, aber immerhin ein Kichern.

Als ich schließlich neben sie unter die Bettdecke krieche und Logan sich aufs Sofa legt, bin ich plötzlich unglaublich froh, mit den beiden hier zu sein. Wenn mir jemand vor einem Monat gesagt hätte, dass ich mit Logan Cunningham und einem Mädchen aus der Hollywood-Gesellschaft zusammen in einem Raum lachen und übernachten würde, hätte ich demjenigen den Vogel gezeigt. Doch jetzt, in diesem Moment, ist es das, was mir unglaubliche Kraft gibt und mich davor bewahrt, komplett durchzudrehen.

Das Mondlicht erhellt Charlys Gesicht neben mir, und ich erkenne, dass sie mich ansieht. Ihre Augen sind zu schmalen Schlitzen zusammengekniffen.

»Du wirst aber jetzt nicht zur Lesbe, weil Caleb dich abgesägt hat, oder? Denn dann schlafe ich auf dem Boden. Nichts für ungut, aber ich stehe so gar nicht auf Frauen.«

Mein leises Kichern wird von Logans Kissen erstickt, das extrem nach ihm riecht.

»Nein.«

Charly seufzt erleichtert. »Gut. Sorry, ich musste sichergehen. Nur weil du schön bist, könntest du nicht etwa eine potenzielle Frauenliebhaberin sein, weißt du. Das war bei Penelopé auch so. Als ihr Kerl sie damals in den Wind geschossen hat, hatte sie eine Zeit lang was mit Christin.«

Logan stöhnt genervt auf und drückt sich ein Kissen aufs Gesicht. Als er spricht, klingt seine Stimme gedämpft. »Ich habe gesagt, keine Frauenlästereien!«

»Wer ist Christin?«, frage ich, und Charly streicht sich aufgeregt ihr blondes Haar nach hinten. Scheinbar liebt sie Klatsch und Tratsch.

»Auch eine Schauspielerin. Die haben zusammen in diesem Vampirfilm gespielt. Na ja, das mit den beiden ging dann auch vorbei, weil Penelopé sie mit dem Drehbuchautor des Films betrogen hat. War 'ne heftige Sache in den Medien.«

Logan wirft ein Kissen nach uns und trifft Charly mitten ins Gesicht. »Schnauze halten, Charly!«

Sie verdreht bloß die Augen und redet dann weiter. »Du solltest wegen Caleb und ihr nicht verletzt sein. Es ist offensichtlich, dass er sie nur für das eine benutzt. Letzten Monat war sie im Playboy und verhält sich seitdem wie eine noch größere Schlampe als schon zuvor.«

»Oh«, sage ich bloß. Das Lächeln von eben ist erloschen.

Selbst wenn Caleb sie nur für das eine benutzt, mit mir hat er genau dasselbe getan. Charlys Worte klatschen mir die nackte Wahrheit so unverblümt ins Gesicht, dass mir zum tausendsten Mal an diesem Abend jegliche Luft entweicht.

Sie dreht sich auf den Rücken. Ich erkenne, wie sie an die Decke starrt, während ihre Lider immer schwerer werden. »Wie auch immer«, murmelt sie schließlich müde.

Logan grummelt mehrere unwirsche Flüche und zischt dann: »Charly, ich schwöre dir, wenn du nicht auf der Stelle leise bist, dann schmeiße ich dich aus dem Fenster.«

Sie schnalzt mit der Zunge. »Bleib doch mal locker, du Muffi-Schlumpf. Echt.« Mit der Hand tastet sie über die Matratze nach meinem Arm, bis sie ihn schließlich findet und ihn sanft tätschelt. Ihr lauthalses Gähnen erfüllt den kompletten Raum.

»Mach dir keine Sorgen, Cinderella«, nuschelt sie. »Caleb wird so ein Mädchen wie dich nicht vergessen können. Er wird es natürlich versuchen, aber nicht schaffen. Weil er niemals vergessen kann, wie sich deine Liebe zu ihm angefühlt hat.«

»Und ich werde niemals vergessen, wie es sich angefühlt hat, wenn ich dir den Mund zugenäht habe«, murmelt Logan trocken.

Wortlos drehe ich mich auf die Seite und hoffe, dass Charly recht hat. Dass Caleb mich tatsächlich nicht vergessen kann, wobei die finstere Leere in mir sich beste Mühe gibt, mir vor Augen zu halten, dass ich ihm dafür wichtig sein müsste. Und wenn ich Caleb wichtig wäre, hätte er mich heute nicht gehen lassen.

Meine Brust schnürt sich zusammen. Krampfhaft kneife ich

die Augen zu, während Charly neben mir anfängt zu schnarchen und Logan ungehalten entnervte Seufzer ausstößt.

Immer und immer wieder sage ich mir im Kopf vor, dass man so oder so keine gesunde Beziehung mit jemandem führen kann, der dauerhaft eine Maske trägt, und irgendwann rollt der Schlaf über mich hinweg und zieht mich in unruhige Träume mit schmerzhaften Erinnerungen und qualvollen Gedanken.

29.

In den letzten vier Tagen sind mein Bett und ich zu einer untrennbaren Einheit verschmolzen. Die Matratze hat mich mit offenen Händen in die Familie aufgenommen und bildet nun mit mir, Bettdecke und Kissen das beste Team, dem ich mich je verschrieben habe.

Seit vier Tagen habe ich mein Zimmer lediglich verlassen, um ins Bad zu gehen. Seit vier Tagen habe ich kein einziges Seminar mehr besucht. Seit vier Tagen habe ich nichts mehr gegessen.

Stattdessen ist das Kopfkissen inzwischen mit meinem Gesicht verschmolzen, während ich starr auf den Fernseher sehe und mir ununterbrochen Gossip Girl ansehe.

Anfangs dachte ich noch, meine Lieblingsserie könnte mich ablenken, bis mir irgendwann zwischen »Chuck gesteht Blair seine Liebe« und »Chuck geht mit Jenny fremd« klar wurde, dass man mit mir Gossip Girl 2.0 drehen könnte.

Meine Augen huschen zur Seite, als die Tür sich mit einem leisen Knarren öffnet. Mom schlüpft hindurch, gemeinsam mit Tony. Sie laufen seitlich hinein, Schulter an Schulter und mit seltsamen Tippelschritten, die Hände hinter den Rücken verschränkt.

Mit ausdruckslosen Gesichtern starren sie mich an. Ich starre zurück.

»Ist was?«

Mom und Tony rücken auseinander und ziehen ein komisches Ding hinter sich hervor. Zwei Augenaufschläge später weiß ich, was es ist, und vergrabe stöhnend das Gesicht in die Kissen.

»Intervention«, sagen Mom und Tony gleichzeitig und ziehen dieses blöde Banner auseinander, das Mom vor einer gefühlten

Ewigkeit im Vorgarten an zwei Holzpflöcke gehämmert hat, und auf dem ebenfalls in dicken schwarzen Lettern das Wort »Intervention« steht.

»Ich brauche keine Intervention!« Meine Hände greifen nach dem Kissen und machen es Logan nach, indem ich es in ihre Richtung schleudere. Leider war ich nie gut im Treffen; das Kissen landet zwei Meter entfernt auf meinem Schreibtisch.

»Doch, Hazel«, widerspricht Mom mit ihrer autoritären Interventions-Stimme, die mich schon immer an einen Roboter erinnert hat.

Von dem Moment an, an dem Mom die Intervention-Folge bei How I Met Your Mother gesehen hat, war sie besessen davon. Jedes Mal musste ich es über mich ergehen lassen; bei der Sache mit dem kranken Vogel, nachdem ich mein erstes Bier bei Tony getrunken habe und sogar, als ich eine Woche lang meine Jenny-Humphrey-Phase hatte und mich wie ein Gothic geschminkt habe.

»Brauche ich nicht«, protestiere ich und konzentriere mich wieder auf meinen Fernseher. »Mir geht's gut.«

Mom und Tony tippeln weiter durchs Zimmer, das Banner zwischen sie gespannt. Sie stellen sich vor den Fernseher und ziehen eine Miene wie ein lebendiger trauriger Smiley.

»Nichts für ungut, Haze«, sagt Tony und zieht die Nase kraus, »aber in deinem Zimmer stinkt es wie in der Höhle einer Iltis-Familie.«

Ich rümpfe ebenfalls die Nase, um zu erschnuppern, ob er recht hat, aber ich rieche nichts.

»Stimmt gar nicht.«

Mom klopft mit ihrer Seite des Holzpflocks auf den Boden, und ich verdrehe die Augen. Ihr Zeichen, dass sie an der Reihe ist zu sprechen. »Wann hast du das letzte Mal geduscht?«

Empört verschränke ich die Arme vor der Brust, bereue es aber sofort, als der Schweißgeruch unter meinen Achseln freigesetzt wird und mir in die Nase zieht. »Gestern«, lüge ich.

Tony hebt eine Augenbraue. Entnervt werfe ich die Arme in die Luft und lasse sie anschließend auf die Matratze plumpsen.

»Gut. Am Samstag.«

Tatsächlich war meine letzte Dusche die mit Caleb nach der Sauna, aber daran will ich auf keinen Fall denken. Seit vier Tagen verdränge ich jeden einzelnen Gedanken an ihn, und wenn sein blonder Haarschopf und die feinen Gesichtszüge doch vor meinem inneren Auge aufblitzen, kneife ich mir in den Arm. Er ist schon ganz gerötet von den Kneifattacken in den letzten vier Tagen.

Meiner Mutter fallen beinahe die Augen raus. »Samstag?«, wiederholt sie entsetzt, tauscht einen fassungslosen Blick mit Tony und lässt vor Schreck ihren Holzpflock los. Das Intervention-Ding wäre beinahe umgefallen, hätte Tony es nicht in letzter Sekunde gehalten.

»Ich wollte heute gehen«, nuschle ich undeutlich, was natürlich nicht stimmt. Eigentlich hatte ich vorgehabt, mein weiteres Dasein in diesem Bett zu fristen, bis ich endgültig Teil der Matratze bin.

Jetzt klopft Tony mit seiner Holzseite. Er sieht mich ernst an. »Hazel, das geht so nicht weiter. Du wirst auf der Stelle aus diesem Bett steigen, dich duschen und dann zu deinen Seminaren gehen. Sofort.«

Sein autoritärer Tonfall jagt mir einen Schauer über den Körper. Noch nie hat Tony auf diese Art und Weise mit mir gesprochen. SO konsequent. Er war immer der Kumpeltyp, der mir jedes Abenteuer erlaubt hat, während Mom die Strenge in solchen Angelegenheiten war.

»Du bist nicht mein Vater«, schmettere ich ihm entgegen.

Mom japst erschrocken nach Luft, und Tony wird bleich. Sofort beschleicht mich ein schlechtes Gewissen, und ich will mich eigentlich entschuldigen, ziehe aber stattdessen eine trotzige Miene. Sollen die beiden mich doch einfach in Ruhe lassen.

»Nein, bin ich nicht«, entgegnet Tony ruhig. »Aber ich weiß, dass das Leben dich gerade auf eine harte Probe stellt. Und ich will, dass du verstehst, dass du stärker als diese Herausforderung bist. Dass sie dich nur noch stärker macht, als du ohnehin schon bist.«

»Woher wisst ihr, was passiert ist?«, frage ich leise. Ein Glanz hat sich auf meine Augen gelegt.

Es ist Mom, die antwortet. »Die Magazine.« Natürlich. »Erst haben sie dich und Caleb beim Shopping gezeigt und plötzlich kam ein Artikel heraus, in dem eine anonyme Quelle auspackte. Sie sagte, ihr hättet euch auf der Dinnerparty von Thomas West getrennt.«

Ich würde meinen Arsch darauf verwetten, dass diese anonyme Quelle schiefstehende blaue Augen hat und mit Vornamen Penelopé heißt.

Ruckartig schiebe ich die Bettdecke von mir und vergrabe meine Finger ins Laken. Ich stoße einen verzweifelten, wütenden Laut aus und erkenne, wie Mom die Fingernägel in ihren Holzpflock vergräbt.

»Es macht mich krank, wie sich alles in meinem Leben zum Schlimmen wendet!«, schreie ich. Meine Atmung geht heftig, doch Mom und Tony sagen nichts. Sehen mich bloß blinzelnd an. Deshalb schreie ich einfach weiter, lass alles aus mir heraus. »Es macht mich krank, so verletzt zu sein! Dieses Gefühl, mich jede Nacht in den Schlaf zu weinen und plötzlich alles in diesem Leben zu hassen, obwohl ich es doch so sehr geliebt habe! Und genauso macht mich der Gedanke krank, für alle anderen ein falsches Lächeln aufzusetzen, während es mir dreckiger als je zuvor geht!« Warme Tränen rinnen über meine Wangen, und meine Stimme ist leise und bebt, als ich weiterspreche. »Mich so zu fühlen macht mich krank. Andere wegen mir traurig zu sehen macht mich krank. Ich selbst zu sein macht mich krank.«

»Ein gebrochenes Herz ist eins der schlimmsten Gefühle überhaupt, aber …«

»Wenn es ein gebrochenes Herz ist«, unterbreche ich Tony mit einem heftigen Kloß im Hals, »warum tut es denn überall so weh? Alles in mir schmerzt.«

Moms Augen glänzen feucht, als sie antwortet. »Weil es dich zerrissen hat. Diese ganze Sache … Sie hat dich zerrissen. Deshalb musst du jetzt umso stärker sein und weitermachen, Hazel.«

Ich vergrabe das Gesicht in den Händen, meine Nägel krallen sich in mein Fleisch. Erst als es zu brennen anfängt, lasse ich los und sehe erschöpft zu Tony und Mom auf. »Du hast mich immer vor Drogen gewarnt, Mom. Aber du hast nie gesagt, dass die mit diesen beschissenen blauen Augen und strahlendem Lächeln die schlimmsten sind. Es hat mein ganzes Leben zerrissen.«

Tony legt betroffen den Kopf schief. »Dann musst du es wieder aufbauen, Hazel. Im Leben geht es nicht darum, darauf zu warten, dass der Sturm vorbeizieht. Sondern darum, im Regen zu tanzen. Es liegt an dir, aufzustehen und anzufangen, die Schönheit in den kleinen Dingen des Lebens wiederzufinden.«

Es sind diese Worte, die mir den Kopf waschen. Was tue ich hier? Hatte ich nicht beschlossen, Caleb West keinen Einfluss mehr auf mich und mein Leben zu geben? Warum sitze ich also wie eine Leiche in meinem Bett und suhle mich im Selbstmitleid?

Ich sollte aufstehen. Und das tue ich.

»Er gibt einen Scheißdreck auf mich, na und?« Ich fange an, meine Kleidung aus dem Schrank zu kramen. »Dann werde ich ihm beweisen, dass ich noch viel besser darin bin, einen Scheißdreck auf ihn zu geben.«

»Das ist meine Hazel«, sagt Mom und hebt triumphierend ihren Holzpflock.

Ich gehe zur Tür. »Ich meine, was denkt er, wer er ist? Er ist nichts weiter als ein blonder Junge mit blauen Augen, der mir einzutrichtern versucht, dass ich süchtiger nach ihm bin als nach jeder Droge dieser Welt. Aber das könnte ihm so passen.«

Tony klatscht einmal fest in die Hände. »Geh da raus und zeig's der Welt, Haze.«

∞

Das Ich-werd's-der-Welt-zeigen-Gefühl löst sich in Luft auf, als ich den Raum zu meinem Deutsch-Seminar betrete. Alle starren mich an. Selbst Professor Grand.

Mit gesenktem Blick gehe ich die Treppen zu meinem Platz hoch, bis ich mir wieder in Erinnerung rufe, dass es mir egal sein sollte, was die Leute denken. Ich bin Hazel Evans und lasse mich ganz sicher nicht von anderen unterbuttern. Diese Zeiten sind vorbei.

Also recke ich das Kinn, bedenke die hinteren Reihen mit einem herablassenden Blick und setze mich auf meinen Platz neben dem Cosplay-Mädchen.

»Also, beginnen wir mit der heutigen Stunde«, fängt Professor Grand an. »Heute steht die Besprechung der Beziehung zwischen Faust und Gretchen und der Rolle des Mephistos in deren Liebe auf dem Lehrplan.«

Das Cosplay-Mädchen neben mir meldet sich sofort, und Professor Grand zeigt auf sie. »Ja?«

»Mephisto stellt den Teufel dar, der Faust zu einem sündhaften Leben verleitet. Das zeigen die Zeilen 1338 bis 1344 überdeutlich, in denen er sagt: *Er ist der Geist, der stets verneint, und das mit Recht, denn alles was entsteht, ist wert, dass es zugrunde geht; drum besser wär's, dass nichts entstünde. So ist denn alles, was ihr Sünde, Zerstörung, kurz das Böse nennt, mein eigentliches Element.«*

Mit den Fingern kratze ich über mein ausklappbares Pult und zwinge mich, ihr meine Fingernägel nichts ins Gesicht zu graben. Ich hätte weiter schwänzen sollen.

Professor Grand nickt, sagt aber nichts, und deutet stattdessen auf einen Typen aus der hinteren Reihe.

»Faust hat Gretchen von Anfang an verführt«, sagt er mit tiefer, dunkler Stimme. »Sie war eigentlich anständig, bis er kam und ihr ganzes Leben zerstört hat.«

Ich begnüge mich damit, mein Faustbuch aufzuschlagen und mit so heftigem Druck verschiedene Zeilen zu unterstreichen, dass der Bleistift beinahe durch die Seite sticht.

»Gretchens tragisches Schicksal und die leidenschaftliche Liebe zu Faust beginnt, als sie sich zum ersten Mal küssen. Von da an ist ihr Leben eigentlich gescheitert, und sie rutscht immer tiefer ab«, erklärt ein Mädchen, ebenfalls aus den hinteren Reihen.

»Miss Evans«, sagt Professor Grand plötzlich, und ich reiße ruckartig den Kopf hoch. Insgeheim verfluche ich mich dafür, dass ich immer so eine Streberin war. Hätte ich einfach nie etwas gesagt, würde Professor Grand jetzt nicht immer auf mich zurückkommen.

»Ja?«

Er läuft den Saal auf und ab, die Fingerkuppen aneinandergelegt und den Blick auf seine Schnürschuhe gerichtet. »Wie ich sehe, bist du fleißig am Unterstreichen. Würdest du deine Gedanken mit uns teilen?«

Hitze kriecht in mir auf, als ich die Seiten vor mir betrachte und das Weiß der Blätter allmählich zu einem einheitlichen, weißen Bild vor meinen Augen verschwimmt. »Ich habe bloß ein paar Zitate unterstrichen, die zu Gretchens Gefühlen passen«, sage ich kleinlaut, doch Professor Grand scheint diese Aussage nur noch mehr zu überzeugen.

»Wie schön. Lesen Sie sie bitte vor.«

Tief durchatmend und mit zitternden Händen blättere ich ein paar Seiten vor. Ich räuspere mich. *»Es war die Art zu allen Zeiten, Irrtum statt Wahrheit zu verbreiten. Welch Schauspiel! Aber ach! Ein Schauspiel nur!«*

Professor Grand nickt gedankenversunken. Ich blättere zu der nächsten Markierung. *»Zwei Seelen wohnen, ach! In meiner Brust. Die eine will sich von der andern trennen«*, flüstere ich, doch in dem mucksmäuschenstillen Raum hört mich natürlich jeder. Wieder räuspere ich mich, ehe ich fortfahre und das letzte Zitat vorlese. *»Der Mensch, den du da bei dir hast, ist mir in tiefer, innrer Seele verhasst. Es hat mir in meinem Leben, so nichts einen Stich ins Herz gegeben.«*

Keiner sagt ein Wort. Nicht einmal das Cosplay-Mädchen äußert sich dazu, sie sieht stumm auf ihre Notizen herunter.

Ich halte die Stille nicht mehr aus. Keine Sekunde. Sie drückt sich so stark auf meine Brust, als würde mir eine Masse an Menschen ganz nah sein und ins Gesicht brüllen.

»Entschuldigen Sie mich«, sage ich, packe meine Sachen und stürme aus dem Seminarraum.

Mein Vorhaben, mein Leben nicht mehr von Caleb beeinflussen zu lassen, hat ja super geklappt.

Kaum bin ich draußen, wähle ich Charlys Nummer. Ich brauche Ablenkung – sofort.

»Cinderella!«, ruft sie mir durchs Handy ins Ohr. »Was gibt's?«

»Hey. Hast du Zeit?«

»Klar.« Ihre Atmung geht schnell, und hinter ihr höre ich eine Tür ins Schloss fallen. Sie ist unterwegs. »Ich komme gerade aus einem elend lahmen Fotoshooting für unser neues Seriencover. Jetzt brauche ich definitiv einen Kaffee. Wo soll ich dich abholen?«

»An der NYU.«

Sie bestätigt mir, in zehn Minuten mit zwei Kaffees vor dem Hauptgebäude zu sein, und legt auf.

Als ich das Display wieder sperren will, bleibe ich abrupt stehen.

Eine Nachricht. Von Caleb. Oh mein Gott.

Ich überlege, sie zu löschen, ohne sie vorher zu lesen, entscheide dann aber doch um. Ich bin einfach zu neugierig.

Mit zitternden Fingern klicke ich sie an.

Hey.

Das kann nicht sein Ernst sein. Der Typ will mich doch verarschen. Ich meine, ›hey‹? Nach allem, was am Samstag zwischen uns war, kommt er mit einem Hey?

Den ganzen Weg zum Business-Gebäude starre ich auf diese drei Buchstaben, wobei ich nicht selten beinahe gegen einen entgegenkommenden Studenten geknallt wäre.

»Cinderella!« Ich hebe den Blick und sehe Charlys honigblonde Mähne, die bei jedem Schritt in sanften Wellen durch die Luft weht. »Da bist du ja. Hier, Karamell-Macchiato.« Sie reicht mir einen dampfenden Starbucks-Becher, und ich schenke ihr ein dankbares Lächeln. Mit der anderen Hand halte ich ihr mein Display vor die Nase.

»Lies. Ich meine, der tickt doch nicht mehr ganz sauber, oder?«

Charly tut, als würde sie eine imaginäre Brille zurechtrücken, ehe sie die Augen zusammenkneift und Calebs Nachricht liest. Dann presst sie ihre rosigen Lippen zu einem schmalen Strich zusammen und schüttelt ungläubig den Kopf. »Du darfst nicht antworten. Der Kerl denkt doch tatsächlich, er kommt mit allem durch.«

»Natürlich antworte ich nicht«, bestätige ich ihr mit einem Blick, als sei sie völlig wahnsinnig geworden, das überhaupt infrage zu stellen.

»Gut. Ansonsten müsste ich dir nämlich …«

»Oh Gott.« Ich bleibe abrupt stehen. Charly geht bereits drei Meter vor mir, bevor sie sich mit stirnrunzelnder Miene umdreht. Sie stopft sich den Saum ihrer hellen Bluse in die Jeans und kommt in schnellen Schritten zu mir zurück.

»Was ist denn?«

»Sieh jetzt nicht hin, aber da vorn ist Grace.«

Charly sieht natürlich sofort hin. Und das nicht einmal unauffällig, im Gegenteil. Sie reckt ihren Kopf so schnell herum, dass ich befürchte, jeden Moment würden ihre Halswirbel knacken.

»Wow«, sagt Charly und nickt anerkennend. »Sie sieht aus wie eine von uns.«

»Ihren Eltern gehört das Plaza.« Meine Augen bleiben an Grace hängen, wie sie über ihr rotes, halbärmliges T-Shirt streicht und den braunen Gürtel ihres kurzen Bleistiftrocks neu richtet. Sie trägt eine Pilotenbrille und wie immer ein auffälliges Haarband, dieses Mal ein rotes.

»Nicht schlecht«, murmelt Charly. Auch sie starrt sie an.

Grace sieht blass aus, und das, obwohl sie eigentlich immer penibel auf einen perfekt gebräunten Teint achtet. Ihr Anblick versetzt mir einen heftigen Stich.

Sie läuft über den Vorplatz zum Stern-Business Eingang, als sie plötzlich zu uns sieht.

Für eine Sekunde bleibt mein Herz stehen. Sie nimmt ihre Brille ab und legt den Kopf schief. Ein verletzter Schimmer legt sich über ihre Augen, als sie zu Charly sieht. Am liebsten würde ich zu ihr gehen und ihr die Arme um den Hals schlingen, bis mir wieder einfällt, dass sie mich nicht mehr sehen will. Und auch nicht mit mir reden.

»Komm«, sage ich trocken, fasse Charly am Arm und ziehe sie weiter.

»Wow«, wiederholt sie wieder und streicht sich ihr langes Haar über die Schulter. »Das war … na ja … unangenehm.«

Ich will nicht weiter über Grace sprechen, also verwickle ich sie in ein Gespräch über ihr Fotoshooting von heute Morgen, und Charly plappert ohne Pause drauflos. Eine Weile spazieren wir, während sie ununterbrochen von irgendwelchen Skandalen berichtet, wer in der letzten Woche mit wem was hatte, was davon schon vorhersehbar war und was total überraschend kam.

»Da steht demnächst übrigens dieses Bademode-Shooting an«, erzählt sie schließlich, als sie mich nach Hause fährt. Unwillkürlich frage ich mich, wie sie so viel reden kann, ohne dass ihr Mund trocken wird. »Von Hollister. Ich wollte dich empfehlen. Darf ich?«

Ich wende mich vom Fenster ab und sehe sie an, als würde sie mir einen schlechten Witz erzählen. »Auf keinen Fall«, entgegne ich mit einem trockenen Lacher. Charly zieht eine Schnute.

Als sie vor meinem Haus hält, sagt sie: »Ich lasse dich erst raus, wenn du mir das Okay gibst, dass ich dich empfehlen darf.«

Einen Moment sehe ich sie fassungslos an, doch ihre Miene wirkt entschlossen. Schließlich seufze ich augenrollend. »Ich denk drüber nach, ja?«

Das scheint ihr zu reichen. Sie entriegelt den Wagen und verabschiedet mich mit einem strahlenden Küsschen rechts, Küsschen links.

Als ich die Tür unseres Reihenhauses aufschließe, bin ich schließlich vollkommen erschöpft vom Tag. Ich will nur noch in mein geliebtes Bett, das mich sicher schon sehnlichst vermisst, doch Mom fängt mich auf dem Flur ab.

»Hazel«, sagt sie zögerlich. Sie knibbelt an ihren Fingern, wie immer, wenn sie nervös ist, und sofort verkrampft sich mein Magen.

»Was?«

Tony erscheint hinter ihr, scheinbar als Stütze. Gott, wann hört dieses ein-Drama-nach-dem-anderen endlich auf? Ich will bloß noch in mein ruhiges, besonnenes Leben zurück.

»Ich muss mit dir über etwas reden«, sagt sie langsam. Ihre Augen huschen zu Tony, der ihr aufmunternd zunickt. Sie deutet auf die Küche. »Wollen wir uns nicht setzen?«

Ich stemme die Füße in den Boden und bleibe, wo ich bin. »Nein. Sag's einfach. Ich bin erschöpft.«

»Also gut …« Mom zieht die Unterlippe ein und kratzt sich unbehaglich die Stirn, ehe sie mich wieder ansieht. »Calebs Manager hat sich bei mir gemeldet. Er … also, er will mein Klient werden. Caleb. Nicht sein Manager. Und ich meine …«

»Bitte was?« Ich blinzle. Schnell. Das kann nicht wahr sein. Wann hört der Junge endlich auf, sich in mein Leben einzumischen? *Er* wollte es doch unbedingt beenden!

Wieder sieht Mom zu Tony, der ihr zusprechend die Schulter drückt. Sie schluckt. »Ich weiß, dass dir das nicht gefällt, wegcn eurer … Geschichte.« Bci jedem weiteren Wort öffnet sich mein Mund ein Stückchen weiter. »Aber ich finde, wir sollten das trennen. Na ja, mir gefällt es auch nicht, aber er bezahlt mir wirklich viel Geld. Wir könnten das Haus auf einen Schlag abzahlen, und es wäre eine große Chance für meine Karriere, also …«

Ich lasse sie nicht weiterreden, will nichts mehr hören. Mitten im Satz lasse ich sie auf dem Flur stehen, stürme die Treppe rauf und knalle die Tür zu meinem Zimmer zu. Meine Hände beben unkontrolliert, als ich mein Handy aus der Tasche krame und Calebs Nummer wähle. Er geht nach dem zweiten Klingeln ran.

»Hazel.«

Ich bin zu aufgebracht, als mich um das Flattern zu sorgen, das sich beim Klang seiner Stimme in meiner Brust ausbreitet. »Was zur Hölle fällt dir ein? Tickst du jetzt nicht mehr ganz sauber oder was?«

Eine Weile schweigt er, dann: »Es ist meine eigene Entscheidung. Deine Mutter ist eine gute Anwältin.«

»Bullshit!«, schreie ich ihm ins Telefon und fange an, in meinem Zimmer auf und ab zu gehen. »Wenn sie nicht meine Mom wäre, hätte es dich einen Scheißdreck interessiert, ob sie eine gute Anwältin ist!«

Schweigen.

Ich hole tief Luft, schleudere eine meiner Kerzen durchs Zimmer und brülle weiter. »Du wolltest mich nicht in deinem Leben, und gleichzeitig gibst du dir alle Mühe, immer wieder in meinem aufzutauchen! Was zur Hölle stimmt denn bloß nicht mit dir, Caleb?«

Wieder Stille. Bis …

»Eine Menge.« Und dann legt er auf. Einfach so.

Frustriert werfe ich mein Handy auf mein Bett und hämmere meine Fäuste gegen die Wand, so lange, bis ich die schlimmste Woge der Wut aus mir herausgeschrien habe. Dann laufe ich zum Fernseher, lade mir diese bescheuerte Buchverfilmung auf Amazon herunter, in der Caleb die Hauptrolle spielt, und setze mich im Schneidersitz und mit verschränkten Armen aufs Bett.

Ich muss wissen, wie seine Züge aussehen, wenn er etwas spielt. Muss wissen, ob es einen Unterschied zu seinem Verhalten mir gegenüber und zu dem Mädchen im Film gibt.

Über zwei Stunden verharre ich in dieser Position und rege mich keinen Zentimeter. Ich glaube, weil ich bereits nach der ersten halben Stunde des Films wie erstarrt bin. Seit ich Caleb kenne, habe ich ihn ständig gemustert, jeden seiner Züge und Empfindungsregungen genauestens analysiert. Wie seine Grübchen sich tief in die Wange graben, wenn er mich strahlend ansieht. Wie seine Augen zu leuchten beginnen, wenn wir rumgealbert und uns geneckt haben. Wie seine Lider bei jeder meiner Berührungen zu flattern anfangen und ein tiefes Verlangen vor jedem Kuss in seinen Augen glüht.

Nichts davon erkenne ich auch nur ein einziges Mal an ihm, während ich diesen Film sehe. Wenn er das Mädchen dort anlächelt, lächelt er nicht *so.* Wenn er sie küsst, küsst er sie nicht *so.* Und wenn er sie anstrahlt, strahlt er nicht *so.*

Die Erkenntnis trifft mich wie einen Schlag. Calebs Gefühle mir gegenüber waren echt. Alles zwischen uns war echt.

Warum also hat er mir das angetan? Weshalb hat er sich solche Mühe gegeben, mich loszuwerden?

Ich weiß es nicht. Doch eines weiß ich ganz genau, als ich mich in die Kissen sinken lasse und die Decke bis ans Kinn ziehe: Nur weil wir nicht zusammen sein können, heißt es nicht, dass ich ihn nicht mehr liebe.

Und das tut weh.

∞

»Kaffee«, murre ich, als ich die Tür zur Küche aufstoße und müde in den Raum hereintaumle. Ich konnte kaum schlafen letzte Nacht.

Tony steht an der Kaffeemaschine, er trägt lediglich eine Basketballshort und ein graues Shirt. Es ist noch immer seltsam, ihn nach all den Jahren plötzlich morgens in Schlafzeug in der Küche anzutreffen.

Während ich mich auf den Stuhl plumpsen lasse, stellt Tony eine dampfende Tasse vor mich auf den Tisch.

»Schon erledigt. Und für dich …« – er wirbelt herum, als Mom die Küche betritt, mindestens genauso zerzaust wie ich – »… war ich bereits am Zeitungsstand, um deinen extra großen Durst nach Klatsch und Tratsch zu stillen.«

Mom lässt sich in genau derselben Pose auf den Stuhl plumpsen wie ich nur Sekunden zuvor. Sie zieht das Magazin zu sich heran, blinzelt träge, und stößt plötzlich so ruckartig gegen ihre Tasse, dass sie umkippt und sich die komplette braune Flüssigkeit auf den Tisch ergießt.

»Was hast du denn?«, frage ich und will mir das Magazin nehmen, doch sie schnappt es mir vor der Nase weg und will es unter dem Tisch verschwinden lassen.

»Nichts.«

Panik keimt in mir auf. Ich sehe zu Tony, der genauso schockiert auf diese Scheißzeitung starrt, und springe auf. »Gib mir das!« Ich laufe um den Tisch herum, merke, wie sich hektische Flecken auf meinem Hals ausbreiten.

Mom erhebt sich ebenfalls und versteckt die Zeitschrift hinter dem Rücken. »Hazel, ich glaube nicht, dass du das sehen …«

»Gib mir die Zeitschrift«, schneide ich ihr das Wort ab, schnappe hinter ihren Rücken und ziehe an dem Heft. Es zerreißt, doch ich bekomme das Titelblatt in die Hände.

Das reicht, um zu wissen, was los ist. Völlig regungslos starre ich auf die Bilder, die vor meinen Augen zu einem wirbelnden Strudel verschwimmen.

»Nein«, flüstere ich, meine Hände zittern. »Nein.«

Mom legt die Arme um mich, gerade im rechtzeitigen Moment.

Ich falle.

Tief.

Ein Schmerz durchzuckt mich, als meine Knie auf den Fliesen landen, doch das ist nichts im Gegensatz zu dem Schmerz, den die Bilder hervorrufen.

Mom sagt irgendetwas, Tony schreit wütend durch den Raum, doch ich bekomme nichts von alldem mit. Es ist, als würde ich in einer Blase unter Wasser stecken, von der Welt um mich herum komplett abgeschottet. Wieder sehe ich auf die Bilder in meinen Händen hinab und werde ein Jahr zurückgeschleudert. Logans letzte Party. Der Grund, weshalb ich von meiner Mom nach Portugal verfrachtet wurde.

Ich habe nie herausgefunden, wer die Bilder gemacht hat. Als mir damals das unangenehme Kribbeln im Nacken verraten hat, dass jemand hinter mir stand, und ich mich schließlich umgedreht habe, fiel bereits wieder die Tür ins Schloss, und die Person war verschwunden.

Ganz im Gegensatz zu den Bildern von mir, die mich in diesem Moment verewigt haben.

Kotzend über der Kloschüssel in Logans Bad. Die Fotos auf dem Titelblatt sind dieselben wie die von damals, die durch die komplette Uni geschickt wurden. Erbrochenes klebt in meinen Strähnen und auf meinen Fingern, die sich um die Kloschüssel klammern. Die Person hat lediglich mein Seitenprofil fotografiert, das zeigt, wie mir der Speichel von den leicht geöffneten Lippen tropft, meine Lider erschöpft und nur halb geöffnet.

Die Küchentür fliegt auf. So heftig, dass sie gegen die Wand kracht. Keine Sekunde später spüre ich starke Arme, die mich aus dem Griff meiner Mutter entziehen und mich an eine feste Brust drücken. Eine Männerbrust. Der frische Apfelgeruch reißt mich aus meinem Fall; sofort schrecke ich auf und will mich befreien, doch Calebs Griff ist zu stark.

»Ich bin da«, sagt er und streicht mir übers Haar. »Ich bin bei dir.«

Er soll mich loslassen. Seine Berührungen verfünffachen den Schmerz noch und treiben ihn ins Unermessliche.

»Wer könnte das gewesen sein?«, höre ich Tonys verächtliche Stimme, die überdeutlich verrät, dass er die Person auf der Stelle umbringen würde.

Plötzlich wird mir eiskalt ums Herz. Bilder drehen sich vor meinem inneren Auge, wie ich bei Grace im Bad sitze, während sie duscht, und Lucas ihr ein Foto aufs Handy schickt. Ich sollte es ansehen und ihr sagen, was es ist, bin aber aus Versehen auf den Ordner mit all ihren enthaltenden Dateien gelandet.

Und da waren dieselben Bilder wie auch auf diesem Titelblatt. Dieselben Bilder, die jeder auf der NYU bekommen hat. Ich weiß, dass sie auf hunderten Handys gespeichert waren, aber wer sollte sie jetzt an diese Magazine verkaufen?

Grace hätte zumindest ein Motiv. Sie war wütend auf mich, weil ich mich verändert habe. Vielleicht war sie auch neidisch wegen Caleb. Sie muss es gewesen sein. Meine beste Freundin hat mich ans Messer geliefert.

»Grace«, sage ich schließlich tonlos und entziehe mich Calebs Griff. Mom japst heftig nach Luft, Tony sagt gar nichts, und Calebs Finger umschließen mein Handgelenk.

»Wir fahren zu ihr. Sofort.«

Eigentlich bin ich noch nicht bereit, überhaupt einen Schritt zu gehen, doch Caleb zieht mich mit sich. Ehe ich es mich versehe, sitze ich in seinem R8, während er mich anschnallt und wir anschließend in rasender Geschwindigkeit durch die Straßen New Yorks fahren.

»Ich komme mit hoch«, sagt er, den Blick starr geradeaus gerichtet.

»Nein.«

Das ist das letzte, was ich gebrauchen kann. Mir von meiner besten Freundin anhören müssen, dass sie mich verraten hat, während der Junge, der mich betrogen hat, neben mir steht.

»Dann warte ich unten, bis du fertig bist.«

Ich schnaube verächtlich. »Tu nicht so, als ob du dich um mich sorgst, West.«

»Ich tue nicht so«, entgegnet er schlicht. »Es ist die Wahrheit.«

»Genau«, sage ich, hysterisch lachend. Meine Stimme trieft vor Sarkasmus. »Und weil du dich ja so sehr um mich sorgst, hast du das mit uns auch beendet, richtig?«

»Ja.«

»Aha.«

Ich kann nicht anders, als fassungslos den Kopf zu schütteln, während Manhattan am Fenster neben mir vorbeirast. Das abgerissene Titelbild halte ich noch immer in meinen Händen.

»Ich habe es dir schon einmal gesagt, und ich sage es dir wieder, Hazel.« Caleb hält den Wagen genau vorm Plaza und sieht mich an, die Brauen dicht zusammengezogen. »Ich würde mein eigenes Herz brechen, um deines zu schützen.«

»Bullshit!« Wütend reiße ich die Tür auf. Unter normalen Umständen hätte Caleb mich dafür getadelt, aber jetzt sieht er darüber hinweg. Kluger Junge. »Wenn jemanden zu schützen seit Neuestem bedeutet, irgendeine Schlampe zu nageln, dann sind deine Ansichten ziemlich beschissen.«

Damit schlage ich die Tür zu und renne die Stufen zum Plaza hoch. Neben dem Eingang lächelt Sean mich freundlich an, doch ich achte nicht auf ihn.

Die Fahrt im Aufzug kommt mir heute ewig vor, und als ich endlich in der Suite der Bishops bin, stürme ich einfach an Norma vorbei, die mir mit einem lauten »Miss Hahsäll« ins Wohnzimmer folgt.

Mrs. Bishop, Oliver und Grace sitzen am Tisch und frühstücken.

»Du mieses, verlogenes Biest!« Ich werfe ihr das Titelblatt genau vor die Nase; es landet in der Marmelade auf ihrem Croissant. Grace sieht mich an, als würde sie eine Halluzination haben.

»Hazel!«, tadelt Mrs. Bishop mich, doch ich ignoriere sie.

»Na los«, fahre ich Grace an und zeige auf die Bilder. »Schau ganz genau hin. Sieh dir an, wie dein Werk mein Leben zerstört hat. Mach schon.«

Ein paar Sekunden blinzelt Grace mich verwirrt an, dann sieht sie auf ihren Teller herab. Ihre Augen weiten sich. Sie stößt den Teller von sich, als würde eine Ratte vor ihr hocken, und springt auf.

»Grace!« Wieder Mrs. Bishop, doch auch Grace achtet nicht auf sie. Mit bebendem Finger zeigt Grace auf das Titelblatt.

»Du denkst, das wäre *ich* gewesen? Ist das dein Ernst, Hazel? Sieh mich an, und sag mir ins Gesicht, dass du denkst, ich wäre das gewesen!«

Oliver sieht von ihr zu mir, ein amüsiertes Grinsen auf seinem Gesicht. Der Streit scheint ihm zu gefallen.

»Tu nicht so!«, schreie ich. Meine Stimme überschlägt sich förmlich. »Du warst doch die ganze Zeit angepisst, weil ich mich mit Caleb getroffen habe! Von Anfang an hast du mir vorgeschwärmt, wie heiß du ihn findest, und als ich dann mit ihm zusammen war, wurdest du jeden Tag wütender!«

Grace schnaubt fassungslos, während Mrs. Bishop sich das Titelblatt schnappt. Natürlich.

»Das ist Schwachsinn! Ich habe dir das mit Caleb mehr als alles andere gegönnt Hazel, und das weißt du ganz genau! Du bist doch plötzlich zur Hollywood-Queen geworden und hast mich durch Charlotte Hangster ersetzt!«

Ich brauche eine Sekunde, bis mir klar wird, dass sie Charly meint. Ihre Aussage macht mich noch wütender, und ich zeige mit einem anklagenden Finger auf sie. »Wage es nicht, mir auch noch vorzuwerfen, dass ich mich mit anderen Freunden treffe! Immerhin habe ich dich angerufen in einem Moment, als es mir echt scheiße ging, und was hast du getan? Du wolltest nicht mit mir reden!«

Sie blinzelt. »Was?«

Mit einer sarkastischen, wegwerfenden Bewegung wedle ich durch die Luft. »Ja, genau. Jetzt tu nur so, als ob du das Unschuldslamm wärst. Du warst es, Grace, gib's doch einfach zu!«

Ein wütender Schrei entfährt ihr und mit einer einzigen Bewegung fegt sie das silberne Käsetablett vom Tisch. Es landet scheppernd auf dem Boden, und Mrs. Bishop quiekt erschrocken und empört zugleich auf.

»Ich war es nicht!«, brüllt Grace. »Aber vielleicht solltest du mal diese dreckige Möchtegern-Streberin Leslie Cho fragen.«

Jetzt bin ich es, die verwirrt blinzelt. »Leslie Cho?«

Graces Hände zittern, als sie die Finger auf die Stuhllehne vor sich legt und mir tief in die Augen sieht. »Ja. Was meinst du, weshalb ich diese Bilder von ihr gemacht und sie überall rumgeschickt habe, als sie auf der Party blankgezogen hat? So etwas mache ich nicht einfach so. Sie hat dasselbe verdient, was sie dir angetan hat.«

Ich erstarre. Es war Leslie, die damals diese Fotos von mir gemacht hat. Leslie, die immer nur starr auf den Boden sieht und sich niemals mit jemandem unterhalten hat, weil ihre Mutter wollte, dass sie sich bloß auf ihre Noten konzentriert.

»Leslie …«, höre ich mich wieder sagen, hauptsächlich deshalb, weil ich es nicht glauben kann. Graces Gesichtszüge sehen zutiefst verletzt aus, und ich will irgendetwas sagen, doch bevor ich es kann, ist Norma bei mir.

»Schaff sie raus hier, Norma. Sofort!«, bellt Mrs. Bishop. »Und danach feg dieses Chaos vom Boden!«

Meine Beine sind taub, als Norma mich zum Aufzug führt. Calebs R8 steht tatsächlich noch vor dem Plaza, und als ich einsteige, fühle ich mich wie eine leblose Puppe. Eine Marionette, die von der Presse vorgeführt wird und kein eigenes Leben mehr hat.

»Und?« Er sieht mich fragend an, besorgt. Meine Augen verharren auf seinen ausgeprägten Wangenknochen, und ich frage mich plötzlich, wieso um alles in der Welt ich überhaupt noch stark sein soll. Ich will es nicht mehr. Also beschließe ich, mich einfach meinen Wünschen hinzugeben, auch wenn ich weiß, dass sie mich zerstören werden.

»Sie war es nicht«, entgegne ich monoton. Und dann: »Fahr mich zu dir, Caleb.«

Es macht keinen Unterschied. Man kann nichts zerstören, was schon kaputt ist.

30.

Caleb schließt die Tür hinter uns, und ich stehe regungslos im Eingangsbereich seines Lofts. Sogar das Klicken, als die Tür ins Schloss fällt, dringt nicht richtig zu mir durch. Noch immer fühle ich mich wie in meiner Wasserblase, alles um mich herum trüb und unwirklich.

»Geht's dir gut?« Caleb legt seinen Autoschlüssel auf der schmalen Hochglanzkommode ab und sieht mich besorgt an. Viel zu langsam drehe ich mich zu ihm um.

»Sicher.«

Einen Augenblick sieht er mir tief in die Augen. Ich kann förmlich erkennen, wie er versucht, meine Gedanken zu erraten. Schließlich wendet er sich ab und fährt sich mit den Fingern durchs Haar.

»Du musst nicht immer sagen, dass alles okay ist, wenn es das ganz offensichtlich nicht ist. Schwäche zeigen ist okay, Hazel.«

Ich beiße mir auf die Unterlippe. Früher wäre mein Blick jetzt zu Boden gewandert, doch es ist nicht mehr wie früher. Nichts ist mehr wie früher.

Ich sehe ihn herausfordernd an. »Das sagt der richtige.«

Caleb sieht aus, als würde er mit mir diskutieren wollen, schüttelt dann jedoch bloß den Kopf und geht ins Wohnzimmer. Ich gehe ihm nach. Keine Ahnung, was ich sonst tun soll. Ich weiß ja nicht einmal, was ich hier zu suchen habe.

Caleb schnappt sich die Fernbedienung vom Sofatisch und schaltet die Stereoanlage ein. Als ich die Melodie höre, kann ich nicht anders, als die Brauen zusammenzuziehen.

»Kesha?«, frage ich verwundert. »Du hörst ernsthaft Kesha?«

Caleb wirkt beschämt. Er zuckt die Achseln, geht zum Kühlschrank und wirft mir eine Wasserflasche zu. Gott sei Dank fange ich sie auf. »›Praying‹ ist eins der schönsten Lieder, die ich je gehört habe«, sagt er. Seine Stimme wird vom Kühlschrank gedämpft, den er gerade durchwühlt.

Eine Weile sage ich nichts, stehe einfach da, pule am Etikett der Wasserflasche und folge mit den Lippen stumm Keshas Worte.

»Wer hat dich durch die Hölle geschickt?«

Meine Frage kommt so unvorbereitet, dass Caleb die Schultern versteift. Abrupt hört er auf, die Dinge im Kühlschrank zu durchsuchen. Er senkt den Kopf, und als er spricht, klingt seine Stimme offen. Verletzlich.

»Was?«

»Der Text«, erkläre ich. »*Cause you brought the flames and you put me through hell, I had to learn how to fight for myself.*«

Eine Weile vergeht, und ich rechne schon nicht mehr damit, dass Caleb antwortet, bis …

»Meine Mutter.«

»Oh.« Mehr bringe ich nicht heraus. Will ich auch gar nicht, denn ich weiß, dass Caleb mir nicht auf meine Fragen antworten wird. Hat er noch nie, und das wird sich auch nicht ändern, ganz egal wie sehr mich die Presse zerfleischt und wie viel Mitleid er deshalb hat.

Er holt ein paar Dinge aus dem Kühlschrank, betrachtet sie eingehend und wirft sie dann wieder zurück.

»Und bei dir?«, fragt er, als wäre es eine ganz nebensächliche Frage. Seine Augen huschen kurz zu mir, während er sein Handy rauskramt, die Ellbogen auf die Kücheninsel stützt und eine Nummer wählt. »Wer hat diese Monster in dir hervorgerufen, die den Mist aus der Zeitschrift zu verantworten haben?«

Eine Sekunde denke ich darüber nach, nicht zu antworten. Doch er ist auch ehrlich zu mir gewesen, also …

»Logan, schätze ich.« Caleb versteift sich. »Und die Gesellschaft an sich. Diese ganzen Moralvorstellungen. Sie haben mir nicht gutgetan.«

Caleb nickt knapp, ehe er sich das Handy ans Ohr hält und wartet. Ein paar Sekunden später bestellt er zwei Pizzen.

»Ich habe keinen Hunger«, sage ich ganz automatisch, als er das Handy auf die Anrichte legt. Endlich hebt Caleb den Kopf und sieht mich an. Seine Augen wirken unergründlich.

»Erzähl keine Scheiße.«

Das Etikett der Wasserflasche ist komplett zerfleddert. Ich lege es schnell auf den Esstisch neben mir.

»Ich will nichts essen, Caleb.«

Er seufzt erschöpft und lässt den Kopf zwischen seine Arme über der Kochinsel hängen. Zweimal atmet er tief durch, ehe er sich von der Anrichte abstützt und zu mir kommt. Sein Blick wandert von meinem Gesicht bis zu meinen Füßen und wieder hoch.

»Ich bin vielleicht ein Arschloch, Hazel. Aber nicht dumm. Denkst du, ich bemerke deine scheiß Gänsehaut nicht, obwohl es draußen Hochsommer ist? Höre deinen knurrenden Magen nicht? Oder aber, dass ich nicht sehe, wie du abgenommen hast? Deine Wangen sind total eingefallen.«

Ich beiße mir auf die Innenseite der Wange, weil er genau ins Schwarze getroffen hat.

»Lass mich raten. Du hast zuletzt am Freitagabend gegessen? Nach unserem Bungeesprung?«

Meine Hände zittern. Ich muss mich an der Stuhllehne festhalten, weil seine direkten Worte Schwindel in mir hervorrufen.

»Ich habe keinen Hunger«, wiederhole ich zwischen zusammengebissenen Zähnen.

»Doch, hast du, verdammt!« Caleb schreit. Er packt meine Handgelenke und reißt mich näher zu sich. »Und wenn du nicht aufhörst mit der Scheiße, dann wirst du für immer damit zu kämpfen haben! Es ist Zeit, dass du dich dagegen wehrst!«

»Wozu?«, entgegne ich provozierend, auch meine Stimme wird lauter. »Weiß doch jetzt eh die ganze Welt, was mit mir nicht stimmt.«

»Scheiß doch auf die Welt!«, brüllt Caleb und macht eine wegwerfende Handbewegung. »Bevor du dich fragst, was diese Leute da draußen von dir denken, frag dich lieber erst einmal, warum du dir überhaupt Gedanken über sie machst!«

Wut steigt in mir auf. Ich will ihm meine Hände entziehen, aber sein Druck ist zu stark. Mit eisernem Blick hält er mich fest.

»Du hast ja keine Ahnung!«, schreie ich zurück. »Wenn du wüsstest, wie sich das …«

»Ich weiß, wie sich das anfühlt, verdammt!« Seine Atmung geht heftig. Rote Flecken kriechen seinen Hals herauf, und ich weiß, wie gern er sich jetzt durchs Haar fahren würde. Aber dafür müsste er mich loslassen, was er nicht tut. Meine Augen weiten sich, weil er so außer sich scheint. »Ich habe die Hölle durchgemacht, Hazel, also komm mir nicht damit, dass ich keine Ahnung habe. Aber ich versuche dir zu helfen, okay? Ich habe Hindernisse in meinem Leben überwunden, an denen jeder andere gescheitert wäre. Aber ich bin glücklich darüber! Und weißt du wieso?«

»Wieso?«, frage ich leise. Tränen schimmern mir in den Augen. Nicht unbedingt wegen dem, was er sagt, sondern vielmehr für seine plötzliche Ehrlichkeit.

»Weil ich so die Stärke in mir entdeckt habe, obwohl ich dachte, es wäre nichts mehr zu retten. Und du kannst das auch. Du bist stark, Hazel.«

Meine Kehle schnürt sich zu. Ich kann die Tränen nicht mehr halten. »Wie?«

Ein Lächeln legt sich auf Calebs Mundwinkel. Mit einer Hand lässt er meinen Arm los und wischt mir mit dem Daumen die Tränen von der Wange. Dann lehnt er seine Stirn gegen meine, und meine Atmung setzt aus.

»Kennst du diesen Moment nach einem Sturm, wenn die grauen Wolken noch den ganzen Himmel verdunkeln, aber die Sonne es trotzdem schafft, die ersten Strahlen durchzuschicken und einen Regenbogen entstehen lässt?«

Meine Lippen öffnen sich, so überwältigt bin ich von seiner Metapher. Ich nicke, wobei meine Stirn an seiner reibt.

Sein Lächeln wird zum Strahlen. »Du bist die Sonne.«

∞

Caleb und ich haben die kompletten Pizzen gegessen und uns danach sogar noch einen Pudding aus diesen Anrührtüten gemacht. Den ganzen Tag über haben wir seine Wohnung nicht verlassen und *Suits* auf Netflix geschaut, während ich versucht habe, nicht darüber nachzudenken, dass er mich ja eigentlich nie wieder sehen wollte. Dass er es beendet hat.

Nur eine einzige Nacht, sage ich mir immer wieder. Sein Kopf liegt auf meinem Schoß, und er sieht zum Fernseher. Mit den Fingern fahre ich ihm immer wieder durch das dichte blonde Haar in der Mitte, streiche über seine kurzrasierten Stoppelhaare an den Seiten.

Morgen kann alles wieder wie vorher sein. Er geht seinen Weg und ich meinen. Aber ich habe das Gefühl, diesen letzten Tag zu brauchen. Nur noch heute.

Caleb greift sich ein Stück Schokolade vom Tisch und lacht über Louis aus der Serie, der gerade vollkommen nackt aus seinem Schlammbad steigt.

Als Caleb, immer noch schmunzelnd, von dem Riegel abbeißt, wird mir klar, dass dieser letzte Tag mit uns wie der letzte Tag vor dem Start einer Diät ist. Wenn man weiß, dass man nur noch diesen einen Abend hat, bevor der totale Verzicht losgeht, haut man meistens doppelt so heftig rein. Nur noch heute, sagt man jedes Mal. Ab morgen ist Schluss.

Schätze, Caleb ist mein Schlemmerabend und die Trennung meine Diät.

»Woran denkst du?«, fragt er, als er sich streckend herumrollt und zu mir aufschaut. Meine Finger verharren mitten in seinen blonden Strähnen, und meine Lippen öffnen sich leicht, weil ich mich ertappt fühle.

»Nichts Besonderes«, lüge ich. Ich kann nicht aufhören, seine vollen Lippen anzustarren. Bevor ich es bemerke, wandern meine Finger von seinen Haaren über seine Stirn bis zu seinen Lippen und streichen darüber. Caleb versteift sich, ich spüre seinen angespannten Rücken an meinen Beinen. Sofort fangen meine Ohren an zu glühen vor Scham.

»Tut mir leid«, nuschle ich und will meine Finger wegziehen, doch Caleb umschließt blitzschnell mein Handgelenk und hält es fest.

»Nein«, sagt er sanft. »Nicht aufhören.«

Seine blauen Augen sind kugelrund und wirken überrascht. Ein paar Sekunden verharren wir in dieser Position, meine Hand über seinen Lippen schwebend und in seinem Griff, bis er mich plötzlich zu sich herunterzieht und ich einen Augenaufschlag später seine Lippen auf meinen spüre.

Ein rauer, erleichterter Laut entfährt ihm und drückt genau das aus, was ich fühle. Ich dachte, ich würde dieses Gefühl nie wieder haben.

Seine Zunge umspielt meine, er schmeckt gleichzeitig fruchtig und schokoladig.

Ohne mich loszulassen erhebt er sich vom Sofa und zieht mich mit sich. Mit der einen Hand fährt er über meine Taille, während er mich rückwärtsführt und mit der anderen Hand an meinen Haaren zieht.

Das Gefühl überwältigt mich, schwemmt über mich hinweg, und ich muss mich von ihm lösen, um tief Luft zu holen. Die Luft strömt durch meinen ganzen Körper, als würde ich kurz vorm Ertrinken sein und plötzlich an die Oberfläche kommen.

»Hazel«, flüstert Caleb, streicht unter dem Saum meines Shirts. Meine Beine stoßen gegen sein Bett, ich falle rückwärts auf die Matratze und Caleb landet auf mir. Seine Lider sind nur halb geöffnet, und er sieht aus, als würde er noch etwas sagen wollen, deshalb drücke ich ihm schnell einen Finger auf die Lippen.

»Pscht.«

Etwa zwei Sekunden lang sieht Caleb mich blinzelnd an, dann lässt er so ruckartig von mir ab, dass ich vor Schreck zusammenzucke.

Ohne mich aus den Augen zu lassen geht er mehrere Schritte rückwärts, bis er gegen die Wand stößt.

»Was hast du?«, frage ich vollkommen perplex.

»Ein Problem«, sagt er langsam, die Augen weit aufgerissen, als würde er ein Monster sehen.

Ich blinzle. Mehrmals. Dann: »Okay. Was für eins?«

Noch immer starrt Caleb mich erschrocken an, doch langsam bekomme ich das Gefühl, er sieht mich gar nicht richtig. Wahrscheinlich ist alles vor seinem Sichtfeld verschwommen – ich kenne das Gefühl zu gut.

»Wenn … wenn ich dich so weiterküsse, dann … ich denke nicht, dass ich dann noch in der Lage dazu bin, aufzuhören.«

Einen Augenblick sehe ich ihn einfach nur an, so sehr überraschen mich seine Worte. Dann stoße ich ein verwirrtes Lachen aus und setze mich auf.

»Was?«

Er schluckt. »Ich will das nicht, Hazel«, sagt er langsam, und sein Blick wandert von mir weg über die Wände. Scheinbar wird es ihm jetzt doch zu viel, mich anzusehen. Seine Worte versetzen mir einen heftigen Stich. »Oh. Okay.«

Ruckartig wendet er den Kopf wieder zu mir um und sieht mich jetzt noch erschrockener an als noch zuvor. Heftig schüttelt er den Kopf und kommt wieder auf mich zu.

»Nein, so meine ich das nicht! Ich meine … Ich habe dich genug verletzt. Das jetzt wäre falsch, was nicht heißt, dass ich es nicht genauso will wie du. Aber ich könnte es kein zweites Mal ertragen, wenn ich dich so verletzt sehen müsste wie am Samstag.«

»Dann tue es doch nicht«, flüstere ich. Meine Hände umschließen den Stoff seines Shirts und der untere Teil seiner Bauchmuskeln blitzt auf, als ich ihn zu mir heranziehe. »Verletz mich einfach nicht wieder.«

Caleb beißt sich auf die Innenseite der Wange, während er an seinen Händen knibbelt und auf den Boden starrt. Schließlich seufzt er, fährt sich durchs Haar und setzt sich neben mich. Er streicht mir durch meine blonden Strähnen und zwirbelt eine von ihnen auf. »Können wir heute Nacht einfach nur so zusammen sein? Einfach reden und … keine Ahnung … kuscheln oder so?«

Oh Gott. Kuscheln. Niemals hätte ich gedacht, in diesem Leben solche Worte aus dem Mund von Caleb West zu hören.

Er will kuscheln. Einfach nur kuscheln. Meine Nähe, ohne mit mir zu schlafen. Er will mich bei sich haben, um Zeit mit mir zu verbringen, nicht nur für das eine.

»Klar«, entgegne ich überrascht. Caleb lächelt breit, streicht mir mit den Daumen über beide Wangenknochen und küsst mich schließlich auf die Stirn, als er sich erhebt. Er kramt in seinem Schrank und wirft mir ein T-Shirt in den Schoß.

»Hier. Das habe ich gestern getragen. Wenn du willst, kannst du darin schlafen.«

Es ist ein einfaches schwarz-weiß gestreiftes T-Shirt der New York Yankees, aber trotzdem muss ich mich zusammenreißen, über diese liebevolle Geste nicht schon wieder zu heulen. Gott, Hazel, es ist nur ein T-Shirt. Ich glaube, meine Hormone gehen mit mir durch.

Schweigend ziehen wir uns um, und seltsamerweise habe ich vor Caleb nicht solche Scham, dass ich mich verstecken muss, wie bei Logan zu Hause. Als ich lediglich in Unterwäsche vor ihm stehe und mir das Shirt über den Kopf ziehe, erstarrt Caleb mitten in seiner Bewegung. Er sieht mich mit einem Blick an, als stünde Emma Watson vor ihm.

»Was?«, frage ich und ziehe schnell das T-Shirt herunter. Es geht mir bis zur Hälfte der Oberschenkel.

»Nichts. Du bist einfach nur verdammt schön. Ich kann nicht aufhören, dich anzustarren, wenn du halb nackt vor mir stehst.« Er lacht leise. »Schätze, damit könntest du mich foltern, wenn du wolltest.«

Ich kichere und schlüpfe schnell unter die Bettdecke. Caleb trägt lediglich eine dunkelblaue Baumwollshorts. Sein gebräunter und trainierter Oberkörper sorgt schon wieder für einen sehr ausgeprägten Trockenmodus in meinem Mund.

»Also«, sage ich schnell, um mich abzulenken. Mit hochrotem Kopf starre ich auf die Bettdecke. »Was willst du wissen? Du wolltest reden, sagtest du.«

»Richtig.« Er kuschelt sich neben mich, stützt den Ellbogen auf die Matratze und legt den Kopf auf seine Hand. Mit ernstem Gesichtsausdruck sieht er mich an. »Erzähl mir von dir.«

Ich blinzle. »Was?«

Caleb streckt eine Hand aus und streicht mir mit einem Finger über meinen Arm. Ein Schauer überkommt mich, und meine Nackenhaare stellen sich auf. »Deine Vergangenheit«, sagt er leise, den Blick auf seinen Finger an meinem Arm gerichtet. »Erzähl mir davon.«

Eine eiserne, schleimige Faust legt sich um meine Brust und drückt zu. Es fällt mir nicht leicht, über meine Essstörung zu reden. Das fiel es mir noch nie.

Aber in Calebs Gegenwart habe ich mich von der ersten Sekunde an sicher und geborgen gefühlt – na ja, bis auf den Moment, als er mich verlassen hat.

Aber was mein Selbstbewusstsein betrifft, hat Caleb es stets wachsen lassen, und ich fühlte mich in seiner Gegenwart einfach ... *schön.*

Also denke ich, dass es mir vielleicht helfen wird, mit ihm darüber zu sprechen. Außerdem könnte es für ihn ein Zeichen sein, dass ich ihm vertraue und er auch mir vertrauen kann, was sein Leben betrifft. Zwar ein winzig kleiner Hoffnungsschimmer, aber immerhin besser als keiner.

»Es fing mit zwölf an«, sage ich schließlich leise. »Logan hat mich richtig fertig gemacht, als ich mit einer Tüte Süßigkeiten aus dem Kiosk zurück in die Klasse kam. Er meinte, wie viel ich davon noch essen wollen würde, und dass es jetzt ja einen Sinn für ihn ergäbe, weshalb ich so fett sei.« Ich schlucke. Calebs Gesichtsausdruck ist düster, doch jetzt, wo ich angefangen habe, darüber zu sprechen, fällt es mir plötzlich leichter. Auf einmal möchte ich unbedingt alles loswerden. »Dann Mrs. Bishop, Graces Mutter. Auf jeder Gala, auf die ich Grace begleitet habe, hat sie über meinen ›Speckbauch‹ gemeckert und gemeint, dass zu viel Körperfett in meinen Armen steckt. Sie sagte, ich solle darauf achten, niemandem zu winken, damit keiner den Speck sieht. Sie hat sogar mehrmals mit meiner Mom geredet, dass sie etwas gegen mein Übergewicht tun sollte. Dabei hatte ich gar keines. Aber versuch mal einem Kind zu erklären, man sei genau richtig, wenn jeder einem eintrichtert, man wäre zu dick. Das setzt sich fest.«

Caleb atmet stockend ein und starrt auf die Matratze. Als ich weiterspreche, bricht meine Stimme und mein Kinn fängt an zu zittern. Ich muss weinen. Na toll.

»Dann fing dieses schreckliche Gefühl nach jedem Essen an. Immer fühlte ich mich sofort, als würde mein Bauch bloß noch aus Fett bestehen, und in meinen Augen schwabbelte einfach alles. Das erste Mal gekotzt habe ich dann mit sechzehn, glaube ich. Erst war es schwierig, aber mit jedem Mal wurde es einfacher. Ich habe herausgefunden, dass ich viel kauen und nach jedem Bissen einen Schluck Wasser hinterherspülen muss. Dann ging es einfacher wieder raus. Und wenn ich die Dusche anstellte, hörte man die Würggeräusche nicht.«

Jetzt ändert sich Calebs Gesichtsausdruck. Er sieht wütend aus. Als hätte ihn jemand geschlagen. »Weiter«, sagt er bloß. Seine Stimme ist tonlos. Ich schlucke.

»Irgendwann wurde diese Sache mit dem Kotzen ein Teufelskreis. Ich habe Fressattacken bekommen, aber richtige. Erst habe ich tagelang gehungert und war total stolz auf mich, bis ich dann irgendeine Kleinigkeit gegessen habe. Ein Brot oder so. Dann kam es über mich, und ich hatte mich nicht mehr unter Kontrolle, weil ich mich so schrecklich gefühlt habe. Wie eine Verliererin, weil ich ja diese Kleinigkeit gegessen hatte. Also dachte ich, wenn ich sowieso schon verloren habe, kann ich auch gleich aufgeben. Dann kam die Fressattacke. Ich habe alles gegessen, was mir in die Finger gekommen ist. Nicht einmal mehr geschmeckt habe ich, einfach nur geschluckt und geschluckt. Danach habe ich mich dann so widerlich gefühlt, als wäre Gift in mir, das ich loswerden muss. Ich bin zur Toilette und habe alles ausgekotzt. Erst dann ging es mir besser.«

Caleb sieht aus, als würde er zusehen müssen, wie ein Welpe verprügelt wird. »Und jetzt?«, fragt er leise. »Machst du es immer noch?«

Ich schüttle den Kopf. »Nein. Das auf den Bildern war das letzte Mal. Danach hat Mom mich nach Portugal geschickt, und es ging mir tatsächlich besser, als ich wiederkam. Auch wenn ich zugenommen hatte. Und dann in deiner Nähe war es als … na ja …«

Zum ersten Mal seit unserer Unterhaltung hebt Caleb den Kopf und sieht mich an. »War es was?«

Ich sehe ihm tief in die Augen. Er soll verstehen, wie viel er mir gegeben hat. »Es war, als hätte es diese Krankheit nie für mich gegeben. Als wenn ich schon immer gesund gewesen wäre. Ich habe mich schön gefühlt. Einfach perfekt, so, wie ich bin.«

Caleb legt einen Finger unter mein Kinn und kommt mir immer näher. Seine Lippen berühren meine schon fast, als er spricht. »Aber das bist du, Hazel. Du bist perfekt.«

Ich sehe ihn an, meine Augen groß und geweitet, weil er mir so nah ist. Ihm scheint es plötzlich auch klar zu werden, denn er lässt mich los und rückt wieder ein Stück von mir ab.

»Charly wollte, dass ich dieses Bademoden-Shooting für Hollister mache«, sage ich plötzlich, bloß weil ich diese peinliche Stille zwischen uns überbrücken möchte. »Aber jetzt, wo diese Bilder aufgetaucht sind, hat sich das wahrscheinlich erledigt.«

Calebs Blick ist vollkommen entrüstet, als er den Kopf schüttelt. »Nein, ist es nicht! Das ist genau das richtige für dich, Hazel. Bitte mach dieses Shooting.«

»Wieso?«

Er streckt eine Hand nach mir aus und streicht mir eine Strähne hinters Ohr. »Weil es dir helfen wird. All die Leute dort draußen werden merken, dass du nichts auf diese Offenbarung aus deiner Vergangenheit gibst. Dass es eben nur das ist: Deine Vergangenheit. Es ist deine Chance, ihnen zu beweisen, wie selbstbewusst du bist und wie schön du dich findest. Und außerdem denke ich, dass die Bestätigung der anderen, wenn sie deinen heißen Körper in Bademode sehen, dir sehr helfen wird. Was die Essstörung betrifft, meine ich.«

Ich will ihm sagen, dass er die beste Hilfe für mich wäre, was meine Essstörung betrifft. Dass er einfach bei mir bleiben soll, denn dann taucht sie nicht mehr auf. Stattdessen nicke ich lächelnd und sage: »Gut. Ich werde Charly zusagen.«

31.

Caleb schreit. Immer und immer wieder dasselbe Wort.

»Mommy!«

Ich bin schlagartig wach. Es passiert schon wieder. Allmählich glaube ich, dass Caleb keine Nacht mehr ruhig schläft.

»Caleb.«

Ich rüttle an seinen Schultern, aber er hört mich nicht. Sein Gesicht ist schweißnass und schmerzverzerrt. Sein Schreien wechselt in ein herzzerreißendes Wimmern, wie von einem Kleinkind. Mein Herz rast.

»Caleb, bitte«, flehe ich verzweifelt. »Wach auf!«

Er wacht nicht auf. Im Gegenteil: Sein Schreien wird noch lauter.

»Mommy!« Sein breiter Körper rollt durch das ganze Bett, wickelt sich ins Laken ein. Ich muss aufstehen, weil er mich sonst auf den Boden geschubst hätte. »Mommy, tu was! Er will mich umbringen! Mommy!«

Alles Blut in meinem Körper gefriert. Was hat er da gerade gesagt? Meine Hände sind eiskalt, als ich ihn mit aller Kraft festhalte.

»Caleb!«, brülle ich, weil eine ungeahnte Panik über mich hinwegrollt. »Bitte wach auf!«

Er schlägt die Augen auf. Seine Atmung rast, während er sich blitzschnell kerzengerade aufsetzt und sich hektisch im Zimmer umsieht. »Ist er weg?«

Wieder diese Frage, die er mir schon einmal gestellt hat. Damals sprach er jedoch von mehreren Personen.

»Ja«, sage ich bloß, ohne die Augen von ihm abzuwenden. »Er ist weg.«

Erleichtert sacken seine Schultern nach unten, und er stößt die angehaltene Luft aus. Mit der Hand wischt er sich den Schweißfilm vom Gesicht, während er den anderen Arm um mich schlingt und mich so mühelos zurück aufs Bett zieht, als wäre ich eine Feder.

Noch immer rast mein Herz. Seine Worte, die er im Traum geschrien hat, lassen mich nicht los. Ich will wissen, was man ihm angetan hat, verdammt! Es quält mich.

Caleb legt sich zurück in die Kissen und drückt sich von hinten an mich. »Danke, dass du da bist«, nuschelt er schlaftrunken.

Ein leises Lächeln stiehlt sich auf mein Gesicht. »Schlaf jetzt«, flüstere ich.

Als er seine Wange an meinen Nacken kuschelt, spüre ich auf der Haut, wie sein Mund sich zu einem Lächeln verzieht.

Und dann lässt er mein Herz stillstehen.

»Ich liebe dich.«

Mein ganzer Körper versteift sich. Augenblicklich wird mir zeitgleich heiß und kalt. Mit weit aufgerissenen Augen starre ich den vom Mondlicht schwach beleuchteten Kleiderschrank an, während die Sicht vor mir zu schaukeln beginnt.

»Was hast du gesagt?«, krächze ich.

Doch Caleb antwortet nicht mehr. Er ist bereits wieder eingeschlafen. Sein ruhiger Atem streift meinen Nacken, und in der Stille nehme ich das heftige Pochen meines Herzens so laut wahr wie einen Drummer in einer leeren Halle.

Fuck. Ich kann nicht mehr schlafen. Keine Chance.

Was soll das denn jetzt bedeuten? Caleb hat mich doch verlassen. Er hat das alles beendet. Und plötzlich sagt er, dass er mich liebt?

Vielleicht war er nicht richtig wach, und es war eigentlich gar nicht an mich gerichtet. Oder?

Ich habe keine Ahnung. Am liebsten würde ich ihn auf der Stelle wecken und es mit ihm ausdiskutieren, aber ich habe Angst, dass er aus seinem friedlichen Schlaf gerissen wird und später dann wieder Albträume bekommt. Morgen muss ich mit ihm darüber reden. Das kann auf keinen Fall so stehen bleiben.

Diese drei Worte … Sie klangen so wunderschön aus seinem Mund. Mit dieser rauen, heiseren Stimme. Es war … magisch.

Das Vibrieren meines Handys auf dem Nachttisch reißt mich aus meinen Gedanken. Schnell setze ich mich auf und sehe blinzelnd auf den Bildschirm. Charly.

Meine Augen huschen zu Caleb und sehen nach, ob er wach geworden ist, doch er schläft noch genauso friedlich wie eine Sekunde zuvor. Als ich aufstehe und auf nackten Füßen leise durch das Zimmer tappe, rollt er sich auf den Rücken und streckt die Arme von sich, noch immer umspielt ein leises Lächeln seine Mundwinkel.

»Ja?«, flüstere ich, während ich die Tür hinter mir schließe und durchs Wohnzimmer gehe. Auch hier scheint das schwache Mondlicht durch die Vorhänge und taucht den Raum in einen grauen Schimmer.

»Cinderella.«

Ich merke sofort, dass etwas nicht stimmt. In Charlys Ton ist kein bisschen von der Unbeschwertheit zu hören, mit der sie sonst spricht. Sie wirkt aufgewühlt.

»Was ist los?« Ich gehe zu den großen Panoramafenstern und blicke auf die leuchtende Skyline New Yorks. »Es ist halb drei in der Nacht.«

»Wo bist du?«, fragt sie. Im Hintergrund höre ich laute Stimmen, ein paar Männer grölen. Dann bricht der Lärm abrupt ab, als ich eine Tür ins Schloss fallen höre.

»Bei Caleb. Wieso?« Mit den Zehen streiche ich über den glatten Parkettboden unter meinen Füßen, während ich durch die Fenster sehe und auf eine Antwort warte.

»Was machst du denn bei ihm?«, fragt sie, und ihre Stimme verändert sich. Jetzt klingt sie nicht mehr aufgewühlt, sondern schockiert.

»Keine Ahnung«, antworte ich wahrheitsgemäß. »Was ist denn los?« Langsam werde ich nervös.

Ich höre etwas klirren, und Charly flucht ungehalten.

»Alles okay?«, frage ich.

»Ja. Habe eine Flasche umgestoßen, und das scheiß Bier ist auf meinen Fuß gelaufen.«

Geistesabwesend streiche ich mit dem Finger über die Fensterscheibe. »Wo bist du?«

»Auf einer Party«, entgegnet sie beinahe atemlos. »Zur neuen Staffel unserer Serie. Ich habe gerade etwas erfahren, Hazel. Wir müssen reden.«

Sofort schießt mein Puls in die Höhe. Meine Handflächen werden feucht, und mein schneller Atem beschlägt das Fenster vor meiner Nase. »Was ist los?«

»Das sage ich dir hier. Kannst du herkommen?«

Innerlich fluche ich, aber meine Neugier gewinnt. Ich will unbedingt wissen, was sie mir zu sagen hat. »Ja. Schick mir die Adresse.«

»Alles klar.«

Dann legt sie auf. Sekunden später bekomme ich einen Standpunkt auf mein Handy geschickt, während ich mir schon meine Hose überziehe. Das Shirt von Caleb lasse ich einfach an.

Als ich noch einmal die Tür zu seinem Schlafzimmer öffne und ihn seelenruhig dort liegen sehe, entscheide ich, dass ich ihn besser nicht wecke. Er braucht diesen friedlichen Schlaf, den er gerade hat. Außerdem weiß ich nicht, ob sich das, was Charly mir sagen will, nicht vielleicht um ihn dreht. Und ich will nicht verantworten, dass er sich schon wieder prügelt. Wirklich nicht.

Also schnappe ich mir seinen Autoschlüssel von der Hochglanzkommode, gebe den Code zur Tiefgarage ein und sitze ein paar Minuten später in seinem R8.

»Ich muss vollkommen verrückt sein«, murmle ich kopfschüttelnd, als ich den Motor starte und aus der Tiefgarage fahre.

∞

Immer hatte ich mir vorgestellt, einen Audi R8 zu fahren würde unglaublichen Spaß machen. Ich lag falsch. Es ist nichts anderes als furchtbare Panik, irgendwo gegenzufahren. Die ganze Zeit über habe ich dieses Gefühl im Magen, als würde ich im Aufzug stecken und nach oben fahren, bloß mit dem Unterschied, dass es nicht mehr aufhört.

Ich merke kaum, wie mich der Wagen durch die Straßen fährt. Es ist wie auf Wolken, als würde ich schweben. Aus der Anlage läuft »When I Was Your Man« in Dauerschleife und den halben Weg über muss ich schon wieder heulen bei dem Gedanken, dass Caleb den Text vielleicht auf mich bezogen hat.

Als ich den Wagen vor dem Haus der Adresse parke, steht Charly bereits am Straßenrand und wartet auf mich. Sie sieht vollkommen ruhelos und aufgewühlt aus und hat sogar ihre High Heels ausgezogen. Barfuß kommt sie auf mich zugerannt, kaum dass ich die Tür des Wagens verschlossen habe.

»Cinderella.« Sie nimmt ihre Hände in meine. Ich fühle ihren Pulsschlag an meiner Handfläche, so schnell geht er. »Ich habe gerade etwas erfahren, von dem ich nicht weiß, ob es stimmt. Aber wenn es stimmt, dann solltest du es vielleicht wissen.«

»Charly«, sage ich laut. »Du machst mir eine scheiß Angst. Was ist denn los?«

Bevor sie antworten kann, öffnet sich eine Tür hinter Charly. Für einen kurzen Moment dringt laute Musik und das Geräusch vieler Stimmen zu mir herüber, bis die Tür sich wieder schließt. Ein affektiertes Lachen ertönt, gefolgt vom Klackern von High Heels über dem Asphalt.

Charly schließt schwer ausatmend die Augen, als wäre gerade ihr schlimmster Albtraum Wirklichkeit geworden.

»Aha«, ruft Penelopé und kommt immer näher. »Da ist sie ja. Der Star des Abends. Wolltest du dir die Neuigkeiten persönlich abholen? Kann ich verstehen. Ist ja schon eine ziemlich große Sache. Obwohl ich nicht sagen kann, dass ich es nicht gewusst hätte.«

Meine Hände zittern, als ich mich aus Charlys Griff befreie und mich Penelopé zuwende.

»Du solltest es nicht so erfahren«, flüstert Charly, doch ich ignoriere sie. Mein Herz hämmert mir in heftigen Schlägen gegen die Brust, und ich will nur noch wissen, was hier abgeht.

»Raus mit der Sprache«, fordere ich sie auf und mache einen Schritt auf sie zu. »Das ist es doch, was du unbedingt willst. Also los. Sag es mir.«

Ein boshaftes und gleichzeitig höhnisches Grinsen erscheint auf ihrem Gesicht. Ich sehe sofort, dass sie aufgespritzte Lippen hat. Sie öffnet gerade den Mund, als ein schwarzer Porsche Cayenne mit quietschenden Reifen um die Ecke fährt und genau hinter dem R8 hält.

Als Caleb aussteigt, schnappe ich kurz nach Luft und frage mich, wie viele Überraschungen ich an diesem Abend eigentlich noch ertragen kann. Seine Haare sind noch ganz zerzaust, er trägt lediglich die blauen Baumwollshorts. Scheinbar ist er gerade erst aufgewacht und sofort losgefahren.

»Caleb?« Verwundert sehe ich ihn an. »Was machst du denn hier?«

Er zeigt mit dem Schlüssel auf mich, als er mit wutentbranntem Gesicht auf mich zukommt. »Das sollte ich dich wohl besser fragen. Ich wache auf, du bist nicht da, und als ich dein Handy orte, bist du hier. Mit *meinem* Auto.«

Blinzelnd sehe ich ihn an. »Du hast mein Handy orten lassen?«

Er schnaubt, noch immer mit dem Schlüssel auf mich zeigend. »Jetzt schieb die Schuld ja nicht auf mich ab, Hazel! Du bist abgehauen! Was machst du überhaupt hier?«

»Das wüsste ich auch gern«, entgegne ich trocken und sehe Charly an.

Erst jetzt wandert Calebs Blick zu den anderen, und als er Penelopé sieht, stockt sein Atem. »Was geht hier ab?«

Penelopé schnalzt amüsiert mit der Zunge. »Schön, schön. Jetzt haben wir Beweisstück Nummer A auch noch an Ort und Stelle. Willst du es ihr sagen oder ich?«

Caleb wird bleich. »Was?«

Meine Augen huschen zwischen dem Blickduell der beiden hin und her, bis ich es nicht mehr aushalte. »Kann mir vielleicht mal einer sagen, was los ist?«, schreie ich. Mein Körper zittert, und meine Beine fühlen sich seltsam schwach an. Als wären keine Muskeln mehr in ihnen.

Caleb schüttelt den Kopf. »Ich habe keine Ahnung, echt. Seit der Dinnerparty meines Vaters habe ich Penelopé nicht mehr getroffen, das schwöre ich.«

Seine Worte beruhigen mich, und plötzlich weiß ich gar nicht, warum ich so eine Panik habe. Caleb hat sich nicht mehr mit ihr getroffen. Es kann gar nichts Schlimmes sein. Alles ist gut. Sie will uns bloß gegeneinander aufbringen.

Penelopé stößt ein helles, freudloses Lachen aus und legt den Kopf in den Nacken. »Na gut. Dann überbringe ich ihr eben die fröhliche Botschaft.«

Charly sieht auf den Boden, als würde sie sich nichts sehnlicher wünschen, diesen Moment nicht geschehen zu lassen. Doch er geschieht. Jetzt und hier.

Penelopé sieht mir fest in die Augen. Ein hämischer Schimmer liegt in ihrem Ausdruck, als sie die letzten paar Schritte auf mich zumacht und mit einem ihrer künstlichen Nägel auf mich zeigt.

»Willst du wissen, was du die ganze Zeit über für Caleb warst? Eine nervige, kleine Streberin, mit der er sich abgeben musste, weil es die Presse so wollte. Er *musste* Zeit mit dir verbringen. Er *musste* so tun, als würde er dich mögen. Er *musste* so tun, als ob er was für dich empfindet. Du warst nie mehr als eine einzige, gewollte PR-Aktion, Schätzchen.« Ihr Grinsen zieht sich über das komplette Gesicht, als sie mir einen gekünstelten Luftkuss zuwirft. »Willkommen in der High Society.«

32.

Ich sehe Caleb an. Er ist leichenblass, seine Augen geschlossen. Der Brustkorb seines nackten Oberkörpers hebt und senkt sich rasch.

»Sag, dass das nicht wahr ist, Cal.« Wieder strömen mir Tränen übers Gesicht und ein benommener Nebel wabert um meinen Kopf. Ihre Worte können einfach nicht wahr sein. Das geht nicht. Niemals.

Caleb hebt den Kopf und sieht mich mit gequältem Gesichtsausdruck an. »Hazel, lass mich dir …«

Ich schneide ihm das Wort ab. »Es stimmt also?«, rufe ich hysterisch. »Das war es die ganze Zeit über? Eine beschissene PR-Aktion?« Ein glühendes Gefühl aus Zorn und Schmerz macht sich in meiner Brust breit, und ich weiß nicht, welches davon stärker ist.

Caleb sieht mich mit entgleisten Gesichtszügen an. Ich kann ganz genau erkennen, wie er nach einer Möglichkeit sucht, mir zu sagen, dass es nicht stimmt. Seine feinen Züge erschlaffen immer mehr, als ihm langsam klar wird, dass er keinen Ausweg findet.

»Es stimmt, dass die Presse das von mir wollte, aber …«

Klatsch.

Instinktiv habe ich mit der flachen Hand ausgeholt. Das schneidende Geräusch, als sie auf seinem Gesicht auftraf, hat mir für eine Sekunde tiefe Zufriedenheit beschert. Aber eben nur für eine Sekunde.

»Lass es mich doch erklären!«, brüllt Caleb, ein dunkelroter Abdruck prangt auf seinem Gesicht. Aber ich kann nur fassungslos mit dem Kopf schütteln. Mein Blick wandert über Charly, die zutiefst bekümmert auf den Boden sieht, zu Penelopé, die das Ganze beobachtet, als wäre es ein wirklich guter Kinofilm.

Mir ist klar, dass ich etwas sagen sollte. Ich sollte zu Penelopé gehen und ihr genauso wie Caleb eine scheuern, sollte irgendwelche vernichtenden Worte sagen, stattdessen stehe ich da wie ein scheues Reh im Scheinwerferlicht und bekomme nichts heraus. Meine Stimme ist verschwunden.

Im Haus gegenüber geht die Tür auf, ein betrunkenes Pärchen torkelt heraus und verschwindet im Garten. Musik tönt zu uns herüber, und ich kann nicht glauben, dass das Leben einfach so weitergeht. Die Leute hier feiern, haben Spaß, tanzen und haben keine Ahnung, dass das blonde, dumme Mädchen genau vor ihrer Haustür gerade die schlimmsten Schmerzen ihres Lebens erleidet.

Die Zeit steht still, und doch läuft sie weiter. Das ist nicht möglich.

»Es ist nicht so, wie sie sagt, Hazel.« Caleb streckt eine Hand nach mir aus, und ich bringe nicht einmal mehr die Kraft auf, sie wegzuschlagen und abzuhauen. Meine Glieder sind taub und eiskalt. In meinem Nacken bildet sich ein kalter Schweißfilm.

Penelopés affektiertes Lachen erfüllt die Luft, bevor sie mit ihrem herablassenden, hochnäsigen Tonfall zu sprechen anfängt. »Es ist schon ziemlich witzig, findest du nicht?« Ein paar Augenaufschläge lang sieht sie mich an, als würde sie wirklich glauben, dass ich mich locker flockig mit ihr in eine Unterhaltung stürzen würde. »Ich meine, kurz nach deinem süßen Auftritt auf der Gala im Plaza spricht die Presse mit ihm, dass er sich mit dir ablichten lassen soll. Während er mich vögelt, sagt er mir die ganze Zeit, dass er keinen Bock auf diese Scheiße hat.« Sie kichert, und in ihren Augen blitzt ein boshafter Schimmer auf. »Und kurz darauf erscheinen eure Bilder in den Zeitschriften. Ich habe mich totgelacht.«

Calebs stechender Blick und Penelopés siegessicherer Gesichtsausdruck sind das einzige, das ich noch wahrnehme. Charly schluchzt, aber ich bekomme es kaum mit. Noch nie in meinem Leben habe ich mich so gedemütigt gefühlt. Nicht einmal Logan hat diese Mischung aus Beschämung und Schmerz jemals bei mir hervorrufen können. Die ganze Zeit über war ich nichts weiter als der Spielball der Presse. Die kleine naive Hazel Evans, die alles mit sich machen lässt. Wie eine Übung, die Caleb für seine Laufbahn als Schauspieler hinlegen musste.

Mein ganzer Körper brennt, steht in Flammen. Ein letzter Funke Hoffnung keimt in mir auf, dass Caleb die Arme ausbreitet und etwas ruft wie »April, April«, doch als ich ihn ansehe, ist da nichts. Die Wahrheit spiegelt sich in seinen Zügen wieder, er sieht mich bloß mit vor Schock geöffnetem Mund an. Als wäre er überrascht über das, was er selbst abgesegnet und durchgezogen hat. Meine Welt bricht auseinander, zum gefühlt tausendsten Mal, seit ich Caleb kenne, und ich weiß nicht, ob sie jemals wieder zusammengefügt werden kann.

»Vielleicht muntert es dich ja ein wenig auf, dass er wenigstens ordentlich Kohle von der Presse in den Arsch geschoben bekommen hat«, lacht Penelopé.

Ruckartig reißt Charly die Arme in die Luft und stößt sie gegen das Brustbein. »Halt endlich deine verfickte Fresse, du widerliche Schlampe!«

Penelopé taumelt, fängt sich jedoch schnell wieder. Sie schenkt Charly ein giftiges, boshaftes Lächeln, fletscht sogar beinahe die Zähne.

»Baby«, flüstert Caleb und kommt noch einen weiteren Schritt auf mich zu. »Wenn du mir eine Chance gibst, dir alles zu erklären, dann …«

Es ist, als hätte mir bei seinen Worten eine imaginäre Hand den Kopf geschüttelt. Schlagartig bin ich wieder bei Sinnen, und meine Stimme ist wieder da. Ich weiche vor Caleb zurück, dieses Mal bin ich diejenige, die mit dem Schlüssel auf ihn zeigt.

»Rede nie wieder mit mir!« Er bleibt abrupt stehen. »Du widerst mich an, Caleb West!«

Plötzlich wird mir alles klar. Warum er mich damals nach der Gala so oft angerufen hat, weshalb er mit mir sprechen wollte und mich schließlich von Logan abgeholt hat. Damals hat er mit jemandem telefoniert, als ich ins Auto gestiegen bin, und ich würde auf meinen Hintern verwetten, dass es wegen dieser scheiß Pressesache war. Bei dieser Erkenntnis schüttle ich den Kopf und sehe Caleb mit geweiteten Augen an.

»Du bist abartig. Einfach gestört!«

Mit zitternden Händen öffne ich die Wagentür, doch Calebs Finger umschließen meine bebende Schulter. Ich stoße ihn weg.

»Herzlichen Glückwunsch«, sage ich unter heftigen Schluchzern und sehe ihm dabei ganz genau in sein schmerzverzerrtes Gesicht, damit ihm klar wird, dass es seine Schuld ist. Dass er kein Recht darauf hat, jetzt verletzt zu sein. »Du hast mir alles genommen. Ich hoffe du bist glücklich. Von jetzt an geh mir aus den Augen.«

Ein irres Lachen entfährt mir, als ich mich auf den Fahrersitz werfe und die Tür zuschlage. Ich erkenne mich selbst kaum wieder. Caleb klammert sich an der Tür fest, seine Finger liegen um den Rahmen des geöffneten Fensters.

»Hazel!«

Mein Blick ist unkontrolliert und völlig hysterisch, als ich ihn ansehe. *»Was,* Caleb, *was?«*

Keine Antwort. Nichts. Er sieht mich einfach nur an und ringt mit den richtigen Worten, die ihm scheinbar einfach nicht einfallen wollen.

Dann drücke ich aufs Gas und fahre los. Tränen strömen mir übers Gesicht, als ich im Rückspiegel sehe, wie Caleb mir mit langsamen Schritten und einer ausgestreckten Hand scheinbar geistesabwesend hinterherläuft. Als könnte er mich noch aufhalten.

Der nächtliche Wind weht durchs offene Fenster und wirbelt meine blonden Strähnen durch die Luft, doch trotzdem erweckt auch der neugewonnene Abstand kein besseres Gefühl in mir. Ich unterdrücke meine lauten Schreie gar nicht erst, während ich wie verrückt auf den Knopf der Stereoanlage hämmere, damit dieses Scheißlied ausgeht. »When I Was Your Man«. Genau. Und meine Mutter heißt Japan.

»Fuck!«, brülle ich und schlage mehrmals kräftig aufs Lenkrad. Das Geräusch der Hupe tönt durch die Nacht und weckt wahrscheinlich die komplette Nachbarschaft, aber es ist mir egal. Genauso, dass ich gerade Calebs Auto klaue. Alles ist egal. Er kann ja schließlich wieder mein Handy orten und seinen scheiß Wagen abholen. Außerdem hat er ja seinen beschissenen Porsche Cayenne. Meinetwegen kann er Penelopé direkt auf die Rückbank ziehen und dort vögeln, interessiert mich einen Scheißdreck. Es ist einfach alles egal.

Mir ist kotzübel. Ich habe das Gefühl, jeden Moment auf das Lenkrad zu kotzen, so heftig hat mir dieser Verrat das Herz zerstückelt.

Mein Handy klingelt in Dauerschleife. Mit zitternden Fingern krame ich es aus der Hosentasche, sehe Calebs Namen auf dem Display und werfe es kurzerhand auf den Beifahrersitz.

In diesem Moment merke ich, dass ich nicht zerbrechlich bin wie eine Blume, so wie Mom es mir immer sagte. Ich bin zerbrechlich wie eine Bombe. Sie zu entschärfen dauert vielleicht lang, aber wenn sie platzt, ist es vorbei. Alles explodiert.

Und, ja. Caleb hat es geschafft. Er hat die Bombe zum Platzen gebracht.

Und damit alles zerstört, was wir hatten. Jeden einzelnen Moment. Sein Verrat hat nichts weiter übrig gelassen als graue, trostlose Asche.

Ich wusste, dass es so kommen würde. Zwischen Caleb und mir kann es nicht funktionieren. Jedes Mal, wenn etwas gut läuft, kommt etwas anderes, das uns wieder auseinandertreibt. Und es ist verdammt noch mal beschissen, zu wissen, dass du unbedingt loslassen und gehen musst, aber du es nicht kannst, weil du immer wieder verzweifelt darauf hoffst, dass das Unmögliche doch noch passiert.

Und plötzlich überkommt mich unbändige Angst. Davor, dass dieses Gefühl nicht aufhört. Dass ich mich für den Rest meines Lebens so fühlen werde.

Ich wollte Calebs Dunkelheit sehen, doch stattdessen hat er

Dunkelheit in mir hervorgerufen. Ich bin kaputt. Kaputter, als ich je dachte, werden zu können.

Und ich habe Angst, dass es so bleibt.

∞

Die sanfte Stimme von Madilyn Bailey tönt durch mein Zimmer und singt in trauriger Melodie »Let It Go«. Ich habe es rauf- und runtergehört, als ich in der Nacht nach Hause kam und es schließlich als Klingelton eingestellt.

Blind taste ich auf meinem Nachttisch herum, bis ich das Handy erreiche. Mit verklebten Augen sehe ich aufs Display.

Charly.

»Ja?«, grummle ich mit heiserer Stimme und reibe mir die Augen. Ein Blick auf die Uhr verrät mir, dass es halb acht in der Früh ist. Als ich das letzte Mal nachgesehen habe, war es kurz vor sieben. Ich kann also noch nicht lange geschlafen haben.

»Hey Cinderella.« Sie spricht in einem leisen, traurigen Ton. »Geht es dir gut?« Bevor ich antworten kann, setzt sie bereits nach. »Sorry, blöde Frage. Natürlich geht es dir beschissen.«

»Mhm.« Ich rolle mich auf den Rücken. Calebs frischer Apfelgeruch drängt sich in meine Nase, und augenblicklich rast mein Puls in die Höhe. Ein Blick an mir herunter verrät, dass ich noch immer sein Shirt trage. Ich setze mich auf, drücke Handy zwischen Ohr und Schulter, und zwänge mir das Shirt über den Kopf.

»Alles okay?«, höre ich Charly fragen. »Es raschelt so.«

Seufzend lasse ich mich zurück in die Kissen sinken. »Sorry. Habe sein Shirt ausgezogen.«

Kurze Pause. Dann: »Ach so. Er ist sofort nach dir abgehauen, weißt du. Hat Penelopé noch übel zusammengeschrien und ist dann einfach weggefahren.«

»Aha.«

Es interessiert mich nicht. Also, eigentlich schon, aber ich will nicht, dass es mich interessiert. Scheinbar merkt Charly, dass ich nicht über ihn reden möchte, denn sie räuspert sich und wechselt schnell das Thema.

»Also … Mir ist das ein bisschen unangenehm, dir damit jetzt zu kommen, nachdem gestern … na ja …«

»Sag's ruhig, Charly. Mir geht's gut.« Lüge.

Sie seufzt schwer. »Okay. Also dieses Shooting für Hollister, weißt du noch?«

Innerlich verkrampfe ich mich. Caleb wollte, dass ich es mache. Aber jetzt verspüre ich tatsächlich nicht mehr den Drang dazu, wo ich für ihn doch nur Mittel zum Zweck war.

»Ja«, entgegne ich. »Was das angeht, weißt du, ich habe eigentlich nicht so die Lust.«

»Weiß ich. Ich habe nur leider, na ja, etwas vorschnell gehandelt.«

Ruckartig setze ich mich auf. »Was hast du getan?«

Im Hintergrund höre ich, wie sie eine Tür schließt. »Jetzt kommt das Unangenehme. Ich dachte, du würdest noch ja sagen, und der Fotograf brauchte eine schnelle Antwort. Also habe ich in deinem Namen zugesagt. Es ist in einer Stunde.«

Schwer ausatmend schließe ich die Augen und lasse den Kopf hängen. »Oh, Charly.«

Mit der Hand streiche ich über die tiefen Furchen in meiner Stirn und ziehe die Beine an.

»Tut mir echt leid«, sagt sie schnell. »Ich bin manchmal ein wenig übereifrig. Aber sieh es positiv: Vielleicht ist das Shooting gerade dazu gut, um Caleb so richtig eins reinzuwürgen.«

Mein Mund liegt resigniert auf meinem Knie, als ich antworte. »Und wie?«

»Sorry, was? Du nuschelst.«

Ich hebe den Kopf vom Knie und seufze. »Wie soll ich ihm damit eins reinwürgen?«

Charly schließt eine Autotür, und ich höre, wie sie den Motor startet.

»Indem er die Bilder sieht und merkt, wie du auf ihn scheißt und trotzdem dein Leben lebst. Das wird ihn ärgern, glaub mir. Vor allem, wenn er deinen heißen Körper sieht. Ich wette, da dreht er durch.«

Nachdenklich beiße ich mir auf die Unterlippe und sehe an die Decke. Vielleicht hat sie recht. Und was anderes bleibt mir wahrscheinlich sowieso nicht übrig. Das Shooting ist in einer Stunde.

Ich seufze. »Okay. Schick mir die Adresse.«

Sie jauchzt mir laut ins Ohr, und ich muss das Telefon von mir weghalten. »Gut. Du brauchst dich nicht fertigmachen, das wird alles hier gemacht. Keine Sorge, die kriegen auch geschwollene Augen wieder hin. Bis gleich!«

Seufzend schäle ich mich aus den Laken und watschle Richtung Dusche. Alles kommt mir so unwirklich vor, seit ich die Wahrheit kenne. Als ob mein Leben völlig aus den Angeln gehoben wurde und ich alles verloren hätte. Dass sich eigentlich nichts geändert hat, außer dass es zwischen mir und Caleb nichts wird, will einfach nicht in meinen Kopf rein.

Als ich schließlich aus dem Bad komme, läuft Tony mir auf dem Flur entgegen.

»Wo willst du denn so früh hin?« Er runzelt die Stirn.

»Ein Shooting für Hollister.«

Tony hebt eine Braue und sieht mich perplex an, als hätte er sich verhört. »Was?«

Unbekümmert zucke ich die Achseln und gehe an ihm vorbei. »Nichts Großes.«

»Na dann.« Er zuckt mit dem Kopf zu meinem Zimmer. »Ist Caleb da?«

»Nein«, entgegne ich und bleibe an der Treppe stehen. »Warum sollte er?«

Nachdenklich kratzt Tony sich mit einem Finger über die Stoppeln seines Barts. »Sein Auto steht vor der Tür.«

»Ach so.« Leichtfertig wedle ich eine Hand durch die Luft und gehe die Treppe runter. »Den habe ich ihm geklaut.«

Bevor er etwas entgegnen kann, habe ich bereits das Haus verlassen.

Das Shooting stellt sich als viel einfacher heraus, als ich es mir vorgestellt hätte. Drei aufgedonnerte Frauen tanzen um mich herum, eine von ihnen macht meine Haare, und die anderen zwei schminken mich, bis ich mich selbst nicht wiedererkenne.

Die ganze Zeit über sitzt Charly neben mir und hilft, passenden Lidschatten auszuwählen oder vergleicht zwei Rouge-Töne miteinander, die absolut gleich aussehen.

Als sie mir schließlich hinter dem provisorischen Vorhang in den ersten Bikini hilft, schenke ich ihr ein dankbares Lächeln.

»Es ist schön, dich zu kennen, wirklich. Niemals hätte ich gedacht, jemanden aus den … na ja, höheren Kreisen«, ich male imaginäre Anführungszeichen in die Luft, »vertrauen zu können.«

Einen kurzen Moment hält Charly in ihrer Position inne, dann schnürt sie die Schleife um meinen Nacken fest. »Ja, aber ich bin eine von den Ausnahmen. Du solltest aufpassen, wem du dich öffnest. Ein paar von uns sind tatsächlich ehrlich und interessieren sich wirklich, doch der Rest ist bloß neugierig. Auf ungesunde Art und Weise.«

Ich schlucke schwer.

Nach dem Shooting bin ich völlig erledigt, obwohl ich nichts weiter tun musste, als in verschiedenen Badesachen vor einem weißen Hintergrund zu stehen und mich so zu bewegen, wie der Fotograf es mir zugerufen hat.

»Wollen wir noch etwas essen? Ich schwöre dir, wenn ich nicht gleich einen Burger in meinen Händen halte, begehe ich Hungermord.« Charly tut so, als würde sie sich auf eine imaginäre Person stürzen, da klingelt mein Handy.

Abrupt bleibe ich stehen. Charly tut es mir gleich.

»Caleb?«, fragt sie, und ich halte ihr kopfschüttelnd das Display entgegen.

»Nein. Grace.«

Ihr Mund öffnet sich überrascht, und sie scheucht das Telefon mit beiden Händen wieder in meine Richtung. »Geh ran! Na los!«

Einen Moment zögere ich, doch dann gewinnt eine Neugier und ich hebe ab.

»Ja?«

»Hazel. Du musst herkommen. Sofort.« Sie klingt atemlos.

Das vertraute Gefühl, dass mir das Herz in die Hose rutschen würde, überkommt mich ein weiteres Mal. Inzwischen befürchte ich, dass es nie wieder aufhören wird.

»Wieso? Was ist passiert?«

Im Hintergrund höre ich jemanden wütend aufschreien und etwas zu Boden gehen. Es scheppert.

»Die Bilder in der Zeitschrift«, sagt Grace über den Lärm hinweg. »Ich weiß, wer es war.«

Dann legt sie auf. Ein paar Sekunden starre ich mit leerem Blick auf das Display und verfluche Grace für ihren ständigen Drang zur Dramatik, bis meine Augen wie in Zeitlupe zu Charly wandern.

»Ich muss gehen«, höre ich mich tonlos sagen, und es klingt, als würde ich es eher zu mir selbst sagen.

»Okay.« Charlys Gesichtszüge wirken verwirrt, doch sie nickt. »Melde dich bei mir.«

Ohne ein weiteres Wort renne ich zum R8 und fahre keine Minute später in rasendem Tempo durch die Straßen New Yorks.

∞

Ich traue meinen Augen kaum, als ich atemlos ins Wohnzimmer der Bishop-Suite stürme.

Dort sitzt Oliver auf dem teuren Designer-Loungesessel, seine Arme hinter der Lehne verschränkt. Grace steht stocksteif und im bunten Sommerkleid neben ihm, mit rosa Schleife im Haar.

»Oliver?« Mir fallen beinahe die Augen aus dem Kopf. Das muss ein verdammter Scherz sein. Als er mich ansieht, blitzt eine Welle purer Boshaftigkeit in seinen braunen Augen auf. Aber er sagt nichts. Noch nichts.

Grace legt eine Hand auf die Stuhllehne und dreht ihn herum. Ich erkenne, dass sie ihn mit Handschellen gefesselt hat. Mit pinken Plüschhandschellen.

Mit einem Finger deute ich vollkommen perplex auf die Stahldinger im Plüschmantel. »Sind das …«

Grace errötet und dreht Oliver wieder in die richtige Richtung.

»Ja. Das sind meine. Ich musste ihn irgendwie festhalten.« Ihre Augen huschen musternd über mein Gesicht, dann fügt sie hinzu: »Wieso bist du so stark geschminkt?«

»Shooting für Hollister«, sage ich bloß.

Sie antwortet nicht.

Einen Moment noch sehe ich sie mit geöffneten Lippen an, dann erinnert mein Körper sich scheinbar daran, dass ich so etwas wie Muskeln in mir besitze. Also gehe ich ein paar Schritte auf sie zu und bleibe schließlich vor ihr stehen.

»Was ist passiert?«

Grace beißt sich auf die Unterlippe. Sie schämt sich für ihren Bruder, das kann ich sofort erkennen. Oliver will ihr einen Tritt versetzen, doch sie weicht ihm ganz automatisch aus.

»Als du mir neulich sagtest, du hättest mich angerufen und ich dich abgewiesen, wurde ich stutzig. Ich habe in meinem Handy nachgesehen und auch keinen Anruf von dir vorgefunden. Es war merkwürdig.« Sie sieht kurz zu ihrem kleinen Bruder, und ein düsterer Ausdruck legt sich über ihre Augen. Scheinbar wurde ihr in dem Moment klar, dass Oliver etwas damit zu tun gehabt haben musste.

»Dann hat sein Handy geklingelt. Es lag hier auf dem Tisch.« Sie deutet genau vor mich auf den Esstisch, ehe sie weiterspricht. »Oliver war im Bad. Ich wollte eigentlich nur durch den Raum gehen, aber meine Augen sind ganz automatisch aufs Display gehuscht. Und da stand ihr Name. Das konnte nicht richtig sein.«

Ich runzle die Stirn. »Wessen Name?«

Grace sieht mich direkt an. »Leslie Cho. Ich habe mir das Handy geschnappt und seine Nachrichten durchgesehen. Er hatte einen langen Chat mit ihr, wo sie alles geplant haben und anschließend das Geld teilen wollten. Sie hat ihm die Bilder geschickt, und er hat sie der Presse geliefert.«

Mir wird schlecht. Ich sehe Oliver an, als wäre er eine abartige fette Spinne. »Dir ist echt nicht mehr zu helfen«, flüstere ich wutentbrannt.

Da tickt er aus. Er schreit los wie ein gefangener Irrer auf dem Todesstuhl und tritt wild um sich.

»Du bist doch selbst schuld!«, brüllt er wie ein Wahnsinniger. »Du hast mich beleidigt und mir diese lächerlichen scheiß Sachen gesagt!«

Ich erinnere mich. Der Tag, an dem ich Grace sehen wollte, mich im Endeffekt aber doch nicht getraut habe. Als ich Oliver sagte, er solle nicht auf dem falschen Weg landen.

»Gott«, murmle ich und schüttle fassungslos den Kopf. »Ich wollte dir helfen, Oliver. Und zum Dank zerstörst du mein Leben?«

»Mir muss nicht geholfen werden!«, brüllt er. »Du bist doch die, die Scheißhilfe braucht! Geh zum Psychiater, und kümmere dich um deinen eigenen Scheiß, anstatt anderen helfen zu wollen, die es gar nicht nötig haben.«

Seine Worte versetzen mir einen Stich. Nicht etwa, weil ich sie ernst nehme oder sie mich verletzen, sondern weil sie mich an Caleb erinnern. Er hat etwas Ähnliches zu mir gesagt, an dem Abend der Dinnerparty.

Grace macht einen Schritt auf mich zu. »Geht es dir gut?«

Endlich wende ich den Blick von diesem verzogenen Jungen ab und nicke zerstreut. »Ja. Ich ... Ich bin nur froh, dass du es nicht warst.« Ich hebe den Blick und sehe Grace direkt an. »Es tut mir so leid, dass ich dir nicht vorher geglaubt habe. Es passiert so viel momentan. Mein Vertrauen wird einfach hart auf die Probe gestellt, und ich weiß nicht mehr, was richtig und was falsch ist.«

Grace legt mir ihre Hände auf die Schultern, und ein warmes Gefühl durchströmt mich. Ein Gefühl, das man bekommt, wenn man nach einer langen Reise endlich wieder nach Hause kommt.

Oliver tritt noch immer um sich und schreit, aber wir ignorieren ihn.

»Das gilt aber nicht für mich«, sagt Grace mit sanfter Stimme, ohne den Blick von mir abzuwenden. »Wir sind eins, Hazel. Du und ich, zwei Hälften und ein Ganzes. Wie Yin und Yang. Das war schon immer so und wird auch immer so bleiben.«

Sofort schießen mir wieder die Tränen in die Augen, und meine Lippen fangen an zu beben. Ich hole tief und stockend Luft. Plötzlich scheint mich alles zu überwältigen, wie eine riesige Welle über mich hinwegzuschwemmen.

»Ich habe so Angst, mich zu verlieren, Grace«, flüstere ich. »Solche Angst, dass sich alles verändert hat und ich nicht mehr zurückkann.«

Ein leises Lächeln legt sich um Grace Lippen. Sie zieht mich in ihre Arme und streicht mir sanft über den Rücken. »Du musst nicht immer zurück, Hazel. Das ist etwas, das du früher gern getan hast, um dich nicht für Neues zu öffnen. Jetzt reicht es, wenn du einfach rausgehst, tief durchatmest und dich jedes Mal daran erinnerst, wer du bist und wer du sein willst. Es hilft dir, du selbst zu bleiben.«

33.

»Das ist nicht dein Ernst!« Der Zucker, den Grace soeben in ihrer gewohnt eleganten Geste in den Kaffee mischen wollte, fällt plumpsend vom Löffel in die Tasse.

»Doch«, entgegne ich geistesabwesend, während ich die Kassiererin dabei beobachte, wie sie mir immer wieder schnelle Blicke zuwirft. »Leider.«

Grace und ich sitzen in unserem Stammcafé, und der Geruch der frischen Backwaren und des Kaffeearomas in der Luft legen sich beruhigend auf meine strapazierten Nerven. Oliver haben wir einfach im Wohnzimmer der Bishops auf dem Drehstuhl zurückgelassen, dort wird ihn Norma schon irgendwann finden. Was jedoch nicht für den kleinen Schlüssel der Plüschhandschellen gilt, den Grace kurzerhand im Klo heruntergespült hat.

Meine beste Freundin schüttelt fassungslos den Kopf. »Ich glaub's einfach nicht, dass das alles in nur so kurzer Zeit passiert ist.«

Seufzend nippe ich an meinem Cappuccino. »Frag mich mal. Echt keine Ahnung, wann mein Leben entschieden hat, den Spannungsbogen von Romeo und Julia zu imitieren.«

»Und was ist jetzt mit dem Auto?«, fragt Grace mich, während sie eine lose Strähne zurück unter ihr Haarband schiebt.

Ich zucke bloß unbekümmert die Achseln. »Keine Ahnung. Kann er sich abholen kommen, wenn er sich traut. Der R8 ist mir im Moment wirklich scheißegal.«

Eine Weile schweigen wir. Dann: »Du wirst großartig auf diesen Bademoden-Bildern aussehen, Hazel.«

Grace sagt es ohne jeglichen Unterton in der Stimme. Sie meint es ehrlich, von ganzem Herzen, und das bestätigt mich noch mehr in der Entscheidung, dieses Shooting gemacht zu haben. Ich war mir nicht sicher, wie sie darauf reagieren würde, aber es scheint sie glücklich zu machen. Grace freut sich für mich.

Automatisch huschen meine Augen zur Ladentür, als sie aufgeht, und mir entfährt ein überraschtes »Oh«, als ich Logan auf uns zukommen sehe. Sein angespannter Kiefer und die Zeitschrift in seiner Hand bewirken, dass ich mich bereits wieder zusammenkrampfe.

Grace runzelt die Stirn und folgt meinem Blick, indem sie über die Schulter sieht. »Logan«, sagt sie überrascht, doch er entgegnet nichts. Sein Blick ist unverwandt auf mich gerichtet.

»Sieh dir das an«, sagt er, wirft die Cosmopolitan vor mir auf den Tisch und schafft es nicht einmal, seinen aufgebrachten Tonfall zu verstecken.

Schluckend und mit zitternden Fingern nehme ich die Zeitschrift an mich und wechsle einen beunruhigten Blick mit Grace.

Der Geräuschpegel im restlichen Teil des Cafés scheint sich von allein herunterzudrehen und rückt vollends in den Hintergrund, als ich die Seite aufschlage, in die Logan ein Eselsohr gemacht hat. Grace kommt auf meine Seite und beugt sich ebenfalls über das Klatschmagazin.

Meine Augen huschen über den ersten Absatz, und mir wird schlecht. Widerwillig lese ich den kompletten Artikel, und als ich geendet habe, rutscht mir die Zeitschrift aus den Händen und gleitet über den Tisch.

Grace hat sich eine bebende Hand vor den Mund gelegt und sieht mit geweiteten Augen zu Logan. »Das ist …«, beginnt sie, findet aber keine Worte.

Genau wie ich. Mein ganzer Körper steht unter Strom.

Das hier trifft mich schlimmer als alles, was die Presse bisher mit *mir* gemacht hat. Und zwar, weil es um Caleb geht.

»Ich muss zu ihm.« Kaum ein vernünftiger Gedanke strömt mir durch den Kopf, ich kann nicht mehr klar denken. Das einzige, was ich weiß, ist, dass ich zu Caleb muss. Sofort.

Grace und Logan folgen mir. Ich will schon ins Auto steigen, da pfeift Logan von der anderen Straßenseite und winkt mich zu sich herüber.

»Was?«, rufe ich ungeduldig, denn jede einzelne Sekunde, in der ich nicht bei Caleb bin, scheint mir vergeudete Zeit.

»In den Zweisitzer passen wir nicht zu dritt. Wir nehmen meinen.«

Den ganzen Weg im Auto vom Café zu Calebs Loft versuche ich, ihn zu erreichen, aber er hat sein Handy ausgestellt. Kein gutes Zeichen.

Auch bei ihm zu Hause macht keiner auf.

»Fuck!« Ein letztes Mal haue ich mit der flachen Hand auf die Klingel, bis mir wieder einfällt, dass Caleb sie niemals eingeschaltet hat. Eine unserer Regeln.

Logan zückt sein Handy, wählt eine Nummer und entfernt sich. Zerstreut reibe ich mir über die Stirn.

»Wir werden ihn schon finden«, versucht mich Grace zu beruhigen, doch der Presslufthammer in meiner Brust schlägt in Höchstleistung.

»Er ist nicht da«, sagt Logan schließlich, als er das Telefonat beendet.

Panisch gehe ich auf ihn zu. »Wo ist er?«

Nur vage bekomme ich mit, wie Grace ihre Hand auf mein Kreuz legt, um mich zu stützen. Ich bin ihr unendlich dankbar dafür, denn ich habe das Gefühl, jeden Augenblick umzukippen.

Logans dunkle Augen huschen von mir zu Grace und wieder zurück. »Bei Dreharbeiten in Los Angeles.«

Das Atmen fällt mir zunehmend schwerer.

Los Angeles. Die andere Küstenseite. Und ich weiß nicht einmal, wo genau er da steckt.

Die Muskeln in meinen Beinen werden taub.

»Woher weißt du das?«, frage ich ihn, und Logan hält sein Telefon hoch.

»Sein Vater. Thomas.«

Ohne eine weitere Sekunde verstreichen zu lassen laufe ich los und verlasse die Lobby. Aus dem Augenwinkel erkenne ich noch, wie Grace und Logan einen hektischen Blick tauschen, ehe sie mir in schnellen Schritten folgen.

∞

Tobis breitschultriger Körper fällt mir bereits auf, als ich durch das schmiedeeiserne Tor auf den Vorhof der Villa fahre.

»Tobi!«, rufe ich beim Aussteigen, schlage die Wagentür hinter mir zu und renne zum Haus. Der Bodyguard der Wests steht in stämmiger Pose vor der Eingangstür und sieht wie immer grimmig geradeaus.

Atemlos komme ich zum Stehen. »Tobi, du musst mich reinlassen. Bitte. Es geht um Caleb.«

Einen Augenblick lang denke ich schon, er hätte mich nicht verstanden. Lediglich die schnellen Atemzüge von mir, Grace und Logan sind zu hören und erfüllen die Luft über unseren Köpfen.

Schließlich lässt Tobi sich zu einem knappen Nicken herab, macht einen Schritt beiseite und lässt zu, dass ich wie eine verrückt gewordene Irre gegen das robuste Holz der Eingangstür schlage.

»Thomas!«, rufe ich so laut ich kann. »Thomas, bitte mach auf, ich bin's. Hazel!«

Ich nehme Schritte wahr. Füße, die über das Parkett gehen. Dann öffnet sich die Tür so plötzlich, dass sie mir beinahe gegen den Kopf geknallt wäre, hätte ich nicht einen Satz nach hinten gemacht.

Meine Lippen öffnen sich einen Spaltbreit, als ich Thomas vor mir stehen sehe. Sein heutiger Aufzug steht in starkem Kontrast zu dem feinen Anzug, in dem ich ihn auf der Dinnerparty gesehen habe.

Das grau melierte Haar liegt platt auf seinem Kopf. Auf dem weißen T-Shirt prangt ein großer Ketchupfleck, während er heute auf seine schicken Chino-Hosen verzichtet und stattdessen zur Jogginghose gegriffen hat. Seine Füße sind barfuß.

»Er ist nicht hier«, sagt Thomas leise.

»Ich weiß«, entgegne ich schnell, weil ich plötzlich Angst habe, dass Thomas die Tür wieder schließt. »Aber ich brauche den Namen seines Hotels. In Los Angeles.«

Ein paar Augenaufschläge blinzelt Thomas mich verwirrt an, bis ihm klar wird, dass ich zu seinem Sohn nach Los Angeles will. Mit dem Arm stützt er sich am Türrahmen ab und verlagert das Gewicht auf die rechte Seite. Dunkle Schatten liegen unter seinen Augen; er sieht müde aus.

»Er ist nicht im Hotel.«

Das ziehende Gefühl in meinem Magen verrät mir, dass ich kurz davor bin, die Geduld zu verlieren.

»Wo ist er?«

Eine kurze Sekunde lässt Thomas den Blick über Grace und Logan schweifen, dann sieht er wieder zu mir. Geistesabwesend befeuchtet er sich die Lippen, ehe er zu sprechen anfängt. »In den Warner Bros. Studios. Ich werde dich ankündigen, damit man dich reinlässt.«

Na endlich. Ich nicke. »Danke.«

Ich habe mich bereits abgewendet und bin den halben Vorhof heruntergelaufen, da ruft Thomas noch einmal nach mir.

»Hazel.«

»Ja?«, rufe ich zurück, die Hand bereits am Türgriff des Wagens.

Jetzt erst fällt mir auf, wie unglaublich verloren und traurig Thomas' Gesichtszüge wirken. Als wäre er ein alter, gebrochener Mann und kein erfolgreicher Producer.

»Bitte hilf ihm. Sei für ihn da.«

Einen Augenblick sehe ich ihn bloß an, wie er verzweifelt in der Tür steht und zu mir herüberblickt. Dann nicke ich, ehe ich in den hinteren Teil des Wagens steige.

Wortlos fahren wir vom Vorhof, und ich lasse den Blick nicht von Thomas ab, wie er wie ein Häufchen Elend im Türrahmen steht, bis er außer Sichtweite ist und wir auf die Straße fahren. Seine Worte gehen mir nicht aus dem Kopf, haben sich mir eingebrannt. *Bitte hilf ihm. Sei für ihn da.*

Das werde ich, Thomas. Das werde ich.

∞

Zum gefühlt tausendsten Mal seit einer Viertelstunde schnalzt Grace genervt mit der Zunge und wirft Logan einen vernichtenden Blick zu. Er hat es versucht zu ignorieren, so gut er kann, aber jetzt scheint ihm der Geduldsfaden zu reißen.

»Wenn du nicht sofort still bist, setze ich dich hier auf der Straße aus, Bishop.«

Sie stößt einen empörten Laut aus, verschränkt die Arme vor der Brust und setzt sich aufrecht, wie immer, wenn sie sich für eine Diskussion rüstet.

»Bitte? Wenn du mir keinen Grund dafür geben würdest, *Cunningham,* dann würde ich auch nicht genervt sein.«

»Was ist dein Problem?«

Grace schnaubt und schüttelt fassungslos den Kopf, als läge das auf der Hand. »Du fährst wie eine lahmarschige Schnecke auf Krücken! Das ist mein Problem.«

Jetzt ist Logan derjenige, der den Kopf schüttelt. Sein Kiefer ist angespannt, als er aufs Gas drückt und einen kleinen Wagen vor uns überholt. »Ich fahre schon schneller als erlaubt ist.«

Grace stößt ein trockenes Lachen aus und wirft die Hände in die Luft. »Sicher. Deshalb ist auch gerade ein Seat an uns vorbeigerast. *Ein Seat,* Logan.«

Ein ungehaltenes Zischen entfährt ihm. »Du fährst ja auch wie eine Gestörte! Ich bin einmal mit dir mitgefahren, Grace, einmal. Und ich dachte, meine letzte Stunde hätte geschlagen.«

Grace wirft ihm einen empörten Blick zu und holt tief Luft. »Das ist doch …«

»Leute«, stöhne ich auf. Erschöpft lasse ich den Kopf nach vorn fallen und massiere mir die Schläfen. »Könntet ihr das bitte ein anderes Mal ausdiskutieren?«

Gott sei Dank folgt daraufhin betretenes Schweigen. Logan schaltet die Anlage ein, und die restliche halbe Stunde zum Flughafen sagt keiner von uns ein Wort.

Eigentlich wollte ich nach unserem Besuch bei Thomas direkt nach Hause und mein Sparbuch für den Flug plündern. Grace hat jedoch bloß mit dem Kopf geschüttelt, ihre Kreditkarte herausgeholt und mir damit vor der Nase herumgewedelt, als wäre es die langersehnte limitierte Hardcoverausgabe eines Buches, nach dem ich schon ewig auf der Suche bin.

»Jetzt macht sich Moms Geld endlich mal für die wichtigen Dinge im Leben nützlich«, hatte sie mit einem schelmischen Grinsen gesagt, und ich konnte ganz genau sehen, wie ein schalkhaftes Blitzen in ihren Augen aufleuchtete bei dem Gedanken, das Geld ihrer Mutter für etwas auszugeben, das sie definitiv nicht gutheißen würde.

Meine verzweifelte Sorge um Caleb wurde in diesem Moment ganz besonders deutlich, denn ich habe zugestimmt. Niemals hätte ich ein solches Angebot unter anderen Umständen angenommen, aber das hier ist ein Notfall.

Das wohltuende Schweigen hat sein Ende, als wir beim Flughafen ankommen.

»Da vorn war doch ein perfekter Parkplatz!«, ruft Grace empört und sieht Logan an, als wolle er sie absichtlich ärgern.

Er stößt ein genervtes Seufzen aus und verdreht die Augen, als er eine geeignete Parklücke findet und über die Schulter sieht, um rückwärts einzuparken. »Das war ein Behinderten-Parkplatz, Grace.«

Wieder wirft sie die Hände in die Luft. »Na und? Wir haben doch dich dabei. Das reicht.«

Zum Einparken hat er eine Hand um ihre Kopfstütze gelegt, die er jetzt kurzerhand hebt und ihr einen leichten Klaps gibt.

»Hey!« Wütend reibt sie sich den Hinterkopf und sieht aus, als würde sie zu einer ganzen Schimpftirade ansetzen, da fällt ihr Blick auf mich, und sie verstummt sofort. Ich muss echt fertig aussehen.

Die Kabbelei zwischen den beiden dauert den ganzen Weg durch den Flughafen an. Erst streiten sie sich über den schnellsten Ticketschalter, danach über das richtige Gate, und schließlich tickt Logan völlig aus, als Grace darauf beharrt, selbst zurückzufahren.

Ich bin unendlich froh, als ich endlich im Flugzeug sitze und

New York unter mir immer kleiner wird, bis die Autos aussehen wie Ameisen. Der Himmel ist so blau und klar, dass ich kaum Sicht auf die schönen Zuckerwattenwolken habe.

Mein Kopf dröhnt. Tief durchatmend schließe ich die Augen und lehne den Kopf zurück, versuche für die nächsten vier Stunden ein wenig Schlaf zu bekommen.

Eine Sekunde später wird mir klar, dass Schlaf in diesem Augenblick ein unmögliches Unterfangen darstellt. Immer wieder gleiten meine Gedanken zu dem Zeitungsartikel in meiner Tasche, und ich kann einfach nicht anders, als ihn noch einmal herauszuholen. Die Stewardess kommt mit ihrem Servicewagen an meinem Platz vorbei, und ich hole mir ein Wasser, ehe ich den Artikel lese und erneut in Calebs Vergangenheit eintauche.

Caleb West – Ein Geheimnis auf zwei Beinen?
»Er ist unberechenbar, begehrt, draufgängerisch – und geheimnisvoll. Caleb West (24) hat wohl jedes Mädchen dieser Welt mit seiner herzzerreißenden Rolle des Bryan in ›Für immer du‹ verzaubert. Was jedoch schnell aufgefallen ist: Caleb West gibt sich größte Mühe, seine Vergangenheit vor der Welt zu verstecken. Was ist der Grund dafür? Und wieso ist er so verbissen darauf bedacht, nicht ein Wort über sein frühes Leben zu verlieren?
Cosmopolitan liefert einen ersten Einblick, was wirklich in seinem Leben los war. Dieser Brief gibt eine erste, exklusive Aufklärung.

Liebe Mommy,
bitte sei nicht böse auf mich und tu mir nicht weh, wenn du diesen Brief gelesen hast. Ich weiß nicht, wie ich sonst mit dir reden kann, weil du in letzter Zeit immer so oft mit mir schimpfst.
Mommy, ich weiß, dass du deine Medizin vor Daddy verstecken musst, damit er dich wegen deiner Krankheit nicht verlässt. Aber kannst du vielleicht ein anderes Versteck nehmen als meinen Teddy? Ich helfe dir auch dabei, eins zu suchen.

Aber ich habe Angst vor den Männern in Uniformen, die immer kommen und mich schütteln. Ich will nicht geschüttelt und von ihnen angeschrien werden. Vielleicht hören sie auf, wenn wir ein anderes Versteck finden. Bitte, Mommy.
Und kannst du Chad vielleicht sagen, dass er nicht mehr in mein Zimmer kommen darf, wenn ihr eure Medizin genommen habt? Letzte Nacht bin ich aufgewacht und da stand er einfach im Dunkeln vor meinem Bett und hat mich angesehen. Das hat mir Angst gemacht, Mommy. Bitte rede mit ihm.
Ich werde Daddy nichts von der Medizin sagen und von Chad auch nicht, das weißt du. Ich will nicht, dass ich keine Mommy mehr habe. Bitte schimpf nicht mit mir.
Ich liebe dich, Mommy. Dein Caleb.«

Schon wieder rollen mir Tränen über das Gesicht, doch ich merke es erst, als die ältere Dame neben mir ein Taschentuch zückt und es mir mit freundlichem Lächeln anbietet.

»Danke«, sage ich mit zitternden Lippen und schnäuze mir geräuschvoll die Nase.

Die ganze Zeit über hatte ich recht, dass es etwas mit Calebs Mutter zu tun hat. Und plötzlich macht auch seine überreagierte Panik einen Sinn, als er mich am Wandschrank gesehen hat. Das Bild von dem großen Teddy blitzt vor meinem inneren Auge auf; das Gefühl der groben Naht am Bauch ist mir so stark in Erinnerung, als würde ich in diesem Moment darüberstreichen.

Die Medizin, Männer in Uniform … Seine Mutter muss drogenabhängig gewesen sein. Anders kann ich es mir nicht vorstellen. Und der Brief zeigt eindeutig, dass Caleb schon als kleines Kind mehr von allem mitbekommen hat, als es eine reine Seele in so einem jungen Alter sollte.

∞

Nervös tippe ich mit den Füßen auf den Boden und fahre immer wieder mit dem Finger das Eisengitter der Stufen entlang, auf denen ich sitze.

Thomas hat recht behalten. Kaum bin ich mit dem Taxi bei den Warner Bros. Studios angekommen, habe ich meinen Personalausweis an der Zentrale vorgezeigt und wurde nach einem kurzen Check hereingelassen. Man hat mich sogar zu Calebs Trailer geführt, vor dem ich jetzt sitze und auf ihn warte.

Gerade frage ich mich, wie lange so ein Dreh wohl geht und ob ich bis in die Nacht hier warten muss, da sehe ich ihn zwischen den anderen Wohnwagen auftauchen. Als er mich entdeckt, bleibt er ruckartig stehen, sein ganzer Körper spannt sich an.

Einige Sekunden verstreichen, in denen wir uns bloß ansehen. Er trägt ein weißes Hemd und eine graue Chino, an der Hosenträger befestigt sind. Caleb wirkt, als wäre er gerade den Fünfzigerjahren entsprungen.

Zögernd erhebe ich mich, was ihn scheinbar aus seiner Starre befreit. Einen kurzen Moment blinzelt er, dann geht er wortlos an mir vorbei, schließt seinen Trailer auf und verschwindet darin. Gerade noch rechtzeitig schiebe ich meinen Fuß zwischen die Tür und schlüpfe hinter ihm in den kleinen Raum.

Die Tür fällt ins Schloss und erfüllt die Stille über unseren Köpfen wie ein durchschneidendes, lautes Geräusch.

Caleb steht mit dem Rücken zu mir, dem Fenster zugewandt.

»Cal?«, flüstere ich, gehe einen Schritt auf ihn zu. Der Boden unter meinen Füßen knarzt.

Beim Klang meiner Stimme versteift er sich. »Du hättest nicht herkommen sollen.«

Ich schlucke schwer. Mir war klar, dass er so reagieren würde. Die ganze Zeit über im Flugzeug habe ich mir einzureden versucht, dass ich hartnäckig bleiben muss, mir seine Worte, die er mir wahrscheinlich an den Kopf werfen wird, nicht zu Herzen nehmen darf.

»Doch«, sage ich schließlich leise, mache noch einen Schritt auf ihn zu. »Sprich mit mir, Caleb.«

Ganz langsam dreht er sich zu mir um, den Blick auf den Boden gesenkt. »Es gibt nichts zu reden. Du kannst alles, was du wissen willst, in dem Artikel lesen.«

Seine Stimme jagt mir einen Schauer über den Körper. Er wirkt kühl und einfach … leer.

Alles, was er vor der Welt zu verstecken versucht hat, wurde von der Presse gnadenlos hervorgezerrt. Eine Woge tiefen Hasses gegenüber der öffentlichen Gier nach Klatsch überrollt mich. Wie kann man so herzlos sein und sich an den Dämonen anderer Menschen ergötzen, indem man sie öffentlich zur Schau stellt?

Fahrig krame ich in meiner Tasche herum, ziehe die Cosmopolitan heraus und zerreiße die Seiten vor seinen Augen. Minikleine Fetzen landen auf dem Boden, und ich trete mehrmals auf ihnen herum, um meiner Wut freien Lauf zu lassen. Dann öffne ich die Tür und fege die Schnipsel mit meinem Fuß nach draußen, ehe sie wieder ins Schloss fällt.

Caleb sieht mich an, als hätte er keine Ahnung, wer ich bin und weshalb ich in seinem Wohnwagen stehe.

»Mich interessiert es nicht, was die Scheißpresse über dich sagt!« Meine Atmung geht schnell, und ich verschränke die Arme vor der Brust, um zu verbergen, wie ich zittere. »Ich habe dich kennengelernt, als ich keine Ahnung hatte, wer du bist, Cal. Und meine Einstellung zu dir hat sich nicht geändert, nur weil du nicht ganz der normale Kerl bist, wie ich anfangs gedacht habe.« Ich hole tief Luft, um alles aus mir herauszulassen, was ich mir im Flugzeug zurechtgelegt habe. »Die Presse hat etwas aus deiner Vergangenheit veröffentlicht – so what? Wie waren deine Worte noch? Bevor du dich darum kümmerst, weshalb andere schlecht von dir denken, frage dich lieber erst, weshalb es dich interessiert.« Oder so. »Lass die Leute doch reden, Cal. Lass sie reden, und gib einen Scheißdreck darauf. Die einzigen Worte, die dich kümmern sollten, sind die von den Menschen, die dich lieben.«

Mit gequältem Gesichtsausdruck sieht er zu mir auf. »Bitte geh, Hazel. Geh einfach.«

»Nein!« Um meine Antwort zu untermauern, baue ich mich breitbeinig vor ihm auf und fühle mich plötzlich wie Tobi. »Ich habe genug davon, dass du die ganze Scheiße in dich reinfrisst und mit niemandem darüber sprichst. Ich will nicht weiter zusehen, wie deine Vergangenheit dich Tag für Tag weiter auffrisst und irgendwann nichts mehr von dir übrig lässt!« Ich schnaufe, weil ich so schnell und aufgebracht rede. Als ich meine Atmung einigermaßen beruhigt habe, füge ich leiser hinzu: »Rede mit mir, Cal.«

Mit schmerzhaft verzerrten Gesichtszügen sieht er zu mir auf, und ich denke schon, ich hätte es geschafft, da schüttelt er plötzlich den Kopf. »Ich kann nicht.«

Jeglicher Mut, den ich mir erkämpft habe, schwindet. Und plötzlich wird mir klar, dass Caleb nicht reden wird. Es vielleicht gar nicht will. Wahrscheinlich ist das Einzige, was er möchte, dass ich ihn in Ruhe lasse.

Eine unglaubliche Erschöpfung rollt über mich herein, ich lasse die Arme sinken. »Ich werde dich immer lieben, das weißt du, oder?«

Sein Gesicht zuckt so ruckartig zur Seite, als hätte ich ihn geschlagen. Dann: »Wirst du?«

»Ja«, entgegne ich langsam und gehe zur Tür. »Das ist das Problem.«

Und damit will ich gehen. Endgültig. Ich drücke den Türknauf herunter, doch Calebs nächste Worte lassen mich erstarren. Zu Eis gefrieren.

»Ich habe jemanden umgebracht, Hazel.«

34.

»Was?«

Meine Augen sind weit aufgerissen und starren Caleb an. Wie in Zeitlupe wendet er sich von mir ab, stützt sich mit dem Arm gegen die Wand und lehnt den Kopf darauf ab. Er schließt die Augen.

»Es war Notwehr. Ich musste es tun.«

Seine schnelle Atmung reißt mich aus meiner Starre. Schnell und behutsam zugleich gehe ich auf ihn zu und berühre seine Schulter. Er zuckt zusammen, entzieht sich mir aber nicht.

»Rede mit mir, Cal«, wiederhole ich flüsternd.

Caleb reibt sich über das Gesicht, und plötzlich … nickt er.

Ich merke kaum, wie er zum Bett geht und sich wie ein Sack Kartoffeln darauf plumpsen lässt, so perplex bin ich. Er wird tatsächlich mit mir reden.

»Es hat alles angefangen, als ich noch ganz klein war. Meine Mutter hat plötzlich angefangen, diesen Chad mit nach Hause zu bringen, wenn Dad auf einem Dreh war.«

Sein Gesicht verzieht sich krampfhaft, als würde es ihm unglaubliche Schmerzen bereiten, darüber zu sprechen. Er stützt seine Ellbogen auf den Knien ab und lässt den Kopf hängen. Ich setze mich neben ihn und lege meine Hand auf seinen Oberschenkel, drücke sanft zu. Zeige ihm, dass ich da bin.

Für einen kurzen Moment schließt er die Augen, ehe er weiterspricht. »Sie hat mir gesagt, es wäre Medizin. Und wenn ich Dad etwas erzähle, dann würde sie weg sein und ich keine Mutter mehr haben.«

Mein Magen verkrampft sich, und ich muss mich unglaublich zurückhalten, nicht zu weinen. Nicht jetzt, nicht hier. Heute muss ich stark bleiben, nur dieses eine Mal. Für Caleb. Er braucht mich. Der Gedanke an sein jüngeres Ich, das im Bett weint, weil er denkt, seine Mutter zu verlieren, zerreißt mich.

»Am Anfang wusste ich nicht, was abgeht«, spricht er weiter. »Ich habe den Scheiß geglaubt. Bis einmal bei Logan diese Doku im Fernseher lief über Junkies und ich gesehen habe, wie sie sich dieselben Nadeln wie meine Mutter und Chad in den Arm gejagt haben. Danach trat derselbe verschwommene Ausdruck in ihren Gesichtern auf, und plötzlich kannte ich die Wahrheit. Meine Mom war ein Junkie.«

Caleb schluckt schwer, seine Schultern beben. Unkontrolliert fährt er sich durchs Haar, und plötzlich wird mir scherzvoll bewusst, dass er weint. Caleb weint. Mein Blick wandert zur Decke, und ich blinzle schnell, um meine eigenen Tränen zu vertreiben. Tief atme ich durch.

»Ständig haben die Bullen bei uns geklingelt«, spricht er weiter. »Und immer haben sie versucht, etwas aus mir herauszubekommen. Mich geschüttelt. Manchmal geschlagen. Mom hat immer panisch geflüstert, dass ich nicht aufmachen darf, sobald es klingelte. Es war furchtbar.«

Deshalb diese Regel. Caleb kriegt Panik, wenn er das Geräusch der Türklingel hört.

»Was ist dann passiert?«, wispere ich.

Zitternd atmet er ein. »Eines Abends … Ich war zwölf und kam von meinem Fußballspiel nach Hause. Die Tür des Salons stand offen, Mom lag vollkommen benebelt auf dem Boden und hat gar nichts mehr mitbekommen. Sie hat unkontrolliert und hysterisch gelacht und ihre Augen … sie waren vollkommen verschleiert. Ich wollte nach ihr sehen, doch als ich in den Salon ging, entdeckte ich Chad neben ihr. Er war gerade dabei, mit seinem Messer eine Zitrone zu schneiden, um den Saft auf seinen Löffel zu mischen. Als er seine Spritze aufgezogen hatte, sah er mich.«

Calebs Körper spannt sich noch stärker an, das Beben seiner Schultern wird heftiger. Dicke Tränen tropfen auf den Boden.

Und plötzlich will ich gar nicht mehr weiterhören. Die ganze Zeit über wollte ich wissen, was Caleb erlebt hat, und jetzt, wo er es mir erzählt, will ich mir am liebsten die Ohren zuhalten. Aber ich tu's nicht. Ich muss stark sein.

Caleb atmet tief durch, legt die Hände aneinander und tippt sich unablässig mit den Fingerspitzen gegen die Nase. »Chad ist völlig durchgedreht«, fährt er fort, und ich habe Schwierigkeiten, ihn richtig zu verstehen, so sehr wimmert er. »Er meinte, ich solle unbedingt einmal wissen, wie es sich anfühlt. Er ist mir mit der Spritze hinterher, und ich habe solch eine Angst bekommen. Immer wieder habe ich nach meiner Mutter gerufen, aber sie war vollkommen weggetreten und lag noch immer mit hysterischem Lachen auf dem Boden. Chad war größer als ich. Er hat mich geschnappt und wollte mir das Scheißding in den Arm rammen, da habe ich schwarz gesehen. Blindlings habe ich nach dem Messer auf dem Tisch gegriffen, mit dem er die Zitrone geschnitten hat, und habe es ihm in die Brust gerammt. Immer und immer wieder. Ich hatte solche Angst. Irgendwann fiel die Spritze auf den Boden, und kurz darauf folgte Chad ihr. Seine Augen waren dunkel, erloschen. Er regte sich nicht mehr. War tot, das wusste ich. Und ich … ich habe mich einfach auf den Boden gesetzt, starr geradeaus gesehen, während Chads Blut sich um mich herum verteilt und meine Mutter hysterisch gelacht hat. Irgendwann kam Dad nach Hause und hat uns gefunden. Von da an … ich konnte nicht mehr in dem Haus leben. Jeden Tag hat mich Chads Gesicht verfolgt, wenn ich den Salon betreten habe. Also bin ich zu Logans Familie und habe von da an dort gelebt.« Einen Moment schweigt er, dann holt er stockend Luft. »Es … es war Notwehr und wurde fallengelassen. Keine Anklage, keine Folgen. Nicht rechtlich, aber … in meinem Kopf hat es Narben für immer hinterlassen.«

Oh mein Gott. All meine Versuche, stark zu sein, lösen sich in Luft auf. Ich kann meine Tränen nicht mehr zurückhalten. Deshalb die Renovierung des Salons und Calebs angespanntes Verhalten, als Thomas mir das Haus gezeigt hat.

»Caleb, das ist …«, flüstere ich, schüttle dann aber den Kopf.

Mir fallen keine Wörter für diese schreckliche Vergangenheit ein. Es ist schlimmer als alles, was ich mir vorgestellt habe. »Er hat es verdient«, sage ich schließlich, und Caleb nickt. Eine Weile sagt keiner ein Wort, bis Caleb sich ruckartig erhebt und ungehalten im Wohnmobil auf und ab geht.

»Meine Mutter«, faucht er mit zusammengebissen Zähnen. »Dieser Junkie. Sie hat den Brief verkauft, um an Geld für ihre Drogen zu kommen.«

Abrupt erhebe ich mich ebenfalls. »Was? Woher weißt du das?«

»Mein Dad hat nachgeforscht.«

Wortlos stehe ich da und sehe ihn an, habe keine Ahnung, was ich sagen soll. Kein Wort dieser Welt könnte ihn jetzt besänftigen. Wenn er alles verarbeiten will, braucht es Zeit. Und Hilfe. Hilfe, die ich ihm unbedingt geben will.

»Lass mich für dich da sein«, sage ich schließlich leise und runzle flehend die Stirn. »Ich will bloß an deiner Seite sein, Caleb, kein harmonisches Märchen. Dir beistehen, wenn du gegen deine Ängste ankämpfst, und dir helfen, zu deinen Fehlern zu stehen und sie vielleicht sogar zu überwinden, wenn du das willst. Ich will dir die Liebe geben, die nicht verkorkst ist, wie du es in deiner Vergangenheit kennenlernen musstest. Sondern echt, wahrhaftig und einzigartig.«

Calebs Augen sind rot und geschwollen, als er mich ansieht. Seine Lippen beben noch immer, und als er den Kopf schüttelt, verliere ich auch den restlichen Hoffnungsschimmer, der noch in mir geflackert hat. »Ich bin nicht der Richtige für dich, Hazel. Das mit uns …« Er schüttelt den Kopf, sieht mir direkt in die Augen. »Nein. Es tut mir so leid, dass ich dir das alles angetan habe. Aber ich kann das nicht.« Mit dem Arm wischt er sich über das nasse Gesicht, dann wendet er sich ab. »Geh, Hazel. Geh, und komm nicht wieder.«

Und in dieser Sekunde wird mir klar, dass ich loslassen muss. Es ist das Schwierigste, was ich je in meinem Leben getan habe, denn ein Teil von mir weiß, dass ich Caleb für immer lieben werde. Aber diese Tagträume, dieses Gefühl, auf einem Fleck zu stehen und nicht weiterzukommen, dieses Greifen nach dem Unmöglichen ... Das ist nicht gesund für mich. Also tue ich, was schon längst hätte getan werden müssen.

Ich schneide das Band zwischen uns durch. Ich tue, was ich schon hätte tun müssen, nachdem die erste Lüge aufgedeckt wurde:

»Mach's gut, Caleb. Ich wünsche dir das Beste. Du verdienst es.«

Caleb hält mich nicht auf, als ich gehe. Und ich habe auch nichts anderes erwartet.

35.

Das Eisengitter ratscht mir über die Haut, als ich mich durch das kleine Loch zwänge und die Strickleiter herunterklettere.

Es ist vier Tage her, seit ich Caleb das letzte Mal gesehen habe. Seitdem hat er sich nicht mehr gemeldet, und ich habe es immer noch nicht geschafft, das Hintergrundbild von meinem Handy zu löschen. Manches braucht eben seine Zeit.

Der Geruch nach Rost und Feuchtigkeit drängt sich mir in die Nase, als ich auf dem Boden aufkomme und das Taschenlampenlicht an meinem Handy einschalte. In der Cityhall U-Bahn-Station sieht es noch genauso aus, als ich das erste Mal hier war. Mit Caleb.

Meine Schritte hallen von den Wänden wider, als ich über den Bahnsteig gehe und meinen Blick gedankenverloren über die Fliesen an der Wand schweifen lasse. Die Zeitschrift in meiner Hand raschelt, als ich mich setze und die Füße über die Bahngleise baumeln lasse. Eine Weile starre ich in die Dunkelheit des tiefen Tunnels, bis ich schließlich seufze und mir eine Strähne hinters Ohr streiche.

Charly hat mir die Ausgabe der Vogue vorbeigebracht und gemeint, meine Bademoden-Bilder seien großartig geworden. Ich wollte es mir sofort ansehen, aber in ihren Augen blitzte ein aufgeregtes Schimmern, und sie sagte, ich solle mir dafür besser einen ruhigen Ort suchen.

Ganz automatisch hat mich mein Weg in diese U-Bahn-Station geführt. So viele schöne Erinnerungen dringen auf mich ein, als ich tief einatme und den Geruch in mir aufnehme. Caleb, wie er seine Lederjacke um meine Schultern gelegt hat. Caleb, wie er einen Wurm gegessen und mir anschließend auch einen gegeben hat. Unser erster Kuss. Und anschließend Calebs Hand, die sich um meinen Arm gelegt hat, als der Cop uns hinterhergerannt kam und wir geflüchtet sind.

Kopfschüttelnd vertreibe ich diese Gedanken und blättere die Seiten um, bis ich bei meiner Fotostrecke angelangt bin.

Charly hatte recht. Die Bilder sind der Wahnsinn. Mein Herz macht einen Aussetzer, als ich mich auf den Fotos anblicke, und das Gefühl habe, eine andere Person zu sehen. Aber das bin ich. So sehen mich die anderen, und in diesem Moment wird mir klar, dass ich mich nicht ändern muss. Nicht ändern will. Für niemanden.

Ganz langsam streiche ich mit den Fingern über meinen abgelichteten Körper in der Bademode und noch nie wurde mir deutlicher bewusst, dass ich perfekt bin, ganz genau so, wie ich bin. Mit allen Fehlern, allen Macken. Alles an mir ist so, wie ich es haben will. Und ich würde es nicht ändern wollen.

Caleb wusste, dass mir diese Bilder helfen würden. Er wusste es, und dafür bin ich ihm unendlich dankbar, ganz egal, was alles zwischen uns passiert ist. Noch nie zuvor habe ich mich so vollkommen gefühlt. Die Erkenntnis ist wie ein heller Sonnenstrahl, der Löcher in die Dunkelheit treibt und die Dämonen einen nach dem anderen vernichtet, bis ich vollkommen mit Licht ausgefüllt bin.

Eine Träne rollt über meine Wange und tropft auf das Bild, während ich umblättere und … mir das Herz in die Hose sackt. Das Blut rauscht in meinen Ohren.

Calebs Gesicht lächelt mir von der Seite entgegen, ein leichtes Lächeln liegt auf seinen vollen Lippen. Und daneben ist ein Artikel. Die Anführungszeichen verraten mir, dass es sich um ein Zitat von ihm handelt. Eigentlich weiß ich, dass ich es besser nicht lesen sollte. Ich sollte die Zeitschrift schließen und es dabei belassen – aber ich kann nicht. Ich muss es einfach lesen, muss wissen, was es Neues bei ihm gibt.

Also fange ich an. Und nach jedem gelesenen Satz werden meine Augen größer.

»Ich möchte eines ein für alle Mal klarstellen: Hazel Evans war keine PR-Aktion für mich, wie es momentan in aller Munde ist. Ja, mir wurde diese Sache ans Herz gelegt. Ja, ich sollte mich für die Öffentlichkeit mit Hazel treffen. Aber ich wollte es nicht deshalb tun. Wollte Hazel nicht wegen dieser beschissenen PR-Aktion sehen. Denn dieses Mädchen ist so viel mehr als das. Sie ist mein Licht am Ende des Tunnels. Sie ist dieses eine Mädchen, das beschämt auf den Boden blickt, wenn ich sie mal wieder zu lang ansehe. Dieses Mädchen, dessen Haare ein total zerzauster Knoten nach dem Aufwachen ist und selbst dann noch, in ihrem grauen Baumwollschlafanzug, wunderschön aussieht. Sie ist dieses Mädchen, dessen Lächeln nicht immer echt ist, sich wegen mir zu oft in den Schlaf geweint hat und sich viel zu viel darüber sorgt, immer alles richtig zu machen. Aber sie ist auch das Mädchen, das über meine Witze lacht, ob sie nun witzig sind oder nicht. Das Mädchen, das sich schon mit jeder Faser ihres Herzens in mich verliebt hat, als sie noch gar nicht wusste, wer ich wirklich bin. Sie ist dieses Mädchen, das um drei Uhr nachts schlafend in deinem Bett liegt, noch ein geöffnetes Buch in der Hand.

Hazel Evans war so viel mehr als eine PR-Aktion für mich. Ich habe mich in dieses wunderschöne Mädchen verliebt, obwohl es nicht nur ihre Schönheit ist, die mich wahnsinnig gemacht hat. Sie ist klug. Sie ist witzig. Und, verdammt, sie ist so mutig! Niemals hat sie mich aufgegeben, obwohl ich es selbst beinahe getan hätte.

Hazel hat eine Vergangenheit, die nicht immer rosig war, aber dennoch lebt sie mit einem Lächeln auf den Lippen und sieht nicht zurück – das gibt mir Kraft.

Hazel ist mein Mädchen mit dem Löwenherz, und so oft sie auch gedacht hat, sie hätte mich nicht verdient, kann ich ihr an dieser Stelle versichern, dass ich es genau umgekehrt gefühlt habe.

Hazel ist alles, was ich will. Und das soll jeder wissen.«

»Ein bisschen kitschig, ich weiß.«

Ich schrecke hoch. Caleb steht dort, direkt vor der Strickleiter, und lächelt mich im fahlen Licht meines Handys mit seinem schiefen Lächeln an.

Noch immer liegt die Zeitschrift in meinen Händen, und mein Herz rast. Etwas unbeholfen rappele ich mich auf. »Caleb«, wispere ich und halte die Zeitschrift ein Stück höher. »Der Artikel ...«

»Es sollte alle Welt wissen«, entgegnet er und kommt einen Schritt auf mich zu.

Ich verstehe die Welt nicht mehr und kein vernünftiger Gedanke will mir mehr in den Kopf. Stattdessen sage ich: »Wie hast du mich gefunden?«

Caleb grinst. Mit schiefgelegtem Kopf hebt er sein Handy hoch. »Hab dich geortet.«

Ich hebe eine Braue. »Du weißt, dass das illegal ist, oder?«

Er macht noch einen weiteren Schritt auf mich zu. Sein Grinsen wird immer breiter. »Sagt Miss Ich-klaue-einen-R8.«

Augenrollend schüttle ich den Kopf, doch als schließlich ein merkwürdiges Schweigen zwischen uns eintritt, beiße ich mir auf die Unterlippe. »Warum tust du das?«, frage ich und kann meinen verzweifelten Unterton in der Stimme kaum verbergen.

Calebs Augen huschen zur Zeitschrift in meiner Hand, dann wieder zu mir. »Ich liebe dich, Hazel«, sagt er, und mir stockt der Atem. Es klingt genauso wie in der einen Nacht, als er es schlaftrunken nuschelte. Caleb streckt einen Arm nach mir aus und nimmt meine Hand, und ich bin so perplex, dass ich sie ihm nicht entziehe, als er weiterspricht. »Und es tut mir so, so, so leid, dass ich dein Leben deshalb so viel schwerer mache. Aber ich kann mich einfach nicht von dir fernhalten. Ich hab's versucht, aber was dich angeht, bin ich ein egoistisches Schwein und will dich für mich allein haben.«

»Du liebst mich«, sage ich keuchend, um es noch einmal zu wiederholen, weil es mich so überwältigt. Alles, wofür ich in den letzten Monaten gekämpft habe, scheint auf diesen einzigen Moment hingearbeitet zu haben.

Ein breites Lächeln stiehlt sich auf Calebs Gesicht, als er nickt. »Ich weiß, dass ich nicht einfach zu lieben bin«, sagt er leise, seine Stimme hallt von den Wänden wider. »Ständig reagiere ich über und bin unsicher in vielen Dingen. Zum Beispiel, was das Sprechen über meine Vergangenheit angeht. Aber wenn du es zulässt, dann verspreche ich dir mit meinem ganzen Herzen, dass ich dich so leidenschaftlich und intensiv lieben werde, bis du vergisst, wie das Leben ohne mich war. Ich werde mich immer um dich sorgen und der sein, der hinter dir steht und dir den Rücken stärkt, Hazel. Ich weiß, ich habe Scheiße gebaut. Viel und oft. Aber ich bitte dich, mir noch diese eine Chance zu geben und mir zu vertrauen. Ich bin vielleicht nicht einfach zu lieben, das stimmt, aber ich glaube, ich kann ziemlich gut sein, wenn es darum geht, dich zu lieben. Denn das tue ich, Hazel. Das tue ich wirklich.«

Calebs Augen huschen hin und her, mustern jeden Zentimeter meines Gesichts und versuchen abzuwägen, was ich denke. Ich kann die kleinen Rädchen hinter seinen Augen förmlich sehen, wie sie arbeiten und versuchen, meine Emotionen zu deuten. Allein diese kleine Geste überwältigt mich und schafft es, dass es um mich geschehen ist. Wieder einmal.

Und schon wieder fange ich an zu heulen. Mit einem unterdrückten Schluchzer falle ich Caleb um den Hals, ehe ich meine Lippen auf seine drücke und das Salz meiner Tränen sich mit unserem Kuss vermischt.

Caleb kramt in seiner Hosentasche, und als wir uns voneinander lösen, hält er ein kleines, goldenes Vorhängeschloss in der Hand. »Da habe ich unsere Buchstaben raufgeritzt, siehst du?«

Ich bin noch nicht ganz zurechnungsfähig. Mein Herz schlägt mir bis in den Hals, und meine Lippen sind von unserem hitzigen Kuss geschwollen, als ich die Augen zusammenkneife und in dem schwachen Licht zu erkennen versuche, was er meint. Dann sehe ich es.

C + H.

»Oh mein Gott«, wispere ich, meine Augen schwimmen noch immer in einem glitzernden See aus Tränen.

Caleb legt mir eine Hand auf den Hinterkopf, drückt mich an sich und drückt mir lachend einen Kuss auf den Scheitel. Dann zieht er mich mit. »Komm mit.«

Zusammen befestigen wir das Schloss an einer Eisenstange bei den Gleisen, und als wir es gemeinsam einrasten und unsere Blicke sich treffen, weiß ich, dass ich keine Sekunde der letzten Monate rückgängig machen würde, wenn ich es könnte.

Ich würde alles genauso noch einmal machen. Noch einmal wollen. All die Streitereien, die verzweifelten, hoffnungslosen Momente, wie auch die glücklichen – jeder einzelne Tag hat uns dahin gebracht, wo wir jetzt sind, und ich bin sicher, so sollte es sein.

Ich liebe Caleb West. Ich liebe ihn mit jeder Faser meines Herzens. Und vielleicht sollte es so sein, dass unsere Vergangenheiten so verdammt kaputt abgelaufen sind, damit wir perfekt zueinanderpassten, als wir uns schließlich getroffen haben. So, dass niemand und nichts auf der Welt je wieder in der Lage dazu sein wird, uns auseinanderzubringen.

Caleb ist nicht perfekt. Aber er ist alles, was ich will.

Perfekt ist jetzt.

Epilog

Sieben Monate später

Grace

»Entspann dich doch mal«, sage ich lachend. Hazel ist schon seit einer halben Stunde ein nervöses Wrack und rennt im Minutentakt mit ihrem Handy durch die Gegend.

»Kann ich nicht, Grace«, entgegnet sie zischend und sieht aus, als würde sie jeden Moment eine Panikattacke bekommen. Das roséfarbene Kleid mit Tüllrock sieht einfach hinreißend an ihr aus, und als die Sonnenstrahlen die kleinen Glitzersteine funkeln lassen, strahlt Hazel wie ein Engel.

Wieder tippt sie auf ihrem Handy herum und drückt es sich anschließend ans Ohr.

»Komm schon, geh ran«, murmelt sie. Ich schmunzle, wende den Blick ab und sehe anschließend zu Tony, der bereits im schicken Frack vor dem Altar steht.

Diese überschnelle Hochzeit hat jeden von uns mehr als überrascht, aber wenn man bedenkt, dass Julia und Tony zwanzig Jahre mit ihrer Beziehung gewartet haben, macht es schon Sinn.

Neben mir beugt Logan sich zu mir herüber. Mit dem Kopf nickt er leicht in Hazels Richtung, deren Gesicht inzwischen puterrot ist.

»Ich gebe ihr noch eine Minute, bis sie vollkommen durchdreht.«

Ich muss mir eine Hand vor den Mund halten, um nicht laut loszulachen. »Ich wette dagegen. Keine dreißig Sekunden.«

»Baby. Alles okay? Dein Kopf ist ja ganz rot.«

Hazel wirbelt herum. Dort steht Caleb in edlem, dunkelblauen Anzug, und ich kann den gemischten Ausdruck in ihren Augen sehen. Teils ist sie verärgert und will ihn am liebsten anschreien, teils blitzt Bewunderung und Liebe darin auf. Hazel ist verrückt nach Caleb. Das würde sogar ein Blinder bemerken.

»Wo warst du?« Sie versucht, wütend zu klingen, doch kann sie den erleichterten und verliebten Unterton in ihrer Stimme nicht verbergen. Das bemerkt wohl auch Caleb, denn er schmunzelt und küsst sie sanft auf die Stirn.

»Beruhige dich. Jetzt bin ich ja da.«

»Das war nicht meine Frage«, entgegnet Hazel und entzieht sich seiner Umarmung.

»Das hat sie alle Kraft der Welt gekostet, ich sag's dir«, flüstere ich Logan zu, und er nickt belustigt.

Caleb fährt sich mit beschämtem Blick durchs Haar. »Bei Frank. Bungeespringen.«

Ihre Augen weiten sich, und ich erkenne, wie Hazel tief Luft holt.

»Oh oh«, flüstert Logan. Ich beiße mir auf die Innenseite der Wange, um mir das Lachen zu verkneifen.

»Bungeespringen?«, wiederholt Hazel schließlich mit lauter, hysterischer Stimme. »Meine Mutter heiratet, du bist Tonys Treuzeuge – und gehst verdammt noch mal Bungeespringen?«

Caleb kaut auf seiner Unterlippe herum. Er zuckt die Achseln. »Ist doch kein Ding. Jetzt bin ich ja da.«

Ein paar Sekunden starrt Hazel ihren Freund fassungslos an, dann wirft sie mit einem unterdrückten Fluch die Hände in die Luft und stakst davon.

Caleb lacht und schneidet uns eine Grimasse. »Die beruhigt sich schon wieder. Zumindest wenn sie nach der Hochzeit den hier sieht.«

Er wirft einen kurzen Blick über die Schulter, ob Hazel auch ja nicht in der Nähe ist, dann zieht er eine kleine Schachtel aus roségoldenem Samt aus der Tasche und öffnet sie.

Mir fällt die Kinnlade herunter, und Logan setzt sich abrupt neben mir auf.

Ein wunderschöner Ring mit einem funkelnden Stein in Herzform, in dem tausende kleine Diamanten glitzern, liegt auf einem samtenen Tuch in der kleinen Schatulle. Das Sonnenlicht blitzt auf und bricht sich darin, ehe Caleb die Schatulle wieder schließt und in die Hosentasche gleiten lässt. Mit einem strahlenden Lächeln zwinkert er uns noch einmal zu, zeigt mit dem Finger auf Logan und sagt: »Wenn du nicht mein Trauzeige wirst, bin ich schwer enttäuscht, Bruder«. Dann dreht er sich um, geht zum Altar und stellt sich hinter Tony. Er gibt ihm einen lockeren Klaps auf die Schulter, doch Tony sieht aus, als würde er jeden Augenblick vor Nervosität auf den Boden kotzen.

Unbemerkt schiele ich zu Logan hinüber, um seine Laune auszumachen, doch er wirkt seltsam zufrieden. Mit einem breiten Lächeln lehnt er sich auf dem Stuhl zurück und sagt: »Merkwürdig, wie sich das mit den beiden entwickelt hat, findest du nicht?«

Mein Blick wandert zu Caleb. Noch immer liegt dieses breite Lächeln auf seinem Gesicht, während er unablässig über seine Hosentasche streicht, in der der Ring versteckt ist.

»Ich glaube, sie hat jemanden gebraucht, der ihr zeigt, richtig zu leben«, sage ich langsam. »Und er hat jemanden gebraucht, der ihm zeigt, richtig zu lieben. Es ist seltsam, aber es passt.«

Logan nickt, seine Finger liegen nachdenklich auf seinen Lippen. »Ich bin froh, dass ich gedacht habe, ich würde in sie verliebt sein. Als mir klar wurde, wie sich das Gefühl wirklich anfühlt, wusste ich, dass sie für mich eher … wie eine Schwester ist. Deshalb dieser Beschützerinstinkt.«

Seine Worte überraschen mich. Die ganze Zeit über hatte ich gedacht, Logan würde noch immer etwas für Hazel empfinden.

»Dir wurde klar, wie sich Verliebtsein wirklich anfühlt?«, frage ich und streiche stirnrunzelnd über mein mintgrünes Spitzenkleid.

Logan sieht mich lange an, und als er schließlich nickt, frage ich: »Wieso?«

Er grinst. Ein schiefes Grinsen. »Das wüsstest du wohl gern, Bishop.«

Ich würde gern etwas erwidern, aber in diesem Moment geht die Hochzeitsmusik los, und Julia läuft den Gang zwischen den aufgereihten Stühlen entlang. Alle stehen auf, und von überall her ertönen »Ohs« und »Ahs«, als sie in einem weißen Traum aus Tüll und Spitze und mit gläsernen Augen auf Tony zugeht.

Hazel läuft hinter ihr, hält ihren Schleier. Aber ihr Blick ist unablässig auf Caleb gerichtet. Und seine Augen ruhen auf ihr. Der Blick ist so intensiv und gefüllt mit stummen Worten, dass ich plötzlich das Gefühl habe, ihre Liebe in vollen Wogen spüren zu können.

Die Wahrheit im Leben ist, dass etwas wie Magie erwachen wird, wenn du nicht aufgibst, für etwas zu kämpfen – selbst wenn du am liebsten aufgeben willst.

Das Universum scheint es sich zur Aufgabe gemacht zu haben, dass wir Frauen uns immer in ein dickköpfiges Herz verlieben. Es liegt an uns, was wir daraus machen und wie wir unsere Zukunft formen.

Aber wenn mich Caleb und Hazel eines gelehrt haben, dann, dass für wahre Liebe immer gekämpft werden muss, egal wie schwer es ist.

Am Ende lohnt es sich.

Danksagung

Dieses Buch bedeutet mir wahnsinnig viel, weil ich einiges von mir selbst in Hazel wiederspiegeln lasse, und es war teilweise wahnsinnig schwer, die richtigen Gefühle, Emotionen und Probleme richtig herauszuarbeiten. Ohne die Unterstützung und Hilfe gewisser Personen wäre mir das nie so möglich gewesen, wie es letztendlich geworden ist, und dafür möchte ich einigen danken.

Erst einmal der Literaturagentur Rumler – ich danke euch von Herzen, dass ihr mich bei euch aufgenommen und mir die Tore zur Autorenwelt geöffnet habt, von der ich träume, seit ich ein kleines Kind bin.

Der Schreibplattform Sweek – vielen, vielen Dank dafür, dass ihr den Schreibwettbewerb auf die Beine gestellt habt. Dank euch habe ich nun dieses Glück, dass Hazels und Calebs Geschichte von vielen anderen gelesen werden kann. An dieser Stelle auch Danke an Mirka Mai, Gaby Lima und Nicole Alfa – wir haben im Wettbewerb zusammen gehibbelt wie sonst was, und in euch habe ich tolle Autorenfreundinnen gefunden!

Dem Piper Verlag. Ihr seid ein so unfassbar liebes Team, ich könnte heulen vor Freude, ein Teil von euch zu sein. Danke!

Diana, meiner Lektorin – vielen, vielen Dank für deine Arbeit, die du in meine Geschichte gesteckt hast. Ohne dich wären wohl ziemlich viele Logikfehler drin, und dieses Buch wäre nicht das geworden, was es jetzt ist.

Meiner Familie – danke, für eure immerwährende Liebe und Unterstützung, besonders meiner Mama. Ich liebe euch.

Teyna, meiner allerliebsten Lieblingscousine. Du hast meine

Geschichten schon im Kleinkindalter gelesen und für gut befunden. Ich hab dich so lieb!

Meinem kleinen Hund Emma – du kannst nicht sprechen, aber jedes Mal, wenn du mich mit deinem süßen Hundeblick ansiehst, gibst du mir positive Energie und Kraft. Danke, dass du mir so viel Liebe und Unterstützung schenkst.

Victoria Aveyard, J. K. Rowling, Cassandra Clare, Anna Todd und Jennifer Armentrout – dafür, dass ihr mir mit euren Büchern jahrelang Inspiration geliefert habt. Auch wenn ihr dies wahrscheinlich niemals lesen werdet: Danke dafür, dass ihr meine Vorbilder seid!

Emily – danke, danke, danke für mein wahnsinnig schönes Cover! Freundin, Schreibbuddy, Lästerschwester. Was würde ich bloß ohne dich tun?

Sandra aka Ava Blum – Agentur- und Autorenkollegin. Ich habe dich so wahnsinnig ins Herz geschlossen! Du hast stets ein offenes Ohr für mich, hilfst mir bei allen Dingen und versuchst immer, mit mir zusammen nach Lösungen zu suchen. Ich hab dich lieb!

Julia, meiner besten Freundin. Auch wenn wir uns immer seltener sehen können, bist und bleibst du mein Herzensmensch. Du unterstützt mich in jeder Hinsicht und hast immer an mich geglaubt – ich danke dir, Teil meines Herzens zu sein.

Andreas Dutter. Du bist so ein liebenswerter Mensch, und ich danke dir dafür, dass du mir von Anfang an mit Rat und Tipps in der Autoren- und Bloggerwelt beiseitegestanden hast.

Und das Beste kommt zum Schluss: Jannik. Ich danke dir so sehr für deine Liebe, deine dauerhafte Unterstützung, einfach dafür, dass du Teil meines Lebens bist. Für dich sind meine Träume das Wichtigste, und du pushst mich immer, bloß weiterzuschreiben, an meinen Büchern zu arbeiten, das Lektorat weiterzumachen und vor allem meine Abgabetermine zu schaffen. Du bist mein Caleb West, mein Hardin Scott, und ich liebe liebe liebe dich.

Und vor allem danke ich meinen Lesern. Ihr seid die Allerbesten!

Printed in Poland
by Amazon Fulfillment
Poland Sp. z o.o., Wrocław

29791743R00228